Knaur

Über die Autorin:

Sabina Trooger ist die Tochter der Schauspielerin Margot Trooger, selbst Schauspielerin und Synchronsprecherin. Sie lebt mit ihrem Mann in Florida, wo beide gemeinsam eine Tauchschule betreiben.

Sabina Trooger

Kriemhild

Königin der Nibelungen

Roman

Knaur

Besuchen Sie uns im Internet:
www.knaur.de

Vollständige Taschenbuchausgabe 2002
Droemersche Verlagsanstalt Th. Knaur Nachf., München

Ein Unternehmen der Verlagsgruppe Droemer Weltbild

Umschlaggestaltung: ZERO Werbeagentur, München
Umschlagabbildung: AKG Berlin
Satz: Ventura Publisher im Verlag
Druck und Bindung: Clausen & Bosse, Leck
Printed in Germany
ISBN 3-426-62197-5

2 4 5 3 1

»Nun hüte der Rhein den Zwisthort der Recken.
Der Strom bedecke den göttlichen Schatz
der Nibelungen.
Im wogenden Wasser leuchte das fremde Gold.«

Aus der »Edda«

Für meine Mutter
Margot Trooger, 1923–1994

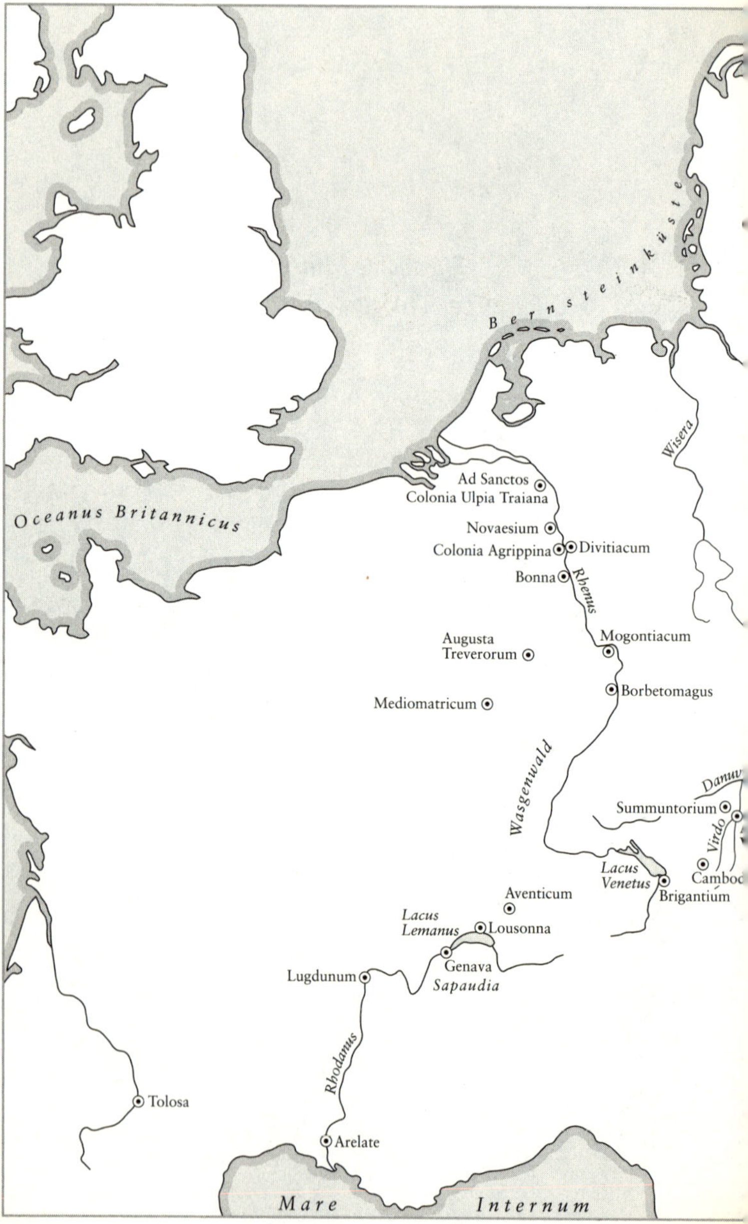

Bernsteinküste
Wisera
Oceanus Britannicus
Ad Sanctos
Colonia Ulpia Traiana
Novaesium
Colonia Agrippina
Divitiacum
Bonna
Rhenus
Augusta
Treverorum
Mogontiacum
Borbetomagus
Mediomatricum
Wasgenwald
Summuntorium
Virdo
Lacus
Venetus
Brigantium
Aventicum
Lacus
Lemanus
Lousonna
Genava
Sapaudia
Lugdunum
Rhodanus
Tolosa
Arelate
Mare Internum

Suebisches Meer
Burgundarholm
Hedinsey
Wistar
Odar
stra
gina
Castra
Batavis
Lentia
Tulln
Vindobona
Lauricum
Arelape
Truna
Carnuntum
Ecilburgu
Tiphisas
Acuincum
Singidunum
Danuvius

Kapitel 1

Fast fünfzehn Jahre lang lebte ich, Kriemhild, einst Blüte von Burgund genannt, Tochter und Schwester von Königen, genannt Nibelungenherrin, als Witwe des Herrn Siegfried von Niederland in unseren befestigten Städten am Rhodanus und am Lacus Lemanus. Ich habe den Nibelungenhort gehütet, solange er mein war; ich habe den Samen des Burgunderreichs vor der Vernichtung bewahrt, als alles um uns in Scherben fiel; ich habe mich bemüht, meinen Neffen, den Burgunderkönig Gundowech, zu einem seiner Herkunft würdigen Herrscher zu erziehen, und verhindert, dass sein junges Reich von den Schlacken unserer Torheit und Bitterkeit erstickt wurde. Und ich habe geschwiegen. Heute aber, im Ostermonat des Jahres 453 nach christlicher Zeitrechnung, trete ich aus der Verborgenheit, in deren Schutz ich unter Aufbietung aller Kräfte mein Inneres so lange verschlossen hielt. Aus Weitsicht oder großer Torheit, vielleicht auch gepeitscht von erbarmungslosen Mächten, habe ich soeben eingewilligt, nicht mehr Siegfrieds Witwe genannt zu werden, sondern die Braut Attilas, des mächtigen Hunnenkönigs.

Schon spüre ich die Steinmauern meines selbst errichteten Kerkers schwinden. Sie werden zum nachgiebigen Filz hunnischer Jurten. Feuer dringt ringsum ein; Feuer aus Angst und Hass und Schmerz. Blindlings griff ich zum Schreibzeug, wie eine Jägerin zum Dolch greift, wenn sich eine wilde Bärin aus dem Dickicht auf sie stürzt. Ich schreibe, statt zu schreien vor Sehnsucht, Zorn und Reue. Schreibend muss ich versuchen, während der langen Reise zur Etzelburg meine aufgewühlten Gedanken zu ordnen und mein brüllendes Herz zu besänftigen.

Wenn Attila nur begreifen würde; wenn ich ihn dazu bringen könnte, mir den Hort zurückzugewinnen! Siegfrieds Hort, den er einst in der Nebelwelt des Nibelungenlandes errang, aus der vor ihm kein Lebender heil an Verstand und Gliedern zurückkehrte – wenn Attila mir diesen Hort, der rechtens mein ist, wieder beschafft, dann könnte sich die Welt wahrhaftig in einen besseren Ort verwandeln. Denn ich als Witwe Siegfrieds würde wieder das rechtmäßige Erbe seines lichten Zaubers antreten. Und dies Licht, dessen Geheimnis durch Siegfried auf mich überging, ist in Wahrheit auch Attilas einzige Hoffnung.

Nur diese wilde Hoffnung trieb mich, seiner Werbung nachzugeben – nicht Langeweile, verletzter Stolz oder die Genugtuung, dass sein Interesse an mir aller Welt beweist, welches Volk der Hunnenkönig als wahren Erben Westroms anerkennt: die Germanen! Nein. Ich war Siegfrieds Weib, die Frau des herrlichsten der Helden, und keine Ehre könnte größer sein. Doch als die Boten aus der Civitas Athilae ihr Anliegen erklärten, als sie Brautgeschenke aus aller Herren

Länder bis hin zum fernen, sagenhaften Reich Kuschan zu meinen Füßen ausbreiteten, da war es, als berühre ein Tauwind meine Seele. Gott oder das Schicksal fordern mich ein letztes Mal heraus.
Schon öfter streifte mich das Verlangen, zum Rhenus zurückzukehren und zu versuchen, den Hort aus dem Strom zu bergen. Doch falls uns diese tollkühne Unternehmung geglückt wäre, hätten ihn unweigerlich die Alamannen für sich beansprucht, die jetzt als Föderaten unser ehemaliges Gebiet am Rhenus halten. Attila allein besitzt die Macht, sich Rom zu widersetzen und unseren alten Feinden die Stirn zu bieten. Mit dem Hort in Händen könnte Burgund sogar den Rhenus zurückgewinnen; der uralte Traum vom Reich der Ströme, das entfernte Gebiete friedlich verbindet, würde vielleicht mit Rhenus und Rhodanus zweifach Wirklichkeit ... Wie sollte ich meinem Neffen Gundowech noch in die Augen sehen, der sich bemüht, ein neues Burgunderreich der Klugheit aus den Trümmern unserer Hoffnungen zu zimmern, wenn ich ihn und uns alle dieser ungeheuren Chance beraubte?
Attilas Werbung abzulehnen wäre nichts als Feigheit. Um aber den Steppenkönig von meinem Plan zu überzeugen, muss ich meinen Schmerz endlich herausfordern, der mich in all den Jahren schützend umfing wie eine schwere schwarze Eisenrüstung. Den Schmerz, der mir Erinnerungen gnädig verdunkelte und in dem ich sowohl geborgen als auch gefangen war. Nur wenn ich selbst den Mut aufbringe, mich in die tiefsten Schlünde meiner Finsternis hineinzuwa-

gen, bis ich selbst wie eine klare Fackel brenne – nur dann kann ich einen Mann wie Attila vielleicht dazu bringen, mir zu willfahren und sich der Wirklichkeit des Wunderbaren zu öffnen.

Wie hat das alles nur begonnen? Wo soll ich beginnen? Einmal freigelassen, fallen die Erinnerungen wie ein Rudel Wölfe über mich her. Ich muss sie packen, zähmen und bezwingen, eine nach der anderen. Durchs Fenster meiner Kemenate im Prätorium von Geneva fällt zum letzten Mal die Abendsonne. Wie Blut und Perlmutt schimmert fern der See, und Nebel steigen auf. In einer Nebelwand verborgen scheint auch die Vergangenheit zu liegen; hinter denselben Nebeln, die den äußersten Norden, Nifelheim, das Land der Ewigen verhüllen … Hat uns nicht immer, seit es Menschen gibt, im Tiefsten das bewegt und angestachelt: dass wir diesseits der Ewigkeit dazu verdammt sind, unsere begrenzte Spanne Lebenszeit am Ende an das Unbekannte zu verlieren? Wurde nicht die Stärke jedes Mannes und die Vision jeder Frau von Anbeginn stets davon angetrieben: die Nebel zu durchdringen, die zwischen Zeit und Ewigkeit wabern und darauf lauern, die Sterblichen zu verschlingen?

Dies gelang Siegfried; und dies muss auch mir gelingen. Ich wurde beraubt, verraten und betrogen – doch auch ich beraubte, verriet und betrog. Kriemhild, die Besiegte, erhebt sich aus den Trümmern ihres Lebens, um neue Hoffnung zu erringen. Wird Attila der Große, der ein Menschenalter lang das Gleichgewicht der

Mächte zwischen Ostrom und Westrom wie die Zügel seines königlichen Steppenpferdes in den Händen hielt, erkennen, welch ungeheure Wahl Kriemhild ihm bietet?
Es ist gekommen, wie meine Mutter Uote prophezeite: Du, Kriemhild, bist der Kronenstein des Reiches. Du bestimmst, wer unser Volk ist, die Grenzen tun es nicht. Vom gnadenlosen Wind der Jahre in vielerlei Facetten geschliffen, wurde das Schicksal der Burgunder auch das meine.

Meine Erinnerung erwacht, als ich knapp vier Jahre alt war. Das Burgundervolk befand sich auf der Wanderung. Abendröte jagte wie ein Flammenmeer über den Himmel; ich fürchtete mich plötzlich. Der sicherste Platz schien mir unter dem Wagen zu sein, in dem unser königlicher Haushalt nach Westen befördert wurde. Ich verkroch mich dort, sobald das Lager aufgeschlagen war, und spähte zwischen den Speichen des Rades hindurch. Unser Wagen stand am Rand eines steilen Abhanges, und unter mir öffnete sich das weite Schwemmland eines Flusses, bedeckt vom braunen Schlamm der Frühjahrsflut. Tümpel und Pfützen schimmerten rot wie geronnenes Blut. Etwas Furchtbares, Beklemmendes wehte mir aus der Ebene entgegen und stürzte sich auf mich. Ich umklammerte die Radspeichen und merkte, dass ich schluchzte. Ich hatte keinen Namen für das Grauen und die Furcht; dennoch konnte ich mich nicht abwenden. Durch meine Tränen erkannte ich, dass die kreisenden schwarzen Punkte keineswegs Aschenflocken aus jenem unirdischen Vernichtungsfeuer waren, das Land und Himmel zu verschlingen schien, sondern tausende von Aasvögeln, die sich zu einem gewaltigen Schmaus über der Ebene versammelten.

Vor Schreck versiegten meine Tränen. Es war, als würde ein Schleier von meinen Augen gezogen. Ich sah. Die Ebene war übersät von Leichen. Leergeblutet und schlammbedeckt lagen sie ebenso wüst verrenkt, wie sie gefallen waren. Abgehauene Arme und Beine ragten bizarr empor; aus blutverkrusteten Köpfen mit struppigem Haar starrten blicklose Augen; hie und da warf ein verbeulter Helm oder eine zerhauene Brünne das letzte Sonnenlicht rubinrot zurück. Weder Sieger noch Besiegte hatten es für nötig gehalten, die Leichen zu begraben.

Einem grellen Blitz gleich, der in einen jungen Baum einschlägt, riss dieser grausige Anblick mich aus dem Dämmer meiner ersten Kinderjahre. Zugleich mit dieser meiner ersten Erinnerung wurde der Keim einer namenlosen Furcht in mein Herz gelegt, die mich mein Leben lang in dunklen Stunden mit der Gewissheit eines unausweichlichen Verhängnisses folterte. Denn das verheerte Schlachtfeld lag im Westen – und dort lag unsere Hoffnung. Ständig sprachen die Erwachsenen von der Macht, dem Frieden und dem Wohlstand, die uns erwarteten, hatten wir uns im Westen erst Land und Burg errungen. Mir war, als hätte ich eine köstliche Frucht gepflückt und sei gerade in Begriff, freudig hineinzubeißen, als sie mir in

der Hand zu scheußlichen, sich windenden Maden zerfiel – oder als verwandelte sich ein geliebtes Gesicht unter meinem Kuss in eine Teufelsfratze mit klaffend leeren Augenhöhlen.
Später, als es längst dunkel war, fand mich meine Amme und brachte mich in den Wagen, wo ich mit warmer Kuhmilch und Honig verwöhnt wurde. Mein vier Jahre älterer Bruder Gundahar lachte mich aus, weil mich ein paar erschlagene Feinde so in Panik versetzten. »Ja, wenn es unsere eigenen Männer wären!«, rief er. »Da hättest du freilich allen Grund, dich zu fürchten. Aber diese Kadaver waren stinkende, Wanzen fressende Alamannen! Irgendjemand hat uns hier eine Menge Arbeit abgenommen. Das ist bestimmt ein glückliches Vorzeichen. Du solltest dankbar sein!«
Ich liebte und bewunderte Gundahar. Er konnte sanft sein, war geschickt mit den Händen und zwang dennoch im Ringkampf jeden anderen Jungen nieder. Sein langer, dichter Haarschopf glich dem Fell des Luchses, und seine grünen Augen konnten sowohl freundlich als auch herrisch blicken. Wenn er mich zum Lachen brachte, tanzten übermütige Lichter darin wie die durcheinander wirbelnden Schirmchen einer Pusteblume … Jetzt aber gähnte etwas Dunkles dort, das mir Entsetzen einflößte. Ich heulte auf und wühlte mein Gesicht in den Schoß Irminbergas.
»Schon gut, Hildikind«, stotterte diese. »Schon gut, mein Junge. Geh und hol deine Mutter. Sag ihr, Hildi hat ein schlimmes Gesicht gehabt.«
Da Irminberga auch Gundahar gesäugt hatte, ge-

horchte er, obwohl er sich als erstgeborener Prinz sonst von niemandem als dem König Befehle geben ließ. Als Uote erschien, hörte ich zu schluchzen auf und wischte mir an Irminbergas Schürze das Gesicht ab. Irgendwie brachte mich Mutters bloße Anwesenheit stets dazu, mich zusammenzunehmen.

»Was ist?« Die Königin ging vor mir in die Knie und nahm mein Gesicht in ihre kühlen, starken Hände. Von kleinen Schluchzern unterbrochen, erzählte ich, was ich gesehen hatte.

»Unsere Seher sagen, das Rad ist ein Bild der Zeit«, meinte Mutter nachdenklich. »Zwischen den Speichen eines Rades hindurch zu spähen bedeutet gleichsam, einen Augenblick aus der Zeit herauszureißen … Du hältst diesen Augenblick jetzt in der Hand wie einen Wassertropfen, der unter deinen Augen zu Eis gefroren ist. Du hebst den Eiskristall hoch, um ihn genau zu betrachten, und siehe: Die Sonne scheint hindurch. Du siehst die tausend Farben des Regenbogens darin. Du könntest meinen, dass dieses kleine Stückchen Eis tatsächlich sämtliche Farben enthält; so wie du jetzt vielleicht glaubst, dass das, was du durch die Speichen gesehen hast, eine tiefere Wirklichkeit besitzt. Aber das ist eine Täuschung, Kriemhild. Das Rad dreht sich weiter, das Eis schmilzt, der Wassertropfen sickert dir durch die Finger. Das, was du da gesehen hast, ist weder ein Zeichen für die Zukunft noch ein Abbild der Wahrheit …«

»Aber es war so entsetzlich!«, wagte ich aufzubegehren.

»Das will ich glauben. Wärst du ein gewöhnliches Mädchen, würde ich dir gern erlauben, schwach zu sein und deinem Entsetzen nachzugeben. Aber nicht du, Hildiko. Du bist Kriemhild, die Blüte von Burgund. Du darfst deinen Gedanken nicht erlauben, sich der Furcht zu unterwerfen. Du bist stark; stärker als Angst, stärker als Neigung und Gefühl. Gibichs Tochter Kriemhild, von zweifach königlichem Blut, legt ihrem schwankenden Gemüt die Kandare an; sie lenkt ihr Herz und lehrt es Gehorsam.«

»Aber … aber ich dachte, im Westen müsste alles wundervoll sein! Du selbst hast das gesagt! Vater hat gesagt …«

»Manchmal muss man dem Unsichtbaren mehr vertrauen als dem Sichtbaren. Du wirst noch lernen, dass die Zukunft niemals größer sein kann als deine Hoffnung. Es liegt an dir, Hildiko, ob du Stroh in deiner Hand erblickst oder das Gold, das daraus werden kann. Dies gilt für alle Menschen gleichermaßen – doch ist es die Aufgabe des Königsgeschlechts, unnachgiebig am Unsichtbaren festzuhalten und dem geringeren Volk auch dann noch Hoffnung zu geben, wenn das eigene Herz längst zerbrochen ist. Darin liegt die wahre Stärke eines Stammes, Hildiko. Und Stärke erringt man durch Übung, wie dein Bruder dir bestätigen kann.«

»Aber Gundahar übt seine Stärke mit Waffen! Und ich …«

»Du wirst eine Frau sein, Kriemhild! Männer kämpfen mit der Kraft ihrer Muskeln. Frauen kämpfen mit der Kraft ihres Gemüts. Ein solch grausiges Bild, wie du es heute gesehen hast, ist ein gewaltiger Gegner. Nimm es als Auszeichnung der Göttin Frigga, dass sie dir etwas so Mächtiges gesandt hat, um deine Kraft daran zu vervollkommnen. Jedes Mal, wenn du deine Angst besiegst, wird auch Burgund stark in dir. Frigga kennt das Los der Frauen.«

Mutter senkte noch einen warnenden, aufwühlenden Blick in meine Seele, bevor sie uns verließ. Irminberga strich mir eingeschüchtert übers Haar. Ich wusste, dass sie meine Mutter als ebenso eindrucksvoll empfand wie ich. Eigentlich waren wir beide der Auffassung, dass sie zu viel von mir verlangte – doch wäre es uns selbst im Traum nie eingefallen, ihr zu widersprechen.

»Beherrsche dein Herz, wenn du ein Reich beherrschen willst!« Das war die wichtigste Lektion, die wir Königskinder von klein auf lernten. Uote verdanke ich es, dass auch ich, obwohl nur ein Mädchen, Lesen und Schreiben lernte – und damit jetzt, in diesem Augenblick, noch eine letzte Waffe besitze, die uns allen das Verlorene, das Wunderbare vielleicht noch zurückgeben kann.

»Das Herz wird von jedem Windhauch bewegt wie ein zitterndes Blatt«, pflegte Uote uns zu sagen. »Ihr aber seid der starke Stamm, in dessen Schutz das Volk wächst und gedeiht. Wankelmut und Gefühle sind für das Volk, das heute reift und morgen vielleicht schon verdorrt ist. Ihr aber dürft nicht wanken; ihr müsst dem Reich Kraft und Dauer geben!«

So sprach sie und, bei meiner Liebe, so lebte sie auch. Als ich klein war, erschienen mir meine Eltern oft wie Wesen einer anderen Art: größer, schöner und majestätischer als gewöhnliche Menschen, die im Vergleich zu ihnen eher Gnomen ähnelten. Mein Vater Gibich überragte die meisten seiner Männer; er war muskulös und breitschultrig, und sein seltenes Lachen klang wie ein Wasserfall. Sein Haar hatte die Farbe des Bluts eines Rehkitzes, und sein Körper war von den Narben zahlreicher Schlachten bedeckt, alle auf der rechten Seite, da ihn links der Schild beschützte. Auch über seine rechte Wange lief ein solcher Streifen hellerer, zarterer Haut, der sich manchmal, wenn er zornig oder erregt war, hellrosa färbte. Mutter, die aus einem ebenso alten Königsgeschlecht stammte wie er, war zart und doch sehnig; ihr gleißender Blick bannte unweigerlich jeden, mit dem sie es zu tun hatte, und erweckte den Wunsch, ihr zu Diensten zu sein. Ihre Augen waren wie der klare Sommerhimmel: von einem tiefen, durchdringenden Blau, das immer dunkler wurde, je länger man hineinsah.

Irminberga dagegen, die mir in meinen frühen Jahren näher war als irgendjemand anderer, gehörte ohne Zweifel zu den Gnomen. Und da ich unsere lange Wanderung vorwiegend in ihrer Gesellschaft verbrachte, vergaß ich manchmal, zu welchem Geschlecht ich selbst gehörte. In der Verschwiegenheit des Wagens, der nur mir und ihr als Nachtlager diente, glitt ich in das Vergessen wie ein Otter in einen kühlen Bach: glücklich, sorglos und frei. Doch dann fielen mir die Worte meiner Mutter wieder ein, und die Wirklichkeit meiner königlichen Herkunft drang in mein Herz wie ein Eiswind, der mich von allem trennte, was mich hätte schützen und leiten können.

Mein Volk stammte von der Insel Burgundarholm. Immer grimmiger wurden dort oben im Norden die Winter, immer kühler und herzzerreißend kurz die Sommer. Über die Jahre war auf Burgundarholm um eine Königssippe ein starkes Volk gewachsen. Mehr als zwanzig Generationen vor meiner Zeit riefen König Gunnar und Königin Kudrun die Burgunder dazu auf, dem Eis nicht weiterhin zu trotzen, sondern der Sehnsucht ihrer Herzen nachzugeben. Da hieben sie zum Schiffbau stolze Bäume nieder, zur Versorgung der Tiere wurden die grünen Weiden abgemäht, und die Burgunder zogen südwärts.

Sie fanden mildere Winter und heiße, reiche Sommertage. Entlang der Ströme Odar und Wistar drangen sie tief in endlos scheinende, wogende, fruchtbare Ländereien vor. Auf Treidelpfaden zogen Ochsen unsere Schiffe immer weiter nach Süden, die Masten und Planken aus Burgundarholm längst grau vor Alter. Ein Teil des Volkes schweifte weit nach Osten ab, die anderen wandten sich nach Westen. Das Leben am und auf dem Wasser prägte die Herzen meiner Väter: Fischfang, im Winter unterm Eis, die Fruchtbarkeit der Frühjahrsüberschwemmungen. Die Burgunder lernten, Freund von Feind zu unterscheiden, zu paktieren und Bündnisse einzugehen. Ein Volk, das keine Festungen besitzt, braucht anderen Schutz. Statt Mauern schützten Eide uns; viele jedoch verräterisch oder allzu kurzsichtig geschworen, so dass wir uns in ihrem Netz verstrickten wie in den Spinnfäden der Nornen, der grauen Schicksalsweberinnen.

Nachdem ich als Vierjährige die erschlagenen Alamannen entdeckt hatte, zogen wir monatelang durch karstiges Waldgebiet. Der Herbst kam schnell in jenem Jahr, und nicht einmal die Ältesten erinnerten sich an so frühen harten Frost. Manchmal stießen wir auf ein trostloses Dorf, wo Mensch und Tier gemeinsam in elenden, niedrigen Lehmhütten hausten, im Strohdach nicht einmal einen Rauchabzug. Erspähten sie uns von fern, trieben die Bewohner in wilder Hast ihr mageres Vieh ins Dickicht. Niemand zeigte uns auch nur ein freundliches Gesicht, zu tauschen hatten wir nichts, und um Wild zu jagen, musste man tief in die unwirtlichen Wälder dringen. Die Wasserläufe, auf die wir stießen, flossen alle nach Westen: in den Rhenus, die große, von Nord nach Süd verlaufende Grenze des Römischen Reiches.

Jenseits des Rhenus lag das Land der Hoffnung, wo niemand hungerte und Könige alle Tage Wein tranken. In meiner Vorstellung wuchs der mächtige Strom zu etwas Mythischem, Maßlosem; er wurde zu Ifing, dem Strom, der niemals zufriert und das öde, ungestalte Riesenland Thrymheim von Asgard, dem herrlichen Land der Götter, trennt. Vor meinem inneren Auge erschien er bald blutig, bald verheißungsvoll, je nachdem, ob Furcht oder Hoffnung mich erfüllten.

»Irminberga, was ist eigentlich mit dem Rhenus?«
»Das weißt du doch, Hildikind.«
»Ich weiß es eben nicht! Alle sagen, er ist der Grenzfluss, aber keiner will mir mehr darüber erzählen.«
Entschlossen bedrängte ich Irminberga, die mir, das wusste ich, letztlich nichts würde abschlagen können. Es war ein harter Kampf, in dessen Verlauf ich Tränen, Schmeicheleien, Versprechungen, Trotz und schließlich die unwiderstehliche Waffe der Vernunft einsetzen musste – doch endlich unterlag die gute Amme meiner Überzeugungskraft. Furchtsam ließ sie mich schwören, weder Vater noch Mutter zu verraten, woher mein Wissen kam. Dann vertraute sie mir an, was sie wusste.
Vor vierzig Jahren habe mein Großvater das Burgundervolk schon einmal bis an den Rhenus-Limes geführt; damals eingeladen von Cäsar Valentinian, der die Burgunder im Kampf gegen die Alamannen an seiner Seite haben wollte. Doch hätten den Cäsar beim Anblick unseres mächtigen Heeres plötzlich Zweifel an der Treue der Burgunder beschlichen; er befürchtete, wir könnten uns, nachdem der Aufstand der Alamannen niedergeschlagen war, womöglich gegen die Römer wenden. Wie unerwünschte Vasallen seien meine Vorfahren wieder über den Rhenus zurück nach Osten geschickt worden, wo sie seitdem ziellos herumzogen und auf eine bessere Gelegenheit hofften. Die tiefe Schmach habe den Mut der Burgunder damals fast gebrochen. Dennoch beweise dieser Vorfall, dass Rom Burgund alles andere als unterschätze.

Nachdem ich meiner Amme diese Belehrung abgetrotzt hatte, verstand ich zumindest die beklommene Stimmung, die von Tag zu Tag schwerer über dem Lager hing. Dazu kamen der Hunger und die klirrende Kälte, die uns sogar in heller Mittagssonne fast den Atem raubte. Das Vieh begann zu sterben, kleine Kinder und Alte wurden krank. Gibichs und Uotes Blicke waren hart vor Sorge. Niemand beging das Julfest, die Feier des wieder geborenen Lichtes, besonders fröhlich in jenem Jahr. Furcht und verzweifelte Hoffnung waren fast unerträglich geworden, als am Ende des nachtschwarzen, eisigen Julmondes einer unserer Kundschafter auf einem fast zum Skelett abgemagerten Pferd von Westen her ins Lager galoppierte.

»Die Grenze am Rhenus ist offen!«, schrie er heiser. »Die Grenzsoldaten sind fast alle fort, und der Rhenus ist zugefroren, der Rhenus ist zugefroren!«

Maßloser Jubel erhob sich. Männer, Frauen und Kinder strömten aus ihren schäbigen Zelten und abgenutzten Reisewagen, hoben den Boten vom Pferd und stemmten ihn hoch über ihre Köpfe. Gelächter, aus schierer Hoffnung geboren, erweckte die eingefallenen grauen Gesichter zum Leben. Menschen, die sich seit Wochen mühsam vorwärts geschleppt hatten, hüpften plötzlich so leichtfüßig, als spiele ein unsichtbarer Spielmann zum Tanz auf. Mein Vater trat aus seinem Zelt und schloss mit glänzenden Augen die Schulterspange seines Königsumhangs.

»Es ist so weit. Der Westen steht uns offen«, sagte Gibich leise – so leise, dass nur Mutter und ich ihn hörten. Fast meinte ich, Tränen in seinem Augenwinkeln glitzern zu sehen, da stürmte Gundahar heran, dass die Zeltwände flatterten. Er stieß einen trillernden Schrei des Entzückens aus.

»Habt ihr gehört? Der Rhenus ist zugefroren!«

Wie ein Steppenbrand pflanzte sich die Nachricht in den wilden östlichen Gebieten fort, wo Vandalen, Alanen, Sueben und ungezählte andere, namenlose Horden auf der Suche nach fruchtbaren Wohngebieten nur auf diesen Augenblick gewartet hatten. Hoffnung flammte auf in den Herzen der Heimatlosen, die seit Jahrzehnten durch die Wildnis geirrt waren – nach Westen gedrängt von den immer mächtiger werdenden Hunnen, im Norden durch das Meer und im Süden durch den Danuvius-Limes und die Alpen aufgehalten. Der Vorstoß zum Rhenus wurde zum Wettlauf um eine bessere Zukunft.

Nie werde ich das Knirschen des Eises unter meinen Füßen vergessen, als wir Burgunder endlich den breiten Strom überquerten – zwanzigtausend Menschen, dazu ihr Vieh und alle ihre Habe. Dies geschah südlich einer aufgegebenen Limesfestung namens Divitiacum, wo das Flussbett breit, das Ufer flach und der Wasserstand entsprechend niedrig war. Der hart gefrorene Schnee bedeckte alles klaftertief, so dass man kaum ausmachen konnte, wo das Land in den gefrorenen Strom überging. Wie ein glutroter Ball hing die Wintersonne über dem Horizont, und unser Atemhauch war dick wie Nebel. Der Eiswind trieb uns Tränen in die Augen; doch wir lachten. Selbst die Gries-

grämigsten unter uns wollten sich ausschütten vor Lachen. Unsere zwei alten, riesigen Luren mit den Tierköpfen am Ende hatten nie so fröhlich geklungen. Zum ersten Mal seit Jahrhunderten lag das Römische Reich dem Osten offen.
Mein Vater sandte sogleich Kundschafter in alle Himmelsrichtungen aus, entschlossen, statt blindem Ungestüm Klugheit walten zu lassen. Ohne Eile zogen wir nach Süden und vermieden die Wegstrecken der anderen Völker, die sich nach Westen wälzten und blutige Spuren von Gewalt durch die Provinzen Germania, Gallia und Belgica furchten. Vater hatte sich vorgenommen, den Burgundern ein bestimmtes Gebiet zu gewinnen, wo es in den Bergen reiche Salzvorkommen gab, um später sowohl mit Römern als auch mit Germanen Handel zu treiben.
Doch als wir uns endlich dem römischen Kastell näherten, das wie ein Habicht über jene Gegend wachte, stießen wir bereits auf die Spuren unserer Feinde. Dörfer waren verwaist, Gutshöfe niedergebrannt, Aaskrähen kreischten auf den Feldern. Die Alamannen hatten sich nicht die Mühe gemacht, behutsam und in Freundschaft von Ort zu Ort zu ziehen, raubend und plündernd waren sie vom Rhenus auf direktem Weg bis hierher vorgedrungen, hatten das Kastell eingenommen und beanspruchten die Salzminen für sich. Ihre Zelte bedeckten die Hänge wie Schimmelpilze, und ihr verhasstes Banner flatterte von allen Türmen, die den Ort und die Mine bewachten.
Vater ließ auf dem gegenüberliegenden Hügelkamm

anhalten, was nicht einfach war, da ständig hunderte von Menschen und Tieren nachrückten, die noch nicht wissen konnten, was geschehen war. Dringlich gellten die Luren; sie gaben das Signal zum Lagern, was wiederum zu Verwirrung führte, da niemand auf dem steilen Hang sein Zelt aufschlagen oder seinen Wagen sicher abstellen konnte. Hastig sandte der König seine zuverlässigsten Boten aus. Jeder schwenkte ein leeres Banner, um zu zeigen, dass wir in Frieden kamen.

»Gibt es eine Schlacht?« Gundahars Stimme überschlug sich vor Eifer. »Zeigen wir den feigen Wanzenfressern jetzt endlich, wo ihr Platz ist?«

König Gibich klopfte seinem Erstgeborenen lächelnd auf die Schulter, doch seine Augen blieben ernst. »Ich würde lieber einen Kampf vermeiden«, sagte er ruhig. »Wir sind nicht all die mühsamen Jahre durch die Wildnis gezogen, um uns mit den Alamannen wie Hunde um ein paar Knochen zu streiten. Mit Salz baut man kein Reich auf, obwohl der Reichtum aus dem Salzhandel nützlich wäre. Ich habe anderes im Sinn …«

»Feige!« Gundahar heulte beinah. »Feige werden sie uns nennen, wenn wir sie nicht stellen.«

»Wir sind Krieger, keine habgierigen Händler, mein Sohn. Unsere Verdienste liegen in unserer Tapferkeit, unserem Edelmut, unserer Treue. Mir geht es darum, welchen Rang Burgund innerhalb des Weströmischen Reiches einnimmt – und dafür sind ein paar Säcke weißen Goldes nicht entscheidend. Wenn die Alamannen das nicht begreifen, zeigt dies nur, dass sie selbst nichts als Krämerseelen sind. Jetzt lauf und erkläre das den anderen Jungen!«

Gundahar trollte sich zähneknirschend. Mir war klar, dass die Worte des Königs für ihn schwer einzusehen waren. Unterdessen wandte sich Gibich an die Königin.

»Ich hätte lieber noch gewartet, um den Römern Gelegenheit zu geben, sich unseres Wertes bewusster zu werden. Aber jetzt …«

Uote schluckte kaum merklich. Nur jemand, der sie sehr gut kannte, hätte hinter ihrer beherrschten Miene ihre Unsicherheit erkannt. »Du hast Recht. Wir sollten die Begegnung mit dem Präfekten nicht länger aufschieben.«

Während die Männer noch aufgeregt berieten, erklangen auf der alamannischen Seite Hörner. Eine kleine Gruppe Reiter galoppierte den Hang hinab und kam auf uns zu. Ihnen folgte eine größere Horde Bewaffneter. Geschrei erhob sich, und die Verwirrung erreichte ihren Höhepunkt.

»Bah, jetzt habe ich aber genug!« Wutschnaubend sprang mein Vater auf sein Pferd und riss sein Schwert aus der Scheide. »Radogast, Tiudorich, Godegisel – sammelt eure Männer! Uote, du führst die Leute fort! Krieger, hört mich! Wir kämpfen nicht, um diese jämmerliche Salzmine zu erobern! Wir kämpfen, um diesen Wanzenfressern zu zeigen, wer wir sind! Burgunder, Volk von Helden, Licht auf den Schwertern, Eismeerflamme!«

Die Luren bliesen zum Angriff, und die Krieger brachen in vielstimmiges Gebrüll aus. Dabei hoben sie ihre Rundschilde unters Kinn, so dass die Wölbung ihre Stimmen auffing und um ein Vielfaches verstärkte: der burgundische Baritus, der jeden Feind erzittern ließ. Der Lärm war ungeheuer. In weitem Umkreis erhoben sich die Vögel aus dem Dickicht, doch ihr Kreischen und Schimpfen ging unter im wilden Schlachtgesang der Burgunder. Grimmig stürmte König Gibich mit seiner Leibwache als Erster dem Feind entgegen; unser blaues Runenbanner flatterte hoch über ihm. Innerhalb eines Herzschlages war Gundahar an seiner Seite. Die Zeit schien stillzustehen, und mir war, als dauerte es Stunden, bis mein Vater und mein Bruder endlich auf den Gegner trafen …

Mehr konnte ich nicht sehen, denn Irminberga steckte mich trotz meines Protestgeschreis in den Wagen. Es war Mutter gelungen, der Nachhut klarzumachen, dass wir umkehren wollten. Während uns die Krieger den Rücken frei hielten, setzte sich der Zug knirschend wieder nach Norden in Bewegung.

Bald holte uns der König wieder ein. Es hatte nur eine kurze Rauferei gegeben; die Alamannen gaben sich damit zufrieden, die Burgunder zu vertreiben. Doch Gundahar hatte seinen ersten Feind niedergeschlagen und sprach tagelang von nichts anderem.

Wir folgten einem Treidelpfad am Ufer eines vielfach gewundenen Flusses. Der Unterschied zu den rauen Gegenden jenseits des Limes war so groß, dass ich mich in einer gänzlich anderen Welt glaubte. Jahrhunderte des Friedens hatten dem Land einen tiefen Stempel aufgedrückt. Ordentliche Straßen, beiderseits einen Pfeilschuss weit von Unterholz gerodet, um Räuber ihrer Deckung zu berauben, verbanden umfriedete Dörfer und feste Städte. Viele Häuser waren aus Stein erbaut und hatten leuchtend rote Dächer aus gebrannten Ziegeln. Selbst die ärmlichsten Holzhütten besaßen einen gemauerten Kamin. Die Fuhrwerke in den Toreinfahrten und am Straßenrand hatten sichtlich nie eine schlimmere Herausforderung gesehen als knietiefe Pfützen. Das Vieh auf den Weiden sah fett und selbstgefällig aus, und die Katzen schienen alle satt und gähnend auf den Dächern herumzuliegen.

Bald erstreckten sich Weinberge ringsum, und blühende Obstbäume umgaben schmucke Anwesen. Es war, als seien wir unversehens aus Wodans Eichendickicht in Idunas Apfelbaumgarten getreten. Hatte ich mich früher während der Fahrt oft ins Innere des Wagens zurückgezogen, um zu spielen oder vor mich hin zu träumen, war ich jetzt nicht vom Kutschbock fortzubewegen. Mir wurde bewusst, dass ich den Versprechungen und Schwärmereien der Erwachsenen, was unser Ziel betraf, bisher nur halb geglaubt hatte. Nicht einmal in den kühnsten Träumen hatte ich mir ausgemalt, dass es Gegenden von solcher Lieblichkeit, solch angenehmem Klima und solchem Überfluss geben könne. Während wir diesen letzten Blick auf das späte Römische Reich erhaschten, lag eine besondere, nicht ganz fassbare Atmosphäre in der Luft:

etwas Zartes und doch Starkes; wie ein sanfter Duft, der einem kaum merklich in die Nase steigt, um einen dann unversehens zu überwältigen, so dass man ihn nie wieder vergisst.

Wir verließen das Flusstal, überquerten einige kleinere Wasserläufe und stießen eines Abends wieder auf den Rhenus. Wie eine riesige, gezackte Krone lag die Festung Borbetomagus auf einer Anhöhe über dem Strom. Sie schien von innen heraus zu glühen; der Schein ihrer zahllosen Fackeln und Wachfeuer färbte den dunklen Himmel. Vater schien keinen Angriff aus der Festung zu befürchten, denn wir lagerten auf einer breiten Sandbank. Nachts umtosten uns die Wasser. Die Stimme des Stroms war wie ein Ruf in meinem Herzen, der mich nicht schlafen ließ. Es gelang mir, mich aus dem Wagen zu stehlen, ohne Irminberga aufzuwecken. Ich kauerte mich ans Ufer und starrte auf die rauschenden, mahlenden Wellen, die im Sternenlicht geheimnisvoll glitzerten. Es war, als wollten sie mir etwas mitteilen; als läge in den perlmuttschimmernden, Funken sprühenden Wassern ein Geheimnis verborgen, das sie mir anvertrauen wollten. Doch so angestrengt ich auch lauschte, es wollte mir nicht gelingen, zu verstehen …

Im Heumonat erreichten wir die Wälle von Augusta Treverorum, der Hauptstadt Ostgalliens. Allein die beiden Wachtürme am doppelten Haupttor, an die zwanzig Mannslängen hoch, säulengeschmückt und mit Wehrgängen hinter drei Stockwerken voll makelloser Rundbögen, erschienen mir prächtiger als jede

Burg, die ich bisher gesehen hatte. Jedes der beiden Tore war breit genug, um ein Zwölfergespann einzulassen; die gepflasterte Straße führte genau auf die schweren Eisenflügel zu, die in tiefen Gewölben aus grauem Sandstein hingen. Der breite Mittelteil des so genannten Schwarzen Tores war ebenfalls mit Rundbögen, Simsen und Säulen verziert und wurde von übermannshohen Götterfiguren mit grüßend ausgestreckten Händen gekrönt.
Doch galt diese Einladung nicht uns, den Bettlern und Heimatlosen. In diesem Augenblick sehnte ich mich danach, ein Knabe zu sein, um meiner Scham und ohnmächtigen Wut auf die Ungerechtigkeit der Verhältnisse im Kampf Ausdruck verleihen zu können. Es musste wunderbar sein, sich brüllend auf jemanden zu stürzen, verletzten Stolz durch schiere Muskelkraft zu heilen und eine Art Menschenwürde in der Stärke unserer berühmten Waffen aus rostfreiem Eisen zu finden.
Wir lagerten auf dem Anger vor dem allzu eindrucksvollen Tor und warteten auf Vater, der frühmorgens mit seiner Leibwache in die Stadt geritten war. Als er am späten Nachmittag endlich zurückkam, wurde überraschend das Signal gegeben, am nächsten Morgen aufzubrechen. Jeder rätselte, weshalb, doch niemand konnte sich erklären, was geschehen war. Wütend stürmte ich in das Königszelt.
»Ich will wissen, was heute passiert ist!«, schrie ich.
Vater und Mutter saßen mit müden Augen auf zwei niedrigen, geschnitzten Sesseln vor einem Holzkohle-

becken, jeder mit einem Becher Wein in der Hand. Der alte Erkenbrand, der draußen Wache stand, hatte nur geschmunzelt; Mutter aber fuhr ungehalten auf, als ich in das Königszelt stürmte.

»Wie kommst du hierher, Kriemhild? Wo ist Irminberga?«

Sie winkte ihrer alten Dienerin Gundula, die in einer Ecke kauerte, mich hinauszuführen. Doch Vater breitete lächelnd die Arme aus.

»Eigentlich hat sie Recht, Uote. Komm her, mein Kind, und trink einen winzigen Schluck Wein mit uns! Aber versprich dir nicht zu viel. Auch wir kennen nicht alle Antworten.«

Ich kuschelte mich auf Vaters Schoß und schnurrte wie eine Katze – teils vor Freude über seine unerwartete Offenheit, teils um ihm zu schmeicheln und die Gunst der Stunde zu nutzen. Hatte ich seine Aufmerksamkeit erst einmal errungen, war Vater leichter zu umgarnen als Mutter. Sie trommelte denn auch ungeduldig mit den Fingern auf der Armlehne ihres römischen Sessels, während Vater mir erklärte, dass wir hergekommen waren, um mit dem Präfekten zu verhandeln.

»Aber er ist nicht mehr hier, Hildiko. Stell dir vor, die ganze Regierung der Provinzen Gallia und Germania ist von hier fortgezogen; weit, weit in den Süden hinunter. Nur ein paar schriftkundige Männer, die Sekretäre genannt werden, sind noch hier.«

»Deshalb wollten sie uns auch nicht in die Stadt lassen«, fiel Mutter mit rauer Stimme ein. »Sie haben keine richtige Armee mehr hier oben im Norden und fürchten, wir könnten ihre reiche, kunstvolle Stadt in Schutt und Asche legen.« Sie sah Vater scharf an, und ich spürte eine Dringlichkeit hinter ihren Worten, die in Wahrheit dem König galt; nicht mir.

Mein Herz klopfte wild, denn ich verstand. Sie verlangte keineswegs, dass Gibich einen tollkühnen Angriff auf Augusta Treverorum führte – aber sie verlangte, dass er sich dazu für fähig hielt. Sie versuchte, seine tiefe Enttäuschung in einen moralischen Sieg umzumünzen, damit er stark blieb und nicht wankte. Unsere Blicke trafen sich, und einen Herzschlag lang verstanden wir einander – zwei königliche Frauen, denen es oblag, diesem Mann Kraft zu geben.

»Wolltest du denn dem Präfekten von Gallien ein Bündnis anbieten?«, fragte ich, insgeheim stolz auf die Wahl meiner Worte. Mutter nickte mir kaum merklich zu.

»Das wollte ich – und das will ich noch immer.« Vater ballte die Faust und ließ sie, schon halb versöhnt, auf sein Knie fallen. »Unzähligen Feinden haben wir getrotzt, ruhmreiche Schlachten geschlagen und bittere Not überstanden, seit wir von den Ufern der Wisera aufbrachen«, stellte er mit erhobener Stimme fest, so dass man ihn auch draußen im Lager hören konnte. »Was bedeutet es uns, die wir alldem die Stirn boten, noch ein paar römische Meilen mehr dahinzuziehen?«

»In der Tat«, stimmte Uote zu. Wir sahen einander nicht mehr an. Es war nicht mehr nötig.

»Wir ziehen also nach Süden?«, fragte ich jauchzend.
»So ist es.« Vater küsste mich auf die Stirn. »Und du sollst sehen, wir werden schließlich alles bekommen, was uns zusteht: Achtung und Anerkennung. Die Burgunder sind weder Vandalen noch Alamannen, Hildiko. Wir führen das Schwert nicht aus bloßer tierischer Gier, uns geht es darum, eine Vision in die Wirklichkeit zu zwingen …«
Er starrte mit blanken Augen in die Glut und schien alles um sich her vergessen zu haben. Als ich von seinem Schoß rutschte, schenkte Mutter mir eins ihrer seltenen Lächeln.

Kapitel 2

Überwältigt von einem langen Tag, in dessen Verlauf mein Schicksal – und damit vielleicht das Schicksal Burgunds – eine völlig neue Wendung genommen hat, schlief ich gestern Abend über meinem Pergament am Tisch ein. Ich war zu erschöpft, um zu Bett zu gehen; dennoch hielt ich meine Schreibfeder so fest umklammert wie ein einsamer Kundschafter im Feindesland seinen Schwertknauf, den er auch im Schlaf nicht loslässt. Doch dies Feindesland ist meine eigene Seele, und ich kann weder auf Verstärkung noch auf Ablösung hoffen …

Im Traum taumelte ich durch dunkle Wälder. Ranken und Wurzeln griffen nach meinen bestickten Gewändern und zerrissen sie; doch als ich die Fetzen hochhob, merkte ich, dass ich nur eine grobe Tunika aus Nesselstoff trug, durch die der Wind mit den eiskalten Fingern der Toten nach mir griff. Ich schauderte, doch verbissen stolperte ich weiter, denn ich suchte etwas in der Finsternis: meine kostbare Morgengabe an den Steppenkönig. Ich schien mich an Attila zu erinnern, dem ich in Wirklichkeit nie begegnet bin: Er war grau und riesig groß; er schien sich auszudehnen und wurde zu einer ungeheuren Nebelbank, die ich durchdringen musste … Ich wollte eine Fackel heben, um zu sehen, wohin ich ging, doch ich hielt nur ein erloschenes Licht in der Hand.

Gram schnitt in mein Gemüt wie ein Messer; vor Schmerz um das verlorene Licht erwachte ich. Tief unter meinem Fenster lag der Lacus Lemanus im Mondlicht: ein unirdisch schimmernder Zauberspiegel. Die Schatten der Berge am fernen Ostufer rissen schwarze Fetzen aus dem dicht bestickten Sternengewand des Nachthimmels. In der Luft lag ein letzter Hauch von Frost wie der Geschmack von kaltem Eisen. Mit klammen Fingern schlug ich Feuer, doch die Kerzen meiner Tischleuchte waren alle heruntergebrannt. Ein namenloses Entsetzen überwältigte mich, dass ich im Schlafen wie im Wachen ohne Licht war.

Zum ersten Mal seit unzähligen Jahren brach ich in Tränen aus. Ich fühlte mich einer abgebrannten Kerze gleich; unfähig, meine Form zu halten in der gnadenlosen Hitze eines Dochtes, der die Mitte meines Seins bildete und dessen Lodern meinem Leben einst seinen Sinn gegeben hatte. Doch nun hatte der Schmerz meine Seele zu einem formlosen Teich aus Wachs zerschmolzen. Ich war unfähig, der plötzlichen Tränenflut Einhalt zu gebieten; ich fürchtete, nie mehr die Gewalt über mich zu erringen und als jämmerlich schluchzendes Bündel ins Hunnenland reiten zu müssen, wo mich Attilas raue Hunnenkrieger hinterrücks verlachten. Ihr höhnisches Gelächter gellte mir in den Ohren; ich erkannte die triumphierenden Schreie wieder, die ich vor siebzehn Jahren vor der brennenden Festung Borbetomagus schon einmal gehört habe. Ich biss mir in den Arm, bis Blut kam, um mein Schluchzen zu ersticken …

Auf einmal ging die Tür auf. Vor Schreck hielt ich den Atem an, doch dann erkannte ich meine Zofe Dalraida. Sie schlich verstohlen an mein Bett. Als sie es leer fand, erschrak sie heftig.

»Ich bin hier«, flüsterte ich heiser.

»Herrin! Warum hast du mich nicht wie üblich vor dem Schlafengehen zu dir befohlen?«, stammelte sie. »Willst du, dass ich Licht anzünde?«

»Ja. Ja, bitte, mach Licht!«

Dalraida nahm meine kleine Zunderbüchse, und die Funken nahmen durch den Schleier meiner Tränen wunderliche, gnomenhafte Formen an. Der Docht einer Öllampe erblühte wie eine Blume, deren Duft Heilung bringt. Als der goldgelbe Lichtschein auf mein Gesicht fiel, schrie Dalraida erschrocken auf.

»Herrin! Du weinst!«

»Du weinst ja selber«, stellte ich überrascht fest.

»Ja, ich, verzeih mir, Herrin, ich, ich …«, hemmungslos schluchzend sank Dalraida zu Boden und umklammerte meine Knie. »Nimm mich mit, Herrin!«, flehte sie. »Lass mich nicht allein zurück!«

»Dalraida, woher weißt du …« Ich beugte mich zu ihr. Sie war so lange bei mir; sie hatte die glücklichen Tage noch gekannt, als ich mit Siegfried in Ad Sanctos lebte und meine Brüder über das Reich am Rhenus herrschten … Sie verstand. »Dalraida, überlege doch: die

Steppe, harte Winter, raue, ungehobelte Männer, und Frauen gelten wenig mehr als Vieh … Was werden sie dir antun, wenn ich sterbe?«
Dalraida hob ihr tränenüberströmtes Gesicht. »Ich habe niemanden sonst«, versicherte sie so flehend, dass ich mein eigenes Elend fast vergaß. »Ohne dich, Herrin, ist in Burgund kein Leben mehr für mich.«
Ich nahm sie in die Arme. »Also gut. Hol mir ein bisschen Met und gieß dir auch etwas ein! Glaubst du, ich würde freiwillig in die Fremde ziehen, ohne dass mich dein vertrautes Gesicht jeden Tag daran erinnert, wer ich früher einmal war?«
»Danke, Herrin.« Dalraida putzte sich die Nase, und wir tranken den Met. »Warum hast du geweint?«, flüsterte sie, allen Mut zusammennehmend.
»Das übersteigt dein Begreifen, törichte Frau!«, gellte die Stimme meiner Mutter Uote in mir – und zu meiner Verblüffung schrie ich die Worte laut heraus. Dalraida zuckte zurück, als hätte ich sie ins Gesicht geschlagen. »Verzeih!«, bat ich rasch. »Ich … ich wollte das nicht sagen; es war nur ein dummer Gedanke. Ich habe Angst, Dalraida; ich habe eine letzte große Aufgabe zu erfüllen …«
»König Attilas Weib zu sein ist gewiss beinah übermenschlich schwer«, bestätigte die Zofe, mich missverstehend. »Man hört so viel Fürchterliches über ihn.«
»Ach, davon rede ich doch gar nicht!« Auf einmal musste ich lachen; das Gelächter brach ebenso unbeherrscht aus mir hervor wie zuvor das Schluchzen.

»Brau mir etwas, damit ich schlafen kann!«, keuchte ich. »Du kennst doch die alten Rezepte.«
Dalraida eilte davon und kam bald mit einem leicht faulig schmeckenden Gebräu zurück, das ich in einem Zug austrank. Sie half mir beim Auskleiden, und als ich im Bett lag, sah sie mich so verstört an, dass ich sie in die Arme nahm. Es ist ihr ein Trost, besänftigte ich meine Scham, während ich in tiefen, traumlosen Schlummer glitt.
Es schien nur Augenblicke später, doch schien die Morgensonne bereits gleißend hell ins Zimmer. Jemand rüttelte mich am Arm.
»Königin Kriemhild? Königin! Wach auf!«
»Was ist denn?«, fragte ich verschlafen. Umringt von Dienern stand mein Neffe, der König Gundowech, vor mir.
»Was soll das?«, rief ich ungehalten. »Wie kommt ihr alle dazu, in mein Schlafgemach einzudringen? Und was tust du hier, Majestät?«
»Verzeih!«, stotterte der König, die Leute mit einer ungeduldigen Handbewegung hinausscheuchend. »Verzeih mir, edle Tante! Ich schickte nach dir, doch deine Zofe ist verschwunden, und du schliefst so fest; man hielt dich für bewusstlos, vielleicht gar tot. Deine Diener erzählten es meinen Dienern ... Du kennst mich.« Er lächelte verlegen. »Du weißt, mich interessiert, worüber meine Diener reden.«
In diesem Augenblick tauchte Dalraidas zerwühlter Haarschopf neben mir aus den Schlaffellen auf, und Gundowech fuhr verblüfft zusammen. Mein Kopf

war so dumpf und schwer, als sei er mit ungehecheltem Flachs voll gestopft, dennoch musste ich lachen.

»Es ist schon gut, Dalraida. Hol mir Frühstück!«, sagte ich zu ihr. Erleichtert floh sie aus dem Zimmer, während Gundowech kopfschüttelnd auf und ab ging.

»Sag mir nur eines: Ist es wahr?«, rief er anklagend. »Reist du wirklich ins Hunnenland?«

»So ist es.« Ich seufzte. »Ich weiß, ich hätte dich vor meiner Entscheidung um Rat bitten sollen ...«

»Gewiss nicht!« Gundowech machte eine höfliche, abwehrende Handbewegung, mit der er zweifellos sein heftiges Verlangen, mir zuzustimmen, unterdrückte. »Du bist mir keine Rechenschaft schuldig, du brauchst mich nicht zu fragen ...«

»Nein. Aber es war nicht nett von mir, dich einfach zu übergehen. Verzeih mir, Neffe!« Ich setzte mich mühsam auf. »Die Wahrheit ist, hätte ich die Entscheidung nicht augenblicklich gefällt, ich hätte den Mut verloren. Es fehlte mir die Kraft, mit dir und deinen Beratern erst lange das Für und Wider zu erörtern. Und letztlich musste die Entscheidung – das glaub mir bitte – eindeutig so und nicht anders fallen.«

»Ich verstehe«, log Gundowech ungeduldig. »Doch was bewog dich eigentlich ... Ich meine, es täte mir unendlich Leid, wenn ich es dir gegenüber womöglich an etwas habe fehlen lassen ...«

»Keineswegs. Du bist ein guter Mann und König, Neffe. Aber hast du dir klargemacht, warum Attilas Wahl gerade auf mich fiel? Er sieht uns, die Germanen und insbesondere den Stamm Burgund, als Erben Roms im Westen. Noch vor vier Jahren versuchte er, Honoria zu freien, die Halbschwester des weströmischen Cäsars. Schon damals drängte es ihn, sein Reich im Westen durch Ehe und Verschwägerung zu festigen. Dass Valentinian ihm die Ehre nicht gönnte, gereicht uns nun doppelt zum Vorteil.« Ich schmunzelte. »Auch ist es klug von ihm, ein Weib zu wählen, das ihm im Alter näher steht als seinen Söhnen. Es werden keine weiteren Erben aus meinem Schoß entstehen, die Zwist schüren könnten.«

Gundowech nickte langsam. »Du hast natürlich Recht, wie immer, edle Tante. Und doch – ich meine, er ist doch unser ärgster Feind!« Er ließ sich auf meinen Schreibstuhl fallen und starrte blicklos auf meine Aufzeichnungen. »Das kannst du wirklich? Alles vergessen, was war – den Tod deiner Brüder, den Verlust des Nibelungenhortes – und einem Mann willfahren, den du hassen musst; um Burgunds willen?«

»Gewiss. Um Burgunds willen«, versicherte ich leichthin. Die verlorene Herrschaft am Rhenus, der versenkte Hort und alles, was damit zusammenhing, war ein Thema, das man an unserem Hof jahrelang sorgfältig vermieden hatte. Ich wollte den jungen König nicht zu tief ins Vertrauen ziehen und wilde Hoffnungen entfachen, die sich womöglich nicht erfüllten. Gundowech sah mich voll Ehrfurcht an.

»Ich werde deinen Rat schmerzlich vermissen und mir allein kaum zu helfen wissen, das ist sicher«, seufzte er. »Dennoch; ein so starker Verbündeter im Osten – ich hätte dich nicht darum gebeten, Tante.

Aber nun, es ist eine große, königliche Tat.« Er neigte den Kopf vor mir und nahm zum ersten Mal meine eng beschriebenen Pergamente wahr.
»Du schreibst?«, staunte er.
»Nur ein paar Gedanken«, wiegelte ich hastig ab. »Hör zu, Herr Gundowech – da du nun einmal hier bist, lass uns über meine Reise und meine Mitgift reden! Ich möchte aufbrechen, sobald es irgend geht; am liebsten morgen schon ...«
»Morgen?«, rief der König von Burgund erstickt. »Das ist ausgeschlossen! Es ist gar nicht durchführbar und unhöflich dazu; es müsste ja auf die hunnischen Gesandten wirken, als wollten wir dich loswerden und als sei uns nichts daran gelegen, sie als unsere Gäste zu bewirten.«
»Lass uns doch heute Abend ein großes Fest für die hunnischen Gesandten geben.« Mir wurde plötzlich übel. Bilder von blutüberströmten Leichenhaufen tauchten vor mir auf; die Hand meines jüngsten Bruders Gislaharius hielt noch das Schwert umklammert – Gislaharius, der Goldene, der Jüngste von uns Königsgeschwistern und der Unschuldigste. Uotes und Gibichs späte, unverhoffte Frucht, deren Reife der Frost schon streifte und deren Süße gerade dadurch alles Vorangegangene übertraf. Könnte ich mich wenigstens an Gislaharius erinnern, ohne vom Hass gewürgt zu werden, dachte ich. Doch ich musste meinen Hass bezähmen. Ich musste es wagen, mich ihm zu stellen, wie es einer Königin geziemt. Eilig stand ich auf, bevor der ohnmächtige Schmerz mir den Atem nahm.

»Ich reise morgen«, erklärte ich dem König kalt. »Ich brauche keinen großen Begleitschutz und als persönliche Dienerin nehme ich nur Dalraida mit. Schenk jedem Hunnen eine unserer berühmten Gürtelschnallen und sorge dafür, dass ihnen klar ist, wie kostbar und zauberkräftig sie sind. Vielleicht überlässt du ihnen über Nacht auch ein paar burgundische Jungfrauen. Ihr Anführer ist Uzendur, ein Sohn Attilas. Du könntest ein gutes Schwert für ihn finden und behaupten, dass es Gundahar oder Hagen gehörte.« Ich schluckte einen bitteren Kloß hinunter. »Und lass Uzendur heute Abend am Ehrenplatz zu deiner Rechten tafeln! Das wird sie für weitere Gastfreundschaft entschädigen.«
Ich schrieb meiner Tochter Svanild einen langen Brief, in dem ich versuchte, ihr meinen Schritt zu erklären. Ich fürchte, es gelang mir nicht sehr gut.

Mit dem ersten Frühlicht brechen wir auf. Von allen Zinnen wehen die blauen Banner Burgunds mit den sechs weißen Runen: zuoberst Ara-Rita, die fünfblättrige Rose des Rechts, vor dem sich sogar der König beugt; ihr folgen Sig, die Rune des Sieges, Tyr, die Rune der furchtlosen Tat, und Os, die Rune der Geisteskraft; die untersten Runen stellen beide Gib-Ur dar, für Gibich, der das Reich gegründet hatte, und für Gundowech. Alle burgundischen Könige seit dem sagenumwobenen Gunnar hatten Gib-Ur-Namen getragen: die einzige Rune im Kreislauf, die sich zu Ur, zu den Anfängen, zurückwendet und eigentlich Ewigkeit bedeutet. Jetzt fällt mir zum ersten Mal auf, dass dies die Kraft der burgundischen Vision zum Teil erklärt.

Alle Luren und Hörner blasen zum Abschied, während ich aus dem Tor trete, und die klaren Töne steigen wie funkelndes Geschmeide in den Himmel. Die Männer meines hunnischen Begleitschutzes reiten auf kleinen, stämmigen Pferden mit kurzem Widerrist. Jeder der fünfzig Krieger hat nur ein Bündel aus schwarzem Filz bei sich. Ohne mich könnten sie die Strecke bis zur Ecilburgu, oder Civitas Athilae, gewiss in weniger als einem Monat hinter sich bringen. So aber schenkte mir Gundowech den größten, bequemsten Reisewagen, den sein Marstall zu bieten hat, und meine Pferde sind schlanker und zierlicher als die der Hunnen, aber gewiss auch höchstens halb so ausdauernd. Als persönliche Leibwache reitet der treue Hauptmann Wolfhart mit sieben Mann an meiner Seite; außerdem fährt natürlich Dalraida im Wagen mit. Er ist voll gestopft mit Brautgaben und Dingen, die mir angeblich nützlich sein werden, obwohl ich höre, dass der Reichtum an Atillas Hof selbst die Stadt Konstantins in den Schatten stellt.

Gundowech hätte mir gern zehnmal mehr Leute mitgegeben, aber das erschien mir überflüssig. An Menschen herrscht im Reich des Attila gewiss kein Mangel – er gebietet von Rätien bis zum Pontus Euxinos über Abermillionen. Von vielerlei Gestalt und Sitte sind die Völker, die ihm dienen, tausenderlei Götternamen werden unter seiner Herrschaft angerufen.

Die Kraft des Drachen machte der Hunnenkönig sich zunutze, um ungezählte Reiche zu erobern, zu befrieden und zu halten. Er tat nur das, was jeder weitsichtige Herrscher an seiner Stelle getan hätte, das weiß ich wohl. Auch meine Brüder schlachtete er damals nicht aus persönlicher Rachsucht, sondern aus politischem Kalkül … Siegfried dagegen …

Siegfried tötete den Drachen, statt ihn sich wie mein neuer Bräutigam zu unterwerfen. Siegfried durchbrach die alten Bindungen von Blut und Stamm, Rache und Habgier. Statt andere einzuschüchtern, lachte er lieber, und statt zu herrschen, schenkte er lieber Freude. Ihm war es einerlei, ob sein Gegenüber ein Freier, ein Knecht oder ein Tier war; jedes Wesen war ihm gleichermaßen wert. Er hatte den Sprung ins gänzlich Unbekannte gewagt, den auch der kühnste Held vermeidet; er war dem Wunderbaren begegnet und hatte gelernt, ihm in der Wirklichkeit des Alltags zu vertrauen. Er lebte alles, wovon andere nur träumen.

»Man muss verzeihen können.« Ein Schauer schüttelt mich; es ist, als spürte ich seinen Atem dicht an meinem Ohr. »Zum Bettler beraubt sich selbst der Mensch, der nicht verzeiht. Ist nicht jeder Tag neu? Erweckt uns nicht die Sonne an jedem Morgen so frisch und strahlend wie am ersten Schöpfungstag? Und wäscht uns nicht jeden Tag von neuem der Himmelstau rein, als seien wir soeben erst geboren?« Er lachte leise. »Soll ich dir verraten, warum es ganz einfach ist? Hör gut zu: wenn unser Herz ebenso groß-

mütig ist wie das des Schöpfers, dann haben auch wir Anteil an der ganzen Fülle des Lebens.«
Er sprach mit der leisen, neckenden Stimme, die er nur für mich hatte und in der immer die belustigte Frage mitschwang: Du, Kriemhild, Tochter eines alten Königsgeschlechts, was bedeutet dir mehr: dein Stolz oder die äußerste Freiheit des Herzens?
Natürlich sprach er diese Herausforderung niemals aus; aber ich spürte sie in jeder Sekunde, die wir gemeinsam verbrachten. Er allein besaß das Licht. Er allein war wahrhaft frei: *Er hatte den Drachen getötet*. Ein neues Friedensgeschlecht, ein Volk des Glanzes und der Freude hätte unter seiner Herrschaft erwachen sollen – und auch unter der meinen, denn ich war seine Königin. Diese mögliche, zum Greifen nahe neue Welt wurde mir, den Burgundern und auch allen anderen Völkern geraubt. Der Neid, der kleine Geist der Herrschenden ertrug das Wunderbare nicht. Und niemals, niemals mehr wird die Welt seinesgleichen sehen.
Ich muss lernen, meine Gedanken im Zaum zu halten, sonst verschlingt mich der Schmerz. Meinem eigenen gefräßigen Drachen muss ich mich stellen, der mir alle Lebensfreude aussaugt, der mir die Brust klamm macht, mein Inneres zerreißt und die Knöchel meiner geballten Faust blau färbt vor Anspannung, so dass mir das Schreibzeug in der Hand zerbricht. Seit ich willentlich meine innere Rüstung ablegte, bin ich hilflos. Den ganzen Tag dröhnen die eisenbeschlagenen Räder meines Wagens ohrenbetäubend auf der ge-

pflasterten Römerstraße; wir durchqueren die Stadt Lousonna und lagern heute Nacht zum letzten Mal am Ufer des Lacus Lemanus.
Ich sitze auf meinem Klappstuhl im Freien und höre die sanften Wellen über glitzernde Kiesel rollen. Fische springen, und ein Fischreiher taucht mit einem plötzlichen Plätschern wie ein gespenstisch weißer Pfeil in das glitzernde Gewässer. Im Lager brennen Wachfeuer, Uzendur und Wolfhart beäugen einander misstrauisch wie zwei feindselige Statuen. Sie stehen so weit wie möglich voneinander entfernt am nördlichen und südlichen Rand des Lagers, da keiner dem anderen die Wache allein überlassen will. Im Lauf der Reise wird ihr stolzes Misstrauen sicher bald der Erschöpfung weichen; gewiss werden sie einander Freunde nennen, ehe wir Castra Batavis erreichen. Die Hunnen schlafen halb im Sitzen, die Köpfe auf die Holzknäufe ihrer Sättel gestützt. Die Nacht ist so klar, dass auch die Burgunder auf Zelte verzichtet haben und sich auf ihren Schlaffellen zusammenrollten. Dalraida schläft im Wagen, schnaubend grasen die Pferde …
Bald werden wir die Quellflüsse des Danuvius erreichen. In Castra Regina erwartet uns eine größere Eskorte meines Bräutigams, um die Braut sicher durch die wilden Grenzlande zu geleiten. Wie man mir sagt, werden wir auf Schiffen den Danuvius hinuntertreiben: ein anderer Strom, ein anderes Schicksal.
Im sanften Wind schwankt meine Kerze und wirft jagende Schatten wie von schwarzen Reiterhorden auf

die Landkarte, die vor mir ausgebreitet liegt. Wie viele Meilen trennen mich noch von Attila? Wie viele Tage und Wochen brauche ich, um für die Begegnung mit ihm bereit zu sein?
Ich will versuchen, die Aufzeichnungen systematisch fortzuführen, die ich gestern Abend begonnen habe. Obwohl Westrom bereits im Sterben lag und wie ein tödlich verwundeter Adler an sich riss, was noch frei schweifen konnte, hielt mein Vater Gibich an seinem Entschluss fest, dem Reich als Föderatenfürst zu dienen. Wie fremd war uns die Lebensweise dieses alten, riesigen, einst von Vernunft regierten und jetzt in Eitelkeit erstickten Staates! Wie fern erschien das satte, zynische Kalkül der Römer den leidenschaftlichen Gemütern der Burgunder, die unbeherrscht und voller Sehnsucht waren und noch staunen, lachen und sogar spielen konnten!

Wir folgten damals den Spuren des aus Augusta Treverorum entflohenen Präfekten durchs östliche Gallien. Ringsum wurde das Land von Verwüstungen und heftigen Kämpfen geschüttelt; Boten berichteten sogar von einem Überfall des Vandalenvolkes auf Augusta Treverorum. Offenbar war diese einst mächtige Stadt nun doch noch in Schutt und Asche gelegt worden. Mit dem römischen Frieden schien es im Norden endgültig vorbei zu sein, seit so viele heimatlose Völker über den Rhenus gekommen waren. Westrom geriet immer stärker in Bedrängnis. Doch statt sich davon entmutigen zu lassen, wuchs meines Vaters

Selbstbewusstsein: Er wusste, dass Rom es sich in dieser Stunde nicht leisten konnte, selbst ein so kleines Volk wie die Burgunder vor den Kopf zu stoßen.

»Du weißt, wie sehr sich dein Vater danach sehnt, unserem Volk einen Platz in der zivilisierten Welt zu verschaffen.« Bebend vor Erregung riss mich Uote im Sommer des folgenden Jahres in einer heftigen Umarmung an sich. »Heute kommt er seinem Ziel einen großen Schritt näher. Cäsar Konstantin wird persönlich seinen Treueschwur entgegennehmen. Endlich ist es so weit: Burgund tritt ins Licht. Vergiss diesen Tag niemals, meine Tochter! Der Schutz des römischen Friedens lässt in greifbare Nähe rücken, wovon wir bisher nur träumen konnten.«

»Und wovon haben wir geträumt?«, erkundigte ich mich, während Irminberga mir meine blauseidene Untertunika über den Kopf zog, die mir zu eng und zu kurz geworden war.

»Zum Beispiel von der Freiheit, über etwas nachzudenken, bevor man es nur auf Grund seiner Fremdheit verwirft.« Etwas Seltenes geschah: Mutter lächelte über meine Verständnislosigkeit, statt mich mit einer unnachgiebigen Erklärung einzuschüchtern. »Oder von genügend Muße und Überfluss, um außer Waffen auch schöne Dinge wie Schmuck und Wandteppiche herzustellen. Frieden bedeutet Musik und weiche Stoffe, ein festes Haus mit geheizten Zimmern … Vielleicht werdet ihr Kinder sogar Lesen und Schreiben lernen.«

»Meinst du wirklich?«, staunte ich, da ich mir meine

Brüder beim besten Willen nicht mit einem Gänsekiel in der Hand vorstellen konnte. Gundahar war inzwischen neun und lebte im Verband mit den anderen Edelknaben; ich sah ihn kaum noch. Der siebenjährige Gerenot versuchte dem Thronerben in allem nachzueifern und steckte deshalb mehr Schrammen und blau geschlagene Augen ein als jeder andere Knabe seines Alters. Wenn sich seine Hände nicht gerade zu Fäusten ballten, umklammerten sie einen Übungsspeer oder einen der leichteren Pfeile für die Vogeljagd.
Mutter lachte über meine Zweifel und warf genussvoll den Kopf zurück, als spürte sie eine warme Sommerbrise auf dem Gesicht. Während Irminberga und ich gebannt zusahen, steckte ihre Zofe Rindika ihr das Haar mit Hilfe von zahllosen Nadeln und goldenen Bändern zu einer ungeheuren Frisur auf, die einem ausladenden goldenen Halbmond glich. Dazu trug meine Mutter ein dreieckiges Diadem aus Gold, dessen untere Spitze bis zum Nasenrücken reichte. Polierte Bernsteine waren in Form einer großen Rune in dem Diadem eingearbeitet.
»Dies ist die Krone unserer Stammesmutter Kudrun, der Königin von Burgundarholm«, beantwortete Uote meinen fragenden Blick. »Einst zog sie an der Seite ihres Mannes aus den langen eisigen Nächten fort nach Süden; entschlossen, das Licht Burgunds in eine bessere Zukunft zu tragen. Diese Rune ist Ur, der Ursprung, das Wispern der Nornen in den Wassern des Urdbrunnens. Möge der heutige Tag auch Kudruns Hoffnung erfüllen.«

Sie streckte die Arme aus, und Rindika zog ihr ein dicht besticktes Brokatgewand über die blutrote Seidentunika. Als hätte sie sich dadurch endgültig von meiner Mutter in die Symbolgestalt eines unbeugsamen Geschlechts verwandelt, schritt Uote hinaus, ohne sich noch einmal umzusehen.
Ich war zwar kurz zuvor schon fünf Jahre alt geworden, saß aber trotzdem während der Zeremonie auf dem Arm meiner Amme, um besser sehen zu können. Schon bald überkam mich ein Gefühl der Unwirklichkeit. Meine Eltern standen mit dem Cäsar, seinen Adjutanten und anderen Würdenträgern auf einer zu diesem Zweck rasch gezimmerten Empore am Ufer des Rhodanus. Teppiche waren über das grobe Holz gebreitet, und hinter dem Podest ragten farbenfrohe Banner blitzend in den tiefblauen Spätsommerhimmel. Auf der Uferwiese ringsum drängte sich das festlich geschmückte Burgundervolk, vermischt mit Bauern aus der Umgebung sowie der kaiserlichen Leibwache und einer Zenturie römischer Soldaten. Am meisten beeindruckte mich das glückliche, gelöste Lachen meiner Mutter, als mein Vater mit einer goldenen Feder das magische Pergament unterzeichnete, das ihn offiziell zum Paladin Roms erhob.
Auf dem angrenzenden Anger hatte man eine bunte Zeltstadt für ein Volksfest errichtet. Später sollte es dort Kampfspiele, Gaukler und Bärentänze zu sehen geben; doch jetzt gab der Cäsar Konstantin, dessen goldene Brünne mit der Sonne um die Wette gleißte, meinem Vater unter einem riesigen Feldzeichen des

römischen Adlers den Bruderkuss. Die Leute jubelten, und auch ich klatschte jauchzend in die Hände, als das burgundische Banner aufgezogen wurde und stolz neben dem kaiserlichen Adler und den Standarten anderer Föderaten in der Brise flatterte.
»Seht den kühnsten Mann unter der Sonne«, bemerkte mein Bruder Gerenot, heiser vor Ehrfurcht. Er nahm bereits an den Waffenübungen der Knaben teil und hatte mir oft von den Berichten erzählt, wie Konstantin sich in Britannien selbst zum Cäsar der römischen Armee ernannt habe, obwohl in Ravenna ein weströmischer Cäsar residierte. Vor kurzem hatte er den Oceanus Britannicus überquert, um das durch die Vandalen und andere Völker schwer bedrängte Gallien zu befrieden. Der ehemalige Hauptmann Konstantin war der strahlende Held jedes germanischen Heeres bis hinunter zum jüngsten Knappen.
»Wetten, dass hier keiner weiß, was ich weiß«, flüsterte Gundahar, der sich ausnahmsweise dazu herabließ, öffentlich mit uns Jüngeren zu sprechen. Er zählte sich jetzt schon gern zu den Männern, obwohl seine Knabenweihe erst in drei Jahren stattfinden würde.
Gerenots Augen wurden groß. »Was denn?«, hauchte er.
Gundahars überlegenes, wichtigtuerisches Grinsen erinnerte mich an eine Katze, die eine Maus noch einmal aus ihren Fängen entlässt, bevor sie ihr den Todesbiss verpasst. »Ich darf es dir eigentlich nicht sagen«, raunte er. »Schwöre, dass du Schweigen bewahrst!«

»Ich schwöre es!«, versicherte Gerenot und hob die Hand. Meine gering geachtete Anwesenheit schien Gundahar keines Schwurs erforderlich zu sein; er übersah mich und Irminberga völlig. Von Gerenots Zuverlässigkeit hinlänglich überzeugt, nickte er gemessen.

»Also, hör zu!«, sagte er. »Noch heute Nacht wird sich Cäsar mit seiner Leibgarde in seine neue gallische Hauptstadt Arelate zurückziehen. Nur die getreuesten Truppen, die mit ihm den ganzen Weg aus Britannien gekommen sind, dürfen ihn begleiten. Den Rest, diese Zenturie hier und die marschbereiten Hilfstruppen, wird er ausschicken, einen Hinterhalt zu legen. Damit will er die feigen Kriecher aus Ravenna so lange aufhalten, bis seine Burg in Arelate gerüstet ist. Dort wird er die Truppen des verräterischen Cäsaren Honorius dann erwarten und diesen Knabenfickern die Stirn bieten, bis niemand mehr seine Autorität anzuzweifeln wagt.«

»Heil und Sieg dem edlen Cäsar Konstantin!«, entfuhr es Gerenot, als hätte er nur auf ein Stichwort gewartet.

»Heil Cäsar, heil seinem Paladin!«, schrie in diesem Augenblick das Volk. Konstantin und mein Vater waren Hand in Hand an den Rand der Empore getreten, um die Huldigung entgegenzunehmen. Kaum ein Burgunder sprach gut genug Latein, um den weitschweifigen Reden folgen zu können; doch eine solche Geste würde niemand missverstehen.

»Wieso nennst du den Cäsar Honorius einen Verräter?«, wagte ich durch den Jubel hindurch zu fragen.

»Er ist doch der rechtmäßige Erbe des weströmischen Purpurs, genau wie du der Erbe der burgundischen Krone bist?«

Gundahar erwog, meine Dreistigkeit mit Nichtachtung zu strafen; doch die Gelegenheit, sich mit seinen politischen Einsichten zu brüsten, war zu günstig. »Weißt du denn nicht, welch ein Feigling Honorius ist? Er hat seine Residenz nach Ravenna verlegen lassen, mitten in den Sumpf, weil er sich dort angeblich sicherer fühlt als in den Festungen von Rom. Und er hat die Tochter seines Vormunds Stilicho geheiratet, obwohl der sein Schwager ist …«

»Das bedeutet, der Cäsar hat seine Nichte geheiratet, oder?«, versuchte ich den verschlungenen verwandtschaftlichen Beziehungen der römischen Herrscher zu folgen. »Warum ist das schlimm?«

Gundahar schnaubte ungeduldig. »Aber Stilicho ist ein dreckiger Vandale! Und Honorius ist nichts als sein Spielzeug!«

Gerenot bemühte sich, seiner Stimme einen männlichen Klang zu geben, und schlug mit der Faust auf die Stelle, wo er unter dem ledernen Knabenpanzer sein Herz vermutete. »Tapferkeit und Ehrenhaftigkeit zählen mehr als altes Kaiserblut!«, krähte er. »Ein Weichling, wer nicht zu Konstantin steht in dieser schweren Stunde!«

Ich weiß nicht, warum ich Gerenot und Gundahar, die gewiss nicht dümmer oder großspuriger waren als andere Knaben ihres Alters, in diesem Augenblick hasste. Doch gerade dieser Hass ist es, an den ich mich heute am lebhaftesten erinnere. Hass auf die Selbstgerechtigkeit aller Krieger, die sich für ruhmvoll und ehrenhaft hielten und doch Tod säten; ununterbrochen überall Tod. Natürlich war ich zu jung, um die Tragweite der Gegebenheiten zu begreifen, die Gundahar angedeutet hatte, aber gerade deshalb wurde ich nicht von den Verstrickungen verwirrt und geblendet, die diese einfache Wahrheit offenbar in den Augen aller anderen verschleierte. Sogar meine Mutter, die Unnahbare, Königliche, stets um politische Weitsicht Bemühte, empfand diesen Tag als absoluten Höhepunkt ihres bisherigen Lebens.

Wie heute jeder weiß, zwangen die Truppen des rechtmäßigen Cäsaren Honorius den Soldatenkaiser Konstantin wenige Jahre später in die Knie, und er wurde zusammen mit seiner treuen Leibgarde hingerichtet. Honorius von Westrom war natürlich viel zu erhaben, um sich mit einem dahergelaufenen Barbarenkönig wie meinem Vater, der nur die jämmerliche Anzahl von knapp vierzigtausend Menschen seine Untertanen nannte, persönlich zu treffen. Zum Glück hatte Gibich bald die unsichere Position Konstantins begriffen, und es war ihm im folgenden Jahr gelungen, wenigstens den weströmischen Heermeister Constantius zu einer Audienz zu bewegen.

Zähe Verhandlungen voller Drohungen, Versprechungen und Einschüchterungsversuchen schlossen sich an; das wusste ich, obwohl mir niemand etwas Genaueres erzählte. Ich las es aus den stumpfen, zusammengekniffenen Augen meines Vaters, wenn er abends bleich vor Erschöpfung aus dem Reisezelt des Heermeisters trat und so tat, als bemerke er nicht, dass die römische Leibwache nicht vor ihm salutierte. Ich las es aus dem unbewegten Gesicht und der hoch aufgerichteten Haltung meiner Mutter, die ihn stets in großer Robe, einen goldenen Pokal voll gallischem Wein in der Hand, vor dem burgundischen Königszelt erwartete.

Das Königszelt bildete das Herz unseres Lagers, und die unnachgiebige, zeremonielle Haltung meiner Mutter flößte selbst Spöttern und Zweiflern Ehrfurcht ein. Ich spürte, dass sie meinem Vater auf diese Weise seine Würde zurückgab, die der höhnische Heermeister im Lauf des Tages unzählige Male mit Füßen getreten hatte. Der römische Magister militum sah in einem germanischen Stammesfürsten wahrscheinlich kaum mehr als das Leittier eines Wolfsrudels; doch Mutters makellose königliche Haltung verdeutlichte die innere Kraft und den Stolz Burgunds. Sie war der lebende Beweis dafür, dass Burgund mehr war als ein Haufen bewaffneter Bettler. Burgund war ein Plan, ein magischer Traum, eine Vision des unnachgiebigen Herzens – und Mutters grimmige Entschlossenheit gab alldem die Gestalt einer Königin, die auch der Einfältigste nicht übersehen konnte.

Endlich gelang es meinem Vater, Constantius davon zu überzeugen, dass die Loyalität der Burgunder keineswegs an die Person des Usurpators gebunden war, und der Heermeister beglaubigte den burgundischen Föderatenvertrag mit seiner eigenen Unterschrift –

sonst hätten Gibich und sein burgundisches Heer das schmähliche Los Konstantins womöglich geteilt. Doch Constantius tat noch mehr: Er wies den Burgundern Land zu, Land, das wir bewohnen, befestigen und für Rom gegen Vandalen, Alamannen, Quaden, Sueben und andere Feinde verteidigen sollten. Als mein Vater vom letzten Treffen mit dem Feldherrn zurückkehrte, schwenkte er triumphierend eine Pergamentrolle. Auch an diesem Tag stürmte ich unaufgefordert ins Königszelt, wo mich mein strahlender Vater umarmte.

»Borbetomagus!« Er lachte. »Die Festung am Ufer des Rhenus, weißt du noch? Die ist jetzt unser Eigen! Dank der Kraft dieses Pergaments kann uns niemand mehr von dort vertreiben.«

Ich erinnerte mich vor allem an die breite Kiesbank zwischen zwei Seitenarmen des Rhenus und an die Stimme des Flusses, die so gebieterisch nach mir gerufen hatte. Vielleicht war dies eine Art Vorwissen gewesen, da sich Borbetomagus nun als so bedeutungsvoller Ort für uns Burgunder erwiesen hatte. Erleichtert erwiderte ich Vaters Umarmung und lachte mit ihm. Das ganze Lager feierte an jenem Tag, und jeder trank auf eine goldene Zukunft. Dass Borbetomagus, wie wir bald darauf erfahren sollten, soeben von den Vandalen verwüstet worden war, ahnte noch keiner der Begeisterten.

Mir aber pflanzten die Ereignisse ein tiefes Misstrauen gegen die öffentliche Zurschaustellung angeblicher Brüderlichkeit ein. Es schien mir bitter ungerecht, dass der selbst ernannte Cäsar Konstantin, der doch genau gewusst haben musste, wie prekär seine Lage war, Vater und die Burgunder gleichsam unter Vorspiegelung falscher Tatsachen zu Paladinen Roms und letztlich zum Gespött gemacht hatte. Wenn schon ein Feldherr aus dem Volk derart kaltschnäuzig mit Schwächeren umging, wie mochte dann erst der wirkliche Cäsar, in dessen Adern das Blut eines tausendjährigen Imperiums floss, einer Horde Heimatloser gegenüberstehen?

Kapitel 3

Als mich Dalraida heute Morgen weckte, glaubte ich mich im ersten Augenblick noch an den Ufern des Rhodanus. In meinem Gemüt vermischen sich Vergangenheit und Gegenwart; aus Angst vor der Zukunft sicherlich, aber vielleicht auch einfach deshalb, weil ich nach so vielen Jahren wieder auf Reisen bin. Uzendur bat mich sehr höflich um eine Audienz; ich empfing ihn im Inneren meines Reisewagens auf dem Bett, das mit seinen kostbaren Polstern, Fellen und bestickten Decken einem Thron gleicht. Seinem verblüfften Gesichtsausdruck entnahm ich, dass auch die Hunnen solcher Sitte folgen.

»Wie ist dein Befinden, Herrin?«, fragte er in seinem rauen, kehligen Latein.

»Sehr gut«, erwiderte ich knapp. Er hatte seinen Helm abgenommen, und ich musste mich sehr beherrschen, um nicht vor dem kahl rasierten Schädel zurückzuzucken, von dem ein einzelnes Haarbüschel in die Stirn fiel. Zwei weitere Büschel waren im Nacken zu Zöpfen geflochten. Ich fragte mich, was er wollte. Ich würde viel Übung brauchen, um in den dunklen, schräg stehenden Augen der Hunnen verborgene Absichten erkennen zu können.

Gerade noch rechtzeitig erinnerte ich mich, dass es

unter ihresgleichen als unhöflich galt, gleich zur Sache zu kommen, und winkte Dalraida, Uzendur Brot und Wein anzubieten. Um ihn nicht vor den Kopf zu stoßen, trank ich trotz der frühen Stunde ein Glas des schweren, dunkelroten Rebsaftes mit ihm.
»Haben die anderen Frauen deines Vaters auch solche Reisewagen wie diesen?«, fragte ich leichthin.
Sein fremdartiges Gesicht verlor an Härte. »Nein, edle Dame. Wir laden unsere Jurten im Ganzen auf die Wagen. Von fern sehen sie dann aus wie fahrende Häuser.«
»So große Wagen habt ihr?« Ich war ehrlich überrascht.
»Zwischen den Rädern können sie zwanzig Fuß breit sein. Natürlich ragen die Jurten der Königinnen weit darüber hinaus. Die Deichsel des Wagens meiner Mutter ist so lang wie ein Schiffsmast. Das Gefährt wird von zweiundzwanzig Ochsen bewegt: elf davor und elf dahinter.«
Während das Bild einer Jurte vor mir auftauchte, die wie eine riesige schwarze Narrenkappe über einer Herde Ochsen schwankte, und eine blutrote Wintersonne am weiten, niedrigen Himmel hing, fragte Dalraida schüchtern: »Und wie überquert ihr mit solchen Ungetümen einen Fluss?«
»Wir binden einen Kahn unter jedes Rad und knüpfen die Boote dann zusammen.« Uzendur lächelte plötzlich, als erinnere er sich einer lang zurückliegenden Begebenheit. »Aber ich glaube nicht, dass du viel wirst reisen müssen, Herrin. Das Gefolge meines Va-

ters lebt heutzutage in seiner Residenz, der Ecilburgu am Fluss Tiphisas.«
»Ich bin begierig, den berühmten hölzernen Palast zu sehen«, murmelte ich, verärgert, weil er mich so selbstverständlich zum Gefolge zählte. Natürlich hätte mir das klar sein müssen – ich wusste nicht einmal genau, wie viele Hauptfrauen der Hunnenherrscher hatte, geschweige denn, wie viele Konkubinen. Es würde an mir liegen, welchen Stellenwert ich unter den Gemahlinnen letztendlich einnahm. Für diesmal hatte ich jedenfalls genug von hunnischer Höflichkeit.
»Darf ich erfahren, was dich zu mir führt?«, erkundigte ich mich kühl.
Uzendur scharrte verlegen mit den Füßen. Er trug weiche Stiefel aus Pferdeleder, deren Schäfte bis zu den Oberschenkeln reichten. »Ich muss dir eine Frage stellen«, brummte er widerstrebend. »Dein königlicher Neffe hat mich und meine Männer höchst großzügig mit burgundischen Gürteln beschenkt. Man sagt den Schnallen Zauberkraft nach und … Herrin, vergib mir, aber Argwohn gehört zum Handwerk meiner Männer, die nicht Gelehrte, sondern Krieger sind. Einige haben mich gefragt, ob wir denn sicher sein könnten, dass der Zauber, der dem Geschenk innewohnt, uns nicht verderben wird.«
Dalraida und ich tauschten einen belustigten Blick.
»Zeig mir einen der Gürtel«, bat ich. Nach kurzem Zögern schlug der Hunne seinen kurzen schwarzen Überwurf zurück. Die in Silber plattierte runde Scheibe der Gürtelschnalle bedeckte seinen Bauch von der

Scham bis zum Rippenbogen. Sogar ich war beeindruckt von dem wunderschönen Stück, das mein Neffe für Attilas Sohn ausgesucht hatte. »Trägst du den Mantel darüber, um die Gefühle deiner Männer zu schonen?«, schmunzelte ich.
Uzendur nickte finster. Sein Blick begegnete dem meinen, und er musste wider Willen lachen. »Ich wollte niemanden beunruhigen, aber der Gürtel ist zu schön, um ihn in meinen Packen zu stecken«, brummte er.
»Das stimmt. Betrachte ihn genau! Sein Zauber wirkt auf vielerlei Weise. Einiges davon ist offensichtlich, wenn man darüber nachdenkt. Zum Beispiel weißt du, dass du ein schönes Stück besitzt, und bist stolz darauf. Allein ein solcher Stolz gibt Kraft. Auch zwingt die Scheibe dich durch ihre schiere Größe zu gerader Haltung, was ein Gefühl der Überlegenheit erzeugt. Und natürlich bewirkt das Wissen um den ständigen Schutz der Metallplatte auf deinem Bauch eine gewisse Kühnheit.«
Uzendur, der sich noch nie über solche Zusammenhänge den Kopf zerbrochen hatte, fuhr gedankenvoll mit dem Finger über das eingearbeitete Bild. »Das ist natürlich wahr. Aber es steckt noch mehr dahinter, nicht wahr? All dies träfe auf jede große, schön gearbeitete Gürtelschließe zu. Warum sagt man den Schnallen der Burgunder so viel Besonderes nach?«
»Aus vielen Gründen«, seufzte ich. Das Gespräch trieb mich zu einer Offenheit, die ich nicht beabsichtigt hatte. Dennoch war es vielleicht ein Anfang; wollte ich Attila dazu bringen, mir den Hort wiederzuge-

winnen, würde ich noch viel weiter gehen müssen. Ich entschied, dass der Umgang mit seinem Sohn eine gute Übung für mich war.

»Silber ist das Metall des Mondes und versinnbildlicht allgemein die weibliche Hälfte der Schöpfung«, erklärte ich vorsichtig. »Eisen dagegen ist, wie jeder weiß, der Inbegriff des Männlichen. Ein Teil des Zaubers äußert sich darin, dass unsere Schmiede das Geheimnis besitzen, diese beiden gegensätzlichen Metalle zu verbinden. Sie hüten ihre Kunst voll Eifersucht, und wenn ein Schmied keinen würdigen Schüler findet, nimmt er sein Geheimnis lieber mit ins Grab, als es einem Unwürdigen anzuvertrauen. Die Schmiede stellen Walzen her, mit denen sie dem Männlichen, dem Eisen, eine Form einprägen, in die sie das Weibliche, das Silber einfließen lassen. Allein die Hitze zu bestimmen, die Silber zum Schmelzen bringt und Eisen weich genug macht, das Silber anzunehmen, erfordert jahrelange Übung ... Aber man muss den Vorgang nicht im Einzelnen kennen, um zu begreifen, was er bedeutet: Versöhnung, Ausgleich, Gleichgewicht der Kräfte, Ergänzung statt Fremdheit oder gar Feindschaft. Durch die Verbindung entsteht etwas Neues: Harmonie. Gewissermaßen wird das Männliche durch das Weibliche erlöst und umgekehrt.«

Ich warf meinem künftigen Stiefsohn einen scharfen Blick zu, um abzuschätzen, ob er bereits den bloßen Gedanken an eine solche Möglichkeit verachtete. Doch zu meiner Überraschung nickte er nachdenklich. »Ich weiß, dass die ganze Schöpfung aus diesen beiden Kräften besteht. Unsere Ahnen, die Hsiung-Nu, nannten sie Yin und Yang. Die Kunst, sie im Gleichgewicht zu halten, bedeutet bei uns die allerhöchste Weisheit.«

»Dann kennst du sicher auch den schlichten Kern jeglicher Magie«, lächelte ich.

»Was meinst du?«

»Vielleicht ist es so einfach, dass du nie darauf geachtet hast. Das wesentlichste Element eines Zaubers, egal welcher Art, ist es, daran zu glauben. Nichts weiter. Wenn du nicht an ihn glaubst, wirkt der beste Zauber nur sehr schwach. Aber je mehr du glaubst, desto mehr wächst die Zauberkraft.«

Uzendurs Gesicht nahm einen abweisenden, lauernden Ausdruck an. Wahrscheinlich dachte er an alles, woran er selber glaubte, und fühlte sich unsicherer, als ihm lieb war. »Es tut mir Leid, dass ich dir das nicht so gut erklären kann, wie ein Schmied oder ein Priester es gewiss könnte«, entschuldigte ich mich rasch, um ihn von sich selbst abzulenken. »Jedenfalls umfasst der Zauber der Gürtelschnallen mehrere Bereiche, die alle zusammenspielen müssen, damit er mächtig wirken kann. Zum einen ist da natürlich der Träger selbst: Er ist das Instrument, in dem der Zauber zum Ausdruck kommt. Zum anderen ist da die Gürtelschnalle: das Mittel, durch das sich der Zauber ausdrückt. Das wichtigste Element ist wohl das Bild, das auf der Schließe abgebildet ist, gewissermaßen die Botschaft. Was siehst du?«

»Einen Mann«, sagte Uzendur langsam. »Er steht mit hoch erhobenen Armen unter der Sonne, umgeben von Tieren und Pflanzen …«

»Der Mann ist Jesus Christus«, erklärte ich. »Er steht in der Mitte der Schöpfung. Seine Haltung mit den nach oben ausgestreckten Armen entspricht der uralten Man-Rune, die auch die Licht-Rune genannt wird. Sie versinnbildlicht den Menschen im Augenblick der Vollkommenheit; in ihr ist die Verbindung zwischen Himmel und Erde hergestellt. Diese Gürtelschnalle beweist, dass Jesus die Vollendung und Erlösung Asks, des ersten Mannes, ist, der bei den Hebräern Adam heißt. Damit zeigt sie, dass der Glauben unserer Ahnen in Christus seine Erfüllung gefunden hat. Früher bestanden unsere magischen Bilder ausschließlich aus Runen, die manchmal vereinfachte Tierformen annahmen. Die Runen gehen auf die alte Kunst zurück, mit einer Frage verbunden, Stäbe zu werfen und Antworten zu gewinnen, indem man in den Mustern, wie diese Stäbe fallen, die verborgene Wahrheit oder die Zukunft erkennt …«

»Das tun unsere Schamanen auch«, unterbrach Uzendur mich erleichtert, weil wir uns wieder auf ihm vertrauten Terrain bewegten. »Sie werfen allerdings Knochen.«

»Das Prinzip ist dasselbe«, bestätigte ich. »Sowohl Knochen als auch Buchenstäbe fallen in gewisse Grundformen, in denen für die Augen des Wissenden die Bausteine der Schöpfung sichtbar werden. Seit wir Burgunder Christen wurden, verschmolzen manche

Runen mit Bildern von der Botschaft Jesu.« Plötzlich fühlte ich die Versöhnung und den Ausgleich greifbar nah. Mir war leicht und frei zumute; ich lächelte meinen künftigen Stiefsohn übermütig an. »Jetzt hast du dir gewiss weit mehr anhören müssen, als du wissen wolltest. Ich hoffe, ich habe zumindest deine Frage beantwortet.«

»Deine Weisheit ist groß, Herrin. Ich weiß genug, um meine Männer zu beruhigen.« Uzendur neigte leicht den Kopf. Ich konnte seinen Blick noch immer nicht recht deuten, doch schien es mir, als schimmerte ein sanftes Licht darin.

Den ganzen Tag führte unsere Straße an den rauschenden Wassern eines Flusses entlang nach Norden. Ich versuchte zu schreiben, wurde aber im Wagen so durchgerüttelt, dass ich bald aufgab und mich neben Dalraida auf den Kutschbock setzte. Die Frühlingssonne riss den tiefblauen Himmel zu ungeheurer Tiefe auf, und zu unserer Rechten schienen die schneebedeckten Gipfel mitten ins Blau zu stürmen, während sich zu unserer Linken sanftes, fruchtbares Hügelland erstreckte. Vieh graste auf den frischen grünen Matten, Vögel flitzten lustvoll durch die laue Frühlingsluft. Überall wippten pralle Knospen in der leichten Brise, wie von geheimer Vorfreude erfüllt. Als wir durch die Stadt Aventicum zogen, winkte uns das Volk auf den Straßen fröhlich zu. Es war ein Tag, an dem das Herz unwillkürlich von Liedern widerklingt; trotz aller Unruhe und Furcht wurde auch ich von dieser Stimmung angesteckt, und der Anblick

meiner hunnischen Begleiter weckte nicht nur die Erinnerung an den Schmerz, den solche Krieger mir und meinem Volk gebracht haben, sondern auch die Erinnerung an meine allererste Begegnung mit den Hunnen.
Es war während unseres ersten Frühlings in Borbetomagus. Auf der strategisch großartig gelegenen Anhöhe, von der man weit über den Rhenus blickte, war schon lange vor der Römerzeit eine Festung gewesen. Hier kreuzte sich die uralte Salzstraße, die von der Bernsteinküste des Nordmeeres über die Alpen hinweg bis nach Rom führte, mit einer der ältesten Ost-West-Verbindungen. Zuletzt hatte eine römische Garnison hier gelegen und Borbetomagus zu einer wichtigen Provinzstadt gemacht. Es gab sogar ein Forum; der gepflasterte Marktplatz im Herzen der Stadt wurde von den säulengeschmückten Fassaden der Tempel und Verwaltungsgebäude in ein vollkommenes Quadrat gefasst und glich einem riesigen Saal unter freiem Himmel. Feuer hatten hier gewütet, und die Vandalen hatten alles Wertvolle mitgenommen, das von den Römern zurückgeblieben war. Doch noch immer bot das Forum einen höchst eindrucksvollen Anblick. Vater zog mit uns in das verlassene, aber immer noch prächtige Haus des Truppenkommandeurs ein, das an diesem schönen Platz lag, genau gegenüber dem Eingang des zerstörten römischen Theaters. Endlich hatten wir alle eigene Zimmer mit festen Wänden und großen Fenstern, von denen einige sogar verglast waren; und auch den beheizten Fußboden,

von dem Königin Uote immer geträumt hatte. Die Diener brauchten den Rest des Winters, um herauszufinden, wie die Heizung funktionierte, während Mutter von Raum zu Raum lief, überall bunte Stoffe drapierte, Öllampen aufhängte und dafür sorgte, dass die Steinchen der Mosaikbilder auf den Böden so sorgfältig poliert wurden, bis sie funkelten.

Vater gab unseren besten Zimmerleuten den Auftrag, ihm auf dem ehemaligen Exerzierplatz eine traditionelle Königshalle mit einem richtigen Königshochsitz zu bauen, wodurch die alte, großartige Holzschnitzkunst der Burgunder vor aller Welt gefeiert werden sollte. Für die Säulen ließ er gewaltige Baumstämme aus dem Myrkwald kommen. Sie waren so lang wie Schiffsmasten, trafen als Flöße in unserem Hafen ein und wurden am Ufer getrocknet. Vorerst benutzte der König jedoch den Festsaal des Kommandeurhauses mit seinen prunkvollen Klinen, wie wir zu unserer Verblüffung im Haus überhaupt noch viele römische Möbel, Teppiche, Geschirr und andere, zum Teil recht wunderliche Dinge vorfanden. Im Weinkeller entdeckten meines Vaters begeisterte Männer sogar noch viele unberührte Amphoren.

Der Grund dafür wurde uns bald klar: In der Stadt residierte ein christlich-arianischer Bischof, der behauptete, die ärgsten Plünderungen und Verwüstungen verhindert zu haben. Gleich am Tag unserer Ankunft suchte er Vater auf, sicherte ihm Freundschaft zu und bot für alle eventuell auftauchenden Probleme bei unserer Eingewöhnung seine uneingeschränkte Hilfe an. Der größte Teil der Menschen, die noch in der Stadt lebten, war bereits arianischen Glaubens, doch der Bischof versicherte uns, dass wir uns nicht zu bekehren brauchten, um ihn zum Freund zu haben.

Die Abgefeimtheit dieses Vorgehens verstand ich damals natürlich nicht; ich sah nur, dass dieser nette Mann uns vieles zeigte und erklärte, was wir ohne ihn vielleicht lange nicht herausgefunden hätten. Er stellte Vater die wichtigsten Häuptlinge der Umgebung vor, verriet Mutter, wann und wo ringsum die Märkte stattfanden und auf welche Waren sie dort hoffen konnte, und zeigte uns Kindern eine kleine, ebene Wiese im Hangwald, auf der, wie er sagte, auch die Kinder der Römer gespielt hatten. Borbetomagus war für mich wie ein riesiger Spielplatz; zum ersten Mal im Leben lernte ich die Freude kennen, an einem Ort geborgen zu sein, alle Winkel, Ecken und Geheimplätze allmählich zu erforschen und den Wechsel der Jahreszeiten an ein und demselben Baum zu beobachten.

Mein Lieblingsplatz lag im äußersten Süden der Stadt, jenseits eines mächtigen Wachturms, der schon errichtet worden war, bevor die Römer kamen. Ein Pfad schlängelte sich aus dem Schatten des Turmes hinaus durch hohes Brennnesselgestrüpp, und plötzlich trat man über eine unsichtbare Schwelle und befand sich in einer uralten, sagenhaften Welt. Hier hatten seit der Zeit des großen Eises Menschen gelebt; es war der älteste Ort, den ich je gesehen hatte. An seinem Südrand wölbte sich ein schmaler, makellos geformter Hügel über sieben Mannslängen von Ost nach West: die grasüberwachsene Pranke irgendeines versunkenen Urzeitwesens. Im Norden ragten zwei verwitterte Monolithe in den Himmel. Wenn ich dicht bei ihnen stand, hatte ich den wunderlichen Eindruck, dass sich das ganze Himmelszelt kreisend um mich bewegte und nur die beiden Menhire fest ruhten wie unerschütterliche Marksteine im Zeitenstrudel. Eines Winterabends, als mich beim Spielen die Dämmerung überraschte, wurde mir klar, dass sie mit dem Stand des Mondes und der Sterne in einem ausgeklügelten Verhältnis standen. Es gab nichts Prächtiges oder Anmutiges an jenem Ort, und doch schien die verborgene Macht, die dort schlummerte, nach mir zu greifen.

Dort spielte ich auch an jenem Frühlingstag, an den ich mich jetzt so lebhaft erinnere, weil er mich wie der heutige Tag unwiderstehlich mit Freude erfüllte. In meiner Vorstellung war ich eine große keltische Königin, die ihre Männer weit nach Osten und Westen gesandt hatte, um den sagenhaften Ort des ewigen Glücks zu finden. Der lang gestreckte Hügel war meine Festung, und ich tanzte zu der Musik, die mein imaginärer Barde aus dem wirklichen Vogelgezwitscher wob. Vom östlichen Rand meiner Hügelfestung spähte ich über den Strom, ob meine Kundschafter vielleicht wiederkehrten.

Vor Verblüffung rutschte ich fast vom Hügel, als ich im Osten tatsächlich eine Gruppe Reiter auf struppigen, gedrungenen Pferden entdeckte. Ihre Feldzeichen mit bunten Lederfahnen und Tierschädeln sahen grimmig aus. Jeder Reiter führte fünf ledige Pferde am Halfter mit sich, in meinen Augen Ausdruck eines ungeheuren Reichtums, da sich bei uns nur die wohlhabendsten Krieger ein Schlachtross leisten konnten. In leichtem Trab näherten sie sich dem Rhenus, und ich konnte immer mehr Einzelheiten erkennen. Die hohen geschnitzten und bunt bemalten Holzsättel glichen eher Möbelstücken und erinnerten mich an den ausladenden Luxus römischer Klinen. Die Männer hockten derart locker und bequem auf diesen Sätteln, als könnten sie reitend schlafen, träumen, essen und lieben – was sogar stimmte, wie ich heute weiß. Sie trugen halbrunde Helme und kurze, rechteckige Umhänge, doch ihre muskulösen Arme waren bis auf eine Menge kostbarer Armreifen nackt. Ihre Gesichter wirkten sehr fremdartig auf mich, denn die Augen standen schräg, und statt der buschigen Bärte der Germanen trugen diese Männer nur dünne, lang herabhängende Schnurrbärte. Auf einmal begriff ich, dass dies die gefürchteten Hunnen sein mussten, die ursprünglich all die Völker, die sich nun ins sterbende Weströmische Reich ergossen, aus dem Osten vertrieben hatten. Ich erschrak fast zu Tode und begriff nicht, warum die Wache am Stadttor die Fremden so freundlich begrüßte – wieder einmal ein Rätsel, das es zu lösen galt, und ich eilte mit fliegenden Haaren nach Hause.

Durch eine schmale Seitentür, die eigentlich der Dienerschaft vorbehalten war, schlüpfte ich in den Festsaal. Offenbar waren die Reiter erwartet worden, denn mein Vater hatte bereits seine ranghöchsten Hauptmänner versammelt, und Mutter trug eines ihrer prächtigsten Gewänder. Allmählich verstand ich auch, warum die Hunnen so viele Pferde mit sich führen mussten: In ihren fernen, wilden Gebieten konnten sie nicht auf die römischen Versorgungsstationen zurückgreifen, die das ganze Imperium wie ein Netzwerk umspannten und es Boten und anderen Reisenden ermöglichten, jeden Abend ihre ermüdeten Tiere auszuwechseln.

»Die edlen Gesandten Bahadur und Arkhai mit Gefolge!«, verkündete der Marschall, der am Portal stand, mit seiner eindrucksvollsten Stimme. Die Hunnen traten ein und blickten mit stolzer, undurchdringlicher Miene um sich. Sie hatten ihre Umhänge über die Schultern zurückgeworfen, kostbarer Goldschmuck schimmerte auf ihren nackten Oberkörpern. Sie waren so gedrungen und muskulös wie ihre Tiere und reichten den meisten Burgundern nur bis zur Schulter. Vor meinem Vater neigten sie den Kopf; mit einer so wohl bemessenen Bewegung, dass eine Winzigkeit weniger einer Beleidigung gleichgekommen wäre, jedes Mehr aber eine Unterlegenheit ausgedrückt hätte, die sie bestimmt nicht empfanden.

Der Anführer sagte etwas in einer von seltsamen Singlauten durchsetzten Sprache, und ein anderer übersetzte: »Heil dir, edler Fürst! Grüße und Segenswünsche bringen wir dir von Großkönig Kharaton, der dich aufnimmt in den Kreis seiner Paladine.«

In diesem Augenblick packte mich die unnachgiebige

Hand Irminbergas und zerrte mich trotz meines stummen, aber heftigen Protestes aus dem Saal. Ich wurde jedoch wegen meines Spionierens nicht gescholten, sondern in Windeseile gewaschen, gekämmt und in meine beste Tunika gesteckt. Dann führte mich die Amme vor aller Augen durch das Portal in den Saal zurück, wo sich inzwischen auch Gundahar und Gerenot in ihren kostbarsten Prinzenkleidern eingefunden hatten. Sogar den Säugling Gislaharius entdeckte ich auf Mutters Arm, obwohl er erst drei Wochen alt war. Ich versuchte, dem fortgeschrittenen Gespräch zu folgen, und begriff, dass die Hunnen gekommen waren, um eine Freundschaftsgeisel vom Burgunderhof abzuholen.

»… der Jugend meiner eigenen Kinder wegen«, sagte Vater gerade und winkte uns dreien, vorzutreten. Gundahar unterdrückte ausnahmsweise seinen Ärger darüber, dass seine Jugend erwähnt wurde: Er war sichtlich erleichtert, nicht allein mit diesen Fremden ins Hunnenland ziehen zu müssen. Gerenot hielt die Hand des älteren Bruders so fest umklammert, dass seine Finger blau anliefen. Über mich schweifte der Blick der beiden Gesandten flüchtig hinweg, doch ein unbestimmtes Grauen jagte mir einen Schauer über den Rücken. Ich wusste, wäre ich nur wenig älter gewesen, hätten sie mich ausgewählt, und meine Kindheit wäre unwiderruflich vorbei gewesen.

Gislaharius begann plötzlich zu weinen, und Uote gab ihn seiner Amme zurück, die ihn hastig aus dem Saal trug. Schmunzelnd sahen die fremden Krieger dem Säugling nach, während nun Hagen vortrat, der Sohn meiner verwitweten Tante Grimwerda. Er war schon sechzehn Jahre alt; ein junger Krieger, den die meisten Knaben glühend bewunderten, da er keine Furcht zu kennen schien. Ich hatte bislang wenig mit ihm zu tun gehabt; im Alter lagen wir zu weit auseinander, und die Jungen wollten, während sie zu Kriegern ausgebildet wurden, mit Mädchen ohnehin nichts zu tun haben.

Ich wusste nicht, ob seine Ruhe echt oder gespielt war, als er mit seiner bereits tiefen Stimme auf Lateinisch sagte: »Es ist mir eine Ehre, edler Oheim, meinem Volk und dir, meinem König, durch meine Fahrt zu dienen.«

»So sei es denn. Unser aller Dank gilt dir, mein kühner und geliebter Neffe. Lasst euch sagen, ihr edlen Herren, dass Hagen zweifach von königlichem Blut ist: bis zum fernen Troja reicht der Stamm seines Vaters Aldrian zurück. Ein älteres und edleres Geschlecht lebt nicht auf dieser Erde …«

Deshalb also ist sein Haar so schwarz, dachte ich benommen, aber warum ist seine Haut so bleich? Ich musterte die starren Gesichter von Hagens jüngerem Bruder Dankwart, seiner Mutter Grimwerda und ihrer Tochter Burglinde, an deren Röcke sich ihr dreijähriger Sohn Patafried klammerte. Grimwerda war die Schwester meines Vaters, und plötzlich begriff ich, dass mein Vater nicht die Wahrheit sagte. Natürlich stammte Hagen nicht von den Trojanern ab – die Stadt war vor so langer Zeit gefallen, dass man nicht einmal mehr wusste, wo genau sie gelegen hatte. Doch ich erinnerte mich, dass Gundahar mir einmal erzählt hatte, Rom sei angeblich von Trojanern gegründet worden, denen es gelungen war, dem Massenmord durch die Griechen zu entgehen, und es gelte als besonders edel, seine Herkunft von diesen Ahnen herzuleiten. Verwirrt versuchte ich, an Hagens unergründlicher Miene abzulesen, ob er selbst die Lüge glaubte oder ob er nur mitspielte, um Burgunds Ruhm zu mehren. Ich fand keine Antwort; nicht einmal ein leises Wimpernzucken verriet, ob der junge Krieger überhaupt etwas dachte oder fühlte. Da wusste ich, dass er im Inneren voll Scham und Einsamkeit und Abschiedsschmerz war – und niemand würde ihn trösten, denn er hätte so etwas niemals zugelassen.

Irgendetwas an den versteinerten, entschlossenen jungen Zügen griff mir mit Gewalt ans Herz. Plötzlich spürte ich, dass ich sein Weggehen um jeden Preis verhindern musste, weil großes Unheil daraus entstehen würde. Ohne zu überlegen, riss ich mich von der Hand Irminbergas los, stürmte in die Mitte des Saales und warf mich auf meinen Vetter.

»Bitte, geh nicht, Hagen!«, schluchzte ich und umklammerte verzweifelt seine Taille, da ich nicht bis zu seinem Hals hinaufreichen konnte. Nie habe ich ein verblüffteres Gesicht gesehen als das Hagens, als er versuchte, sich von mir zu befreien.

»Kriemhild – lass mich doch los! Was hast du denn?«, stammelte er in tödlicher Verlegenheit.

»Ich will nicht, dass du gehst – du darfst nicht gehen!

Bitte, bitte, Vater, schick jemand anderen!« Die Blicke aller Anwesenden schienen meinen Rücken zu durchbohren. Mutter funkelte mich wütend an, doch am peinlichsten war mir der traurige, ratlose Gesichtsausdruck meines Vaters.

»Hildiko, du hast es doch gehört. Ich kann niemanden von euch schicken, denn ihr seid noch zu jung. Hagen ist unser nächster Verwandter, er hat sich freiwillig …«

»Dann gib ihm wenigstens jemand mit, damit er nicht allein ist!«, unterbrach ich in aller Öffentlichkeit den König der Burgunder.

»In der Tat. Darauf wollte ich gerade kommen …«

Mehr hörte ich nicht, denn Irminberga zerrte mich höchst unsanft durch die Seitentür hinaus.

Ich sah Hagen vor seiner Abreise nicht mehr, da ich zur Strafe drei Tage lang mein Zimmer nicht verlassen und mit niemandem sprechen durfte. So hatte ich mehr als genug Zeit, um darüber nachzudenken, was genau geschehen war, doch ich kam zu keinem Ergebnis.

»Ich musste es einfach tun«, versuchte ich es meiner Mutter zu erklären, als sie nach der vierten Nacht endlich zu mir kam.

»Das genügt nicht, Kind. Du hast dich in Gegenwart wichtiger Gesandter so ungezügelt benommen wie ein Bauernmädchen. Du hast deinen Vetter Hagen, dessen Haltung ich nur bewundern kann, vor aller Augen dem Spott preisgegeben, und du hast von deinem königlichen Vater öffentlich etwas verlangt, das nur in diplomatischer Verhandlung hätte entschieden werden dürfen. Solches Verhalten ist unentschuldbar. Du musst mir sehr viel bessere Gründe nennen, wenn ich dir verzeihen soll.«

»Aber das ist es ja gerade – ich weiß es selbst nicht!«, heulte ich los. »Hagen sah so arm und einsam aus, das war alles, ich schwöre es dir! Ich dachte nur, wie schrecklich es sein muss, so tapfer und stolz zu sein und niemanden zu haben, der auch nur versucht, durch diese Schale zu dringen. Ich dachte – Mutter, wenn ich an seiner Stelle hätte gehen dürfen, ich hätte es getan! Es war, als würden weder er noch wir jemals wieder froh, wenn wir ihn so wegschicken. Als würde uns in diesem Augenblick irgendwie die Wahl gegeben und es sei die letzte Möglichkeit, für ihn und auch für uns, je glücklich zu sein.«

Uote sah mich mit ihrem gefürchteten, durchdringenden Blick an, doch diesmal begegnete ich ihm furchtlos, da ich nichts zu verlieren hatte. Nach einer Weile seufzte die Königin und senkte die Augen.

»Falls du jemals in Zukunft wieder so ein … Gefühl haben solltest«, sagte sie langsam, »dann, bitte, finde einen Weg, es mir oder deinem Vater diskret und ohne so viel Verdruss zu machen mitzuteilen. Du hättest zum Beispiel Irminberga bitten können, ruhig neben mich zu treten und mir zu sagen, dass du mich dringend augenblicklich sprechen musst. Ich hätte dann eine Möglichkeit gefunden, entweder den Saal mit dir zu verlassen oder die Anwesenden für kurze Zeit abzulenken.«

»All diese Männer ablenken? Wie denn das?«

Mir fiel ein Stein vom Herzen: Uote lächelte! »Glaub mir, das ist gar nicht so schwer, wenn man die Hohe Frau im Raum ist. Ich hätte zum Beispiel den Wunsch äußern können, die Gesandten des Großkönigs durch einen Trinkspruch zu ehren. Du weißt, mit dieser Sitte ehrt die Königin den edlen Gast, und wenn sie ein solches Ansinnen stellt, wird ihr jeder eilfertig zu Willen sein. Der Mundschenk hätte kommen und den Befehl entgegennehmen müssen, den besten Wein zu bringen, dann hätte der Prachtpokal präsentiert und gefüllt werden müssen; die Männer hätten sich bemüßigt gefühlt, mit schönen Worte die Ehre und Majestät Kharatons und deines Vaters zu rühmen ... Inzwischen hätten wir mehr als genug Gelegenheit gehabt, uns unauffällig zu verständigen. Verstehst du das?« Sie sah mich eindringlich an.

»Ja, Mutter«, räumte ich kleinlaut ein. »Es ... es tut mir wirklich Leid. Ich wusste nicht, was ich tun sollte, und habe nicht nachgedacht.«

»Das will ich glauben. Jedenfalls hat dein Auftritt bewirkt, dass der junge Edelmann Volkar von Alazay, der Spielmann, der seit kurzem bei uns zum Ritter ausgebildet wird, Hagen als Gefährte mitgegeben wurde.« Sie sah mich forschend an. »Vielleicht wird nun das Unheil nicht so schlimm, wie du vorauszuspüren glaubtest.«

»Das hoffe ich.«

»Ja. Ich auch.« Mutter lächelte. »Es ist gut – für diesmal. Nun lauf hinaus! Du bist lang genug hier eingesperrt gewesen.«

Gestern Nacht kamen mir wieder die Tränen, als ich die Passage über Hagens Abreise beendet hatte. Schließlich musste ich Dalraida wecken und sie bitten, mir wieder einen Schlaftrunk zu brauen. Ich schlief dann bis tief in den Morgen und wachte nicht einmal auf, als unser Zug sich in Bewegung setzte. Ich hoffe von ganzem Herzen, dass keiner der Männer etwas von meiner Aufregung gemerkt hat. Auch meinen Burgundern gegenüber möchte ich mir keine solche Blöße geben.

Ich fühle mich wie ein Stein, der allzu lang am Wasser gelegen hat und im steten, unerbittlichen Wechsel der Gezeiten allmählich ausgehöhlt wurde. Wer mich von der Landseite aus ansieht, erblickt dasselbe, was ich immer war: Kriemhild, die Schöne, Edle, Starke; der Burgunder Kraft. Doch auf der abgewandten Seite, wo die Wasser nagen und wühlen, klafft eine tiefe Mulde. Der Stein ist hohl, trübe Gewässer füllen ihn aus und bleiche, blinde Fische des Schmerzes und der Reue leben in der Höhlung. Dennoch ist es vielleicht besser zu trauern und zu hadern, als jedes Gefühl schon im Keim zu ersticken und die Hohlform gegen die Wasser zu stemmen, bis der Stein zerbirst.

Die Zeit ist ein reißender Strom, der uns erbarmungslos seiner Mündung zuträgt, und was geschehen ist, bleibt unveränderbar. Heute weiß jedes Fischermädchen: Wäre Hagen viele Jahre später nicht als ein so finsterer, misstrauischer Mann aus dem Hunnenreich heimgekehrt – ein halber Fremdling unter seinen Vettern –, dann hätte Brynild ihn niemals dazu bringen können, Siegfried zu ermorden. Ohne Siegfrieds Tod auf dem Gewissen hätte Gundahar seinen unbedachten Angriff auf Belgica gewiss nicht geführt, es hätte keinen Rachefeldzug gegeben und Burgund wäre nicht gefallen. Hätten also die Burgunder damals auf die Stimme des Herzens gehört, obwohl sie unvernünftig schien und aus dem Mund eines Kindes kam, und hätten sie Hagen nicht ins Hunnenland gesandt, dann könnten sie alle heute noch leben: Gislaharius, Volkar der Spielmann, der dicke, stets lachende Hildebert, Gernot, der seine Hunde so liebte, der schwärmerische Wyperich, Helmfried der Holzschnitzer … all die Gefährten meiner Jugend, all die törichten, hoffnungsvollen, herrlichen, verblendeten Burgunder – und Siegfried.

Oh, wenn ich nur verzeihen könnte, wenigstens mir selbst! Ich weiß, dann könnte das Licht mich neu berühren, das Siegfried in mein Leben brachte und das ich in den bitteren Jahren nach der Vernichtung Burgunds verlor. Er allein war vollkommen heil und ganz; ungebrochen strahlte das Licht durch jede Facette seines Daseins. Wer ihn nur einmal ansah, spürte, dass es keinen Unterschied gab zwischen seinem Wesen, seinen Worten und seinen Taten. Er vereinte alles Gute, Reine, Unschuldige in sich. Er wandelte auf der Grenze zum Wunderbaren und bewies der Welt, dass es möglich war, so zu sein. In jedem weckte er den Herzenswunsch, ihm gleich zu werden. Der Töter des Drachen. Wie hätte ich ihn nicht lieben sollen? Wie hätte ich nicht alles tun sollen, was in meiner

Macht lag, um ihn zu gewinnen? Und doch habe ich seinen Tod verschuldet. Eigentlich müsste ich und nicht der unglückliche Hagen des Mordes an ihm bezichtigt werden …

Den heutigen Reisetag verbrachte ich in einer Art dumpfem Dämmerschlaf, noch immer halb betäubt von Dalraidas Schlafkräutern. Beim Legionslager Vindonissa wandte sich die Straße nach Osten; zum letzten Mal im Leben reiste ich am Rhenus entlang, der hier, so nah an seinen Quellen, nur ein Flüsschen ist. In seinem Rauschen glaubte ich, Spott zu hören: Spott auf die stolzen Burgunder, die glaubten, der Wirklichkeit ihren Traum aufzwingen zu können. Niemand ist schuldlos, das weiß ich wohl.

»Ich bin besorgt um dich, Herrin«, flüsterte Dalraida angstvoll, als sie mir beim Abendlager eine gebratene Hirschkeule brachte. Einer der Hunnen hat das Tier im Lauf des Tages erlegt. Ich kann nur ahnen, was es für diese Männer bedeutet, sich dem schwerfälligen Tempo meines Prunkwagens anpassen zu müssen.

»Das kann ich mir denken. So viele Jahre zeigte ich nie eine Gefühlsregung, meine Selbstbeherrschung war sprichwörtlich in Genava – und nun habe ich mich in ein launisches, unberechenbares Bündel aus Angst und Schmerz verwandelt.«

Dalraida nickte mit schreckgeweiteten Augen.

»Du hast es schwer mit mir, und unsere Zukunft im Hunnenland ist ungewiss«, stellte ich fest. »Noch kannst du umkehren. Der Ritter Theuderich könnte dich nach Hause bringen.«

Dalraida schüttelte so heftig den Kopf, dass ihre dunklen Zöpfe flogen. »Bei dir ist mein Zuhause, Herrin«, versicherte sie leise.

»Gut. Dann trag mir jetzt den Tisch heraus und bring mein Schreibzeug! Die Nacht ist lau genug, um im Freien zu arbeiten.«

Dalraida nickte, blieb aber noch vor mir knien. »Herrin«, flüsterte sie, »muss das wirklich sein? Ich sehe doch, wie traurig es dich macht, das Schreiben.«

»O ja, es muss sein, glaub mir!« Ich lächelte über ihre skeptische Miene. »Dalraida, mir bleibt nicht mehr viel Zeit. Wenn ich Attila begegne, muss ich mir über vieles klar sein. Und um herauszufinden, was ich wissen muss, gibt es nur diesen einen Weg.«

Widerspruchslos brachte mir die Zofe daraufhin den kleinen Klapptisch, zu dem ein dreibeiniger Klappstuhl mit Ledersitz gehört und der noch aus der römischen Hinterlassenschaft in Borbetomagus stammt. Sie stellte mir eine Sturmlaterne mit einem Windschutz aus Horn auf und brachte mir heißen Met, den ich jetzt in kleinen Schlucken trinke, während der würzige Nachtwind Helvetiens über mein Gesicht streicht. Auch heute übernahmen Uzendur und Wolfhart die erste Wache; doch der Abstand zwischen ihnen ist schon viel geringer als gestern Abend.

Kapitel 4

Bald nachdem Hagen mit den hunnischen Gesandten fortgeritten war, versammelten Gibich und Uote uns Kinder.

»Ich habe eine wichtige Neuigkeit für euch«, fing Vater an. »Sie betrifft uns alle. Wir haben euch rufen lassen, damit es hinterher keine unangenehmen Überraschungen gibt.« Er lächelte ein wenig schief und warf mir einen viel sagenden Blick zu. Verlegen senkte ich den Kopf. Ich empfand Hagens Abwesenheit wie einen klaffenden Riss im Mantel, durch den die Kälte eindringt. Dass ich noch immer nicht begriff, warum mir das Ganze eigentlich so nah gegangen war, schürte eine nagende Unruhe in mir.

»Was für eine Neuigkeit?«, erkundigte sich Gundahar ungeduldig. Zu dieser Stunde exerzierten die größeren Jungen auf der Kieselwiese unten am Rhenus, und er wollte gern wieder dorthin zurückkehren.

»Es geht um unseren Freund, den Bischof Ello. Ich halte es für richtig, uns mit ihm und seinen mächtigen Freunden enger zu verbinden. Dazu ist es nötig, dass wir, die Königsfamilie, uns öffentlich zum arianischen Christentum bekehren und uns von ihm taufen lassen. Das Volk wird unserem Beispiel folgen. Bald wird Burgund ein christliches Königreich sein.«

»Die Christen stellen zur Zeit die größte Macht im Römischen Reich dar«, ergänzte Mutter. Ich sah ihr an, sie hatte lange und gründlich über diesen Schritt nachgedacht. »Letzten Endes sind sie sogar mächtiger als die Hunnen, obwohl Großkönig Kharaton das natürlich nicht zugeben würde. Seit der Ostcäsar Arkadius im letzten Jahr gestorben ist, wird sein unmündiger Sohn, Cäsar Theodosius, mehr und mehr von den Bischöfen beeinflusst.«

»Ich habe gehört, seine Schwester Pulcheria beeinflusst den Ostcäsar mehr als jeder andere Mensch«, platzte Gundahar heraus und streifte mich mit einem verächtlichen Blick. »Er ist ein Waschlappen, und Pulcheria ist eine blöde Gans. Sie ist schon zwölf, weist aber jeden Freier ab. Ihre zwei jüngeren Schwestern sind genauso doof. Sie …«

»Ich kann mir denken, warum ihr Knaben euch so eingehend mit den Töchtern des Ostcäsaren beschäftigt«, unterbrach ihn Vater belustigt. »Doch das gehört nicht hierher und hat mit meinem Beschluss nichts zu tun.«

»Wir sollen uns taufen lassen?« Zögernd räusperte ich mich. »Immer höre ich, dass Bischof Ello arianisch ist, als sei das etwas Besonderes. Was bedeutet das eigentlich?«

»Eine gute Frage«, lobte mich König Gibich. »Innerhalb der Christenheit gibt es mehrere verschiedene Glaubensrichtungen. So viel ich weiß, heißen die vier wichtigsten Monophysiten, Nestorianer, Arianer und Katholiken. Die einzelnen Richtungen haben wohl mit dem ursprünglichen Glaubensgut der jeweiligen Völker zu tun, die ihnen anhängen, doch da ich mit der Christenreligion nicht vertraut bin, kann ich unmöglich sagen, wodurch sie sich letzten Endes unterscheiden. Die Arianer sind jedenfalls tolerant gegenüber den alten Göttern und den traditionellen Bräuchen unseres Volkes. Sie verlangen nicht, dass wir alles Bekannte und Geliebte aufgeben, sondern verleihen vielem nur eine neue oder erweiterte Bedeutung. Jedenfalls hat mir der Bischof das zugesichert. Er versteht, dass wir nach unseren langen Irrfahrten nicht bereit sind, das wenige zu opfern, das uns überhaupt noch eigen ist.«

»Wahrscheinlich bekehren sich die meisten germanischen Völker, die wie wir von Norden und Osten kommen, aus diesem Grund zum Arianismus«, fiel Uote ein. »Austrogoten, Vandalen, Langobarden, vor allem die mächtigen Visigoten …«

»Werden die dann alle unsere Verbündeten?«, brummte Gundahar.

»Zumindest werden sie uns vielleicht näher stehen als bisher«, lautete meines Vaters ausweichende Antwort.

»Aber ich habe gehört, dass der Visigotenkönig Alarich schon seit über einem Jahr Rom belagert, obwohl er doch einen Föderatenvertrag hat, genau wie wir«, warf ich ein. »Ich meine, ist er denn nicht ein Eidbrecher?«

»Rom hat den Eid zuerst gebrochen«, erklärte meine Mutter scharf. »Ostrom, um genau zu sein. In Ostrom wird seit Jahren eine den Germanen feindliche Politik betrieben, hauptsächlich geschürt durch Cäsar Theodosius' Mutter, die fränkische Prinzessin Aelia. Vielleicht übt sie damit irgendeine persönliche Rache aus; anders kann ich es mir nicht erklären. Jedenfalls ist sie von allen läufigen Hündinnen, die je einen Thron bestiegen haben, die …«

»In Ostrom hängt man der so genannten monophysitischen Auffassung an«, unterbrach mein Vater die Anklage meiner Mutter. »Fragt mich bitte nicht, was das genau bedeutet! Jedenfalls steht sie im Gegensatz zum Glauben der Katholiken, zu denen Bischof Leo von Westrom zählt. Vor kurzem wurde er zum höchsten Oberhaupt der Christenheit ernannt. Er trägt jetzt den Titel Papst, das bedeutet, er nennt sich Vater aller Christen. Es wäre mehr als unklug, sich ihn zum Feind zu machen, und ich habe aus diesem Grund sogar erwogen, den katholischen Glauben anzunehmen. Aber da alle anderen Germanenstämme Arianer sind, wäre das einem Verrat gleichgekommen. Außerdem ist Ello nun einmal hier und hat uns bisher nur Freundlichkeit entgegengebracht. Es wäre unsinnig, ihn vor den Kopf zu stoßen.«

»Aber, was ist denn nun dieses Christentum eigentlich überhaupt?«, fragte zu unser aller Verwunderung der schweigsame Gerenot.

Vater klopfte ihm auf die Schulter. »Das wird der Bischof uns schnell beigebracht haben, keine Sorge!«, versicherte er. »Wir wollen uns von nun an jede Woche alle gemeinsam mit ihm treffen, damit er uns unterrichten kann. Der Sonntag, meint er, sei der beste Tag dafür. Es wird gewiss sehr lehrreich für uns alle sein.«

»Ganz gewiss«, schnaubte Gundahar und verließ nach einer knappen Verneigung vor Vater eilig den Raum. Zumindest heuchelte er nicht Verständnis, sondern zeigte seine Verachtung für solch taktische Entscheidungen ganz unverhohlen. Ich hatte mir nie viel aus den alten Göttern gemacht, aber dass wir jetzt eine Religion annehmen sollten, von der wir kaum mehr als den Namen kannten, erschien mir irgendwie unheimlich. Da ich nicht wusste, wie ich meine Gedanken ordnen sollte, folgte ich Gundahar zum Exerzierplatz.

Die Sommersonne schien, es wehte ein leichter Ostwind, und der Tag war wahrhaftig viel zu schön, um ihn grübelnd in den Kammern zu verbringen. Zögernd setzte ich mich zu einer Gruppe Mädchen, die am Rand der Kieselwiese auf einem Stapel zum Trocknen gelagerter Fichtenstämme hockten. Offenbar kamen sie jeden Tag hierher, um die Knaben zu beobachten und sich einen künftigen Bräutigam auszusuchen, den sie dann bei allen Übungskämpfen anfeuerten. Sie kicherten, stießen einander in die Seite, deuteten auf den einen oder anderen Jungen, flüsterten miteinander und beäugten einander gleichzeitig misstrauisch. Eine geradezu leidenschaftliche Verachtung für ihr Verhalten stieg in mir auf, ohne dass ich genau hätte sagen können, warum. Zum ersten Mal dachte ich an die Möglichkeit, niemals zu heiraten, doch der Gedanke war so unerhört, dass ich rasch meinen Blick von den Mädchen abwandte und die Knaben betrachtete.

Mein Bruder warf sich gerade auf ein altes, klappriges Übungspferd und galoppierte mit einer stumpfen Lanze unterm Arm auf eine Stange zu, die am anderen Ende des Feldes aufgerichtet war. Ein Strohsack hing an ihr, den er unter großem Geschrei durchbohrte. Triumphierend riss er die Arme hoch. Andere Jungen versuchten es ebenfalls; manche taten es Gundahar gleich, doch viele streiften den Sack nur mit ihren Speeren, so dass er ihnen plump ins Gesicht schlug, wenn sie vorbeiritten. Ein paar fielen dabei sogar vom Pferd, was mit schadenfrohem Geheul der Jungen und schrillem Kreischen der Mädchen quittiert wurde.

Als alle diese Übung zu seiner Zufriedenheit absolviert hatten, stieß der alte Kriegshauptmann, der die Ausbildung leitete, einen schrillen Pfiff aus. Begeistert warfen sich die Jungkrieger der Länge nach in einen schlammgefüllten Graben und schossen Pfeile auf große, bunte Zielscheiben, die in fünf Mannslängen Abstand an einer Reihe Pappeln hingen und vom Wind sanft bewegt wurden. Jedes Mal, wenn ein Pfeil auch nur die Scheibe berührte, schrien die Mädchen verzückt auf. Waren alle Pfeile verschossen, zogen sie die jüngeren Knaben, unter denen sich auch mein Bruder Gerenot befand, wieder heraus und brachten sie den Schützen zurück. Eifrig suchten sie rings um die Pappeln den Boden ab, und einige wateten sogar

ins Schilf, um die Pfeile zu finden, die das Ziel hoffnungslos verfehlt hatten. Ich bemerkte, dass jedem der jungen Schützen ein bestimmter Knabe diente, ein jüngerer Bruder, Vetter oder anderer Verwandter. Die Älteren waren die Anführer, denen die Jüngeren folgten; in diesem Verband würden sie später zur Jagd oder zu Turnieren und auch in den Krieg ziehen. Sie waren aufeinander eingespielt und voneinander abhängig; daran würde sich das ganze Leben lang nichts ändern. Allmählich würden die Jüngeren nachrücken, und die heute noch Ungeborenen würden ihnen erst bewundernd, dann vielleicht verächtlich folgen. Bei dem Gedanken, dass dieses Muster sich niemals wandelte und, einem Ungeheuer gleich, in grausiger Zuverlässigkeit jede neue Generation verschlang, wurde mir kalt.
Nach einer Weile ließ der Hauptmann stumpfe Übungsschwerter und Schilde verteilen. Die Knaben ächzten unter dem Gewicht, gingen aber dennoch unverdrossen aufeinander los. Ich wusste, dass diese Übungswaffen doppelt so schwer waren wie echte Schwerter, die den jungen Kriegern im Ernstfall dann vergleichsweise leicht erscheinen würden. Viele Jungen und besonders Gundahar stellten sich im Nahkampf recht geschickt an. Trotzdem sank mir der Mut, während ich zusah, wie mein Bruder grimmig und schwitzend auf sein Gegenüber einhieb, als hinge Burgunds Zukunft allein von seiner Kraft und Gewandtheit ab. Das Schlimmste war, dass die Mädchen offenbar seine Meinung teilten. Sie hatten die Augen

schwärmerisch auf ihren jeweiligen Helden geheftet, und hätte ich meine Zweifel geäußert, hätten sie nicht einmal gewusst, wovon ich sprach. Dabei hatte mein Vater uns soeben eröffnet, dass wir um Burgunds willen Arianer werden mussten, und daraus folgte, dass die unsichtbaren Dinge, die sich im Inneren der Menschen abspielten, die Schicksale der Völker letztlich doch stärker beeinflussten als die Größe der Heere, ihre Ausrüstung und Muskelkraft.

Seufzend stand ich auf und schlenderte über den steinigen Strand, einer Art Kiesbank zwischen dem Rhenus und zwei Nebenarmen, die sich an der Nordseite unserer Festung vereinigten. Ich starrte in die gurgelnden Wasser, dachte an die alten Götter und fragte mich zum ersten Mal, ob es sie wirklich gab und wie sie wohl dazu standen, politischer Bündnisse wegen in ein völlig fremdes Glaubenssystem eingebaut zu werden. Gab es die Götter wirklich, würden sie einen solchen Handel gewiss nicht verzeihen, gab es sie aber nicht, welchen Sinn hatte es dann überhaupt, an Glaubensinhalten festzuhalten und in ihnen irgendeinen Wert zu erblicken?

Plötzlich begriff ich, warum Hagens Weggehen mich so sehr erschüttert hatte: Die Entscheidung, ihn fortzuschicken, hatte mir die Möglichkeit bewusst gemacht, dass meine Eltern sich irren konnten. In Wirklichkeit gab es keinen Unterschied zwischen ihnen und den gewöhnlichen Sterblichen, obwohl ich das während meiner frühen Kindheit geglaubt hatte. Gibich und Uote waren Menschen wie alle, machten

Fehler und trafen manchmal falsche Entscheidungen. Ich fragte mich, ob sie sich auch diesmal irrten.

Bereits am folgenden Sonntag fand unser erstes Treffen mit dem Bischof statt, zu dem sich auf Wunsch des Königs auch unser alter Schamane Asmund einfand. Während der folgenden Wochen bemühte sich Ello, uns mit den Grundgedanken der arianischen Lehre vertraut zu machen. Gott, der Höchste, Einzige, war allmächtig und hatte als einziges Wesen weder Anfang noch Ende. Er rief eine Art Vermittler zwischen sich und der Schöpfung ins Dasein: einen unstofflichen Schöpfergeist, der auf Griechisch Logos hieß. Mithilfe dieses Logos wurde die stoffliche Welt erschaffen. Als Erstes erschuf Gott seinen Sohn aus dem bloßen Nichts: das oberste und höchste, das erste aller erschaffenen Wesen. Im Lauf der Jahrhunderte sprach Gott immer wieder zu den Propheten der Hebräer, und diese schrieben viele heilige Bücher voller Gesetze und Verhaltensregeln. Doch da seine Sphäre vom Stofflichen so weit entfernt war, konnten die Menschen nie direkt mit ihrem Gott reden. Deshalb sandte Gott vor ziemlich genau vierhundertzehn Jahren seinen Sohn, den Erstgeborenen der Schöpfung, in der Gestalt eines Knaben. Er wurde auf wundersame Weise in Judäa als Sohn eines Zimmermanns und einer Jungfrau geboren. Er wurde Jesus der Christus genannt und war eine Art Übermensch, ein Vermittler zwischen der menschlichen und der göttlichen Sphäre. Die Hebräer forderten seinen Tod, und die Römer ließen ihn kreuzigen. Am dritten Tag stand er jedoch von den Toten wieder auf und stieg vor den Augen seiner Schüler unversehrt in den Himmel auf. Ich fand die arianische Lehre höchst verwirrend; sie schien mir voller Widersprüche. Anfangs stellte ich viele Fragen, und Bischof Ello antwortete, indem er feierlich aus einem dicken, ungeheuer kostbaren Buch zitierte, das er die Heilige Schrift nannte. Eigentlich war es eine Sammlung verschiedener hebräischer und griechischer Aufzeichnungen, die ein gewisser Ulfilas vor fünfzig Jahren ins Gotische übersetzt hatte. Doch nichts von dem, was Ello uns vorlas, konnte mir erklären, was Jesus nun eigentlich mit uns zu tun hatte, und bald gab ich es auf, überhaupt etwas zu sagen; wurden doch nicht nur meine Brüder immer gleich ungeduldig, weil sie sich ohnehin tödlich langweilten und so schnell wie möglich wieder ins Freie wollten, sondern auch Gibich und Uote mochten es nicht, wenn ich dem Bischof gegenüber aufbegehrte. Irgendwie hatte der sanftzüngige kleine Mann die beiden davon überzeugt, dass das alte burgundische Königsgeschlecht und die Kirche einander brauchten. Vater behielt dabei einen kühlen Kopf, aber was meine Mutter betraf, hatte ich das beunruhigende Gefühl, dass sie dem Arianismus tatsächlich große Bedeutung zumaß.

Am Weihnachtstag fand dann unsere öffentliche Taufe in der hohen Halle des ehemaligen römischen Gerichtsgebäudes statt, die dem Bischof aufgrund ihrer eindrucksvollen Größe, ihrer verzierten Säulen und vergoldeten Fresken von nun an bei besonderen Anlässen als Dom dienen sollte. Ein kostbares Taufbecken aus vergoldeter Bronze war mitten im Saal aufgestellt worden, und die Wangen des Bischofs röteten sich vor freudiger Erregung, als er zuerst Vater, dann Mutter und schließlich uns Kindern das heilige Taufwasser über die Stirn goss. Dazu intonierten Männer und Frauen in einem rhythmischen Wechselgesang die Psalter aus der Heiligen Schrift. Gespannt hatte ich die Gesichter der Täuflinge beobachtet, die vor mir an der Reihe gewesen waren. Ich wollte die strahlende Reinheit in ihnen erkennen, die wir am heutigen Tag erlangen sollten.

All meine Sinne waren zum Zerreißen angespannt, als das geweihte Wasser endlich auch meine Stirn berührte. Wie eine Jägerin lauerte ich auf die kleinste Regung meines Herzens oder die geringste Veränderung in meinem Gemüt. Doch nichts geschah. Da war nichts außer dem kalten Wasser, den segnenden Händen und dem wohlgefälligen Lächeln des Bischofs, der über mir einen Segen aussprach.

Es ist eine Lüge, dachte ich. Niemand spürt etwas, niemand verändert sich, in Wirklichkeit geschieht gar nichts. All das ist nur Pomp, genau wie die falsche Herrlichkeit des Usurpators Konstantin. Vor Enttäuschung brach ich in Tränen aus, was aber niemand bemerkte, da mein Gesicht ohnehin vom Taufwasser triefte. Unter brausenden Hochrufen wurde das Banner des arianischen Kreuzes auf unserem höchsten Turm gehisst, und der Bischof umarmte vor aller Augen den Schamanen Asmund, der den Burgundern schon Runen, Vogelflug und Sterne gedeutet hatte, als mein Großvater noch ein kleiner Junge war. Der alte Mann lächelte ein wenig abwesend und wippte beim Gehen, als lausche er einer fernen Musik, während er mit uns hinaus auf das Forum trat, wo das jubelnde Volk uns erwartete.

Anschließend gab es ein großes Fest, mit dem zugleich Vaters soeben fertig gestellte Königshalle eingeweiht wurde. Der lang gestreckte Holzbau mit dem steilen Dach wuchs aus dem gepflasterten römischen Exerzierplatz wie ein mächtiger Baum aus einem steinernen Sarg. Ich wusste, dass die Wände aus einer Doppelreihe halbierter Baumstämme bestanden, weil ich während der Bauarbeiten einmal in den Hohlraum hineingeschlüpft war. Die Rundungen der Stämme wölbten sich von beiden Seiten nach innen, dennoch passte ein Mensch in den Zwischenraum, wenn er nicht allzu dick war. Die Zimmerleute hatten mir erklärt, dass dieser Hohlraum in unseren nordischen Heimatländern zum Schutz gegen die bittere Kälte nötig gewesen war, doch hier in Borbetomagus hatte mein Vater hauptsächlich auf dieser Bauart bestanden, damit die burgundische Tradition lebendig blieb. So meisterhaft waren die ebenmäßigen Stämme aneinander gefügt, dass sie außen wie eine einzige Fläche wirkten. Die Wände hatte man glatt poliert, bis sie schimmerten wie Seide aus Kuschan. Den hohen Giebel über dem Eingang aber krönte das riesige Geweih eines Eishirsches, den Gunnar, der legendäre Vorvater der Burgunder, einst erlegt hatte.

Innen trugen zwölf schlanke Säulen aus edlem Holz das hohe Dach – es war, als sei man in einen Zauberwald gekommen. In der Mitte, tief unter dem hohen First, lief eine Feuergrube über die ganze Länge des Saales. Ihr glutroter, wabernder Lichtschein verlieh den phantastischen Schnitzereien von Menschen, Tieren und Göttern, die sämtliche Säulen und Balken bedeckten, ein eigenes Leben. Doch heute wurden sie gleichsam zurückgedrängt, denn an jedem freien Platz waren Tische und Bänke aufgestellt, und die Halle barst fast vor Menschen. Aus vielen umliegenden Städten und Gauen waren Fürsten, Gesandte und sogar einige Föderatenkönige gekommen, die Vater nun voller Stolz zum ersten Mal um seinen Hochsitz versammelte.

Wir, das heißt die Königsfamilie und die Ehrengäste, saßen an der Stirnseite des Saales auf einem erhöhten Podest um den Königstisch. Hier stand Gibichs prachtvoll geschnitzter Thron, der in eine eigene Säule eingelassen war. Dahinter hatte Mutter einen Wandteppich mit den Runen unseres Banners aufhängen lassen. Unsicher huschte mein Blick von einem zum anderen, doch überall sah ich nur lachende Gesichter. Natürlich waren alle Bewohner von Borbetomagus eingeladen, vom Wickelkind bis zum Greis. Sie saßen eng beisammen in der Halle und jauchzten meinem Vater zu, der sie in ein eigenes Land geführt hatte und ihnen ein so großartiges Festmahl vorsetzte. Auch Irminbergas Wangen waren vom Bier gerötet; sie tuschelte irgendetwas Albernes in das Ohr eines

Pferdeknechtes, der sich darüber ausschütten wollte vor Lachen. Gundahar unterhielt sich angeregt mit Hagens jüngerem Bruder Dankwart, der nur ein Jahr älter war als er. Der König und der Bischof tranken einander mit goldenen Pokalen zu; sogar Asmund kicherte über seinem heißen, stark gewürzten Wein, den es am Königstisch zu trinken gab. Mutter strahlte in ihrem huldvollsten Lächeln, und ich hatte sie nie zuvor so schön gesehen. Niemanden schien es zu kümmern, dass wir unsere Götter um einer leeren Zeremonie willen verraten hatten oder dass sie – schlimmer noch – womöglich nie existiert hatten. Auch schien es niemandem Sorgen zu bereiten, dass wir nun zum Guten oder Bösen mit einer unberechenbaren Macht verbunden waren, deren künftige Pläne wir ebenso wenig beeinflussen konnten wie die verzweifelte Bündnispolitik Westroms oder die hunnische Doppelstrategie aus Gewalt und Kalkül. Ich fürchtete, von nun an mit meinen beunruhigenden Gedanken allein zu sein.

»Es war alles gar nicht wahr«, sagte ich am ersten Tag des Jahres 410 erbittert zu meiner Mutter. »Ello hat gesagt, wir würden durch die christliche Taufe verändert und gereinigt. Ich hatte Angst, dass es an mir liegt, aber ich weiß, dass auch für Gundahar und Gernot das Ganze nur ein …«

»Und doch hat sich etwas erfüllt«, unterbrach Uote mich sanft. Sie legte den Stickrahmen weg, an dem sie gearbeitet hatte, und lud mich mit einer Geste ein, mich zu ihr zu setzen. Ihr Zimmer hatte ein verglastes Fenster, und wir konnten weit über die verschneiten Weinberge blicken, auf die eine fahle Wintersonne schien. Das ganze Land schien zu schlafen, und ich fühlte mich plötzlich wie ein Störenfried, der einen schönen Traum unterbricht. Mutter legte mir die Hand auf die Schulter. »Die Taufe ist nur das Sinnbild dafür, Kriemhild, dass wir uns entschlossen haben, den Weg des Wunderbaren zu gehen«, sagte sie mit unterdrückter Leidenschaft. »Kannst du dir vorstellen, was es bedeutet, wenn ein ganzes Königreich oder sogar viele Reiche sich dem Wunderbaren anvertrauen? Das Antlitz der ganzen Welt würde sich verändern!«

Eiskristalle hatten sich auf der Fensterscheibe gebildet, sie funkelten wie kostbares Geschmeide, doch als ich meine Hand von innen gegen das Glas presste, schmolzen sie. »Aber ich sehe nichts Wunderbares, nicht in Wirklichkeit«, murmelte ich. »Die arianischen Heere kämpfen genauso grausam wie die heidnischen; sie sind ebenso stolz und bringen genauso viel Leid und Schmerz …«

»Es braucht eben Zeit. Kein Mensch lernt freiwillig etwas. Jeder steckt voller Trotz und Selbstsucht und Gier. Früher suchten wir die Antworten auf unsere verzweifelten Fragen in den Quellen und im Vogelflug; manchmal sandte Wodan seine Raben, oder wir hatten Träume und Gesichter. Doch stets griffen die Götter nur dann ein, wenn sie selbst es wollten, und nicht, wenn wir sie brauchten. Wie viele Dinge musste ich früher wissen und wie viele Regeln beachten, um zu verstehen, was die Quelle zu mir sagte! Und jetzt …«

»Die Quelle sagte dir etwas?«, staunte ich.

»O ja. Ich war Urd-Dis, die Künderin der Gewässer, ehe ich deinen Vater heiratete. Auch deshalb bin ich so glücklich, dass wir jetzt an einem Strom leben … Ein wenig hast du es auch, das zweite Gesicht, nicht wahr? Es ist die Gabe der Königinnen.«

»Wirklich? Und wie kann ich sie nutzen? Kann ich damit gezielte Fragen stellen und die Bilder, die vor mir auftauchen, richtig deuten?«, drängte ich.

»Das liegt allein bei dir, meine Tochter. Wahrscheinlich wird es ein Teil deines Lebensweges sein, es herauszufinden. Aber ich rate dir zur Vorsicht. Es kann eine schreckliche Bürde sein, in die Zukunft zu sehen. Auch kann die Gabe leicht zum Fluch werden und Macht über dich gewinnen, wenn du dich zu sehr um sie bemühst. Vielleicht solltest du mit Asmund darüber reden.«

»Vielleicht«, murmelte ich zweifelnd.

»Du hast einen scharfen Blick und gehst den Dingen gern auf den Grund.« Mutter lächelte. »Das ist eine gute Eigenschaft, Kriemhild, aber vielleicht hindert sie dich daran, dem Unsichtbaren zu vertrauen und das Wunderbare zu begreifen. Ich behaupte keineswegs, dass ich alle Lehren des Bischofs verstehe. Aber während dich die Widersprüche ärgern und dir zum Hindernis werden, finde ich mein Vertrauen gerade im Unbegreiflichen. Es ist mir eine ungeheure Erleichterung, nicht mehr alles begreifen zu müssen. Denn wie sollten wir begrenzten Geschöpfe die Gedanken Gottes verstehen?«

Sie neigte den Kopf und begann wieder zu sticken: Ein schneeweißes Lamm und ein goldener Löwe spielten auf einer grünen Blumenwiese miteinander. Ein Ritter und eine anmutige Jungfrau in burgundischer Tracht standen dabei, und im Hintergrund war ein breiter Fluss zu sehen. Ich fand das Bild mit seinen leuchtenden Farben wunderschön, und während ich über den verschneiten Innenhof rannte, wünschte ich fast, meine Tage auch so friedlich zuzubringen. Mutter hätte mich gewiss gern an ihrer Seite willkommen geheißen; Sticken war eine Kunst, die Königstöchtern wohl anstand. Aber ich konnte nicht. Mein Herz war in Aufruhr, und ich hatte mehr Fragen als je zuvor.

Trotz Uotes Rat hielt eine eigenartige Scheu mich davon ab, den alten Schamanen Asmund aufzusuchen. Einerseits war er mir ein bisschen unheimlich mit seinen sonderbaren Gewändern, auf die Vogelknochen, Eidechseneier, Federn und ledrige Fledermausflügel aufgenäht waren, andererseits tat er mir Leid, weil Bischof Ello ihn so geschickt von seinem angestammten Platz verdrängt hatte und obendrein so tat, als sei es zu seinem eigenen Besten. Vor allem jedoch war ich ziemlich sicher, dass Asmund mir nicht hätte helfen können. Er war sein Leben lang den Weg der alten Götter gegangen, und falls es sich herausstellte, dass es diese nicht gab, würde er dennoch versuchen, den Rest seiner Tage an ihnen festzuhalten. Das war nur

menschlich, hatte aber nichts mit meinen Zweifeln zu tun.
Stattdessen schlich ich mich, als die Männer alle zur Jagd in die nahen Wälder geritten waren, ganz allein in die Königshalle. Ich ließ die Tür einen Spalt breit offen, und das grelle Tageslicht schnitt wie Stahl in den dämmrigen Saal. Die Glut in der Feuergrube war erloschen, und der Geruch von kaltem Rauch und schalem Bier erfüllte die Luft. Vorsichtig schlich ich in den Zwielichtbereich, wo die hohen geschnitzten Säulen unter den Deckenbalken im Dunkeln verschwanden. Jede der zwölf Säulen war einem der zwölf Götterpaare gewidmet, die bisher die zwölf Monate des Jahres geschützt hatten und denen jetzt jeweils ein Apostel zugeordnet worden war. Diese Heiligen standen als lebensgroße Figuren im unteren Säulenbereich. Einige hielten Bücher, Schlüssel und andere Symbole in der Hand. Ich kannte sie noch nicht alle beim Namen. Sie schienen mich abwartend zu mustern, und ich wandte eingeschüchtert den Blick ab.
Die Götterbilder aber waren mir wohl bekannt, und ich betrachtete sehnsüchtig die urwüchsigen Gestalten und die ausdrucksvollen Gesichter, die sich weiter oben, schon halb im Zwielichtbereich befanden. Da war Allvater Wodan mit seinen Raben; einäugig, weil er eins seiner Augen für Weisheit gegeben hatte. Bei ihm war seine kluge Gemahlin Frigga, die höchste Frau der Asen. Der Spinnrocken in ihrer Hand dreht sich als Sternbild über den Himmel, und sie schenkt Fruchtbarkeit in der Familie. Es heißt, dass sie dem

noch viel älteren, geheimnisvollen Geschlecht der Wanen entstammt und ursprünglich als Geisel zu den Asen gekommen ist. Dann kam Thor, der mächtige Sohn der Erdgöttin Jörd, durch dessen gewaltige Kräfte die Asen unzählige Male den Sieg über ihre Feinde, die Riesen, errungen haben. Er trug seinen zauberischen Wurfhammer in der Rechten, der stets in seine Hand zurückkehrt. Ihm zugeordnet war seine Gemahlin Sif, die die Sippe beschützt, die erweiterte Familie, die durch Blut und Ehre zusammengehalten wird.

Auf einmal musste ich wieder an Hagen denken, der längst im Hunnenreich angekommen sein musste. Boten hatten Vater berichtet, dass ein hunnischer Unterkönig namens Uldin vor kurzem an der unteren Donau eingefallen war; wir aber wussten nicht einmal, ob Hagen am Hof des Großkönigs Kharaton selbst lebte oder irgendwo anders in dem riesigen Steppenreich, dessen Regierung sich ein Ostkönig und ein Westkönig teilten. Der Schmerz, etwas Unwiederbringliches verloren zu haben, durchbohrte mich so schnell und plötzlich wie ein Dolch aus dem Dunkeln, und ich wandte mich eilig der nächsten Säule zu.

Sie stellte Loki dar, den Feurigen, Listigen, Falschen, der mit der entsetzlichen Riesin Angurboda, der Angstbringerin, die drei Ungeheuer gezeugt hatte, die am Tag der Götterdämmerung die Erde vernichten werden. Die Asen hatten ihn zur Strafe für seine Untaten mit seiner Frau Sigyn in die Unterwelt verbannt. Die Schnitzerei zeigte Loki, wie er dort mit den

Eingeweiden seines eigenen Sohnes an drei spitze Felsen gefesselt war. Über seinem Haupt hing eine Natter, aus deren Maul Geifer auf ihn herabtropfte. Sigyn fing das Gift zwar in einer Schale auf, doch ich wusste, dass sie die Schale manchmal ausleeren musste, wodurch das Gift Loki trifft. Dann windet er sich vor Schmerz und bringt die Erde zum Erzittern. In dem Apostel, der Loki zugeordnet worden war, erkannte ich Judas den Verräter.

Ich schluchzte bitterlich, als ich zur nächsten Säule kam, die Baldur zeigte, den Lichten, Reinen, der ebenfalls von Loki verraten worden war. Baldur hatte den Göttern als Priester gedient, und sein Sohn war Forseti, der gerechte Richter. Doch durch Lokis List durchbohrte eine Mistel Baldurs Herz, während seine Frau Nanna hilflos weinend dabeistand.

Als ich der trauernden Göttin ins Gesicht sah, war mir, als erblicke ich mich selbst. Mit einem Schreckensschrei floh ich aus der leeren Halle und kauerte mich hinter die Ställe in den Schnee. Ich kühlte mein heißes Gesicht am reifbedeckten Holz der Stallwand und besann mich darauf, warum ich in die Halle gekommen war. Es hatte mit den alten Göttern zu tun gehabt und mit der Frage, ob es sie wirklich gab. Ich zwang mich nachzudenken. Was Hagen mit Loki oder ich mit Baldur zu tun hatte, musste entweder Einbildung sein oder weit in der Zukunft liegen. In jedem Fall entzog es sich meinem Einfluss, und es war müßig, heute darüber unglücklich zu sein.

Mit aller Entschlossenheit, die mir meine Mutter anerzogen hatte, trocknete ich die Tränen. Obwohl ich bei weitem nicht alle Säulen angesehen hatte, war mein Besuch in der Halle nicht vergebens gewesen. Ich hatte begriffen, dass die alten Götter den Menschen zu ähnlich waren, um eine wirkliche Hilfe zu sein. Sie hatten ihre Sorgen und Vergnügungen, sie kämpften gegen ihre Feinde und feierten mit ihren Freunden, sie übertraten ihre eigene Gesetze und waren darauf angewiesen, täglich von der zeitlosen Iduna mit den Äpfeln der ewigen Jugend beschenkt zu werden ... Mit einem Wort, sie waren endlich; erschaffene Wesen wie Zwerge, Riesen und Wanen und auch die Menschen selbst; und selbst wenn es sie gab, bestand kein Grund, sie anzubeten.

Entschlossen warf ich den Kopf in den Nacken und verließ mein eisiges Versteck hoch aufgerichtet. Ich war sehr stolz auf meine Entdeckung, und der Stolz half mir, den unerklärlichen Schrecken zurückzudrängen, den ich Hagens wegen empfand. Ich würde niemandem nur zum Schein dienen, keinem Gott und keinem Mann. Endlich war ich so kühn und beherrscht, wie Mutter mich immer hatte haben wollen. Ich war jung und stark und begierig auf das Leben. Doch meine Sehnsüchte schienen unerfüllbar, denn die Welt war ein in Blut getauchter, schrecklicher Ort.

Kapitel 5

Fast täglich brachten uns Boten neue Nachrichten aus dem Süden. Nachdem der berühmte Visigotenkönig Alarich mit seinem gewaltigen Heerbann über ein Jahr lang sämtliche Zufahrtsstraßen um Rom abgeriegelt hatte, war die alte Hauptstadt der Welt endlich in die Knie gezwungen. Rom begann inmitten seines Reichtums zu verhungern. Man erzählte sich, dass in den Straßen nackter Kannibalismus herrschte, dass Männer ihre Ehefrauen aßen und Mütter ihre Kinder. Der verzweifelte Senat sandte eine Delegation, um mit Alarich zu verhandeln, und dieser nahm im Tausch für seinen Frieden das ungeheure Lösegeld von fünftausend Pfund Gold, dreißigtausend Pfund Silber, viertausend Seidentuniken, dreitausend Pelzen und dreitausend Pfund Pfeffer an, so dass den Römern kaum mehr als das nackte Leben blieb.

Alarich ließ einen Senator namens Attalus zum Gegenkaiser ausrufen und zog mit ihm gegen Ravenna, wo sich der rechtmäßige Cäsar Honorius mit seinem Hofstaat verschanzt hatte. Schließlich fiel Ravenna, obwohl die kaiserliche Residenz inmitten tückischer Sümpfe gebaut worden war, um den Überfällen der so genannten Barbaren besser standzuhalten. Wieder kämpften germanische Söldnertruppen auf beiden Seiten, und es gab unzählige Tote. Doch nach der Einnahme Ravennas erwies sich Attalus als weniger willfährig, als Alarich geglaubt hatte: Er verweigerte den Visigoten die Inbesitznahme des sagenhaft reichen Africa, obwohl er Alarich diese Provinz angeblich versprochen hatte. Daraufhin setzte der Visigotenkönig den von ihm erhobenen Cäsar unverzüglich wieder ab und stürmte mit der ganzen Wucht seines Heeres erneut gegen Rom. Vielleicht verliehen persönliche Wut, Enttäuschung und Bitterkeit seiner Armee besondere Kraft. Alarich belagerte Rom erneut. Ein Sklave öffnete ihm die Tore, und das Unfassbare geschah: Die Stadt wurde überrannt und geplündert. Als gläubiger Arianer verschonte Alarich zwar die christlichen Kirchen, richtete aber unter der Bevölkerung ein schreckliches Blutbad an und führte zahllose Gefangene fort, als er endlich in Richtung Süden weiterzog. Sein Plan war es, über Sicilia in das ersehnte Africa zu gelangen, doch während er diesen Vorstoß vorbereitete, starb er. Über die Todesursache wurde viel gemunkelt, letzten Endes ließ sich aber kein Mord nachweisen. Man bestattete den großen König mit unglaublichem Pomp. Angeblich wurde sogar der Lauf eines Flusses für sein Begräbnis umgeleitet, damit die fließenden Wasser Alarich und seine kostbaren Grabbeigaben für immer vor Frevlerhänden schützten.

Alarichs Schwager Athawulf wurde sein Nachfolger. Er gab die africanischen Pläne auf und führte sein gewaltiges Volk stattdessen in Richtung Gallien. Während der Rest der Welt allmählich begriff, dass das

Unmögliche geschehen und das alte, mächtige Rom tatsächlich eingenommen worden war, verwüsteten die Vandalen Hispania, die Alanen Lusitania und die Sueben Galaecia. Alle diese Völker bezeichneten sich wie die Visigoten als arianische Christen.

Mein innerer Abstand zu meiner Familie wuchs während dieser Jahre. Mutter zog sich immer mehr zurück, Vater hatte noch weniger Zeit für mich als früher, und meine Brüder feierten als großartige Heldentaten, was ich schlichtweg als Gräuel empfand. Meine gute Amme Irminberga kümmerte sich nun um den kleinen Gislaharius, doch hätte sie wahrscheinlich ohnehin nicht verstanden, was mich bewegte. Je älter ich wurde, desto einsamer fühlte ich mich.

Das änderte sich erst, als Vater uns Kinder zusammenrief, um uns einen kahlköpfigen, glatt rasierten Mann mit einer Habichtsnase vorzustellen, der eine römische Toga trug. Er war dünn, gebeugt und schien die Welt aus wachen, ein wenig spöttischen Augen zu betrachten.

»Das ist Asklepios«, sagte König Gibich. »Ein gelehrter Sklave, der euch Lesen, Schreiben und Rhetorik beibringen wird. Er hat mich den Gegenwert dreier Dörfer samt Vieh und Bewohnern gekostet, nun seht zu, dass meine Anstrengungen Früchte tragen! Vor allem von euch Knaben erwarte ich strengste Disziplin«, setzte er hinzu, als er das abfällige Grinsen meiner Brüder bemerkte.

»Ich bin kein Knabe mehr«, erinnerte ihn Gundahar

scharf. Genau genommen hatte er Recht, denn er war nun dreizehn Jahre alt, und die Knabenweihe lag bereits hinter ihm.

»Umso leichter wird es dir fallen, vernünftig zu sein. Königreiche werden mindestens ebenso sehr mit dem Kopf wie mit dem Schwert regiert. Seid dankbar, dass ich einen solchen Hort des Wissens für euch erworben habe und ihr euch nicht jegliche Bildung mühsam zusammenkratzen müsst, wie es mein Los war!«

»Wie aber soll dieser Wicht uns ausbilden? Ein Gemeiner, ein Sklave?«, fragte Gundahar verächtlich. »Erwartest du im Ernst, mein Vater, dass wir uns den Anweisungen eines Sklaven unterordnen?«

»Der weströmische Cäsar Honorius Flavius hat es getan«, versetzte König Gibich trocken. »Was für den jungen Cäsaren gut genug war, mag wohl auch euch anstehen.«

Er verließ uns, und meine beiden älteren Brüder betrachteten den Sklaven abschätzend – etwa so, wie man auf dem Markt ein Maultier mustert, mit viel weniger Respekt, als sie einem Streitross gezollt hätten. Nur Gislaharius, der noch viel zu klein war, um königsstolz zu sein, lächelte Asklepios zutraulich an.

»Wie alt war denn Honorius?«

Asklepios strich Gislaharius über das zerzauste Haar, das ihm wie ein goldgelber Wasserfall über die schmalen Schultern fiel. »Er war elf, als er zum Cäsar erhoben wurde, und vierzehn, als er Maria, die Tochter seines Vormundes Stilicho heiratete …«

»Wir kennen all diese Geschichten«, unterbrach Gerenot den Sklaven kalt. »Stilicho war nur ein Emporkömmling; ein Vandale, auf den die Adoptivtochter des Cäsaren Theodosius ein Auge geworfen hatte. Er hat versucht, die germanischen Stämme im Osten, die Rom praktisch verhungern ließ, auf seine Seite zu bringen, indem er ihnen Land versprach. Doch dann hat er sie betrogen und ihre Ehre mit Füßen getreten. Er hat sogar seine germanische Söldnertruppe dazu gezwungen, gegen ihre eigenen Brüder zu kämpfen ... und wir wissen ja, wie gut ihm das bekommen ist! Schließlich hat er sich auch noch die Freundschaft des Visigotenkönigs zunutze machen wollen, um Cäsar zu werden. Er hat seinen schmählichen Tod tausendmal verdient.«

»Zweifellos eine mögliche Betrachtungsweise gewisser Ereignisse«, erwiderte Asklepios lächelnd. »Eine sehr germanische außerdem, wie sie einem burgundischen Königssohn wohl ansteht.«

»Eine mögliche Betrachtungsweise? Was für Weibergeschwätz ist das?«, knurrte Gundahar, doch sein Blick verriet Überraschung.

»Ich habe sechzig Winter erlebt«, versetzte Asklepios würdevoll. »Ich wurde als dritter Sohn eines Majordomus im Haus eines Senators geboren. Als ich aufwuchs, waren Ostrom und Westrom noch nicht getrennt, und das Ende des Reiches schien so weit entfernt wie das Ende der Welt. Damals waren Christen von vielen Ämtern ausgeschlossen und auch nicht als Lehrer an den Rhetorikerschulen zugelassen. Die germanischen Völker hielt man – mit Verlaub – für wenig mehr als bewaffnete Tiere. Heute dagegen sind so genannte heidnische Kulte verboten, und deren Priester dürfen nicht einmal mehr an der Armenspeisung teilnehmen. Sowohl in Ostrom als auch in Westrom kann kein Cäsar mehr bestehen, wenn er nicht von germanischen Fürsten unterstützt wird. Ich will damit lediglich sagen, Herr Gundahar, dass die Dinge nicht immer so sind, wie sie scheinen.«

Gundahar und Gerenot sahen beeindruckt aus. Was immer Asklepios sonst für Eigenschaften haben mochte, er hatte das Wunder vollbracht, meine Brüder neugierig zu machen.

»Hast du nur den Cäsar Honorius unterrichtet oder auch seine Schwester Galla Placida?«, erkundigte ich mich.

Über Asklepios' Gesicht breiteten sich dünne Linien aus, und sein Lächeln gefror, als falle plötzlicher Frost auf eine reife Frucht. »Ich war ihr Vertrauter und Majordomus, bis Alarichs Krieger sie wegführten«, erzählte er leise. »Ich bettelte, bei ihr bleiben zu dürfen, aber der visigotische Hauptmann lachte nur. Er sagte, er sehe nicht ein, warum er auf das viele Geld verzichten sollte, das ich ihm auf dem Sklavenmarkt einbringen würde. Galla Placida bot ihm sogar ihren Schmuck an, wenn er mich mitgehen ließe, doch vergebens. Sie war sechzehn Jahre alt …« Er hob hilflos die Hände und ließ sie wieder fallen. »An diesem Tag sah ich die Grenzen meiner Gelehrsamkeit, Herr Gundahar, und bereute es von Herzen, kein Krieger zu sein.«

Gundahar grinste schief und warf mir einen zweifelnden Blick zu. Er stellte sich wohl vor, was er tun würde, wenn die Visigoten mich fortschleppten. Wahrscheinlich fand er, dass ich die Mühe kaum wert wäre, irgendetwas zu unternehmen.

»Was hast du denn seitdem gemacht?«, fragte ich vorsichtig. »Galla Placida ist doch schon während Alarichs erstem Feldzug gegen Rom vor mehr als drei Jahren verschleppt worden, nicht wahr?«

»Das stimmt. Zunächst blieb ich beim Visigotenheer und diente als Schreiber und Chronist. Doch als Alarich nach seinem großen Sieg fiel und Athawulf die Visigoten nach Gallien führte, wurde ich verkauft und diente verschiedenen Herren. Wie euer Vater sagte, ich bin sehr teuer. Heutzutage ist ein gebildeter Sklave der erste Besitz, von dem man sich trennt, wenn man rasch Geld benötigt.«

»Das kann ich mir vorstellen«, prustete ich los. Gundahar und Gerenot sahen mich stirnrunzelnd an; sie begriffen nicht, was daran komisch war. Ich aber spürte mit wild klopfendem Herzen, dass ich in dem ausgemergelten römischen Sklaven vielleicht endlich einen Freund gefunden hatte.

Asklepios wurde eine große Bereicherung für den burgundischen Königshof. Außer Lesen und Schreiben lehrte er uns Geschichte, Naturwissenschaft, Astronomie und die Grundbegriffe der römischen Rhetorik. Während meine Brüder jede Gelegenheit nutzten, durch Abwesenheit zu glänzen, nahm Vater selbst an den Lektionen teil, so oft er irgend konnte, und er machte Asklepios zu seinem persönlichen Berater. Der König stand zwar weiterhin stolz zu unserem burgundischen Erbe, doch hatte ich den Eindruck, dass er sich mehr und mehr als römischer Magister militiae verstand – vielleicht sogar als eine Art Auxiliarphilosoph. Als Cäsar Honorius ein kluges Friedensangebot des Visigotenkönigs Athawulf ablehnte und damit weiteren Blutbädern Tür und Tor öffnete, unterstützte Vater den römischen Standpunkt. Es erbitterte mich, obwohl ich nicht genau hätte sagen können, warum.

»Ich glaube, Vater hofft insgeheim, mit deiner Hilfe am Rhenus eine Art burgundisches Troja zu begründen«, stichelte ich eines Tages, als ich mit Asklepios im Apfelbaumgarten spazieren ging. »In letzter Zeit fängt er sogar an, im Familienkreis Latein zu sprechen.«

»Dadurch wird er gewiss kein schlechterer Mensch«, sagte Asklepios schmunzelnd. Wie gewöhnlich schien er schon zu wissen, worauf ich hinauswollte, bevor es mir selbst klar war.

»Nein, das nicht. Aber er hat sich ein Ideal von einer harmonischen Reichsführung in den Kopf gesetzt, das die Griechen und Römer der Vergangenheit angeblich verwirklicht haben. ›Mens sana in corpore sano!‹, hat er neulich ausgerufen, als er auf der Kieselwiese die Parade abnahm. Die Männer lachen schon darüber.«

»Nur, weil sie es nicht verstehen.«

»Das glaube ich nicht. Wenn sie es verstünden, würden sie es gar nicht wollen« erwiderte ich erbittert. »Mein Vater herrscht über Männer, die in Felle gehüllt sind und bei jeder Gelegenheit die Fäuste heben, und über Frauen, die schon froh sind, wenn sie nur ein Dach über dem Kopf haben. Sein Leben lang hat er sich durch Chaos und Wildnis geschlagen, und jetzt, wo er endlich ein Reich und eine Burg besitzt, hofft er, dass irgendwelche hehren Gedanken genügen, um das alles zu verändern. Aber das stimmt ja nicht …«

»Doch«, widersprach Asklepios ernster, als ich es von ihm gewohnt war. »Es stimmt vollkommen. Aber es dauert seine Zeit. Veränderung ist immer ein Vorgang, nicht nur ein Entschluss. Dein Vater hofft, seinen Söhnen neben einem befriedeten Reich auch eine Vision zu vererben. Der Rhenus ist als Handelsstraße nicht mehr so wichtig wie noch vor zehn Jahren, weil die Hauptabnehmer der Güter, die römischen Garnisonsstädte, nicht mehr existieren. Der König hatte gehofft, über den Handel auch Zugang zu gebildeten Kreisen zu erhalten, die es jetzt hier nicht mehr gibt. Er weiß, dass er seinem Volk in der zivilisierten Welt keinen Platz mehr verschaffen wird, und strebt dieses Ziel dennoch mit aller Kraft an, weil er es für richtig hält. Eine solche Haltung ist wahrhaft eines Königs würdig. Findest du es wirklich so schlimm, wenn er da ab und zu abends beim Feuer in der Königshalle ein wenig ins Schwärmen gerät?«

»Schlimm?« Ich überlegte. »Schlimm wird seine Enttäuschung sein, wenn er irgendwann begreift, dass er sich etwas vorgemacht hat. Meine Brüder und ihre edlen Gesellen sind keine Begründer eines neuen Troja, sondern eine Horde pickliger Halbwüchsiger, die nichts lieber tun, als schwitzend aufeinander einzuhacken und sich anschließend vor den Mägden großzutun. Sie sind wie Penisse auf zwei Beinen; sie bestehen ausschließlich aus schwellenden Muskeln …« Wütend schlug ich ein paar halb reife Äpfel von den Zweigen. »Auch das Gehirn ist für sie nur eine Art Muskel, der von ihrem lächerlichen Ehrenkodex in Gang gehalten wird«, schloss ich verächtlich. Asklepios legte mir schmunzelnd die Hand auf die Schulter.

»Du hast vollkommen Recht, Kriemhild«, sagte er zu meiner Verblüffung. »Und du hast zugleich Unrecht. Denn was, glaubst du wohl, waren die Begründer Trojas und aller anderen sagenhaften idealen Reiche? Penisse auf zwei Beinen, die hauptsächlich, wenn auch nicht ausschließlich, aus schwellenden Muskeln bestanden. Das Ideal ist immer nur die Idee, verstehst du, niemals die Ausführung. Jede Ausführung wird durch die Jämmerlichkeit des Menschseins ad absurdum geführt. Das gilt für Troja, Griechenland und Rom ebenso wie für euer Reich und auch für jedes zukünftige. Es ist Unrecht, die Menschen für etwas zu verachten, das in ihrer Natur liegt.«

»Bischof Ello sagt etwas ganz Ähnliches«, brummte ich. »Aber sonst ist er keine große Hilfe. Ich habe nie begriffen, was meine Eltern am Christentum finden.«

»Am Arianismus, nicht am Christentum«, verbesserte mich Asklepios. »Auf dem Kirchenkonzil von Nizäa wurde der Arianismus schon vor fast neunzig Jahren als Häresie verurteilt.«

»Wirklich?«, staunte ich. »Und wieso sind trotzdem fast alle Germanenvölker Arianer geworden?«

»Weil der Arianismus den mythischen Rang der alten Königsgeschlechter unangetastet lässt«, erklärte Asklepios ruhig. »Wenn Christus von Gott erschaffen ist, dann wird sich auch seine Kirche bescheiden, und die Könige brauchen nicht um ihren Einfluss zu fürchten. Die Lehre der römischen Kirche sieht dagegen in Christus Gott selbst, der aus Barmherzigkeit Mensch wurde.«

Ich überlegte. »Das verstehe ich erst recht nicht«, gab ich zu. »Mutter sagt, dass ich immer alles verstehen will und deshalb dem Unsichtbaren nicht genügend vertraue. Aber wie soll ich auf etwas vertrauen, das ich nicht verstehe?«

Asklepios sah mich offen an. »Ich glaube, deine Mutter sieht ihre Hauptaufgabe als erfüllt an. Sie hat deinem Vater den Rücken gestärkt, bis es ihm gelang, sich ein Reich zu erringen. Jetzt meint sie vielleicht, sich das Recht auf weise Zurückhaltung verdient zu haben.«

»Weise nennst du das? Stimmst du ihr etwa zu?«

Ein breites, unverschämtes Grinsen breitete sich über Asklepios' hageres Gesicht aus. »Der Sklave soll ein Urteil über die Königin von Burgund abgeben? Was ist aus deinem Königsstolz geworden?« Ich wollte wütend auffahren, aber Asklepios' Gelächter war zu ansteckend. »Ich bin auch nur ein Mensch, schöne und edle Hildiko«, säuselte er übertrieben unterwürfig. »Doch lass mich deine Frage mit den Worten des Philosophen Epikur beantworten, der vor vielen Jahrhunderten gelebt hat. Er lehrte, die Welt und alles Leben bestehe nur aus dem vorübergehenden Zusammenschluss von Atomen. Darum gibt es am Tod nichts zu fürchten, denn er ist nur das Ablösen der Seelenatome von denen des Körpers und das Erlöschen der Sinne. Die Götter belohnen weder das Gute, noch bestrafen sie das Böse. Darum ist der Mensch frei, sein Leben lang das Glück zu suchen, das in der Befriedigung seiner natürlichen Bedürfnisse liegt. Das höchste Glück aber ist Ataraxia, das reine Glück der Seele, das nur durch Kontemplation erreicht werden kann, wenn man allen weltlichen Bestrebungen entsagt.«

Ich dachte darüber nach. »Glaubst du das?«, erkundigte ich mich vorsichtig.

Asklepios zuckte die Achseln. »Sagen wir lieber, diese Auffassung ist ein Hilfsmittel, das mir oft dazu gedient hat, quälende Fragen zum Schweigen zu bringen. Etwas in der Art einer geistigen Fliegenklatsche.« Er schmunzelte. »Du darfst sie gern benutzen, wenn du willst.«

Vielleicht waren es Asklepios' Worte, vielleicht lag es auch daran, dass ich mich körperlich veränderte und nun auch äußerlich zu den Frauen zählte – jedenfalls suchte ich die Gegenwart meiner Mutter jetzt wieder häufiger. Ihr Zimmer im Palast war erfüllt von Sonnenlicht und von den leuchtenden Farben der Garne, mit denen sie stickte. Mutter wollte den Frieden dazu benutzen, die burgundischen Künste, die während unserer Wanderung so lange vernachlässigt worden waren, zu einer neuen Blüte zu führen, und ich begriff, dass sie damit im Grunde genau dasselbe tat wie früher: Sie sorgte dafür, dass die Idee Burgund Gestalt gewann. Während der Wanderung war ihr oft nichts anderes übrig geblieben, als sich selbst als Bildwerk zu gestalten, jetzt aber gingen Holzschnitzer und Goldschmiede bei ihr ein und aus. Sie besprachen ihre Pläne mit ihr und legten Muster und Entwürfe vor. Da die Königin unserem Haushalt vorstand und somit auch die Festung verwaltete, lag es in ihrer Hand, ihnen entsprechende Mittel zur Verfügung zu stellen, wenn sie mit ihren Vorschlägen einverstanden war.

Auch ich erlernte die Kunst des Stickens, obwohl ich anfangs so ungeduldig war, dass ich eine Menge kostbares Garn verdarb. Doch allmählich schien etwas von Mutters gesammelter Aufmerksamkeit auf mich überzugehen, und ich durfte dabei helfen, einen Wandteppich für des Königs neues Studier- und Verhandlungszimmer zu sticken. Sieben Frauen und Mädchen arbeiteten zugleich daran, jede an einer anderen Einzelheit. Mir vertraute man den Himmel an: eine große Fläche strahlenden Blaus, die möglichst durch keinen Stickfehler gestört werden durfte. Immerhin erhielt ich die Erlaubnis, zwei kleine weiße Wölkchen hinzuzufügen, die in dem Blau schwammen wie Blätter auf einem Teich.

Ein Mädchen aus edlem Haus namens Geislinde

stickte die schlanken Bäume eines Apfelbaumgartens, während unter der Hand meiner Tante Grimwerda seltsame Tiere entstanden, die sich scheu zwischen den Stämmen verbargen. Im Hintergrund war ein Fluss zu sehen; dazu eine kühne Festung, deren Türme von Sigewita mit bunten, flatternden Bannern geschmückt wurden. Der Vordergrund aber zeigte den biblischen König David, gekennzeichnet durch die Harfe an seiner Seite. Er trug burgundische Tracht, ein Lichtstrahl fiel direkt auf seinen Scheitel, und er hatte beide Hände zum Gebet erhoben. Zu seinen Füßen lagen die erschlagenen Gestalten finsterer Feinde, die in blutbespritzte visigotische Kettenhemden gekleidet waren.

Der Entwurf stammte natürlich von Mutter selbst, und sie ließ es sich auch nicht nehmen, Davids strahlendes Gesicht zu sticken. Die Ausführung seines Königsmantels und der Leichen überließ sie jedoch ihrer Zofe Rindika, die die Sticknadel so makellos zu führen wusste wie ein römischer Rhetor seine Worte.

»Ich hasse Kämpfe«, stellte ich nachdrücklich fest, als wir nach einigen Wochen tief befriedigt das Ergebnis unserer Mühen betrachteten. Geislinde schnappte erschrocken nach Luft, und Tante Grimwerda sah mich missbilligend an; Uote aber nickte nachdenklich.

»Im Prinzip muss ich dir Recht geben, Hildiko«, seufzte sie. »Doch es kommt immer darauf an, wofür man kämpft. König David war ein Kämpfer Gottes, der sein Leben einsetzte, um der Finsternis Einhalt zu gebieten.«

»Aber es ist ihm nicht gelungen, oder?«, rief ich erbittert. »Ich sehe jedenfalls kein Anzeichen seines Sieges. Die Finsternis triumphiert; überall wird gemordet, vergewaltigt, verstümmelt und geschlachtet …«

»Genug, Kriemhild!«, unterbrach die Königin mich scharf. »Natürlich gibt es das Böse und es wird es weiterhin geben, solange die Welt besteht. Wer aber diese Tatsache als Grund vorschiebt, nicht für das Gute zu kämpfen, ist ein Schmarotzer und Feigling.«

Ich war so wütend, dass mir Tränen in die Augen stiegen. Seit Jahren hatte mich Mutter nicht mehr so angeschrien. »Das meinst du doch nicht ernst, oder?«, gelang es mir zu flüstern.

»Doch, das meine ich.« Es war wieder so weit: Mutters gefürchteter Blick bohrte sich in den meinen. Doch jetzt war er nicht mehr gleißend und bezwingend wir früher, sondern beschwörend. »Was würdest du denn tun?«, fragte sie leise. »Wenn dein Herz dir sagt, was das Rechte ist – würdest du es dann nicht tun, selbst wenn alles um dich herum dich verhöhnt?«

»Doch«, räumte ich ein. »Aber es würde nichts ändern.«

»Das ist eine Lüge der Finsternis. Zumindest für dich und zumindest in diesem Augenblick würde dadurch alles anders.«

Die Worte klangen in mir nach, während ich mit halbem Ohr zuhörte, wie Vater und viele andere Leute vom Hof hereinkamen und den Wandteppich in den höchsten Tönen lobten. Ich musste zugeben, dass er auch mir gefiel: Die strahlenden Farben leuchteten so lebendig wie Blumen auf einer Frühlingswiese, und das Licht, das auf König Davids Haupt fiel, erweckte sogar in mir eine unwillkürliche Hoffnung. Vielleicht gab es das Wunderbare doch, zumindest in der unsichtbaren Welt. Vielleicht konnte Sticken doch eine Beschäftigung sein, die der Mühe wert war.

Und so begann ich zu sticken. Schon bald erlaubte die Königin mir, eigene Motive zu wählen, von denen mich das Einhorn, das ich in Asklepios' Büchern über Physiologie gefunden hatte, am meisten faszinierte. Seine scheue Wildheit und zugleich seine Sanftheit und das Rätsel seines weißen Hornes schienen mir hervorragend als Sinnbild für das Wunderbare geeignet, das ich noch immer nicht begriff, nach dem ich mich aber immer mehr sehnte. Und dass nur eine unberührte Jungfrau das Tier vielleicht fangen konnte, wenn sie ihm mutig und reinen Herzens nachstellte, erfüllte mich mit einer seltsamen, erregenden Vorfreude.

Ich bestickte Vorhänge, Bordüren, Säume für Prachtgewänder und Kissen für Vaters Thronsaal. Anfangs bildete ich Szenen ab, als würde ich sie durch ein Fenster sehen; ebenso wie Mutter es tat. Doch nach einer Weile missfiel es mir, dass die Bilder so starr waren. Entweder zeigten sie einen bestimmten Augenblick, herausgerissen aus dem Fluss der Zeit, oder sie versinnbildlichten etwas Ideales. Dabei befand sich das Leben selbst doch in ununterbrochener Bewegung und ähnelte, falls es sich überhaupt abbilden ließ, viel eher einem Muster als der Darstellung eines

bestimmten Motivs. Einem Muster aus den verschiedenen Elementen der Schöpfung, die sich, sei es aus Zufall, freiem Willen oder Vorsehung, miteinander verbanden und sich wieder trennten. Auch wohnte einem Muster stets ein bestimmter Rhythmus inne, der an den Kreislauf der Jahreszeiten, das Pulsieren des Blutes oder den Lauf der Sterne denken ließ.
Ich verfiel darauf, verschlungene Muster zu entwerfen, die sich aus Tierfiguren zusammensetzten und für die ich zusammen mit dem alten Holzschnitzer Helmfried immer neue Skizzen anfertigte. Niemand hätte sagen können, wer zuerst auf die Idee gekommen war, doch bald begannen ähnliche Muster auch in den Fibeln, Broschen, Ringen, Armspangen und Gürtelschnallen unserer Goldschmiede aufzutauchen. Selbst die Krieger wollten solche Tiermuster auf ihrer Helmzier, ihren Bannern und den Parierstangen und Scheiden ihrer Schwerter haben, und die Zimmerleute begannen, sie in die Querbalken der Häuser zu schnitzen. Vielleicht wurde jeder von diesen Mustern angezogen, weil unsere wechselvolle Geschichte in ihnen viel besser zum Ausdruck kam als in der Abbildung einer bestimmten Szene und ihrem Anspruch, der eher zu einem alten Großreich wie Rom oder Byzanz passte. Jedenfalls wurde unser burgundischer Stil unter den germanischen Völkern im Lauf der Jahre berühmt und begehrt. Er war etwas Eigenes, das wir Roms erstarrter Pracht entgegensetzen konnten, und ich bin heute noch stolz darauf, an der Entstehung dieses Stils mitgewirkt zu haben.

Wieder habe ich fast die ganze Nacht geschrieben. Gerade hat die dritte Wachablösung stattgefunden; die Feuer sind längst niedergebrannt. Im Osten zeigt sich das erste fahle Grau. Der Tau fällt; auf einmal wird die Welt flach. In diesem kurzen Moment des Übergangs zwischen der zauberischen Tiefe des Nachthimmels und den aufglühenden Farben des Sonnenaufgangs scheint es, als hielte die Erde auf ihrer Bahn inne. Die Zeit selbst verstummt, erstarrt wie im Augenblick des Todes … Mit einer Gewissheit, als hätte es mir ein Engel mit einer Posaune verkündet, spüre ich, dass ich einmal zu dieser Stunde sterben werde.

Fast wünschte ich, es könnte jetzt geschehen, noch heute Nacht, bevor ich mein Ziel erreiche und mich zur letzten Auseinandersetzung rüsten muss. Doch vielleicht kann ich gar nicht mehr sterben; vielleicht bin ich dazu verdammt, als Einzige in Ewigkeit weiterzuleben und mich wieder und wieder einem Kampf zu stellen, den ich nicht gewinnen kann, weil er über meine Kräfte geht. Wie sollte ich allein, ohne die Liebe meines Mannes und ohne die Aufmunterung meiner Brüder die tiefe Finsternis besiegen, die mich umklammert? Mit jeder einzelnen Enttäuschung meines Lebens, mit jeder verratenen Hoffnung und mit jeder erloschenen Sehnsucht gewann die Finsternis einen weiteren Fuß breit Raum in mir. Das sehe ich heute so deutlich, als wäre es in einem meiner burgundischen Muster ausgearbeitet.

All die vielen Jahre war ich überzeugt, ich hätte jedes Recht auf Zorn und Hass und Bitterkeit. Dennoch –

ich war Siegfrieds Weib. Wo das Licht am stärksten ist, vertieft sich auch der Schatten. Sollte nicht von allen Frauen ich, die einst die Blüte von Burgund hieß, der Finsternis noch eine letzte, späte Frucht abtrotzen können?

Fast glaube ich, im ersten Streifen Morgenlicht die eindringliche Stimme meiner Mutter zu hören. »Die Hoffnung, die unbezwingbare Sehnsucht ist unsere Seele«, pflegte sie zu sagen, während mein kleiner Bruder Gislaharius und ich mit großen Augen lauschten. »Solange sie uns erfüllt, leben wir. Und wenn ihre Stimme in uns verstummt, sind wir tot, selbst wenn wir uns bester Gesundheit erfreuen.«

Es sah ihr ähnlich, so etwas zu sagen, verbrachte sie doch die letzten zwanzig Jahre ihres Lebens betend auf den Knien. »Du hast mich in all das hineingehetzt«, schrie ich sie an, als sie nach Siegfrieds Tod in Ad Sanctos erschien, um mich zu trösten. Ich packte ihre knochig gewordenen Schultern und schüttelte sie, ich schlug sogar nach ihr, rasend und blind vor Schmerz und Zorn. »Ich war zufrieden damit, zu sticken, meinen Brüdern beizustehen und ledig zu bleiben. Du aber …«

Königin Uotes herrliche Augen waren umkränzt von spinnwebfeinen Fältchen, trüb und fast blind vor Alter. Dennoch leuchteten sie vor Liebe. »Es stimmt, ich habe dich erzogen, Siegfrieds Braut zu sein«, flüsterte sie. »In dir sah ich alles erfüllt, worauf ich hoffen konnte. Ich gönnte dich nur dem herrlichsten der Helden.«

»Aber wie konntest du überhaupt wissen, dass es ihn gab?«, schluchzte ich.
»Ich wusste es natürlich nicht. Doch ich betete Tag und Nacht, dass es ihn geben möge …«
Damals war ich bereit, vor Trauer, Reue und Einsamkeit zu sterben. Und als wenige Jahre später meine Brüder fielen, war ich überzeugt, dass niemand stark genug ist, solchen Schmerz zu überleben. Dennoch, hier bin ich immer noch. Ich lebte weiter, nachdem Siegfried strahlend aus dem Norden zu uns gekommen war und heimtückisch erschlagen wurde. Ich lebte weiter, als meine Brüder das funkelnde, kurzlebige Burgunderreich am Rhenus regierten und dann all dies unterging, und ich lebte weiter, als mein jetziger Bräutigam, der große Steppenkönig, mit beiden Händen nach der Waagschale der Macht von Ostrom und Westrom griff. Statt mich in ihrem Feuer zu verbrennen, scheinen die Jahre mich in eine Patina zu hüllen; ich bin wie ein halb blinder Spiegel, der die Trauer aller Völker um das zurückwirft, was ihnen das Liebste war und das sie, gleich uns, verloren.
Über dem Hügelland von Rätien geht die Sonne auf; brausend und tosend wie ein Wasserfall, in den sich zehntausend Stimmen mischen. Die Stimmen der Lebenden und Toten … Das plötzliche Leuchten tut meinen Augen weh. Ich bin klamm vom Tau, übermüdet und steif vom langen Sitzen. Gleich wird mir Dalraida mein Frühstück bringen, und mein künftiger Stiefsohn Uzendur wird mir aus seinen schmalen Hunnenaugen einen ratlosen, fragenden Blick zuwerfen.

Ich sollte endlich schlafen gehen. Doch die Erinnerung an jene lichtdurchfluteten Jahre in der Kemenate meiner Mutter, während deren ich vom Mädchen zur Frau heranreifte, umfängt mich noch immer wie ein süß duftendes Netz. Nur noch ein wenig will ich mich an diesen längst vergangenen Frieden klammern, um nicht in diese gebieterische Sonne blicken zu müssen, die mir von Osten, aus der Zukunft entgegenstrahlt. Und auch, um mich für die Erinnerung an all das zu stärken, was unaufhaltsam näher kam: das Größte, Schönste, Schrecklichste in meinem Leben.

Mein Vater Gibich zog sich sehr zum Ärger meiner Brüder immer tiefer in die Gelehrsamkeit zurück, während ringsum im Römischen Reich das unbarmherzige Wüten des Schicksals weiterging. Nachdem Cäsar Honorius das Friedensangebot des Visigotenkönigs Athawulf abgelehnt hatte, heiratete dieser die von seinem Vorgänger Alarich verschleppte Cäsarenschwester Galla Placida – gegen den Willen Cäsars, doch vielleicht nicht gegen den Willen der Braut, spekulierte Asklepios, der Galla Placida wie sein eigenes Kind liebte und ihr zutraute, diesen verwegenen Plan selbst entwickelt zu haben, um den Frieden zu erzwingen. Obwohl Honorius sich so halsstarrig zeigte, hoffte Athawulf, durch diesen Ehebund den Riss zwischen Römern und Germanen zu heilen, der Westrom wie eine tödliche Wunde schwächte. Zugleich war dies auch sein Triumph über Westroms Arroganz, denn da die beiden Ehen des Honorius bisher kinderlos geblieben waren, wäre ein visigotisches Königskind der erste Spross aus dem kaiserlichem Blut Westroms gewesen.

Als dem Paar tatsächlich eine Tochter, Honoria Justa Grata, geboren wurde, feierte Vater in Borbetomagus denn auch ein Freudenfest. Doch Cäsar Honorius war nicht gewillt, die Dinge auf sich beruhen zu lassen. Er sandte ein mächtiges Heer nach Gallien, und bald darauf wurde Athawulf von dem großen weströmischen Feldherrn Constantius besiegt. Dieser war niemand anders als jener Feldherr, der Vater seinen ersehnten Föderatenvertrag bestätigt und ihm die Festung Borbetomagus anvertraut hatte. Der geschlagene Athawulf floh nach Hispanien und wurde in Barciano hinterrücks ermordet – von gedungenen Mördern aus Rom, wie Asklepios vermutete. Unterdessen lieferte Athawulfs Nachfolger, sein Bruder Wallia, die unglückliche Witwe an ihren Bruder Honorius aus, der sie prompt dazu zwang, den siegreichen Constantius zu heiraten. Offenbar fürchtete der junge Cäsar um die Loyalität seines allzu mächtig gewordenen Heermeisters. Wallia aber wurde von Honorius als neuer Visigotenkönig bestätigt und mit seinem Heer in römischen Dienst genommen. Wallia zog gegen die Vandalen, Alanen und Sueben und erhielt große Gebiete Westgalliens und Südgalliens zum Lohn. Mir graute bei dem Gedanken, wie Galla Placida um des Reiches willen zur Hure gemacht wurde, und Asklepios bestärkte mich darin. In mir wuchs die Entschlossenheit, niemals zu heiraten.

Denselben Gedanken, wenn auch aus gegensätzlichen Gründen, hatte in Ostrom die Kaiserschwester Pulcheria. Im Rahmen einer prunkvollen Feier gelobte sie vor allem Volk die ewige Keuschheit. Angeblich hatte sie Jesus Christus zu ihrem Bräutigam gemacht, doch ich war davon überzeugt, dass sie mit diesem edlen Entschluss lediglich verhindern wollte, gleich ihrer Tante Galla Placida zugunsten irgendwelcher Bündnisse verschachert zu werden. Überdies gewann sich Pulcheria durch ihre öffentlich zur Schau gestellte Frömmigkeit die Unterstützung des mächtigen Patriarchen von Konstantinopel, des Oberhauptes der dortigen Christen. Er sorgte dafür, dass sie offiziell zur Augusta erhoben wurde, damit sie an der Seite ihres Bruders, des Ostcäsaren Theodosius, als Kaiserin eine der Kirche wohlgesinnte Politik betreiben konnte. Theodosius' griechische Gattin schäumte gewiss vor Wut, aber da in ihren Adern minderes Blut floss, hatte sie keine Wahl, als sich zu fügen. Niemand war überrascht, als es bald darauf sowohl in Ostrom als auch in Westrom allen Nichtchristen untersagt wurde, öffentliche Ämter zu bekleiden.
Und während all dieser Jahre stickte ich. Es war wie ein Rausch oder wie im Traum; die pulsierenden Muster strömten direkt aus meiner Seele in Garn und Linnen und bildeten einen verschlungenen Zauberfluss, den niemand überschreiten durfte. Durch meine Stickerei schuf ich mir eine Insel, die ich allein bewohnte: Nur meiner Mutter, die mich besser verstand, als ich damals ahnte, erlaubte ich es manchmal,

meine Abwehr zu durchbrechen und sich mit mir auszutauschen. Und natürlich meinem kleinen Bruder Gislaharius, den ich innig liebte. Er nahm bereits an der Knabenausbildung teil und sah und hörte vieles, das mir in meiner Stickstube ohne ihn entgangen wäre. Ehrfurchtsvoll hinterbrachte er mir, dass die meisten Knappen und jungen Ritter am Hof neuerdings danach trachteten, irgendein von mir besticktes Stück an ihrer Kleidung zu tragen, und sei es nur ein Ärmelsaum oder eine Kragenborte. Meine Handarbeit galt als Glück verheißend, und die Tatsache, dass ich mich so gut wie nie in der Königshalle oder sonst an öffentlichen Orten zeigte, schien ihre magische Qualität noch zu erhöhen.
Allmählich erschienen die ersten Freier am Burgunderhof, die um meine Hand anhielten: hoffnungsvolle Prinzen kleiner Königreiche wollten ihre zukünftige Krone mit mir teilen, altgediente Offiziere der Auxiliararmee boten mir ein Leben im Luxus ihrer reifen Jahre, und junge Abenteurer legten mir ihre Kühnheit und ihr reines Herz zu Füßen. Die meisten Bewerber empfing ich nicht einmal. Ich ließ verbreiten, dass ich keines Mannes Weib sein wolle, und blieb in meinem Zauberfluss geborgen. Nichts schien mich dort berühren zu können. Doch dann starb mein Vater an einem heftigen, verzehrenden Fieber, und ich meinte, in einen Abgrund zu stürzen. Mir wurde jetzt erst bewusst, wie tief ich mein Leben lang auf seinen Schutz und seine Liebe vertraut hatte. Zusammen mit Bischof Ello und allem Volk betete ich im Dom inbrüns-

tig für seine Seele, während sein Körper bleich und kalt in seinem prächtigsten Gewand auf einem Bett von Heckenrosen lag. Doch insgeheim fühlte ich mich von Vater verraten. Es schien mir bitter ungerecht, dass Gibich, der sich in den letzten Jahre immer tiefer in eine Welt der Bücher und Gedanken zurückgezogen hatte, meine Brüder und mich jetzt endgültig im Stich gelassen hatte. Er hatte nun die Regierungslast abgelegt, war seiner Sehnsucht gefolgt und hatte vermutlich sein ideales Reich gefunden. Uns aber hatte er den Unbilden der Zeit hilflos ausgesetzt.

Kapitel 6

Als mein Bruder Gundahar König der Burgunder wurde, war er neunzehn Jahre alt. Er erbte ein gesundes, zufriedenes Volk auf einer stolzen Burg, die mit Vorräten, Luxusgütern und Vieh angefüllt war. Er erbte aber auch Verträge, Bündnisse und einen trügerischen Frieden. Mein Vater hatte in seinen letzten Lebensjahren das Kunststück vollbracht, jedermanns Freund und niemandes Feind zu sein, indem er sich bei Auseinandersetzungen möglichst zurückhielt und im Zweifelsfall lieber zurücksteckte, statt aufzutrumpfen. Damit gewann er sich und den Burgundern zwar keinen besonderen Ruhm, dafür aber Wohlstand und eine gewisse Sicherheit inmitten des blindwütigen Chaos, das die Welt ringsum beherrschte. Durch seine Liebe zur Bildung hatte er sich selbst allmählich vom Feldherrn zum Philosophen und sein Volk von Kriegern zu Künstlern gewandelt.

Gundahar dagegen war jung, ehrgeizig und durch den langen Frieden zum Übermut angestachelt. Das zarte Netz der Sicherheit, das mein Vater über viele Jahre mühsam geknüpft hatte, empfand er lediglich als Fessel seiner ungeduldigen Kühnheit. Eine neue Generation ebenso ruhmsüchtiger Krieger war mit ihm herangewachsen, die sich an die Härten der Wanderung kaum noch erinnerte und sich in der Sicherheit von Borbetomagus als die Herren der Welt fühlte. Wann immer Gundahar das Bedürfnis hatte, mit der Stärke Burgunds großzutun, bestärkten diese jungen Leute ihn darin.

Ich weiß kaum, wie es anfing. Ich spürte nur eine Veränderung in der Atmosphäre, als habe sich unmerklich der Wind gedreht. Plötzlich fanden auf der Kieselwiese fast täglich Paraden, Schaukämpfe und Schwertweihen statt. Ganze Wagenladungen der letzten Getreideernte wurde gegen Metall zur Waffenherstellung eingetauscht, und aus meines Vaters Bibliothek verschwanden zwei der fünf teuren Bücher. Gundahar ritt ein neues, prachtvolles Schlachtross, das auf alle anderen Pferde der Festung verächtlich herabzublicken schien und mit dessen Pflege ein eigener Knecht betraut worden war, der sich um nichts anderes kümmern durfte. Um jeden bei jeder Gelegenheit daran zu erinnern, dass nun ein neuer König herrschte, ließ Gundahar sogar zwei neue, mit Gold plattierte Luren herstellen. Sie waren noch größer und viel prächtiger als die alten Bronzeinstrumente, deren voller, vertrauter Zweiklang unseren Stamm von den Ufern der Wisera bis hierher begleitet hatte. Als das neue Lurenpaar zum ersten Mal erklang, ließ jeder alles liegen und stehen und stürzte herbei, so aufpeitschend wirkte der helle, gebieterische Ton.

Eines Tages stürzte der alte Sklave Asklepios in schmutzigen, zerfetzten Gewändern zu uns in die Stickstube und beklagte sich bitterlich, dass er von einigen jungen Kriegern verhöhnt, bespuckt und sogar in den Schlamm getreten worden sei. Mutter war entsetzt und schickte sofort nach Gundahar. Der junge König erschien auch sogleich – mit seinem strahlendsten Lächeln. Es war offensichtlich, dass er es sich mit seiner königlichen Mutter nicht verderben wollte. Uote forderte, dass er seinen Gesellen mehr Respekt vor Alter und Bildung abverlange. Gundahar entschuldigte sich geschickt und versprach einzuschreiten. Doch als er uns verließ, blitzte ein winziger Funken Triumph in seinen Augen, und ich wusste, dass er die jungen Krieger bestenfalls gutmütig zurechtweisen würde. Asklepios tat mir Leid, und ich hörte mir mehrere lange Vorträge über den Lauf der Sternenbahnen an, um ihn zu trösten und ihm das Gefühl zu geben, dass es in Burgund noch immer einen Platz für ihn gab. Doch im Grunde hielt ich mich von allem fern; ich blieb auf meiner selbst erschaffenen Insel, umgeben von meinen endlosen, immer komplizierteren Mustern. Die Ordnung und Folgerichtigkeit, die sich in ihnen erkennen ließ, hatte etwas ungeheuer Tröstliches.

Im Spätsommer des Jahres 419 gebar Galla Placida dem Feldherrn Constantius einen Knaben, der den stolzen Namen Valentinian Flavius Placidus erhielt. Da Cäsar Honorius offenbar nicht gewillt war, mit seinen beiden Gemahlinnen, den Töchtern Stilichos, die Ehe zu vollziehen, war dieser Sohn seiner Schwester der einzige Thronfolger des Weströmischen Reiches. Dennoch flatterten diesmal keine Freudenwimpel

von den Türmen Borbetomagus', und Gundahar feierte auch kein Freudenfest, wie es mein Vater bei der Geburt der kleinen Honoria Justa Grata angeordnet hatte. Offenbar kümmerten meinen Bruder die Belange unseres Vertragspartners nicht allzu sehr. Stattdessen ritt er mit seinen Gesellen in die wilden Wälder am rechten Rhenus-Ufer, um Wildschweine zu jagen und womöglich tagelang wegzubleiben. Wie immer bei solchen Anlässen befahl er unserem Bruder Gerenot, in der Festung zu bleiben und ein Auge auf alles zu haben, was der Jüngere halb enttäuscht, halb geschmeichelt, aber stets getreulich befolgte.
Am zweiten Tag des Herbstmonats im selben Jahr, als die Nebeltage sich dem Winter zuneigten, geschah dann etwas, das mich aus meiner Traumwelt jäh erwachen ließ. Es begann harmlos genug: Ein Knappe kam in unsere stille Stube und meldete, den König verlange nach unserer Anwesenheit.
»Geh du, mein Kind, und entschuldige mich beim König!«, bat die Königin Uote. Ihr Gesicht schien sehr bleich unter dem Witwenschleier, als ich ihre Wangen küsste. Normalerweise hätte ich mich geweigert, schon aufgrund der schroffen Art, mit der Gundahar uns auffordern hatte lassen. Es kam fast einem Befehl gleich, und ich war nicht gewillt, mir so etwas von meinem Bruder gefallen zu lassen, ob er nun König war oder nicht. Doch um meiner Mutter willen gab ich nach: Für dies eine Mal, sagte ich mir nichts ahnend.
Ich kleidete und kämmte mich mit großer Sorgfalt; ich

verschanzte mich hinter meiner berühmten Schönheit wie in einer magischen Rüstung, die mich unverwundbar machte. Als ich die Königshalle mit ihren Lichtern und den glänzend geschmückten Kriegern betrat, hielten denn auch alle Anwesenden hörbar die Luft an. Doch ich nahm niemanden wahr. Das Einzige, was ich sah, war ein dunkelhaariger Mann, der neben Gundahar am hohen Tisch saß und ihn fast um Haupteslänge überragte. Er sah abgezehrt und erschöpft aus und schien weit über seine Jahre hinaus gealtert zu sein; und er starrte mich so intensiv an, dass ich das Gefühl hatte, von seinem Blick wie von zwei glühenden Speerspitzen durchbohrt zu werden. In seinem hageren Gesicht regte sich kein Muskel, dennoch erkannte ich ihn sofort. Es war niemand anders als mein Vetter Hagen.

Gundahar sah flüchtig auf und es gelang ihm, innerhalb eines Herzschlages die unwillkürliche Bewunderung, die ihn bei meinem Anblick ergriff, in ein gelangweiltes Lächeln umzuwandeln. »Ah, Schwester«, sagte er gleichmütig. »Ich sandte nach dir, weil Hagen der Trojaner soeben zu uns zurückgekehrt ist. Wie ich annehme, lässt Mutter sich entschuldigen, und es schickt sich, dass du an ihrer Stelle die Feier seiner glücklichen Ankunft mit deiner Anwesenheit ... beehrst.«

Damit hatte er Recht: Jeder offiziellen Feierlichkeit musste die Hohe Frau beiwohnen, diejenige Dame aus der königlichen Sippe, die dem Thron am nächsten stand. Das war ich, da Gundahar unverheiratet

war. Doch ich hörte ihm kaum zu. Zwischen den Tischen mit begehrlich tuschelnden, anzüglich grinsenden Männern durchmaß ich mit gemessenen Schritten die ganze Länge des Saales, bis ich am Hohen Tisch stand und Hagen in die Augen sehen konnte. Ich vermochte seinen ungeheuren, gnadenlosen Blick noch immer nicht zu deuten.
»Sei mir willkommen, edler Vetter!«, sagte ich förmlich und freute mich, dass meine Stimme so klar und beherrscht klang wie durchsichtiges Eis, obwohl ich innerlich zitterte. »Es freut mich, dich nach all den Jahren in der Heimat zu begrüßen. Ich trinke auf deine Gesundheit, Vetter Hagen.« Hatte ich mich getäuscht, oder war in Hagens Augen eine winzige Regung des Zorns aufgeflammt, weil ich mich weigerte, den lächerlichen Titel »Trojaner« zu benutzen?
Auf mein Handzeichen hin reichte mir der Mundschenk den zeremoniellen Prunkbecher, in dem der heiße, gewürzte Wein gefährlich schwappte. Ich trank Hagen zu, ohne den Blick zu senken. »Welch glücklichem Umstand verdanken wir deine Wiederkehr?«, erkundigte ich mich, nachdem ich den Becher ihm gereicht hatte.
Diesmal zuckte Hagen nicht mit einer Wimper. Mit einer Stimme, die der meinen an Beherrschung und Kälte in nichts nachstand, antwortete er: »Wunderlich erscheint mir diese Frage, edle Base. Wie sollte ich nicht zu meinen Vettern nach Burgund heimkehren, da es doch meiner Anwesenheit am Hof des hunnischen Westkönigs Ruga nicht mehr bedarf?«

»Dann ist das mächtige Volk der Hunnen uns jetzt so eng verbunden, dass es keiner Geisel mehr bedarf?«, fragte ich überrascht.

Hagen lächelte zum ersten Mal; offenbar begriff er, dass Gundahar mich über die jüngsten Ereignisse nicht unterrichtet hatte, und freute sich darüber. »Nicht so, Base«, erklärte er mit einem überlegenen Unterton. »Vielmehr hat mein Herr Gundahar es im vergangenen Frühjahr für unnötig befunden, den jährlichen Tribut Burgunds ins Hunnenland zu senden. Als ich davon und vom Tod des großen Königs Gibich erfuhr, gelang es mir und meinem Gesellen Volkar von Alazay aus jenem Reich zu fliehen. Über Steppen und Sümpfe, über reißende Ströme, schroffe Gipfel und gähnende Schluchten hinweg eilten wir zu euch, um meinem edlen Vetter, der jetzt mein König ist, den Treueschwur zu erneuern …«

Mehr hörte ich nicht mehr, obwohl Hagen mit sichtlichem Behagen weitersprach und wahrscheinlich, von Volkar unterstützt, die Strapazen der Reise in allen Einzelheiten schilderte. Ein eiskalter Schreck durchfuhr mich, als ich begriff, was Gundahar getan hatte. So gewiss, als sähe ich es in einem meiner Muster vor mir, wusste ich, dass großes Unheil daraus entstehen würde und dass das Ende des Burgunderreiches eingeläutet war, bevor es recht begonnen hatte. Doch ich wollte es noch nicht wahrhaben; es war zu schrecklich, zu grausam, und ich war auch viel zu wütend, um dem Unausweichlichen ins Gesicht zu sehen.

»Bist du des Wahnsinns oder des Teufels, Bruder?«,

schrie ich den König an und kümmerte mich nicht darum, dass all seine Männer begierig lauschten. »Wie konntest du so blind, so überheblich sein? Begreifst du, was du Narr angerichtet hast?!«
»Ich habe den ehrlosen Hunnen gezeigt, dass Burgund mehr ist als ein jämmerlicher Lehnsflecken voller Bauern, dessen Fürst sich zitternd in die Hose macht, wenn der Großkönig nur mit dem Schwert klirrt«, versetzte Gundahar, seinerseits bleich vor Zorn. »Ich habe sowohl Burgunds Ehre wiederhergestellt als uns auch jährlich den Preis einer halben Festung eingespart. Ich habe sowohl unseren Ruhm als auch unseren Reichtum vermehrt, edle Schwester: beides Dinge, die unser geliebter Vater während seiner letzten Jahre allzu sträflich vernachlässigt hat.«
Er hob seinen Becher und genoss die zustimmenden Rufe seiner Männer, die ihm zuprosteten. Doch mir schien, als habe er mich, von all seinem Stolz abgesehen, vielleicht doch ein wenig um Verständnis gebeten.
Etwas ruhiger fragte ich: »Aber wieso hast du nie mit mir darüber gesprochen? Vielleicht …«
»Wieso sollte ich?«, unterbrach mich der König gereizt. »Die Reichsgeschäfte liegen nun einmal in Männerhänden. Mein ist die Last der Entscheidung, mein der Ruhm der Tat. Als Frau solltest du dazu schweigen und mir vertrauen.«
»Jedem großen König steht eine Frau zur Seite!«, widersprach ich hitzig. »Selbst der mächtige Cäsar Westroms hört auf den Rat seiner Schwester …«

»Und macht sich damit zum Gespött seiner Verbündeten; von seinen Feinden will ich gar nicht reden«, höhnte Gundahar. »Nein, nein, Schwester, dein Platz ist in der Kemenate und dein Beitrag zum Ruhm Burgunds ist, nachdem du eine Heirat offenbar verweigerst, deine Stickkunst. Wenn du mit diesem Platz nicht vorlieb nehmen willst, solltest du unser Fest verlassen.«

»Ich denke nicht daran«, fauchte ich. »Ich lasse mich nicht von dir wegschicken wie eine Dienstmagd. Ich bin wie du von zweimal königlichem Blut ...«

»Und weigerst dich, durch eine Ehe unserem Reich zu dienen; eine Schwester, die ihrem königlichen Bruder ihre Unterstützung versagt!«

»Ich biete dir die Unterstützung meines Rates, dessen du offenbar dringend bedarfst, da du Burgund bereits im ersten Jahr deiner Führerschaft durch deine Verblendung ungeheuren Schaden zugefügt hast. Du aber trittst mein Angebot mit Füßen und führst uns alle der Vernichtung entgegen ...«

»Das reicht, Kriemhild!« Gundahar hatte sich erhoben, seine Hand lag auf dem Heft seines Schwertes. Im Saal war es so still, dass man das Trippeln einer Maus hätte hören können. »Burgund ist stark. Es bedarf deines Rates nicht. Wenn du dich weigerst, deinem Volk etwas so Geringes wie deine Jungfräulichkeit zu opfern, so ist das deine Sache – und du musst dich mit deinem eigenen Gewissen auseinander setzen, wenn es dir sagt, dass solch selbstsüchtiges Verhalten einer Königstochter unwürdig ist. Es ist mein gutes Recht als König und als Bruder, dich zu jeder beliebigen Heirat zu zwingen, wie du sehr wohl weißt. Ich tue es nicht, weil ich kein feiger Knabenficker wie Honorius bin, sondern ein Krieger, der in der Lage ist, sein Reich zu vergrößern, ohne seine Schwester zur Hure zu machen. Aber wage es nie wieder, meine Entscheidungen anzuzweifeln, wenn du nicht willst, dass ich dich mit größerer Härte behandele als bisher.«

Wütend starrten wir einander an. Schließlich neigte ich den Kopf, um seinen Männern meine sittsame Unterwerfung anzuzeigen. Dabei flüsterte ich, so dass nur er und Hagen, der direkt neben ihm saß, es hören konnten: »Es freut mich, dass Asklepios' Rhetorik-Lektionen doch nicht ganz spurlos an dir vorübergegangen sind, Bruder. Vielleicht befragst du ihn einmal über den Unterschied zwischen Kühnheit und Torheit, oder zwischen Stärke und Leichtsinn.« Ich riss meinen Blick von ihm los. »Mein König, Vetter Hagen, Herr Volkar, edle Herren – ich wünsche euch Gesundheit!«

Ohne ein weiteres Wort rauschte ich aus dem Saal.

Doch von da an nahm ich öfter an den Gelagen in der Königshalle teil, teils um die Neuigkeiten zu hören, die mir sonst verborgen geblieben wären, teils aus Loyalität gegenüber Gundahar. Es war, als habe erst der eisige Schreck an jenem Abend mir klargemacht, dass wir Gibichs Schutz wirklich verloren hatten und dass der König mich brauchte – ob er es nun zugab oder nicht. Für wie töricht und kindisch ich ihn auch hielt – er war mein Bruder, und es wäre mir nie eingefallen, ihm willentlich zu schaden. Ich lernte seine Männer ein wenig besser kennen, und einige waren bald bereit, mir jeden Wunsch zu erfüllen. Vor allem Hagens Neffe, der jetzt dreizehnjährige Patafried, entwickelte eine geradezu leidenschaftliche Verehrung für mich und versuchte, mir zu Diensten zu sein, wo er nur konnte. Ich mochte den schwärmerischen Jungen und ließ mir seine Aufmerksamkeiten gern gefallen, obwohl – oder vielleicht gerade weil – er in meinen Augen natürlich noch ein Knabe war. Seine Jugend erlaubte es mir, mich in seiner Gegenwart zu entspannen, und ich genoss es, zur Abwechslung einmal angebetet zu werden, ohne gleich meine Freiheit und Jungfräulichkeit aufs Spiel setzen zu müssen.

Mein Verhältnis zu Hagen aber blieb gespannt, obwohl wir beide stets so taten, als sei zwischen uns alles in bester Ordnung. Wahrscheinlich konnte er mir nicht verzeihen, dass ich ihn am Tag seiner Abreise ins Hunnenland vor dem ganzen Hof und den Gesandten des Großkönigs bloßgestellt hatte. Unwissentlich, aus kindlicher Zuneigung und Furcht hatte ich ihm den größten Moment seines Lebens verdorben: den Moment, in dem er als Retter und Wohltäter Burgunds aus dem Schatten hatte treten wollen, zu den ihn seine Zugehörigkeit zu einer Nebenlinie bis dahin verdammt hatte. Inzwischen verstand ich ihn; er war erst sechzehn Jahre alt gewesen, und statt eines stolzen, ruhmvollen Augenblicks, der ihn in seiner Einsamkeit getröstet hätte, war er der Lächerlichkeit preisgegeben worden. Gewiss hatten ihn die hunnischen Begleiter während der ganzen Reise damit aufgezogen, dass seine kleine Base versucht hatte, ihn vor den fremden Menschenfressern zu retten, und womöglich war sogar seine Stellung am Hunnenhof davon beeinflusst worden.

Ich wusste nicht, wie ich mit meinem schlechten Gewissen umgehen sollte. Am liebsten wäre ich einfach auf meinen Vetter zugegangen und hätte ihn für meinen damaligen Gefühlsausbruch um Verzeihung gebeten. Doch wer Hagen auch nur eine Sekunde lang ansah, spürte, dass so etwas ihm gegenüber undenkbar war. Abgesehen von dieser persönlichen Unsicherheit lastete die schwere Schuld auf mir, die das burgundische Königshaus meiner Meinung nach an ihm gutzumachen hatte – doch wie das bei einem Mann wie ihm hätte geschehen können, weiß ich bis heute nicht. Jedenfalls blieb ich in seiner Gegenwart ganz gegen meine Gewohnheit scheu und unterwürfig.

Mein Bruder Gundahar war selbstverständlich begeistert, mit diesem vertrauenswürdigen Verwandten einen so erfahrenen Kämpfer an seiner Seite zu haben. Aus vielen Völkern stammten die Krieger, die dem hunnischen Westkönig Ruga – sei es nun freiwillig oder gezwungen – dienten, und Hagen hatte lange genug unter ihnen gelebt, um all ihre Eigenheiten, Strategien und Kampfweisen zur Genüge kennen zu lernen. Gundahar ließ seine Krieger von Hagen in vielen dieser bei uns unüblichen Art zu kämpfen ausbil-

den und überließ dem so genannten Trojaner schließlich sogar den Oberbefehl über die Waffenkammer. Bald begannen unsere Schmiede auch Waffen herzustellen, die Hagen bei den Hunnen kennen gelernt hatte: die doppelklingige Wurfstreitaxt der Sachsen, das gebogene Hunnenschwert und den hunnischen Bogen mit hell sirrenden Pfeilen sowie einen etwa handtellergroßen Dreizack, der stets mit einem langen Seil verbunden war und geworfen oder geschleudert wurde. Diese seltsame Waffe stammte angeblich von einer westlichen Insel namens Erynn und sie ermöglichte es einem Krieger, seinen Gegner aus großer Entfernung zu fesseln oder einen gewünschten Gegenstand zu sich heranzuziehen.
Sobald genügend dieser neuen Waffen zur Verfügung standen, führte Hagen mit sämtlichen Kriegern besondere Wettspiele durch, in deren Verlauf festgestellt werden sollte, zu welchem Kämpfer welche Waffe am besten passte. Sowohl aus Borbetomagus als auch aus den Dörfern der Umgebung kam das Volk zusammengelaufen, denn jeder wollte sehen, wie sich die Krieger im Gebrauch immer neuer Kombinationen aus bekannten und neuen Waffen übten. Es wurden sogar Wetten darauf abgeschlossen, welcher Kämpfer mit welcher Waffe siegen würde. Die Waffe wurde zu einer Art Charaktermerkmal der Krieger, und bald wurde in der ganzen Festung über nichts anderes mehr gesprochen. Jede Dienstmagd wusste, wodurch sich ein Speerträger von einem Schwertkämpfer und ein Wurfaxtstreiter von einem

Bogenschützen unterschied. Gundahar ermutigte das Volk sogar, sich zu den öffentlichen Übungsstunden einzufinden, indem er huldvoll zwischen den Schaulustigen herumritt, Knechten auf die Schulter klopfte und kleine, rotznasige Kinder zum Entzücken ihrer Mütter hoch in die Luft hob, so dass sie begeistert kreischten. Er freute sich über die Begeisterung, er wollte, dass alle stolz auf ihre burgundische Herkunft waren, und er sog die allgemeine Verehrung ein wie eine Biene den Nektar. Manchmal fragte ich mich flüchtig, wer unterdessen eigentlich noch der Tagesarbeit nachging.

Hagen betrachtete die Waffenübungen natürlich nicht als Volksfest, sondern als lebenswichtige Notwendigkeit, da wir nun die übermächtigen Hunnen zum Feind hatten. Kundschafter meldeten dem König jedoch im Brachmonat, dass zu unserem unverdienten Glück soeben der hunnische Großkönig Mundschuk gestorben war, ein Ereignis, das die meisten Fürsten der Hunnen und natürlich auch Westkönig Ruga und Ostkönig Oktar zur Wahl eines Nachfolgers in ferne, für uns sagenhafte Gebiete rief. Selbst Hagen räumte ein, dass wir dadurch mindestens noch ein Jahr Zeit gewonnen hatten, uns auf einen unweigerlichen Angriff der Hunnen vorzubereiten.

Ich muss zugeben, dass die Unbeschwertheit jenes Sommers mich ansteckte. Tagelang legte ich nicht einmal Hand an meine Stickerei, obwohl ich mit einem prachtvollen Überwurf begonnen hatte, der selbst Baldurs würdig werden sollte. Stattdessen ging ich am Ufer des Rhenus auf der Kieselwiese spazieren, betrachtete die glitzernden Waffen und die glitzernden Wellen und erfreute mich der sonnigen Tage und der lauen Sommernächte. Ich war siebzehn Jahre alt: keine kindische Maid mehr, sondern eine Frau und stolz darauf, dass es mir gelungen war, meine Unabhängigkeit zu bewahren. Meine berühmte Schönheit, meine selbst entworfenen Gewänder aus edelsten Stoffen, meine Kraft und Gesundheit taten ein Übriges dazu, dass ich mich allmählich ebenso unverwundbar fühlte wie mein Bruder Gundahar. Westrom schien zu tief in seine Händel mit den Visigoten verstrickt zu sein, um uns auch nur zu beachten, und die hunnische Bedrohung war so weit weg, dass sie unwirklich wurde.

Ich malte mir die ungeheuren Steppengebiete aus, durch die sie ziehen mussten, um ihrem Großkönig Mundschuk die letzte Ehre zu erweisen, und dachte an das ferne, sagenumwobene Kathai, das ganz weit im Osten an das Hunnenreich grenzte. Was konnte nicht alles während solcher Wanderungen geschehen; vielleicht verwickelten sich die Hunnen unterwegs in Kämpfe mit den Parthern, Kuschaniten oder Sassaniden und kehrten niemals in den Westen zurück …

Wie jeder außer Hagen vergaß auch ich allmählich, dass der eigentliche Zweck der neuen Waffen nicht der elegante Wettkampf war und dass all den fröhlichen Spielen ein grausamer, tödlicher Kern innewohnte.

Das änderte sich am letzten Sonntag des Holzmonats.

Wir saßen im kleinen Familienkreis beim Essen und verzehrten einige köstliche Hechte aus dem Rhenus, als plötzlich ein Diener hereinkam und meldete, der Kellermeister Bruno ersuche untertänigst darum, einen Augenblick gehört zu werden. Gundahar winkte den Mann herein, der den König wortreich um Nachsicht für die Störung bat.

»Gewiss wäre es mir alltags nie eingefallen, edle Herrschaften zu stören, während einer Mahlzeit noch dazu, was noch mehr heißen will – ich bitte auch euch untertänigst um Vergebung, Hohe Frauen«, schloss er seine Entschuldigung und verneigte sich vor Mutter und mir.

»Es ist schon gut«, brummte Gundahar nicht unfreundlich. »Was gibt es denn?«

»Ich bin ein ungebildeter Mann, mein Herr«, sprudelte der Kellermeister hervor. »Ich habe nicht mehr von der Welt gesehen als ein paar Längen den Rhenus hinauf und hinunter. Du aber bist weit gereist, gebildet, kurzum …«, mit einer erneuten Verbeugung streckte er seine plumpe Faust vor und öffnete sie. Ein rundes Stück geprägten Silbers lag darin.

»Das bietet mir der Fährmann Oswalt, du weißt ja, er setzt Reisende über den Rhenus – ein ehrbarer Mann, Gott helfe mir. Doch heute kommt er in meinen Weinkeller und bietet mir das für einen großen Krug der besten Traube. ›Oswalt, bist du unter die Schatzgräber gegangen?‹, frage ich ihn noch, denn der leistet sich sonst höchstens mal ein Bier, und mein Wein ist ohnehin zu schade für seine raue Kehle, halten zu

Gnaden. Aber dann zieht er dies Silberstück heraus, und ich weiß nicht mal, ob es …«

»Das ist eine Münze aus Singidunum, wenn mich nicht alles täuscht!«, rief Hagen überrascht aus. »Ich glaube, ich erkenne den dakischen Fisch – gib her, Mann!« Er betrachtete die fremde Münze eingehend und nickte. »Ohne Zweifel ein dakisches Silberstück«, erklärte er. »Der Fisch ist das Symbol dafür, dass sich früher in Dakien der einzige römische Vorposten nördlich des Danuvius befand.«

»Dann kann ich die Münze unbesorgt annehmen?«, fragte der Kellermeister strahlend.

»Gewiss. Sein Wert mag etwa zehn Denaren entsprechen«, brummte Hagen und gab das Geldstück zurück.

»Singidunum liegt tief im Hunnenreich, nicht wahr? Mich wundert nur, wie ein solche Münze hierher an den Rhenus kommt«, murmelte Gerenot beinah ehrfürchtig, als Meister Bruno uns beruhigt verlassen hatte.

Über die folgenden Ereignisse wurde in unzähligen Liedern berichtet, dennoch gehören sie zu den Dingen, die ich lieber vergessen würde. Doch damals teilte ich meines Bruders arglose Neugier, und als Gundahar den Fährmann Oswalt holen ließ, um der Sache auf den Grund zu gehen, blieb ich an der Tafel sitzen, obwohl Mutter sich bereits zurückgezogen hatte.

»Ein edler Ritter hat mir die Münze als Fährlohn gegeben, mein hoher Herr«, berichtete der verschüchterte Oswalt, der es kaum wagte, den Blick zum König zu erheben, und vor mir wie geblendet die Augen schloss. »Er sagte, das Geldstück stamme vom Danuvius, den er vor kurzem überquert habe …«

»Also kam er weit aus dem Osten«, stellte Gundahar misstrauisch fest. »Könnte es ein hunnischer Kundschafter gewesen sein?«

»Beim Blut des Heilands, das weiß ich nicht zu sagen«, stammelte der Fährmann. »Er trug eine über alle Maßen prachtvolle Rüstung und zwei Schwerter, auf jeder Seite eines. Das weiß ich noch, weil es so ungewöhnlich ist, Herr. Ich habe das sonst nur bei meinem edlen Herrn Hagen gesehen. Er führte ein erschöpftes Pferd am Zügel, das mit zwei kleinen, festen Truhen beladen war. Es klimperte darin, Herr, vielleicht war es Gold …«

»Gold?«, rief Gundahar erfreut. »Dann ist er womöglich ein Gesandter des Westkönigs Ruga, der mir zurückbringen will, was mir gehört: den Tribut, den mein Vater ihm so viele Jahre lang unnötigerweise zahlte.«

»Wie ein Gesandter sah er eigentlich nicht aus«, warf der Fährmann zweifelnd ein. »Eine Jungfrau war bei ihm; von so etwas habe ich bei Gesandten noch nie gehört …«

»Ganz gewiss ein Gesandter«, entschied Gundahar mit übermütig strahlenden Augen. »Hier ist ein Denar für deine gute Nachricht, Mann. – Wir müssen diesen Ritter unbedingt finden«, wandte er sich an Gerenot und Hagen, während der Fährmann unter Verbeugungen den Saal verließ. »Gesandter oder

nicht, er durchquert mein Land, ohne mir die Ehre zu erweisen oder mich auch nur um Erlaubnis zu bitten. Das Gold, das er mit sich herumträgt, will ich haben!«
Gerenot nickte und war drauf und dran, aufzuspringen und die Pferde satteln zu lassen. Doch Hagen sah nachdenklich aus.
»Nicht so hastig, Vetter!«, murmelte er. »Wenn dieser fremde Ritter derjenige ist, für den ich ihn halte, dann ist Vorsicht geboten. Dann wärst du besser beraten, statt seines Goldes seine Freundschaft zu erringen.«
»Und wer, meinst du, soll er sein?«, staunte Gundahar.
»Mein Freund Walther, der Sohn des Königs der Alanen. Ich weiß es natürlich nicht mit Sicherheit, aber es würde mich nicht überraschen.« Hagen trug selbst beim Essen seine zwei Schwerter bei sich, wie es angeblich bei den Hunnen üblich war. Eines davon zog er jetzt und betrachtete nachdenklich die gebogene hunnische Klinge. »Er war der größte Kämpfer in Westkönig Rugas gesamtem Heer«, murmelte er und fing das Licht aus der Feuergrube in dem makellosen Stahl, dass er aufglühte. »Keiner konnte ihm im Kampf widerstehen, Vetter – keiner unter hunderttausend. Er war eine Geisel wie ich, und wir wurden enge Freunde im Lauf der Jahre. Wir … wir sprachen viel miteinander, anfangs nur, um unsere Muttersprachen nicht zu verlernen, die sich ähneln. Ich habe mich schon gefragt, wie lange er wohl noch zögern würde, um ebenfalls von Rugas Hof zu fliehen.«
»Und die Jungfrau, die er bei sich haben soll?«, fragte

ich. »Hat er die vielleicht unterwegs entführt, womöglich gegen ihren Willen?«
»Kaum. So etwas würde er nicht tun.« Hagens angespannte Züge lockerten sich; fast schien er zu lächeln, als er von seinem Freund sprach. »Nein, das Mädchen ist sicher Hildegund, eine weitere Geisel an Rugas Hof. Sie hat es all die Jahre vermieden, einen anderen zu heiraten, obwohl Rugas Hauptgemahlin ihr die Wahl zwischen vielen mächtigen, unermesslich reichen Königen und Fürsten bot. Nein, ich nehme an, Walther hat sich ihr anverlobt und kehrt jetzt mit seiner Braut in die Heimat zurück.«
»Wo liegt denn seine Heimat?«, erkundigte sich Gundahar, dem das Mädchen sichtlich gleichgültig war.
»Du weißt, die Alanen sind gleich uns weit herumgezogen. Walthers Vater errang sich ein Föderatenreich in Aquitania, im Süden Galliens.«
»Dann haben sie noch einen weiten Weg vor sich«, stellte Gundahar fest. »Sie müssen auf der Römerstraße geritten sein, sonst wären sie nicht hier durchgekommen. Wenn wir schnell sind, finden wir sie bestimmt.«
»Dann nimmst du meinen Rat an und suchst Walthers Freundschaft?«
»Wir werden sehen. Vielleicht ist er es ja gar nicht«, meinte Gundahar leichthin. Er lächelte, doch in seinen Augen glitzerte etwas, das mich beunruhigte. »Lass unter den Männern verbreiten, was wir soeben erfahren haben«, befahl er Gerenot. »Du vertrittst mich hier, während wir weg sind! Sag allen, außer Hagen

nehme ich zehn Männer mit; das genügt. Wir wollen nicht wie eine Armee gegen einen einzelnen Reiter ziehen, sondern nur den Respekt einfordern, der uns zusteht.«
Gerenot grinste und eilte aus dem Saal.
»Ich bitte dich, Vetter – wenn es Walther ist, dann mach ihn dir nicht zum Feind!«, beschwor Hagen meinen Bruder eindringlich. »Und zwinge mich nicht, gegen ihn zu reiten! Wir haben einander Treue geschworen ...«
»Deine erste Treue gilt mir, deinem König«, unterbrach ihn Gundahar, der Widerspruch hasste. »Aber falls es dich beruhigt: Ich werde nicht von dir verlangen, gegen ihn zu kämpfen.«
»Das würde ich auch nicht tun«, brummte Hagen. »Doch wenn ich du wäre, ließe ich diesen Ritter friedlich seines Weges ziehen, wer immer er auch sein mag.«
»Wer mein Reich betritt, ohne mir seine Aufwartung zu machen, hat meinen Frieden verwirkt«, schrie Gundahar wütend. »Meine Geduld ist am Ende, Vetter. Mach dich bereit, wir reiten!«
Er verließ mit großen, zornigen Schritten den Saal, und Hagen folgte ihm finster, ohne sich nochmals umzusehen. Tief beunruhigt blieb ich zurück. Es gab keinen Grund, an Hagens Worten zu zweifeln. Falls jener fremde Ritter tatsächlich der gewaltige Walther von Aquitanien war, bestand durchaus die Möglichkeit, dass ich meinen Bruder nie wiedersehen würde. Den Rest des Tages streifte ich rastlos durch die Fes-

tung. Mir war klar, dass ich Gundahar und seine Leute nicht mehr am gleichen Tag zurückerwarten konnte: Sie würden irgendwo im Wald kampieren, wie sie es auf der Jagd schon hundertmal getan hatten. Gewiss übernachteten auch Walther und seine Gefährtin abseits der Straße im Wald, wo es Wasser und Windschutz und weiches Moos gab. Die Wahrscheinlichkeit, mitten in der Wildnis zwei einsame Reisende zu finden, die noch dazu einen beträchtlichen Vorsprung hatten, war verschwindend gering – zumindest versuchte ich mir das einzureden. Mein Bruder würde stattdessen vielleicht ein paar Hirsche aufstöbern und schließlich unverrichteter Dinge enttäuscht, aber heil wieder heimkehren …

Fast gelang es mir, das zu glauben. Doch in der Nacht träumte ich, dass ich Gundahar und seine Männer durch eine wüste Felsschlucht reiten sah. Über ihnen saß auf halber Höhe des Hangs ein Löwe vor einer Höhle: ein fabelhaftes Tier von der Größe eines Kriegshengstes mit einer gewaltigen Goldmähne, wie ich es in Asklepios' Physiologiebüchern gesehen hatte. Der Löwe grollte warnend, doch mein Bruder lachte nur. Die Krieger mussten sich einzeln zum Kampf stellen, da der Zugang zur Höhle nur einem einzigen Kämpfer Raum bot. Gundahars Männer fielen einer nach dem anderen unter den furchtbaren Reißzähnen und den langen, todbringenden Krallen, bis nur noch Gundahar und Hagen übrig waren. Als Gundahar selbst dem Löwen entgegenritt, erwachte ich mit einem Schrei. Vor meinem Fenster schimmerte die erste Morgenröte.

Den ganzen Tag wartete ich; ich konnte mir keine sinnvolle Tätigkeit abringen und gab es schließlich auf. Vom höchsten Turm spähte ich über die menschenleere Straße nach Westen, bis endlich eine kleine Gruppe Reiter in Sicht kam. Zwölf waren ausgezogen, doch ich zählte nur zehn Pferde. Schwer verwundet kehrten mein Bruder und mein Vetter heim. Wie der Löwe in meinem Traum hatte Walther tatsächlich vor einer Höhle gestanden, wo man ihm nur einzeln gegenübertreten konnte. Hagens Neffe, mein kleiner Verehrer Patafried, hing tot über dem Sattel. Tot waren auch Skaramund, Werinhard, Eckefried, Gerwig, Randolf, Hadwart, Helmnot, Trogus und Tannast. Erschüttert starrte ich auf die Früchte jener ruhmlosen Schlacht, von der später so viele Sänger sangen. Wie wildes, gieriges Rabengekreisch gellte der Schmerz in meinem Herzen.

»Flammenbringer Wodan, der du die Menschen beseelst«, hörte ich mich mit fremder, rauer Stimme sagen. »Wodan, Wanderer, höre mich! Frigga, Hüterin der Heiligkeit, und auch du, Jesu Christ, höre. Den dreifachen Eid meines Volkes schwöre ich auf Feuer, Wasser und Erde, dass ich niemals im Leben einem Mann meine Liebe schenken will. Das Feuer mag mich verbrennen, das Wasser mich ertränken und die Erde mich zermalmen, falls ich diesen Schwur breche.«

Meine Stimme war immer lauter geworden, das kalte graue Gestein hallte davon wider, und ich bildete mir ein, ein schauriges Echo zu hören, das den ganzen

Turm in seinen Grundfesten zum Beben brachte. Ich zitterte, als habe mich ein jenseitiger Wind gestreift. Innerhalb eines Herzschlages hatte sich die ganze Süße des Sommers in einen erbarmungslosen Winter gewandelt.
Mein Bruder Gundahar, der um der Ehre und des Goldes willen den Tod so vieler Freunde verschuldet hatte, war kaum verletzt. Hagen dagegen hatte sein rechtes Auge eingebüßt, und seine rechte Gesichtshälfte war zerschmettert worden, als er den Streich abfing, der seinen König töten sollte. An Hagens hunnischer Klinge war endlich Walthers Hunnenschwert zerschellt, und der Trojaner hatte seinem Freund die Hand abgeschlagen, bevor die drei Überlebenden sich versöhnten … So jedenfalls erzählte es Gundahar den versammelten Edlen Burgunds, als Hagen ein paar Wochen später mit einem Festmahl für seine Tat gefeiert wurde. Es sah meinem Bruder ähnlich, den Ruhm seines Retters so neidlos anzuerkennen. Er war nicht schlecht, sondern unbesonnen, und seine Gier entsprang keiner Grausamkeit, sondern derselben namenlosen, unbezwingbaren Sehnsucht nach Ruhm und Pracht und Größe, die einst unseren Vater Gibich erfüllt hatte.
»Wir brauchen mehr Pferde«, sagte Gundahar im Hornung zu mir. »Ohne Pferde kann man heutzutage keine Schlacht mehr gewinnen. Gislaharius hat seit seiner Knabenweihe der Gelehrsamkeit den Rücken gekehrt, und auch du scheinst mir in letzter Zeit lieber meine Kundschafter auszufragen, als mit einem alten

Sklaven irgendwelche griechischen Spitzfindigkeiten auszutauschen … Mit einem Wort: Ich möchte Asklepios verkaufen.«

»Ich verstehe«, murmelte ich beklommen. Ich fühlte mich geschmeichelt, weil mein Bruder mich in seine Pläne einweihte. Seit des unseligen Kampfes mit Walther war mein Herz wie in tödlichem Frost erstarrt. Mein Schwur machte mich frösteln wie der Eiswind des Nordens, und ich lebte ganz in mich zurückgezogen. Alles war anders als während der unbeschwerten Zeit in der Stickstube, die mir Jahre zurückzuliegen schien. Damals hatten mich trotz der äußeren Abgeschlossenheit die leidenschaftlichsten Gefühle durchglüht und sich in meinen Mustern sichtbare Gestalt errungen. Jetzt aber war jegliches Gefühl in mir abgestorben, und ich hätte selbst mit größter Anstrengung kein noch so einfaches Muster mehr ersinnen können.

Gundahar, der von alldem natürlich nichts ahnte, lächelte anerkennend. »Meine kluge Schwester«, sagte er. »Gewiss hast du Asklepios mehr Gelehrsamkeit abgetrotzt, als er je selber besaß. Ich dachte nur … er war einmal dein Freund. Ich dachte, du weißt vielleicht, wer ein Interesse daran haben könnte, ihn trotz seines hohen Alters zu kaufen.«

»Galla Placida«, antwortete ich sofort. »Wenn sie ihn nur halb so sehr liebt wie er sie, wird sie nicht zögern, ihn aufzunehmen.«

»In diesem Fall hätten alle Beteiligten nur Vorteile, wie du zugeben musst; nicht zuletzt Asklepios selbst.«

»Das stimmt. Hier bei uns kommt er sich ohnehin überflüssig vor«, seufzte ich. »Sagen wir ihm aber noch nichts davon. Es könnte ja sein, dass Galla Placida nicht an ihre Kindheit erinnert werden will.«

Ich hätte mir darüber keine Sorgen zu machen brauchen: Bald kehrten meines Bruders Boten mit einem Abgesandten der Cäsarenschwester aus Ravenna zurück, der Gundahar einen mehr als großzügig gefüllten Beutel Gold für den alten Sklaven mitbrachte. So kam es, dass meinem Freund und Lehrer durch Gundahars Gier sein größter Wunsch erfüllt wurde, und ich sehe noch heute sein strahlendes Gesicht vor mir, als wir voneinander Abschied nahmen. Der Ausdruck seiner Freude prägte sich in mein Gedächtnis wie ein Goldstück, das niemals seinen Glanz verliert.

Bald darauf starb der große Feldherr und Magister militiae Constantius, und seine Witwe Galla Placida floh mit ihren beiden Kindern nach Ostrom – wahrscheinlich, damit ihr kaiserlicher Bruder Honorius sie nicht zu einer dritten ungewollten Ehe zwingen konnte. Manche behaupteten, sie habe allzu offen gegen ihren Bruder intrigiert, um ihren kleinen Sohn auf den weströmischen Thron zu setzen. Oft malte ich mir aus, wie Asklepios sie ermutigte und während dieser gefahrvollen Reise unterstützte, wenn sie den Mut verlieren wollte. Ich vermisste den alten Sklaven mehr, als ich erwartet hatte: Seine beruhigende Gegenwart und sein leicht spöttischer Abstand zu allem, was uns betraf, hatte in mir stets das Bewusstsein nüchterner Klugheit hervorgerufen. Aber ich wusste, dass Galla Placida ihn nötiger brauchte als ich. Und wenn Gundahar mit seiner Politik der Stärke Erfolg haben wollte, brauchte er tatsächlich jedes Pferd, das er nur auftreiben konnte.

Kapitel 7

Wir reisen jetzt südlich des gewaltigen Lacus Venetus in Richtung Osten. Im ehemaligen Auxiliarkastell Brigantium trafen wir auf eine große Menschenmenge. Blumenbekränzte Mädchen und Burschen mit angeschnallten Geweihen tanzten auf der Straße, so dass wir gezwungen waren, anzuhalten und der Festlichkeit zuzusehen. Pfeifer, Bläser und Trommler vereinten den durchdringenden Klang ihrer Instrumente zu einer ohrenbetäubenden Weise, als wollten sie auch den verdorrtesten Strauch zum Leben zwingen. Was zweifellos auch die Absicht war, denn dieser Brauch, sagte man uns, sei uralt und habe sich hier, wo der keltische Stamm der Briganten sowohl die Römer als auch die Germanen überlebt hat, erstaunlich rein erhalten.

Ich musste daran denken, was Bischof Ello wohl gesagt hätte, wenn er die schweißglänzenden, bloßbusigen Mädchen gesehen hätte, die ihre Körper in verzückten Windungen herumschleuderten, oder die Burschen mit ihren stolzen Erektionen, die den Mädchen mit den tollsten Sprüngen nachsetzten, als hätte die Kraft des Frühlings tatsächlich schonungslos von ihnen Besitz ergriffen. Nachdem sie zunächst verdutzt zu ihren Waffen gegriffen hatten, fingen meine Hun-

nen nach kurzer Zeit ebenfalls an zu tanzen, wobei sie von den jungen Brigantinnen jubelnd ermutigt wurden. Die Burgunder zögerten nur wenig länger. Bald fanden Dalraida und ich uns auf dem Kutschbock unseres Wagens wie ein Blatt in einem reißenden Strom.
»Kennst du diesen Brauch?«, fragte ich Dalraida, die von den Sachsen abstammte.
Meine Zofe schüttelte den Kopf. »Nein, Herrin. Aber ich weiß, dass die ungehemmte Kraft der aufbrechenden Natur im Frühling etwas Heiliges ist, der sich niemand in den Weg stellen soll.«
»Gottes Schöpferkraft«, ergänzte ich. »Der Geist, die Liebe. Sie hat ein wildes und ein sanftes Gesicht, und beide verweisen auf Gottes herrliche Allmacht. Kein Mensch weiß wirklich, wie die Welt entstanden ist – auch die griechischen Philosophen wussten es nicht, obwohl viele von ihnen ihr Leben damit verbrachten, von ebenjener Rätselkraft beseelt, gewaltige Gedankengebäude zu errichten.«
»Die Schönheit lässt sich nicht erklären«, meinte Dalraida zu meiner Überraschung. »Nicht, dass ich klug genug wäre, Philosophen zu verstehen. Aber als ich zum ersten Mal das Meer sah, spiegelten sich die Sterne darin, und ich spürte, dass ich das alles liebte, gerade weil ich es nicht verstand.«
Und ich, dachte ich, liebte das Wunderbare in Siegfried auch, weil ich ihn nicht wirklich verstand … Laut aber sagte ich: »Wie kommt es, Dalraida, dass du so klug bist und trotzdem all die Jahre in meinem Dienst bliebst?«

Dalraida sah mir in die Augen wie ein gestelltes Wild. Der peitschende Rhythmus des Frühlingsliedes der Briganten peitschte unsere Seelen. »Ich habe den Herrn Siegfried auch geliebt«, sagte sie so leise, dass ich die Worte von ihren Lippen ablesen musste, um sie zu verstehen. »Nicht wie du natürlich, Herrin, das hätte ich mir nie angemaßt – ich war nur eine im Krieg gefangene Sklavin und in meiner Heimat war ich eine Bauerntochter. Und er, er war ein König. Aber trotzdem liebte ich ihn. Er war der erste Herr, der mich ansah, mich, Dalraida. Er sagte: Guten Morgen, Dalraida, wie geht es dir heute? Und er wollte es wirklich wissen. Er hatte sich meinen Namen gemerkt, und ich war ihm genauso wichtig wie sein Pferd oder sogar seine Kameraden.« Dalraida schlug plötzlich die Hände vors Gesicht. »Er war so wunderbar, nicht wahr, Herrin?« Sie schluchzte. »Und du warst seine Frau. Wie hätte ich dich nach seinem Tod verlassen können?«

Das Fest in Brigantium dauerte die ganze Nacht. Irgendwann erstürmte ein grauhaariger, erhitzter Mann unseren Kutschbock, um mir einen großen Pokal Met zu reichen. Ich fragte nicht lange, mit welchen Kräutern er versetzt war, bevor ich ihn austrank. Der Frühlingsvollmond wurde zu einer riesigen, gefräßigen Wunde, und plötzlich stand Uzendur mit wild loderndem Blick vor mir. Er hätte sich gewiss auf mich gestürzt, wären nicht zwei einheimische Mädchen mit wildem Gekreisch von hinten über ihn hergefallen. Ich verstand, welche Genugtuung es ihm bereitet hätte, die Braut seines Vaters schon vor diesem zu besitzen und den großen Attila durch solche Zügellosigkeit eines kleinen Teils seiner Macht zu berauben. Ich verstand ihn allzu gut: Ein namenloser Hass auf den Hunnenkönig brach in diesem Augenblick über mich herein wie ein später Schneesturm, der Mensch und Tier blind macht und die zarten Frühlingsblüten zerfetzt. Heute, eskortiert von graugesichtigen, stöhnenden Männern, die sich kaum auf den Pferden halten können und deren gemeinsam erlittener Kopfschmerz sogar eine erste Bresche in die Fremdheit zwischen Hunnen und Burgundern schlägt, bin ich dem Schicksal dankbar, dass weiter nichts geschehen ist. Doch dieser Hass ist immer noch da, ein Geschenk dieser Nacht: ein gleißendes, zweischneidiges Schwert, dessen Metall in der Hitze des Schmerzes geschmolzen und mit den Hammerschlägen der Schuld geformt wurde, bevor es im Blut all jener, die ich liebte, allmählich abkühlte. Mein Hass, meine letzte Waffe. Nicht im Überschwang, sondern kalt, gezielt, mit wohl abgewogenen Gesten will sie geführt sein …

Ich weiß nicht, woher mir solch entsetzliche Vorstellungen kommen. Alte Geschichten fallen mir ein, dass jemand, der Eisenhut und Nachtschatten isst, sich in einen Werwolf verwandelt. Und fließt nicht das uralte Wolfsblut der Völsungen auch in meinen Adern? Im Spiegel sehe ich tief hinter meinen Pupillen eine Fremde: hart und grausam, blicklos wie eine, der man Opfer bringt …

Es ist eigenartig, dass ich, die ich solche Angst vor meinen Erinnerungen hatte, jetzt in Gedanken zu ihnen zurückeile wie an einen tröstenden, heilenden Ort. Nur nicht an Attila denken! Nur nicht mich auseinander setzen mit dem, was unvermeidlich kommen muss. Auf Siegfried will ich mein Denken richten, der jeglichen Hass verabscheute. Mit Siegfried beginnt meine eigentliche Geschichte: der lichte Held, der zu uns kam, als die Nacht des alten, gefräßigen Rom vorüber schien und voller Hoffnung der Morgen einer neuen Zeit und eines jungen Volkes heraufzog. Siegfried verkörperte diese Hoffnung; er war das Beste, was von uns allen übrig bliebe, schmölze das göttliche Schmiedefeuer alle Schlacken aus unseren gierigen, törichten, grausamen Seelen. Darum musste er sterben. Und darum kann ich, seine Frau, die sein Vermächtnis erbte, nicht ruhen, ehe nicht unser Frevel zumindest aufgedeckt, wenn nicht gesühnt ist. Damit die Welt begreift, was einstmals in uns war und was wir damals verloren.

Wir, sage ich, und: unser Frevel. Denn jeder Mensch sah in ihm, was er oder sie hätte sein können, hätten wir alle nur genügend Mut gehabt. Doch feige waren wir, jeder Einzelne von uns. Jeder, außer ihm. Er allein hatte sich der Finsternis gestellt und sie besiegt. Er hatte den Drachen getötet und war unverwundbar geworden – beinah. Wer im eigenen Schrecken badet und doch barmherzig bleibt, der hat das Schlimmste gesehen und das Schwerste überwunden. Wie sollten menschliche Widersacher ihn noch berühren?

Es war das Jahr 422. Lange, nachdem Asklepios uns verlassen hatte, herrschte noch immer der Winter in meinem Herzen.

Ich schrieb diese Tatsache meinem aus dem Entsetzen geborenen Eid zu und fühlte mich umso beklommener, da ich doch gar nicht an die Götter glaubte, die ich zu Zeugen angerufen hatte. Ich zeigte mich kaum noch in der Halle, konnte aber auch meine Stickerei nicht wieder aufnehmen oder sonst etwas Nützliches tun. Wie eine wandelnde Tote erschien ich mir selbst, und jeder Tag verging trüber und sinnloser als der vorangegangene. Nicht einmal das Harfenspiel Volkar von Alazays, der sich im Hunnenland zu einem großartigen Spielmann entwickelt hatte, konnte mich aufheitern.

Mutter suchte das Gespräch mit mir, doch inzwischen verachtete ich ihre unbeirrte Hoffnung auf das Wunderbare. »Du klammerst dich an eine Lüge!«, warf ich ihr vor. »Du verschließt die Augen vor der Wirklichkeit. Dein starrsinniges Festhalten an dem, was du die burgundische Vision nennst, ist nur ein Wunschbild, um die grausame Wahrheit zu verschleiern.«

»Niemand kann ohne Hoffnung leben«, hielt die Königin dagegen. »Erst recht kein Volk. Wer sollte den Burgundern die Vorstellungen und die Sinnbilder geben, die ihr Wesen bestimmen, wenn ich aufgeben würde? Du vielleicht?«

»Ich bin jedenfalls nicht so feige wie du; ich flüchte nicht in eine Traumwelt, sondern sehe dem Abgrund in die Augen.«

»Und was, möchte ich wissen, ist damit gewonnen?«, murmelte die Königin traurig.

Doch ich gab ihr keine Antwort, sondern verkroch mich in meiner Kammer. Auch der wirkliche Frühling draußen in der Natur ließ in diesem Jahr besonders lange auf sich warten. Noch im Ostermonat gab es grimmige Fröste, und die zarten Knospen erfroren, ehe sie aufgeplatzt waren. Dies erschien mir wie ein Sinnbild für das Unheil, das Burgund heimgesucht hatte – oder zumindest sehr bald heimsuchen würde; ich wusste den Unterschied kaum noch zu sagen. Das zweite Gesicht, die Gabe der Königinnen, überflutete mich mit bösen Ahnungen und gewährte mir dabei nicht einmal den Halt eines klaren Bildes. Ich war voll Angst, schämte mich dessen und fand nichts in mir oder um mich, das mir hätte helfen können. Ich vertraute auf nichts und niemandem – mir selbst am allerwenigsten.

Grimmig und verzagt stapfte ich kurz vor dem Osterfest in einen dicken Wolfspelz gehüllt durch den kahlen Apfelbaumgarten. In der vergangenen Nacht war wieder eine dünne Schicht Schnee gefallen, und mit den Schuhspitzen stieß ich schwarzbraune, klaffende Löcher in den zarten weißen Puder. Anklagend reckten die dürren Äste ihre erfrorenen Knospen in den grauen Himmel; auf mich wirkten sie wie die verzerrten Knochenhände Erschlagener. Ich stieg immer höher bergan, als könne ich dadurch vor etwas Namenlosem fliehen, das in den selbstzufriedenen, soliden Mauern von Borbetomagus wohnte und darauf aus war, mich zu erwürgen. Allmählich wichen die gepflegten Obstbäume wirrem Gebüsch. Ranken und reifbedeckte Brennnesseln schlangen sich um meine Knöchel, und ich ging an langen Reihen stiller Bienenhäuser vorbei, deren Bewohner noch nicht aus ihrer Winterstarre erwacht waren. Ohne es zu bemerken, hatte ich den höchsten Punkt der Kuppe erklommen, und der Blick öffnete sich nach Norden, wo der Hügel steil abfiel.

Direkt unter mir lag die gepflasterte Straße, die am linken Ufer des Rhenus nach Norden führte. Es war eine römische Heerstraße, gebaut, um die Grenze des Reiches zu schützen. Sie folgte dem Rhenus auf seiner ganzen Länge von Vindonissa in Helvetien bis hinauf zur Bernsteinküste. Vielleicht einen halben Tagesritt nördlich von uns lag das Legionslager Mogontiacum, danach kamen Bonna, Novaesium, Colonia Ulpia Traiana und zahlreiche andere befestigte Städte. Unwillkürlich wurden meine Augen von der gleichförmig grauen Linie der Straße angezogen, die sich wie ein riesiger Pfeilschaft von den unruhigen Formen der Landschaft abhob. Sie zog meinen Blick in die Ferne, und ich glaubte, im Flimmern des Horizontes sogar die Küste zu ahnen, wo das neblige Nordmeer begann. Da tauchte eine kleine Reitergruppe hinter einer Flussbiegung auf und hielt in raschem Trab auf Borbetomagus zu. Ich kniff meine Augen zusammen, mühte mich, Einzelheiten zu erspähen – und plötzlich sah ich ihn.

Es war lächerlich, aber ich erkannte ihn sofort, obwohl

ich bis dahin noch nie von ihm gehört hatte. Ich erkannte sein ganzes Wesen in diesem winzigen Herzschlag des ersten Augenblicks. Er ritt auf einem grauen Pferd, und sein Schild trug eine goldene Sonne auf strahlend blauem Grund. Die Sonne, Lux regina, das Licht, das die Finsternis überstrahlt. Er lachte. Er lachte wirklich, obwohl eine eisige Bö ihm ins Gesicht peitschte und seinen Mantel bauschte. Er lachte, obwohl der Strom und das Land ringsum grau vor Schlamm waren und dem Auge nichts Farbiges, Anmutiges boten. Er ritt mit elf anderen, wie es üblich war: ein Edler, der es nicht nötig hat, mit großem Gefolge zu protzen. Bestimmt war jeder einzelne dieser Männer mehr als ein Lied wert. Ich aber hatte nur Augen für ihn. Sein langes Haar flatterte im Wind wie eine goldene Flamme, und er schien größer als jeder Mann, den ich je gesehen hatte.
Plötzlich bemerkte ich, dass ich ebenfalls lachte, obwohl mir Tränen aus den Augen spritzten, und dass ich am ganzen Körper zitterte, als habe ein wilder Tauwind mich erfasst. Ich schrie auf und floh erschrocken den Hügel hinunter; ich floh vor dem Anblick des Reiters, als hetzten mich bereits die strafenden Götter, um die Eidbrecherin zu vernichten.
Den ganzen Winter über hatte Gundahar wie besessen seine Armee gerüstet. Vielleicht hatte ihm die unselige Begegnung mit Walther von Aquitanien seine Sterblichkeit endlich bewusst gemacht. Nun suchte er mit großer Zielstrebigkeit Bündnisse für Burgund, doch anders als unser Vater Gibich wählte er die Ver-

bündeten nicht nach sorgsamen, vernünftigen Erwägungen aus, die ihren strategischen Wert und ihre jeweilige Position berücksichtigten, sondern einzig und allein nach seinen persönlichen Vorlieben und Abneigungen. Asklepios hätte gestichelt, mein Bruder folge den Launen seines Herzens wie ein Weib – nicht, ohne mir dabei einen verschmitzten Blick zuzuwerfen, der meinen Widerspruch erlahmen ließ.
Als Folge dieser neuen Bündnisse lebten eine Reihe von Freundschaftsgeiseln an unserem Hof, außerdem viele Krieger, die anderswo in Ungnade gefallen waren oder bei Gundahar vor übermächtigen Feinden Schutz suchten. Einige, wie die langobardischen Heerführer Gero und Eckewart, die vom Ufer des Albis stammten und dort ihr Hab und Gut an die Sachsen verloren hatten, waren edle Männer von gutem Ruf. Andere waren bloße Raufbolde und Haudegen, die für jeden gekämpft hätten, der ihnen einen gedeckten Tisch und einen Schlafplatz in seiner Halle bot. Das augenfälligste Resultat der Suche meines Bruders nach Verbündeten war der Ruf, in dem sein Hof nun stand: Er galt als einer der gastfreiesten im ganzen Land.
So kam es für mich kaum überraschend, dass an diesem Abend ein großes Gelage gefeiert wurde, um die fremden Gäste zu ehren, in denen mein Bruder vermutlich neue Verbündete witterte. Wieder einmal wurde ich aufgefordert, die edlen Besucher durch meine Anwesenheit zu ehren, und wieder einmal ließ ich mich entschuldigen. Hatte ich es während der vor-

angegangenen Monate schon selten genug über mich gebracht, mich den lüsternen Blicken betrunkener Männer auszusetzen, mit denen mein Bruder vermeintlich weltmännisch paktierte – von denen sich aber die meisten bestimmt vor allem für seinen hervorragenden Weinkeller interessierten –, so war es mir diesmal doppelt zuwider. Ich war so aufgewühlt, dass ich mich kaum bezähmen konnte, wenn ich allein blieb. In der Königshalle hätte ich vielleicht einen wichtigen Verbündeten beleidigt oder einem gerade erst besänftigten Feind einen Becher Wein über den Kopf gegossen. Schlimmer noch, vielleicht wäre ich in Tränen ausgebrochen. Ich schützte also Kopfschmerzen vor und verkroch mich ins Bett, obwohl es noch früh am Abend war.

Ein wirrer Halbschlaf überkam mich. Im Traum taumelte ich durch morastiges Dickicht. Meine Füße sanken immer tiefer ein; bald konnte ich keinen Schritt mehr gehen. Ich wagte nicht zu weinen oder zu schreien, denn ich wusste, dass ich von unsichtbaren, dämonischen Feinden umgeben war, die Gefühle wittern konnten wie Wölfe den Geruch der Schwäche. Die geringste Gefühlsäußerung hätte mich für ihre todbringenden Augen sichtbar gemacht, ihre eisigen Finger hätten mich berührt und in die Finsternis gezerrt: zu irgendeiner namenlosen Qual, die schlimmer war als der Tod.

Auf einmal klaffte ein Riss in der grauen, niedrigen Wolkendecke. Ein Sonnenstrahl brach hindurch und durchschnitt wie ein triumphierendes Schwert auch die Wolken meines Gemüts. Etwas bewegte sich, und ich erkannte einen goldenen Falken, der genau auf mich zuflog. Unwillkürlich jubelte ich; ich warf meine Arme in die Luft, dem herrlichen Vogel entgegen. Ich wusste, er würde mich beschützen … Da krachte und rauschte es im Dickicht. Zwei Adler brachen hervor, der eine schwarzgrau, der andere purpurrot. Sie erhoben sich in die Luft, stürzten sich auf den Falken und hackten auf ihn ein. Blutstropfen spritzten, goldene Flaumfedern fielen taumelnd zu Boden, und mir war, als spürte ich jeden Hieb der blutigen Schnäbel im eigenen Herzen.

Als der goldene Falke tot zu Boden fiel, erwachte ich tränenüberströmt. Wild sah ich mich im Zimmer um; ich befürchtete lauernde Feinde in jedem Schatten, doch es war niemand zu sehen. Mondlicht füllte den Raum, als befände ich mich in einer jenseitigen, hellsichtigeren Welt. Die Gabe der Königinnen umfing mich noch immer: Sie umschloss mich wie eine Blase aus durchsichtigem Stahl, die sich über den Strom der Zeit erhebt und den Blick in die Ferne öffnet. Mit grausamer Deutlichkeit erinnerte ich mich, wie sich mein letzter derartiger Traum bewahrheitet hatte. Ich hätte alles gegeben, meine hohe Stellung, meine Schönheit, meine Jugend, wenn ich dadurch die Gabe hätte zurückweisen können. Doch diese Wahl besaß ich nicht. Die Gabe war ein grausamer, rätselhafter Teil meines Erbes, sie kreiste in meinem Blut, und nicht einmal der Tod konnte mich von dem erlösen, was ich selbst war. Noch immer zitternd

stand ich auf, hüllte mich in einen Umhang und eilte hinaus.
Erst im Hof brachte mich die Kälte wieder zur Besinnung, und ich wunderte mich, was ich hier suchte. Rasch drückte ich mich in den Schatten eines Mauervorsprungs, als der Mundschenk Sindold in seinem reich bestickten Wams an mir vorbei zum Keller eilte, um frischen Met zu holen. In der Halle war das Fest in vollem Gange. Gedämpft durch die doppelte Holzwand hörte ich Stimmengewirr, Lachen und einzelne Akkorde von Volkars Harfe. Die reinen Klänge erhoben sich über die grölenden Stimmen wie auffliegende Vögel.
Der Gedanke an Vögel brachte mich beinah wieder zum Schluchzen. Dabei fiel mir ein, wie ich aussah: das Haar zerwühlt, ungeschmückt, mit nichts als dem einfachen Umhang über meinem Nachtgewand. Es war viele Jahre her, seit ich in einem solchen Zustand meine Kammer verlassen hatte. Inbrünstig sehnte ich mich nach Irminberga, die mich wieder eingefangen, liebevoll ausgescholten und mit ein paar energischen Bewegungen in das verwandelt hätte, was ich in jedermanns Augen sein musste: eine wunderschöne Königstochter von zweifach edlem Blut, ihres hohen Ranges würdig. Doch die gute Amme war vor vier Wintern gestorben, und ich wusste, dass es niemanden mehr gab, der mich jetzt hätte finden dürfen.
Sindold kam mit einem schweren Humpen zurück, vorsichtig schlurfend, um nicht auszurutschen und nichts zu verschütten. Ich hielt den Atem an, als er

dicht an mir vorbeiging, ohne mich zu sehen. Es war höchste Zeit, in meine Kemenate zurückzukehren, doch dazu hätte ich den Hof überqueren müssen, und auf einmal erklangen Rufe, Hufschlag und Gelächter am Tor. Eine verspätete Gruppe Jäger kehrte aus den Wäldern in die Festung zurück. Aus der anderen Richtung, wo das Gesinde hauste, eilten ein paar Knechte mit Fackeln herbei, um den Jägern die Beute abzunehmen und ihre Pferde zu versorgen. Der Lichtschein konnte mich jeden Augenblick erfassen. Mir blieb nur eine Fluchtrichtung offen: die zur Königshalle. Lautlos folgte ich Sindold; in die Schatten gepresst wie eine Mörderin. Doch als der Mundschenk durch den Königsvorhang in die Halle trat, schlüpfte ich in den Hohlraum zwischen den fest gefügten Balkenwänden.

Augenblicklich umfing mich der staubige Holzgeruch, den ich aus meiner Kindheit so gut kannte. Mit wild klopfendem Herzen presste ich mich zwischen die halbrunden Stämme und versuchte, mein keuchendes Atmen zu unterdrücken. In der Halle hatte die Stimmung ihren Höhepunkt erreicht.

»Auf Siegfried von Niederland, den Herrn von Colonia Ulpia Traiana, den edelsten Gast, den sich ein König nur wünschen kann!«, dröhnte Gundahars leicht betrunkene Stimme. Ich zuckte zusammen und hielt den Atem an; auf der anderen Seite der halbierten Baumstämme saß Gundahar direkt neben mir. Die Männer johlten und schrien Glückwünsche. In der darauf folgenden schmatzenden Stille leerte wahrscheinlich jeder seinen Becher. Dann hörte ich eine andere Stimme. Ein Lachen schwang in ihr wie ein wundervolles Geheimnis – ein Lachen, das ich sogleich wieder erkannte und das mir Tränen in die Augen trieb, als habe mich ein unerwartetes Licht geblendet.

»Auf König Gundahar, den Gastfreien, und seine edle Sippe, von der jedes Mitglied ein Juwel in der Krone Burgunds ist!« Trotz der späten Stunde klang die Stimme völlig nüchtern. »Möget ihr stets mit dem Wind, eure Feinde aber gegen die Sonne kämpfen!«

Wieder ertönte allgemeiner Jubel, gefolgt von anhaltendem Schmatzen und Rülpsen. Mir aber lief eine Gänsehaut über den ganzen Körper. Plötzlich war ich hellwach; ich lauschte auf etwas Unhörbares, als hätte ich einen Ruf empfangen. Dieser Fremde war mir vertrauter als jeder andere in der Halle, einschließlich meiner Brüder. Ich wusste, dass außer mir niemand den Doppelsinn seiner Worte begriffen hatte … Auf einmal schien es mir unsinnig, mich im Inneren der Doppelwand zu verstecken, statt neben meinen Brüdern am Königstisch zu sitzen, zu lachen und mit dem Fremden belustigte, verständnisinnige Blicke zu tauschen. Kraft durchfuhr mich wie eine Flamme; ich wollte in mein Zimmer eilen, mich ankleiden lassen und das Fest trotz der späten Stunde mit meiner Anwesenheit ehren. Doch gerade als ich mich zum Gehen wandte, erhob sich eine andere Stimme, und ich erstarrte mitten in der Bewegung.

»Auch ich trinke dir zu, Siegfried der Völsung, König

der Nibelungen. Tausend Mal willkommen in Burgund!«, sagte meine Mutter.
Ach, hätte ich damals nur begriffen! Hätte ich meine Mutter nur besser verstanden und hätte ich mich vorher nur nicht so von ihr zurückgezogen, dass wir einander fremd geworden waren! Dann wäre mir ihr Inneres vertraut gewesen, ich hätte ihre Gedanken nachvollziehen und wahrscheinlich sogar voraussehen können, was sie plante. Unzählige Male in all den einsamen Jahren habe ich mich gefragt, ob ich die Kraft zum Verzicht gehabt hätte – ob ich es über mich gebracht hätte, auf das größte Glück meines Lebens zu verzichten, wenn ich gewusst hätte, was damals wirklich geschah. Doch auf solche Fragen gibt es keine Antwort. Ich durchschaute Uote nicht. Ich wunderte mich nur, weshalb sie, die doch sonst zurückgezogen lebte, sich ausgerechnet an diesem Abend in der Halle aufhielt. Plötzlich hatte ich das Gefühl, auf dünnem Eis zu wandern, schrieb dies jedoch meiner Erschöpfung und Verwirrung zu. Als ich, klamm vor Kälte, endlich ungesehen wieder in meine Kemenate kam, hallte der Name noch immer in mir nach: Siegfried der Völsung, König der Nibelungen.
Da fiel mir mein Traum wieder ein. Ich lehnte mich an den Fensterrahmen, sah den zunehmenden Mond wie eine leuchtende, zauberische Barke in den schwarzen Wassern des Horizonts versinken, sah die blinkenden Frühlingssterne verblassen und wagte es nicht, mich nochmals schlafen zu legen.
Am Morgen, als gerade die Sonne aufgegangen war,

betrat Mutter überraschend mein Zimmer. Ihr Gesicht strahlte, doch als sie mich am Fenster sah, erschrak sie.

»Kind! Was ist mit dir?«

»Nichts.« Ich räusperte mich; meine Stimme war rau vor Müdigkeit. In den gleißenden Strahlen der aufgehenden Sonne fühlte ich mich wie ein ausgehöhltes Gespenst.

»Du bist ja so bleich, als hättest du den Tod gesehen!«, rief die Königin bestürzt. »Hast du Fieber? Soll ich dir …«

»Nein, nein«, unterbrach ich sie schroffer, als ich beabsichtigt hatte. »Ich hatte einen Albtraum und konnte nicht mehr schlafen, das ist alles.«

Uote wurde wachsam wie eine Lüchsin, die den Jäger wittert. »Einen Traum? Erzähl ihn mir!« Sie setzte sich auf mein Bett und zog mich neben sich. Ich war viel zu übermüdet, um mich zu wehren. Während ich erzählte, kamen mir wieder die Tränen.

»Ein goldener Falke«, murmelte meine Mutter nachdenklich. »Und ein roter und ein grauer Adler. Der Purpur deutet auf einen König hin … Könnten die Adler dein Bruder und dein Vetter Hagen gewesen sein, was meinst du?«

Hilflos zuckte ich die Achseln. »Wieso sollte ich träumen, dass sie etwas so Schreckliches tun?«

Uote sah mich nachdenklich an, und mir schien, als blickte sie durch mich hindurch in weite Fernen, die vielleicht in der Zukunft lagen. »Ich glaube, der Traum bedeutet, dass du dich in einen herrlichen Ritter verlieben wirst«, sagte sie endlich, und das strahlende Lächeln, mit dem sie hereingekommen war, überzog wieder ihr Gesicht. »Du wirst ihn heiraten, er wird dir unvorstellbar viel Liebe und Freude schenken, und du wirst sehr glücklich mit ihm sein. Dann wird er dir wieder genommen werden. Alles hat seinen Preis.«

Ich sprang auf, als hätte mich eine Natter gebissen. »O nein, diesen Preis bezahle ich nicht!«, schnappte ich atemlos. »Ich heirate niemals; das habe ich geschworen und dabei bleibe ich. Ich lasse mich nicht in trügerische Freude und schreckliches Leid hetzen, weder von Gundahar noch von dir, noch von irgendwelchen Träumen …«

»Dennoch mag es sein, dass dir eines Tages der Richtige begegnet: der König deines Herzens, den das Schicksal für dich ausersehen hat«, besänftigte mich meine Mutter. »Dann wirst du deine Meinung ganz von selbst ändern und sogar darüber lachen, dass du einmal so ablehnend gewesen bist. Auch mir ging es so, als dein Vater um mich anhielt. Ich war Urd-Dis aus einer königlichen Sippe und zufrieden damit …«

»Nein!«, unterbrach ich sie wütend. »Ich kann mich entscheiden, oder nicht? Sogar Bischof Ello sagt das.«

»Selbstverständlich kannst du dich entscheiden, Hildiko. Ich verspreche dir, dass niemand dich zu irgendetwas zwingen wird. Doch lass uns jetzt von erfreulicheren Dingen sprechen. Eigentlich bin ich so früh zu dir gekommen, um dir zu sagen, dass ein entfernter Verwandter aus dem Geschlecht meiner Mutter, Siegfried der Völsung, gestern zu uns gekommen ist.«

Ich stöhnte unwillkürlich auf, und Mutter warf mir einen scharfen Blick zu. »Ich habe Hunger«, erklärte ich rasch. »Durstig bin ich auch. Ich konnte gestern Abend kaum etwas essen.«

»Ich lasse dir etwas heraufbringen«, erbot sich Uote ungewöhnlich hilfsbereit und ging, um den Dienerinnen Bescheid zu sagen. Bald darauf kehrte sie in Begleitung einer Küchenmagd zurück, die ein großes Tablett schleppte. Ich bekam tatsächlich Hunger, als ich die kalte Kapaunkeule und die frischen Honigkuchen sah. Auch zwei Becher mit warmem Met standen dabei, und Mutter trank mir zu.

»Zur Gesundheit, mein Kind!« Die Königin lächelte. »Wenn du erlaubst, möchte ich dir von den Völsungen erzählen, während du isst. Es wäre peinlich für mich, wenn dein Verwandter sich mit dir unterhält und dabei feststellt, wie wenig du über die Herkunft deiner Mutter weißt.«

»Wie lange bleibt er denn?«, erkundigte ich mich und biss in einen Honigkuchen. Die Farbe des Gebäcks erinnerte mich an das wehende Haar des Reiters, den ich gestern auf der Straße gesehen hatte. Unwillkürlich ballten sich meine Hände zu Fäusten; fast konnte ich die eisige Bö wieder auf dem Gesicht spüren.

»Das ist ungewiss.« Wieder lächelte Uote. »Jedenfalls ein paar Tage, denke ich. Er würde die Gastfreundschaft deines Bruders beleidigen, wenn er allzu schnell wieder abreiste – und da er gekommen ist, um

Gundahar die Ehre zu erweisen, wird er das bestimmt nicht wollen.«

»Wieso sollte er Gundahar die Ehre erweisen?«, fragte ich misstrauisch. Ich war selbst überrascht, wie bereitwillig ich jeden verspottete, der meinen Bruder ernst nahm.

»Weil er König der Niederlande ist, die fast an Burgund grenzen. Er ist erst vor kurzem aus dem Norden dorthin zurückgekehrt, um seinen Vater zu rächen und sich zu erringen, was rechtmäßig sein ist. Er besiegte den langobardischen König Lyngi aus der Sippe der Hundinge, der sich im Völsungenland festgesetzt hatte. Du weißt, die Langobarden drängten schon vor langer Zeit nach Westen. Jetzt machen die Sachsen ihnen zunehmend das Gebiet streitig. Einst beherrschten sie das ganze Land vom Albis bis zum unteren Rhenus. Nun hat auch Siegfried ihrem Vorrücken ein Ende gemacht, und nachdem sein Erbe gesichert ist, gehört es sich, dass er den Nachbarkönigen seine Aufwartung macht.«

»Ich dachte, die Chatten und die ripuarischen Franken beherrschen die Gebiete nördlich von uns », wunderte ich mich.

»Das ist richtig, Hildiko. Aber, wie gesagt, Siegfrieds Ländereien säumen den unteren Lauf des Rhenus, das heißt, sie liegen nordwestlich von uns und reichen bis zur Bernsteinküste. Der Strom ist das Herz beider Reiche, des burgundischen und des niederländischen; er verbindet uns vielleicht noch mehr als unsere entfernte Verwandtschaft …«

»Und wieso musste er keinen Föderatenvertrag abschließen, um den Thron seines Vaters von Lyngi zu übernehmen?«

»Lyngis Herrschaftsbereich beschränkte sich auf Gebiete östlich des Rhenus. Du weißt, auch an seinem unteren Lauf war der Strom die Grenze des Römischen Reiches. Jetzt aber sind so weit im Norden kaum noch Römer anzutreffen, und Siegfried hat das ehemalige Auxiliarkastell Colonia Ulpia Traiana am westlichen Ufer des Stromes zu seiner Hauptburg gemacht.«

»Er will also ein römisches und ein germanisches Rhenus-Ufer zu einem einzigen Reich verschmelzen; genau wie Vater es versucht hat«, stellte ich fest.

»Und dein Bruder ebenfalls«, betonte die Königin.

»Natürlich.« Plötzlich hatte ich Gundahar gegenüber ein schlechtes Gewissen. »Was hat Siegfried denn so lange im Norden gemacht?«, fragte ich rasch.

»Große, unglaubliche Taten vollbracht, deren sich die Sänger noch in vielen hundert Jahren erinnern werden«, erwiderte meine Mutter. »Er wuchs unter der Obhut des Königs der Dänen auf, denn seine Mutter ist in zweiter Ehe mit dem dänischen Thronfolger verheiratet. Es heißt, dass er von einem Zwerg in allen Künsten und aller Weisheit ausgebildet wurde. Man sagt auch, dass er einen Drachen getötet und sich einen unermesslichen Goldschatz errungen hat. Er zähmte sich ein Pferd, das von Wodans achtfüßigem Ross Sleipnir abstammen soll, und befreite eine Jungfrau, die inmitten eines Feuerkreises auf einer wilden Insel im Nordmeer gefangen saß …«

»Eine Jungfrau in einem Feuerkreis!« Ich lachte, obwohl mich plötzlich fröstelte. Hastig stürzte ich den Rest des lauwarmen Mets hinunter. »Du glaubst doch hoffentlich nicht solch hanebüchenen Unsinn, Mutter!«, ereiferte ich mich. »Was würde Vater dazu sagen; und erst Asklepios! Wirklich, wenn ich mit solchen Geschichten zu dir käme, würdest du mich auch auslachen!«

Uote sah mich offen und nachdenklich an. »Wer weiß schon, was dahinter steckt, wenn sich die Leute solche Dinge erzählen«, meinte sie. »Selbstverständlich darf man nicht blind alles glauben; doch meist steckt auch in der abwegigsten Geschichte ein wahrer Kern. Das graue Pferd habe ich selbst gesehen, es sieht in der Tat ein wenig seltsam aus. Über Siegfrieds andere Abenteuer werden wir sicherlich mehr erfahren, wenn wir ihn besser kennen lernen.«

»Von wegen, ein wahrer Kern!«, spottete ich. »Aber bitte schön, von mir aus, warum nicht. Wenn unser Verwandter sich unbedingt mit Ammenmärchen zum Narren machen will, werde ich ihn nicht daran hindern.«

»Du hast sicher Recht«, beschwichtigte mich Uote – oh, wäre ich nicht so übermüdet und verwirrt gewesen, hätte mir diese ungewohnte Nachgiebigkeit unbedingt auffallen müssen! Doch ich blieb arglos wie eine behäbige Wachtel, die bereits an der Leimrute klebt. »Trotzdem würde ich dir gern von der Sippe meiner Mutter erzählen«, erinnerte mich die Königin sanft an ihr Vorhaben. »Ich weiß, ich hätte das längst tun sollen; aber solange dein Vater lebte, erschien es mir unpassend, meiner Abstammung so viel Gewicht zuzumessen.«

»Und später?«

Uote lächelte entschuldigend. »Nun ja, Wodan spielt eine große Rolle in der Entwicklung der Völsungen. Da wir ja nun arianische Christen sind, hielt ich es lange Zeit für überflüssig, die alten Geschichten auszugraben. Dennoch, du hast ein Recht darauf, sie zu kennen. Immerhin haben wir noch andere Verwandte im Norden.«

Ich seufzte und streckte mich auf dem Bett aus. »Erzähl mir also!«

»Vor langer, langer Zeit hatte Wodan einen Sohn unter den Menschen, der Sigi hieß«, begann meine Mutter im sanften, gemessenen Tonfalls einer geübten Erzählerin. »Er lebte sehr hoch im Norden, wo das Licht aus Nebelheim über den Horizont flammt und fast das ganze Jahr über Schnee liegt. Sigis bester Freund hieß Skadi und dieser hatte einen Diener namens Bredi. Eines Tages bat Sigi seinen Freund, ihm den Bredi als Knecht mitzugeben, weil er zur Jagd gehen wollte. Skadi war einverstanden, und Sigi zog mit dem Diener seines Freundes aus. Ich nehme an, sie jagten Rentiere, aber es könnten auch Robben oder Walrosse gewesen sein. Jedenfalls, obwohl Sigi von Wodan selbst abstammte und Bredi nur ein niedrig geborener Diener war, brachte Bredi mehr Wild zur Strecke als Sigi. Das ergrimmte Sigi so sehr, dass er Bredi erschlug und die Leiche in einer Schneewehe verbarg ...«

»Ein feiner Wodanssohn«, brummte ich, schläfrig vor Übermüdung. »Man sollte meinen, seine göttliche Herkunft hätte ihn ein bisschen großzügiger gemacht.«

»Großzügigkeit ist eine Tugend, die damals noch seltener war als heute.« Uote nickte überraschend ernsthaft. »Ich habe in diesem Teil der Legende die Geschichte von Kain und Abel erkannt. Wie auch immer, Skadi erfuhr natürlich von dem Mord. Sigi wurde zum ›Wolf an der Weihestätte‹ erklärt, das bedeutet, er war ein Vogelfreier, der von jedem erschlagen werden durfte. Man verbannte ihn aus seiner Sippe und aus seinem Land. Einsam wanderte er durch die Kälte, und ich nehme an, er bereute seine Tat, denn sein Vater Wodan hatte Mitleid mit ihm. Er verlieh seinem Sohn Mut und große Kraft, so dass Sigi sich bald Schiffe und ein Gefolge von Kriegern errungen hatte. Mit ihnen ging er auf Heerfahrt, wie es im Norden üblich ist: Er fuhr an der Küste entlang auf dem Meer, und wo er eine günstige Bucht oder eine Flussmündung fand, fiel er ins Land ein und machte Beute. So gewann er sich ein Reich und eine Königin …«

»Zweifellos, indem er irgendwo einen König erschlug und dessen Tochter zur Frau nahm«, murmelte ich. »Mutter, ich kann nicht fassen, dass du mir eine solch blutrünstige Geschichte erzählst. Sie passt viel besser ins Haus der Knaben als zu dir.«

»Dennoch gehört sie zu deiner Herkunft. Du wirst noch begreifen, wie wichtig es ist, die alten Überlieferungen zu verstehen«, versetzte Uote ruhig. »Sigis

Reich wurde Hünenland genannt, weil die Bewohner ihren Toten große Hügelgräber errichteten, in denen auch der hünenhafteste Krieger Platz gefunden hätte. Es liegt nördlich von uns; am östlichen Ufer des Rhenus.«

»Und dieses Hünenland gehört natürlich zu dem Völsungenerbe, von dem Siegfried jetzt die Langobarden vertrieben hat«, spottete ich.

»Richtig. Aber offenbar hast du dich entschlossen, alles ins Lächerliche zu ziehen, was meine Sippe angeht«, versetzte Uote scharf. »Das steht dir natürlich frei; du legst ja immer so großen Wert darauf, dich entscheiden zu können. Aber meine Geduld ist jetzt am Ende. Eigentlich möchte ich ohnehin lieber spazieren gehen, als hier drinnen zu hocken. Heute ist endlich ein richtiger Frühlingstag, falls du es nicht bemerkt hast.«

Ich hatte es tatsächlich nicht bemerkt. Überrascht sprang ich auf und öffnete das Fenster. Laue Luft wehte herein, und aufgeregt zwitschernde Vögel flatterten über die roten römischen Ziegeldächer und die ockerfarbenen Strohdächer der Festung. Es war keine Spur mehr von Frost und Schnee zu sehen; ringsum schien das ganze Land in Schlamm zu ertrinken.

»Ich komme mit dir«, hörte ich mich sagen. »Verzeih, ich wollte nicht unhöflich sein. Ich weiß auch nicht, was mit mir los ist; natürlich interessiert mich meine Herkunft. Bitte, erzähl weiter!«

»Also gut.« Uote drückte liebevoll meinen Arm. »Sigi wurde also König im Hünenland«, fuhr sie fort, während ich mich rasch kämmen und ankleiden ließ. »Doch als er alt geworden war und seine Kraft nachgelassen hatte, schritten die Brüder seiner Frau zur lang geplanten Vaterrache und überfielen ihn aus dem Hinterhalt, als er überhaupt nicht auf einen Kampf vorbereitet war. Sie töteten Sigi und auch all seine treuen, aber unbewaffneten Diener, die versuchten, ihren Herrn mit ihren Leibern zu schützen. Sigis Sohn Rerir aber war nicht dabei, da er an dem Tag auf die Jagd geritten war. Als er erfuhr, was geschehen war, kehrte er nicht in die Festung zurück, in der jetzt seine Onkel herrschten, sondern ritt im Land umher und sammelte ein großes Heer bei seinen Freunden und Häuptlingen. Jeder im Land erkannte ihn als rechtmäßigen König an, und alle Männer folgten ihm bereitwillig, als er sie zu den Waffen rief. Er eroberte die Festung seines Vaters zurück und erschlug die Brüder seiner Mutter. Jetzt war Rerir mächtiger, als sein Vater es je gewesen war. Er nahm sich eine Frau und suchte Bündnisse …«

Wir hatten inzwischen die Festung verlassen und stiegen den Hügel hinab zum Rhenus. Als ich mich umwandte, blitzten die Turmspitzen von Borbetomagus hoch oben im Sonnenlicht, und Vögel schossen zwischen ihnen durch die blaue Luft. »Wie hieß die Frau?«, erkundigte ich mich.

Uote zuckte lächelnd die Achseln. »Du wirst oft feststellen, dass die alten Überlieferungen die Namen der Frauen für unwichtig halten. Dennoch liegt in Wahrheit die Stärke jeder Sippe in den Frauen. Zum Beispiel könnte Siegfried Burgunds wichtigster Verbündeter werden, weil er mit meiner Sippe verwandt ist – nicht mit der Sippe deines Vaters.«

»Unser wichtigster Verbündeter? Wieso?«, fragte ich staunend.

»Ach, Hildiko, hast du mir vorhin nicht zugehört? Sein Reich liegt am Unterlauf des Rhenus, an der Mündung des Stromes. Warum, glaubst du, wollte dein Vater stets das Burgunderreich an einem Flusslauf errichten? Flüsse durchziehen das Land wie Adern; sie bedeuten nicht nur fruchtbaren Boden, sondern vor allem schnellen, leichten Austausch von Neuigkeiten, Waren, rasche Bewegungen von Heeren … Sie bedeuten die eigentliche Macht. Was nützt es aber, einen ganzen Flusslauf von der Quelle an zu beherrschen, wenn die Mündung jemand anderem gehört?«

Ich begriff die Zusammenhänge tatsächlich zum ersten Mal. Wir waren am Ufer des Seitenarmes angelangt, der die Kieselwiese umfloss, und ich betrachtete ehrfürchtig den mächtig angeschwollenen Strom, dessen schlammige Wellen in der Sonne gleißten. Unaufhaltsam wälzten sie sich nach Nordwesten; sie verbanden die fernen Berge mit der See, und ich verstand, was meine Mutter meinte. Borbetomagus und die anderen Festungen, die Burgund inzwischen gehörten, bedeuteten wenig. Es war der Rhenus, der unserem Reich Leben gab.

»Rerir und seine Königin, deren Namen wir nicht kennen, sehnten sich sehr nach einem Erben, doch die

Königin empfing nicht«, erzählte Uote weiter. »Das Paar betete zu den Göttern um Hilfe, und Wodan erbarmte sich seines Enkelsohns. Er sandte Hljod, eine seiner Walküren, in Gestalt einer Krähe zu Rerir. Die Krähe ließ einen Apfel auf Rerirs Knie fallen, und der König brachte die Zauberfrucht seiner Frau. Sie aß sie und wurde bald darauf wirklich schwanger. Es stellte sich jedoch heraus, dass dies keine gewöhnliche Schwangerschaft war, denn als neun Monate vorüber waren, konnte die Königin das Kind nicht gebären.«

»Das Wodanskind«, murmelte ich nachdenklich.

»Ja. Kurz darauf ging Rerir auf eine Heerfahrt, doch unterwegs wurde er krank und starb. Sechs Winter wartete seine unglückliche Witwe auf die Geburt, während ihr Leib immer mehr anschwoll, bis sie sich kaum noch bewegen konnte. Endlich befahl sie, dass man ihr das Kind aus dem Leib schneide ...«

»Wie Julius Cäsar!« Ich musste lachen. »Asklepios hat mir erzählt, dass eine solche Legende um die Geburt oft benutzt wird, um einen besonderen Herrschaftsanspruch zu untermauern. Die Mutter stirbt bei einer solch unnatürlichen Geburt.«

»Es ist das Zeichen des wahren Herrschers«, bestätigte Uote. »Die Stammesmutter der Völsungen hatte das Glück, ihrem wunderschönen Sohn noch in die Augen sehen zu können. Er war so groß und stark wie ein knapp siebenjähriger Knabe und er küsste sie, bevor sie starb.«

»Und dieser sonderbare Knabe war Völsung?«

»So ist es. Er wuchs rasch heran und wurde der stärkste Krieger, den die Welt jemals gesehen hatte. Schon bald tat es ihm niemand mit den Waffen gleich, er ging auf gewaltige Heerfahrten und vollbrachte Taten, von denen überall die Sänger sangen. Als er alt genug war, sorgte Wodan dafür, dass ihm der Riese Hrimnir seine Tochter Hljod zur Frau gab …«

»Dieselbe Walküre, die dem Königspaar den Zauberapfel gebracht hatte, damit Völsung gezeugt werden konnte?«

»Genau diese. Völsung wurde sehr glücklich mit ihr und sie mit ihm. Die beiden bekamen zehn Söhne und eine Tochter. Der Name des Mädchens war Signy und sie war die Zwillingsschwester Sigmunds, des ältesten Sohnes …«

»Mutter«, unterbrach ich Uote und betrachtete stirnrunzelnd ihr Gesicht, das mit der Frühlingssonne um die Wette strahlte, »ich weiß beim besten Willen nicht, was ich mit alldem anfangen soll. Ich dachte, die Geschichte würde glaubhafter, sobald die sagenhaften Anfänge vorbei sind, aber stattdessen kommt sie mir immer verworrener vor. Du kannst unmöglich von mir erwarten, dass ich sie glaube.«

»Du meinst, du kannst nicht glauben, dass Wodan selbst mit dem Geschick deiner Vorfahren verbunden ist und dass dein Urahn eine Walküre geheiratet hat«, sagte Uote. »Es ist schade, dass du so wenig über Wodan weißt, den Geber des Geistes. Wir haben seinen Kult kaum gepflegt; dein Vater wollte es nicht, und Asmund und ich fügten uns, weil Gibich ein so großer König war und es niemand anderen gab, dessen Vision ausgereicht hätte, Burgund durch die Wirren der Wanderung zu einem festen Stammsitz zu führen. Damals habe ich immer davon geträumt, die Verehrung Wodans neu zu beleben, sobald wir irgendwo eine Burg besäßen.« Sie lachte plötzlich. »Als es dann so weit war, hat mir Bischof Ello freilich klargemacht, dass unsere alten Götter in Wahrheit so etwas wie Übermenschen der Vorzeit waren, die ebenso wie Jesus Christus vom Allmächtigen geschaffen worden waren. Sonst hätte ich vielleicht sogar meinen Dienst als Urd-Dis wieder aufgenommen.«

»Ich verstehe«, murmelte ich höflich, obwohl ich eigentlich sehr wenig verstand. Ich dachte daran, was Asklepios über den Arianismus gesagt hatte, und die Wendung, die das Gespräch genommen hatte, verursachte mir ein seltsames Unbehagen. Das Grauen der Nacht griff wieder nach mir und schob sich wie ein plötzlicher Nebel vor die Sonne. Zweifellos wollte mir Mutter noch viel mehr erzählen, doch in diesem Augenblick ertönten von der Kieselwiese fröhliche Fanfaren; sie kündigten den Beginn von Kampfspielen an. Auch die Männer wollten offenbar den ersten schönen Tag des Jahres im Freien verbringen.

Kapitel 8

Siegfried im Kampf zu sehen … ich wusste es damals nicht, doch die meisten Jungfrauen im Land hätten gewiss gern ihre kostbarsten Ringe für dieses seltene Vorrecht eingetauscht. Gundahar und seine Krieger stiegen bereits auf ihre Pferde, als wir eintrafen: Sie waren in voller Rüstung, und viele hatten ihre Rundschilde bunt bemalt. Von überall strömte das Volk zur Kieselwiese. Mein erster Impuls dagegen war es umzukehren. Ich war weder entsprechend geschmückt noch fühlte ich mich stark genug, um ohne jede Vorwarnung bei einem öffentlichen Ereignis als Blüte von Burgund aufzutreten.

Mutter erriet meine Gedanken. Lächelnd nahm sie, obwohl ich widerstrebte, mein Gesicht in ihre Hände, die sich zart und fest zugleich anfühlten, und sie flüsterte verschwörerisch: »Du bist wunderschön, Hildiko. Niemand ist dir gleich. Das glaube mir, die ich viel gesehen habe. Komm, wir mischen uns einfach unter die Leute!«

Sie hakte sich bei mir unter, und mir blieb nichts anderes übrig, als mitzukommen, wenn ich sie nicht in aller Öffentlichkeit brüskieren wollte. Glücklicherweise gab es weder gezimmerte Tribünen noch Standarten, Zelte oder Teppiche auf der Kieselwiese, wodurch die ganze Angelegenheit einen spielerischen, inoffiziellen Charakter bekam. Ganz offensichtlich waren die heutigen Kampfspiele einer Idee des Augenblicks entsprungen, und die Bediensteten waren davon ebenso überrascht worden wie ich. Lachend zog mich die Königin auf einen niedrigen Sandhügel, auf dem schon ein paar Bauernmädchen standen. Halb ehrfürchtig, halb widerwillig machten sie uns Platz. Die meisten Krieger waren inzwischen aufgesessen – und dann sah ich ihn.

Wieder erkannte ich ihn sofort, obwohl er diesmal in Rüstung war. Er saß auf seinem gedrungenen grauen Pferd, als sei er auf ihm festgewachsen, und trabte locker auf und ab, damit sich das Tier warm laufen konnte. Seine Haltung war sonderbar: Er hielt den Oberkörper gerade, doch seine Steigbügel hatte er anscheinend asymmetrisch angeordnet, denn sein linkes Bein war viel weiter vorn als das rechte, fast, als sitze er seitwärts im Sattel. Er trug einen völlig schmucklosen Helm, was zwischen den wippenden Federpanaschen, den faustgroßen Prunktieren, dem schimmernden, oft mit Edelmetallen tauschierten Wangenschutz und den mit gehämmerten Mustern verzierten Rändern der übrigen Helme sonderbar kühl und unbeteiligt wirkte. Genauso einfach war auch sein enges Wams aus Rindsleder, das eher zu einem Jagdtreiber als zu einem König gepasst hätte. Auch sein grauer Hengst wirkte, abgesehen von seiner ungewöhnlich gedrungenen Gestalt, schlicht und unauffällig. Nicht einmal das Pferdegeschirr verriet

Siegfrieds hohe Stellung, obwohl es ausgezeichnet gearbeitet war.
Gundahar dagegen ritt einen prächtigen schneeweißen Hengst, dessen schlanker, hoher Wuchs seinen Reiter majestätisch über die anderen erhob. Zaumzeug und Sattel waren vergoldet, und in die lange, seidige Pferdemähne hatte man purpurne und goldene Bänder eingeflochten. Gundahar trug eine kostbare, mit eingehämmertem Gold verzierte Brünne, die den Formen seines muskulösen Oberkörpers perfekt angepasst war, dazu seinen königlichen Purpurmantel und einen Helm mit hohem, kammförmigem Panasch aus rot gefärbten Reiherfedern. Ich hatte es immer als selbstverständlich hingenommen, dass Krieger danach strebten, sich möglichst prächtig zu kleiden. Jetzt aber fragte ich mich, ob all der Zierrat an Helm und Rüstung im Kampf nicht eher hinderlich war.
Der Franke Ortwin von Mediomatricum, der als Freundschaftsgeisel zu uns gekommen und unter die Krieger aufgenommen worden war, ritt würdevoll mit der burgundischen Standarte auf die Ostseite des Platzes. Er wurde von zwei gleich gekleideten Lurenbläsern flankiert, denn Gundahar hatte ihn zu seinem Marschall gemacht. Gebieterisch hob er die Hand, bis auf der ganzen Kieselwiese nur noch das Rauschen des Stroms zu hören war. Dann ertönte die strahlende Fanfare aus Gundahars neuen Luren, die den Beginn der Kampfspiele anzeigte, und die Krieger liefen mit einem Jubelschrei in die Mitte des Feldes. Jeder zog zum Gruß sein Schwert und stieß die Spitze hoch in

die blaue Luft. Einen atemlosen Herzschlag lang schienen sich die vielen glitzernden Schwertspitzen zu berühren und die Zacken einer ungeheuren Krone zu bilden. Der Anblick der entblößten, glänzenden Waffen riss die Menge zu begeistertem Applaus hin.
Ortwin ließ zum Buhurt blasen. Bei diesem allgemeinen Geschicklichkeitswettstreit zu Pferd kam es weniger auf die Waffenführung als vielmehr auf die Beherrschung des Reittieres an. Das Ziel schien es letzten Endes zu sein, möglichst viele Gegner vom Pferd zu zerren, und mir war der Buhurt bisher immer höchst lächerlich erschienen. Heute aber stand ich wie unter einem Bann: Ich konnte meinen Blick nicht von Siegfried wenden. Der Grund dafür war mir rätselhaft. Siegfried überragte die anderen Kämpfer zwar um Haupteslänge, doch sonst war weder an ihm noch an seinem Pferd etwas Besonderes.
Aber er trug den blauen Schild mit der goldenen Krone, als wohnte das lebendige Sonnenlicht darin. Und dann war da die Art, wie er und sein Pferd sich bewegten. Siegfried saß nicht hochmütig im Sattel wie die anderen, die allein durch ihre Haltung selbstbewusst zum Ausdruck brachten, dass sie ein starkes Tier ihrem Willen unterwarfen. Er wirkte weder besonders stolz noch außergewöhnlich willensstark. Nie riss er am Zügel oder schlug seine Fersen in die Seite des Tieres. Er trug nicht einmal Beinschienen. Es war, als würde er das Pferd allein durch seinen Atem dirigieren. Stets schien das Tier genau zu wissen, was sein Reiter wollte, es folgte seinem Willen ganz selbst-

verständlich; aus Zuneigung zu seinem Herrn und nicht, weil es großartig zugeritten und im selben Bewegungsablauf immer und immer wieder eingeübt worden war. Es gehörte Demut dazu, sich von einem Tier tragen zu lassen, wie Siegfried es tat: ohne jeden Besitzerstolz. Dafür spürte ich in dem willigen Gehorsam des Tieres den wilden, ungebrochenen Stolz einer freien Kreatur. Ich grübelte weiter über die Beziehung zwischen einem Krieger und seinem Pferd nach und fand, dass diese die Persönlichkeit des Reiters schonungslos offenbarte – ein Gedanke, der mir nie zuvor gekommen war.

Helle Fanfarenklänge schnitten in das wilde Durcheinander des Buhurt und ordneten es, wie ein glitzernder Wasserstrahl zerwühltes Haar glättet. Die Krieger trabten zum südlichen Rand der Kieselwiese. Eine weiteres Signal ertönte, und die Reiter ließen ihre Pferde im Kreis um den Platz traben, immer schneller, bis sie schließlich galoppierten. Gundahar ritt natürlich großartig; wie der Wind stob er an der Spitze auf seinem schneeweißen südgallischen Hengst dahin, dicht gefolgt von Hagen auf einem ebenso feurigen Rappen. Auf ihren Helmen und Brünnen spiegelte sich das Sonnenlicht, und im Dröhnen der Hufe klang der mächtige Donner Thors.

Ich wusste, dass die Beengtheit in der schmalen Spur, in der an die hundert Pferde dahinrasten, jedem Tier die größte Disziplin abverlangte, und wunderte mich, dass die Reiter sie überhaupt dazu bringen konnten, so etwas zu tun. Aber nur Siegfrieds grauer Hengst musste nicht durch schiere Kraft und Schmerzen gezwungen werden. Sobald ich ihn im dichten Getümmel entdeckt hatte, schien der Rest des Feldes zu versinken, als gebe es nur diesen einen Mann und diesen einen Hengst, die gemeinsam spielerisch ihre Kraft erprobten. Der Wettstreit um den ersten Platz, der alle anderen mit ungeheurem Eifer erfüllte, schien Siegfried überhaupt nicht zu kümmern; es war, als seien er und sein Pferd nur zufällig in diesen Haufen konkurrierender Krieger geraten. Sprachlos starrte ich ihn an. Er flog dahin wie der Wind und doch schien er sich nicht anzustrengen und das Pferd nicht im Mindesten anzutreiben. Ich hatte dergleichen nie zuvor gesehen. Als Ortwin zum Ende des Rennens blasen ließ, lag Siegfried mit seinem Grauen drei Runden vor Gundahar und Hagen, obwohl die beiden sich und ihren Pferden das Äußerste abverlangt hatten.

Gundahar riss seinen Helm herunter; er schwitzte und sah ganz bestürzt aus. Hagens Gesichtsausdruck blieb im Schatten seines Visiers verborgen. Einen Augenblick schien der König zwischen Zorn und Wut zu schwanken, doch dann nahm er seinem Marschall die burgundische Standarte aus der Hand und galoppierte damit quer über das Feld zu Siegfried, dass sein Purpurmantel flatterte und der Sand wie Gischt um ihn stob. Er drückte dem Sieger die Standarte in die Hand und schleuderte beide Arme in die Luft.

»Heil Siegfried, dem Pfeilschnellen, dem der Wind selbst Flügel verleiht! Heil seinem grauen Ross, das nicht seinesgleichen kennt!«

»Heil Siegfried! Heil dem Grauen!«, schrien nun die übrigen Krieger, und die Menge fiel in die Rufe ein. Hagen brüllte am lautesten. Er hatte jetzt sein Visier aufgeklappt, und sein gesundes Auge schien zu glühen. Es war auf Siegfried gerichtet, als wolle er den Völsung mit der Kraft seines Blickes in Brand setzen. Wie es die Regeln vorsahen, musste sich nun der Sieger des Rennens so lange mit den anderen tjostieren, bis einer ihn besiegte. Zu diesem Zweck wurden stumpfe Lanzen verteilt, und Siegfried nahm mit seinem Grauen am Nordrand der Wiese Aufstellung, während die übrigen Teilnehmer sich am südlichen Ende drängten. Als Erster ritt natürlich der jüngste Krieger gegen den Sieger. Es war niemand anders als mein kleiner Bruder Gislaharius, der vor wenigen Tagen die Knabenweihe empfangen hatte und nun zu den Männern zählte. Dies war sein erstes Turnier, und ich konnte mir vorstellen, wie aufgeregt er war. Die stumpfe Lanze zitterte in seiner Rechten, während er mit der Linken ungestüm die Zügel seines Braunen schüttelte. Dieser war ähnlich unerfahren wie sein Herr; zutraulich trabte er auf Siegfried zu, als ob ihn dort ein besonderer Leckerbissen erwartete.

Eine Welle von Sympathie für den jüngsten Königsbruder lief durch die Menge; alles schrie und jauchzte, um ihn anzuspornen. Gislaharius strahlte und riskierte sogar einen kurzen Seitenblick, was im Ernstfall eine unverzeihliche, vielleicht tödliche Dummheit gewesen wäre. Siegfried dagegen wirkte vollkommen unbeteiligt. Locker und gleichmäßig trabte er Gislaharius entgegen, bis sich die beiden etwa in der Mitte des Feldes begegneten. Wild stieß Gislaharius seine Lanze nach vorn, während Siegfried die seine überhaupt nicht zu bewegen schien – und mein kleiner Bruder landete im Gras.

Siegfrieds Pferd hatte nicht einmal innegehalten. Es behielt seinen Rhythmus und beschrieb einen vollkommenen Halbkreis, bevor es zum Ausgangspunkt zurückkehrte. Verlegen rappelte sich Gislaharius auf und beeilte sich, vom Platz zu kommen, während am anderen Ende der Wiese sein Brauner von den Knechten wieder eingefangen und weggeführt wurde. Als Nächster ritt ein junger Krieger namens Hildebert gegen Siegfried, dem es nicht besser erging. Auf ihn folgte Bertram, auf diesen Wyperich …

Binnen weniger Stunden hatte Siegfried gegen die fünfzig besten Krieger meines Bruder tjostiert und jeden einzelnen Zweikampf gewonnen. Unter normalen Umständen hätte ein so eintöniges Schauspiel die Menge schon nach kurzer Zeit gelangweilt. Wahrscheinlich wären die Leute wütend weggegangen oder hätten sogar Steine auf den Fremden geworfen, der all ihre Freunde und Helden lächerlich machte. Doch die sonderbare, unbeteiligte Anmut, die Siegfried und seinem Grauen innewohnte, schlug jeden Zuschauer in Bann. Es schien Siegfried nicht zu kümmern, gegen wen er jeweils antrat und gewann; selbst als er den gewaltigen Kämpfer Hagen aus dem Sattel geworfen hatte, änderte sich sein entspannter, konzentrierter Gesichtsausdruck nicht. Das Volk schrie

gellend auf und verstummte dann vor Schreck, als Hagen fiel, doch Siegfried ritt ungerührt seinen Halbkreis und blickte nicht ein einziges Mal auf.
Zuletzt ritt König Gundahar gegen den Sieger. Er war nervös. Jeder wusste inzwischen, dass Siegfried ihn besiegen würde, und hätte es einen ehrenhaften Ausweg gegeben, hätte Gundahar ihn gewiss eingeschlagen. Doch es ging nicht an, dass sich der König zurückzog, nachdem all seine Männer im Tjost geschlagen worden waren; er musste siegen oder ihr Los teilen. Die Menge hielt den Atem an, während Gundahar drohend die stumpfe Lanze hob. Niemand wagte es, dem König in den letzten Augenblicken vor seiner sicheren Niederlage zuzujubeln. Nur Siegfried schien noch immer nicht zu bemerken, was um ihn herum vorging.
Mit einem Schrei spornte Gundahar sein schneeweißes Pferd an und zwang es in einen kurzen, wütenden Galopp. Der gleichmäßige Trab von Siegfrieds grauem Hengst veränderte sich noch immer nicht, obwohl Gundahar auf ihn zuraste wie ein grimmiger Sturmwind. Genau im rechten Augenblick hob Siegfried die Spitze seiner Lanze eine halbe Handbreit, und der König von Burgund flog im hohen Bogen aus dem Sattel. Wieder hielt Siegfried nicht einmal für die Dauer eines Wimpernschlages inne, sondern ritt denselben makellosen Halbkreis und kehrte zum Ausgangspunkt zurück, als wolle er dort den nächsten Gegner erwarten.
Fassungslos starrten wir alle ihn an, während ein paar

Knappen zum König rannten. Siegfried wartete ruhig, und es schien eine Ewigkeit zu dauern, bis er begriff, dass sich am gegenüberliegenden Ende der Wiese kein Gegner mehr bereit machte. Endlich hob er langsam den Kopf. Er sah erschöpfter aus, als ich es je bei einem Menschen gesehen hatte. Doch dann entdeckte er Gundahar, der sich in der Mitte des Kampfplatzes aus dem Gras erhob, als habe er dort die Scherben seiner Würde aufgesammelt. Rasch sprang Siegfried aus dem Sattel, um sich nicht höher zu befinden als der König. Mit einer unendlich zärtlichen, intimen Bewegung tätschelte er seinem Grauen den Hals, flüsterte ihm etwas ins Ohr und winkte einem Bediensteten, sich um das Pferd zu kümmern. Dann ließ er die Lanze fallen, eilte zu Gundahar und bot ihm die Hand. Er raunte ihm etwas zu, das niemand anders hören konnte. Der König lächelte plötzlich.

»Heute gibt es ein Fest in meiner Halle, von dem im ganzen Land die Sänger künden werden«, schrie er. Er winkte den Knappen, ihm sein Pferd zu bringen, und gab Ortwin das Zeichen, die dreifache Fanfare zum Abschluss des Wettstreites blasen zu lassen. Während die harmonischen Klänge triumphal in den rauchgrauen Spätnachmittagshimmel stiegen, bestieg der König sein immer noch schneeweißes, wenn auch beleidigt wirkendes Schlachtross und hob in großer Geste die Arme. »Wir feiern heute ein Bündnis mit dem größten Kämpfer, den die Welt je sah!«, verkündete er, während Siegfried wie ein Pferdeknecht neben ihm stand und die Zügel hielt. »Heil Siegfried dem Völsung, dem König der Niederlande, den noch niemand besiegt hat! Ihr alle habt es gesehen, und er selbst bekennt es freimütig: Ein Zauber aus Nifelheim wirkt in ihm, so dass kein Mann ihn besiegen kann. Diesen Segen aber, der ihm allein geschenkt ward, den will er aus Freundschaft mit uns teilen.«

Er lachte, und Siegfried lachte mit ihm. Während das Volk jubelte und die übrigen Ritter herandrängten, fuhr Gundahar mit Donnerstimme fort.

»Vor wenigen Wochen hat der Visigotenkönig Tiudric in Gallien ein Reich geschaffen, das nur noch nominell unter der Oberherrschaft Roms steht: Tolosa, das erste germanische Stammesreich. Nichts Geringeres erhoffe ich für Burgund, meine Freunde, denn ist es nicht die Aufgabe des Königs, das Größte anzustreben? Und nun, mit Siegfried an unserer Seite, steht uns die Welt wahrlich offen. Ich sage: Nichts ist unmöglich für den, an dessen Seite Siegfried kämpft. Hört alle meine Worte: Jeder, der den Bund zwischen Burgund und dem Nibelung begrüßt, ist heute Nacht zur Feier eingeladen!«

Falls er noch mehr sagte, ging es im Jubel der Menge unter. Sogar Mutter klatschte begeistert, und das Volk rannte auf den Kampfplatz, um Siegfried aus der Nähe zu sehen und dem König zu huldigen. Das Letzte, was ich sah, bevor lachende, schreiende Menschen sich zwischen uns schoben, waren Siegfrieds Augen. Der Widerschein eines fernen Lichts schimmerte in ihnen, während sie freundlich und erschöpft ins Leere blickten. Die Beleidigung, dass Gundahar ihn weiterhin sein Pferd halten ließ, schien Siegfried ebenso wenig zu bedeuten wie die Begeisterung der Menge und die unsicheren Blicke der übrigen Krieger. Er war anders als sie; ein Fremder unter ihnen; er dachte anders, er kämpfte anders. Ich hatte nie seinesgleichen gesehen. Mir kam der unerhörte Verdacht, dass er womöglich das Kämpfen ebenso wenig liebte wie ich, dass er das Töten nur als ein Handwerk sah, in dem er sich eine ungeahnte Meisterschaft errungen hatte, weil dies seinem Rang und seiner Stellung entsprach …

Als der Blick auf ihn wieder frei war, hob er auf einmal den Kopf und sah mich an, als habe er meine Gedanken gehört. Verwunderung, Staunen und Liebenswürdigkeit lagen in seinem Blick; er lächelte überrascht, und ich spürte eine Weichheit und Verwundbarkeit, die ich bei einem Mann nicht erwartet hatte. Etwas in mir schien zu zerbrechen; ich fühlte mich ertappt wie ein Kind, das sein wüstes Lügengespinst plötzlich durchschaut sieht. Niemand hatte das Recht, mich so anzusehen. Ich ließ meine Mutter stehen und eilte durch die Menschenmenge davon.

Auch an diesem Abend ließ ich mich vom Fest in der Halle entschuldigen, obwohl ich wusste, dass meine Familie deshalb wütend auf mich sein würde. Stattdessen bat ich um einen Schlaftrunk und erwachte erst spät am nächsten Morgen mit dumpfem, schmerzendem Kopf. Ohne mich anzukleiden, setzte ich mich ans Fenster, entschlossen, keinen Fuß mehr vor meine Tür zu setzen, bis Siegfried wieder abgereist war. Noch nie hatte ich Asklepios so sehr vermisst wie an diesem Tag; im Wirrwarr meiner Empfindungen wäre seine kühle, spöttische Gegenwart wie ein Rettungsanker gewesen. Voller Neid dachte ich an Galla Placida, die jetzt im mächtigen Schutz Ostroms mit Asklepios' Hilfe ihre beiden kaiserlichen Kinder aufzog. Im Augenblick war ich keineswegs davon überzeugt, dass sie den alten Sklaven nötiger brauchte als ich.

Gegen Mittag hörte ich Krachen, Scheppern und polternde Schritte im Flur. Jemand rüttelte an meiner Tür und klopfte ungeduldig. »Hildiko, mach auf!«, rief Gislaharius mit seiner sich überschlagenden Stimme. »Ich reite in den Krieg!«

»Was sagst du da?« Ich riss die Tür auf. Mein jüngster Bruder, immer noch einen halben Kopf kleiner als ich, stand in seiner ersten Rüstung vor mir. Seine Kinderaugen zwinkerten aus dem Helm, als sei er in Eisen und Stahl ertrunken.

»O Gislaharius!« Ich brach in Schluchzen aus, zog ihn ins Zimmer und warf die Tür zu. »Lass dich anschauen, du siehst großartig aus!«

Er strahlte; er hatte damit gerechnet, dass ich weinen würde, und darauf gezählt, dass ich log. Und natürlich log ich. Ich fand, er sah lächerlich, Mitleid heischend und zugleich auf abgründige Weise Furcht erregend aus. Ein Kind in Waffen ist zu allem fähig, und Gislaharius war ein Kind, selbst wenn die Knabenweihe hinter ihm lag. Doch niemals hätte ich es übers Herz gebracht, ihm etwas so Entmutigendes zu sagen.

Also strich ich über seinen prächtig vergoldeten Brustharnisch, so glatt und kalt wie Eis unter meinen Händen, und über die gepanzerten Arme, die in langen, mit Metallschuppen benähten Lederärmeln steckten und sich rauer anfühlten als die Haut einer Natter. Selbst seine Oberschenkel waren auf diese Weise geschützt, was ungewöhnlich war. Zumindest hatte Gundahar keine Kosten gescheut und unserem kleinen Bruder die beste Rüstung verschafft, die aufzutreiben war.
»Du wirst ganz bestimmt phantastisch kämpfen«, versicherte ich ihm, während mein Herz sich so eingeschnürt anfühlte, als steckte es selbst in einem Panzer.
»Ja, nicht wahr?« Gislaharius zog sein Schwert und kniete halb spielerisch vor mir nieder, wie es die Ritter tun, wenn sie ihre Waffe einem Herrn weihen. Er umfasste die doppelte Klinge und hielt mir das Heft entgegen. »Ich kämpfe, um deinen Ruhm zu mehren, hochedle Dame«, sagte er grinsend.
Meine Hand zitterte, als ich den Bernstein berührte, der im Kreuzstück eingelassen war. »Mein größter Ruhm ist mein junger Bruder, stark und schön wie ein goldäugiger Falke. Benutze dies Schwert, um dein Leben zu bewahren für all die mächtigen Taten, die noch vor dir liegen!«, antwortete ich im feierlichen Tonfall der Schwertleite.
Verlegen steckte Gislaharius die Waffe wieder weg; wir wussten beide, dass dies mehr als nur ein Spiel gewesen war.
»Setz dich doch einen Augenblick!«, bat ich rasch.

»Und sag mir – bei allen Göttern, ich weiß überhaupt nichts von einem Krieg! Gegen wen reitet ihr denn?«

»Es hat sich alles unheimlich schnell ergeben«, sprudelte Gislaharius aufgeregt heraus, während er sich mit gewaltigem Klirren und Knarzen auf meinem Bett niederließ. »Gestern Abend, während wir alle bei der Feier saßen, kamen Boten der Sachsen in die Halle. Sie forderten Tribut von Burgund, oder sie würden innerhalb von zwölf Wochen unser Land verheeren. Gundahar hätte die Sachsen am liebsten auspeitschen lassen, aber er tat, was ehrenhaft ist, und ließ ihnen Wein einschenken und Braten vorlegen. Doch er sagte, Tribut komme überhaupt nicht in Frage, und er werde sein Heer ausheben und binnen weniger Wochen gegen den sächsischen König ziehen, um ihm zu zeigen, wer wem tributpflichtig sei.«

»Das sieht ihm ähnlich«, murmelte ich. »Die Sachsen sind ein ungeheuer starkes, zahlreiches Volk und drängen seit vielen Jahren nach dem Westen und Süden. Ich habe gehört, dass sie in riesigen Scharen in Britannien eingefallen sind und die ganze Ostküste überrannt haben. Die britannischen Könige sind unfähig, ihnen zu widerstehen.«

»Außerdem hat sich anscheinend Liudegast, der Bruder ihres Königs Liudeger, jetzt auch noch mit der Tochter eines Königs der Dänen verheiratet«, ergänzte Gislaharius. »Der gemeinsame Heerbann dieser Brüder soll mehr als dreißigtausend Mann stark sein. Die Boten benahmen sich entsprechend hochmütig und herablassend. Sie prahlten, dass ihnen der ganze

Norden schon gehöre, vom Ufer des Albis bis zur Bernsteinküste, und Ostbritannien und die halbe Dänen-Mark dazu. Gundahar wurde fuchsteufelswild. Da stand Siegfried auf, den sie bis dahin gar nicht bemerkt hatten, obwohl er am Hohen Tisch saß – du weißt ja, wie unauffällig er aussehen kann. Doch als sie ihn erkannten, erbleichten sie, und Siegfried sagte zu Gundahar: ›Es ist nicht nötig, hoher Herr, dass du zur Zeit der Aussaat deine ganze Armee aushebst. Lass mich und meine elf Getreuen an deiner Stelle gegen die Sachsen und ihre dänischen Verbündeten ziehen und gib mir tausend Burgunder mit, dazu den Marschall Ortwin, Sindold den Mundschenk und den Spielmann Volkar von Alazay als Fahnenträger sowie deine beiden edlen Vettern, die Brüder Hagen und Dankwart. Mit solchen Helden sollte die Schlacht bald gewonnen sein. Der feige König Liudegast ist mir kein Unbekannter, und auch die Sachsen kenne ich seit meiner Kindheit. So will ich unseren Freundschaftsbund bekräftigen, und du sollst sehen, ob ich dir wohl zu dienen vermag.‹ Die Männer, die er ausgewählt hatte, schrien vor Stolz, und ich …« Gislaharius senkte verlegen den Kopf. »Die Wahrheit ist, ich bettelte so lange, bis Siegfried mir erlaubte, mich ebenfalls anzuschließen. Er hatte ursprünglich nicht um meine Beteiligung gebeten, weißt du.«

»Du wirst also unter Siegfrieds Befehl reiten?« Plötzlich überkam mich eine ungeheure Erleichterung, die ich selbst kaum begriff.

»Ja! Und er wird uns sogar unterwegs noch besser

ausbilden. Er meinte, es gebe da ein paar Arten zu kämpfen, die uns wohl anstünden, doch es sei klug, sie nicht vor aller Augen in Borbetomagus einzuüben, sondern erst unterwegs nach Norden. Vielleicht in den Wäldern, wo keine feindlichen Späher uns beobachten können.«

»Dann ist alles gut.« Ich lachte. »Ich sehe Sieg und großen Ruhm, Reichtum und Ehre für dich voraus, mein Bruder, und ich werde hier in der Gewissheit auf dich warten, dass du im Licht reitest. Auf eurer Heerfahrt wird es nur Siege geben.«

Gislaharius lachte ebenfalls, außer sich vor Freude, da er spürte, dass ich dies ehrlich meinte. Als wir uns zum Abschied küssten, hatte ich das Gefühl, einen riesigen Käfer in den Armen zu halten. Glücklich polterte mein Bruder die Treppe hinunter, ich aber rief eine Dienerin und ließ mich eilends ankleiden. Danach schickte ich sie, dem Kellermeister Bruno einen Befehl zu überbringen. Mir war zumute, als sei ich selbst ein Krieger, den das Signal zum Aufbruch drängt: Ich hatte keinen Augenblick zu verlieren. In einem goldbestickten Kleid mit hellgrünem Überwurf, das lange, offene Haar nur von einem goldenen Band aus der Stirn gehalten, eilte ich die Treppe hinunter in den Hof.

Ich kam gerade noch zur rechten Zeit. Die ersten hundert Krieger hatten bereits aufgesessen, Siegfried mit Hagen an der Spitze. Rasch trat ich neben Gundahar und Gerenot, die auf der breiten Freitreppe vor dem ehemaligen Prätorium standen. Gundahar wollte schon etwas Unfreundliches zu mir sagen, doch als er mich genauer betrachtete, weiteten sich seine Augen, und er lächelte. In diesem Moment eilte Bruno herbei und reichte mir einen goldenen Pokal, randvoll mit edlem Wein.

»Ich trinke dir zu, Sindold!«, rief ich zu dem Mundschenk hinüber, der hinter Siegfried aufgesessen hatte. Rasch sprang er wieder vom Pferd, trat zu mir und verbeugte sich. »Ich trinke im Namen Burgunds und besiegele unser Vertrauen in dich, das du nie enttäuscht hast«, fuhr ich fort und nahm den zeremoniellen ersten Schluck aus dem Pokal, bevor ich ihn dem Mundschenk reichte. »Mögest du Burgund auch auf dieser Heerfahrt in Treue dienen und dein Amt als Mundschenk des Königs im fernen Feindesland ausüben, als sei der Hof von Burgund selbst mit dir!«

Tief verneigte sich der so geehrte Sindold, nahm den Pokal von mir in Empfang und trank seinerseits einen kleinen Schluck, bevor er ihn an Siegfried als dem obersten Heerführer weiterreichte. Ich nickte zufrieden; Sindold hatte sofort begriffen, was ich von ihm erwartete. Ich war entschlossen, Siegfried nicht anzusehen, doch meine Bemühung misslang, und mein Blick streifte den seinen, als er den Pokal entgegennahm. Er lächelte und reichte ihn mit einer sanften Neigung des Kopfes an Hagen weiter.

»Der erste Schluck gebührt dir, edler Trojaner«, sagte er sanft. Die ganze Zeit, während Hagen trank, lächelte Siegfried mich dankbar an, und ich spürte seine freudige Überraschung, dass ich nicht nur begriffen hatte, warum er ausgerechnet Sindold, Ortwin und Volkar hatte dabeihaben wollen, sondern auch dafür sorgte, dass jeder andere es begriff.

Dann ritten sie fort unter dem Schmettern der Fanfaren und dem Jubel von ganz Borbetomagus. Sie ritten in Einheiten von hundert Mann, wie es auch bei den Römern üblich gewesen war. Doch da jeweils nur vier Krieger nebeneinander durch unser Festungstor passten, dauerte es den ganzen Tag, bis die tausend ausgerückt waren. Die ganze Zeit standen Gundahar, Gerenot und ich auf der Freitreppe, um die Helden zu verabschieden. Als die Sonne sank, hatte sich das Volk längst verlaufen; wir aber mussten bis zuletzt ausharren, um jedem einzelnen Mann die Ehre zu erweisen, die ihm gebührte. Nachdem endlich der letzte Krieger das Tor passiert hatte, stöhnte Gundahar erleichtert und ließ sich auf die oberste Treppenstufe sinken.

»Beim Himmel, ich wäre viel lieber mitgeritten, als die ganze Zeit wie ein Standbild hier zu stehen!«, rief er. »Ich schwöre, so etwas tue ich nie wieder. Das hat ja ewig gedauert! Die Vorhut muss inzwischen schon fast Feindberührung haben.«

»Für hundert Krieger muss man mit drei Viertelstunden rechnen«, bemerkte Gerenot, der sich neben ihn gesetzt hatte. »Ich habe einmal eine römische Stundenkerze mitgebracht, als ich hier stand, während du ausgeritten bist – damals allerdings nur mit hundertfünfzig Mann, zu meinem Glück.« Er grinste. »Das nächste Mal wäre es vielleicht sinnvoll, sie zuerst alle auf dem Anger zu versammeln und von dort zu verabschieden …«

»Habt ihr euch das etwa vorher nicht überlegt?«, rief ich entgeistert aus.

»Natürlich nicht. Wir sind noch nie von hier aus in den Krieg gezogen«, schnappte Gundahar und wollte etwas Grobes hinzufügen, doch dann überlegte er es sich anders und lächelte mich an. »Wahrlich, Schwester, du siehst schöner aus als der Frühling selbst und hast den Männern heute große Ehre erwiesen«, versicherte er. »Darf ich fragen, was dieser plötzliche Gunstbeweis zu bedeuten hat?«

»Wie du gerade gesagt hast: Burgund ist nie von hier aus in den Krieg gezogen«, lächelte ich zurück. »Für dich mag das enttäuschend sein, ich aber sehe darin ein Zeichen, dass deine Regentschaft vielleicht doch gesegnet ist.«

Ich ließ die verdutzten Brüder sitzen und ging lächelnd davon. Trotz des stundenlangen Stehens fühlte ich mich beschwingt. Mir war, als sprühte ich goldene Funken und als müssten, wo der Saum meiner Röcke den Boden berührte, im nächsten Augenblick Blumen hervorschießen.

»Die zehn Söhne des Völsung waren die besten Krieger, die weisesten Ratgeber und die geschicktesten Handwerker weit und breit«, erzählte meine Mutter. Zum ersten Mal seit langer Zeit war ich wieder in die Stickstube gekommen. Als Handarbeit hatte ich mir ein leuchtend blaues Stück Tuch ausgewählt, in das ein Wellenmuster eingewebt war. Zunächst umkettelte ich den Rand mit einem Goldfaden, der aussah, als sei er aus Sonnenstrahlen gewirkt. Ich wusste noch nicht, was das Ganze werden sollte, und dachte vage an einen Mantel oder Umhang. Ich hatte die Königin gebeten, mir die Überlieferung zu Ende zu erzählen, um mich von unnützen Grübeleien abzulenken.

»Sigmund, der Älteste, war ein würdiger Anführer seiner Brüder. Als er nun auf der Höhe seiner Macht stand, ließ Völsung sich eine große Königshalle bauen, mit einer Schutzeiche in der Mitte.«

»Das bedeutet, das Gebäude wurde um einen mächtigen Eichbaum herum gebaut«, erklärte ich der kleinen Fredegunde, der Tochter Sigewitas. »Die Häuser waren kreisrund und mit Stroh gedeckt. Der Baumstamm bildete das Zentrum, und die Äste schützten das Dach. Solche Schutzeichen galten als heilig und waren dem Wodan geweiht.«

»Als Sigmunds Zwillingsschwester Sigyn das heiratsfähige Alter erreicht hatte, hielt der König Siggeir von Götaland um sie an – das ist eine lang gestreckte Halbinsel im Norden des Suebischen Meeres«, fuhr die Königin fort. »Sigyn schreckte vor dieser Heirat zurück, dennoch wollte sie vor allem ihrem Vater gehorchen und überließ ihm die Entscheidung. König Völsung hörte auf die Stimme der Vernunft, die zu einer Verbindung mit dem mächtigen Siggeir riet. Er stimmte der Eheschließung zu, und König Siggeir kam mit großen Gefolge zur Hochzeitsfeier in die neue Völsungenhalle. In der Nacht, während sie zechten, erschien plötzlich Wodan in Gestalt eines einäugigen, grau gekleideten Bettlers mitten unter ihnen. Er stieß ein gewaltiges Schwert in den Eichstamm und verkündete, dass es demjenigen gehören solle, der die Kraft besaß, es herauszuziehen. Darauf verschwand er. Aber die Krieger waren viel zu erregt, um sein Verschwinden zu bemerken. Die Völsungen ließen natürlich den Gästen den Vortritt, wie es der Brauch gebot. In wildem Wettstreit trat einer nach dem anderen vor und versuchte sich an dem Schwert, doch vergebens. Auch König Siggeir blieb glücklos. Das Schwert saß so fest, als sei es mit dem Baumstamm verwachsen. Schließlich kamen die Völsungensöhne an die Reihe. Jeder zerrte mit aller Gewalt, doch es war zwecklos. Zuletzt erprobte Sigmund seine Kraft, und ihm gelang es mit Leichtigkeit, das Schwert aus der Eiche zu ziehen. Man sagt, es glitt so leicht aus dem Holz, als habe es nur auf ihn gewartet. Nach Wodans Beschluss war nun Sigmund der rechtmäßige Besitzer des Schwertes. Doch König Siggeir neidete ihm die Zauberwaffe. Er bot den Völsungen sogar Gold dafür, aber Sigmund höhnte, dass der König erhandeln wolle, was er nicht hatte erringen können, und sich nicht scheue, Wodans Gesetz mit Gold zu brechen. Da hasste Siggeir den Sigmund und sann auf Rache.«

»Kein Wunder«, murmelte die kleine Fredegunde mit schreckgeweiteten Augen.

»Hätte er etwa das Wunderschwert um Gold verkaufen sollen, das ihm Wodan selbst bestimmt hat?«, fauchte meine Base Burglinde. Seit dem Tod ihres Sohnes Patafried lag eine dunkle Bitterkeit in ihren

Augen, und wenn sie den Mund auftat, dann meist, um zu streiten. Plötzlich wünschte ich, dass ich mich öfter darum bemüht hätte, sie zu trösten.

»In dieser Nacht schlief der König Siggeir mit seiner jungen Braut, doch schon am nächsten Tag schiffte er sich mit ihr und seinen Männern wieder ein, obwohl das einer Beleidigung der Völsungen gleichkam«, erzählte Mutter weiter. »Er entschuldigte sich aber wortreich für seine unziemliche Hast und lud die Völsungen ein, ihm nach einer Frist von drei Monaten nachzukommen und die Feier in seiner Halle auf Götaland fortzusetzen. Die Völsungen versprachen dies auch, denn ihre Ehre ließ nichts anderes zu. Sigyn aber, die die Gabe der Völsungen besaß, hatte eine schreckliche Vorahnung, dass großes Leid aus ihrer Ehe entstehe, wenn diese nicht bald gelöst werde.«

»Wieso Vorahnung – sie hatte ja schon mit dem Kerl geschlafen.« Geislinde lächelte anzüglich. Sie hatte vor wenigen Monaten den Hauptmann Eckewart geheiratet und trug bereits ihr erstes Kind.

»Das ist richtig. Dennoch segelte sie mit ihrem Mann ins Götaland, wie es die Sitte gebot. Nach den vereinbarten drei Monaten folgten ihr Vater und Brüder. Sigyn eilte ihnen schon am Strand entgegen und warnte sie, dass Siggeir ihnen mit einem Heer auflauerte. Sie bat die Völsungen umzukehren, ihrerseits ein Heer zu sammeln und König Siggeir anzugreifen. Aber König Völsung wollte nicht am Ende seines Lebens plötzlich ein Feigling sein. ›Ein Mann kann sich nicht von Gesichten bestimmen lassen und aufgrund eines Wortes ehrlos handeln‹, sagte er. ›Wieso sollte ich im hohen Alter auf einmal den Tod fürchten? Einmal muss ja doch jeder sterben!‹ All seine Söhne stimmten mit ihm überein, dass es besser sei, kühn in den Tod zu gehen, als feige zu leben. Sigyn weinte und bat, wenigstens nicht zu ihrem Mann zurückkehren zu müssen, aber ihr Vater sagte, die Ehre lasse nichts anderes zu; ganz gleich, was mit den Völsungen geschehen werde.«

»Grausam«, stellte ich angewidert fest, »und völlig sinnlos. Warum konnte Sigyn nicht bei ihrem Vater bleiben, wenn sie ihren Mann so verabscheute?«

»Weil es nicht recht gewesen wäre«, erklärte Mutter. »In jener fernen Zeit waren Recht und Gesetz etwas Neues. Die Asen hatten Ordnung in das Chaos der Welt gebracht, und wer von Wodan so tief berührt worden war wie die Völsungen, hatte die heilige Pflicht, unter allen Umständen dem Recht Genüge zu tun. Nicht einmal das Königsgeschlecht darf über dem Gesetz stehen; dies ist der Ursprung der Ehre. Deshalb führen wir Burgunder die fünfblättrige Rose des Rechts sogar in unserem Königsbanner. Sigyn war noch sehr jung, sonst hätte sie eine solche Bitte gewiss nicht geäußert. Jedenfalls kam es am nächsten Tag zur Schlacht. Achtmal durchbrachen die tapferen Völsungen die Feindeslinie, beim neunten Mal aber wurde der König getötet, und die Brüder wurden gefangen.«

»Schrecklich«, schluchzte die kleine Fredegunde. Ich wollte ihr zuflüstern, dass all dies nur eine alte Legende sei, doch meine Tante Grimwerda nahm die Kleine auf den Schoß und wiegte sie tröstend.

»So ist das Leben«, raunte sie mit einem halben Lächeln. »Männer werden geboren, um zu kämpfen und zu sterben, so ist das nun einmal.«

»Sigyn flehte ihren Mann an, die Brüder nicht sofort zu töten, sondern in den Stock setzen zu lassen«, erzählte Uote ungerührt weiter, obwohl sie ihrer Schwägerin einen zweifelnden Blick zuwarf. »Das erschien dem König Siggeir eine noch grausamere Rache, und so geschah es. Die zehn Völsungenbrüder wurden mitten in den Wald gebracht und nebeneinander an Kopf und Händen in den Stock geschlossen. Nachts aber kam eine große graue Wölfin und fraß einen der Brüder. Viele sagen, sie war Siggeirs Mutter, die alte Königin, in Wölfinnengestalt. Dies geschah neunmal, und zuletzt war nur Sigmund übrig.«

»Neunmal«, wiederholte ich nachdenklich. »Beim neunten Angriff sind sie auch gefangen worden …«

»Die Neun ist eine heilige Zahl«, erklärte Mutter bereitwillig. »Sie bedeutet drei mal drei, Ewigkeit und Vollkommenheit. Die neunte Rune, Is, ist die einzige Senkrechte: das Lot, das Himmel und Erde verbindet. Außerdem musst du bedenken, dass unsere Vorfahren am Meer lebten, wo man sagt, dass sich die neunte Welle stets am kraftvollsten an den Uferfelsen bricht. Jedenfalls hatte Sigyn inzwischen herausgefunden, wo Sigmund gefangen gehalten wurde, und sie schickte heimlich einen vertrauten Diener zu ihm in den Wald, der ihm Honig auf die Haut strich und ihm eine große Honigwabe in den Mund schob. Als nun in der Nacht die Wölfin wieder kam, leckte sie Sigmund am ganzen Körper ab, als sei er ihr Welpe. Dadurch bekam er den Wolfsgeruch: Andere Wölfe würden ihn nun als ihresgleichen anerkennen.«

»Wölfe sind die besten Eltern im ganzen Tierreich«, warf Sigewita ein, die mit Gundahars oberstem Jagdaufseher verheiratet war. »Sie nehmen sogar verwaiste Welpen anderer Wölfe auf, wenn deren Eltern getötet wurden.«

»Huh«, flüsterte Fredegunde und klammerte sich an Tante Grimwerdas dicken grauen Zöpfen fest.

»Zuletzt steckte ihm die Wölfin ihre Zunge in den Mund, doch da biss Sigmund mit aller Kraft zu, stemmte seine Füße gegen den Stock und riss die Zunge an der Wurzel heraus. Die Wölfin verblutete. Auch der Stock zerbarst, und Sigmund war frei. Er zog tief in den wilden Wald und baute sich dort ein Erdhaus. Signy hatte durch ihren Diener erfahren, was geschehen war; König Siggeir aber glaubte, der letzte Völsung sei tot. Jahre vergingen, und Signy bekam zwei Söhne. Als der ältere zehn Jahre alt war, schickte sie ihn statt ins Haus der Knaben in den Wald zu ihrem Bruder, damit dieser ihn zu einem tapferen Krieger erziehe. Als Erstes befahl Sigmund dem Knaben, Brotteig zu kneten, während er selbst draußen Brennholz für den Backofen sammelte. Doch der Junge fürchtete sich, weil etwas Lebendiges im Mehl war. Sigmund fand einen Weg, dies seiner Schwester zu berichten, und Signy bat ihn, den Jungen zu töten, weil er zu feige war, um ein Krieger zu werden. Sigmund erfüllte ihren Wunsch und tötete das Kind. Im darauf folgenden Winter schickte Signy ihm ihren zweiten Sohn, und es geschah genau dasselbe.«

»Sie hat ihren Bruder dazu gebracht, ihre eigenen Söhne zu töten, nur weil sie Angst hatten?«, rief ich fassungslos. »Und ich soll auch noch stolz darauf sein, mit einer so abscheulichen Sippe verwandt zu sein?«

»Du musst bedenken, wie lange das alles her ist«, beschwichtigte mich Mutter. »Damals unterschieden sich Gut und Böse viel krasser und deutlicher voneinander als heute. Stell dir den König Siggeir als den grausamsten, tyrannischsten Herrscher vor, den du dir nur ausmalen kannst. Signy wollte sichergehen, dass diese Linie des Verrats und der Feigheit nicht in ihren Söhnen fortgesetzt wurde. Sie wusste, dass ein wirklicher Held nötig war, um Siggeir und die seinen zu besiegen, und hatte gehofft, einer ihrer Söhne könne sich zum Rächer entwickeln. Als sie diese Hoffnung betrogen sah, opferte sie lieber ihre Kinder, als zuzulassen, dass die Finsternis in ihrem eigenen Blut Früchte trug. Bald darauf traf sie sich heimlich mit einer Völva, einer Zauberin. Sie bat die Völva, mit ihr die Gestalt zu tauschen. Daraufhin lag die Zauberin in Signys Gestalt abends beim König, während Signy in den Wald schlich. Dort schlief sie drei Nächte lang mit Sigmund, ohne dass er wusste, wer sie war.«

»Heilige Muttergottes!«, murmelte Sigewita und bekreuzigte sich.

»Ja, heute wäre das eine große Sünde«, seufzte meine

Mutter. »Doch zur damaligen Zeit waren Geschwisterehen unter Königsgeschlechtern recht häufig. Sogar die Götter lagen bisweilen bei ihren Schwestern. Jedenfalls ging Signys größter Wunsch in Erfüllung: Sie hatte von ihrem Bruder einen Sohn empfangen, den sie Sinfjötli nannte. Auch ihn schickte sie, als er zehn Jahre alt war, in den Wald, und Sigmund stellte ihm dieselbe Aufgabe wie seinen Halbbrüdern. Sinfjötli aber knetete die Giftschlange, die im Mehl versteckt gewesen war, einfach mit in den Teig und bewies sich damit als wahrer Völsung. Denn die Völsungen sind gegen jegliches Gift gefeit.«

»Jetzt wirst du gleich sagen, das bedeutet, dass sie nicht von Heimtücke vergiftet werden konnten, sondern stets ehrenhaft und rein wie die Sonne blieben«, spottete ich leichthin, obwohl mir ein Schauer über den Rücken lief. »Trotzdem wurde Sigmund auf abscheuliche Weise hintergangen, was weder ehrenhaft noch rein war.«

»Signys Aufgabe als Königin war es, für den bestmöglichen Nachfolger auf dem Herrscherthron zu sorgen«, sagte Uote leise. »Das hat sie getan, mit allem, was in ihrer Macht stand.«

»Findest du es gerechtfertigt, was sie getan hat?«, fragte ich ungläubig. »Ihre Söhne getötet, ihren Bruder belogen und wissentlich zur Blutschande verführt …«

»Was wäre wohl geschehen, wenn Sigyn anders gehandelt hätte?«, versetzte ungerührt die Königin. »Sigmund hätte seine Tage als halber Wolf im tiefen

Wald von Götaland beendet, und das Wodansschwert, das übrigens die Kraft des Geistes bedeutet, hätte in der Welt nichts mehr bewirken können. Siggeirs Reich der Heimtücke hätte unter seinen Söhnen fortbestanden, die ebenso niedrig dachten wie er, die kein Gesetz und keine Ehre kannten …«

»Mutter, was sagst du da! Soll das heißen, man darf zu Lug und Trug greifen, um ein hohes Ziel zu erreichen?«

Uote erhob sich. Die anderen Frauen wichen unwillkürlich vor der Gestrengen zurück, doch sie sah nur mich an. »Welche Mittel hätte eine verzweifelte Frau sonst, die sich von Grausamkeit und Willkür umgeben weiß und eine noch schlimmere Zukunft voraussieht, wenn sie nicht handelt?«, fragte sie leise.

Mich überlief eine Gänsehaut, und ich spürte die Blicke der anderen. Eine unausgesprochene Aufforderung schien in ihnen zu liegen. Nur die kleine Fredegunde sah ratlos und ein wenig verschreckt aus. Auf einmal bekam ich Angst, mein eigenes Leben könne an mir vorbeigehen, wenn ich weiterhin so furchtsam vor allem zurückschreckte, das Folgen nach sich ziehen mochte. Ich sah mich selbst, als stünde ich am Ufer eines mächtigen Stromes und weigerte mich hineinzuspringen und den Wassern zu folgen. Ich dachte zu viel nach; ich zauderte, weil ich an Strudel und Stromschnellen und wilde Tiere dachte und nicht in der Lage war zu vertrauen. Der Strom wälzte sich dennoch ungerührt seiner Mündung entgegen. Ich aber blieb einsam zurück.

Kapitel 9

Heute regnete es den ganzen Tag: peitschende, eisige Güsse, als wolle der Winter wiederkehren. Dalraida und ich überließen dem durchweichten Theuderich den Kutschbock und suchten im Wageninneren Zuflucht, während wilde Böen am gewölbten Dach rüttelten. Ringsum versank das Land in Grau. Nur ab und zu, wenn der Wind die Wolken aufriss, zeigte sich dicht neben der Straße ein unvermutet schroffer Abhang voller Wildblumen oder ein gepflegter Obstgarten. Die Gegend östlich des Lacus Venetus ist bergig, aber sehr fruchtbar. Hier wurde schon Viehzucht betrieben, ehe die Römer kamen, und kleine Ortschaften säumen die Straße wie Weiden einen Fluss.

Am späten Nachmittag hielt uns eine Gruppe Reiter an. Sie überbrachten eine Einladung König Wittichs von Cambodunum, der mich – und notgedrungen auch meinen hunnischen Begleitschutz – für den heutigen Abend an seine Tafel und anschließend zum Nachtlager in seine Burg bat.

Verwirrt starrte ich die Boten an: fünf triefende junge Burschen, die ehrerbietig im Schlamm standen. Die Gegenwart erschien mir seltsam unwirklich. Zum Glück fiel mir rechtzeitig ein, dass mein Neffe Gundowech mit Wittich in freundschaftlicher Beziehung steht und sogar Tribut von ihm empfängt. Also sagte ich um des Burgunderkönigs willen zu, obwohl ich vor einem solch unvermuteten offiziellen Anlass zurückschreckte und es mir um meine einsame nächtliche Schreibstunde Leid tat, an die ich mich so gewöhnt habe. Doch ich habe kein Recht, Herrn Wittich vor den Kopf zu stoßen, da er nun einmal die Freundlichkeit besessen hat, von meiner Durchreise Notiz zu nehmen.

»Ich will in Cambodunum Eindruck machen«, erklärte ich Dalraida, während unser kleiner Zug den Boten über einen holprigen Weg ins Innere der Festung folgte. »Wittich ist zwar nur ein Sippenhäuptling von geringem Blut und besitzt im Grunde keinerlei Anspruch auf den Königstitel, aber unmittelbar jenseits seines kleinen Reiches beginnt das Einflussgebiet der Austrogoten. Das macht ihn zu einem der wichtigsten Verbündeten Burgunds.«

»Was willst du anziehen, Herrin?«, erkundigte sich die praktische Dalraida.

»Dieselben Gewänder, die ich für meine erste Begegnung mit Attila anlegen will. Bei der Gelegenheit können wir feststellen, ob alles tadellos sitzt. Dazu die Haartracht mit den Hörnern, die einem nach oben geöffneten Halbmond gleicht, erinnerst du dich? Es muss Jahre her sein, seit ich sie getragen habe. Wenn du sie mir heute Abend zur Übung steckst, wird sie dir im Hunnenland umso leichter von der Hand gehen.«

Ich hatte eine goldgelbe Untertunika aus Seide und

eine Dalmatika von der Farbe dunklen Weines gewählt. Der schwere Stoff war mit einem funkelnden, hauchdünnen Goldnetz überzogen, und die weiten Ärmel, die bis zum Boden reichten, trugen handbreite Goldborten. Ich zählte darauf, dass der Hunnenherrscher sich geschmeichelt fühlen würde, wenn ich ein Kleidungsstück trug, das ursprünglich über sein Herrschaftsgebiet zu uns in den Westen gekommen war. Meine fein gesponnenen Strümpfe umwickelte ich mit dunkelroten Bändern, die mit goldenen Spangen geschlossen wurden. Als Schuhwerk trug ich zarte römische Sandalen aus Rehleder, die als Ausdruck äußerster Vornehmheit galten: Wer so etwas an den Füßen trug, pflegte nicht viel herumzulaufen, sondern ging allenfalls ein paar Schritte über polierte Böden. Zu der Völuspa-Haartracht legte ich das uralte Runendiadem aus Burgundarholm an, dazu goldene Armreifen und Fingerringe mit roten Almandinen. Ein breiter goldener Brustschmuck mit Bügelfibeln, an denen zahlreiche Kettchen ein Kollier umrankten, vervollständigte mein Geschmeide. Almandine, Goldperlen und verschiedenfarbige Glasflüsse funkelten in dem filigranen Gold auf meiner Brust wie geheimnisvolle Elfenfeuer.

Auch meine aufwendigste Schminke wollte ich ausprobieren und befahl Dalraida deshalb, mir die Augenbrauen mit Ruß zu zwei perfekten Halbmonden zu zeichnen. Mit einer Paste aus fein gestoßenem Malachit und Wasser bemalte sie mir die Augenlider, und meine bleichen Wangen rötete sie mit zerstoßenem rotem Eisenoxyd. Zuletzt färbte ich meine Lippen mit einem Pulver aus getrockneten Brombeeren und reinem Purpur, bis sie ebenso dunkelrot schimmerten wie meine Dalmatika. Kritisch betrachtete ich unser Werk in meinem polierten Bronzespiegel, der ein Hochzeitsgeschenk meiner Mutter war. Ich sah eine hoch gewachsene Gestalt von tadelloser Haltung, deren Pracht keiner mir bekannten Königin nachstand. Doch der Blick flackerte unruhig unter den grünen Lidern; manchmal schien ein dunkles Feuer darin aufzulodern, das mich an das glühende Auge Hagens erinnerte.

Rasch wandte ich mich ab und legte mir einen langen Schleier aus hauchdünn gesponnenen Goldfäden über den Kopf, der bis über meine Hüften herabfiel. Vor dem Wagen erwarteten mich Wolfhart und Uzendur mit einem Baldachin, den sie zum Schutz vor dem Regen über mich hielten. Der Sohn Attilas warf mir einen rätselhaften Blick zu, und ich musste an die seltsame Nacht in Brigantium denken, die erst wenige Tagesreisen zurückliegt. Ich frage mich, ob Uzendur dort womöglich einen Bann über mich verhängt hat. Vielleicht hat er meinen Hass geweckt, um sich durch mich für irgendetwas Entsetzliches zu rächen, das sein Vater oder die Burgunder ihm angetan haben. Ich wünschte, ich könnte ihn darauf ansprechen.

Ich sah wenig von der Festung Cambodunum, denn schwere Wolken und die frühe Dämmerung hüllten die Umgebung in ungewisses Grau. Einige Frauen aus Wittichs Gefolge hatten einen Teppich für mich ausgelegt, damit ich nicht durch Nässe und Schmutz gehen musste. Sie knicksten tief vor mir, als ich wie ein Schiff unter vollen Segeln an ihnen vorüberrauschte. Geführt von Dienern mit Fackeln und flankiert von Uzendur und Wolfhart, durchquerte ich den Burghof und trat in einen festlich beleuchteten Königssaal voller Menschen, die bei meinem Eintreten von ihren Sitzen aufsprangen, um mir zuzujubeln.

»Die Königin Kriemhild!«, rief ein Marschall überflüssigerweise, denn aller Augen waren ohnehin auf mich geheftet. Während ich gemessenen Schrittes den Saal bis zum Hohen Tisch durchmaß, erstarb der Jubel, und die Leute tuschelten hinter meinem Rücken. Ich erinnerte mich an mein Gesicht, wie es mich im Spiegel angeblickt hatte, und erschauderte. Wenn schon das simple Volk an Wittichs Hof meine zerbröckelnde Maske derart leicht durchschaut, wird der Hunnenkönig in meiner Seele lesen wie in einem aufgeschlagenen Buch und dort vermutlich Dinge entdecken, von denen ich selbst nichts weiß.

Am Hohen Tisch gab es keine andere Frau, obwohl Wittichs verheiratete Söhne anwesend waren und höflich den Scheitel vor mir neigten. Der König erwartete mich stehend: ein drahtiger, weißbärtiger Mann mit dichtem Haarkranz und buschigen Augenbrauen. Er verbeugte sich so tief, als sei ich die Kaiserin Pulcheria persönlich, geleitete mich an den Ehrenplatz zu seiner Rechten und setzte sich erst, als mir der Pokal gereicht worden war. Auch Wolfhart und Uzendur bekamen Plätze am Königstisch zugewiesen.

Wittich strahlte mich an, und seine gutmütig zwinkernden Augen erinnerten mich an Gislaharius, an Asklepios, sogar an Gibich zur Zeit meiner Kindheit. Ich begriff, dass er mich in meinem Reisekleid, ungekämmt und ohne meine Juwelen genauso freundlich empfangen hätte, und plötzlich schämte ich mich meines Prunks. Trotzdem trank ich ihm feierlich zu, wie es die Sitte gebietet, und empfing seinen Segenswunsch in zeremonieller Haltung. Während man uns als Vorspeise Fisch mit mehreren würzigen Soßen nach römischen Rezepten vorsetzte, erhob sich zu meiner Erleichterung im Saal das gedämpfte Gemurmel, das solche Festlichkeiten üblicherweise begleitet.
»Du wirst dich nicht mehr an mich erinnern, Herrin.« Der König lächelte, und seine Augenlider flatterten vor Verlegenheit.
»In der Tat«, stotterte ich überrascht. »Verzeih mir, Fürst. Es scheint, mein Gedächtnis spielt mir einen bösen Streich …«
»Nein, nein, wir sind einander nie begegnet«, half mir Wittich aus der Verlegenheit. »Ich hatte es mir nur gewünscht. Ich war einer der zweifellos Unzähligen, die nach dem tragischen Tod deiner Brüder um deine Hand anhielten.«
Mir wurde heiß vor Schreck. Dies war weit persönlicher, als ich erwartet hatte; ich fühlte mich in die Defensive gedrängt. »Ich hatte damals nicht die Kraft, mich auf ein neues Ehebündnis einzulassen«, erklärte ich kühl.
»Gewiss, das ist doch selbstverständlich – niemand

versteht das besser als ich, glaub mir!«, versicherte der König eifrig. »Als meine erste Frau im Kindbett starb, da dachte ich auch, ich könne niemals wieder lieben … Obwohl wir beide uns natürlich mit dir und dem edlen Herrn Siegfried nie hätten messen können. Bitte verzeih, falls der plumpe Vergleich dich gekränkt hat …«

»Keineswegs«, gelang es mir zu sagen.

»Ich bin dir tief dankbar für deine Gunst, hochedle Dame«, versicherte Wittich. Es klang, als meinte er das wirklich. »Ich weiß nur allzu gut, wie turmhoch du über mir stehst – die Nibelungenkönigin, die Krone Burgunds –, und ich begreife bis heute nicht, woher ich damals die Verwegenheit nahm, um dich anzuhalten. Ich dachte nur – nun ja, du kamst als eine Fremde in diese südlichen Gegenden, du hattest in rascher Folge deinen Gemahl, dein Erbe, deine Brüder und dein Zuhause verloren, und ich dachte, du bräuchtest vielleicht einen Freund …«

Er senkte den Blick, und ich spürte einen Stich im Herzen, als ich mich bei der Überlegung ertappte, wie es wohl gewesen wäre, wenn ich jemanden wie Wittich geheiratet hätte. Einen Mann, der einfach, bieder, leicht zu durchschauen und alles andere als etwas Besonderes war. Ich meinte, die Stimme meiner Mutter Uote zu hören, die verächtlich rief: Nicht von Adel, nicht von königlichem Blut! Aus keiner Herrschersippe! Was bildet sich dieser hergelaufene Stallknecht ein? – Schweig!, raunte ich ihr in Gedanken zu. Du bist längst tot, sprich nicht so zu mir! Ich höre nicht mehr auf dich! Laut aber sagte ich: »Das war sehr gütig von dir, edler Herr. Doch glaub mir, es hat dich vor großem Unfrieden bewahrt, dass ich zu jener Zeit niemandes Boten empfing. Ich hätte dir kein Glück gebracht, und du bist heil geblieben. Ich aber bin es, die dabei verlor.«

Wittich schien zu verstehen, was ich gesagt hatte, und er sah ganz bestürzt aus. »Hochedle Königin«, stammelte er, »du ehrst mich mit deiner bloßen Anwesenheit über alle Erwartung. Solche unverdient freundlichen Worte von dir zu hören wird mich glücklich machen bis in mein Grab. Kaum wage ich es, noch mehr zu sagen, doch müsste ich mir selbst für immer zürnen, wenn ich es nicht täte – nun gut.«

Er trank hastig einen großen Schluck Wein. Das gab ihm neuen Mut, und er wagte es, den Blick bis zu meinen Augen zu erheben. Was er da sah, machte ihm offenbar erneut Angst. »Herrin«, flüsterte er, »ich bitte dich, nimm mir nicht übel, was ich jetzt sage! Es ist nur ... falls es wahr ist, was man hört, dass du ins Hunnenland reist, um Großkönig Attilas Frau zu werden ...«

»Es ist wahr.« Ich nickte.

»Hohe Frau, du hast im Leben schon so viel Leid ertragen – ist es wirklich nötig, dass du dich noch einmal für Burgund opferst?«, raunte mir Wittich in tödlicher Verlegenheit zu. »Ich meine, wie kann es dich denn glücklich machen, was dort deiner harrt? Was kann es anderes sein als ein all deine Kräfte verzehrender Kampf, in dem niemand an deiner Seite steht?

Hast du nicht vielmehr ein wenig Frieden, wenn schon nicht ein bisschen spätes Glück verdient?«
Sprachlos sah ich den gütigen, weißhaarigen Feldherrn an, der keine zehn Jahre älter war als ich. Tränen schossen mir in die Augen; eine rollte mir trotz aller Anstrengung die Wange hinunter. Ich hoffte von Herzen, dass die Tischgenossen unser leises Gespräch nicht beachteten. »Darum geht es nicht«, versuchte ich heiser zu erklären. »Das Schicksal lässt nichts anderes zu. Es wäre ehrlos, einem solchen Ruf nicht zu folgen. Verstehst du das nicht?«
»Doch, doch, nur allzu gut. Du bist zuallererst Königin, das weiß ich wohl. Und dennoch oder gerade deshalb frage ich mich, welchen Nutzen ein Bündnis mit Attila Burgund tatsächlich bringen kann. Er selbst ist nicht mehr jung, er ist der Vater vieler Söhne, und nach seinem Tod wird sein gewaltiges Reich zweifellos zerfallen. Andere Völker steigen empor. Unmittelbar hinter meinen Ostgrenzen machen sich die Austrogoten daran, Rom und Ravenna einzunehmen …«
»Ich weiß.« Ich lächelte. »Meine Tochter ist mit dem Gepidenkönig Ermanric verheiratet.«
»Bald werden sie sich ein Reich von den Alpenländern bis hinunter nach Sicilia geschaffen haben«, fuhr Wittich unbeirrt fort. »Wer fragt dann hier im Westen noch nach Attila? Wäre es nicht vorausschauender, ein Bündnis in der Nähe zu suchen? Wäre es nicht klüger – ich gebe zu, dass ich damit meiner eigenen, kindischen Hoffnung das Wort rede –, wäre es nicht

auch für Burgund besser, ein geringeres, doch stabiles nachbarliches Bündnis mit einer Ehe zu besiegeln?«
Eifrig, flehend, verlegen sah er mich an: ein Mann, der weiß, dass er nach etwas greift, das außerhalb seiner Reichweite liegt, und sich wissentlich der Lächerlichkeit preisgibt – um einer großen Sehnsucht willen.
Siehst du, er ist doch etwas Besonderes: Er ist gütig, mutig und bescheiden, flüsterte ich in Gedanken meiner Mutter zu. Er ist ein wirklicher Held, genau wie Siegfried es war – nur auf weniger spektakuläre Weise. In diesem Augenblick wünschte ich von ganzem Herzen, auf das Angebot des Königs eingehen zu können.
»Du bist ein edler Mann, Herr Wittich. Menschen wie du machen die Welt zu einem besseren Ort«, hörte ich mich sagen. »Wären wir einander unter anderen Umständen begegnet, wer weiß? Doch für mich gibt es kein Zurück mehr. Zu viel bindet mich bereits an Attila: Taten, die noch unverrichtet sind, Versprechen, die nicht eingelöst wurden. Ich mag es mir sogar wünschen – doch ich kann nicht einfach hier verweilen und meine alten Tage genießen, als wäre vieles niemals geschehen. Das wäre …«
»Was wäre es? Unedel? Nicht recht? Oder einfach nur – menschlich?« Wittich lächelte traurig. »Ich bin nicht überrascht. Natürlich nicht. Doch wenn du jemals einen Freund brauchst in der Fremde, Herrin, dann denk an mich!«
»Das werde ich«, versprach ich, wider Willen gerührt.
»Gut. Und nun zu etwas anderem.« Der König fuhr

sich über die Augen und winkte den Dienern, den Hauptgang zu bringen. »Mein Küchenmeister hat sein Handwerk einst im Dienst eines römischen Präfekten erlernt«, plauderte er, während uns zartes, in Kräutertunke eingelegtes Wild vorgelegt wurde. »Es erscheint sonderbar, nicht wahr, dass uns heute, da alles mit Honig gewürzt sein muss, ein römisches Rezept bereits wie etwas aus ferner Vergangenheit erscheint.« Er trank mir zu. »Manchmal kann ich kaum glauben, dass es nördlich der Alpen sieben große Königreiche gibt, während doch vor wenigen Jahren die beiden Germania nur der nordwestliche Rand eines riesigen Imperiums waren, und dass sich all diese ungeheuren Veränderungen innerhalb unserer kurzen Lebenszeit ereigneten – äh, meiner Lebenszeit, wollte ich natürlich sagen, edle Dame.« Er klappte beschämt die Hand vor den Mund.

»Du hast vollkommen Recht«, erwiderte ich. »Auch mir erscheint es manchmal, als sei erst gestern der Limes gebrochen und wir seien gerade erst hereingeströmt, voller Sehnsucht und wilder Hoffnung …«

»Die meisten Hoffnungen haben getrogen«, stellte Wittich nüchtern fest. »Ich bin nur ein geringer Knecht des höchsten Gottes und deines Neffen, des Königs Gundowech, und natürlich steht es mir nicht an, dich zu belehren. Dennoch, sei dir darüber klar, dass dies das letzte Gebiet auf deiner Reise ist, in dem man den Burgundern wohlgesinnt ist. Morgen wird deine Straße sich nach Norden wenden, wo Bajuwaren und Markomannen wie Wegelagerer hausen. Fast bis Augusta Vindelicum streifst du das Gebiet der Alamannen, eurer alten Feinde, die schon jetzt andauernd meine Nordgrenze überfallen. Und vergiss die ripuarischen und merowingischen Franken nicht, deren Einfluss am Rhenus unaufhaltsam wächst. Bestimmt würde mancher ihrer jungen Fürsten um der schlichten Siegesfreude willen einen burgundischen Reisewagen überfallen, wenn er nur rechtzeitig davon erführe …«

Ich war so verblüfft, dass ich lachte. Ich hatte tatsächlich seit meinem Aufbruch keinen Gedanken über meine Sicherheit verloren. »Ich weiß deine Fürsorge zu schätzen«, versicherte ich so ruhig wie möglich. »Doch glaub mir, welcher Tod mir auch bevorstehen mag – es ist kein Überfall von Straßenräubern. Der Arm meines künftigen Gemahls reicht weiter als der Arm Burgunds. Keiner der genannten Widersacher kann es sich leisten, ihm Grund zur Feindschaft zu geben. Mächtig genug wären allenfalls die Austrogoten; doch haben ihre drei Könige seit Jahren mit Attilas Heer gekämpft und sind, wie du schon bemerkt hast, in Begriff, aus dem jüngsten Feldzug der Hunnen gegen Westrom den größtmöglichen Vorteil zu ziehen. Dass ihnen heute die italische Halbinsel offen steht, ist allein Attila zu verdanken, und ich bin sicher, weder König Valamir noch seine Brüder haben dies bereits nach einem Jahr vergessen. Noch sind sie nicht stark genug, die Braut ihres mächtigsten Verbündeten zu überfallen, ganz abgesehen davon, dass sie nicht den geringsten Vorteil davon hätten.«

»Sie könnten Lösegeld erpressen.« Wittich lächelte. »Du bist besser unterrichtet und mutiger, als es bei Frauen üblich ist. Trotzdem vergisst du, dass sowohl Attila als auch dein Neffe beträchtliche Summen für deine Freilassung ausgeben würden. Und meinst du nicht, irgendein König oder Fürst könnte alles Kalkül fahren lassen und dich für sich selbst rauben, einfach um deiner Schönheit und Klugheit willen?«

»Wirklich nicht, Wittich! Du magst mich mit den Augen der Vergangenheit sehen, aber für die Blicke der Gegenwart bin ich nur eine alte Frau von schwierigem Charakter, die sowohl ihre Reize als auch ihren Reichtum schon vor langer Zeit eingebüßt hat.«

»Nun gut«, seufzte Wittich. Ich konnte förmlich sehen, wie sein Eifer ihn verließ, als habe ein heftiger Wind sich gelegt. Sein Blick wurde weich. »Wenn ich dich wirklich auf keine Weise davon abbringen kann … wenn diese Tat wirklich dein Wille ist … dann möge Gott dich schützen, meine Königin!«

Er flüsterte eine lateinische Segensformel, neigte den Kopf und küsste meine Hände. Mich überlief ein Schauder, als habe Wittich etwas von meiner Zukunft erahnt und begriffen, das ich vor mir selbst verbarg.

Während wir dem schäumenden Virdo durch das fruchtbare Alamannengebiet folgen, lässt mich die nagende Befürchtung nicht los, dass ich heute vor meinen eigenen, geheimen Plänen ebenso die Augen verschließe wie damals vor den Machenschaften meiner Mutter. In Wirklichkeit muss ich doch spätestens seit unserem Streit in der Stickstube begriffen haben, was meine Mutter plante … *Welche Mittel hätte eine verzweifelte Frau sonst, die sich von Grausamkeit und Willkür umgeben weiß und eine noch schlimmere Zukunft voraussieht, wenn sie nicht handelt?*, hatte sie mich ins Gesicht gefragt, und ich hatte ihre Herausforderung mit erschrockenem Schweigen beantwortet. Im Grunde meines Herzens hatte ich gewusst, dass Siegfried nicht mir bestimmt war, sondern Brynild. Schon bei der ersten Erwähnung der Jungfrau, die von Siegfried angeblich aus einem Feuerkreis befreit worden war, hatte sich alles in mir dagegen gesträubt, den Helden auch nur anzusehen. Dennoch war es geschehen, und nun brannte sein Bild in mir wie eine Wunde. Ich würde nie wieder von ihm frei sein. Wie viel Leid wäre uns allen erspart geblieben, hätte ich damals die Kraft besessen, der Versuchung zu widerstehen!

Vielleicht war ich zu unerfahren. Mit zwanzig Jahren wusste ich noch immer nichts von Männern, obwohl meine Altersgenossinnen erfahrene Geliebte oder mehrfache Mütter waren. Ich hatte mich in eine Welt geflüchtet, die größtenteils nur in meiner Phantasie existierte, und mein Stolz verbot es mir, auch nur zu erkennen, dass ich Siegfried liebte. In Wahrheit war ich genauso ruhmsüchtig, kurzsichtig und starrköpfig wie mein Bruder Gundahar. Und Mutter hatte beschlossen, dass es an der Zeit war, mich in die Wirklichkeit zu zwingen.

Der Krieg gegen die Sachsen und ihre Verbündeten aus der Dänen-Mark lief gut an, was mit Siegfried als

Heerführer niemanden überraschte. Es war erstaunlich, wie schnell wir alle bereit waren, seine angeblich übernatürlichen Kräfte anzuerkennen, solange sie uns, den Burgundern, nützten. Boten berichteten von spektakulären Siegen, bei denen Siegfried dem schwerfälligen Heer der sächsischen und dänischen Fußsoldaten seine zahlenmäßig unterlegene, doch viel schnellere und beweglichere Reiterei entgegenwarf. Diese Kampfweise stammte ursprünglich von den Hunnen. Siegfried war der erste Heerführer des Westens, der sie anwandte. Natürlich besaßen die Hunnen durch ihre unermesslichen Steppengebiete einen großen Vorteil, denn dort gediehen ihre struppigen Pferde wie bei uns wilde Kaninchen. Überall sonst waren Schlachtrösser in Anschaffung und Unterhalt unglaublich teuer; wahrscheinlich hatte sich deshalb bisher kein anderes Volk dazu durchgerungen, der Reiterei gegenüber dem Fußvolk den Vorzug zu geben. Nicht einmal die Römer kämpften vom Pferd aus, sondern setzten Pferde allenfalls dazu ein, ihre leichten Kampfwagen zu ziehen – und ein wanderndes Volk ohne eigene Ländereien hätte sich die Reittiere ohnehin nicht leisten können.

Dennoch lagen die Vorteile auf der Hand. Und Siegfried, dessen Männer offenbar ebenso gründlich mit ihren Pferden vertraut waren wie er selbst, schien alles mit neuen, unvoreingenommenen Augen zu betrachten. Wie üblich ernährte sich sein Heer innerhalb des feindlichen Gebietes von dem, was die Gegend bot, und Siegfried plünderte ganze Landstriche, bevor er auf die feindliche Armee traf. Die Beute schickte er mit dem Tross zurück, der an der Grenze umkehrte. Doch wie wir hörten, war Siegfried den Bauern gegenüber barmherzig. Auch das war beispiellos. Bauern verstärkten wie Vieh die Kraft des Feindes und wurden üblicherweise entweder gefangen genommen oder, falls sie nicht zur Sklaverei taugten, getötet. Siegfried aber tötete niemanden, der ihn nicht direkt angriff, und es wäre ihm nie in den Sinn gekommen, Unbewaffnete auch nur zu bedrohen.

»Nach drei Wochen voller Scharmützel und Plünderungen fanden wir endlich den Kern des sächsischen Heeres«, berichtete ein offizieller Bote, dessen Augen trotz seiner Erschöpfung glänzten. »Die Sachsen hatten sich die ganze Zeit in dem leeren Land an der Küste versteckt gehalten. Herr Siegfried ritt selbst als Kundschafter aus. Auf offener Heide traf er den dänischen König Liudegast, der ebenfalls als Kundschafter unterwegs war. Die beiden fochten so grimmig, dass Funken aus ihren Schwertern sprühten und Liudegasts vergoldeter Schild ganz zerhauen wurde. Herr Siegfried brachte dem Dänen drei schwere Wunden bei, aber er tötete ihn nicht, sondern nahm ihn gefangen. Er selbst war trotz des hitzigen Kampfes unverletzt geblieben. Doch bevor er seinen Gefangenen zum burgundischen Heer bringen konnte, griff ihn König Liudegasts Leibwache an: dreißig Mann in voller Rüstung. Herr Siegfried tötete sie alle, bis auf einen, dem er den blutverkrusteten Helm Liudegasts gab, um ihn mit ihm zum Sachsenkönig zu schicken.

Liudeger schäumte vor Wut, dass ein einziger Krieger seinen Bruder so hatte beschämen können. Er meinte, das könne nur einer der burgundischen Könige gewesen sein, denn er wusste noch gar nicht, dass Herr Siegfried für uns reitet!«

Gundahar schmunzelte. »Und was tat er?«

»König Liudeger führte endlich den Kern seines stehenden Heeres gegen unsere Männer, worauf wir seit Tagen vergeblich gehofft hatten.« Der Bote grinste. »Ehrlich gesagt, wir waren der aufreibenden Scharmützel müde und sehnten uns nach einer richtigen Entscheidungsschlacht. Endlich konnten wir den Feind dank der Beweglichkeit unserer Pferde richtig in die Zange nehmen, genau wie Herr Siegfried es geplant hatte. Wir trieben einen Keil in ihren Angriffswall, bevor sie wussten, wie ihnen geschah, und dann fiel von den Flanken aus unsere Nachhut über sie her. Die Sachsen waren viel zu überrascht und auch zu schwerfällig, um sich schnell neu zu formieren. Wir verloren insgesamt nur sechzig Mann, während die Sachsen völlig aufgerieben wurden. Niemand hat sich die Mühe gemacht, ihre Toten zu zählen, aber ich bin sicher, dass viele tausende fielen. Sie bedeckten das Schlachtfeld, so weit das Auge reichte. Endlich trafen König Liudeger und Herr Siegfried aufeinander. Liudeger war begierig, den burgundischen König zu vernichten, gegen den er zu kämpfen meinte. Doch als er erkannte, wer sein Gegner war, ergab er sich kampflos …«

»Heißt das, mich oder meine Brüder hoffte er besiegen zu können, doch gegen Siegfried glaubte er machtlos zu sein?«

Der Bote schluckte. »So mag es den Anschein haben, mein König.«

Gundahar schwankte einen Augenblick zwischen verletztem Stolz und Zorn, dann lachte er. »Beim Speer der Mächtigen! Ein Zauber ist mit ihm, dem niemand zu widerstehen vermag – sogar den Sachsen ist das bekannt! Wir wollen ihm ein Siegesfest rüsten, wie es noch niemandem bereitet wurde!«

Bereits am übernächsten Tag traf die erste Beute ein: ein langer Zug von Wagen voll Waffen und Rüstungen der erschlagenen Feinde, begleitet von gewaltigen Viehherden und ganzen Horden gefangener Krieger. Auf einigen mit Stroh gepolsterten Planwagen folgten die verwundeten Burgunder, die der Pflege gefangener sächsischer Frauen anvertraut worden waren. Ich bangte zwar nicht wirklich um Gislaharius, aber trotzdem stand ich im Hof und sah zu, wie die Verwundeten in das Krankenquartier der Burg gebracht wurden. Manche konnten am Arm eines Pflegers selbst hineinhinken, andere fieberten und warfen sich unruhig auf der Bahre hin und her. Als einer der Träger stolperte und der verletzte Krieger fast heruntergefallen wäre, fuhr ihn eine sächsische Frau so wütend an, als sei der Verletzte ihr Bruder. Verwundert betrachtete ich die stämmige junge Frau, die von ihrer neuen Umgebung kaum Notiz nahm und sich völlig auf ihre Schutzbefohlenen konzentrierte.

»Frag sie, wie sie heißt«, befahl ich Mutters Zofe Rindika, einer plötzlichen Eingebung folgend. Sie schlängelte sich durch das Gewühl und sprach kurz mit der Sächsin. Dabei deutete sie auf mich, doch die Fremde sah nicht einmal auf.

»Sie heißt Dalraida«, berichtete mir Rindika, nachdem sie sich wieder bis zu mir durchgekämpft hatte. »Und sie fragt, ob es hier irgendwo heißes Wasser gibt. Sie sagt, viele der Kranken müssen dringend gewaschen werden, denn dazu sei unterwegs kaum Gelegenheit gewesen.«

»Zeig ihr den Brunnen und gib Anweisungen, dass man ihr beim Heißmachen hilft«, befahl ich. »Und sag ihr, wenn sie für die Verwundeten sonst irgendetwas braucht, soll sie sich an mich wenden.«

Unterdessen wurden auf der Kieselwiese und entlang der Straße Tribünen errichtet und Fahnenmasten aufgestellt. Wie von Zauberhand erschienen von überall her Gaukler, Feuerfresser, Bärentreiber und Akrobaten, die am Ufer des Rhenus ihre schäbigen Lager aufschlugen wie plötzlich hervorschießende Pilze. Auf Leiterwagen und Handkarren strömte Volk zusammen; Kinder hüpften schreiend und kichernd auf dem Burghof herum, und ältere Leute hockten in kleinen Gruppen am Straßenrand. Gundahar ließ Boten mit schnellen Pferden bis hinauf nach Divitiacum postieren und richtete einen Stafettendienst ein, um die Ankunft der Helden zu erfahren, sobald sie burgundisches Gebiet betraten. Jeder legte sich sein bestes Festgewand zurecht, und ganz Borbetomagus wurde von fieberhafter Spannung ergriffen …

Am ersten Sonntag im Weidemonat war es so weit. Gundahar hatte einen Glockenturm an das ehemalige römische Gerichtsgebäude anbauen lassen und es dadurch endgültig in einen Dom verwandelt. Der Turm war eben erst fertiggestellt worden, und das blitzende bronzene Dach der Spitze ragte zwischen den übrigen Festungstürmen empor wie die Lanze eines Engels. Zum ersten Mal läuteten jetzt die Glocken, und von der Kieselwiese antworteten die Luren wie ein übermütiger Freudenschrei. Hörner, Trommeln und Trompeten stimmten in den vielstimmigem Gruß ein, als eine glitzernde Schar am Horizont auftauchte. Die Reiter näherten sich in leichtem Trab auf der Straße, die so dicht mit Streublumen und frischem Grün bedeckt war wie eine Waldwiese.

Gislaharius ritt strahlend mit dem burgundischen Banner an der Spitze des Zuges, ihm folgten Hagen, Dankwart, Volkar und die übrigen burgundischen Heerführer. Das Volk jubelte mit den Luren um die Wette, als der jüngste Prinz siegreich aus seiner ersten Schlacht heimkehrte und das abgesteckte Geviert auf der Kieselwiese voller Stolz dreimal umrundete, bevor er das Banner hinter Gundahar aufpflanzte und seinen Platz neben uns in der bunt geschmückten, gezimmerten Königsloge einnahm. Wir alle umarmten ihn, und ich erkannte meinen kleinen Bruder kaum wieder. Sein Kindergesicht wirkte viel kantiger, seine Augen aber waren ein einziges Leuchten.

Und dann kam Siegfried. Wie üblich war er in eine einfache, schmucklose Rüstung gekleidet, und auch sein Grauer trug keinerlei Zierrat. Dennoch konnte es keinen Zweifel daran geben, wer in Wahrheit die Schlacht gewonnen hatte. Mädchen und Frauen aus dem Volk warfen ihm ihre Blumenkränze in den Weg, und die edleren Weiber rissen sich ihre goldenen Spangen und Ringe ab, um sie ihm zuzuwerfen. Ich saß aus Anlass der Siegerehrung zur Rechten des Königs, und es gab keine Möglichkeit, Siegfrieds Blicken auszuweichen, als er auf Gundahar zutrabte und sich lächelnd vor ihm verneigte. Eine Welle der Freude schien aus seinen Augen über mich zu strömen, die mich erfasste und davonwirbelte. Während Gundahar seinen Feldherrn unter allgemeinem Freudengebrüll feierlich umarmte und ihm den Bruderkuss gab, hatte ich das Gefühl, in einer schäumenden See aus wirbelnden, glitzernden Fünkchen dahinzutreiben. Ich lachte so hemmungslos und ausgelassen wie ein einfaches Bauernmädchen.

Den ganzen Tag feierte Burgund seine heimgekehrten Helden. Gundahar übertraf sich an Großzügigkeit selbst: Er ließ nicht nur gebratenes Fleisch und Honigkuchen, sondern auch gesponnenes Garn, gewebten Stoff und sogar Goldstücke unter das Volk verteilen, so dass auch der ärmste Gaukler sich auf einen sorgenfreien Sommer freuen konnte. Die gefangenen Könige, die Siegfried nicht einmal hatte fesseln lassen, wurden vor meinen Bruder geführt und boten an, für ihr Leben hohe Lösegelder zu zahlen, was Gundahar, Siegfrieds Rat folgend, großmütig ablehnte; er ließ sie nur den dreifachen Eid der Freundschaft und treuer

Gefolgschaft schwören. Er gab den beiden Königen sogar auf ihr Ehrenwort hin die Freiheit, was er ohne Siegfrieds Anraten niemals getan hätte, und lud sie und ihre gefangenen Krieger ein, als Gäste in seiner Festung zu bleiben, bis sie sich von den Strapazen des Krieges erholt hätten.

Daraufhin wurden ein paar hundert gefangene Sachsen und Dänen auf die Kieselwiese getrieben, wo ihnen vor aller Augen die Fesseln abgenommen wurden. In Einheiten von je fünfzig Mann schworen auch sie meinem Bruder den Treueeid. Da sie angesichts so viel öffentlichen Edelmuts nicht zurückstehen wollten, versicherten daraufhin die Könige Liudeger und Liudegast, Gundahar von nun an bis in alle Zukunft Tribut zu zahlen und ihm bei Bedarf mit ihren Heeren Waffenhilfe zu leisten. So hatte Gundahars Uneigennützigkeit Burgund im Norden mächtige Freunde gewonnen. In den Blicken, die er mit Siegfried tauschte, lag ein so freudiges, brüderliches Einverständnis, dass mich plötzlich eine unerwartete Zärtlichkeit für meinen Bruder erfasste und ich ihn in aller Öffentlichkeit umarmte.

»Nun, habe ich meiner strengen Schwester endlich etwas recht gemacht?« Er lachte gutmütig und kniff mich in die Wange, was er seit unserer Kinderzeit nicht mehr getan hatte.

Abends gab es dann eine etwas kleinere Feier in der Königshalle: das erste von zwölf aufeinander folgenden Festgelagen, wie es dem freudigen Anlass geziemte. Nur die Heerführer, die edelsten Krieger und, um die siegreichen Helden besonders zu ehren, ihre Frauen waren dazu geladen. Die Köche hatten sich bei der Zubereitung der Leckerbissen selbst übertroffen, und die Weine waren köstlicher als alles, was jemals nördlich der Alpen getrunken worden war. Neben mir am Hohen Tisch saß Siegfried und nahm den großen goldenen Prachtpokal aus den Händen meiner Mutter entgegen.

»Auf den Bund zwischen Burgund und den Niederlanden, zwischen Nibelung und Völsung«, sprach sie mit ihrer volltönender Stimme, die man bis in den letzten Winkel der überfüllten Halle hören konnte. »Auf die Bande, die uns miteinander verbinden: Blut und Freundschaft, Schwüre und ein mächtiger Strom!«

Sie hielt Siegfrieds Blick gebannt, und ich spürte etwas Hartes, Bezwingendes in ihren ungeheuren Augen, als sei der Himmel plötzlich zu Stahl geworden. Ein Schauer überlief mich, und etwas in mir wollte mich veranlassen aufzuspringen oder zu schreien oder sonst etwas zu tun, um den Bann zu brechen. Doch ich konnte es nicht; ich spürte Siegfried warm und stark und siegreich neben mir, und kein Muskel meines Körpers hätte mir gehorcht.

»Hab Dank, Hohe Frau, für deinen Gruß! Möge man sich der Freundestreue zwischen Burgund und der Niederlande noch erinnern, wenn unsere Taten längst vergessen sind«, erwiderte Siegfried arglos den Trinkspruch der Königin. Er erhob sich, lächelte in die Runde und leerte den mächtigen Pokal, der wohl zwei Spannen hoch war, in einem Zug. Die ganze Zeit, während er trank und aller Blicke auf ihn gerichtet waren, schrie etwas Kleines, Furchtsames in mir gellend vor Entsetzen. Doch der schreckliche Triumph im Blick meiner Mutter war stärker als alles, was ich fühlen oder denken konnte.

Dann wandte sie sich ab, setzte sich, lächelte und sprach mit Gundahar. Ein Aufatmen durchfuhr mich, und auf einmal fielen alle Zweifel von mir ab. Ich liebte *ihn!* Ich spürte sein ganzes Wesen, und er nahm mich gefangen wie der Klang einer hinreißenden Musik. Er lachte, er sprach, er schwieg, um Gundahar zu lauschen – und mir war, als hätte ich mein bisheriges Leben mit bloßen Schemen verbracht und sei nie zuvor einem wirklichen, lebendigen Menschen begegnet. Ich war aus schweren Träumen erwacht, und dies war endlich der Morgen.

Da wandte sich Siegfried mir zu, und ich hielt den Atem an, während mein Herz klopfte, als müsste es zerspringen. Ich betete, die Zeit möge stillstehen. Ich, die ich weder an die alten noch an die neuen Götter glaubte, betete aus tiefster Seele darum, dass Siegfried mir in diesem Augenblick unrettbar und für alle Ewigkeit verfallen möge und mein sein würde, nur noch mein.

Der Augenblick schien endlos lang zu dauern. Noch immer wagte ich nicht zu atmen, während ich seinen Atem auf den Wangen spürte. Mir fiel ein, dass ich mich mit dem kostbaren Blütenwasser besprüht hatte, das meine Mutter mir geschenkt hatte, und ich fühlte

mich durch den Duft gestärkt, der mich lockend umhüllte wie ein elbischer Zauber.
Da war es, als würde mein Gebet vor meinen Augen erhört. Über Siegfrieds Gesicht, das dem meinen so nah war, zog ein plötzliches Erschrecken oder Erstaunen. Das Funkelnde in seinem Blick, der hatte weiterschweifen wollen, ließ sich von meinem Auge bannen und wurde still. Verwirrt schüttelte er schwach den Kopf, als wolle er etwas abwehren, sich erinnern – ich aber hielt seinen Blick in meinem fest, die Augen aufgerissen, ohne mit einer Wimper zu schlagen. Behutsam begann ich zu lächeln: lockend, verheißungsvoll, selber hingerissen von dem Geheimnis, das ihn nun wie ein Netz umfing. Die ganze Zeit betete ich unentwegt, obwohl ich nicht hätte sagen können, zu welchem Gott. Endlich lächelte auch er: überrascht, neugierig und schüchtern. Gierig sog ich die schwüle Luft der Halle ein. Ich lachte und fühlte mich zugleich der Ohnmacht nah. Der Strom der Zeit floss wieder, der zeitlose Augenblick war verflogen. Siegfried war mein.

Kapitel 10

Ich merkte kaum, wie jener erste Abend verging – erfüllt von leisem Gelächter, Getuschel und atemlos geflüsterten Worten, die an sich nichts bedeuteten, aber durch den Zauber, der uns umfing, zu einem glitzernden Sog wurden, der uns tiefer und tiefer zueinander zog. Siegfrieds Atem auf meinem Gesicht, seine fragenden Augen wie hinter einem seltsamen spinnwebdünnen Schleier und der schwere Duft des Blütenwassers aus Rom, Byzanz oder Alexandria, der auch mich trunken machte mit seiner erdigen Süße. Die Blicke der Brüder: schmunzelnd, gutmütig, sogar erleichtert. Hagen unbewegt dazwischen, einer dunklen Flamme gleich. Und Mutter! Sie tat nichts; sie saß in ihrer makellosen Starrheit so hoheitsvoll neben mir, wie man es sich von einer sittenstrengen Hohen Frau nur wünschen konnte. Dennoch schienen aus ihrem Schweigen unsichtbare Fäden zu wachsen, die Siegfried und mich aneinander banden, einfingen wie von Leimruten übertölpelte Vögel. Wir erhoben uns gleichzeitig zu vorgerückter Stunde, um die lauten, lallenden Trinksprüche und die Menschenmenge der Halle zu fliehen.

Draußen verharrten wir unter den Sternen wie Diebe und sahen einander erschrocken an. In diesem Moment hätten wir dem Geschick noch entkommen können: Noch stand uns beiden eine letzte Möglichkeit zum Rückzug offen. Ich wusste es; Siegfried dagegen stand wie ein Träumender da und sah nur mich und lächelte voll Staunen. Es ist ungerecht, dass du allein verantwortlich sein sollst, Hildiko, wisperte eine Stimme in mir, die meiner guten Amme Irminberga hätte gehören können. Sieh ihn doch an, den Schönen, Herrlichen! Den Drachentöter, den siegreichen Helden zahlreicher Schlachten! Und du bist nur ein schwaches Weib. Außerdem ist er zwei Jahre älter als du. Was zwischen euch geschieht, hat er ebenso zu verantworten.

»Ja«, sagte ich laut und öffnete die Arme. Er stürzte sich in sie, als suche er bei mir Zuflucht vor Mächten, die er nicht kannte, weil sie hinterlistig und versteckt im Schatten lauerten, während er im Licht stand. Und ich wusste, dass ich ihn liebte und dass meine Liebe größer war als alles andere, stärker als Verpflichtungen und Ehre und völlig furchtlos dazu. Ich war bereit, mein Leben für ihn zu geben, aus tiefstem Herzen bereit. Er war das wunderbarste Wesen, das jemals auf der Welt gewandelt war – und er war mein.

Ich weiß kaum, wie ich ihn in meine Kammer brachte, unter Küssen, die meinen Verstand hinwegfegten und sich wie eine Brandung immer tiefer in meine Seele wühlten. Das Treppenhaus und die Kemenaten waren trotz der festlichen Nacht wie ausgestorben. Nur in meinem Fenster brannte ein langes Wachslicht, als sei es eben erst entzündet worden. Ich dachte mir nichts dabei, wollte nichts mehr denken. Ich hatte mich im Leben bisher zu sehr vom Verstand und zu wenig vom Herzen leiten lassen; das wusste ich jetzt, während Siegfried und ich einander hungrig entkleideten. Mit einem Krachen fiel sein schweres Wams zu Boden, und bald schimmerte sein großer, nackter, narbenbedeckter Leib unirdisch wie der des Einhorns in dem halbdunklen Raum. Ich zog ihn auf mein Bett, und er kam über mich. Es schmerzte so furchtbar, dass ich in meine Hand biss, um ihn nicht mit meinen Schreien zu vergrämen wie scheues Wild – die Narbe ist heute noch zu sehen. Seine Lebenskraft durchdrang mich wie ein weißes Feuer. Ich glaubte, gepfählt zu werden, ich spürte, wie uralte Schlacken in mir zu schmelzen begannen – doch meine Liebe war stärker als Schmerz und tiefer als Leid.

Irgendwann vergingen die Schmerzen. Ich spürte seine Küsse wieder; länger und inniger jetzt und ohne Ungeduld. Ich spürte seine Hände, die über meinen Körper strichen, überall, und meine nackte Haut in ein Gespinst aus Schauern hüllten. Er war so schön, so stark, strahlend wie das Licht selbst – und er liebte mich. Eine Welle der Freude erfasste mich. Ich wusste, dass ich ihm vertrauen konnte, wie ich nie einem Menschen vertraut hatte. Ein Kraftquell öffnete sich tief in mir, ich fasste Mut und überließ mich seiner Liebe. Purpurne Wellen schleuderten mich in den Himmelsozean zwischen Sonne und Sterne hinein: in die Sphäre der Schöpfung, wo Welten entstehen und vergehen. Ich wusste nichts mehr bis auf das eine: die

Schlacken waren geschmolzen, und nur reines Gold blieb übrig.
Am anderen Morgen war mein Bett leer. Hatte ich alles nur geträumt? Das niedergebrannte Wachslicht stand noch immer auf dem Fenstersims. Zitternd vor Schwäche stand ich auf und spürte etwas Heißes über die Innenseite meiner Schenkel sickern. Blutflecken bedeckten mein Laken wie welke Blätter einen Teich. Eine namenlose Angst ergriff mich, als hätte ich statt meiner Jungfräulichkeit meine unsterbliche Seele verloren. Der Traum von dem goldenen Falken fiel mir ein, dazu der triumphierende Blick meiner Mutter, während Siegfried trank. Ich selbst hatte den Falken angelockt. Mich würde die Schuld an seinem Tod treffen.
Was für ein Unsinn!, schalt die Stimme meines Freundes Asklepios in meinem Kopf. Wie kannst du im Voraus beklagen, was bisher nur in einem Traum geschah? Was weißt du – oder sonst ein Mensch – denn wirklich über diese Dinge? Du phantasierst dir etwas zusammen. Das Leben ist nur ein vorübergehender Zusammenschluss von Atomen, erinnerst du dich? Wenn sie sich wieder voneinander lösen, werden sie frei.
Zögernd kam ich aus der Ecke, in die ich mich stöhnend gekauert hatte. »Nur ein vorübergehender Zusammenschluss von Atomen«, wiederholte ich laut und zog mich an. »In Wirklichkeit ist alles, was uns geschieht, von geringer Bedeutung. Der Mensch macht viel zu viel aus sich und seinem Tun …«

Ich ging hinunter, und es gelang mir, freundlich mit den Mägden zu scherzen, die mir in einem abgeschiedenen Innenhof frisches Brot und Brühe servierten. Das Fest, das zwölf Tage währen sollte, hatte kaum begonnen, und die Festung summte schon vor Menschen. Ich trank die heiße Brühe, und allmählich beruhigte sich mein unruhiger, ungleichmäßiger Herzschlag. Aufseufzend lehnte ich mich im Stuhl zurück und betrachtete die Frühlingssonne auf den Festungsdächern. Siegfried war noch immer mein. Er war an mich gebunden, selbst wenn er schon heute fortritte und wir einander nie wieder sähen. Ich trug sein lebendiges Geheimnis tief in mir: seinen Leib in meinen Leib. Niemand konnte mir das wegnehmen. Er würde mich ebenso wenig vergessen können wie ich ihn.

Ich spürte das goldene Licht in mir so deutlich, dass ich die Augen schloss und mir vorstellte, wie es wuchs, bis es mich ganz erfüllte. Von heute an würde ich gut sein; sanft, freundlich. Ich würde die Nöte anderer verstehen und nicht mehr stolz und hart verurteilen, was der Güte und Hilfe bedurfte. Ich würde dem Licht dienen.

»Ich grüße dich, meine Herrin!«, sagte eine leise Stimme dicht hinter mir. Seine Stimme. Tränen der Dankbarkeit schossen mir in die Augen, weil er da war und zu mir sprach. Ich fuhr herum, da stand er im Türrahmen und neigte den Kopf vor mir. Etwas war anders. Der Schleier der vergangenen Nacht lag nicht mehr über seinem Blick, jetzt war sein Strahlen verdunkelt, und ich sah Schmerz darin. Schuld schnürte mir die Kehle zu.

»Ich grüße dich!«, gelang mir zu antworten. In diesem Augenblick hätte ich alles gegeben, ihn wieder so glücklich und frei zu sehen, wie er es bis gestern gewesen war.

»Ich weiß kaum, was ich sagen soll«, murmelte Siegfried mit abgewandtem Gesicht, die Stimme verzerrt von Qual. »Ich bin beschämt, ich tue dir Abbitte. Ich verdiene, als Nichtswürdiger von meinem eigenen Pferd zu Tode geschleift zu werden. Es … es tut mir Leid. Ich erwarte nicht, dass du mir verzeihst …«

»Aber nein!«, schluchzte ich auf und warf mich an seine Brust, um den verdunkelten Blick nicht mehr sehen zu müssen. »Es war meine Schuld, meine! Es gibt nichts zu verzeihen. Ich … ich liebe dich.« Ich weinte wie besessen, klammerte mich an ihn und fühlte mich ein wenig erleichtert. Ich hatte ihm die Wahrheit gesagt und meine Schuld bekannt. Nun war der nächste Zug an ihm.

Siegfried ließ mir Zeit, mich auszuweinen, und riss schließlich sogar einen Streifen Stoff von seinem Ärmel, damit ich mir die Nase putzen konnte. Erst als er fühlte, dass es mir nicht mehr allzu peinlich sein würde, legte er seine harten, schwieligen Kriegerhände an meine Wangen, um mich anzusehen. Sein Blick war verwundert. »Ich habe dich und mich entehrt«, sagte er leise, »und du liebst mich dennoch?«

Ich nickte stumm, um nicht erneut zu weinen.

»Wirklich? Kriemhild, du … Dann sag mir, darf ich deinen Bruder um deine Hand bitten?«

Ich nickte wieder.

Er neigte förmlich den Kopf vor mir und ging, wahrscheinlich, um Gundahar zu suchen. Er hatte nicht gesagt, dass er mich liebte. Er heiratete mich, weil seine Ehre ihn dazu trieb, weil er glaubte, mir Gewalt angetan zu haben, weil er sich bitterlich schämte und es nach Kräften wieder gutmachen wollte. Meine grenzenlose Liebe zu ihm, meine berühmte Schönheit, meine edle Abkunft waren nicht genug, um sein Herz zu gewinnen. Ich sank auf meinen Stuhl zurück, und der Frühlingshimmel verdunkelte sich.

Gewiss erscheint mir im Rückblick vieles deutlicher, weil ich heute weiß, was ich damals nur ahnte. In all den einsamen Jahren, während deren ich mich fürchtete, auch nur einen einzigen Gedanken an Siegfried zuzulassen, hielt ich mich für schuldig. Wir hatten ihn wie in einem Netz gefangen: die Brüder mit ihrer übereifrigen Freundschaft, weil er der Stärkung ihrer Kampfkraft diente, Mutter mit ihrer nachdrücklichen Betonung unserer Verwandtschaft, weil sie das Reich bis zur Mündung des Rhenus ausdehnen wollte, und ich mit meiner feigen, ohnmächtigen Liebe. Dutzende von Malen hätte ich mir liebend gern zur Sühne selbst den Tod gegeben, und nur meine Verantwortung Gundowech gegenüber hielt mich zurück. Heute aber, nachdem ich mich mit aller Willenskraft in meinen Erinnerungen bis hierher vorgewagt habe, weiß ich wahrhaftig nicht, wie ich damals anders hätte handeln können. Bloße Ahnungen sind nicht immer gute Ratgeber für unsere Taten, vor allem, wenn sie in ihrer Undeutlichkeit der Verwirrung eines unerfahrenen, verliebten Herzens entspringen mögen. Es wird niemals zu rechtfertigen sein, was damals geschah, und ich möchte meinen Anteil am Betrug der Burgunder nicht beschönigen; beim heiligen Licht schwöre ich es. Aber zum ersten Mal scheint mir, dass ich, falls es so etwas wie Barmherzigkeit gibt, vielleicht doch ein klein wenig davon in Anspruch nehmen darf.

Abends ging das Siegesfest in der Halle weiter. Wieder waren die Frauen geladen, und nach allem, was am Vorabend geschehen war, konnte ich mich nicht entschuldigen. Wieder saß ich zwischen Uote und Siegfried, doch Siegfried war Gundahar zugewandt, der angeregt auf ihn einredete. Mutter flüsterte mit Hagen, der zu ihrer Rechten saß. Ich versuchte, harmlos vor mich hin zu lächeln, spürte hundert neugierige Blicke und musste meine ganze Willenskraft aufbieten, um nicht zu schreien und das kostbare Geschirr durch die Halle zu schleudern. Gislaharius strahlte mich an, Gerenot zwinkerte mir gutmütig zu, selbst Hagen nickte zu allem, was Mutter sagte, und wirkte zufriedener, als ich ihn je gesehen hatte. Das stürzte mich in helle Furcht. Was Hagen guthieß, musste Unheil bringen.

»Hochedle Freunde, Damen, Herren und Herrinnen, hört, welche neue, unerwartete Freude ich euch zu künden habe!«, rief Gundahar, sobald alle Becher gefüllt waren. Er erhob sich, stand mit erhobenen Armen unter dem burgundischen Königsbanner und lachte so ausgelassen, als sei eine Felsenlast von seinen Schultern genommen.

Alles verstummte, und in der plötzlichen Stille wandte Siegfried sich endlich mir zu, ein angespanntes Lächeln auf dem Gesicht.

»Hört denn und freut euch mit mir«, fuhr Gundahar fort, »dass meine königliche Schwester Kriemhild, die Blüte von Burgund, sich heute vor uns allen dem edlen König Siegfried von Niederland, Herr der Nibelungen und der Festung Colonia Ulpia Traiana, anverlobt.«

Jubel brandete auf, Mutter umarmte mich, und ehe ich mich versah, standen Siegfried und ich neben Gundahar. Man hob die Becher, trank uns zu und ließ uns hochleben. Plötzlich überflutete mich eine Welle der Freude. Unbekümmert um Anstand und Sitte küsste ich meinen künftigen Gemahl vor aller Augen auf den Mund. Nach einer winzigen Schrecksekunde erwiderte er den Kuss. Mir wurde heiß vor Glück, und der Beifall im Saal war nur noch das Summen eines fernen Bienenschwarms.

Nach einer Weile hob Gundahar lachend erneut die Arme. »Ich verspreche euch, dass wir noch oft Gelegenheit haben werden, das glückliche Paar zu feiern. Doch hört nun meine zweite frohe Kunde: Ich werde mich in Kürze auf eine Fahrt begeben, um mir ebenfalls eine Gemahlin zu gewinnen. Ich freie um die edle

Brynild, Königin im fernen Island: die schönste, stärkste und berühmteste Jungfrau, die auf der Erde wandelt. Um sie zu finden, werde ich manch tückisches Gewässer überqueren müssen, doch Siegfried kennt den Weg zu ihrer Burg und wird mich führen. Er wird mein Brautwerber sein; außerdem begleiten mich meine Vettern Hagen der Trojaner und sein Bruder Dankwart. Mit solchen Recken an der Seite kann meine Fahrt nicht fehlgehen. Sobald wir mit der Königin Brynild heil an den Rhenus zurückkehren, wird die Doppelhochzeit gefeiert.«

Vollkommen verblüfft umarmte ich den König, um ihn zu beglückwünschen. »Was für eine Überraschung!«, rief ich. »Wie konntest du ein solches Vorhaben nur so lange vor mir geheim halten, Gundahar?«

»Bis heute Morgen wusste ich selbst noch nichts davon.« Mein Bruder grinste. »Siegfried hat mir von dieser Frau erzählt, als er mich um deine Hand bat. Niemand ist würdiger als sie, mit mir auf dem Burgunderthron zu sitzen … Doch bei den Vorbereitungen zähle ich auf deine Hilfe, Schwester.«

Er wand sich lachend aus meinen Armen, um sich dem nächsten Gratulanten zu widmen. Ein wenig verwirrt ließ ich ihn los, obwohl ich noch viel mehr fragen wollte. Hätte ich nur einen Augenblick lang darüber nachgedacht! Doch wie konnte ich? Ich war Siegfrieds Braut, die beneidenswerteste Frau unter Sonne und Mond. Sogar Bischof Ello nickte mir wohlwollend zu, obwohl inzwischen bestimmt jeder in der Festung wusste, was am Vorabend geschehen war. Auf Siegfrieds Gesicht breitete sich zögernd ein zuversichtliches Lächeln aus. Alles würde noch gut werden. Ich war glücklich.

»Kriemhild heiratet!«, quietschte die kleine Fredegunde, als ich am nächsten Morgen die Stickstube betrat. Die Frauen kicherten, und Mutter lachte mir freimütig ins Gesicht.

»O Hildiko, du siehst aus, als hätte man dir soeben die Sterne geschenkt und den Mond noch gratis dazu gegeben!«, rief sie. »Warum machst du dir überhaupt noch die Mühe, schöne Kleider anzulegen? Selbst im Kittel einer Magd würdest du alle Frauen überstrahlen!«

»Das stimmt. Am besten bleibe ich in meiner Kammer, bis du mit deinem Mann endlich nach Colonia Ulpia Traiana gezogen bist«, fiel Geislinde ein. Sogar meine Tante Grimwerda verzog ihren harten Mund zur Andeutung eines Lächelns, und meine Base Burglinde meinte kopfschüttelnd: »Und ich dachte, wenigstens eine von uns hätte genug Verstand, die Finger von den Männern zu lassen.«

»Wenn das heißen soll, dass ihr mir Glück wünscht – vielen Dank!« Ich lachte, zu glücklich, um verlegen zu sein. »Ich bin aber nicht nur zum Plaudern hergekommen. Im Gegenteil, wir haben viel zu tun. Ihr wisst ja, dass Gundahar in dreißig Tagen nach Island fahren will. Und er hat mich gebeten – nun ja, wie es scheint, ist diese Brynild ungeheuer stark und stolz. Sie soll geschworen haben, nur denjenigen zum Mann zu nehmen, der sie im Kampf besiegen kann …«

»In drei Disziplinen: Steinwurf, Weitsprung und Speerwerfen«, unterbrach Tante Grimwerda mich mit ungewohntem Eifer. »Mein Sohn Dankwart hat es mir erzählt. Offenbar hat es keinen Sinn, mit einem großen Heer Eindruck auf diese Königin zu machen, und deshalb nimmt König Gundahar auch nur seine drei besten Krieger mit.«

Ihr vordergründiger mütterlicher Stolz hätte noch vor wenigen Tagen Verachtung in mir geweckt; jetzt aber zwinkere ich ihr verständnisvoll zu. »So ist es. Und deshalb möchte Gundahar, dass er und seine drei Begleiter so großartig wie nur irgend möglich gekleidet sind. Er hat mich gebeten, dafür zu sorgen, dass jeder von ihnen fünf Prachtgewänder mitnehmen kann.«

»Was? Zwanzig Prachtgewänder in dreißig Tagen? Komplett mit Untertunika, Rock, Hose und Mantel? Das ist unmöglich! Du musst sofort befehlen, dass alle Frauen in der ganzen Festung uns ab heute helfen!«, riefen die anderen durcheinander. Eifrig öffneten wir unsere Truhen, sortierten Edelsteine und rollten Stoffballen aus. Unsere Vorräte an feinen Tüchern verschiedenster Art und Herkunft waren beträchtlich, und auch edle Pelze zum Besatz gab es genug. Während ich überlegte, welche Frauen als Helferinnen in Frage kamen, fiel mir die Sächsin Dalraida wieder ein, und ich ließ nach ihr schicken. Sie erwies sich als beinah so geschickt wie Mutters Zofe Rindika.

»Erzähl uns doch die Völsungengeschichte zu Ende!«, bat ich meine Mutter, während ich den blauen Mantel wieder aufnahm, an dem ich gearbeitet hatte, bevor Siegfried mein bisheriges Leben davongewirbelt hatte wie Löwenzahnsamen. Ich wusste jetzt, dass ich Siegfrieds goldene Sonne in den blauen Stoff sticken würde, und war glücklich, weil meine Hände lange vor meinem Verstand begriffen hatten, wie es in meinem Herzen aussah.

»Gern«, versicherte Uote bereitwillig und nahm sofort den Faden der Überlieferung wieder auf. »Ihr werdet euch erinnern, dass Sinfjötli, der Sohn Signys und Sigmunds, die Probe mit der Schlange im Mehl bestanden und sich somit als wahrer Völsung erwiesen hatte. Sigmund aber hielt ihn für König Siggeirs Sohn: völsungenstark, aber zugleich hinterhältig. Denn der Junge brannte geradezu darauf, Siggeir zu erschlagen. Dennoch bildete Sigmund den Sinfjötli im Wald zu einem großartigen Krieger aus. Bald überfielen sie zur Übung zahllose Männer und erschlugen und beraubten sie.«

»Waren das denn böse Männer?«, erkundigte sich Fredegunde.

»Sicherlich. In König Siggeirs Reich gab es keine Gerechtigkeit, sondern nur das Recht des Stärkeren.« Meine Mutter nickte freundlich. »Einmal kamen die beiden zu einer Hütte, in der zwei Königssöhne schliefen. Über ihnen hingen zwei Wolfsbälge. Ein Zauber lag auf den Söhnen; sie mussten die Wolfsgestalt annehmen und durften nur alle fünf Tage in ihre

eigene Gestalt zurückkehren. Jetzt aber fuhren Sigmund und Sinfjötli an ihrer statt in die Wolfsbälge ...«
»Warum?«, fragte ich überrascht.
»Es ist schwer, so etwas von der heutigen Warte aus zu verstehen.« Königin Uote seufzte. »Die damalige Welt ist kaum noch mit der unseren zu vergleichen. In gewisser Weise waren Mensch und Tier einander näher als heute. In jenen nördlichen Breiten galt der Wolf als das edelste Tier, denn er war außer dem Bären der klügste und stärkste Jäger, lebte aber wie der Mensch eng in der Sippe. Der Wolf ist treu gegenüber seinen Freunden und zum Schutz seiner Kinder setzt er sein Leben ein. Die beiden schlafenden Königssöhne stehen vielleicht für die uralte Lebensweise, in der die Menschen noch auf die Weisheit der Tiere hörten; bevor das Metall in die Welt kam und uns für immer von den Tieren trennte. Als Sigmund und Sinfjötli in die Wolfsbälge fuhren, erwarben sie sich die Weisheit aus der Vorzeit, um sie in die neuere Zeit hinüberzuretten.«
»Die Bienen dichten ihren Stock immer besonders dick ab, wenn ein strenger Winter bevorsteht«, warf Sigewita ein. »Bestimmt könnte man viel mehr von den Tieren erfahren, wenn man sich die Mühe machte, auf sie zu hören.«
»Bestimmt. Und bestimmt lernten Sigmund und Sinfjötli eine ganze Menge, während sie unter ihnen lebten. Auch als Wölfe überfielen sie Männer, aber nicht mehr gemeinsam, sondern jeder für sich. Sie versprachen, einander zu Hilfe zu kommen, doch eines Tages

erledigte Sinfjötli ganz allein elf Männer und tat sich hinterher damit groß. Sigmund war so wütend auf ihn, dass er ihn ansprang und in die Kehle biss. Danach bereute er seine unbeherrschte Tat und pflegte den Verwundeten, doch die Wunde wollte sich nicht schließen. Sigmund wurde ganz verzagt, weil er Sinfjötli nicht heilen konnte. Da beobachtete er ein Wiesel, das einem verletzten Artgenossen ein bestimmtes Blatt auf seine Wunden legte, die sich daraufhin sofort schlossen. Nun suchte Sigmund den ganzen Wald nach einer Pflanze mit solchen Blättern ab, konnte sie aber nirgendwo finden. Endlich, als er schier verzweifeln wollte, erschien ein Rabe als Bote Wodans. Er trug das Blatt im Schnabel, und Sigmund heilte damit Sinfjötlis Wunde. Als die beiden das nächste Mal aus den Wolfsbälgen schlüpfen konnten, verbrannten sie sie, damit sie niemandem mehr schaden konnten.«

»Das bedeutet, sie hatten die alte Weisheit Wodans und die Geheimnisse der Heilkunde gelernt, und damit hatte die Wolfs-gestalt ihren Zweck erfüllt«, stellte ich fest.

»Ja. Und es bedeutet auch, dass Sigmund, obwohl er Sinfjötli für Siggeirs Sohn hielt, barmherzig war«, bestätigte Uote leise. »Jetzt aber war Sinfjötli erwachsen und stark genug zur Großvaterrache. Sie verließen den Wald und schlichen sich in Siggeirs Schloss, wo sie sich verbargen. Sigyn aber hatte inzwischen wieder zwei junge Söhne von Siggeir, und einer der Knaben entdeckte die beiden im Flur hinter ein paar Fässern. Sofort rannte er in die Halle und erzählte seinem

Vater von den Eindringlingen. Auch Sigyn hörte diese Kunde und wusste, dass die Stunde endlich gekommen war. Heimlich brachte sie die beiden Knaben in den Flur und riet Sigmund, sie zu töten, weil einer von ihnen ihn verraten hatte. Sigmund weigerte sich, die Kinder umzubringen, doch Sinfjötli zögerte nicht: Ungerührt erschlug er die Knaben und warf ihre Leichen in die Königshalle.«

»Warum müssen in der Geschichte alle Kinder sterben?«, protestierte die kleine Fredegunde, den Tränen nah.

»Sie waren nicht einfach irgendwelche Kinder. Sie waren Königssöhne, die zu schwach für ihren Rang waren«, versuchte Uote zu erklären. »Nichts ist gefährlicher als ein schwacher König. Er ist hinterhältig, unberechenbar, bricht seine Eide und bedient sich aller Menschen nur nach seinem Gelüst. Es erfordert Mut und Kraft, in einem Reich unbestechlich das Recht durchzusetzen. Wären Sigyns Kinder gewöhnliche Knaben gewesen, hätten sie nicht für ihre Feigheit mit dem Leben bezahlt.«

»Dann bin ich froh, dass ich kein Königskind bin«, murmelte Fredegunde.

»Ich auch«, meinte Sigewita und drückte ihre Tochter ein wenig verlegen an sich.

»Natürlich bot Siggeir jetzt alle seine Krieger gegen Sigmund und Sinfjötli auf«, fuhr Uote fort. »Es gab ein gewaltiges Schlachten, und schließlich wurden die Völsungen gefangen. Siggeir ließ ein großes Hügelgrab bauen; doch da er die beiden lebendig begraben wollte, ließ er eine senkrechte Steinplatte in der Mitte anbringen, so dass sie voneinander getrennt wurden. Signy aber bestach die Wächter, damit sie nichts verrieten, und warf dem Sinfjötli heimlich einen Arm voll Stroh in seine Grabeshälfte hinunter. In dem Stroh war eine Seite Speck, und in dem Speck war Sigmunds Schwert verborgen; dasselbe Schwert, das Wodan einst in König Völsungs Halle in den Schutzbaum gerammt hatte, wie ich euch vor einiger Zeit erzählte. Mit Hilfe dieses Schwertes durchsägten Sigmund und Sinfjötli ohne weiteres die dicke Felsplatte, zerschnitten ihre eisernen Fesseln und kamen frei.«

»Gibt es das Schwert eigentlich wirklich?«, fragte Tante Grimwerda plötzlich.

»O ja, natürlich. Heute befindet es sich in Siegfrieds Besitz.«

»Ein so altes Schwert, von Wodan persönlich? Und das soll er immer noch tragen?« Ich schüttelte den Kopf. »Verzeih mir, Mutter, ich will dir nicht wieder mit meinen Zweifeln deine Familiengeschichte verderben, aber das geht endgültig zu weit. Ich habe Siegfrieds Schwert gesehen. Es sieht vielleicht ein bisschen zu einfach aus für einen König, aber sonst ist es eine ganz normale Waffe.«

»Hast du es schon einmal aus der Nähe betrachtet?«

Überrascht schüttelte ich den Kopf.

»Vielleicht solltest du das tun.« Die Königin lächelte verheißungsvoll. »Jedenfalls entstiegen Sigmund und Sinfjötli unversehrt ihrem Grab, so dass jeder entsetzt vor ihnen zurückwich – das bedeutet, sie hatten dem

Schrecken der großen Umwandlung standgehalten und waren durch Wodans Geist neu geboren. Das Schwert bedeutet die Kraft des Geistes, erinnert ihr euch? Sie legten Feuer an Siggeirs Königshalle und baten Sigyn, zu ihnen herauszukommen. Sigyn kam auch, aber nur um zu erklären, dass sie nach allem, was sie um der Rache willen getan hatte, nicht mehr weiterleben könne. Jetzt enthüllte sie ihrem Bruder die Wahrheit über Sinfjötli, kehrte in die brennende Halle zurück und starb mit Siggeir und allem Gefolge in den Flammen.«

»Schrecklich«, flüsterte Geislinde. »Irgendwie hatte ich die ganze Zeit gehofft, sie würde noch entkommen.«

»Sie hatte Schuld auf sich geladen, die gesühnt werden musste«, versetzte Uote ungerührt. »Dennoch hat sie das entscheidende Ziel erreicht: Die Völsungen überlebten, trotz Siggeirs Heimtücke. Nachdem Siggeir mit all seinen Männern umgekommen war, konnten Vater und Sohn sich mit Leichtigkeit ein Heervolk und Schiffe verschaffen. Sie fuhren zurück nach Süden ins Hünenland, vertrieben den König, der sich inzwischen dort festgesetzt hatte, und lebten in Frieden.«

»Und wie lange ist das alles her?«, fragte ich zweifelnd.

Uote zuckte die Achseln. »Wer weiß? Manche sagen, ein paar hundert Jahre, andere meinen, es seien mehr als tausend. Jedenfalls nahm sich König Sigmund eine Frau mit Namen Borghild. Sie bekamen zwei Söhne:

Helgi und Hamund. Bei Helgis Geburt sagten die Seher voraus, er würde der berühmteste aller Könige werden. Mit fünfzehn Jahren führte Helgi das Heervolk und besiegte die alten Feinde der Völsungen, die reichen, mächtigen Hundinge. Auch errang er sich die Tochter des Königs von Hedinsey zur Frau und eroberte die Insel Burgundarholm. Helgi und seine Frau Sigrun wurden die Stammeseltern meiner Sippe.«

»Es muss wirklich lange her sein, wenn sich das alles abspielte, bevor sie überhaupt nach Burgundarholm kamen«, staunte ich. »Soviel ich weiß, sind es allein ungefähr sechshundert Jahre, seit unsere Vorfahren von dort wieder aufbrachen. Und was wurde aus den anderen Völsungen, von denen Siegfried abstammt?«

»Im Hünenland hat es bis in unsere Tage immer einen Völsungenkönig gegeben«, meinte Uote. »Aber was dort im Einzelnen geschah, kann dir dein künftiger Gemahl viel besser erzählen als ich.«

Ich muss zugeben, dass es Mutter schließlich doch noch gelungen war, meine Neugier zu wecken. Ich hätte Siegfried gern nach den weiteren Einzelheiten gefragt, doch ergab sich in der kurzen Zeit bis zu seinem Aufbruch keine Gelegenheit für ein derartiges Gespräch. Siegfried war offenbar entschlossen, nach dem stürmischen Anfang unserer Liebe jetzt die Zurückhaltung zu üben, die die christliche Sitte verlangte. Deshalb kam er nach jener ersten Nacht nicht mehr in meine Kammer, wir trafen einander nur noch abends in der Königshalle und niemals allein. Mutter ließ sich zwar nach der dritten Nacht des Festes entschuldigen, doch war mein Bräutigam auch während der folgenden Abende sehr darauf bedacht, an dem goldenen Pokal nur zu nippen, den man ihm unentwegt reichte. Er sprach ein wenig steif und förmlich mit mir, und ich schloss daraus, dass er sich noch immer schämte.

Spätestens in der Hochzeitsnacht würde er seine Scheu überwinden, davon war ich überzeugt. Es machte mir wenig aus, mich in Geduld zu üben, denn ich war viel zu sehr mit den zwanzig Festgewändern beschäftigt, um gekränkt zu sein. Während ich Entwürfe machte, die Aufgaben an die Frauen verteilte und die Zusammenstellung der Stoffe und Edelsteine überwachte, tauchten vor meinem geistigen Auge die Schemen leuchtender Gestalten auf. Ich wusste nicht, ob ich Elbenfürsten sah oder die Asen, wie sie strahlend in Walhall einzogen – oder vielleicht sogar die Engel aus den Geschichten der Heiligen Schrift. Jedenfalls gewannen sie immer deutlichere Gestalt, je weiter die Arbeit an den Gewändern fortschritt. Es war fast, als holten wir sie durch unsere Tätigkeit aus einer lichteren, leichteren Sphäre in unsere Wirklichkeit herunter – auch wenn mir bei der Gestaltung von Hagens Gewändern das Bild Lokis oder des dunklen Engels immer wieder ungerufen vor Augen trat.

Während wir Frauen wie besessen an den Gewändern nähten und stickten, wurde unten am Rhenus in Windeseile ein stolzes Schiff gebaut, das zwanzig Ruderplätze und einen Mast für ein großes Segel besaß. Gundahar hatte jeden Mann dazu abkommandiert, der eine Säge halten konnte, und Siegfried, der am Meer aufgewachsen war, beaufsichtigte jeden einzelnen Handgriff. Es war für die burgundischen Zimmerleute sehr aufregend, zum ersten Mal ein Schiff zu bauen, dessen hoher Bug nicht nur die Flüsse des Festlandes, sondern das wilde Nordmeer selbst durchpflügen sollte.

Als die zwölf Nächte der Siegesfeier vorüber waren, verließen unsere Gäste Borbetomagus gesättigt, sehr befriedigt und reich beschenkt. Auch die beiden Könige Liudeger und Liudegast verabschiedeten sich unter überschwänglichen Freundschaftsbezeugungen und ritten mit ihren Getreuen nach Norden. Der Vollmond des Brachmonats kam und verging. In der Stickstube wurde nachts beim Licht der Lampen weitergestichelt, und an der Baustelle am Rhenus erhellten Fackeln die Dunkelheit.

Die große Eile war vor allem deshalb vonnöten, weil Gundahar von seiner Fahrt zurückkehren wollte, bevor die schweren Herbststürme einsetzten. Wurde es zu spät, musste er entweder bis zum nächsten Frühjahr warten oder mit seiner kleinen Gruppe den ganzen langen Winter in Island verbringen. In dem Fall hätte die Hochzeit frühestens im folgenden Ostermonat stattfinden können, und weder mein Bruder noch ich waren gewillt, eine so lange Frist in Kauf zu nehmen. Auch Siegfried schien es kaum erwarten zu können, endlich aufzubrechen, und er trieb die Zimmerleute ebenso unermüdlich an wie ich die Frauen in der Stickstube.

Als der vorgesehene Abreisetag näher rückte, füllten Mutter und ich eine mit reinem Gold beschlagene und mit Almandinen besetzte Truhe als Geschenk für die Braut. Aus dem Schatz der Burgunder wählten wir fein gearbeiteten Goldschmuck und zwei aus Alabaster geschnittene römische Dosen voll Purpur. Ein hebräischer Händler hatte uns kürzlich zehn Opale verkauft: taubeneigroße, wässrig schimmernde Steine aus einer wüsten Gegend weit jenseits des Sassanidenreiches. Fünf dieser immens kostbaren Steine kamen ebenso in die Truhe wie eine Hand voll unserer größten Malachite, dazu Rubine, Amethyste, Berylle, Karneole, ein elliptisch geschnittener Lapislazuli sowie ein faustgroßer, glänzend schwarzer Brocken arabischen Gagats.

»Wir können nur hoffen, dass sie es wert ist.« Mutter lächelte, als sie mit einem wehmütigen Blick auf den funkelnden Reichtum die Truhe schloss. »Mir scheint, es gäbe in der Nähe genügend junge Frauen aus königlichem Blut, für deren Hand der Einsatz nicht halb so hoch wäre und die dennoch mehr als den doppelten Vorteil für Burgund brächten. Zum Beispiel sitzen seit kurzem die salischen Franken fest in der Provinz Belgica, und soviel ich weiß, hat ihr König Merowech mehrere unverheiratete Schwestern. Eine solche Heirat würde unser Einflussgebiet auch auf dem linken Ufer des Rhenus bis zur Küste ausdehnen und der Schifffahrt auf dem Strom dauerhaften Frieden sichern. Zusammen mit Siegfrieds Niederlanden ergäbe das eine beträchtliche Fläche. Bis nach Britannien, sogar bis Erynn könnten wir unseren Handel ausdehnen ... Zum anderen ist die Prinzessin der Chatten, Theodolinde, jetzt im heiratsfähigen Alter. Eine Verbindung mit ihr brächte zwar keinen spektakulären Ruhm, würde aber unsere Nordostgrenze dauerhaft befrieden, was uns bisher nicht gelungen ist.«

»Ich weiß. Die Chatten haben bis heute keinen Friedensvertrag mit Rom«, murmelte ich, während ich den letzten von zwölf Türkisen auf der Brust eines in Grün und Gelb gehaltenen, mit Feh gefütterten Rockes festnähte, den Gundahar in Island tragen sollte. »Im Gegenteil, sie verstehen sich als Feinde der Römer. Zumindest ist Gundahar ihren Gesandten gegenüber so unrömisch wie möglich aufgetreten.«

»Weil ihm gerade der Sinn danach stand«, seufzte Uote. »Wirklich, ich kann mich nicht erinnern, wann dein Bruder jemals etwas getan hätte, das vernünftig gewesen wäre. Und ans Heiraten wollte er ebenso wenig denken wie du, egal wie oft ich ihn auf die Notwendigkeit hinwies. Ich kann noch immer kaum glauben, dass deine Verlobung seinen Sinn so vollkommen umgewandelt hat.«

»Das liegt wohl weniger an meiner Verlobung als an den Wunderdingen, die Siegfried ihm über diese Königin Brynild erzählt hat«, erwiderte ich und schnitt vorsichtig den Faden ab. »Anscheinend ist sie genau das, was Gundahar sich in seinen kühnsten Träumen immer ausgemalt hat. Ich konnte Siegfried noch nicht einmal fragen, woher er sie eigentlich kennt ... So, fertig! Siehst du, wie die Goldfassung die Türkise auf dem gelben Hintergrund zum Leuchten bringt?«

»Der Rock ist wunderschön geworden«, lobte mich Mutter, die die Truhe sorgfältig zusperrte und den Schlüssel für Gundahar auf den Tisch legte. »Er wird in ihm aussehen wie ein Elbenkönig. Ich hoffe nur, das reicht aus, um diese stolze Tochter des Eismeeres zu bezwingen.«

»Zweifelst du etwa daran?«, fragte ich, plötzlich erschrocken. Ich war so in mein Glück vertieft gewesen, dass mir diese Möglichkeit gar nicht in den Sinn gekommen war.

Uote schüttelte energisch den Kopf. »Nicht wirklich, nein. Ich glaube …« Sie lachte und strich mir übers Haar. »Ich glaube, keine Unternehmung kann fehlschlagen, an der Siegfried beteiligt ist.«

Am zweiten Tag des Heumonats, genau dreißig Tage nach unserer Verlobungsfeier, war tatsächlich alles bereit. Die Frauen schlugen die Gewänder in Leinen ein, schoben sie in dreifache Ledersäcke, um sie vor Nässe zu schützen, und packten die unförmigen Bündel in vier solide Reisetruhen. Auch die frisch eingefetteten Waffen und Rüstungen der Helden wurden in vier mit Stroh gepolsterten Truhen untergebracht. An Lebensmitteln verstauten die Knechte zwei Dutzend lebendiger Hühner samt Säcken voll Kleie als Futter im Bug des Schiffes, dazu Fässer voll Wein und Met, Käse, Äpfel und Zwieback. Außerdem ein lebendes Schwein, von dem Siegfried behauptete, dass es nicht nur köstlich schmecken werde, sondern ihnen im Notfall auch einen unschätzbaren Dienst erweisen könne: Schweine, so behauptete er, fanden selbst im Dunkeln und in völlig fremden Gewässern unfehlbar das nächstgelegene Ufer.

»Sollte ich also auf meiner Brautfahrt schiffbrüchig werden, kann ich immer noch dem Kielschwein folgen«, sagte Gundahar lachend, als wir Abschied nahmen. »Sorge dich nicht um uns und bereite alles vor, um meine Braut gebührend zu empfangen! Ganz Borbetomagus soll einem Festsaal gleichen, wenn wir wiederkehren!«

»Da ich ebenfalls ein mildes Interesse daran hege, eine nie dagewesene Hochzeit zu erleben, werde ich ausnahmsweise tun, was du befiehlst.« Auch ich lachte. »Reise im Licht, mein Bruder!«

Ich küsste ihn und wandte mich Siegfried zu, der schon halb auf dem Steg stand, als könne er es kaum erwarten, endlich abzufahren. Sein Blick schien verhangen und weit in die Ferne gerichtet. Seine Wangenmuskeln arbeiteten, als sei er von äußerster Spannung erfüllt. Plötzlich wusste ich nicht, was ich sagen sollte. Vier Wochen lang hatte ich nur daran gedacht, rechtzeitig mit den Gewändern fertig zu werden, und die Dringlichkeit hatte mich erfüllt wie ein Rausch. Ich wünschte meinem Bruder von Herzen Glück, aber im Grunde hatte ich alles nur für Siegfried getan. Er war es, der Gundahar den Vorschlag gemacht hatte, nur drei Männer mitzunehmen und sie prachtvoll auszustatten. Die ganze Unternehmung war seine Idee gewesen, und jetzt hatte ich zum letzten Mal die

Gelegenheit, ihn nach seinen Beweggründen zu fragen.
Da erwachte Siegfried aus seinem Tagtraum, seinem Gesicht oder was immer es gewesen war. Er neigte den Kopf vor mir und küsste nacheinander alle meine Fingerspitzen. »Die Gewänder sind wunderschön«, sagte er leise. »Ich habe die Truhen heute Nacht geöffnet, als niemand bei mir war, und mir alles in Ruhe angesehen. Wirklich, wir werden wie Traumgestalten, wie Gestalten aus einer Vision aussehen; wir alle werden in Island als das erscheinen, was wir sein könnten: makellos, strahlend, von keinem Fehl berührt. Und wenn sich meine Hoffnung erfüllt, Kriemhild, dann werden uns diese Gewänder dazu zwingen, unser Inneres dem äußeren Glanz anzupassen und ein klein wenig mehr dem ähnlich zu werden, was Gott sich für uns wünscht. Er hat diese Möglichkeit zu strahlen wie einen Samen in unsere Seelen gelegt, Kriemhild, und du hast sie erkannt und hellsichtig in Form dieser Gewänder ans Licht gebracht. Ich hätte mir nichts Schöneres wünschen können. Du hast genau begriffen, was ich meinte. Ich danke dir; wir alle danken dir.«
»Es hat mir große Freude gemacht«, stotterte ich und fühlte mich bis zu den Zehenspitzen erröten. »Es macht mich glücklich, dass sie dir gefallen … Aber, sag mir: Wie kommt es eigentlich, dass du die Königin Brynild von Island …«
Der alles überströmende Klang der Luren, die zum Aufbruch bliesen, schnitt meine Worte ab. Siegfried

umarmte mich hastig, drehte sich um und ging hinter Gundahar an Bord. Mir blieb gerade noch Zeit, Hagen und Dankwart die Hände zu drücken, dann machten zwei der zwölf Ruderer, die schon auf den Bänken gewartet hatten, die Leinen los. Das bauchige Schiff mit dem geschwungenen Bug schmiegte sich lustvoll in die Wellen. Es trieb in der Mitte des Stromes, bevor wir Zurückbleibenden die Hände zum Winken erheben konnten.

Kapitel 11

»Mit einem unwiderstehlichen Zauber haben seine Siege nichts zu tun. Es liegt einfach am Kampfstil. Er nennt es eine Technik. Niemand hat je zuvor so gekämpft, darum wirkt es so unerklärlich«, versicherte mir Gislaharius. Es verstand sich von selbst, wen er mit »er« meinte.

Seit unsere vier Helden sich eingeschifft hatten, war es in Borbetomagus so still geworden, als sei ganz Burgund in tiefen Schlaf versunken. Ohne Hagen und Siegfried gab es keine Waffenübungen, nur gelegentliche Jagdausflüge in die nahen Wälder. Die Krieger lümmelten in der Halle herum, gingen den Mägden an die Röcke und langweilten sich. Quälend langsam verstrich die Zeit, während Gerenot mit ruhiger Hand das verwaiste Reich regierte. Er vertagte alle wichtigen Entscheidungen und konzentrierte sich darauf, Streitereien zwischen Bauern oder Händlern zu schlichten, die zum Teil seit Monaten darauf gewartet hatten, vor Hof angehört zu werden.

Weder für meinen kleinen Bruder noch für mich gab es etwas zu tun, und wir hatten es in der stickigen Festung nicht mehr ausgehalten. Ein wenig beschämt hatte Gislaharius vorgeschlagen, wieder einmal angeln zu gehen wie in unserer Kinderzeit. Doch in

Wahrheit suchten wir beide nur einen Vorwand, um miteinander über den Gegenstand unserer Verehrung zu reden. Wir schlenderten in der glühenden Hochsommerhitze am Rhenus entlang und hielten nach kleinen, vom Hauptstrom abgeschnittenen Tümpeln Ausschau. Das Wasser stand jetzt so niedrig, dass wir direkt über die Kiesbänke gehen konnten.

»Soll ich dir verraten, was sein Geheimnis ist?«, fragte Gislaharius eifrig.

»Unbedingt. Er hat versprochen, seinen Zauber mit ganz Burgund zu teilen, also habe ich genau wie ihr Krieger das Recht, es zu erfahren.«

»Eben. Am besten führe ich es dir vor.« Schmunzelnd blieb Gislaharius stehen. »Stell dich so fest hin, wie du nur kannst! So, dass niemand dich umstoßen kann.«

Verblüfft stellte ich mich breitbeinig auf den steinigen Boden, hob die Arme ein wenig und verlagerte mein Gewicht nach unten. Ich fühlte mich ungeheuer stabil, doch Gislaharius kam mit zwei ausgestreckten Fingern auf mich zu und drückte sanft gegen mein Brustbein. Ich taumelte rückwärts und wäre beinah gestürzt.

»Zufall!«, keuchte ich, und wir versuchten es nochmals. Wieder schob Gislaharius mich weg, ohne sich im Geringsten anzustrengen.

»Man achte darauf, wie der Gegner steht, ziehe eine Parallele und stelle sie sich als Schenkel eines Dreiecks vor«, erklärte er. »Auf diese Weise findest du unfehlbar den schwächsten Punkt seines Gleichgewichts. Dasselbe gilt übrigens auch für den berittenen

Kampf. Ist dir nie aufgefallen, wie eigenartig Siegfried auf dem Pferd sitzt?«

»Doch, in der Tat. Er sitzt immer ein bisschen schräg, ein Bein weiter vorn als das andere …«

»Genau!«, triumphierte Gislaharius. »Dadurch ist sein Sitz viel stabiler als der anderer Krieger, die symmetrisch reiten. Für den eigentlichen Lanzenstoß braucht er kaum Kraft einzusetzen, denn er hat seinen Gegner genau betrachtet und kennt seinen Schwachpunkt. Den muss er dann natürlich auch treffen, aber das ist reine Übungssache. Verstehst du, deshalb konnte er damals ganz allein das Turnier gewinnen oder im Alleingang König Liudegast und seine dreißig Leibwächter besiegen. Er strengt sich dabei kaum an.«

»Hat er diese so genannte Technik mit euch eingeübt, bevor ihr gegen die Sachsen geritten seid?«

»Ja. Wir lagerten in einem riesigen Wald auf dem Gebiet der Hermunduren, und Siegfried versprach, dass binnen einer Woche jeder im Heer in der Lage sein würde, es allein mit mindestens fünf Gegnern aufzunehmen. Wir lachten natürlich darüber, vor allem Hagen, weil er meinte, dass er von den Hunnen alles gelernt hat, was es überhaupt gibt. Aber Siegfried kümmerte sich gar nicht darum. Er sagte, je kühler man im Kampf ist, desto schärfer bleibt der Blick, und während der Gegner sich aufbläht und Wut und Kraft ansammelt, konzentriert man sich einfach darauf, seinen Schwachpunkt zu treffen. Es hat uns alle vollkommen verblüfft. Aber sobald man seine Technik einmal verstanden hat, ist sie wie der Kunstgriff eines Handwerks. Du kennst das ja, ein Schmied weiß immer genau, wo er auf das glühende Eisen schlagen muss, und ein Holzfäller weiß genau, wohin der letzte Hieb fallen muss, damit der Baum umfällt. Versuch es selbst!«

Gislaharius stellte sich mir ein wenig schräg entgegen, ein Bein vor das andere gestellt. Er wandte mir seine Seite zu. »So triffst du mich schwerer, weil meine Angriffsfläche kleiner ist«, erklärte er. »Jetzt such die Parallellinie zu meinem Stand und versuche, mich umzuwerfen!«

Ich betrachtete seine Füße und schüttelte den Kopf. »Da gibt es keine Parallele. Deine Füße stehen ja im spitzen Winkel zueinander.«

»Du musst den ganzen Körper betrachten«, belehrte mich mein kleiner Bruder. »Siehst du, ich wende dir zwar die Seite zu, aber mein Körper bildet trotzdem zwei Linien; eine senkrechte, weil ich stehe – die entspricht ungefähr meiner Wirbelsäule –, und vor allem eine waagrechte. Auf diese waagrechte Linie kommt es an; die musst du treffen! Und zwar genau da, wo sie sich mit der senkrechten kreuzt. Die Spitze deines Schwertes oder deiner Lanze müssen diese Parallellinie meines Körpers treffen, nicht schräg in irgendeinem spitzen Winkel, sondern gerade. Dann brauchst du am wenigsten Kraft.« Wieder stubste er mich spielerisch, und ich stolperte. Plötzlich ging mir ein Licht auf.

»Es ist ein rechtwinkliges Dreieck wie in der Geometrie des Pythagoras!«, rief ich. »Was hätte Asklepios zu einer solchen Kampftechnik gesagt! Glaubst du, Siegfried hat von Pythagoras gehört?«

»Das glaube ich kaum. Er ist in der Dänen-Mark aufgewachsen, und dort wissen sie bestimmt nicht viel von Griechen und Römern. Er erzählte, er habe diese Geheimnisse von einem alten Mann gelernt, den er einmal mitgenommen hat, als er in einem Schiff über das Nordmeer fuhr.«

»Ein alter Mann? Wer war das?«

»Keine Ahnung, mehr hat er dazu nicht gesagt. Los jetzt, versuch es noch einmal!« Herausfordernd baute Gislaharius sich erneut vor mir auf. Wieder wandte er mir die Seite zu, um es mir schwerer zu machen. Doch diesmal ließ ich mich durch die Stellung seiner Füße nicht beirren, sondern achtete vor allem auf den Winkel, in dem sein Rücken zu mir stand. Sein breites Kreuz machte es mir leicht, diese Rückenlinie als die Hypotenuse eines gedachten rechtwinkligen Dreiecks zu sehen. Und diesmal taumelte Gislaharius schon beim leisesten Druck.

»Genau!«, rief er aufgeregt. »Siehst du, wie einfach es ist? Natürlich muss man es gründlich üben, weil im Kampf so viel Bewegung herrscht und man sich angewöhnen muss, jederzeit im Kopf blitzartig die richtigen Linien zu ziehen. Siegfried hat gesagt, das Wichtigste sei, sich nicht durch Gefühle ablenken zu lassen. Aber im Prinzip hast du es verstanden, nicht wahr?«

»Ich glaube schon«, stotterte ich überrascht, während wir weitergingen. »Das ist unglaublich, auf diese Art könnte sich sogar eine Frau gegen einen Mann verteidigen. Jetzt verstehe ich, wieso er während des Turniers die ganze Zeit so ruhig und konzentriert aussah. Weißt du noch, wie lange es gedauert hat, bis er merkte, dass er Gundahar vom Pferd gehauen hatte und niemand mehr kam? Er hat seine Gegner gar nicht persönlich wahrgenommen, sondern nur ihre Körper als Linien gesehen.«

»Genau.« Mein kleiner Bruder, der auf mich trotz seiner jüngsten Kriegserfahrungen viel zu jung wirkte, um Waffen zu tragen, strahlte. Wir gingen weiter, doch unsere Kiesbank endete jäh an einem schmalen, schnell fließenden Seitenarm. Wir mussten über ihn springen, erklommen eine lehmige Böschung und fanden dort einen winzigen Pfad, der sich durch dichtes Augestrüpp schlängelte. In der Nähe rief ein Kuckuck, und ich begann, seine Rufe zu zählen, doch Gislaharius' Stimme unterbrach mich.

»Aber als Siegfried die Könige gefangen hatte und wir alle singend und siegestrunken ums Feuer saßen, hat er mir anvertraut, er sei ziemlich sicher, dass sich diese Technik nicht durchsetzen wird. Er meint, die Männer wollen letzten Endes sich und ihre Gefühle wichtig nehmen, sie wollten das Töten nicht kühl wie ein Handwerk betreiben, sondern glühend vor persönlichem Stolz oder um der Ehre willen oder aus Rache.«

Ich dachte darüber nach, während wir unter dicht verflochtenen Weidenzweigen hindurchschlüpften. »Wahrscheinlich stimmt das«, seufzte ich. »Wenn ihr

Herz beim Kämpfen nicht mehr dabei wäre, müssten sie erkennen, wie erbärmlich das gegenseitige Abschlachten ist, wie dumm und kindisch und sinnlos grausam. Welcher Krieger würde das zugeben wollen?«

»Eben.« Gislaharius runzelte die Stirn. »Vor allem Hagen gefiel das Ganze gar nicht, obwohl er zugeben musste, dass die Technik höchst wirkungsvoll ist. Er konnte also nicht gut offen gegen sie stimmen. Aber ich habe oft beobachtet, wie er den Kopf schüttelte, wenn Siegfried davon sprach, dass wir keine Bauern und möglichst auch keine Hilfskrieger töten sollten – du weißt ja, diejenigen im Heer, die nur für den Krieg einberufen werden und normalerweise etwas ganz anders tun … Man erkennt sie immer sofort an ihren schlechten Waffen und ihrem linkischen Kampfstil«, fügte er fachmännisch hinzu, als sei er ein Veteran, der hundert Feldzüge hinter sich hat. »Sie haben auch viel mehr Angst als die richtigen Krieger, aber sie müssen Gefolgschaft leisten, weil der König sie sonst nicht mehr schützt. Normalerweise sind sie in jeder Schlacht die ersten, die fallen. Siegfried schärfte uns ein, sie überhaupt nicht zu beachten und uns auf die besser Bewaffneten, und von denen wiederum möglichst auf die Feldherren und Könige zu konzentrieren. Er nannte es feige, einen Bauern zu töten, der kaum weiß, wie man eine Waffe hält. Und es stimmt ja auch: Selbst wenn man ein ganzes Heer solcher Gedungener tötet, dabei aber den König entkommen lässt, ist die Schlacht trotzdem verloren. Der König ist natürlich meistens auch der schwierigste Gegner. Er hat die besten Waffen, die beste Rüstung …«

»Ich verstehe«, unterbrach ich Gislaharius in seinem sachkundigen Redefluss. »Deshalb hat sich Siegfried ganz allein auf diesen Liudegast gestürzt. Er hat gehofft, dass es gar nicht erst zur Schlacht kommen würde, und wollte möglichst viele Leben erhalten. Und Hagen denkt jetzt, dass es für ihn und seinesgleichen keinen Ruhm mehr zu erringen gibt, wenn die Kämpfe überall nur noch zwischen Königen geführt werden.«

»Nicht nur Hagen denkt das«, meinte Gislaharius leise. Unser Pfad hatte uns vom Wasser fortgeführt, und wir hatten eine breite Flussniederung voll dichter Weidenbüsche und hoher, glänzender Disteln betreten. Der Kuckuck war verstummt, nur das ferne Pfeifen eines Brachvogels war zu hören. »Ich weiß, Gundahar ist Siegfried dankbar, weil er uns seine Technik gelehrt hat und uns einen glänzenden Sieg errang. Aber er wird niemals zulassen, dass Burgund immer so kämpft. Die Hälfte aller Kriege wird durch Lösegeldzahlungen beendet. Aber wer wird das Lösegeld noch aufbringen wollen, wenn das Volk sowieso verschont bleibt?«

»Der König müsste sich allein aller Gefahr aussetzen und könnte sich nicht mehr bereichern«, staunte ich. »Das wäre – unglaublich. Ich habe nie darüber nachgedacht. Aber ich denke – ja, wahrscheinlich würden sich Kriege schlichtweg nicht mehr lohnen. Es gäbe Frieden. Es wäre so, als ob auf der Erde tatsächlich das Licht regieren würde.«

»Ich glaube das auch«, hauchte Gislaharius und sah sich verstohlen um, ob wirklich niemand in der Nähe war. Grillen zirpten im Dickicht, und die Luft roch nach Fisch und Schlick. Ein Schmetterlingspärchen schaukelte träge über einen halb unter Laub verborgenen Tümpel. Gislaharius hockte sich auf die Fersen und spähte in das trübe Wasser; vielleicht in der Hoffnung, eine Barbe zu entdecken.

»Man würde mich einen Feigling nennen, wenn ich das offen zugäbe, verstehst du?«, murmelte er. »Siegfried kann es sich leisten, so etwas zu sagen, denn jeder weiß, dass er der stärkste lebende Krieger ist. Er hat den Drachen getötet, die Jungfrau befreit, den Hort gewonnen und er ist Wodan selbst begegnet; zumindest sagen das die Lieder und die Geschichten, die darüber kursieren. Er kann es sich leisten, großzügig und barmherzig zu sein. Ein geringerer Krieger wie ich würde einfach nur ausgelacht. Und ein König wie Gundahar …«

»Ein König wie Gundahar würde wahrscheinlich bei nächster Gelegenheit zum Schweigen gebracht«, stellte ich betroffen fest.

»Ja. Und zwar sowohl von seinen Freunden als auch von seinen Feinden. Genau davor warnte uns Hagen im engsten Familienkreis, als nur Gundahar, Gerenot, Dankwart und ich dabei waren.«

»Deshalb hat wohl Siegfried darauf bestanden, ausgerechnet Hagen und Dankwart auf diese sonderbare Fahrt mitzunehmen.«

»Ja. Er wollte verhindern, dass Hagen hier Unruhe

stiftet, während er und Gundahar weg sind.« Gislaharius seufzte. »Es tut mir zwar weh, aber ich glaube, wenn Siegfried und die anderen mit Brynild zurückkommen, solltest du darauf dringen, dass ihr beide Borbetomagus gleich nach der Hochzeit verlasst. Hagen wird sonst bald anfangen, die Krieger gegen Siegfried aufzuwiegeln.«

»Darauf werde ich dringen. Und du musst uns in Colonia Ulpia Traiana besuchen. Versprichst du mir das?« Mein kleiner Bruder nickte, eifrig und schüchtern zugleich. Ich hockte mich neben ihn. »Danke, dass du mich gewarnt hast«, flüsterte ich.

»Da ist nichts zu danken. Es wäre eine Schande, wenn es zwischen Siegfried und uns Streit gäbe. Es wäre nicht zum Wohl Burgunds, und als Gundahars Bruder handle ich nur im Interesse Burgunds.«

»Natürlich. Ich weiß, dass du deinem königlichen Bruder treu ergeben bist«, versicherte ich, seinen offiziellen Tonfall aufnehmend. Ich warf ihm einen raschen Seitenblick zu. »Hat Siegfried übrigens diese Brynild dir gegenüber schon einmal erwähnt?«, fragte ich so harmlos wie möglich.

»Nicht direkt. Er hat nur erzählt, dass er schon einmal in Island gewesen ist. Das war, nachdem er den Drachen getötet und sich den Nibelungenhort errungen hat …«

»Glaubst du, dass sie vielleicht jene sagenhafte Jungfrau im Feuerkreis gewesen ist?«, platzte ich heraus.

»Es wäre sicher möglich.« Gislaharius zuckte die Achseln. »Ich habe gehört, in Island gibt es überall Feuer und Erdspalten voll flüssiger Glut.«

»Ach, man könnte wirklich erwarten, seine eigene Braut wüsste ein wenig mehr über ihn!«, rief ich verärgert aus. Gislaharius grinste, und ich musste lachen. »Ich gebe zu, ich bin neugierig, eifersüchtig und vor allem ungeduldig. Mir kommt die ganze Verlobung allmählich wie ein Traum vor. Ich kenne meinen zukünftigen Gemahl überhaupt nicht. Du kennst ihn viel besser als ich.«

»Das stimmt nicht«, widersprach Gislaharius unerwartet heftig. »Ich verehre ihn, weil er so ist, wie wir alle sein sollten. Aber ich glaube, niemand kennt ihn wirklich.«

»Außer vielleicht Brynild«, murmelte ich. Gislaharius antwortete nicht. Stumm neigten wir uns über den kleinen Teich, und ich versuchte, in der Trübe unter den schwimmenden Blättern unsere Spiegelbilder auszumachen. Gerade, als es mir beinahe gelungen war, stieß eine große, schillernde Libelle im Sturzflug herab. Winzige Wellen breiteten sich von einem Punkt kreisförmig über den ganzen Teich aus, während die Libelle mit ihrer Beute wieder steil emporstieg und davonschwirrte.

Der Erntemonat war längst vorüber, der Holzmonat verging. Noch immer hatten wir nichts aus dem Norden gehört, und wir begannen uns allmählich Sorgen zu machen. Kehrten die Helden nicht spätestens bis zur Mitte des Weinlesemonats heim, würden die Winterstürme sie irgendwo in der Ferne festhalten, und wir konnten nicht einmal Nachrichten von ihnen empfangen. Doch unsere Ängste waren unbegründet: Am dritten Tag des Weinlesemonats, als die tief stehende Sonne den Strom rotgolden färbte, erschien ein abgehetzter Bote in unserer Festung. Ich sah ihn in den Hof reiten und folgte ihm in die Halle, wo er Gerenot Bericht erstattete. Er keuchte, die Schiffe, die die Königin Brynild in ihre neue Heimat brächten, seien nur mehr eine Tagesreise entfernt.

»Wieso Schiffe?«, staunte Gerenot. »Gundahar fuhr nur mit einem einzigen ab.«

»Ach, aber wie es scheint, bringt die Isländerin gleich ihren ganzen Hofstaat mit nach Burgund. Hoher Herr, ich weiß nicht, wie viele es sind, denn ich habe sie nicht selbst gesehen. Ich wartete bei den Ställen, um unverzüglich loszureiten, sobald das Signal kam. So lautete doch dein Befehl, nicht wahr?«

»Gewiss«, beruhigte ihn Gerenot und winkte einem Diener, der dem Mann einen Becher Met und einen Teller mit Brot und Fleisch hinstellte. »Greif zu und ruh dich aus! Du wirst wahrscheinlich der Einzige in ganz Borbetomagus sein, der heute Nacht Schlaf findet.« Er warf dem Kämmerer Hunold und dem Mundschenk Sindold einen beinah belustigten Blick zu. »Es ist so weit«, sagte er leise. »Nun sorgt dafür, dass alles ausgeführt wird, was wir besprochen haben!«

»Sogleich, hoher Herr.« Die beiden lächelten verschwörerisch und stürzten davon, als sei ein Hornissenschwarm hinter ihnen her.

»Was habt ihr denn besprochen?«, erkundigte ich mich gespannt.
»Sie werden Tribünen am Rhenus aufstellen und die Ufer von hier bis Mogontiacum schmücken. Es soll aussehen, als fließe der Strom auf einmal aus den irdischen in himmlische Gefilde.« Gerenot schmunzelte und lehnte sich behaglich zurück. »Wir haben das alles bis in die kleinste Kleinigkeit geplant, während wir die langen Wochen die Zeit totschlugen und die glücklicheren Mitglieder der Horde auf der Jagd waren. Meine Hunde sind so beleidigt, dass sie mich kaum noch begrüßen, wenn ich sie im Zwinger besuche. Nun sollen wenigstens die Ufer wie ein einziger Triumphbogen aussehen.«
»Ich kann es kaum erwarten, deine Überraschung zu sehen.« Mir wurde plötzlich bewusst, wie sehr ich meinen zweitältesten Bruder mochte, der sich stets bescheiden im Hintergrund hielt, Gundahar allen Ruhm und Gislaharius alle Zuneigung gönnte und doch jederzeit bereit war, uns anderen zu helfen.
»Du wärst lieber mit deinen Hunden im Wald gewesen, als hier den König zu spielen, nicht wahr?«, fragte ich leise.
»Natürlich.« Gerenot grinste. »Wenn es anders wäre, hätte ich Gundahar während seiner Abwesenheit für tot erklärt, die Krone an mich gerissen und mich zum Kaiser aller nordgermanischen Stämme erklärt.«
»Und ich hätte mich mit dem König der Alamannen verlobt, um dich zu unterstützen.« Ich lachte. Dann fiel mir ein, dass ich wahrscheinlich zwei Tage später

Siegfried heiraten würde, und ich stürzte mit einem spitzen Schrei davon, der mir selbst äußerst lächerlich erschien. Auch ich hatte alles gründlich vorbereitet, aber vieles konnte erst im letzten Moment geschehen. Schon während ich die Treppe zu den Kemenaten hinaufeilte, rief ich laut nach Dalraida und den anderen Dienerinnen. Ich war entschlossen, Siegfried als die schönste Frau zu empfangen, die jemals nördlich der Alpen gesehen worden war.

Der große Tag brach an, und die Sonne schien so strahlend, wie man es sich nur wünschen konnte. Gerenot hatte nicht zu viel versprochen: Auf viele Meilen Richtung Norden glichen die Ufer des Rhenus einem gigantischen Festsaal unter freiem Himmel. Wo die Ufer flach genug waren, führten bunt gekleidete Tänzer, Akrobaten, Feuerfresser und Tierbändiger ihre Kunststücke vor. Waren die Ufer steil, hatte man den Fels mit bunten Bannern und die herbstlichen Wiesen darüber mit Sommerblumen bedeckt – Blumen, die Gerenot bereits im Sommer pflücken und für diesen Anlass hatte trocknen lassen. Auf den Auwiesen drängte sich festlich gekleidetes, mit Herbstlaub bekränztes Volk und ließ die Vorbeifahrenden hochleben. Je mehr sich die Schiffe Borbetomagus näherten, desto dichter standen die Menschen und desto lauter schallten die Freudenrufe. Mädchen tanzten und sangen, Musikanten spielten jubelnde Weisen. Unmittelbar vor unserem Hafen hatte Gerenot ein Gerüst in Form einer riesigen Krone bauen lassen, auf dem etwa fünfzig junge Mädchen und Frauen standen. Sie waren der neuen Königin als Ehrenjungfrauen zugedacht. Alle trugen blaue, mit Indigo gefärbte Tuniken und schwenkten die blauen Runenbanner Burgunds, die in der frischen Brise wie elbische Flammen flatterten.

»Niemals wurde einer Königin ein liebevollerer Empfang bereitet«, sagte Uote anerkennend zu Gerenot. Wir saßen mit Gislaharius auf der höchsten Stufe der königlichen Empore, unmittelbar am Anlegesteg. Direkt unter uns standen Ortwin, Volkar, Sindold und Hunold sowie die beiden Lurenbläser, die hinter ihren zwei Klafter langen, polierten Instrumenten zwergenklein aussahen. Sie bliesen mit aller Kraft den Zweiklang Burgunds …

Ich glaubte, mein Herz müsse vor Freude bersten, als endlich das erste Schiff in der Biegung des Rhenus auftauchte. Eine Gruppe kostbar gekleideter Menschen stand am Bug, aber sosehr ich meine Augen auch anstrengte, ich konnte Siegfried nicht entdecken. Dafür stand eine Frau neben Gundahar, die meinen groß gewachsenen Bruder noch um eine Handbreit überragte. Sie trug ein Gewand aus irgendetwas Gleißendem, das die Sonne widerspiegelte, so dass mir die Augen tränten. Es war nichts anderes als ein Panzerhemd, aus einer Vielzahl spitzer Schuppen gefertigt, die an das Federkleid eines Vogels erinnerten. Wie ich später erfuhr, bestand es aus mit reinem Gold überzogenem Stahl. Es reichte ihr bis zu den Waden und schmiegte sich ihrem Körper so fließend an wie Seide. Ich wagte mir kaum vorzustellen, wie viel ein solches Gewand wiegen mochte, ganz zu schweigen von dem dazu gehörenden Gürtel, der gut zwei Spannen breit und so dicht mit Edelsteinen besetzt war, dass man das Grundmaterial nicht einmal ahnen konnte. Edelsteine glitzerten auch in ihrem langen, windzerzausten Haar, das hinter ihr herflatterte wie Rabenflügel, und in den goldenen Baugen, die die nackten, muskulösen Oberarme Stück an Stück bedeckten. Obwohl er seine Krone und das großartigste aller Gewänder trug, die ich angefertigt hatte, wirkte Gundahar fast unscheinbar neben dieser Gestalt, die eher einer von Wodans sagenhaften Schlachtenjungfrauen als einer Sterblichen glich. Als das Schiff so nah war, dass wir Brynilds Gesicht deutlich sehen konnten, überlief mich eine Gänsehaut. Niemals, nicht einmal bei Uote in ihrem größten Zorn, hatte ich einen Blick von solcher Kraft und Leidenschaft gesehen.

Die Luren ertönten, das Volk jubelte, und das Schiff legte an. Ich zitterte innerlich vor Verwirrung, weil ich Siegfried noch immer nicht entdeckt hatte, dennoch erhob ich mich und schritt von der Tribüne hinunter, um die Angekommene mit dem Schwesterkuss zu begrüßen, wie es die Sitte gebot. Während ich auf Brynild zuging, die mit der gebührenden, königlichen Feierlichkeit zum ersten Mal burgundischen Boden betrat, entdeckte ich im Augenwinkel ein weiteres Schiff, das langsam näher kam und darauf wartete, als nächstes anlegen zu können. Am Bug stand Siegfried. Unsere Blicke kreuzten sich, er hob grüßend den Arm, und ich lachte vor Glück.

»Ich heiße dich willkommen, königliche Schwester, in Burgund!«, rief ich und strahlte Brynild an, während ich mich auf die Zehenspitzen stellte, um sie auf beide Wangen zu küssen. Ich spürte, dass sie sich über meine offenbar echte Freude wunderte; einen Herzschlag lang wurde ihr Blick weicher, und ich spürte die Müdigkeit und Anspannung unter der großartigen Maske. Hier war eine, die sich noch mehr davor fürchtete, ihre Schwäche zu zeigen, als ich. Während auch Uote Brynild küsste und willkommen hieß, merkte ich, dass ich meine Schwägerin mochte. Ich spürte, dass wir viel mehr gemeinsam hatten, als der äußere Schein ahnen ließ.

Gundahar schob sich neben seine Frau und fiel uns allen um den Hals. Dann übergab ihm Gerenot mit großer Geste den burgundischen Königsspeer. Gundahar fiel damit vor Brynild auf die Knie und reichte ihn ihr wie ein Krieger seiner Dame das Schwert. Ich fand diese unterwürfige Geste ein wenig übertrieben; Brynild aber, jeder Zoll eine Königin, nahm den Speer ganz selbstverständlich von Gundahar entgegen, hob ihn hoch und drehte sich mit ihm langsam um die eigene Achse, so dass auch der fernste Zuschauer genau erkennen konnte, was hier geschah. Dann erst reichte sie die Waffe meinem Bruder zurück.

Der stand auf und legte schief lächelnd den Arm um sie. Plötzlich erinnerte mich sein Gesichtsausdruck an einen Fuchs, der im Hühnerstall geräubert hat. Er passte so überhaupt nicht zur makellosen Erscheinung Brynilds und dem feierlichen Anlass, dass mich, beinah angewidert, ein Schreck durchfuhr. Ich nahm mir vor, Gundahar später zu fragen, was ihm in diesem Augenblick durch den Kopf gegangen sein mochte, doch ich vergaß das Vorhaben schnell, denn in diesem Augenblick legte Siegfrieds Schiff an.

Es war ein bauchiger Segler des Nordmeeres mit einem geschnitzten Drachenkopf als Bug, und die Rudermannschaft bestand aus zwanzig kräftigen Kriegern. Außerdem waren noch eine Menge Leute aus Brynilds Gefolge an Bord, dazu Hagen und Dankwart. Siegfried aber schritt als Erster an Land. Als seine Arme mich umschlossen, versank die übrige Welt, und ich wusste wieder, dass bei ihm die eigentliche Wirklichkeit war, die alles andere als bloße Schatten entlarvte.

Abends fanden wir uns alle in der Halle ein, und Brynild saß zum ersten Mal neben Gundahar auf dem Platz der Hohen Frau. Mir schenkte sie ein vorsichtiges Lächeln, doch als Siegfried zu meiner Rechten Platz nahm, verdunkelte sich ihr Blick, und ihre Gesichtszüge wurden steinern. Sie wandte sich an Gundahar und fragte in kaltem Ton, der bis in den letzten Winkel der Halle drang, ob er sie damit beleidigen wolle, dass er einem Günstling solche Ehre erweise. Verblüfft hoben sich überall die Köpfe. Ich sprang wütend auf.

»Siegfried ist keineswegs mein Günstling«, beschwichtigte Gundahar seine Braut rasch, bevor ich meiner Empörung Luft machen konnte. »Er ist König der Niederlande und Nibelungen, niemandem tributpflichtig, im Rang gewiss nicht geringer als ich – und er heiratet morgen meine Schwester.«

Brynild wurde so bleich wie frisch gefallener Schnee. »Eine solch schmähliche Heirat erlaubst du?«, zischte sie mit einer Stimme, die vor Entsetzen zitterte. »Und dies auch noch an deinem und meinem Hochzeitstag?«

»Ich bin Siegfried zutiefst verpflichtet, mehr als jedem anderen Menschen«, stotterte der gedemütigte König, der es nicht wagte, irgendjemandem in die Augen zu sehen. »Leben und Glück habe ich aus seiner Hand empfangen. Es ist nur recht und billig, dass ihm in Borbetomagus ebenso große Ehre zuteil wird wie mir selbst.«

Brynild streifte mich mit einem entsetzlichen Blick, der mir das Blut in der Adern gefrieren ließ. »Deine Schwester ist eine Hure, und du bist nichts als ein erbärmlicher Wicht mit einer Krone«, raunte sie, diesmal zum Glück nur am Hohen Tisch verständlich. »Oh, hätte mich die glühende Erde verschlungen, hätte mich das Feuer aus dem Leib meiner Mutter gebrannt, bevor ich geboren wurde …«

Ehe jemand etwas sagen konnte, kniete auf einmal Hagen vor Brynild und streckte ihr seinen Schwertknauf entgegen. »Erlaube mir, deinem Knecht, der sich nichts Größeres wünscht, als dir zu dienen, dass ich dir Schwert und Leben weihe«, flüsterte er beinah zärtlich. »Jeder Harm, den man dir tut, sei tausendfach gerächt, und jeder Wunsch, den du mir anvertraust, sei wie ein Samenkorn in schwarzem Ackerboden, wo er aufgeht und reiche Frucht trägt. Meinen sterblichen Leib und meine unsterbliche Seele will ich in deinem Dienst gleichermaßen für nichts erachten. Bei Gungnir, Wodans mächtigem Speer, bei Lokis Flamme und bei Gott dem Allmächtigen schwöre ich es!«

Auf Brynilds bleichen Wangen erschienen zwei kreisrunde Feuerflecken, und ihr Mund teilte sich wie bei einer halb Erstickten, die wieder reine Luft atmet. Langsam erhob sie sich und bohrte ihren Blick tief in das glühende Auge Hagens. Ihre lange, kräftige Hand mit den funkelnden Ringen, die einer Waffe glich, senkte sich auf den Schwertknauf.

»Ich, Brynild aus dem Haus der Bedelungen, nehme deinen Schwur an, edler Trojaner«, sprach sie mit einer Stimme aus Eis und flüssiger Glut. »In Odins Stahlschild Dvalin sei er eingegraben, der uns vor der tödlichen Sonnenglut schützt. Ins Ohr des Sonnenrosses Arvak sei er eingegraben und in den Huf des Sonnenrosses Alsvinn. In des Bären Pranke, in des Dichters Zunge, in des Wolfes Klauen sei er eingegraben, in des Adlers Krummschnabel und in seine blutigen Schwingen.«

»Und wenn ich dir jemals die Treue breche, soll der Strom mich ertränken, die Erde mich verschlingen und die Flamme mich verbrennen«, schloss Hagen den grausigen Schwur. Brynild ließ sein Schwert los, und die Spannung wich, als hätte eine Befruchtung stattgefunden. Etwas Böses, das wusste ich, war an diesem Abend zwischen den beiden gezeugt worden und wuchs nun unaufhaltsam im Verborgenen heran, um uns alle zu vernichten.

Obwohl ich das Verhängnis wie einen metallenen Geschmack im Mund spürte, hätte ich in diesem Augenblick den Mut aufgebracht, Brynild zu fragen, was in aller Welt sie so plötzlich gegen mich und Siegfried aufgebracht hatte. Mutter jedoch, die von den schicksalsschweren Worten gänzlich unberührt schien, ließ mir dazu keine Gelegenheit. Während Hagen sein Schwert in die Scheide zurückschob und sich wieder an seinen Platz setzte, erhob sie sich mit ihrem strahlendsten Lächeln.

»Doppelt freudig heiße ich dich willkommen, Tochter, die du in unserer Halle die altvertrauten Worte des Nordens sprichst«, sagte sie und nahm einen zeremoniellen Schluck aus dem Pokal. »Brynild-Dis nenne ich dich, Künderin, erfüllt von Wodans Weisheit und Kraft. Möge dies südliche Land deine Heimat werden, möge Frigga selbst deine Ehrenfrau sein, wenn du mit meinem Sohn durch das Hochzeitstor schreitest.«

Sie reichte Brynild den Pokal, und der Isländerin blieb nichts anderes übrig, als zu trinken. Ein sonderbares, glosendes Lächeln lag in ihren Augen, als sie Uote den Becher zurückgab. Unmittelbar danach wurden die Speisen aufgetragen. Ich hatte die Gelegenheit verpasst, Brynild zur Rede zu stellen. Nach dem Essen erhob ich mich, um zu ihr zu gehen, doch diesmal hielt mich sonderbarerweise Siegfried zurück. Er legte seine Hand auf die meine und schüttelte kaum merklich den Kopf. »Lass ihr Zeit!«, flüsterte er bittend.

Über die große Doppelhochzeit am Rhenus sind so viele Lieder gesungen worden, dass es müßig scheint, von ihr zu berichten. Jeder Einzelne der vielen tausend Gäste stimmte darin überein, dass solche Pracht und solcher Glanz noch niemals in Germanien entfaltet worden waren. Zu Ehren der Brautleute spielte Volkar von Alazay ein neues Lied, wie es Heiratsbrauch war. Er hob Gundahars Ruhm in den Himmel und pries seine Taten und die Taten seiner Väter bis in die fernste Vergangenheit auf Burgundarholm.

»Nicht geringer aber als er und einzig unter den Frauen ist Brynild, Herrin der Bedelungen, die er zum Weib sich erkor«, sang er, nachdem er Gundahar hinlänglich gerühmt hatte, und er verneigte sich ein wenig beklommen vor der bleichen Königin. »Einst schweifte sie wild und frei durch das Nordland, Runenweisheit kündend, kühne Taten suchend. Nicht gleich ihren Schwestern verlockt' sie der heimische Herd. Mit starkem Arm sprang sie im Kampf bei dem jungen Agnar, des Audas Sohn, als dem grimmen Holmgundar schon winkte der Sieg. Gierig umströmten die Wasser den Holmgang, es wankte der Boden, die Aasvögel schrien. Wie die Sichel zur Ernte schon fielen die Schläge Holmgundars; furchtlos aber, in mächtiger Rüstung, warf sich die Jungfrau dem Tod in den Weg. Ins nackte Leben kam Audas Sohn zurück; bewahrt noch im Fallen, beschützt durch ein Weib. Doch verbannt ward die Jungfrau, ihre Kühnheit zu sühnen, die es gewagt und das Schicksal durchkreuzt. Manch mutiger Jüngling vernahm diese

Kunde, unzählige Helden verlangt es nach ihr. Aus fuhren die Recken, ihr Herz zu gewinnen …«

Volkar sah sich bedeutungsvoll um, und die Männer im Saal grinsten.

»Die Herrliche aber, verbannt, doch nicht hilflos; furchtlos ins Flammengebirge stieg sie empor. Im Angesicht Odins schwor sie: Nur der Furchtloseste soll eindringen zu ihr. Glut und Feuer umbranden den Zufluchtsfelsen, es züngeln die Flammen zum Himmel empor. Doch einem gelang es, die Lohe zu meistern; einer drang bis zur Schildjungfrau vor. Seine Kühnheit erweckt' sie, die Herrliche, wie aus langem, traumschwerem Schlummer. Runen beschwor sie, sein Schicksal verkündend, und sie schieden wie der Tag von der Nacht … Da kehrte auch sie sich herab von dem Gipfel, der so lange ihr Zuflucht gewährt'. Zur Königin ward sie, alle Feinde besiegt' sie; nur dem Stärksten versprach sie das Glück ihrer Gunst. So mancher Krieger verlor da sein Leben, manch König und Recke und mutiger Knecht. Blut floss in Strömen von Islands Küsten; Heldenblut strömte in Bächen ins Meer. Kaum noch wagten die Männer zu freien, unausweichlich dünkte der Tod durch das herrliche Weib.«

Der Spielmann machte eine winzige Pause und verneigte sich vor Gundahar.

»Nur einer noch lebte, der frei war von Feigheit, der sein Leben setzte für den herrlichsten Preis.« Zustimmendes Grölen erfüllte den Saal.

»Der Unbezwungenen stellt sich der Kühne: Bereit

zum Tod, ist sein Arm doch so stark wie sein Herz.« Volkar übertönte mit erhobener Stimme das Gebrüll. »Tief dringt sein Speer in den Schild der Jungfrau, mit aller Wucht der liebenden Glut. Sein Sprung, getragen vom Liebesverlangen, gleicht mächtiger Adler Flug. Schnell wie ein Pfeil jagt sein Wurfstein die Wolken; geschleudert von Leidenschaft vergeht selbst sein arges Gewicht. Siegreich verlässt er die Walstatt. Gundahar, Held großer Schlachten, Herr großer Völker, bezwang sich aus Liebe das herrliche Weib. Heil dir, gewaltige Königin, dass ein solcher Manne dich besiegt'! Heil, großer König, dass eine solche Braut dir gehört!«

Unter donnerndem Applaus verneigte sich Volkar vor dem Königspaar. Schweißtropfen glitzerten auf seiner Stirn, und er seufzte vor Erleichterung, als er sah, dass Brynild sich völlig ungerührt gab. Offenbar hatte er um sein Leben gefürchtet, sollte der Königin sein Preislied missfallen. Erleichtert wandte er sich zu uns und begann, Siegfried und mich zu rühmen. Der Drache kam in seinem Lobpreis ebenso vor wie der Hort und meine berühmten Stickmuster. Doch die hochtrabenden Worte wurden umrankt von glitzernden, geheimnisvollen Klängen. Es war ein Lied der Sehnsucht und Zärtlichkeit, während das Lied Brynilds und Gundahars wild und kriegerisch gewesen war. Offenbar liebte der Spielmann die Sanftheit mehr als die Leidenschaft, denn er errötete, als er sich anschließend vor uns verneigte.

Diesmal kam der Applaus vor allem von den Frauen.

Nur Brynilds bleiches Gesicht blieb unbewegt wie eine Maske aus Eis. Gundahar neigte sich zu ihr und flüsterte ihr etwas zu, sie aber schien ihn gar nicht wahrzunehmen. Erst als mein Bruder ihren Arm berührte, fuhr sie auf wie aus tiefen Träumen und sah ihn mit einem so verächtlichen Blick an, dass mir kalt wurde.

»Komm!«, flüsterte Siegfried mir von der anderen Seite ins Ohr. Wir erhoben uns, um den Saal zu verlassen. Als wir uns unter Hochrufen vor dem Königspaar verneigten, sah ich in Brynilds Augen Tränen glitzern.

Kapitel 12

»Ich würde Borbetomagus gern so bald wie möglich verlassen«, schlug Siegfried leise vor. Wir hatten uns kurz und heftig geliebt, und es war alles ganz anders als in jener ersten Nacht. Wir waren beide viel zu unruhig und aufgewühlt, um uns langen Zärtlichkeiten hinzugeben oder gar eng umschlungen einzuschlafen. Ich stellte mich neben Siegfried ans Fenster, und wir sahen hinaus in die sternklare Nacht. Die Fremdheit lag zwischen uns wie ein Geheimnis oder Rätsel; nie war mir so klar gewesen, wie wenig wir voneinander wussten. Tief unten glitzerte der Strom und wand sich wie eine Verheißung in die Ferne: nach Nordwesten, in die Niederlande. Die Mauern und Türme von Borbetomagus waren wir schwarze Schatten vor dem tiefvioletten Himmel.

»Ich habe nichts dagegen«, antwortete ich. »Während ihr fort wart, hat Gislaharius mich gewarnt. Er befürchtet, Hagen könne die Männer gegen dich aufhetzen, wenn du länger hier bleibst.«

»Nicht nur Hagen«, murmelte Siegfried. »Wie schnell kannst du packen?«

Das überraschte mich doch. »Wir können morgen schon abreisen, wenn du möchtest«, überlegte ich. »Im Grunde habe ich alles längst vorbereitet. Auch mein Gefolge wurde bereits ausgewählt. Man müsste den Leuten in der Frühe Bescheid sagen, dann können wir sicher am späten Nachmittag aufbrechen.«

»Gut.« Siegfried drückte meinen Arm. »Ich danke dir. Und, Kriemhild – danke, dass du mich geheiratet hast.«

»Dank auch dir«, flüsterte ich. Eine Träne rollte meine Wange hinunter und würzte unseren Kuss. Ich wollte ihn nach Brynild fragen, aber Siegfried hob mich mit einer Leichtigkeit auf, als wöge ich nicht mehr als eine Feder, und trug mich zum Lager zurück.

Summend, in ein Traumgespinst aus Sonnenstrahlen eingehüllt, tanzte ich am nächsten Morgen durch meine Kammer. Ich nahm wahllos Gegenstände in die Hand, legte sie wieder hin und wühlte immer wieder die Nase in meine Armbeugen, wo noch immer Siegfrieds Geruch hing. Diesmal hatte kein orientalischer Betäubungsduft uns überwältigt … Meine sächsische Dienerin Dalraida beobachtete mich schmunzelnd.

»Mit allem Respekt, Herrin«, sagte sie schließlich, »vielleicht solltest du die letzten Reisevorbereitungen lieber mir überlassen. Möchtest du nicht noch einmal durch die Festung gehen und dich verabschieden, während ich packe?«

Ich betrachtete ihr geduldiges Gesicht, als sähe ich sie zum ersten Mal. »Du meinst, dann bin ich aus dem Weg und du kannst in Ruhe deine Arbeit tun, was? Nun gut. Aber vergiss nichts! Meine Seidenschals …«

»Sind in der duftenden Sandelholztruhe, ich weiß, ich weiß. Deine Frau Mutter hat bereits angeordnet, dass

Rindika und noch zwei andere Frauen mir helfen. Sie scheint zu glauben, dass es in Colonia Ulpia Traiana weder Kleider noch Schmuck gibt, ganz zu schweigen von Wein, Wandteppichen, Vorhängen, Duftwasser, Schminkpulver, goldenem und gläsernem Geschirr. Dein Gepäck sieht jetzt schon so aus, als müsstest du dein Leben lang mit dem auskommen, was du von hier mitnimmst.«

»Ich komme sowieso bald wieder«, murmelte ich. »Sicherlich. Zu Besuch. Es ist ja gar nicht so weit …«

»Nein, überhaupt nicht«, beruhigte mich Dalraida, als sei sie meine alte Amme Irminberga und keine junge Zofe, ein Jahr jünger als ich.

»Also gut! Sieh dich nur vor, dass nichts zu Bruch geht!«

Ich eilte hinaus. Erst vor dem Haustor fiel mir auf, dass ich lediglich meine lose Morgentunika und einfache Sandalen trug. Nur meinen engsten Dienerinnen hatte ich bisher erlaubt, mich so zu sehen, doch jetzt spielte das alles keine Rolle mehr. Ich summte die sanfte Melodie, die aus Volkars Lied für uns stammte, während ich den Hof durchquerte und zwischen den Gebäuden Richtung Süden ging. Ein ganz leichter Geruch von Eisen in der Luft erinnerte daran, dass der erste Frost nicht mehr weit entfernt war. Doch die Sonne stieg schon über die Festungsmauern, und es versprach wieder ein warmer, goldener Herbsttag zu werden.

Auf dem keltischen Hügelgrab unter den beiden Monolithen hielt ich inne. Als Kind hatte ich hier gespielt,

dass ich meine Ritter aussandte, um das Land des ewigen Glücks zu finden. Jetzt zog ich selbst in die Ferne. Ich legte meine Stirn an den rauen, kalten Stein und umarmte ihn. »Wo Siegfried ist, da ist das Glück. An welchem Ort wir sind, ist völlig unwichtig«, wisperte ich, als sei ich den Menhiren eine Erklärung schuldig. Ich lauschte eine Weile, ob der Stein antwortete, schüttelte den Kopf über meine Albernheit und wollte gerade wieder in die Festung zurückkehren, als ich die gedämpfte Stimme Gundahars hörte. Sie klang rau, als habe er lange und laut geschrien.
»… und dann hat sie mich mit ihrem Gürtel gefesselt. Bei Hels stinkender Halle, das Weib ist nichts anderes als eine Riesin. Verflucht sei dein Rat, Siegfried! Es kann kaum schlimmer sein, mit Angurboda selbst das Bett zu teilen.«
Schritte näherten sich. Fast wäre ich laut schreiend hinter dem Stein hervor gestürzt, um die beiden zu erschrecken, doch etwas hielt mich zurück. Es war klar, dass sie diesen abgelegenen Ort der Einsamkeit wegen gewählt hatten. Vielleicht war es besser, wenn sie nicht wussten, dass sie belauscht wurden.
Jetzt sprach Siegfried: schnell und leise, als habe er eine unangenehme Pflicht zu erfüllen. »Ich will dir heute Nacht noch einmal helfen, Gundahar«, sagte er zu meiner Bestürzung. »Sorge dafür, dass die Lampe im rechten Moment umgestoßen wird, und befiehl, dass die Diener nicht im Vorraum schlafen! Und sei zur Hand, wenn ich sie dir gezähmt habe! Ich will den Trug nicht schlimmer machen, als ich muss.«

»Da sei ganz unbesorgt«, knurrte Gundahar. »Und Kriemhild?«
»Kriemhild sage ich, wir reisen erst morgen.« Siegfrieds Stimme wurde so weich, dass ich beschloss, ihm dies eine Mal blindlings zu vertrauen. Sobald Borbetomagus hinter uns lag, würde ich ihn zur Rede stellen und nach der Lösung dieses Rätsels fragen.
»Glaubst du denn, dass eine Nacht genügt?«, begehrte der verzagte Gundahar auf. »Was tue ich, wenn du weg bist und sie mich wieder …«
»O ja, es wird genügen!« Siegfried schnitt ihm das Wort ab. »Hast du denn noch kein Wildpferd zugeritten, Bruder? Sobald es einmal spürt, dass du der Herr bist, wird es zahm und liebt dich umso mehr für deine Stärke.« Er lachte leise. »So war es auch bei meinem Grauen, bei Grane. Hab keine Furcht! Kriemhild und ich werden uns heute Abend früher zurückziehen als ihr, und ich verberge mich in eurer Kammer. Morgen reise ich.«
»Also gut. Ich danke dir«, murmelte der König gepresst. Ich aber wusste, dass niemand ungestraft »Hab keine Furcht!« zu Gundahar sagen durfte. Sein Stolz würde es meinem Bruder niemals erlauben, Siegfried zu verzeihen.
Als mein Mann sich mir später voll Unsicherheit näherte und fragte, ob es mir sehr viel ausmachen würde, erst am nächsten Tag abzureisen, lachte ich nur und meinte, ich sei mit meinen Vorbereitungen ohnehin noch nicht fertig.
»Gundahar sieht unglücklich aus«, flüsterte mir Mut-

ter ins Ohr, als wir abends in der Halle saßen. »Und hast du die Kratzer und Schrunden auf seinem Hals und Gesicht bemerkt? Gebe Gott, dass wir es nicht bereuen, diese hünenhafte Königin ins Land geholt zu haben!«

»Brynild muss sich erst in Burgund eingewöhnen«, erwiderte ich betont arglos leise. »Und Gundahar hat einfach eine anstrengende Nacht hinter sich. Das wird vorübergehen, mach dir keine Sorgen! Ich habe mir sagen lassen, dass das Zähmen nordischer Weiber dem Zureiten wilder Pferde gleicht.«

Uote sah mich forschend an, dann lächelte sie zögernd. Zweifellos glaubte sie, dass ich meine Weisheit von Siegfried hatte – was ja indirekt auch stimmte. Als er kurz danach darauf drang, die Halle zu verlassen, und mich dann mit einer gemurmelten Entschuldigung verließ, nickte ich nur und stellte keine Frage. Hätte ich nicht zufällig sein Gespräch mit Gundahar belauscht, wäre ich bestimmt misstrauisch geworden oder hätte mich gekränkt und beleidigt gefühlt. Jetzt aber warnte mich mein Gefühl, kein Aufsehen zu erregen und nichts zu tun, was unsere sichere Abreise gefährden konnte.

Auch als Siegfried viel später verschwitzt und erschöpft zu mir in unsere dunkle Kammer kam, fragte ich nichts, sondern nahm ihn nur in die Arme.

Gundahar hatte uns für die Reise das Schiff geschenkt, mit dem er nach Island ausgezogen war. Dank Brynild besaß er jetzt eine ganze Flotte von

zwölf hochseetüchtigen Langschiffen und konnte leicht auf das kleinere Fahrzeug verzichten. Für mich aber, mit meinem immensen Gepäck, war eine Fahrt auf dem Strom viel bequemer als eine Karawane mit schwer beladenen Packwagen. Die vielen Säcke, Ballen und Reisetruhen konnten gut über dem Kiel und zwischen den Ruderbänken verstaut werden.
Wir brauchten auch keine Krieger an Bord zu nehmen, denn unser Weg führte hauptsächlich durch burgundisches und niederländisches Gebiet, und wir mussten unterwegs kaum Überfälle befürchten. Da wir einfach den Strom hinabtreiben würden, genügten drei Männer, um das Schiff zu führen. Siegfried wählte sie unter den elf Getreuen aus, die mit ihm nach Borbetomagus gekommen waren, und wies die übrigen acht an, zusammen mit den dreißig Mägden und zwanzig Knechten, die Mutter mir zur Bedienung mitgab, auf der Straße vorauszureiten. Ein Hauptmann übernahm es, den Hengst Grane nach Colonia Ulpia Traiana zu reiten, und Siegfried verbrachte fast eine Stunde im Stall, bevor er es endlich über sich brachte, das Pferd ziehen zu lassen.
So kam es, dass Siegfried und ich das Deck fast für uns hatten. Über dem eingerollten Segel hingen die bunten Banner der Völsungen, der Nibelungen und der Burgunder, gekrönt von Siegfrieds goldener Sonne auf blauem Grund, die von der Mastspitze flatterte. Brynild war nirgends zu sehen, als wir uns verabschiedeten, doch Mutter riss mich in eine stürmische Umarmung und rannte dann beinah davon,

weil ihr höchst unköniglich die Tränen kamen. Gislaharius küsste uns beide auf die Wangen und wiederholte sein Versprechen, uns bald zu besuchen. Gerenot drückte uns immer wieder die Hände und schenkte mir überraschend einen seiner geliebten Jagdhunde, der in der Fremde auf mich aufpassen sollte. Hagen verneigte sich zeremoniell und wünschte uns allerhöchstes Glück, den Ausdruck tiefer Befriedigung im funkelnden Auge. Tante Grimwerda war in Tränen aufgelöst, Fredegunde kletterte an Bord und musste regelrecht zurück an Land gezerrt werden. Geislinde überreichte mir im Namen aller Frauen aus der Stickstube einen großen Wandteppich, der Borbetomagus mit all seinen Türmen zeigte. Zuletzt kam Gundahar und umarmte mich kurz und heftig. Er sah viel besser aus als am Morgen nach der Hochzeitsnacht und grinste breit, als er Siegfried beide Hände schüttelte. »Hab Dank für alles, mein Bruder!«, rief er und winkte uns nach, als wir ablegten. »Hab tausendmal Dank!«
Es war seltsam, aus dem Menschengewimmel einfach hinauszugleiten: als ließen wir mit dem Lärm auch alle Sorgen zurück. Während ich zurückblickte, verstand ich, warum mein Vater es damals als solch große Ehre empfunden hatte, dass man ihm ausgerechnet Borbetomagus anvertraut hatte. Die Festung überragte das Land auf viele Meilen nach Norden und Süden, sie erhob sich wie ein mächtiger Wächter aus dem fruchtbaren Schwemmland, und ihre Türme waren noch nach über einer Stunde Fahrt deutlich in der Fer-

ne zu sehen. Schließlich beschrieb der Rhenus einen anmutigen Bogen, und Borbetomagus versank zögernd hinter der atemberaubenden Pracht dichter Herbstwälder. Strudel und Stromschnellen ließen die Wasser rauschen, doch Siegfrieds Krieger steuerte mit sicherer Hand. Zum ersten Mal waren Siegfried und ich ganz für uns, und das Schiff verwandelte sich in eine Zauberbarke, die uns in die Sphäre des Wunderbaren entführte.

Ich reckte mich glücklich. »Mir ist, als wüchsen mir Flügel«, seufzte ich. »Wie herrlich, endlich befreit zu sein. Ich merke erst jetzt, dass die Festung wie ein Gewicht auf mir lastete.«

Siegfried lachte überrascht. »Ja. Es freut mich, dass du es auch so empfindest. Schon als Kind habe ich mich am liebsten im Freien aufgehalten.«

»Du musst mir alles zeigen: die Wälder, die Heide, das Meer«, rief ich, plötzlich voller Sehnsucht. »Ich habe mein ganzes Leben mit Büchern und Stickmustern verbracht, gefesselt in Familienbande und den Stolz der Burgunder.«

»Familienbande können etwas Schreckliches sein«, bestätigte Siegfried leise.

Mein Herz klopfte angstvoll; ich wusste, dass ich der Wahrheit nicht länger ausweichen durfte. Ließ ich diesen Augenblick vorbeigehen, würde sich der Schatten unausgesprochener Zweifel immer tiefer zwischen uns schieben und unweigerlich immer mehr Raum gewinnen, bis er unsere Liebe zerstört hatte. Wir saßen ganz vorn am Bug, rings um uns

brausten die Wasser. Niemand konnte uns hören.
»Du warst der Furchtlose, der damals durch Brynilds Feuerkreis drang, nicht wahr?«, fragte ich ihn.
»Ja. Es ist Jahre her. Ich hatte gerade Fafnir besiegt und den Hort von Mimir gewonnen und glaubte, alles müsse mir glücken.« Siegfried wandte mir sein aufgerissenes Gesicht zu. In seinen Augen schimmerten Tränen. »Brynild besitzt großes Wissen, sie lehrte mich die Runen. Außerdem enthüllte sie mir die Wahrheit über meine Herkunft. Meine Mutter hatte mir diese bis dahin verschwiegen, weil sie Angst hatte, dass ich mich zu früh zur Vaterrache hinreißen lasse und dabei umkomme …«
»Woher wusste Brynild all diese Dinge?«, fragte ich staunend.
»Sie war das jüngste Kind König Budlis von Island. Eine Zeit lang lebte sie als Friedensgeisel am Hof eines Gotenkönigs, doch schon von Geburt an war sie zur Völuspa bestimmt: zur höchsten Künderin ihres Volkes. Außerdem wussten die meisten Könige im Norden von der Flucht meiner Mutter. Sie …«
»Und was hatte es mit dem Feuerkreis wirklich auf sich?«, unterbrach ich Siegfrieds Erläuterung über seine Mutter, obwohl ich auch von ihr so gut wie nichts wusste. Dazu war später noch genügend Zeit – jetzt war ich entschlossen, mich durch nichts von der Lösung des finsteren Rätsels ablenken zu lassen, das Brynilds Verhalten mir aufgegeben hatte.
»Brynild griff in einen Holmgang ein und wurde verbannt. Einen Mann hätte man dafür getötet.«

»Warum? Was ist das?«

»Ein Holmgang ist ein Zweikampf bis zum Tod oder der Unterwerfung eines Gegners. Er wird vom Thing verhängt, und sein Ausgang ist die Vollstreckung des Gesetzes. Allenfalls dürfen ein Junge und ein Greis einander beim Kampf unterstützen; aber das müsste von vornherein feststehen und vom Thing gebilligt worden sein. Es ist unerhört, einfach mitten in einen Holmgang zu stürzen, wie Brynild es getan hat.«

»Aber sie rettete damit einem der Kämpfer das Leben?«

»Ja. Es war ein Frevel gegen die heiligen Regeln des Holmgangs und somit gegen Odin selbst, der dem jungen Agnar offensichtlich den Tod bestimmt hatte. Verbannung in die Wildnis war dafür eigentlich eine milde Strafe.«

»Und wer war Agnar?«

»Das hat sie mir nie gesagt.«

»Noch ein Rätsel«, murmelte ich. »Wieso konnte sie überhaupt so gut kämpfen?«

»Das ist im Norden längst nicht so ungewöhnlich wie hier.« Ein kleines Lächeln huschte über Siegfrieds Züge. »Wenn ein Mädchen das wilde Leben der Krieger den häuslichen Pflichten vorzieht, hat sie die Möglichkeit, eine Kämpferin zu werden, eine Schildjungfrau. Sie muss dann allerdings keusch bleiben, damit im Lager der Krieger ihretwegen kein Streit ausbricht.«

»Brynild hatte also Keuschheit gelobt«, stellte ich fasziniert fest. »Ich verstehe. Und als sie dann allein auf dem Berg leben musste, kamen andauernd irgendwelche eitlen, schwachsinnigen Jünglinge, die die Situation ausnutzen wollten. Darum hat sie die Geschichte von dem Feuerkreis in Umlauf gebracht.«

»Oh, das war mehr als nur eine Geschichte!« Siegfried lachte bei der Erinnerung. »Sie suchte sich einen Gipfel im Gebirge, so hoch, dass er bei gutem Wetter Ausblick über halb Island bot. Am Fuß des Hanges waren heiße Schwefelquellen, die ab und zu überkochten und aus denen ständig stinkende Dämpfe aufstiegen. Weiter oben gab es vulkanische Erdspalten, die in unregelmäßigen Abständen aufbrachen. Ich habe selbst erlebt, wie das glühende Gestein herauskroch, einem gefräßigen Strom gleich, und wie die heiße Asche viele Mannslängen hoch in die Luft geschleudert wurde. Es krachte und donnerte ohrenbetäubend, der Boden bebte, und es zischte bei jedem Schritt. Die Erde selbst schien an diesem Ort ein Untier zu sein, und man sagte, gerade unter jenen Bergen liege der Fenriswolf gefangen und rüttle grimmig an seinen Ketten. Eine Menge Männer sind dort umgekommen, das ist sicher.«

»Und wie hast du diesen Berg bezwungen?«

»Hauptsächlich mit Geduld.« Siegfried lachte. »Es lag eine gewisse Ordnung in all dem Donnern und Aufbrechen und Überkochen. Ich nahm mir die Zeit, mich mit dem Rhythmus vertraut zu machen, statt blindlings draufloszustürzen. Dadurch fand ich heraus, wann die Quellen schliefen und die Erdspalten ruhten. Wenn man das wusste, war der Aufsteig fast ein Kinderspiel.«

»Fast«, echote ich lächelnd. »Wie alt warst du damals?«

»Neunzehn.«

»Und Brynild?«

»Sie war sechsundzwanzig. Als ich kam, lebte sie schon seit einigen Jahren in dieser wilden Einsamkeit. Sie hatte das Leben unter Menschen fast vergessen, trug eine Art Panzer aus Horn und wusste kaum noch, wie man spricht.«

»Was hat sie dort oben die ganze Zeit getan?«, fragte ich. »Wovon hat sie gelebt?«

»Ich weiß nicht, was sie getan hat – wahrscheinlich Runen geworfen, die Sterne beobachtet und die Sprache der Tiere gelernt.« Siegfried zuckte die Achseln. »Sie hatte ein paar Habichte gezähmt, die ihr Bergkaninchen und andere Beute schlugen. Es gibt dort oben auch süße Beeren und ein Moos, das man essen kann. Trotzdem war sie froh, mich zu sehen.«

»Jeder Mensch ist froh, dich zu sehen«, stellte ich fest. »Sogar mich hat dein Anblick völlig verwandelt, obwohl auch ich Keuschheit gelobt hatte, weil ich keinen Mann ernst nehmen konnte.«

Ein Fischerboot kreuzte unseren Kurs. Es hielt auf ein Dorf am östlichen Ufer zu, und die beiden Männer, die darin saßen, fielen vor Aufregung beinah ins Wasser, als sie uns erkannten. Sie winkten, riefen uns Segenswünsche zu und hoben grüßend die Ruder. Ich winkte lächelnd zurück und drückte Siegfrieds Hand.

»Bitte, erzähl weiter. Es ist wichtig, dass ich es verstehe. Ihr habt einander die Treue geschworen?«

Siegfrieds Gesicht verdunkelte sich. »Ja. Ich versprach zurückzukommen, sobald ich meine Vaterrache ausgeführt hätte. Ich konnte mich kaum von ihr trennen, dennoch wollte ich mich meinem Schicksal nicht entziehen. Schließlich begleitete mich Brynild zurück in die Siedlungen, um vor dem Thing darum zu bitten, mich auf einer Insel erwarten zu dürfen. Doch inzwischen war König Budli gestorben, und das Land befand sich in heller Aufregung. Denn Brynilds Bruder hatte sich vor Jahren auf eine Fahrt begeben, von der er nie zurückgekehrt war. Heimar, der Gemahl von Brynilds älterer Schwester Bekkild, versuchte zu verhindern, dass das Reich im Chaos versank, aber die Männer spürten, dass er das raue Island in Wirklichkeit nicht besonders liebte. Er stammte von den grünen Wiesen Götalands, und jeder wusste, wie gern er mit Bekkild in seine Heimat zurückgekehrt wäre. Ein Thing wurde einberufen, und die Männer einigten sich darauf, Brynild, die verbannte Schildjungfrau, als Königin anzuerkennen.«

»Und um sicherzugehen, dass während deiner Abwesenheit kein anderer Mann Anspruch auf sie erhob, fing Brynild an, ihre Freier zum Kampfspiel herauszufordern«, stellte ich fest.

»So ist es. Ich zog mit Heimar und Bekkild nach Süden. Ihr ältester Sohn Alsvinn begleitete mich in die Dänen-Mark, und ich bereitete meine Vaterrache vor … Mein Stiefvater hätte mir geholfen, aber ich wollte ihn nicht auch noch in die uralte Fehde der Hundinge gegen die Völsungen hineinziehen. Deshalb dauerte es einige Zeit, bis ich mein Heer gesammelt und ausgebildet hatte. Doch schließlich besiegten wir die Hundinge, und ich nahm mein Erbe in Besitz …«

»Hattest du damals immer noch vor, zu Brynild zurückzukehren?«

Siegfried biss sich auf die Lippen. »Verzeih mir, Kriemhild! Natürlich hatte ich das vor. Als ich im Frühjahr nach Borbetomagus ritt, plante ich, sie noch vor dem Winter zu mir zu holen. Doch dann …« Er sah mich an und hob hilflos die Hände.

»Es war nicht deine Schuld, mein Liebster«, sprudelte ich hastig heraus, bevor mich der Mut verließ. »Zu deinem Treubruch wäre es nie gekommen, wenn meine Mutter dir in der Nacht der Siegesfeier nicht einen gewissen Trunk gereicht hätte. Erinnerst du dich, wie sie dir zuprostete und du den Pokal in einem Zug leertest? Ich schwöre, ich habe sie nie direkt danach gefragt, aber ich bin sicher, dass sie dem Met einiges beigemischt hatte. Sie wollte dich unbedingt an uns binden. Sie wollte, dass du dich vergisst in jener Nacht mit mir. Und, bei meiner Liebe, ich habe trotz dieses schrecklichen Verdachts schweigend neben dir gesessen. Ich liebte dich so sehr …« Ich brach in Tränen aus. Selbst wenn er sich jetzt in Abscheu von mir gewandt hätte – es tat gut, ihm endlich die ganze Wahrheit gestanden zu haben.

»Der Lauch des Vergessens«, murmelte Siegfried,

mehr überrascht als entsetzt. »Natürlich, so ist es mir prophezeit worden.«

»Was ist dir prophezeit worden?«

»Dass man an den südlichen Königshöfen mit allen Mitteln versuchen würde, mich zu binden.« Siegfried nahm mein Gesicht in die Hände. »Ich verzeihe dir, Kriemhild. Und ich danke dir, dass du mir die Wahrheit gesagt hast. Du sollst wissen, ich achte dich heute schon höher als jeden anderen Menschen, obwohl ich kaum begonnen habe, dich kennen zu lernen. Mit dir vermählt zu sein ist ein größeres Geschenk, als ich es verdiene, und ich bin dankbar dafür; egal, welche Folgen all das noch nach sich ziehen wird. Hier, dies ist das Kostbarste, was ich besitze.«

Er schob mir einen schmalen, unauffälligen Goldreif über den Finger. Ich schluchzte und lachte zugleich. Seine Worte hätten mir genügen können, doch ich wollte es noch deutlicher hören. »Dann liebst du mich und nicht sie?«

»Ich weiß wenig über die wirkliche Liebe zwischen Mann und Frau«, murmelte Siegfried halb beschämt, halb sehnsüchtig. »Aber ich nehme an, sie muss wachsen, wie ein mächtiger Baum wächst. Ohne vollkommenes gegenseitiges Vertrauen ist sie nichts als ein Trug. Deshalb muss auch ich dir die ganze Wahrheit erzählen, obwohl ich damit schon wieder eidbrüchig werde – deinem Bruder gegenüber, dem ich Verschwiegenheit schwor.« Er stöhnte. »Dennoch, es muss gesagt werden. Erstens: Als ich Island verließ, erwartete Brynild ein Kind von mir. Sie bekam eine

Tochter, die mit Heimars und Bekkilds Kindern aufwächst. Ihr Name ist Aslaug, das bedeutet: der Asen Geheimnis.«

»Wie alt ist sie?«, flüsterte ich erschüttert.

»Drei Jahre. Gundahar weiß nichts von ihr. Ich bin ziemlich sicher, dass Brynild ihr Schweigen über sie bewahren wird.«

»Vermisst du sie nicht? Willst du sie nicht zu dir nach Colonia Ulpia Traiana holen?«, stammelte ich.

»Vielleicht später einmal.« Siegfried drückte dankbar meinen Arm. »Ich habe sie ja nie gesehen. Sie wurde während meiner Abwesenheit geboren, und als ich mit den Burgundern wieder nach Island kam, hatte Brynild sie bereits nach Götaland geschickt. Ich könnte mir kein besseres Elternhaus für sie vorstellen als den Hof Heimars und Bekkilds.«

»Wie du willst.« Ich stöhnte. »Und zweitens?«

»Ja, zweitens.« Siegfrieds Hände ballten sich zu Fäusten. Er schien gar nicht zu bemerken, dass er noch immer meinen Arm festhielt, den er beinah zerquetschte. »Zweitens: Ich bin ein Lügner und Eidbrecher, nicht würdig, dein Gemahl zu sein.«

»Siegfried, bitte! Nichts könnte so schlimm sein wie deine Andeutungen. Wenn du mich noch länger im Unsicheren belässt, springe ich in den Fluss.«

»Du hast Recht.« Siegfried ließ meinen Arm los. »Nachdem wir … Ich meine, nachdem du eingewilligt hattest, mich zu heiraten, ging ich zu Gundahar, um ihn um deine Hand zu bitten. Die ganze Zeit konnte ich nur daran denken, wie schändlich ich Brynild die

Treue gebrochen hatte, und ich fühlte mich umso schuldiger, weil ich bereits angefangen hatte, dich lieber zu haben als ... Jedenfalls, als ich bei Gundahar eintrat, redeten er und seine Männer gerade über Frauen. Gerenot erwähnte eine gewisse Kostbeera und scherzte, ehe sein fauler Bruder sich nicht endlich aufmache, um sich eine Braut zu suchen, könne er als der Jüngere wohl schlecht den Anfang machen. Das erschien mir wie ein Fingerzeig des Schicksals. Es war sonnenklar, dass Burgund dringend eine Königin brauchte. Ich aber hoffte, mich vielleicht Brynild gegenüber weniger schuldig zu fühlen, wenn es mir gelänge, ihr in Gundahar einen würdigen Gemahl zu verschaffen ...«

»Also hast du Gundahar überredet, um Brynild zu freien.«

»Ich musste ihn gar nicht überreden.« Siegfried schmunzelte. »Ich musste ihm nur von ihr erzählen, von ihrer Kraft, ihrer Schönheit, ihrer Wildheit. Ich glaube, ihn reizte vor allem die Tatsache, dass er sie eigentlich nicht bekommen konnte. Dein Bruder liebt das Unmögliche.«

»Du hast Recht«, rief ich überrascht. »Ich glaube, wir alle tun das ein bisschen. Das liegt uns im Blut.«

»In Island trat ich als Gundahars Vasall auf«, erzählte Siegfried unbeirrt weiter. »Es war eine Lüge, doch ich hoffte, Brynild auf diese Weise davon zu überzeugen, dass er der Bessere von uns beiden sei.«

Endlich ging mir ein Licht auf. »Deshalb war sie so empört, als du am Hohen Tisch Platz nahmst!«, rief ich.

»Richtig. Ihr wurde schlagartig bewusst, dass sie betrogen worden war. Auch im Zweikampf habe ich Gundahar unbemerkt geholfen; allein hätte er sie niemals besiegen können. Und gestern Nacht …«
»Gestern Nacht hast du dich in Gundahars Kammer geschlichen und Brynild noch einmal für ihn besiegt.« Ich lächelte. »Ich habe euch beide belauscht, am Keltenstein. Es war Zufall, ich wollte nur vom Lieblingsort meiner Kindheit Abschied nehmen.«
»Zufall?« Siegfried schüttelte langsam den Kopf. Ein zitterndes Licht wuchs in seinen Augen, während er mich staunend betrachtete. »O nein. Zufallsglaube ist etwas für Leute, die unbedingt blind und taub bleiben wollen. Es war Teil des Schicksals, das sich vor unseren Augen entfaltet, und es war der Schutz des gütigen Gottes, der uns zusammengeführt hat.«
Er zog mich in die Arme, und ich begriff, dass er zum ersten Mal mich, Kriemhild, berührte und mich meinte. Ich zitterte ein bisschen, vor Angst, aber vor allem vor Glück.
Abends legten wir am Steg von Mogontiacum an, wo unser Gefolge uns bereits erwartete. Wachen wurden eingeteilt, die über Nacht an Bord bleiben sollten, und aus der Festung eilte uns ein Bote entgegen, der uns untertänigst dazu einlud, die Tafel des Stadthauptmannes mit unserer Anwesenheit zu ehren.
Dieser, ein stämmiger, dröhnender Mann namens Geromund, war den Burgundern schon unter Gibich tributpflichtig geworden und fühlte sich durch unseren Besuch überaus geschmeichelt. Er tat so, als seien

wir nur seinetwegen gekommen, und überschlug sich förmlich, um uns ein großartiges Gelage mit dem besten Wein und erlesenen Speisen vorzusetzen. Sein Leibesumfang ließ darauf schließen, dass er dem guten Leben auch dann hold war, wenn er keine Gäste zu bewirten hatte. Er hielt sich gleich drei Spielmänner, die sich trefflich auf eine Art Wechselgesang verstanden und uns mit begeisterten Ruhmesliedern über die Taten meines Mannes und meiner Brüder unterhielten, als könnten sie sich nicht vorstellen, dass wir je genug davon bekämen.

»Wäre es sehr unhöflich, sie zu bitten, von etwas anderem zu singen?«, flüsterte Siegfried mir ins Ohr. »Seit Wochen höre ich das nun und mir ist allmählich, als gebe es auf der ganzen Welt keine anderen Menschen als mich und die Burgunderbrüder …«

»Eine wahrhaft beklemmende Vorstellung.« Ich kicherte. »Ich fürchte, wir müssen es über uns ergehen lassen. Sie haben sich so viel Mühe gegeben, das alles vorzubereiten.«

»Nun gut. Aber, Kriemhild – wenn ich jeden Abend ein solches Fest erlebe, werde ich bald anfangen, über mich in der dritten Person zu sprechen, und mein Schwert wird Sänger zerkleinern, als seien sie Schweinebraten. Können wir nicht während der restlichen Reise auf dem Schiff übernachten?«

»Eine großartige Idee!«, rief ich aufgeregt. Mit meinem huldvollsten Lächeln bat ich den Gastgeber, sogleich nach einem Zeltmacher zu schicken.

Kurz darauf erschien ein drahtiger kleiner Mann mit

einem wilden Rotbart in der Königshalle. »Willibald, zu euren Diensten«, stellte er sich vor und verbeugte sich so tief, als wolle er sein Gesicht zwischen den Knien verbergen.

»Sei willkommen, Freund!«, sagte Siegfried. »Meine Frau und ich wünschen, ein Zelt auf unserem Schiff aufzuschlagen. Es braucht nicht groß zu sein, sollte aber vor Wind und Wetter schützen. Doch leider müssen wir schon morgen wieder ablegen. Kannst du uns vielleicht helfen?«

»Ich müsste an Bord die Abmessungen nehmen«, meinte der Zeltmacher zögernd. »Ich glaube, ich habe genau das Richtige. Allerdings weiß ich nicht, ob wir bis morgen eure königlichen Insignien auf die Leinwand ...«

»Das ist keineswegs nötig, Willibald«, unterbrach ihn Siegfried freundlich. »Mir ist ein schmuckloses, aber wasserdichtes Zelt tausendmal lieber als ein besticktes Fähnchen, das beim leisesten Windhauch zu flattern beginnt. Viel mehr Wert würden meine Frau und ich auf ein geschmiedetes Kohlebecken legen, falls so etwas in dieser Stadt für Geld zu haben ist. Auch Bratspieß und Kessel könntest du uns besorgen, natürlich nur, wenn es nicht zu viel Mühe macht.«

»Überhaupt keine Mühe, großer Herr«, stammelte der Zeltmacher. »Es ist mir eine Ehre, eine Freude. Aber alles wird einfacher sein, als ihr es gewohnt seid, hoher König.«

»Darauf kommt es nicht an. Ich hätte auch gern ein paar warme Decken, falls du so etwas für mich auftreiben könntest«, sagte ich eilig. »Ich bin sicher, mein Mann könnte auf blankem Eis schlafen und frisch gefallenen Schnee als Zudecke benutzen, ich aber bin zu dergleichen nicht geschaffen.«

»Gewiss nicht, Herrin.« Der Zeltmacher war nicht sicher, ob es ihm erlaubt war zu lachen, und verbeugte sich vorsichtshalber.

»Wir danken dir sehr, Willibald.« Siegfried gab ihm eine pralle Hand voller Goldstücke, und der Zeltmacher starrte ein paar Herzschläge lang ungläubig auf seinen plötzlichen Reichtum, bevor er strahlend davoneilte. Ich hatte zumindest Dalraida zu unserer Bedienung mit an Bord nehmen wollen, doch allmählich dämmerte mir, dass Siegfried mit mir wirklich ganz allein sein wollte …

Während der vergangenen Tage lebte ich wieder so vollkommen in der Vergangenheit, dass ich die Gegenwart fast vergaß. Wir passierten die große Stadt Augusta Vindelicum und durchquerten das Gebiet der Alamannen in Richtung Norden, ohne dass mich irgendetwas von meinen Aufzeichnungen abgelenkt hätte. Gestern erreichten wir das Kastell Summuntorium, das früher diese wichtige Straßenkreuzung schützte und die Zölle überwachte. Niemand behelligte uns, als wir uns nach Osten wandten. Jetzt folgen wir der breiten römischen Heerstraße, die südlich des Danuvius verläuft.

Gestern Nacht, als alles im Lager schlief, kam Uzendur an mein Feuer. Wie zufällig schlenderte er näher und

blieb drei Armlängen entfernt stehen, die schmalen Augen halb geschlossen. Mir wurde es unheimlich unter seinem rätselhaften Blick, dennoch tat ich so, als würde ich ihn nicht bemerken. Auch er machte keine Anstalten, mich anzusprechen, bis ein plötzliches Rascheln im Gestrüpp und der Ruf eines Käuzchens uns beide zusammenfahren ließ. Wir lachten über unseren Schreck und starrten einander an wie ertappte Kinder.
»Unser Leben gleicht einem singenden Pfeil«, sagte Uzendur leise, indem er kaum merklich näher kam. »Niemand vermag das Ziel zu ermessen oder sich an den Bogen zu erinnern. Bei uns benutzen nur die Edelsten eiserne Pfeilspitzen. Begegnen sich zwei aus königlichem Blut, zielt jeder auf des anderen Stirn. Sie schießen im selben Augenblick, und die Pfeile treffen sich in der Luft, auf dem Scheitelpunkt ihrer Flugbahn. Funken sprühen aus den Pfeilspitzen. Das wird der Königsschuss genannt.«
»Tatsächlich.« Ich lächelte, unsicher, was er mir damit sagen wollte.
»Ja, tatsächlich. Jeder kann die Funken sehen. Nur wenn Arm und Wille makellos sind, bleiben beide Bogenschützen am Leben.« Uzendur kam noch ein paar Schritte näher, sein Blick bohrte sich gnadenlos in den meinen. Ich dachte an die Nacht in Brigantia, und die Höflichkeit zwischen uns schien mir wie ein dünner Schleier, der jeden Augenblick zu zerreißen drohte. Ich konnte es mir nicht leisten, ihn zum Feind haben. Noch trennten mich viele hundert Meilen von der Etzelburg.
»Erzähl mir mehr!«, bat ich heiser.

Geschmeidig hockte sich Uzendur neben mich und streckte seine Hände dem zusammengesunkenen Feuer entgegen. »Was willst du wissen?«

»Alles, was du für wichtig hältst.«

Uzendur schüttelte den Kopf. »Das Wichtigste würdest du nicht verstehen.«

Ich fröstelte. Es war die Stunde des Wolfes, die kälteste Stunde vor dem Sonnenaufgang. »Ich könnte es versuchen«, nahm ich die Herausforderung an.

»Also gut.« Langsam wandte Uzendur sich um und wies auf das fruchtbare Flusstal, in dem wir unser Lager aufgeschlagen hatten. »Wo sind wir hier?«

»Am Ufer des Virdo, unmittelbar vor seiner Mündung in den Danuvius«, antwortete ich verwirrt. »Früher lag hier die Hauptstadt der keltischen Vindeliker, dann bauten die Römer ihr Kastell Vallatum, und heute gehört die Gegend zum alamannischen Gebiet. Das weißt du so gut wie …«

»Eben nicht. Das ist alles falsch.« Attilas Sohn grinste triumphierend. »Der Fluss, diese Sträucher, die Sterne – sie gehören keinem Menschen. Verstehst du? Nur dem Geist, der sie bewohnt. Sich selbst. Das Land teilt seine Überfülle mit uns, und wir ehren die Geister. Die Weite, das ist der Raum, durch den wir ziehen. Keine Enge. Keine Straßen. Keine Mauern. Nur die Weidegründe und die Wasserstellen, die Furten, manchmal eine Brücke …«

»Ihr glaubt, dass man das Land nicht besitzen kann?«, stellte ich überrascht fest. »Aber wie erklären sich die vielen Eroberungszüge deines Volkes?«

Uzendur nickte langsam. »Unsere alten Weidegründe vor der großen Mauer Kathais mussten wir vor langer Zeit aufgeben. Wir ziehen weiter und nehmen, was wir brauchen; in Krieg oder Frieden. Wir jagen, um Beute zu machen: Tiere oder Schätze. Aber wir tasten den Geist nicht an.«

»Heißt das, ihr verlangt auch von den eroberten Völkern nicht, dass sie eure Denkweise annehmen?«

»Nein. Auch sie gehören sich selbst. Wir sind nicht ihre Feinde. Wir lassen ihnen diese Freiheit.«

»Wie seltsam. Ich habe immer gedacht, nur im Frieden eines befestigten Gebietes und nur in der Verbundenheit einer gemeinsamen Vision kann es überhaupt so etwas wie Freiheit geben. Ich dachte, Menschen brauchen diese Sicherheit, wenn unter ihren Händen etwas Schönes entstehen soll.«

»Schön ist der Horizont, weil er endlos ist«, widersprach Uzendur. »Schön ist der Flug des Pfeiles, weil er dem Adlerflug gleicht. Doch anders als der Adler fällt er erschöpft zu Boden, wenn seine Bahn zu Ende ist.« Er beugte sich über die heruntergebrannte Glut und zwang mich, seinem Blick zu begegnen. »In Castra Regina erwarten uns drei Hundertschaften des Großkönigs. Du nennst dich seine Braut, doch morgens, wenn wir den Geistern opfern, schläfst du. Nachts schreibst du. Warum? Willst du nicht sehen, was geschieht?«

»Nein«, gab ich leise zu.

Uzendur schwieg eine Weile, den Blick unverwandt auf mich gerichtet. »Das Eisen gleicht dem unbeugsamen Willen, an dem man den Edelsten erkennt«, raunte er schließlich. »Attila bedeutet ›der große Alte‹ oder ›Väterchen‹. Es ist ein Titel, kein Name. Bei uns kann jeder aufsteigen, und jedem gehört, was er erobert. Die Geburt ist nur insofern von Bedeutung, als sie den Ausgangspunkt darstellt.«

»Wie ein Punkt auf der Landkarte, von dem aus man weiterzieht.«

»Keineswegs. Auch unsere Landkarten würdest du nicht verstehen. Du selbst hast mir von der Versöhnung zwischen Sonne und Mond erzählt, zwischen Mann und Frau. Dennoch denkst du wie ein Römer. Hart, eckig. Straßen, Legionslager, Angriffsphalanxen. Doch Wasser höhlt den harten Stein aus. Welchen Sinn hat es, im Kampf etwas Festes nachahmen zu wollen?«

»Und wie denkst du?«, fragte ich staunend.

»Rund«, erklärte Uzendur, als sei es das Selbstverständlichste der Welt. »Rund wie der Horizont. Im Kampf streben wir auseinander, wir bilden keine Phalanxen wie Römer und Germanen. Aus diesem Grund sind wir so schwer zu fassen. Auch unser Lager ist jede Nacht rund, und du hast es nicht einmal bemerkt.«

»Du tadelst mich zu Recht, Uzendur«, murmelte ich widerstrebend. »Ich habe mich zu sehr zurückgezogen. Von nun an werde ich aufmerksamer sein. Sag mir, liegt darin etwa das Geheimnis eurer unwiderstehlichen, rätselhaften Kampfstrategie? Ahmt ihr das Wasser nach?«

In Uzendurs Augen glomm ein winziges Licht. Er erhob sich und sah auf mich herunter wie ein großes Raubtier auf seine unterworfene Beute. »Wir ahmen Wölfe nach«, sagte er leise. »Wölfe schicken zuerst die Jüngsten in den Angriff und holen sie dann gleich zurück, damit frische, erfahrene Kräfte übernehmen können. Sie schicken immer andere Jäger vor, bis die Opfer vor Erschöpfung aufgeben. Es geht uns nicht darum, Menschen zu töten, sondern nur um die Beute. Wir töten niemals aus Hass.« Er verschwand aus der schwachen Pfütze von Licht, die die heruntergebrannte Glut noch spendete, in die Dunkelheit.

Aufgewühlt starrte ich ihm nach, unfähig, mich wieder auf meine Aufzeichnungen zu konzentrieren. Gedanken an Attila schossen mir durch den Kopf, dessen Werbung ich angenommen habe, um mit seiner Hilfe das Wunderbare für den Westen zu retten. Auch in meiner Jugend hatte ich mich jahrelang verschlossen, bis Siegfried die Mauern durchbrach und meine Fesseln löste … Ist nicht der Nibelungenhort auch das Herz: die wilde, leuchtende Freiheit des Verschenkens, der Schatz, der sich erneuert, solange man ihn nicht festhalten will? Das Herz, das Hagen versenkte – so tief, dass es nach meinem Tod niemand mehr finden kann? Ich bin die Letzte, die sich des Horts erinnert, wenn ich ihn nicht berge, wird es keine Kinder aus der leuchtenden Linie mehr geben, und die Hoffnung auf das lichterfüllte Reich des Verströmens ist für immer verloren. Falls Attila bereit ist, mir zu hel-

fen, würde dies herrliche Geschenk aus Nifelheim auch auf ihn übergehen …
Oder nenne ich mich Attilas Braut, um Burgunds Macht zu vergrößern? Um den alten Steppenkönig dazu zu benutzen, meiner Sippe die Herrschaft über Rhenus und Rhodanus zu erringen und auf diese Weise ein Imperium der Ströme zu bilden, dessen Einflussgebiet von der Bernsteinküste bis zum Mare Internum reicht? Versuche ich noch immer, den Traum meiner Mutter zu erfüllen: dass das Burgunderreich Entferntes verbindet und Völker verflicht, unter der fünfblättrigen Rose des Rechts, der Rune des Sieges, der Rune der furchtlosen Tat und der Rune der Geisteskraft?
Bei diesen Gedanken spürte ich den Fluch des Hortes ganz nah, den Andvari einst auf ihn gelegt hatte, dem Fafnir unterlag und den Hagen verstärkte. Denn Gib-Ur, die beiden untersten Runen unseres Banners, beziehen sich auf den Urd-Brunnen. Dies weist ebenfalls auf Gewässer hin, beinhaltet aber auch den Tod: den Grenzfluss zwischen den Lebenden und Toten, das Fließende, das den Kreislauf der Schöpfung umfasst. Noch nie ist mir bewusst geworden, dass die Verdoppelung dieser Rune Unheil bergen könnte. Plötzlich fürchte ich mich vor meinem eigenen Herzen. Ist meine Hoffnung auf das Wunderbare nur ein Vorwand? Bin ich in Wirklichkeit nichts als eine Hure von zweifach königlichem Blut, darauf aus, mich des mächtigsten Mannes dieser Zeit zur Mehrung meines Ruhms zu bedienen? Ist diese verborgene Demütigung der

Ursprung meines blinden Hasses auf Attila, der in Brigantia aufgedeckt wurde und seitdem von Tag zu Tag stärker in mir lodert?

In jedem Fall werde ich mich mit den Hunnen eingehender beschäftigen müssen, da ich nun einmal nicht mehr umkehren kann. Ich beschloss, das Morgenopfer mitzuerleben, von dem Uzendur gesprochen hatte. Um mich von meinen zermürbenden Zweifeln abzulenken, erhob ich mich lautlos und schlenderte in die Wildnis hinein.

Sofort umfing mich der vertraute Geruch nach Schilf, Lehm und Fisch, der allen Feuchtgebieten innewohnt. Das Mondlicht meißelte die wüsten Formen von Krüppelweiden aus der Dunkelheit. Überall glitzerte Wasser, und das Rohrdickicht stand mannshoch. Je weiter ich mich vom Lager entfernte, desto lauter wurde das Quaken der Frösche. Mich ergriff ein seltsames Gefühl des Wiedererkennens. Es war, als sei die Welt wieder jung, als folgte ich alten Pfaden zurück in längst versunkene Zeit. Vielleicht war es mir erlaubt, die unsichtbare Schwelle zu überschreiten, für immer aus der Zeit herauszutreten und den Urd-Brunnen zu finden: das Reich der Ursachen.

Niemand musste mich durch die anmutige Sumpfwildnis führen, meine Füße fanden allein den Weg zu dem keltischen Quellheiligtum. Die Stille, die über dem Ort lag, sprach lauter zu mir als das nächtliche Gewisper der Bäume und Tiere. Sogar die Frösche waren verstummt. Langsam ließ ich mich auf die Fersen nieder und beugte mich über die glitzernden Wasser. Die kleinen Strudel murmelten und plätscherten, winzige Bläschen stiegen auf. »Ich weiß, dass in der Quelle schon alles enthalten ist«, flüsterte ich so leise, als hätte ich es nur gedacht. »Mein Leben verbrachte ich an den Wassern. Auch jetzt folge ich wieder einem Strom: diesmal nach Osten. Sprich zu mir, ich bitte dich! Erwecke die Quelle meines Herzens neu, lass mich deine Stimme in mir wieder kennen! Trauer und Schmerz haben mich zu Asche verbrannt, doch Regen bringt selbst die Asche zum Blühen. Schenk mir ein Zeichen, dem ich folgen kann im fremden Land.«

Ich lauschte so intensiv, dass der Schlag meines Herzens in mir wie ein Donner erklang und das Brausen meines Blutes zu einem mahlenden Strom wurde. Die Wasser wirbelten in allen erdenklichen Formen vor meinen Augen. Der Mond ging unter, und die Schatten der Weiden verschwammen mit der Dunkelheit. Ich wurde steif und mich fröstelte, als der Tau fiel. Gerade als ich aufstehen wollte, sah ich am Grund der Quelle etwas glitzern und funkeln, das nicht nur das Spiel der Wellen über den Kieseln war. Ich beugte mich tiefer und streckte die Hand aus. Der kleine Teich war seichter, als ich gedacht hatte. Ich spürte viele kleine, runde Scheiben, und als ich die Hand herauszog, war sie voll schüsselförmiger Goldmünzen.

Erfüllt von überwältigtem Staunen schlich ich zurück. Der Nibelungenhort auf dem Grund des Rhenus schien mir auf einmal ebenso greifbar wie die uralten keltischen Münzen aus dem Urd-Brunnen. Ich hatte mein Zeichen bekommen und mir blieben noch viele Meilen Wegs, um es zu deuten.

Ich erreichte das Lager unmittelbar vor dem Sonnenaufgang. Ein Schamane mit einer Adlermaske erwartete mich am Nordrand des Kreises. Er schlug einen großen Bronzekessel, der voll und tief wie eine Glocke tönte. Aus einer Bronzepfanne voll glühender Kohlen stieg roter Rauch auf und kräuselte sich rhythmisch nach Süden. Als der Blick des Schamanen dem meinen begegnete, erkannte ich meinen künftigen Stiefsohn.

»Wir ehren das Feuer,« sang er, offenbar um meinetwillen auf Lateinisch. »Die Flamme steigt aus dem Süden empor, der Funke des Lebens, der Geist in die Mitte des Kreises.« Er drehte sich langsam um sich selbst und schüttete ein wenig Pulver auf die glühenden Kohlen. Zu meiner Verblüffung färbte sich der Rauch weiß, und Uzendur schwenkte das Gefäß nach Westen. »Wir ehren das Wasser«, sang er. »Das Wasser strömt aus dem Westen in die Mitte des Kreises, dem Regen, dem männlichen Samen gleich.«

»Urraa!«, schrien viele Männerstimmen, und ich fuhr vor Schreck zusammen. Natürlich hätte es mich nicht überraschen sollen, dass alle Hunnen der Zeremonie beiwohnten. Jetzt rissen sie begeistert die Arme in die Höhe. Auch meine Burgunder entdeckte ich: Sie standen etwas entfernt und warfen mir fragende, unsichere Blicke zu.

Erneut drehte sich Uzendur und streute Pulver auf die Glut. Diesmal färbte sich der Rauch dunkelblau, und Uzendur schwenkte die Pfanne nach Osten. »Wir ehren die Luft«, sang er. »Die Luft birgt schützend das Wasser und das Feuer, den schwangeren Frauen gleich.«

Ich war gespannt, welche Farbe der Rauch für den Norden annehmen würde, doch diesmal goss Uzendur nach einer schnellen Drehung eine farblose Flüssigkeit auf die Glut, so dass diese zischend verlosch. Stumm verneigte er sich nach Norden, und die übrigen Hunnen taten es ihm gleich. »Wir ehren die Erde«, sagte Uzendur. »Wir ehren den Norden, das dunkle Tor zur Tiefe. Wir ehren die Toten.«

Mir war klar, dass der hunnische Ritus diese Einteilung vorschrieb und dass das Totenreich nur durch Zufall ausgerechnet jener Richtung entsprach, in die wir zogen. Dennoch – falls es Uzendur darauf abgesehen hatte, mich aufzurütteln, war es ihm gründlich gelungen. Warnend, drohend schob sich zum ersten Mal die Möglichkeit einer Zukunft zwischen mich und die Vergangenheit …

Unfähig zu schlafen saß ich aufrecht in meinem Wagen und spürte, dass diese Zukunft nach mir griff wie Wind durch einen dichten, zugezogenen Vorhang. Noch ist der Wind so sanft, dass er den Stoff nur bauscht, doch spätestens wenn wir Ecilburgu erreichen, wird er zum Sturm angewachsen sein und den schützenden Vorhang in Fetzen reißen.

Kapitel 13

Wie soll man Glück beschreiben? Während ich in Borbetomagus Siegfrieds Rückkehr erwartete, hatte ich mir allerlei Phantasiebilder ausgemalt, doch dass ich die ersten Wochen meiner Ehe in einem groben Zelt auf einem Schiffsdeck verleben würde, wäre mir in den kühnsten Träumen nicht eingefallen. Ballen mit Seide, Schatullen voll Gold und Truhen mit kostbarem Glas türmten sich über dem Kiel, wir aber schliefen auf harten Planken unter rauen Decken und mussten uns selbst Feuer machen und Wasser kochen. Am ersten Tag wollte ich diese ungewohnten Tätigkeiten so perfekt ausführen wie Dalraida, versagte aber kläglich und ärgerte mich über meine Ungeschicklichkeit. Siegfried dagegen verwandelte die alltäglichsten Dinge in fröhliches Spiel. Allmählich fasste ich Mut, und das Abenteuer fing an, mir Spaß zu machen.

Der König der Niederlande freute sich wie ein Kind darüber. Er freute sich auch über die springenden Fische während eines plötzlichen Regengusses, der unser winziges Feuer beinah auslöschte, worauf unser Zelt sich mit Qualm füllte. Er freute sich über die langen Ketten der Wildgänse, die die Luft mit ihren heiseren Schreien erfüllten, und er freute sich über die schlammbraunen Wellen, die uns im Tempo eines raschen, ungleichmäßigen Trabs nach Nordwesten trugen. Noch immer blieb uns das schöne Wetter erhalten; stundenlang saßen wir am Bug und verloren uns im Anblick der schroffen, oft festungsgekrönten Berge, zwischen denen wir dahinglitten. Die meisten Burgen waren gebaut worden, um Handelsschiffe auszurauben, doch da ich in dieser Gegend jeden Burgvogt und jeden Stadthauptmann persönlich kannte, hätte ich auch mit einem geringeren Helden als Siegfried nichts zu befürchten gehabt. Feurige Herbstwälder bedeckten die Täler, an den sanfteren Hängen wurde Wein angebaut, und die Winzer, die in diesen Tagen die späte Lese ernteten, richteten sich aus ihrer gebückten Haltung auf, um uns zuzuwinken.

Am Abend suchte Siegfried einen wilden, einsamen Anlegeplatz aus. Sobald wir für die Nacht festgemacht hatten, zogen sich die drei schweigsamen Männer, die das Schiff führten, diskret zurück, um in der Nähe am Ufer zu übernachten. Morgens brachten sie uns einen frisch erlegten Hirsch mit, und während wir weiter den Strom hinabglitten, lehrte Siegfried mich, das Tier waidgerecht auszunehmen. Mein Kleid war fleckig und zerknittert, ich hatte weder Schmuck angelegt noch mein Haar kunstvoll gesteckt, doch all das schien Siegfried nicht zu berühren. Er nahm es kaum wahr. Seine sonderbare Einfachheit veränderte mich, und seine Freiheit, die nichts als selbstverständlich voraussetzte, griff auf mich über wie ein Fieber – oder vielleicht wie etwas Heilendes.

»Würdest du mir das Geheimnis deiner Herkunft enthüllen?«, fragte ich ihn halb scheu, halb scherzhaft. »Du bist so groß, dass ich mir neben dir wie ein Kind vorkomme, und so sagenumwoben wie ein Elbenfürst. Es wäre beruhigend zu wissen, dass du von Eltern aus Fleisch und Blut abstammst.«

»Natürlich.« Siegfried zog mich an sich, so dass mein Kopf in seinem Schoß ruhte. »Spiel etwas, Dwalin!«, bat er leise. Zu meinem Entzücken brachte einer seiner Männer eine Harfe zum Vorschein und schlug ein paar glasklare Töne an, die schwerelos zu den Wolken aufstiegen.

»Mein Vater, König Sigmund vom Hünenland, freite um Hjördis, König Eylimis Tochter«, begann Siegfried. In den Wolken glaubte ich die weißen Segel der Schiffe zu erkennen, auf denen Sigmund nach Fünen segelte. »Am hohen Felsstrand stand Hjördis, die junge Königstochter. Sie eilte dem klugen, fröhlichen Sigmund entgegen, und er gewann ihre Liebe, obwohl er viel älter war als sie. Ihr Vater, der Sigmund in Freundschaft verbunden war, freute sich über die Wahl. Doch unter blutroten Segeln landete der Wogenwolf, das Piratenschiff Lyngvis, des Hundingkönigs, auf der Insel. Angenehme Worte und Gold bot Lyngvi für Hjördis' Liebe, sie aber erblickte hinter dem schönen Schein sein grausames, neidvolles Gesicht. Lyngvi zog sich in Feindschaft zurück, und Hjördis segelte mit Sigmund ins Hünenland, begleitet von ihrem Vater Eylimi und seiner Leibwache in fünf prächtigen Schiffen. Sie fand ihr Glück auf der weiten grünen Ebene, wo Sigmunds Haus sich stark und alt um den mächtigen Eichstamm erhob. Doch nach kaum einem Jahr, im Frühling, ward die Küste schwarz von Schiffen, und König Lyngvi landete mit einem gewaltigen Heer. Hjördis floh in den Wald, den Königsschatz an sich gepresst, als könne sie ihr ungeborenes Kind damit schützen. Verzweifelt blies Sigmund sein Horn, doch es kam keine Hilfe. Da führten Sigmund und Eylimi ihre Männer in den Kampf, einem zehnfach überlegenen Feind entgegen.

Der Heideboden färbte sich rot vom Blut der Hundinge; fast meinten Sigmund und Eylimi, den Sieg zu erzwingen. Doch mitten im Schlachtgetümmel stand plötzlich ein alter Mann vor Sigmund. Die Zeit hielt an in ihrem Lauf: Zum Hieb erhobene Hände erstarrten in der Luft, und die Raben standen still in ihrem Flug, als der Einäugige seinen Speer Sigmund entgegenhob. Da wendete sich das Schlachtenglück, als sei der Wind aus den Segeln der Völsungen gewichen. Sigmunds Schwert Gram zerbrach, und er fiel. Auch Eylimi fiel, und Lyngvi führte seine Männer im Triumph zum Königsgehöft, um sich Hjördis zu holen. Doch nur leere Säle und Kammern erwarteten ihn. Hie und da hieben seine Männer einen zitternden Diener nieder, doch Hjördis war nirgends zu finden. Grimmig lachte da Lyngvi, weil er eine Königstochter verloren, doch das Reich seines Feindes gewonnen hatte. Er verheerte das Land, ließ den Häuptlingen Schwüre abpressen und belud seine Schiffe mit den Gütern der Völsungen.

Unterdessen schlich Hjördis, gehüllt in den grauen Umhang ihrer Dienerin, auf das verlassene Schlachtfeld. Mit schrillen Schreien verscheuchte sie die Raben, watete im Blut und suchte unter den Leichen von Freunden und Feinden. Endlich fand sie den sterbenden Sigmund und warf die Runen zu seiner Genesung. Sigmund rührte die Treue seiner schönen Frau, doch er bat sie, von der Heilung abzulassen, da Wodan ihm den Tod bestimmt hatte. Er gab ihr die Bruchstücke des Schwertes Gram, damit der Sohn, den sie trug, es neu schmieden konnte. Dann starb König Sigmund, und Hjördis begrub ihn im Wald unter den alten, rauschenden Bäumen. Am Strand aber landeten fremde Schiffe: Alf, Sohn des Königs der Dänen-Mark, hatte den Plünderungsrauch aus dem Hünenland aufsteigen sehen und kam, seinem Freund Sigmund beizustehen. Doch fand er das Land schon verheert vor, das Königsgehöft zerstört und das Schlachtfeld als einen Festsaal der Wölfe. Im Wald traf er Hjördis und ihre Dienerin am Grab seines Freundes. Alf hatte Mitleid, nahm die beiden ihm unbekannten Frauen auf sein Schiff und brachte sie in die Dänen-Mark. Im Palast König Hjalpreks wurde Hjördis' Herkunft offenbar, und Alf bat sie um ihre Hand. Da Hjalpreks Frau bei Alfs Geburt gestorben war, wurde meine Mutter die Hohe Frau in Hjalpreks Reich.«

Die schimmernden Harfentöne verklangen, und ich erwachte wie aus einem Traum. »Danke!«, murmelte ich. »Danke auch für dein Spiel, Dwalin! Ich habe alles

ganz deutlich vor mir gesehen. Hast du das Schwert wirklich neu geschmiedet?«
Siegfried reichte mir stolz lächelnd sein Schwert. Es war kleiner und lag leichter in der Hand als die Schwerter der Burgunder, die ich kannte. Runen waren in Griff und Kreuzstück eingegraben, und die geschmeidige, zweischneidige Klinge lief in eine haarfeine Spitze aus.
»Es ist sowohl eine Stichwaffe als auch eine Hiebwaffe«, rief ich überrascht. »Und dieses Schwert hat angeblich Wodan selbst vor Urzeiten in den Stamm der Völsungeneiche gestoßen, damit es vom ersten Sigmund herausgezogen wurde?«
»So sagt man. Ob es wirklich so alt ist, weiß ich natürlich nicht. Jedenfalls bevorzugen die meisten Krieger heutzutage entweder die lange, zweischneidige Spatha, das gotische Hauschwert, oder den kurzen, einschneidigen Scramasax der Franken, der wie ein Messer geführt wird. Als beste Stichwaffe gilt dieser Tage die Stoßlanze, die aus der Framea hervorgegangen ist, wahrscheinlich, weil man sie sowohl zu Fuß als auch zu Pferde benutzen kann. Außerdem gibt es natürlich die Wurfaxt und die schwere, doppelklingige Streitaxt …«
»Ich weiß, dass man Spezialwaffen für verschiedene Kampfweisen einsetzt«, unterbrach ich meinen Mann, bevor er sich allzu sehr für das Thema erwärmen konnte. »Und dein Schwert, das … das Völsungenschwert ist eine Art Universalwaffe unbekannter Herkunft?«

»Genau so ist es.« Siegfried sah mich belustigt an. »Noch nie hat jemand das Geheimnis so nüchtern zusammengefasst.«
»Ich meine es nicht respektlos«, versicherte ich hastig. »Aber ich habe noch eine Frage. Hätte Hjördis Sigmund wirklich heilen können?«
»Ich denke schon. Du weißt ja, Dis bedeutet Künderin. Meine Mutter ist in der Heilkunst bewandert.«
»Und er starb lieber, weil ihm irgendein alter Mann erschienen war, den er für Wodan hielt?«
»Er war ein Völsung«, erklärte Siegfried mit plötzlichem Ernst. »Wodan liebt die Völsungen seit uralter Zeit. Er verlieh ihnen den Geist, die Begeisterung: für die Liebe, für einen neuen Gedanken, beim Singen neuer Lieder, bei der Herstellung von Waffen. Und natürlich im Kampf. Wodan weckt die unwiderstehlichen Kräfte, die das Schlachtenglück wenden; als Herr der Toten wandert er zwischen den Welten. Einst gab er Mimir, dem Hüter der Quelle, ein Auge, um die Wasser der Weisheit trinken zu dürfen. Seitdem kann er sowohl die sichtbare als auch die unsichtbare Welt sehen. In vielerlei Gestalten zieht er über die Erde …«
»Siegfried«, unterbrach ich meinen Mann ernüchtert. »Glaubst du das alles wirklich? Ich meine, glaubst du tatsächlich an Wodan?«
»Wodans Name steht für vieles, das ich liebe.« Etwas Warmes flutete aus Siegfrieds Blick direkt in mein Herz: Licht, eine lebendige Flamme. Er lächelte. »Aber ich glaube nicht, dass er Weisheit für sein Auge

eingetauscht hat wie bei einem Handel mit Waren, sondern dass er weise wurde, weil er so demütig war, sein Auge für Weisheit geben zu wollen.«

»Ich verstehe«, flüsterte ich ein wenig verwirrt. »Ich habe bisher immer gedacht … nun ja, dass Glaube in Wirklichkeit entweder der Macht dient oder eine Art Krücke für schwache Gemüter ist. Wir Burgunder glauben wohl hauptsächlich an die Vernunft.«

»Und an die eigenen Interessen.« Siegfried grinste. »Zumindest gibst du es zu, während die meisten Menschen irgendwelche höheren Dinge vorschieben, um ihre ehrgeizigen Machenschaften zu verschleiern. Aber der wirkliche Glaube, der vielleicht Sigmund erfüllte, ist etwas ganz anderes. In Colonia Ulpia Traiana gab es vor über hundert Jahren unter dem Kommando eines gewissen Viktor eine Zenturie römischer Soldaten, die des Christengottes Gesetz so sehr liebten, dass sie sich lieber hinrichten ließen, als es um der menschlichen Gesetze willen zu übertreten …«

Ein Gedanke durchfuhr mich, der endlich erklärte, was Uote mir die ganze Zeit über die Völsungen hatte sagen wollen. »Ist dies das Besondere, das die Völsungen von anderen Sippen unterscheidet: dass sie an etwas Unbegreifliches glauben und bereit sind, für diese Hoffnung zu sterben?«

»Vielleicht.«

»Aber warum sollte Wodan Sigmunds Tod gewollt haben?«

Statt einer Antwort zog mich Siegfried an sich. Ich spürte, dass er versuchte, einen Schatten abzuschütteln, der aus der Vergangenheit nach ihm griff. Ich schluckte die vielen Fragen hinunter, die mir wie Tränen in der Kehle brannten, und streichelte seinen muskulösen Rücken, als müsste ich ihn beschützen.

Während dieser verzauberten Tage auf dem Rhenus wuchs eine Weichheit in mir, die ich früher nie zugelassen hätte: aus Angst, unköniglich und »gewöhnlich« zu erscheinen, wie meine Mutter es genannt hätte, aus Angst, mich lächerlich zu machen und verwundbar zu sein. Mein ganzes Leben hatte ich in Angst verbracht und es nicht einmal gewusst. Jetzt durchbrach Siegfrieds Liebe die schützende Kruste, die mir über die Jahre wie ein unsichtbarer Panzer gewachsen war, und jeden Morgen erschien mir die Welt ein wenig geheimnisvoller, schöner, wirklicher und herzzerreißender als am Tag zuvor.

Als die Ufer nach den Hügeln des Siebengebirges endgültig abfielen, hatten wir das Ende des burgundischen Einflussbereiches erreicht. »Hier sind wir damals über den zugefrorenen Rhenus gekommen«, erinnerte ich mich. »Soviel ich weiß, wird dieses Gebiet noch immer umkämpft. In Colonia Agrippina gibt es einen römischen Stadthauptmann …«

»… der ständig von ripuarischen Franken bestürmt wird. Ich habe ein Bündnis mit den salischen Franken, die das linke Rhenus-Ufer in den Niederlanden bewohnen. Doch ich weiß nicht, ob die ripuarischen Franken es anerkennen.« Siegfried wandte sich an einen seiner schweigsamen Gefährten. »Hol es ein, Kurn!«, befahl er und wies auf das burgundische

Banner, das im Fahrtwind flatterte. Mühelos wie ein Eichhörnchen erklomm der Angesprochene den Mast, klammerte sich mit einer Hand an die Rahe und rollte mit der anderen die Farben Burgunds zusammen.

»Was soll das?«, rief ich ein wenig ärgerlich. »Die Burgunder haben sich noch nie versteckt! Ich …«

»Ich möchte dich nicht sinnlos in Gefahr bringen«, versetzte Siegfried ruhig. »Du wärst eine großartige Beute für einen Frankenkönig. Oder verlangt dein Königsstolz, sich wegen eines bunten Stofffetzens Gefahren auszusetzen?«

»Es geht nicht um Stolz, sondern …« Verwirrt verstummte ich, erschreckt von einer lauernden Stille, die aus der Stadt quoll und sich auf mein Gemüt legte wie eine Drohung.

Die gewaltige römische Festung Divitia, die Hafenanlage und die prachtvolle Fassade des Prätoriums von Colonia Agrippina glitten an uns vorüber. Dicht gedrängt standen die mehrstöckigen Stadthäuser am Ufer. In den meisten Fensterhöhlen fehlte das Glas. Überall wiesen geschwärzte Mauern und eingestürzte Dächer auf Brände und Kampf hin. Siegfried blickte in wachsender Beunruhigung um sich, aber nirgendwo war ein Mensch zu sehen. Erst in einem kleinen, stromaufwärts gelegenen Hafen lagen mehrere Tote mit dem Gesicht nach unten im Wasser und schwappten im Rhythmus der sanften Wellen gegen das Ufer. Ich unterdrückte einen Schrei und wollte Siegfried auf sie hinweisen. Da sirrte es hinter mir, und ein

Brandpfeil bohrte sich in unser Zelt, das augenblicklich lichterloh in Flammen stand.
Ohne eine Sekunde zu zögern, riss Siegfried das Zelt aus seiner Verankerung und schleuderte es ins Wasser. Mit derselben Bewegung drückte er mich auf die Planken nieder. Plötzlich hatte ich seinen Helm auf dem Kopf und seinen Schild vor der Brust. Vom linken Ufer ertönten heisere Schreie, und unter einer großen Trauerweide entdeckte ich eine Gruppe abgerissen aussehender Männer. Sie hatten ein Feuerbecken bei sich und spannten gerade ihre Bogen erneut. Siegfried und Kurn hatten begonnen, wie besessen zu rudern.
»Halte aufs linke Ufer zu!«, schrie Siegfried Dwalin zu, der das Steuer umklammerte. »Achte auf Anlegestellen – da! Hier, in den Seitenarm hinein! Ich will sie lehren, hilflose Schiffer zu überfallen!«
Kaum hatte das Boot das Ufer berührt, sprang Siegfried an Land. Er schien gar nicht zu bemerken, dass er weder Helm noch Schild, noch Brünne trug. Völlig ungeschützt, das nackte Schwert erhoben, stürmte er über einen schlammigen Uferweg flussaufwärts zu der Horde, die uns angegriffen hatte. Die Männer waren von dieser Wendung der Dinge überrascht, rannten ihm aber, die Waffen schwingend, entgegen. Von Feinden umringt, duckte sich Siegfried wie ein Akrobat unter den wütenden Hieben und schlug rechts und links drei Köpfe und zwei Arme ab. Die Krieger drangen brüllend auf ihn ein, Siegfried aber hatte den offensichtlichen Anführer erreicht, packte ihn am

Arm, wirbelte ihn herum und drückte ihm die Spitze Grams an die Kehle. Er hielt sich den Mann, der kaum zu atmen wagte, wie einen Schild vor die Brust, so dass die anderen zurückwichen.

Es war alles so schnell gegangen, dass mir jetzt erst zu Bewusstsein kam, was geschehen war. Für einen unbeteiligten Beobachter hatte es ausgesehen, als seien diese Krieger wie abgerichtete Tiere zu ihrem Herrn gekommen und hätten sich willig abschlachten lassen, damit Siegfried des Leittiers habhaft werden konnte. Ich wagte mir nicht vorzustellen, was aus uns geworden wäre, hätte Siegfried weniger großartig gekämpft.

»Ratten«, zischte Siegfried kalt. »Überfallt ihr Reisende auf eigene Rechnung? Wo ist euer König?«

»In der Festung«, röchelte der Gefangene.

»Dann bring mich zu ihm! Lass deine Männer vor uns hergehen. Kriemhild, bitte komm mit uns! Dwalin, wir treffen uns später!«

Niemand, mich eingeschlossen, kam auf die Idee, ihm zu widersprechen. Die Krieger führten uns durch eine winkelige Gasse zum Hintereingang eines großen römischen Gebäudes. Erst als wir durch einen rauchigen Küchenkorridor einen königlichen Saal betreten hatten, wurde mir klar, dass ich immer noch Siegfrieds Helm trug.

Der Ripuarierkönig Sunno hatte seinen etwa zehnjährigen Sohn bei sich, außerdem eine Gruppe von vielleicht zwanzig anderen Männern. Sie traten von einem Kartentisch zurück und verstummten widerwillig. Offenbar unterbrachen wir eine wichtige Besprechung.

»Was gibt es?«, fragte Sunno unwirsch. Er war hager und alt. Seine Augen weiteten sich ungläubig, als er seinen Hauptmann als Gefangenen sah.

»Besuch von Freunden, die man übel empfangen hat«, versetzte Siegfried kalt. »Dies ist die Königin Kriemhild, und ich bin Siegfried von den Niederlanden. Ich nehme nicht an, dass deine Männer unter deinem Befehl handelten, als sie unser Schiff in Brand schossen?«

»Natürlich nicht. Wir haben keinen Hader mit dir, Nibelungenherr«, versicherte Sunno, doch seine Augen funkelten wütend.

»Siehst du, das dachte ich mir.« Siegfrieds freundlichen Worten zum Trotz bohrte sich Grams Spitze noch eine Winzigkeit tiefer in den schmutzigen Hals des japsenden Hauptmannes. »Vielleicht sollten wir einander Freundschaft erklären, um zukünftigen Missverständnissen vorzubeugen«, schlug Siegfried leichthin vor. »Im Beisein so vieler edler Herren geschworen, müsste die Zeremonie weder dich noch mich lange vom Tagesgeschäft abhalten.« Ohne jede Vorankündigung schleuderte er seinen Gefangenen von sich, der krachend über den Tisch fiel und zwei Männer mit sich zu Boden riss. Gram funkelte in einer blitzartigen Bewegung und blieb eine Handbreit vor Sunnos Gesicht in der Luft stehen.

»Was ist dein Wille, König?« Siegfried sprach zwar zu Sunno, doch sein Blick suchte die Augen des zehnjährigen Prinzen, als wisse er schon, dass dieser nur wenige Jahre darauf König aller Ripuarier sein würde.

»Ein befriedeter Rhenus ist in unser aller Interesse«, sprach Sunno, der bei Siegfrieds plötzlichem Angriff nicht mit einer Wimper gezuckt hatte. Sein Königsreif saß auf seinem dünnen grauen Haar wie ein Falleisen. »Bereitwillig schwöre ich Frieden zwischen dir und uns, zwischen Ripuariern und Nibelungen, zwischen dem mittleren Flusslauf und seiner Mündung. Doch gilt mein Schwur nur den Niederlanden. Wenn deine Gemahlin als Vertreterin Burgunds hier ist …«

»Ich kann für mich selbst sprechen«, unterbrach ich den König wütend. »Ich bin soeben dem Feuer, dem Wasser und den dreckigen Pfoten deiner Meute entronnen. Wenn meine Brüder davon erfahren, ist es müßig zu fragen, wen ich hier vertrete und wen nicht. Ich wäre jedoch gewillt, unter gewissen Bedingungen über den Vorfall zu schweigen. Wenn du mir dein Königswort gibst, keine burgundischen Schiffe zu überfallen und die burgundischen Grenzen zu achten, bis du mit meinen Brüdern in nähere Verhandlung getreten bist …«

Herausfordernd sah ich ihn an, während Gram kaum merklich zitterte, um meine Worte zu unterstreichen.

»Also gut, so sei es«, knurrte Sunno widerwillig. Offenbar hatte er damit gerechnet, weiterhin die Schiffe aus dem Süden überfallen zu können, wollte sich aber keinem offenen Krieg mit den Burgundern stellen. Zumindest im Augenblick noch nicht.

»Und ich beschwöre bereitwillig meine Freundschaft,

hochedler Sunno, ripuarischer Frankenkönig, zu dir und deiner ganzen Sippe«, sagte Siegfried mit einem breiten Grinsen. »Möge die Verbundenheit wachsen zwischen deinem und meinem Geschlecht, zwischen deinen Kindern und meinen.« Er schob Gram in die Scheide und grinste dem kleinen Sigibert zu. »Der allmächtige Gott und alle Anwesenden sollen unsere Zeugen sein.«

»So sei es«, bestätigten die Männer.

Nachdem wir noch einige belanglose Höflichkeiten ausgetauscht hatten, verließen Siegfried und ich den Palast erhobenen Hauptes durch die Vordertür. Man gab uns zwei Pferde, und ein berittener Knecht folgte uns, der die Tiere zurückbringen sollte, sobald wir unser Schiff unbeschadet erreicht hatten. Sonderbarerweise lag es jetzt am Nordrand der Stadt – offenbar hatte Siegfrieds Befehl »wir treffen uns später« sich ebenso auf den Flusslauf wie auf den Lauf der Zeit bezogen, und Dwalin hatte ihn ohne weiteres verstanden.

Ich wusste, dass Sunnos Herrschaft über Colonia Agrippina und die angrenzenden Gebiete keineswegs gesichert war und dass morgen schon wieder ein römischer Stadthauptmann hier das Sagen haben konnte. Dennoch war ich unsagbar wütend auf Gundahar, weil er die fränkischen Stämme stets ignorierte. Noch waren sie untereinander uneins und überdies in einen verbissenen Kampf mit den Römern verstrickt, doch falls sie sich eines Tages zusammenschlossen, wäre es für Burgund von großem Nachteil, sie zum Feind zu haben.

Nach diesem Zwischenfall erreichten wir einige Tage später unbeschadet Colonia Ulpia Traiana. Unser Gefolge war bereits eingetroffen und hatte dafür gesorgt, dass man uns einen großartigen Empfang bereitete. Dalraida fiel mir vor Freude um den Hals, und wir zogen unter einem wahren Wolkenbruch von Segenswünschen in das ehemalige Prätorium ein, das Siegfried zu seinem Palast gemacht hatte. Der König stellte mich einer Gruppe von vielleicht zwanzig Getreuen vor, die Stadt und Reich während seiner Abwesenheit für ihn gehalten hatten. Ihr Oberhaupt, ein Mann namens Kronin, war der Zwillingsbruder unseres Reisegefährten Dwalin.

Mein neues Zuhause schien in mancherlei Hinsicht einer fremden Welt anzugehören. Da die Stadt nach dem Abzug der Römer kaum zerstört worden war, hatten weder die Mosaikfußböden noch die Wandmalereien ihre Farbenpracht eingebüßt. In allen Sälen, in Korridoren und Treppenhäusern wurde ich mit Szenen aus der römischen Götterwelt und den Mythen konfrontiert. Zu meiner Überraschung schienen Weintrauben, nackte Jünglinge und halb nackte Frauen bei den Römern eine weitaus größere Rolle zu spielen als Waffen und Heldenkampf. Sogar die römische Fußbodenheizung funktionierte noch, ebenso die berühmten Bäder mit ihren Heißlufträumen, Massagebänken und erfrischenden Schwimmbecken. Dalraida ließ sich von Siegfrieds Majordomus in die Badegeheimnisse einweihen, und bald konnte ich mir ein Leben ohne diesen Schwindel erregenden Luxus nicht mehr vorstellen.

»Ich lebe hier im Wohlstand wie eine Römerin. Es ist fast, als ob das alte Reich noch bestünde«, schrieb ich an meine Mutter. »Auch treffe ich überall in der Stadt auf die Spuren eines gewissen Zenturion Viktor. Viele betrachten ihn als Schutzpatron der Stadt und eine Art Heiligen, da er sich gegen Cäsar gewandt hat und sich lieber exekutieren ließ, als den staatlich vorgeschriebenen Göttern zu opfern. Der so genannte christliche Glaube trägt hier ein völlig anderes Gesicht als bei uns. Bischof Ello hat immer die göttliche Herkunft des Königshauses betont und sich selbst dem Volk gegenüber als notwendigen Vermittler zwischen irdischen und himmlischen Belangen dargestellt. Hier dagegen nennen sogar einfachste Sklaven Gott ihren Vater und sprechen von Jesus wie von einem Menschen, den sie persönlich kennen. Ich wüsste gern, was du davon hältst ... Ich glaube, für diese Besonderheit sind hauptsächlich zwei Männer von der Insel Erynn verantwortlich. Sie nennen sich selbst Brüder, tragen sommers wie winters nur Sandalen und sind stets in denselben einfachen Umhang aus ungefärbter Wolle gekleidet. Sie leben in einer winzigen Hütte, und die Kirche, die sie aus Holz und Flechtwerk erbaut haben, unterscheidet sich von Ellos Dom ebenso gründlich wie Siegfrieds einfaches, perfekt ausbalanciertes Schwert von einer mit Edelsteinen überladenen Paradewaffe. Täglich laden sie die Armen zu einem Teller Suppe ein und unterrichten jeden, der will, umsonst im Lesen, Schreiben und Rechnen. Im Gegensatz zu vielen Nachbarkönigen, die solch fromme Brüder mit großem Argwohn betrachten, lässt Siegfried sie gewähren und lädt sie sogar öfter zu uns an den Hof, um ihren Lehren zu lauschen. Es ist wohl in erster Linie ihnen zu verdanken, dass man Colonia Ulpia Traiana immer häufiger Ad Sanctos, zu den Heiligen, nennt …«

Im Frühling des Jahres 423 starb in Ravenna der Cäsar Honorius. Kaiser Theodosius von Ostrom erhob sich selbst zum Alleinherrscher beider Roms, doch offenbar hielt man in Westrom nicht viel von dieser Vereinigung, denn ein Senator namens Johannes erhob Anspruch auf den weströmischen Thron. Um sich seine Unterstützung zu sichern, erhob er den Feldherrn Aëtius zum Cura palatii, was so viel wie Hofmeister bedeutete und Aëtius praktisch zu seinem Stellvertreter machte. Kundschafter berichteten außerdem, dass er dem hunnischen Großkönig Ruga im Tausch für sechzigtausend Krieger die Provinz Savia abgetreten hatte.

»Deshalb also haben sich die Hunnen um die säumigen Tribute der Burgunder so lange nicht gekümmert!«, rief ich. »Wir saßen wie auf Kohlen, während sie damit beschäftigt waren, den Sturz Westroms vorzubereiten.«

»So weit würde ich nicht gehen. Aber ich glaube auch nicht, dass Johannes Bestand haben wird«, meinte Siegfried. »Mir scheint, den Hunnen geht es eher darum, Tribut von Rom zu erpressen. Aëtius war seine Jugend lang eine Geisel, zuerst bei Alarichs Visigotenheer, dann bei den Hunnen. Wahrscheinlich haben sie damals schon die entsprechenden Pläne vorbereitet und nur auf den geeigneten Moment gewartet. Die Hunnen haben Burgund bestimmt nicht vergessen – aber jetzt haben deine Brüder ja mich, um ihnen beizustehen.«

»Du bist sehr großzügig, mein Liebster. Aber es wäre mehr als ungerecht, dich in irgendwelche Kriege hineinzuziehen, die aus Gundahars Kurzsichtigkeit und Arroganz entstehen. Ich habe ihm schon mehrmals wegen der ripuarischen Franken geschrieben, aber soviel ich weiß, hat er bisher immer noch nicht versucht, sich mit ihnen zu verbünden.«

»Als Föderatenkönig ist das nicht so einfach«, beschwichtigte mich Siegfried. »Er kann nicht einfach auf eigene Faust Frieden mit den Feinden Roms schwören. Mein Königreich ist unabhängig, deshalb kann ich leichter Entscheidungen treffen.«

»Trotzdem. Die ripuarischen Franken hast du zum Frieden gezwungen, und die salischen Franken gehen bei dir ein und aus. Ihr König Merowech würde sich niemals gegen dich stellen. Gundahar dagegen hat es nicht einmal geschafft, sich mit den Alamannen zu versöhnen, obwohl die allmählich den ganzen oberen Rhenus besetzen. Dabei hat meine Mutter immer von einem Reich geträumt, das den ganzen Lauf des Rhenus umspannt …«

»Nur deshalb hast du mich geheiratet, nicht wahr?«, neckte mich Siegfried. »Aber deine Mutter ist nicht mehr die Hohe Frau. Leider verwechselt die neue burgundische Königin eine hohe Berufung mit einer hohen Stellung wie so viele Menschen königlicher Abstammung. Sie ist stolz und voller Angst. Jetzt glaubt sie sich von Gundahar gezähmt, und Gott gebe, dass die Wirklichkeit irgendwann zu dem Traumbild heranreift, das wir ihr vorspiegelten. Aber von Vernunft wird sie sich nie leiten lassen.«

Bitterkeit stieg in meine Kehle. »Hagen weiß, dass ihr sie belogen habt, nicht wahr?«

»Ja. Und er würde nicht zögern, uns zu vernichten, wenn es den Interessen seiner Herrin dient. Ich glaube zwar nicht, dass wir mit offener Feindschaft rechnen müssen, aber es wäre schade, mitten im größten Glück unvorsichtig zu werden.« Er sah mich mit jenem leuchtenden Blick an, der ihm eigentümlich war und von dem ich immer meinte, er könne meine innersten Gedanken lesen; ein Blick wie eine Fackel, der Licht in dunkle Kammern und Verliese schleuderte und vor dem ich, die einst so Stolze, die Augen senkte. Siegfried jedoch hob mein Kinn und schenkte mir mehr von diesem Licht aus seinen Augen, bis meine Schlacken, meine Furcht und Finsternis für diesmal verzehrt waren.

»Brynilds Bruder Etli kämpft auf der Seite der Austrogoten im hunnischen Heer«, sagte Siegfried leise. »Du weißt ja, dass Brynild einen Teil ihrer Kindheit als Geisel an einem austrogotischen Hof verbrachte. Aus dieser Zeit hat sie noch viele Freunde im hunnischen Heer. Ich habe einen Brief von Alsvinn aus Götaland erhalten. Er schreibt, dass Etli sich bei den Austrogoten große Ehren erwarb und im Rang gleich hinter den Königen steht. Vielleicht können wir ihn zum Freund gewinnen – trotz allem, was zwischen mir und seiner Schwester geschehen ist. Bisher haben sich die Hunnen nicht um die Niederlande gekümmert, aber es wäre trotzdem gut, in ihrem Lager einen Verbündeten zu haben.«

Kurz nach Johannes' Inthronisation wurde ich schwanger. Die Frauen am Hof sagten mir Übelkeit und andere Beschwerden voraus, doch es ging mir glänzend, und Siegfried behauptete, ich hätte nie schöner ausgesehen. Bevor ich zu unförmig wurde, unternahm er mit mir eine Landreise durch das ganze Reich, um mir seine Häuptlinge vorzustellen und überall seine Bündnisse zu erneuern.

Wieder nahmen wir nur das Nötigste mit und wurden lediglich von Dwalin, Munin und Kurn begleitet. Wir folgten zunächst dem Lauf des Rhenus, dessen gegenüberliegendes Ufer die salischen Franken hielten. Zwischen Colonia Ulpia Traiana und der Küste lebten die Leute zwischen unzähligen Seitenarmen des Rhenus und anderer Flüsse in einem weiten, flachen Marschland. Die fetten Wiesen ließen sich als Viehweide nutzen, wurden jedoch ständig von Überschwemmungen bedroht.

»Ich habe einen Plan für dieses Gebiet«, kündigte Siegfried an.

Gleich in der ersten Ansiedlung ließ er alle Untertanen auf dem Dorfplatz versammeln, um zu ihnen zu sprechen.

»Ich weiß, dass ihr in ständiger Angst vor dem Wasser

lebt«, sagte er. »So mancher von euch hat schon mehrmals alles an die Fluten verloren. Ihr opfert den Wassergöttern eure besten Lämmer und manchmal sogar eure Kinder. Dennoch gibt es jedes Jahr neue Katastrophen. Ist es nicht so?«

Die Leute befürchteten wahrscheinlich, ihr junger König wolle neue Steuern erheben, denn sie beäugten ihn voller Misstrauen. Siegfried sah in ein schwermütiges Gesicht nach dem anderen und schenkte jedem ein aufmunterndes Lächeln.

»Ihr braucht keine Furcht mehr zu haben! Ich weiß ein Mittel, das euch für immer vor der Flut beschützen könnte«, rief er und riss lachend die Arme in die Luft. »Nur müsst ihr alle zusammenhelfen, wenn es wirksam sein soll. Es darf zwischen euch keinen Streit geben, und niemand darf von den anderen mehr verlangen, als er selbst geben will. Überlegt es euch gut, denn die Entscheidung liegt allein bei euch. Was meint ihr – wärt ihr dazu bereit?«

Die Bauern und Fischer tuschelten argwöhnisch. »Was für ein Mittel?«, erkundigte sich ein breitknochiger Mann, den die anderen offenbar als Anführer anerkannten.

»Das will ich dir sagen.« Siegfried lachte. »Ihr müsst anfangen, Dämme zu bauen!«

Erregtes Stimmengewirr erhob sich, und Siegfried ließ die Leute eine Weile erregt miteinander reden, bevor er erneut die Arme hob. »Ich weiß, wie viel Arbeit das bedeutet«, sagte er, »deshalb will ich euch, falls ihr euch zum Dämmebau entschließt, für die kommenden Jahre sämtliche Steuern erlassen. Wählt einen Baumeister, dem ihr alle folgen wollt, und lasst ihn einen Plan ausarbeiten! Legt ihn mir vor, und wenn wir uns einig sind, könnt ihr anfangen. Falls der Bau nicht so voranschreitet, wie er sollte, wählt ihr zwei von euch aus und schickt sie zu mir. Ich werde sehen, ob ich euch helfen kann. Seid ihr damit einverstanden?«

Jubel erhob sich, erst zögernd, dann frenetisch. Jeder einzelne Landmann bestand darauf, Siegfried persönlich den Treueeid zu erneuern, und Munin schrieb all ihre Namen auf ein großes Pergament, bevor wir unter Segenswünschen weiterzogen. Ähnliche Szenen wiederholten sich in allen Siedlungen der Marsch. Ich gab meinem Mann zu bedenken, dass ich noch nie von einem König gehört hätte, der keine Steuern erhob, aber Siegfried lächelte nur.

»Du hast den Besitzer des Hortes geheiratet«, erinnerte er mich. »Hast du etwa Angst, dass uns das Geld ausgeht?«

An einem regenverhangenen Tag erreichten wir schließlich das Meer. So weit das Auge reichte, schwappten grüngraue Wellen an die flache, sandige Küste. Seevögel kreisten kreischend um einen hohen grauen Turm, der sich wie ein düsterer Wächter über einem kleinen Fischerhafen erhob. Mir war eigenartig zumute. Ich hatte nie zuvor das Meer gesehen, dennoch kam mir der Ort sonderbar bekannt vor.

»An der Nordküste gibt es einen sehr ähnlichen Küstenabschnitt. Vielleicht warst du als Kind dort«, meinte Siegfried. »Ich bin dort einmal mit knapper Not Lyngvis Männern entkommen. Sie waren zu zahlreich, um ihnen im offenen Kampf gegenüberzutreten, und ich versteckte mich in einem Heuhaufen …«

»Du hattest Angst und gibst es auch noch zu?« Ich musste lachen. »Ich dachte, Krieger tun so etwas nicht. Oder Könige. Ist es … findest du es nicht unehrenhaft, sich im Heu zu verstecken?«

»Als unehrenhaft empfinde ich Mord, Betrug, Verrat, Lügen, Neid oder Habgier«, versetzte Siegfried. »Überlegene Feinde herauszufordern halte ich bestenfalls für Eitelkeit und Unvernunft. Für mich liegt nichts Würdeloses darin, am Leben bleiben zu wollen, eher darin, es sinnlos wegzuwerfen. Dwalin, Munin und Kurn könnten dir erzählen, dass ihr ganzes Volk allein durch Unauffälligkeit am Leben blieb.«

»Sie benehmen sich in der Tat sehr unauffällig«, stimmte ich Siegfried überrascht zu. »Die meiste Zeit vergesse ich fast, dass sie überhaupt da sind.«

»Das ist die geheime Kunst ihres Volkes«, erklärte Siegfried mit überraschendem Ernst.

»Wieso? Zu welchem Volk gehören sie denn?«

Siegfried feixte. »Rate!«

Nachdenklich betrachtete ich die Männer, die auf Maultieren vor uns her in Richtung des Turmes ritten. Alle drei waren von gedrungenem Körperbau, breitschultrig und muskulös. Ihr kinnkurzes Haar und ihre Bärte waren ebenso braun wie ihre lederne Kleidung. Keiner von ihnen besaß irgendwelche Merkmale, die auf eine gemeinsame Abstammung hätten schließen lassen. Plötzlich ging mir ein Licht auf. »Sie sind Nibelungen«, hauchte ich.

Munin konnte mich wegen des Rauschens des Flusses unmöglich gehört haben, trotzdem drehte er sich in diesem Augenblick im Sattel um, neigte den Kopf und lächelte.

»Aber ... aber sind die Nibelungen denn nicht Zwerge?«, stotterte ich. »Ich meine, in den Liedern heißt es ...«

»Zwerge sind nichts anderes als das verborgene Volk«, erklärte mir Siegfried. »Es heißt, sie seien Frühgeborene der Schöpfung und mit Elben und Schwarzalben verwandt. Aber in Wirklichkeit sind sie einfach das älteste Volk; das besiegte Volk, das sich seit Jahrhunderten immer tiefer in die Wildnis zurückgezogen hat. Dadurch ist es vielen von ihnen gelungen, eine Lebensweise beizubehalten, die in die Zeit vor den römischen Eroberungen und sogar vor der großen Kälte zurückreicht. Wer fern der Siedlungen wandert, kann überall in der Wildnis ihre versteckten Schlupfwinkel finden.«

»Davon habe ich gehört, aber ich hielt dergleichen immer für ein Märchen. In Noricum soll es ein ganzes Zwergenvolk geben; unter einem gewissen König Laurin. Man sagt, sie besäßen ein großes Wunder: einen blühenden Rosengarten, direkt unter den Gletschern der Alpengipfel.«

»Das wäre durchaus möglich. Sie erinnern sich an vieles, das wir im Lauf der Jahrhunderte vergessen haben oder sogar verachten. Sie kennen die verborgenen

Kräfte des Wachstums und zählen sogar Steine und Metalle zu den Lebewesen. Ich sage nicht, dass ihre Lebensweise besser ist, aber manchmal scheint mir, wir haben für unseren Stolz einen zu hohen Preis bezahlt.« Lächelnd klopfte Siegfried den weichen Hals seines Hengstes. »Du weißt, bei den nordischen Stämmen ist es üblich, Königskinder bei Pflegeeltern aufwachsen zu lassen. Mein Pflegevater stammte von diesen besiegten Ureinwohnern ab.«

Ein Sonnenstrahl durchbrach die Wolkenbank und riss eine schmale Spur leuchtender Farben aus dem Grau. Siegfried ritt mitten in den Lichtstrahl hinein, und der Griff seines Schwertes begann zu funkeln. Ich spürte, dass der Augenblick gekommen war, sein Geheimnis zu ergründen.

»Und wer waren die beiden Fürsten, die sich um ihr Erbe stritten? Hießen sie nicht Nibelung und Schilbung? Ist es wahr, dass sie dich baten, ihren Streit zu schlichten, und du dadurch den Hort gewannst?«

»Ganz so war es nicht«, murmelte Siegfried. »Diese Namen bezeichnen keine wirklichen Fürsten, sie stammen aus den Liedern der Sänger. Nibelung bedeutet Bewohner des Zwischenreiches – nach den Nebeln von Nifelheim, die die bekannte Welt von der unbekannten trennen. Schilbung deutet auf Fafnirs gepanzerte Drachenhaut … Willst du das alles wirklich wissen, Geliebte?«

Plötzlich hatte ich einen Kloß in der Kehle. Irgendetwas Namenloses trieb mir Tränen in die Augen. »Ja«, flüsterte ich.

Siegfried stieß einen schrillen Pfiff aus, der die drei Maultiere unserer Gefährten dazu veranlasste, wie angewurzelt stehen zu bleiben. Die Nibelungen wandten sich fragend um. »Wir übernachten hier«, erklärte Siegfried.

Wir stiegen ab, und Kurn übernahm unsere Pferde. Munin zog einen Schlüsselbund hervor und sperrte das Tor des verlassenen Turmes auf. Drinnen roch es nach kaltem Rauch, und der Boden war mit Schmutz von Eulen und Fledermäusen bedeckt. Das Erdgeschoss bestand aus einem einzigen Raum. Waffen und Rüstungsteile lagen, in Öltücher eingeschlagen, in mustergültiger Ordnung auf groben Holzbänken. Holz war in einer Ecke aufgestapelt, und in Fässern lagerten Vorräte, Trinkwasser und offensichtlich auch Pech für Fackeln oder Brandpfeile. Der Turm war als Grenzposten erbaut worden und konnte im Krieg einer kleinen Garnison als Stützpunkt dienen.

Siegfried führte mich eine steile, rußgeschwärzte Holztreppe hinauf, die an der wuchtigen Wand klebte. In jedem Stockwerk gab es nur einen Raum, der ausschließlich dazu diente, die zahllosen Schießscharten mit Schützen zu besetzen. Erst unter dem Dach stießen wir auf einen wohnlichen Raum mit ein paar Möbeln, einem Kamin und einem Fenster.

»Bitte mach uns ein Feuer!«, sagte Siegfried zu Dwalin, der uns lautlos gefolgt war. Während der Nibelung sich ans Werk machte, setzten wir uns in den Söller. Die Aussicht war atemberaubend: Im Westen verschmolzen die Wasser des Ozeans mit dem fernen

Horizont, während sich im Osten grüne Weiden und Wiesen, durchzogen von glitzernden Wasserläufen, unter uns ausbreiteten. Auf dem Dammweg, über den wir hierher geritten waren, zerrten ein paar spielzeugkleine Bauern einen Karren zur Küste.

Als die dürren Zweige im Feuer zu knistern begannen, schlug Dwalin einen tiefen, vollen Akkord auf seiner Harfe an, der den kleinen Raum mit einem sonderbaren Klang erfüllte.

»So höre vom Hort der Nibelungen!«, sagte Siegfried leise.

Kapitel 14

»In einem Tal zwischen zerklüfteten Felsgipfeln rauschte ein gewaltiger Wasserfall zu Tal. In allen Farben des Regenbogen glitzerten die herabstürzenden, tosenden Wasser, die aus großer Höhe in ein tiefes, fischreiches Becken fielen. Sie bildeten einen mächtigen Wirbel, sie schäumten und jagten einander in funkelnden Kreisen, bevor sie murmelnd und plätschernd einem Flussbett folgten. Die Fülle selbst wohnte in diesem Gewässer, das sich so freigebig verströmte; die Ewigkeit umfing jenen magischen Ort. Ein uraltes Geschlecht lebte hier: der weise Hreidmar mit seinen Söhnen Ottir, Regin und Fafnir. Sie alle beherrschten die vergessene Kunst, sich in Tiere zu verwandeln. Ottir, der Jüngste, jagte eines Tages in Ottergestalt und fing einen der Lachse, von denen sich viele in den Strudeln unter dem Wasserfall tummelten. Genüsslich verzehrte er seinen Fang, der nach alter Überlieferung Weisheit schenken sollte. Da näherten sich am Flussufer drei Wanderer. Einer von ihnen war einäugig, trug einen Eschenspeer und war in einen grauen Mantel gehüllt. Der zweite ging bald gebückt, bald aufrecht und sprang unruhig auf dem Weg hin und her, einer zuckenden Flamme gleich. Der dritte, der dem Wasser am nächsten war, bewegte sich gleichmäßig, und sein Gewand schimmerte wie flüssiges Silber. Da schienen die Wasser still zu stehen, und die Luft selbst hielt den Atem an, denn die Zeit berührte den ewigen Ort. Gegenwart war die Flamme Lokis, das Feuer der Zeit, in dem die Sterblichen verbrennen. Vergangenheit lag in der Weisheit Wodans, der Geist und Einsicht schenkt. Zukunft trug Hönir, der Seelengeleiter, der den Toten über den trennenden Fluss ins Jenseits hilft. Unbewegt blickte Ottir den drei Asen entgegen, den halb gefressenen Lachs in der starr erhobenen Pfote. Da bückte sich Loki und schleuderte einen Stein. Die Zeit überwältigte den Zauber des Ortes. Ottirs Todesschrei erhob sich über das Rauschen der Wasser. Loki aber zog dem Erlegten ungerührt den schönen, glänzenden Balg ab. Die Sonne sank, und die Asen kehrten in Hreidmars Haus ein. Doch Regin und Fafnir erkannten in dem schwarzen Fell ihren toten Bruder und forderten Sühnegeld: Gold, so viel auf dem Otterbalg Platz hatte ...«

Eine kalte Hand umklammerte mein Herz. »Warum tötete Loki den Ottir?«, hauchte ich.

»Wer konnte je erklären, warum Loki etwas tut? Er ist die Flamme: hämisch, begierig, hilfreich und zerstörerisch. Manche sagen, die alten Götter seien Abbilder unserer Ängste und Sehnsüchte. Vielleicht tat Loki etwas Rohes und Gemeines aus keinem anderen Grund als dem, weil er die Macht dazu besaß.«

»Und das Gold, das Ottirs Brüder forderten, sollte das Lebensblut ersetzen«, murmelte ich, voller Furcht vor einem unbestimmten Grauen, das ich näher kommen spürte.

»Mit den Asen kamen Recht und Gesetz in die bewohnte Welt: Recht, das über den Gefühlen steht. Die dunkle Seite davon ist natürlich, dass das Herz verstummt … Ich glaube, deshalb liebten viele noch lange Zeit die Wanen als das ältere Göttergeschlecht, da diese alles aus dem Herzen und nichts aus Berechnung taten.«

Berechnung! Das Wort traf mich wie ein Speer mit vergifteter Spitze.

»Noch hätte die Sühne das Unrecht vergelten können. Wodan verlangte, dass Loki die Forderung erfüllte. Und Loki ging hinaus in die Nacht …«

»Wie Judas«, erinnerte ich mich schaudernd.

»Ja. Wie Judas.« Siegfried warf Dwalin einen Blick zu, und die Harfe setzte wieder ein. Ich spürte, wie sehr es meinen Liebsten drängte, die Geschichte fortzuführen, die ihn schmerzte und die er auf meine Bitte hin begonnen hatte. Ich sah Lokis dunkle Flamme dem Fluss bis ans Ufer des Meeres folgen, wo unter den schäumenden Wogen die Riesin Ran lebte, die Frau des Meergottes Niörd: eine, die älter und gesetzloser war als Asen und Wanen. Sie lieh Loki ihr dunkles Netz, mit dem sie die Meereswellen zu Schlünden der Vernichtung machen und alles Leben zu sich in die Tiefe ziehen konnte. Der Hämische kehrte zum Wasserfall zurück und warf dort Rans Netz aus. Aus den Tiefen des Teiches zog er Andvari ans Licht, den Herrn des Ortes: den Herrn der Fülle. Er hatte die Gestalt eines starken und kriegerischen Hechtes angenommen, des Königs aller süßen, fischreichen Wasserläufe. Doch nun zappelte er schuldlos in Rans dunklem Netz, und Loki forderte all seinen Reichtum als Lösegeld.

»Andvari gab sich geschlagen. Willig tauchte er zum Grund des Strudels hinab, wo unter dem Wasserfall in der Tiefe der Hort verborgen lag. Er brachte Loki alles herauf, was er besaß, er gab Loki einen unermesslichen Schatz. Nur einen einzigen Ring behielt er zurück: den geheimnisvollen Ursprung des Überflusses, der vielleicht Andvaris tiefstes Wesen in sich barg. Loki hätte sich zufrieden geben können, doch aus blanker Gier, aus Gehässigkeit oder Machtbehagen forderte er auch ihn: Andvar-Naut, den Ring der Fülle und des Fließens. Ohne diesen Ring war Andvari gezwungen, die wilden Wasser zu verlassen, in denen er seit Anbeginn der Zeit gelebt hatte. Er musste ›in den Stein gehen‹, wie die Alten sagten, das heißt, er wurde fest und konnte nie wieder die Gestalt wechseln. In hilfloser Verzweiflung sprach er einen Fluch aus …«

»Einen Fluch?«, krächzte ich erstickt.

»Der Fluch ist Tod des Körpers und der Seele.« Siegfried sah mich fest an. »Aus den Tiefen der Zeit ist er auch auf mich gekommen, Geliebte. Als ich den Hort an mich nahm, begriff ich, was dies bedeutet, und war bereit, den Preis zu zahlen. Mir ist auferlegt, Gebundenes zu befreien, Schwache zu schützen und niemals aus Gier, sondern stets demütig zu handeln. Ich weiß, das ist mehr, als ein Mensch vermag, doch verlasse ich mich nicht nur auf mich selbst.« Er zog sein Schwert aus der Scheide. Wo der runengeschmückte Griff in die Klinge überging, bildete ein Querstück die Form eines Kreuzes, und mit einer müden, Schutz suchenden Bewegung drückte Siegfried seine Stirn an die Stelle. Er hatte mich nie direkt darauf angesprochen, doch in diesem Augenblick begriff ich, welchen Namen das Licht trug, dem er ohne jedes Zugeständnis diente.

Ich aber konnte meine Hoffnung nicht an Christus klammern, von dem ich viel zu wenig wusste, um ihm derart zu vertrauen. Deutlicher als je spürte ich Siegfrieds lebendige Gegenwart neben mir zerrinnen wie Sand. Ich spürte ein unabwendbares Verhängnis näher kommen. Ich blickte in die Tiefe einer großen Finsternis und riss gewaltsam die Augen auf, um standzuhalten. »Ich werde dich beschützen«, stieß ich mit zusammengebissenen Zähnen hervor. »Bei der Erde und der Flamme, ich werde dich schützen mit allem, was ich habe und bin. Der Fluch soll nicht dich treffen, sondern mich.«

»Du weißt nicht, was du sagst.« Langsam schob Siegfried das Schwert in die Scheide zurück, und sein Blick traf mich tödlich und sanft wie der Mistelpfeil, durch den Baldur fiel. »Dennoch danke ich dir. Ich bezweifle nicht, dass du meinst, was du sagst. Doch seit meinem Sieg über Fafnir bin ich so gut wie unverwundbar. Weißt du nicht, dass einen, der dem Licht von ganzem Herzen dient, das Dunkel nicht verletzen kann?«

Ich wagte nichts zu erwidern, mir war ganz beklommen von seiner Weisheit, die er sonst unter seinem ansteckenden, funkelnden Gelächter verbarg. Sanft und unbeirrbar tropften Dwalins Harfenakkorde in die Stille.

»Andvarafors, der Wasserfall, lag leer und verlassen. Aller Glanz und alles Funkeln war erloschen, als Loki, den Ring Andvar-Naut am Finger, den soeben gewonnenen Schatz ins Haus Hreidmars schleppte. Er schüttete auf den Otterbalg das gleißende Gold, er bedeckte das schwarze Fell mit funkelnden Edelsteinen. In tausend Farben gloste nun der goldene Umriss des Leibes, nirgendwo war auch nur der kleinste Streifen Fell mehr zu sehen. Doch Hreidmar, der Vater des Toten, war nicht zufrieden. Argwöhnisch beäugte er den Goldberg und fand ein einziges Schnauzhaar, das unbedeckt aus den Karfunkelsteinen ragte. Fordernd deutete er darauf, und dem arglistigen Loki blieb nichts anderes übrig, als den Ring Andvar-Naut darauf zu legen, den er für sich hatte behalten wollen. ›Nun liegt der Fluch Andvaris auf dir, Narr‹, zischte er, und die drei Asen gingen ihres Weges. Noch in derselben Nacht erschlug Fafnir, der älteste Sohn, in seiner Gier nach dem Gold seinen Vater und nahm den Hort an sich. Regin aber floh voller Entsetzen und verdingte sich als Schmied, unaufhörlich auf Rache sinnend …«

Trauer verfinsterte Siegfrieds Blick wie der Schmerz einer alten Wunde. »Regins Nachkomme war mein Pflegevater Mimir, des dänischen Königs Hjalprek

Berater und Waffenmeister«, sagte er leise. »Er lehrte mich die Runen der Schmiedekunst und die Sprache seines Volkes. Er half mir, das zerbrochene Schwert meines Vaters neu zu schmieden, und als diese Tat schließlich vollbracht war, versuchte er, mich gegen Hjalprek aufzuhetzen. Er hoffte wohl, dass ich den König stürzen und selbst die Macht in der Dänen-Mark ergreifen würde. Dann hätte er mich dazu gebracht, ihn mit einem Heer gegen die Sippe Fafnirs zu unterstützen. Als ich mich weigerte, Hjalprek seine Liebe mit Verrat zu lohnen, erzählte Mimir mir von dem Hort, dessen Hälfte rechtens ihm gehörte. Er behauptete, dass Fafnir immer noch lebe und den Hort eifersüchtig hüte; aber ich glaube eher, dass dort oben im äußersten Norden, wohin sich Fafnir zurückgezogen hatte, immer ein Sohn gleichen Namens auf den Vater folgte. Jedenfalls bat er mich, ihm zu seinem Recht zu verhelfen, und ich versprach es ihm gern. Gleich nach der Knabenweihe bat ich den König der Dänen um ein Schiff für diese Unternehmung. Hjalprek wird nicht umsonst der Hilfreiche genannt; er führte mich persönlich zu seiner Werft und rüstete mir ein Schiff und ein kleines Gefolge. Ich war noch keine vierzehn, als wir das erste Mal ausfuhren.«

Drohend erklang nun die Harfe, als sich die graue See vor den Rächern auftat. Zwischen Fjorden und Klüften steuerte Mimir mitten in einen Sturm hinein. Wellen schlugen über dem Deck zusammen, Gischt spritzte auf Helme und Brünnen. Die Wogen drohten das Schiff an die Küste zu werfen, und Mimir versuchte, die offene See zu gewinnen – da erspähte Siegfried ganz oben auf einer Klippe einen Mann im grauen Mantel, der ihnen winkte, ihn an Bord zu nehmen. Entgegen Mimirs Rat befahl Siegfried, dem Alten zu helfen, und es gelang, den Bug auf einen flachen Kieselstrand zu leiten. Der Alte kam an Bord, die schweren Wolken rissen auf, und der Sturm legte sich. Rat gab der Alte dem jungen Siegfried und sagte ihm die Zukunft voraus. Siegfried, der mehr hören wollte, befahl, die Reise zu unterbrechen. Er schickte Mimir mit dem Schiff zurück und folgte dem Fremden in die Wälder …

»Er hat dir wirklich die Zukunft vorausgesagt? Bin ich darin auch vorgekommen?«, unterbrach ich Siegfrieds Erzählung.

»Ja. Er sagte: ›Du wirst alles von mir lernen, was ich weiß. Du wirst der großartigste Kämpfer deiner Zeit sein, den Drachen besiegen und den Hort gewinnen. Jeder wird dich zum Verbündeten haben wollen, und an einem gewissen südlichen Königshof wird man dich schließlich binden, indem man dir die schönste Frau zur Braut gibt.‹« Siegfried lachte. »Woher willst du das wissen?«, fragte ich ihn, und er antwortete: »Es ist nicht so geheimnisvoll, wie es klingt. Auf jede Schlacht folgt irgendwann die nächste. Wenn du ohne Gefühlswallung über die Folgen deiner Taten nachdenkst, kannst du vorher wissen, was daraus entstehen wird. Ebenso kannst du, wenn du gut beobachtest, im Kampf voraussehen, welchen Schlag der Gegner als nächstes ausführen wird, und dich davor schützen. Das ist ein Teil deiner Unverwundbarkeit.«

»War er ein Seher? Ein Meister des Schwertkampfes?«, staunte ich.

»Beides. Wer weiß? ›Wer bist du?‹, fragte ich den Alten, aber er zwinkerte mir zu und fragte: ›Wer bin ich für dich?‹ Ich sagte: ›Wodan. Du musst Wodan sein, der den Völsungen half, seit es eine Überlieferung gibt.‹ Und er gab zur Antwort: ›So bin ich für dich Wodan‹. Mehr habe ich nie erfahren. Doch er muss vom Geschlecht der Asen gewesen sein, denn er lehrte mich die vergessene Kunst des Gestaltwandelns. ›Es kommt immer nur auf die genaue Beobachtung an‹, sagte er. ›Beobachte einen Knecht ohne Hochmut und Mitleid und du wirst wissen, wie er sich fühlt und wie er denkt. Wenn du dich dazu bringst, genau dasselbe zu denken und zu fühlen, hast du seine Gestalt angenommen. Darin besteht die eigentliche Tarnkappe; die Kleidung ist dabei nebensächlich. Dasselbe gilt für die Verwandlung in ein Tier. Nur wenn du dich dem Wald unterwirfst und seine Gesetze anerkennst, kannst du die Tiere wirklich beobachten. Du lernst, dich wie ein Tier zu fühlen, und denkst Tiergedanken. Der Balg, den du vielleicht anlegst, dient allenfalls dazu, deinen Geruch zu tarnen.‹«

»Hast du von diesem alten Mann deine Kampftechniken gelernt?«

»O ja. Ich blieb fast vier Jahre bei ihm. Aber er lehrte mich viel mehr. Nachdem ich wusste, was in der Zukunft lag, wünschte ein Teil von mir, für immer dort in den Wäldern zu bleiben, um all dem Grausamen, das durch mein Leben über mich und andere kommen würde, zu entgehen. Doch der Alte lehrte mich, dass es keinen Sinn hat zu zögern, sich falschen Hoffnungen hinzugeben oder die Vergangenheit ändern zu wollen. Wer lebt, muss annehmen, was ist und was war. Und niemand kann verhindern, was sein wird. Aber vieles kann man umwandeln. Alles Irdische ist Umwandlung: einen verrottenden Baum in fruchtbaren Boden, eine Erzader in ein Schwert, eine Ehrung in Demut. Es gibt zwei Blickrichtungen: eine nach innen und eine nach außen. Und es gibt zwei Haltungen: zu lieben oder gering zu schätzen. Darin liegt unsere Wahl. Als ich mich dafür entschied zu lieben, erklärte er meine Lehrzeit für beendet und meinte, nun sei ich bereit, mich dem Drachen zu stellen. Er warnte mich vor dem Fluch des Hortes und riet mir, von Anfang an mit vollen Händen zu verschenken, was mein sein würde. Auch von Brynild erzählte er mir, da er sie vor Jahren ebenfalls unterrichtet hatte. Es tat ihm Leid um sie, und er behauptete, dass es mir gelingen würde, sie aus ihrer Verbannung zu erlösen.«

»Glaubst du, dass sie sich auch entschieden hat zu lieben?«, fragte ich benommen.

»Anfänglich wohl. Doch dann ließ sie sich hinreißen. Ich glaube, für mich ist der Hort in Wirklichkeit kein Fluch, sondern eine große Hilfe. Denn durch ihn bin ich täglich gezwungen, meine Taten zu prüfen … Bevor ich meinen Lehrer verließ, riet er, mir zunächst in der Steppengegend von Bjarmaland ein Pferd zu gewinnen. ›Du wirst ein großartiges Pferd brauchen, wenn der Hort dein ist‹, meinte er. Noch konnte ich mir nicht vorstellen, wie der Schatz in meinen Besitz kommen sollte, da er nach Fafnir doch Mimir zustehen würde. Doch ich reiste ins Bjarmaland und fand eine unermessliche Pferdeherde, aus der die Hunnen ihre Zucht auffrischten. Es war ein herrlicher Anblick, und die Steppe dröhnte unter ihren Hufen …«

Siegfried lächelte, die Weite der Wildnis spiegelte sich in seinen Augen. »Ich hatte gelernt, wie man ein Wildpferd an sich bindet, nämlich durch Kraft und Sanftheit, Belohnung und Strafe, Koseworte und Aufrichtigkeit«, fuhr er fort. »Nach ein paar Tagen verursachte ich einen mächtigen Lärm und scheuchte die ganze Herde über einen Fluss. Mein Hengst Grane aber hielt lieber der Bedrohung stand, als mich zu verlassen. Da wusste ich, dass es mir gelungen war, sein Herz zu gewinnen, und dass er mich auch in größter Gefahr nicht verlassen würde. Ich ritt zu Mimir und erklärte mich zur neuerlichen Ausfahrt bereit. Als Gefolge nahm ich diesmal nur zwei seeerfahrene Knechte mit, die uns sicher an das neblige Gestade brachten, wo Fafnir herrschte.«

Draußen tobte ein mächtiges Gewitter. Blitze rissen das aufgewühlte Meer aus der plötzlichen Dunkelheit. Der Donner krachte, und Regen rauschte wie eine befreite Flut hernieder.

»Siegfried«, murmelte ich rasch, bevor mich der Mut verließ. »Als junges Mädchen schwor ich mir, nur einen zum Mann zu nehmen, der vor keinem anderen die Augen niederschlägt. Ich dachte damals, das müsste einer sein, der sich vor nichts und niemandem fürchtet. Doch heute weiß ich, dass jemand mit furchtlosem Blick in Wirklichkeit voll Mitleid ist und deshalb auch Schwachen oder Missgestalteten offen begegnen kann. Wie du. Ich … ich liebe dich.«

»Und ich liebe dich.« Siegfried lächelte überrascht, als habe er vergessen, wer ich war. Ich begriff, dass er all dies nie zuvor einem Menschen offenbart hatte und vielleicht auch niemals wieder jemandem erzählen würde. Dwalins Harfe, die beim ersten Donnerkrachen verstummt war, setzte wieder ein, gebieterisch jetzt und erbarmungslos. Dies war keine einfühlsame Begleitmusik mehr. Ich spürte Dwalins Herz in den Tönen, seine Ohnmacht, seinen Schmerz. Denn jetzt beschrieb Siegfried die ungeheure Grausamkeit des Königs Fafnir, von dem es hieß, dass er während seiner langen Schreckensherrschaft die Gestalt eines Drachen angenommen hatte.

Wenige bekamen den König je zu Gesicht. Verließ er seine Gemächer, war er stets von einer Gruppe gepanzerter Leibwächter umgeben. Seine Gefühllosigkeit war ebenso legendär wie sein unermesslicher Reichtum. In keinem Reich musste das Volk schwerer arbeiten als im Nibelungenreich. In keinem Land waren die Steuern höher, und in keinem Land war die Willkür des Herrschers größer. Bauern, Jäger und Fischer mussten den größten Teil ihrer Erträge abgeben, was übrig blieb, bewahrte die meisten gerade vor dem Verhungern. Frauen und Mädchen wurden wie Vieh verschleppt und in die Sklaverei verkauft. Kinder schickte man zum Arbeiten in die Goldminen, sobald sie zu laufen gelernt hatten. Kein Volk hatte je schlimmer unter einem Tyrannen gelitten als die Nibelungen, und kein König war je einmütiger gehasst worden als Fafnir. Umgeben von Abscheu, vertraute er niemandem und fürchtete sich beständig vor Anschlägen auf sein Leben, die er durch den Schrecken, den er verbreitete, abzuwehren hoffte.

Um einen Plan auszuarbeiten, verdingte Siegfried sich in der Palastküche als Knecht: als niedrigster in der Hierarchie der königlichen Diener. Wieder handelte er gegen Mimirs Rat, der sich unterdessen in den Wäldern versteckt hielt. Siegfried aber beobachtete die Gewohnheiten des Königs aus nächster Nähe und fand heraus, dass Fafnir täglich, nur von sieben Männern begleitet, einen geheimen Ort in der Heide aufsuchte. Dem König genügten die Steuern und die Ausbeute der Goldminen nämlich nicht: Täglich musste er seine Macht bestätigt und seinen Reichtum vergrößert sehen. Zu diesem Zweck ließ er jeden Menschen, der kein Nibelung war, gefangen nehmen, um ihm dann die Zahlung hoher Lösegelder abzupressen. Er selbst gehörte zum alten Volk, und sein Hass auf jeden Eindringling war bitter. Wer nicht zahlen konnte, den ließ er einfach verkommen. Er hatte in der Heide einen mächtigen Zwinger bauen lassen, in dem die Folterungen stattfanden. Dort wurden auch die Verhandlungen geführt und die Einnahmen genauestes aufgezeichnet. Ein gewisser Alberich führte dort die Rechnungsbücher, und es war Fafnirs einziges Vergnügen, sich jeden Mittag vom Stand der Dinge zu überzeugen.

»Mir wurde bald klar, dass ich Fafnir auf dem Weg zu diesem Zwinger abpassen musste, um ihn herauszufordern«, sagte Siegfried. »Aufgrund des Schreckens, den er verbreitete, rechnete längst niemand mehr mit der Möglichkeit, dass ein Sterblicher dem König ans Leben wolle, und ich hoffte, dass die sieben Leibwächter keine allzu grimmigen Kämpfer sein würden. Also suchte ich das Gelände um den Palast in weitem Umkreis ab und fand tatsächlich den Pfad, den sie benutzten, um jenen geheimen Ort aufzusuchen. Ich verbarg mich in einem Graben dicht am Weg, und als die Gepanzerten sich näherten, sprang ich mit gezücktem Schwert hervor und forderte den König auf, Mimir seinen Anteil am Hort herauszugeben … Ich hatte noch nie einen Menschen getötet und war ungeheuer aufgeregt. Doch erinnerte ich mich all der Lehren, die ich empfangen hatte, und zwang mich, meine Gedanken still und meinen Körper ruhig zu halten. Die ersten beiden Männer der Leibwache fegte ich mit einfachen Streichen beiseite. Dann drangen die übrigen fünf auf mich ein. Doch ihrem Angriff fehlte das rechte Feuer, und es fiel mir nicht schwer, sie mit ein paar gezielten Hieben außer Gefecht zu setzen. So blieb nur Fafnir übrig. Er überragte sogar mich um Haupteslänge. Er hatte sein vergiftetes Schwert gezogen und verhöhnte mich mit schneidenden Worten. Doch ich hörte ihm nicht zu, sondern warf mich auf die Knie und trieb ihm von unten mein Schwert durch den Panzer, dass es bis zum Heft eindrang. Ich kann dir nicht erklären, warum, aber sein überraschter Gesichtsausdruck trieb mir Tränen in die Augen. Als der alte Herrscher in mein Gesicht sah und spürte, dass er sterben würde, ließ er seine Schreckensmaske fallen und teilte seine letzten Gedanken mit mir. ›All die vielen Jahre war ich so gut wie unverwundbar, weil ich die Menschen durchschaue‹, sagte er. ›Ich bin ehrlich, ich sehe bis auf den Grund ihrer Herzen. Auch du kannst das, wenn du es wagst. Doch ich warne dich: Glücklich macht dich die Kunde nicht, die ich dir gebe! Denn wisse, es ist immer das Schlimmste, immer das Übelste, Hämischste, Kleinlichste, das einen Menschen bewegt. Nur wenn du auch im freundlichsten Augenblick mit dem Gemeinsten rechnest, kommst du der Wahrheit nah.‹ – ›Und doch bist du meinem Schwert erlegen, König‹, erwiderte ich, ›und all deine zynische Weisheit und auch dein Schreckenshelm schützten dich nicht.‹ – ›Nur weil mein heimtückischer Brudersohn dich sandte. Doch für meine Rache ist gesorgt: Er wird auch dich betrügen, und dann wird der Fluch des Hortes dich verzehren‹, versetzte Fafnir noch spöttisch. Dann starb er.«

Dwalin schlug auf der Harfe leise, fragende Töne an. Trotz aller Anstrengung, die es für Siegfried bedeutete, mir diesen tiefen Schmerz zu offenbaren, lächelte er. »Es war, als sterbe meine Kindheit mit ihm, denn er war der erste Mensch, der von meiner Hand fiel«, flüsterte er. »Und Mimir hatte von fern alles mit angesehen. Er eilte herbei und war begierig, den Hort zu holen. Ich erzählte ihm von dem Zwinger und riet ihm, allen Erpressten das Lösegeld zurückzuzahlen und Fafnirs Niedertracht wieder gutzumachen – sei es auch nur, damit der Fluch des Hortes Mimir nicht treffen möge. Aber der lachte nur, und Fafnirs letzte Worte klangen in mir nach, als ich den harten, gierigen Ausdruck in seinen Augen sah. ›Was sind mir deine Ratschläge, Mörder meines Bruders?‹ rief er. ›Der Hort ist mein, und mein ist jetzt die Rache. Was meinem Bruder recht war, soll mir billig sein; denn auch ich gehöre zum alten Volk und habe von den Eroberern nur Schmach und Schande erfahren‹, was eine Lüge war, denn König Hjalprek war stets gut zu ihm gewesen. Er befahl der Leibwache, soweit sie sich unterdessen wieder aufgerappelt hatte, mich zu überwältigen und als Mörder hinzurichten. Da begriff ich, dass er eigentlich mit meinem Tod gerechnet hatte, dass er mich seinem Bruder wie ein Tier hatte opfern wollen in der Hoffnung, Fafnir dadurch zu versöhnen. Ich schrie ihn an, sich zu verteidigen, und drang auf ihn ein. Die Leibwächter standen nur verlegen herum, denn sie hofften von Herzen, dass auf den einen Tyrannen nicht gleich der nächste folgen möge. Und Mimir war kein Krieger; es war mir ein Leichtes, ihn zu töten.«

Siegfried seufzte. Nicht Triumph, Hass oder Bitterkeit, sondern Trauer lag in seinem Blick.

»Ich stand zwischen den beiden Leichen auf der einsamen Heide, beide Hände bis zu den Ellbogen voll Blut, und fühlte mich wie betäubt. Die Leibwächter beglückwünschten mich und leisteten mir auf der Stelle den Treueeid, aber ich begriff erst allmählich, was geschehen war. Gemeinsam gingen wir zum Zwinger. Wir öffneten die Eisengitter der Verliese, die zum Teil tief unter der Erde lagen, und befreiten die Gefangenen. Manche waren bis zum Skelett abgemagert. Ihre Haut war von Geschwüren bedeckt, die Haare waren ihnen ausgefallen. Der Gestank …« Siegfried schüttelte sich. »Wenn ich je einen Blick in den Abgrund von Hel getan habe, dann an diesem Tag«, murmelte er. »Dies war wahrhaft der Fluch des Hortes, wie man ihn sich schrecklicher nicht vorstellen kann. Und mir, als seinem neuen Besitzer, war es auferlegt, den Bann dieses Fluches zu brechen. Noch am selben Tag ließ ich sämtliche Schatzkammern öffnen; voller Angst, dass der Fluch auf mich übergehe, wenn ich zu lange zögerte. Alberichs Aufzeichnungen waren eine große Hilfe. Ich setzte ihn zum Verwalter ein und befahl, alle Steuern und Lösegelder dreifach an die Geschädigten zurückzuzahlen. Wer aber zu Unrecht in Fafnirs Kerker geschmachtet hatte, erhielt jeden Tag seiner Gefangenschaft siebenfach in Gold aufgewogen.«

Die Harfe jubilierte wie die aufgehende Sonne nach langer, kalter Winternacht, und Dwalins Wangen waren nass von Tränen, als er sich dieser glücklichen Tage erinnerte. Siegfried lächelte ihm zu.

»Sobald die Nibelungen begriffen hatten, dass die Schreckensherrschaft wirklich vorüber war, wurden sie die besten Freunde, die man sich nur wünschen kann«, erzählte er. »Noch heute verwaltet Alberich das Land und die Goldminen für mich. Die Insel ist unbekannt und wird sowohl vom eisigen Meer als auch von den Nebeln des Nordens geschützt. Darum genügt das stehende Heer, das Fafnir eingerichtet hatte, zu ihrem Schutz, und ich konnte, nachdem alles geregelt war, wieder auf die Meerfahrt gehen …«

»Nach Island, um Brynild zu befreien.«

»So war es. Diesmal nahm ich ein größeres Schiff, denn einige der befreiten Nibelungen bestanden darauf, mir ihre Freiheit mit unverbrüchlicher Treue heimzuzahlen …« Er zwinkerte Dwalin zu, der ein wenig verlegen grinste. »Außerdem nahm ich Fafnirs leichtes, aus Silberstahl geschmiedetes Panzerhemd, das ich seitdem stets auf dem Leib trage, seinen Helm, sein Schwert Hroti und einen Teil des Schatzes mit, vor allem den Ring Andvar-Naut, das Herz des Hortes, den ich später Brynild gab …«

»Du hast Brynild Andvaris magischen Ring geschenkt?«, rief ich entsetzt.

»Mit dem Ring besiegelte ich mein Versprechen, zu ihr zurückzukehren«, bestätigte Siegfried. »Als ich deinem Bruder in Gestalt eines Pferdeknechtes half, sie im Kampf zu besiegen, trug sie ihn immer noch. Ich habe ihn ihr erst in Borbetomagus wieder abgenommen, heimlich, in jener Nacht, als du so geduldig auf mich gewartet hast.«

»Gott sei Dank! Ich bin sicher, der Ring hätte ihr die Macht gegeben, großes Unheil über uns heraufzubeschwören.« Ich atmete auf. »Wo ist er jetzt?«

Siegfried lachte. »Weißt du das wirklich nicht? Er steckt an deinem Finger, Geliebte.«

Am nächsten Morgen verließen wir den einsamen Turm und ritten an der Küste entlang in Richtung Norden. Erst an einem tief ins Land reichenden Salzwassersee wandten wir uns schließlich nach Osten. Wir durchquerten die weiten Wälder und Heidegebiete des eigentlichen Hünenlandes: Siegfrieds Völsungenerbe, das an die Gebiete der Friesen, Sachsen und Langobarden grenzte. Zum Glück war der sächsische König Liudeger, den Siegfried für Burgund besiegt hatte, noch vor den Winterstürmen mit seinem Stamm nach Britannien gezogen, so dass wir von ihm keine Rache zu befürchten hatten. Die besiegten Hundinge aber hatten sich ihren langobardischen Stammesbrüdern angeschlossen, waren südwärts gewandert und hatten sich in Pannonien am mittleren Danuvius niedergelassen. Es war Siegfried gelungen, mit den verbliebenen Häuptlingen einen labilen Frieden aufrechtzuerhalten, den er jetzt durch unseren Besuch zu festigen gedachte.
Begleitet vom Harfenspiel Dwalins ritten wir singend durch die Grenzmark, wo uns aus allen Dörfern die Kinder neugierig entgegenrannten. Nach ihnen kamen die Frauen und starrten uns misstrauisch an, bevor sie unser Lächeln zögernd erwiderten. Zuletzt kamen die Männer: breitknochig, kräftig, mit wuchernden Bärten. Die meisten trugen lange Schwerter oder doppelklingige Äxte. Die Hundinge waren offenbar

grimmige und erbarmungslose Herrscher gewesen, da kein Bewohner des Hünenlandes einem König etwas Gutes zutraute.

Mürrisch und widerwillig baten die Häuptlinge uns in ihre niedrigen riedgedeckten Häuser und bewirteten uns mit Speise und Trank, da ihnen nichts anderes übrig blieb. Doch nach kurzer Zeit gelang es uns immer, die Mienen aufzuhellen, selbst wenn Dwalins Harfenspiel und Siegfrieds offene Heiterkeit versagten: Munins Possen und Kurns Akrobatik konnte niemand widerstehen. Ich war überrascht, wie willig die Nibelungen, die ich als fähige Verwalter und zuverlässige Krieger kannte, sich um Siegfrieds Frieden willen zum Narren machten. Kein Gaukler in Borbetomagus hatte je bessere Laune verbreitet, und wir verließen die Dörfer des Hünenlandes, in denen wir voll Misstrauen empfangen worden waren, stets unter Gelächter und Segenswünschen.

Eines Tages kamen wir an einen niedrigen Hügel, der sich wie der Kopf eines versunkenen Riesen aus der Heide wölbte. Unter der Grasnarbe waren deutlich die alten Wälle einer Hügelfestung zu sehen, auf dem Scheitel der Kuppe ragte jedoch ein ungeheuer dicker, verkohlter Baumstamm in den Himmel.

»Dies war die Wodanseiche, der Schutzbaum des Völsungengehöfts.« Siegfried grinste. »Zumindest hat man es mir so erzählt. Als ich hierher kam, hatten die Hundinge längst alles niedergebrannt.«

Natürlich hatte Siegfried, ebenso wie Gundahar, an allen wichtigen Königshöfen Kundschafter. Aus ihren Briefen erfuhren wir, dass der Widerstand gegen den weströmischen Usurpator Johannes wuchs. Der Visigote Tiudric, stolzer König seines tolosianischen Reiches, bezeichnete sich selbst als fähigsten Nachfolger für den verstorbenen Honorius und nahm die Cäsarenwürde in Anspruch. Sofort erklärte er seine Verträge mit Rom für erloschen und begann, weitere Teile Südgalliens zu erobern.
Es gelang ihm jedoch nicht, die Unterstützung der Hunnen zu gewinnen, die sich mehr und mehr zum eigentlichen Zünglein an der Waagschale der Macht entwickelte. Angeblich hatte der hunnische Großkönig Ruga mit Ostrom einen Friedensvertrag geschlossen und seinen Regierungssitz viel weiter nach Westen verlegt. Man sagte, er habe jetzt ein ständiges, gewaltiges Lager am Tiphisas östlich von Aquincum. Wir wussten nicht, wie die Hunnen zu der jüngsten Entwicklung in Ravenna standen, doch hörten wir vom byzantinischen Hof, dass die Rivalität zwischen Theodosius' frommer Gattin und der Kaiserschwester Pulcheria vollkommen unerträglich geworden sei. Nach zähem Ringen gab Theodosius' Gattin schließlich auf und ging ins Exil nach Jerusalem, während die schöne Augusta Pulcheria erneut an der Seite ihres Bruders den Platz der ersten Frau Ostroms einnahm. Schmunzelnd erinnerte ich mich an die Kommentare meines Freundes Asklepios, der schon damals gewusst hatte, wer in Wahrheit in Byzanz regierte.

Doch trat die Politik der beiden Roms für mich immer mehr in den Hintergrund, denn im Frühling des Jahres 424 kam unsere Tochter Svanild zur Welt. Meine Mutter besuchte mich in Ad Sanctos, und gemeinsam verbrachten wir viele Stunden damit, verzückt das winzige Gesicht zu betrachten und jede Reaktion des kleinen Wesens wie ein Wunder Gottes zu bestaunen. Unter den Nibelungenfrauen fand ich eine Amme, die das Kind ebenso liebte wie ich: Siegfried hatte sie und ihre ganze Familie aus Fafnirs Knechtschaft befreit, und Liano erkannte in Svanilds Zügen die ihres Retters wieder.

Die Geburt meiner Tochter war das schönste und wunderbarste Ereignis in meinem Leben, und ich erlebte in jenen Tagen vollkommenes Glück. Zwar muss jeder, der lebt, schuldig werden, doch Siegfrieds Taten entsprangen der Liebe und Fürsorge für andere. Er tat alles, um den Fluch des Hortes zu brechen. Kein einziges Mal in den kostbaren Jahren, die ich mit ihm verbringen durfte, handelte er aus Eigennutz. Weder ließ er sich von Gier oder Hochmut leiten, noch griff er zu unlauteren Mitteln. Sein Betrug an Brynild blieb der einzige Makel seines Lebens. Mir aber, die dadurch gewonnen hatte, was Brynild verlor, war vergönnt, alles zu tun, um ihn glücklich zu machen.

Meine Mutter berichtete Gutes aus Borbetomagus: Brynild schien sich mit ihrem Schicksal ausgesöhnt zu haben und war es zufrieden, als Königin Burgunds zu leben. Als Svanild ein halbes Jahr alt war, wurde Brynilds und Gundahars erster Sohn Gundowech geboren, und Uote, die zweifache Großmutter, eilte überglücklich wieder an den mittleren Rhenus zurück. Im gleichen Jahr wurde der ungeliebte Usurpator Johannes hingerichtet: Vom Auftauchen einer oströmischen Flotte vor Ravennas Küste abgelenkt, traf der Feldherr Aëtius mit einem Heer gedungener Hunnenreiter zu spät ein, um den ehemaligen Senator vor seinen Feinden zu schützen. An Johannes' statt wurde der sechsjährige Valentinian weströmischer Cäsar – unter der Vormundschaft seiner Mutter Galla Placida, die mit ihren Kindern im Triumph aus Byzanz nach Ravenna zurückkehrte. Endlich trug sie nicht nur den Titel der Augusta, sondern hatte auch die volle Regierungsgewalt. Ich hoffte von Herzen, dass der gute Asklepios noch lebte, um die Erfüllung all seiner Träume mit ihr zu genießen.

Die neue Regentin bewies ihre Weitsicht, indem sie den Hunnen zum Dank für ihre Dienste die Provinz Valeria Ripensis in Noricum schenkte. Außerdem ernannte sie den genialen Feldherrn Aëtius zu Valentinians Mitvormund, wodurch sie ihn für immer an sich und ihre Kinder band. Aëtius führte daraufhin seine sechzigtausend Hunnenreiter nach Gallien, um die Visigoten in ihre Schranken zu weisen und die alte südgallische Universitätsstadt Arelate für Westrom zurückzuerobern.

Nachdem nun beide Roms in Wahrheit von Frauen regiert wurden, war ich zum ersten Mal in meinem Leben zuversichtlich, was die politischen Verhältnisse betraf. Sicherlich waren sich Frauen der Vorzüge des

Friedens bewusster als Männer, sicherlich würden Pulcheria und Galla Placida alles tun, damit das hirnlose Schlachten und Erobern endlich einer gewissen Ruhe und Ausgeglichenheit wich. Auch was die Hunnen anging, gestattete ich mir eine zögernde Hoffnung. Ich konnte mir beim besten Willen nicht vorstellen, dass der mächtige Ruga, Herrscher über die halbe Welt, dem beide Roms tributpflichtig waren, sich nach fast zehn Jahren noch immer an Gundahars jugendliche Dreistigkeit erinnerte.

Kapitel 15

Im Jahr 427 kam unser Sohn Siegmund zur Welt. Siegfried ließ aus diesem Anlass jedem einzelnen Niederländer, vom Säugling bis zum Greis, ein Goldstück, ein Stück Honigkuchen und einen Fladen Brot schenken. Die dreijährige Svanild verwandelte sich von einem Wildfang in eine liebevolle große Schwester, die ihr Brüderchen begeistert bemutterte. Auch die Amme Liano hätte über den neuen Schutzbefohlenen nicht glücklicher sein können. Sie ließ Svanild an ihrer alten Nibelungenweisheit teilhaben, während sich die beiden gemeinsam um den Säugling kümmerten. Manchmal hatte ich den Eindruck, Liano sei den Kindern näher als ich, und ich erinnerte mich meiner engen Bindung an Irminberga. Ich versuchte, weniger streng und königlich mit meinen Kindern umzugehen, als meine Mutter es mit uns getan hatte, und mir mehr Spaß mit ihnen zu erlauben. Oft spielten Siegfried und ich mit ihnen oder nahmen sie zu kleinen Familienausflügen mit in die Wälder, eine Unschicklichkeit, die sich Uote und Gibich nie erlaubt hätten. Zwei Jahre später erblickte in Borbetomagus Brynilds und Gundahars zweiter Sohn Chilperich das Licht der Welt. Es herrschte Frieden; der Traum meiner Mutter von einem vereinigten Reich am Rhenus schien sich zu erfüllen. Immer häufiger trafen in Ad Sanctos Schiffe mit Waren aus dem Süden ein, vor allem Wein und Öl aus Hispanien, Gewürze, Purpur und Almandine aus dem Orient. Auch Flöße erreichten uns, die am oberen Lauf des Rhenus aus den riesigen Baumstämmen des Myrkwaldes zusammengebunden worden waren. Solche Stämme wurden überall an der Küste als Schiffsmasten benötigt und häufig an die Sachsen weiterverkauft. Diese rüsteten für ihre Eroberung Britanniens fortwährend Schiffe und nahmen jeden Baumstamm, den sie bekommen konnten.

Auch der salische Frankenkönig Merowech sandte Kaufleute an unseren Hof, um die begehrten Stämme gegen Rohmetall einzutauschen, denn in der ehemaligen Provinz Belgica gab es reiche Erzvorkommen. Eines Tages traf jedoch eine Abteilung salischer Reiter in Ad Sanctos ein, deren stolze Haltung und Bewaffnung kaum Kaufleuten angemessen schien. Einer Ahnung folgend, überließ ich den kleinen Siegmund der Obhut seiner Amme und erwartete die Männer mit Siegfried im Empfangssaal.

»Die Zeit schreitet unaufhaltsam fort. Bäche ergießen sich in Flüsse, Flüsse vereinen sich zu Strömen und füllen Seen und Meere, während anderswo ein älterer Wasserlauf austrocknen mag«, begann der salische Hauptmann Undilo eine offenbar wohl vorbereitete Rede, nachdem wir die üblichen Begrüßungsfloskeln ausgetauscht und den Freundschaftsbecher geleert hatten. »In gleicher Weise verändern sich Reiche und Bündnisse. Gewiss ist auch euch zu Ohren gekommen, dass es dem hunnischen Großkönig Ruga gelungen ist, am Tiphisas zahlreiche germanische Stämme unter seiner Herrschaft zusammenzuschließen. Mit den Austrogoten haben die Hunnen eine Föderation gebildet. Rugas Reich erstreckt sich zwischen Rhenus, Danuvius und dem Pontus Euxinus über unvorstellbare Entfernungen. Ostrom soll sich den hunnischen Frieden mit jährlich dreihundertfünfzig Pfund Gold erkaufen – für uns eine unvorstellbare Summe, die wahrscheinlich gerade deswegen der Wahrheit entspricht. Von Westrom dagegen, dessen Reichtum sich dieser Tage wesentlich leichter überschauen lässt, erhielt Ruga kürzlich auch noch Pannonien, die letzte weströmische Provinz im Osten. Auch musste der junge Cäsar hilflos zusehen, wie der edle Vandalenkönig Geiseric die reichen nordafrikanischen Provinzen so gut wie kampflos einnahm …«

»All dies ist uns nicht unbekannt, Freund Undilo.« Siegfried lächelte zurückhaltend. »Von einer Weltmacht ist Westrom vor unseren Augen zu einem Reich geschrumpft, dessen unmittelbarer Einflussbereich sich auf das mittlere Gallien, die italische Halbinsel und die Alpenländer beschränkt. Doch ist auch das Burgunderreich zumindest nominell noch immer eine weströmische Provinz, ebenso die von Chatten, Alamannen und Ripuariern besetzten Gebiete. Die Niederlande sind frei, doch wir halten freundschaftliche Beziehungen zum Hof von Ravenna aufrecht, obwohl wir nicht durch direkte Verträge verbunden sind.«

»Du hast das tolosianische Reich nicht erwähnt«, stellte Undilo mit glänzenden Augen fest. »Aus gutem Grund. Seit sich der edle Visigotenkönig Tiudric offiziell von Westrom lossagte, ist sein Reich stetig gewachsen. Heute umfasst es den größten Teil Hispaniens und Südgalliens, und sein mächtiges Heer ist so zahlreich wie die Sterne am Himmel.«

»Doch fehlt ihm noch das restliche Gallien als Glanzstein seiner Krone.« Siegfried schmunzelte. »Mit Hispanien als Hinterland braucht er sich jedenfalls über den Nachschub zur Versorgung seiner Armee keine Sorgen zu machen.«

»Wahr sprichst du, hochedler König.« Undilo nickte eifrig. »Korn, Wein und Silber aus Hispanien ergießen sich wie warmer Sommerregen über jeden Visigotenkrieger …«

»Und zweifellos auch über jeden Verbündeten der Visigoten. Gehe ich recht in der Annahme, dass es Tiudric gelungen ist, die Freundschaft deines Herrn, des edlen Königs Merowech, zu gewinnen?«

»Wahr sprichst du, Herr Siegfried«, wiederholte der Abgesandte.

»Ich begreife wohl, warum ein solches Bündnis dem Herrn Merowech Vorteile bringt. Du hast von Flüssen gesprochen, die zu Strömen werden …«

»Und sich zu größeren Gewässern vereinen. Wie du bereits erraten hast: Unser Ziel ist es, ganz Gallien unter den Kronen Tiudrics und Merowechs zu vereinen. Zusammen mit Hispanien wird unser Reich eine germanische Front im Westen bilden, die die ausgeblutete Macht Ravennas in die Schranken weist.«

»Jeder weiß, dass Felix, der weströmische Oberbefehlshaber, von allzu hohen Steuern und allzu gutem Leben träge und schwach geworden ist. Doch Felix' Feldherr ist der große Aëtius, der Tiudric schon einmal schlug. Er hat am hunnischen Hof gelebt und führt die Reiterei ebenso gut wie der Großkönig selbst. Habt ihr daran gedacht?«

»Gewiss. Doch gewaltig ist der vereinte Heerbann von Saliern und Visigoten. Uns ist der Sieg sicher. Dennoch erhielte unser Bündnis erst durch dich seinen größten Glanz, Herr Siegfried. Mein ist die Ehre, dich einzuladen, an unserem Triumph teilzuhaben. Den Drachentöter, den Nibelungenherrn an ihrer Seite zu haben ist sowohl Tiudrics als auch Merowechs Wunsch. Und für die Niederlande wäre ein solcher Bund von großem Vorteil, umschlösse er doch die ganze Westmeerküste ...«

»Das ist wahr. Die Freundschaft Merowechs und Tiudrics hat mir stets viel bedeutet. Ihr ehrt mich sehr mit eurem Anerbieten.« Siegfried kniff die Augen zusammen, als ob er das Angebot ernsthaft erwöge.

Ich wusste, dass wir es uns nicht leisten konnten, die Salier und Visigoten zu Feinden zu haben. Falls dieser Krieg über die Grenzen in unsere Niederlande drang, würde alles zerstört werden, was wir während der letzten Jahre aufgebaut haben. Die Hünenländer, die gerade anfingen, sich von der harten Hundingherrschaft zu erholen, würden in Hass und Misstrauen zurückfallen. Der Dämmebau würde stocken, die ungeschützten Fischerdörfer wären Sturmfluten und sächsischen Piraten hilflos ausgeliefert … Falls Siegfried aber das angebotene Bündnis einging, war er womöglich gezwungen, an der Seite der Salier und Visigoten gegen meine Brüder zu kämpfen, denen als Föderaten keine andere Wahl blieb, als Westrom zu unterstützen. Mein Herz klopfte zum Zerspringen, doch ich wusste, dass ich der Weitsicht meines Mannes vertrauen konnte.

»Wie stellen sich die Hunnen zu dem großen Vorhaben?«, erkundigte sich Siegfried. Er hatte aus reiner Höflichkeit so lange gezögert, denn dies war die Frage, auf die es wirklich ankam.

Undilo wand sich ein wenig. »Nun, der legendäre Heerbann von sechzigtausend Reitern hat sich längst aufgesplittert«, meinte er. »Die meisten Hunnen sind auf das Geheiß der Kaiserin Galla Placida in die Tiphisas-Ebene zurückgekehrt. Aëtius hat sich wohl eine kleinere Abteilung als eine Art Elitetruppe zurückbehalten, doch unsere Kundschafter melden, dass er selbst kürzlich in Ravenna gesehen wurde …«

»Ich verstehe.« Siegfried nickte gedankenvoll. »Bitte, sag dem edlen Merowech, dass mich sein Anerbieten aufs höchste ehrt. Doch rate ich euch dringend, das Unternehmen erst dann zu beginnen, wenn ihr euch vom genauen Standort der Hunnenreiterei überzeugt habt.« Undilo wollte etwas einwenden, doch Siegfried hob lächelnd die Hand. »Hiermit erkläre ich mich dazu bereit, die Pläne der Hunnen persönlich auszukundschaften«, fuhr er fort. »Gleich morgen früh werde ich ausreiten und euch das Ergebnis meiner Erkundung zugleich mit meiner Antwort zukommen lassen. Doch wie meine Entscheidung letztlich auch ausfallen mag: Ich wünsche euch und eurem Volk das beste Glück für diese Unternehmung! Ich kann wohl darauf zählen, dass der große Tiudric alles erfährt, was hier besprochen wurde?«

»Selbstverständlich wird er das, Herr Siegfried.«

»Ich danke dir. Bitte vergiss nicht, deinem Herrn zu versichern, dass das Haus des edlen Merowech stets auf meine Freundschaft zählen kann.«

»Ich danke dir im Namen meines Herrn für dein überaus großzügiges Anerbieten«, versicherte Undilo mit einer tiefen Verneigung. Offensichtlich hatte er auf eine klarere Antwort gehofft, konnte Siegfried aber nicht drängen, ohne unhöflich zu erscheinen. »Wir alle werden das Ergebnis deiner Erkundung mit größter Spannung erwarten.«

Wir ließen den Saliern ein Festmahl auftragen und leerten viele Male den Freundschaftsbecher mit ihnen. Doch ich spürte in jedem Wort und jeder Geste, wie sehr es sie drängte, in den Krieg zu ziehen. Sie glaubten wohl, dass jede Verzögerung den Römern in die Hände spiele, womit sie vielleicht sogar Recht hatten.

»Was wirst du tun?«, fragte ich Siegfried spät in der Nacht, nachdem die Gäste endlich schlafen gegangen waren.

Siegfried hob die Schultern. »Das kommt darauf an, was ich herausfinde. Man kann den salischen Kundschaftern wohl zutrauen, dass sie wissen, wo sich Aëtius aufhält: nämlich in Ravenna. Da die gedungene Hunnenreiterei im Augenblick noch an seine Person gebunden ist, werde ich zunächst nach Süden reiten. Selbst wenn die meisten Hunnen wirklich an den Tiphisas zurückgekehrt sind, müsste ich irgendwo eine Spur der Zurückgebliebenen finden. Sollte ich überhaupt nichts entdecken, habe ich zumindest Zeit gewonnen.«

»Zeit gleicht der Lohe Lokis, die die Lebenden verbrennt«, murmelte ich, plötzlich von unerklärlichem Grauen erfüllt. »Ich sehe ein Totenfeuer, dessen Flammen höher schlagen als die Türme von Borbetomagus. Ich sehe tote Hunnen: ungerüstet und unbewaffnet liegen sie erschlagen. Ich sehe Wölfe um die reich gedeckte Tafel eines Festmahls streichen …«

»Liebste, Liebste, Liebste.« Siegfried nahm mich schützend in die Arme. »Hast du vergessen, dass man auch mich lehrte, wie man in die Zukunft sieht? Lass dich nicht durch ungerufene Bilder in die Schatten zerren, wo Angst und Zweifel herrschen. Bleib hier, bei mir, im Licht! Erinnere dich an alles, was du weißt. Mir ist es nicht bestimmt, im Krieg zu fallen. Wer sollte mich im Kampf besiegen?«

»Dennoch«, hauchte ich, »alles in mir rät ab von dieser Reise. Bitte, lass dich nicht von Merowech in diesen Krieg hineinziehen. Denk an Siegmund, an Svanild, an mich! Denk an deine Nibelungen und die Niederländer! Wir alle brauchen dich …«

»Ich habe nicht vor, mich in diesen Krieg hineinziehen zu lassen, und ich werde nicht in der Schlacht sterben«, wiederholte Siegfried freundlich. »Du weißt, dass niemand mich besiegen kann. Doch ein Krieger wird unweigerlich durch das Schwert fallen: wenn durch keines Feindes Hand, dann durch die eines Freundes, in dessen Gegenwart er alle Vorsicht fahren lässt. Ich weiß, dass ich durch Heimtücke sterben werde, aber sollte ich mich deshalb davor fürchten, Freunden nah zu sein? Wäre ich dann nicht wie Fafnir: einsam, herzlos, nur auf mein eigenes Überleben bedacht? Würdest du einen solchen Siegfried lieben können?«

»Nein. Du hast Recht, das mag alles sein. Trotzdem, Liebster, hör dies eine Mal auf mein Gefühl! Bleib bei mir, schütze irgendeine Dringlichkeit vor, die dich hier festhält! Du bist der Drachentöter. Niemand wird dich deshalb für feige halten oder geringer achten.«

»Du meinst, der Schreckenshelm Fafnirs wirkt auch bei mir?« Siegfried schmunzelte. »Wir können nicht einfach die Augen vor dem verschließen, was um uns herum geschieht. Mit Gottes Hilfe wird Siegmund unser Reich eines Tages erben. Selbst wenn die Salier zu meinen Lebzeiten Frieden halten – sie würden nicht vergessen, dass die Völsungen sie im Stich gelassen und ihr großzügiges Angebot mit Füßen getreten haben. Siegmund müsste nach meinem Tod dafür bezahlen.«

»Das ist wahr«, flüsterte ich. »Und die Römer werden ihn dafür büßen lassen, wenn du den Saliern und Visigoten hilfst. Aber beiden Seiten zu helfen wäre ein noch schlimmerer Verrat. O Siegfried, was sollen wir tun?«

»Das, was Recht ist.« Siegfried strich mir sanft die Tränen aus dem Gesicht. »Wir können nicht zu weit vorausplanen, sonst nehmen wir uns die Möglichkeit, uns in jedem Augenblick neu für das Licht zu entscheiden. Wenn wir jeden unserer Schritte vom Licht leiten lassen, schenkt Gott uns Kraft und Einsicht. Sogar Macht kann Heilung bringen, wenn sie demütig ausgeübt wird. Deshalb nenne ich mein Schwert nicht mehr Gram, seit ich Fafnirs Erbe antrat, sondern Balmung: Linderung.«

»Früher war der Gedanke, dass unser Tun in Wirklichkeit nichts bedeutet, oft mein einziger Trost«, murmelte ich. »Heute weiß ich, das stimmt nicht, Gott kümmert es, wer wir sind und was wir tun. Aber manchmal wünsche ich mir, weniger zu besitzen und weniger Verantwortung zu tragen. Es wäre viel einfacher, frei zu sein …«

»… und nur ein Pferd wie Waffen und ein paar Kleider auf dem Leib zu haben«, vervollständigte Siegfried den Gedanken. »Ich habe oft daran gedacht. Ein solcher Ritter könnte durch die Welt reiten, wohin der Wind des Geistes ihn trägt, er dürfte die Schwachen vor den Starken beschützen und müsste sich weder um Bündnisse noch um das Wohlergehen Abhängiger kümmern …«

»… und überall würden die Dankbaren versuchen, den Ritter an sich zu binden. Sie würden ihm Schätze und Liebe anbieten, bis er seine Freiheit verliert.« Ich seufzte.

»Ja.« Siegfried küsste mich. »Lass uns schlafen gehen!«, murmelte er zärtlich. Seine Hände fanden den Weg unter mein Gewand, und unter seinen Berührungen schien sich auf jeder Spanne meiner Haut eine zitternde, goldschimmernde Blüte zu öffnen, bis mein Körper in Flammen stand. Unser Lager war weich, der Duft der Wachskerzen mischte sich mit dem des Schweißes unserer Leiber, und als wir uns vereinten, fühlte ich mich in einen sprühenden Sternenhimmel emporgetragen. Zugleich glaubte ich, in tiefster Erde zu versinken, und schwamm einem Fisch gleich durch purpurne Dunkelheit ... Mein Leib glich einem widerhallenden Dom, erfüllt von einem einzigen Jauchzen. Dann erfasste mich etwas anderes, Gewaltsames, und ich tobte und schrie und schluchzte und lachte und klammerte mich an den herrlichen Helden, dessen Körper der schönste war, den selbst die Sonne je gesehen hatte ... Der Ring Andvar-Naut brannte an meinem Finger, und ich meinte fast, den Neid der alten Götter darauf zu spüren, dass ich so selig war.

Am nächsten Morgen ritt Siegfried fort, begleitet nur von Munin und Kurn. Dies sollte unsere erste längere Trennung werden, und ich stürzte mich in Arbeit, um mich von meiner Sehnsucht abzulenken. Dwalin und Kronin, die zu meiner Unterstützung in Ad Sanctos geblieben waren, halfen mir, ein neues System einzuführen, um unsere Häuptlinge und Gefolgsleute besser für ihre Treue belohnen zu können.
Siegfried hatte den Einfall gehabt, die fähigsten in den Adelsstand zu erheben und ihnen ein Stück Land als

Familienerbe zu überschreiben. Er war davon überzeugt, dass sie sich dem Land mit seinen Bauern und Fischern fürsorglicher widmen würden, sobald es ihnen selbst gehörte, und dass sie weitsichtigere Entscheidungen treffen würden, wenn sie die Früchte ihrer Mühen an ihre Kinder weitergeben konnten. Gemeinsam hatten wir die Idee entwickelt und eine Namensliste der Männer zusammengestellt, die wir auf diese Weise ehren wollten. Angesichts der drohenden Kriegsgefahr hatte Siegfried mich gebeten, nicht auf seine Rückkehr zu warten, so dass gleich nach seiner Abreise Dwalin Boten aussandte, die die zukünftigen Markgrafen nach Ad Sanctos einluden.

Bald trafen die ersten Häuptlinge bei uns ein, die sich vor Stolz und Freude kaum zu lassen wussten, als ich ihnen im Rahmen einer kleinen Zeremonie ihre Adelsurkunde überreichte. Einige baten mich, ihnen bei der Gestaltung eines Banners zu raten, damit ihre Familie ein untrügliches Erkennungszeichen besitze. Meine früheren Stickerfahrungen kamen mir jetzt zugute, und bald zierten meine Entwürfe die Banner und Schilde so mancher Sippe.

Unser Beispiel hat seitdem in ganz Germanien Schule gemacht, und wo früher römische Verwaltungsbeamte einen Bezirk regierten oder abhängige Häuptlinge auf das Wohlwollen des Königs angewiesen waren, stehen heute überall Markgrafen ihren eigenen Ländereien vor. Trotzdem konnte ich dieser gewiss sehr sinnvollen Tätigkeit damals nicht die rechte Befriedigung abgewinnen, denn ständig nagten Sehnsucht

nach und Sorge um Siegfried an mir, und nachts suchten mich unheilvolle Träume heim.
Vergebens versuchte ich, mir alles ins Gedächtnis zu rufen, was Siegfried mir gesagt hatte, vergebens versuchte ich, dem Licht ebenso bedingungslos zu vertrauen, wie er es tat. Ich wurde immer unruhiger und steckte auch die Kinder mit meiner Bangigkeit an. Die kleine Svanild wurde so verstört von meinen bösen Vorahnungen, dass Liano vorschlug, mit ihr eine Zeit lang auf den Gutshof ihres Bruders zu ziehen. Da ich Lianos Bruder als mutigen, aufrechten Mann kennen gelernt hatte, der in seinem Dorf den Dammbau anführte und von allen Nachbarn als Ortsvorsteher anerkannt wurde, gab ich ihrem Drängen schließlich nach. Schweren Herzens trennte ich mich zum ersten Mal von meiner Tochter. Ich tröstete mich mit dem Wissen, dass Svanild auf diesem Hof sicher sein würde, was auch immer geschehen mochte.
So kam es, dass ich mit Dalraida und Siegmund allein beim Morgenmahl saß, als endlich der lang ersehnte Bote eintraf. Er war grau vom Staub, und wo ihm der Schweiß in Bächen von der Stirn geronnen war, durchzogen wüste, schwärzliche Zeichnungen das Gesicht. Sein Anblick flößte mir eine unerklärliche Furcht ein. Er wirkte auf mich wie ein Abgesandter aus dem Totenreich. Doch als er einen Becher Met hinuntergestürzt hatte, blitzten seine Augen, und er verbeugte sich schwungvoll.
»Sieg und Heil dir, große Königin!«, rief er. »Kunde eines gewaltigen Triumphes bringe ich dir aus Bur-

gund. Unter den Streichen der Burgunder fiel der gewaltige Ostkönig Oktar, und mit ihm fielen zehntausend Hunnenkrieger. Ohne jeglichen Verlust an Leib und Leben errangen deine edlen Brüder diesen großen Sieg. Zum Festschmaus nach Burgund bist du geladen, die Freude dieses Glückes mit deiner Sippe zu genießen.«

»Und was ist mit Siegfried?«, fragte ich benommen. Vor meinem inneren Auge sah ich wieder die Wölfe, die um eine gedeckte Festtafel kreisten.

»Die Meldung, die ihnen der König Siegfried brachte, ermöglichte deinen edlen Brüdern erst ihren Sieg«, versicherte der Bote und trank einen weiteren Becher Met. Offensichtlich war er die ganze Strecke von Borbetomagus ohne Pause geritten. Ich betrachtete ihn stirnrunzelnd und entdeckte unter der Schmutzschicht vertraute Züge.

»Du bist doch Gislaharius' Freund Wyperich, nicht wahr?«, rief ich. »Würdest du bitte aufhören, in Rätseln zu sprechen, und mir vernünftig berichten, was geschehen ist? Setz dich um Himmels willen und iss etwas, bevor dir der Met vollends zu Kopf steigt. Und wenn ich noch ein einziges Mal das Wort ›edler‹ vor einem Namen höre, schreie ich.«

»Wie du wünschst, große Königin.« Wyperich grinste und setzte sich ein wenig verlegen. Mit seinem Dolch schnitt er sich ein Stück vom kalten Braten ab und kaute gierig. »Die Sache war die«, begann er mit vollem Mund, »dein Mann, der ed… ich meine, der König Siegfried war auf einer Kundschaftsreise, um die Hunnenreiter des Aëtius aufzuspüren. An einem Morgen, genau zwölf Tage ist es her, stürmte er vor Tau und Tag in unsere Festung. ›Die Hunnen sind über euch, Burgunder!‹ schrie er. ›Wappnet euch!‹ Du kannst dir denken, dass alles gleich im Hof zusammenlief. König Gundahar berief den Rat ein, und seine Ritter versammelten sich in der Halle. Ich war auch zugegen«, warf er mit verhaltenem Stolz ein. »Ich bin nämlich des Herrn Gislaharius' Waffenträger.«

»Das freut mich, Wyperich, und ich gratuliere dir zu dieser hohen Ehre«, versicherte ich, berstend vor Ungeduld. »Bestimmt hast du sie mehr als verdient, aber wenn du nicht schleunigst weitererzählst, sorge ich dafür, dass du sie wieder verlierst. Ist das klar?«

»Gewiss, gewiss.« Wyperich errötete unter seiner Schmutzschicht. »Der Herr Siegfried berichtete also, er habe am Ostufer ein riesiges Hunnenlager entdeckt. Das ist dort, wo der Herr Gundahar unter den Chatten einen tributpflichtigen Gau eingerichtet hat, Herrin. Anscheinend waren die Hunnen mitten in der Nacht über das Chattendorf hergefallen und hatten es verwüstet. Natürlich waren die Bauern alle gefallen oder geflohen, und so war der Herr Siegfried der Erste, der uns von diesem Überfall berichtete. Wutentbrannt wollte Gundahar sofort zum Gegenschlag rüsten, doch Siegfried hielt den Herold zurück, der zum Ausrücken blasen sollte. ›Ehrlos wäre es, die Hunnen gleich heute anzugreifen‹, sagte er, ›denn sie feierten ihren kleinen Sieg allzu ausschweifend. Ostkönig Oktar starb mitten im Festgelage, und jetzt hat das ganze Heer Rüstung und Waffen abgelegt und sitzt beim Totenschmaus‹…«

»Sie sind alle tot, nicht wahr?«, unterbrach ich ihn schaudernd. »Meine Brüder haben nicht auf Siegfrieds Rat gehört und die Wehrlosen abgeschlachtet. Ich habe die Wölfe gesehen …«

»Das stimmt, große Königin, obwohl ich nichts von Wölfen weiß«, gab Wyperich überrascht zu. »Gundahar schwankte, doch der Trojaner riet zum Angriff. Er schwor, dass diese einmalige Gelegenheit ein Geschenk der Götter sei. Und die Königin Brynild lachte nur, als Gundahar von dem Schutz sprach, den Waffenlose und Trauernde von alters her genießen. Sie fragte, ob Gundahar glaube, dass seine kostbaren Bundesgenossen, nämlich die Römer, sich einen solch günstigen Moment entgehen lassen würden. ›Das kümmert mich nicht‹, sagte König Gundahar stolz, ›aber ich selbst habe bisher immer getan, was die Sitte gebietet‹. Brynild nannte ihn vor dem ganzen Rat einen Feigling, der die Sitte missbrauche, um seine Schwäche zu bemänteln …«

»Daraufhin gab es natürlich kein Halten mehr, und Gundahar führte persönlich den Angriff«, erwiderte ich. »Aber Siegfried war nicht dabei?«

»Der Herr Siegfried bot den Burgundern Waffenhilfe, wenn man den Hunnen eine angemessene Trauerzeit ließe.« Wyperich sah mich ein wenig scheu an. »Er ist sehr hartnäckig, wenn es darum geht, das Recht zu wahren, nicht wahr?«

»Sehr hartnäckig. Ich flehe dich an, Wyperich: Sag mir endlich, wo er ist!«

»Es geht ihm sicher gut, falls du das meinst. Aber wo er sich im Augenblick aufhält, weiß niemand. Als er sah, dass er die Burgunder auf keine Weise von ihrem Überfall abbringen konnte, bat er den König Gundahar um Urlaub und ritt wieder fort. Er sagte, er müsse noch den Verbleib von fünfzigtausend weiteren Hunnenreitern ausforschen. Wir wussten nicht, was er damit meinte, aber er versprach, auf dem Rückweg wieder in Borbetomagus Halt zu machen und uns, falls nötig, Waffenhilfe zu leisten. Das war vor zwölf Tagen, und wir haben ihn bis zu meiner Abreise nicht mehr gesehen.«

»Ich verstehe«, murmelte ich und trank meinerseits einen Becher Met in einem Zug aus, um das Zittern meiner Hände zu beruhigen. »Ihr seid noch am selben Tag in die Schlacht geritten?«

»Nun ja, eine Schlacht kann man das eigentlich nicht nennen. Wir fanden die Hunnen genau so vor, wie der Herr Siegfried gesagt hatte: ungerüstet und unbewaffnet, den Verlust ihres Königs betrauernd, die meisten betrunken. Ihre Schamanen hielten gerade eine Art Trauerfeier ab. Es war ein wüster Anblick, kann ich dir sagen.« Wyperich schauderte unwillkürlich. »Wir fielen von allen Seiten über ihr Lager her. König Gundahar selbst führte die eine Flanke an, der Herr Hagen die andere. Wir schleuderten Brandfackeln, und ihre Filzzelte loderten, als seien sie mit Öl getränkt. Sie stürzten heraus wie aufgescheuchte

Ameisen, mitten in unsere Schwerter. Ich selbst focht dicht bei meinem Herrn Gislaharius, das heißt, ich focht nicht, Königin, ich tötete. Keiner der Hunnen hat sich eigentlich gewehrt. Ich glaube, sie hätten gern über Lösegeld verhandelt und vielleicht Frieden angeboten, aber der Herr Hagen ließ niemanden zu Wort kommen. Ständig feuerte er den Baritus neu an, ich konnte mein eigenes Geschrei kaum hören. Ich glaube, es dauerte nicht einmal drei Stunden, bis sie tot waren. Alle.« Wyperich schwieg mit abgewandtem Gesicht. Ich spürte, dass ihm trotz allen Triumphes die Scham schwer zu schaffen machte. Den meisten burgundischen Kriegern ging es sicher ebenso, ob sie es nun zugeben wollten oder nicht.

»Unheil wird daraus entstehen«, hörte ich mich sagen. Meine Stimme klang heiser und endgültig. »Der hunnische Großkönig Ruga kann diese grauenhafte Tat nicht ungesühnt lassen. Er wird Burgund vernichten.«

In dem lastenden Schweigen, das meinen Worten folgte, begann der kleine Siegmund zu wimmern, erst leise, dann immer lauter, bis er aus vollem Hals schrie. Dalraida, die sich seit Lianos Abreise um ihn kümmerte, warf mir einen ratlosen Blick zu. Schließlich trug sie Siegmund hinaus.

»Zumindest ist niemand von euch verletzt worden«, brachte ich mühevoll krächzend hervor. Ich wollte wenigstens den armen Wyperich trösten. »Sag mir, mein Freund, wer hat dich eigentlich zu mir gesandt?«

»Königin Uote.« Wyperich fuhr wie aus einem Albtraum auf. »Es wird ein großes Siegesfest in Borbetomagus geben«, erinnerte er sich, anzüglich lächelnd. »Eine Eskorte für dich ist unterwegs, sie wird bestimmt spätestens morgen hier eintreffen. König Gundahar hat all seine Häuptlinge und Verbündeten eingeladen, um sie persönlich zu beschenken, wenn sie den Tribut überbringen und den Freundschaftsschwur erneuern.«

»Zumindest ist er sich darüber klar, dass er jeden Verbündeten braucht, den er bekommen kann«, murmelte ich und stellte mir Gundahar vor, wie er mit geballten Fäusten am Hohen Tisch in seiner Halle saß und mühsam versuchte, Wahrscheinlichkeiten gegeneinander abzuwägen – eine Aufgabe, die ihm noch nie leicht gefallen war. »Bisher hätte keiner von ihnen einen Vorteil davon gehabt, sich mit den Burgundern anzulegen. Jetzt werden sie aus Furcht vor der Rache der Hunnen vielleicht schwanken. Gundahar wird seine Schatzkammer leeren und alle mit Geschenken und Versprechungen überschütten, damit sie nicht abtrünnig werden. Er gibt ein verschwenderisches Fest, um sie zu beeindrucken und davon zu überzeugen, dass es sich immer noch lohnt, ihn zu unterstützen. Wo Schmeichelei ihn nicht weiterbringt, wird er zu Bestechung und Erpressung übergehen. Und was mich angeht: Jeder weiß, ich bin die Frau des Drachentöters und Mitbesitzerin des Nibelungenhortes. Wenn deutlich wird, dass mein Mann und ich die Burgunder unterstützen, werden viele denken, Gundahars Sache könne vielleicht doch noch nicht ganz verloren sein. Uotes Einladung ist in Wirklichkeit die Bitte, mit meiner Anwesenheit dazu beizutragen, dass die Burgunder als unwiderstehliche Großmacht erscheinen.« Mein Blick fiel auf den sprachlosen Wyperich, und ich musste lachen. »Du bist es nicht gewohnt, dass man dich so ins Vertrauen zieht, nicht wahr? Nun, bei uns in Ad Sanctos herrscht Offenheit. Ruh dich jetzt aus! Ich schicke dir ein Mädchen, das dir die römischen Bäder zeigt.«

Ein wenig schwankend erhob sich der erschöpfte Bote, und ich läutete nach Bediensteten, die sich seiner annahmen. Bevor er den Raum verließ, fiel mir noch etwas ein.

»Bist du ganz sicher, dass Siegfried deutlich sagte, er werde auf dem Rückweg wieder durch Borbetomagus kommen? Das heißt, er wird in Borbetomagus sein, bevor er zurück in die Niederlande reitet?«

»Genauso hat er es gesagt, große Königin.«

»Ich danke dir, mein Freund. Dann werde ich meiner Mutter und meinen Brüdern den Gefallen tun und ihrer Einladung zum Siegesfest Folge leisten. Auf diese Weise kann ich Siegfried früher wieder sehen und ihn sogar überraschen.«

Plötzlich war ich ganz begeistert von dem Plan. Vor Sehnsucht nach Siegfried fühlte ich mich völlig ausgelaugt. Jeder Tag und sogar jede Stunde, die unser Wiedersehen näher rückten, schien mir jegliche Mühe wert. Während Wyperich die Annehmlichkeiten der ehemaligen Colonia Ulpia Traiana genoss, besprach ich mich mit Dwalin und Kronin. Wir kamen überein, dass die beiden an Herrschers statt zurückbleiben und das Reich während Siegfrieds und meiner Abwesenheit für uns verwalten sollten. Auch Svanild wollte ich unter der Obhut ihrer geliebten Liano bei deren Bruder zurücklassen. Ich würde nur Siegmund mitnehmen, den seine Großmutter noch nie gesehen hatte. Er war vier Jahre alt, nur wenig älter als Gundahars zweiter Sohn Chilperich, und die beiden Vettern konnten zusammen spielen …

Nichts trübte meine Vorfreude, Borbetomagus und meine Brüder wieder zu sehen. Bestimmt war Brynilds Zorn nach fast zehn Jahren verraucht. Wir würden Freundinnen sein, genau wie ich es anfangs gehofft hatte. All meine bösen Vorahnungen und Albträume lösten sich wie Rauch auf, während ich mit Dalridas Hilfe meine Reisevorbereitungen traf. Sorgfältig suchte ich für jeden ein Geschenk aus. Wie lange hatte ich sie alle nicht gesehen! Von Gerenots Heirat mit Kostbeera hatte ich brieflich gehört, doch wie gespannt war ich, meine Schwägerin endlich kennen zu lernen! Und Gislaharius – mein Herz öffnete sich, wenn ich an meinen jüngsten Bruder dachte. Ein Mann jetzt, rief ich mir ins Gedächtnis, dreiundzwanzig Jahre alt. Unvorstellbar! Ich beschloss, ihm das berühmte Schwert Hroti mitzubringen, das einst König Fafnir getragen hatte. Man sagte, es sei mit Gift gehärtet und verleihe seinem Träger besonderen Schutz gegen Arglist. Ich war sicher, dass auch Siegfried sich für Hroti keinen angemesseneren Träger vorstellen konnte als Gislaharius.

Drei Tage später verließ ich in einer römischen Reisekutsche, nur von der burgundischen Eskorte begleitet, die Stadt Ad Sanctos. Dwalin und ich umarmten einander zum Abschied. »Du wirst viel besser herrschen, wenn ich dir nicht dauernd dazwischenrede«, flüsterte ich ihm ins Ohr. »Wie soll ich dir und Kronin für eure Treue danken? Ich könnte es nie wagen, Siegfried entgegenzureisen, wenn ich nicht wüsste, dass wir uns auf euch beide verlassen können.«
»Da ist doch nichts zu danken.« Dwalin lächelte, und Kronin drückte mir die Hand. »Notfalls kann ein Bote in zweieinhalb Tagen in Borbetomagus sein. Sei versichert, dass hier alles aufs beste geregelt sein wird, Königin Kriemhild!«

Wie von Uzendur angekündigt, stießen wir in Castra Regina auf drei hunnische Hundertschaften, die der Großkönig mir hierher, an die äußerste Grenze seines Herrschaftsgebietes, entgegengesandt hat. Auch ein Schamane ist unter ihnen, der von nun an das Morgenritual leiten wird. Die Krieger umringten mich unter Jubelrufen, stießen zu meiner Ehre ihre Schwerter in die Luft und überschütteten mich mit Geschenken. Ich reise jetzt in Seide, Gold und Edelsteinen. Meine Kissen sind mit Zobel und Hermelinpelz bezogen, unzählige farbige Banner flattern über meinem Wagen, und man behandelt mich mit größerer Ehrfurcht als die Herrin von Byzanz. Erst jetzt wird mir bewusst, wie groß der Unterschied zwischen einem kleinen, untergeordneten Königreich wie Burgund und einer weltumfassenden Macht tatsächlich ist. Ich zittere bei dem Gedanken, die Braut des Herrschers zu sein, der das mächtige Ostrom in die Knie gezwungen hat. Seine Macht, die greifbar vor mir liegt, lässt mich schwindlig werden.

Seit meinem nächtlichen Gespräch mit Uzendur habe ich täglich dem hunnischen Morgenritual beigewohnt, dessen Wirkung sich durch dreihundert weitere Teilnehmer – und vielleicht auch durch die Fähigkeiten des Schamanen Jurchedin – entsprechend erhöht hat. Der farbige Rauch quillt so mächtig empor, dass er Himmel und Erde zu erfüllen scheint und wir wie durch die Nebel von Nifelheim in die Zwischenwelt eintreten. Ich frage mich, was der Schamane von den Geistern erfährt, in deren Sphäre er uns jeden Morgen entführt.

Bei gutem Wetter reite ich anschließend ein Stück mit den Männern durch die frische Morgenbrise, um meine Macht über sie zu erproben. Mein künftiger Stiefsohn achtet mich dafür. Seine Augen leuchten, wenn er mich ansieht, und die Hunnen jubeln mir in ihrer rauen Sprache zu. Uzendur hat Recht: Wer Einfluss über die halbe Welt ausüben wird, kann sich nicht ständig mit einer Dienerin in einer Kutsche verkriechen. Fast vergessene Kräfte erwachen in mir, ein gleißendes Feuer erfüllt mich mit wilden Hoffnungen. Der Wind weht uns aus dem Osten entgegen: Er trägt die Gerüche der fernen Steppe, die mich trunken machen. Alle Länder bis hin zum fernsten Horizont werden mein sein …

Oft betrachte ich die kleinen, schüsselförmigen Goldmünzen, die ich bei Vallatum in dem keltischen Quellheiligtum gefunden habe. Sie schimmern in allen Regenbogenfarben, und ich frage mich, was sie wohl bedeuten. Dass sie auf den Hort hinweisen, scheint deutlich genug. Doch zum ersten Mal frage ich mich: Falls es mir tatsächlich gelingen sollte, das Gold mit Attilas Hilfe aus dem Rhenus zu bergen – werde ich dann stark genug sein, um den Fluch abzuwenden?

Nach Siegfrieds Tod suchte ich den Bann des Fluchs zu brechen, indem ich mit vollen Händen aus der Fülle des Hortes schenkte, an Arme und Reiche gleichermaßen. Man liebte mich in jenen Tagen, und Siegfrieds Andenken fand die Ehre, die ihm gebührte. Er hatte mich gelehrt, dem Wunderbaren vollkommen zu vertrauen, die Vernunft fahren zu lassen und mich trotz aller Königswürde ausschließlich vom Licht abhängig zu machen … Doch inzwischen habe ich viele dunkle Jahre damit zugebracht, mein Herz zu verschließen und mich an die Vernunft zu klammern. Es schien die einzige Möglichkeit, dem Schmerz zu entgehen. Die Zeit scheint ihm nichts anhaben zu können, er lodert in mir wie die blinde Flamme Lokis, während ringsum Könige und Reiche kommen und gehen. Es ist, als gehöre auch das Gefangensein im Schmerz zum Fluch des Hortes.

Noch liegt eine Reise von mehreren Wochen vor mir. Vielleicht gelingt es mir, zumindest den Hass auf Attila niederzukämpfen, der alles zu zerstören droht, worauf ich hoffen kann. Wenn mir das nicht gelingt – wird dann der Fluch durch mich das ganze Hunnenreich treffen? Legt mir das Schicksal eine Gelegenheit zur Rache in den Schoß, wie sie seit Menschengedenken nicht vorstellbar war? Das würde heißen … Mein Mut reicht nicht aus, so weit zu denken.

Kapitel 16

Es war seltsam, Borbetomagus nach all den Jahren wieder zu sehen. Die starke Festung mit ihrer Brücke und die Kieselwiese kamen mir viel kleiner vor, als ich sie in Erinnerung hatte. Von den Türmen flatterte jetzt neben dem burgundischen Banner auch das der Bedelungen: Königin Brynilds Sippe. Fanfaren grüßten mich, als meine Kutsche in den Festungshof einfuhr. Ein blond gelockter bärtiger Mann mit breiten Schultern erwartete mich an der Treppe. Mit klopfendem Herzen stieg ich aus und erlebte einen Augenblick völliger Verwirrung, ehe die vertrauten Züge meines jüngsten Bruders durch den dichten Bart sichtbar wurden.

»Gislaharius!« Ich stürzte mich in seine Arme. »Du hast uns nie besucht, obwohl du es versprochen hast!«, stieß ich unter Lachen und Schluchzen hervor.

»Ach, Hildiko!« Wie ein goldener Bär hielt Gislaharius mich fest umfangen. »Ich wollte ja kommen … Oh, so oft wollte ich kommen, um dich zu sehen und Siegfried. Aber immer kam etwas dazwischen. Ich bin viel unterwegs gewesen, weißt du, als Botschafter oder manchmal auch als Kundschafter. Gundahar mochte nicht auf Gerenots kluge Ratschläge verzichten, und Hagens Temperament macht ihn nicht unbedingt zum Abgesandten. Aber mich schickt Gundahar mit wachsender Begeisterung … Außerdem hätten Gerenot seine Kinder sowieso nicht fortgelassen.«

»Er hat Kinder?«, flüsterte ich erstickt. »Du etwa auch?«

»Nein, nein. Ich bin noch immer gänzlich unbeweibt.« Gislaharius lachte. »Aber Kostbeera ist von geringem Blut, wie du vielleicht weißt, und darum hängte Gerenot die Geburt der Kinder nicht an die große Glocke. Fünf sind es bis jetzt. Sie werden wie die Kinder einer Kebse aufgezogen … Mutter wollte es so und Brynild auch. Eins der wenigen Dinge, über die sie sich je einig waren.«

Besorgt spähte ich in sein plötzlich verdüstertes Gesicht. »Gibt es Unfrieden bei euch?«

»Unfrieden? O nein, so weit würde ich nicht gehen. Bisher hat es Gundahar immer wieder geschafft, die streitende Familie auszusöhnen«, versicherte Gislaharius. »Es liegt nur daran, dass sie alle so stolz sind: Brynild und Mutter und Hagen und Gundahar, alle unter einem Dach … Zum Glück hält Gerenot sich immer noch aus allem heraus, und ich …« Er zwinkerte mir zu. »Ich bin nur der kleine Bruder, daran hat sich nichts geändert … Oh! Ist das etwa mein Neffe?«

»Ja, das ist Siegmund.« Auf mein Zeichen übergab Dalraida meinem Bruder das Kind. Lächelnd sah ich zu, wie Gislaharius sich willig den Bart zausen ließ.

»Er ist genauso unwiderstehlich wie sein Vater«, stellte er lachend fest. »Sicher ist er müde von der Reise.

Alles ist für euch bereit. Wenn du willst, kann er gleich in deine Gemächer gebracht werden.«
»Ja, das wäre gut.« Ich widerstand dem Impuls, Dalraida mit Gislaharius bekannt zu machen. Diener wie Freunde zu behandeln war in Borbetomagus immer noch nicht üblich.
Während Dalraida und Siegmund einer Dienerin in die Kemenaten folgten, geleitete mich mein Bruder in die Halle, wo Gundahar und die anderen auf mich warteten. Auf den ersten Blick glaubte ich, einer Gruppe Fremder gegenüberzustehen. Wie eine Spinne im Zentrum ihres Netzes hockte die dürre, weißhaarige Mutter neben dem König, dessen Schläfen schon grau wurden. Er sah aus wie ein Mann, der sich mit aller Kraft an ein Stück Treibholz klammert, während er einen Fluss hinabtreibt ... Neben ihm sein Bruder, bekümmert und machtlos, aber mit einem schwachen Licht in den Augen, wenn er die Hand seiner vergnügten, vollbusigen Frau drückte. Gesundheit und Unbekümmertheit strahlte aus jeder Pore Kostbeeras – zweifellos ein Zeichen ihres geringen Blutes, wie Gislaharius es genannt hatte. Ein wenig abseits, stark und düster wie Erz, saß die Königin, die sie alle beherrschte, und neben ihr stand ein Einäugiger, auf dessen zernarbtem Gesicht ein seltsames Leuchten lag. Das Bild war so intensiv, dass ich beinah auf dem Absatz kehrtgemacht hätte, erfüllt von einem unbestimmten Grauen, das von dieser Gruppe ausging. Durch Siegfried war ich so sehr an das Licht gewöhnt, dass mir die Bur-

gunder wie bloße Schatten oder Gespenster erschienen.
Doch dann rückte sich etwas in mir zurecht, ich erkannte meine Mutter und meine Brüder und eilte freudig auf sie zu. Uote sprang auf und hastete mir entgegen. Wir begegneten uns in der Mitte der Halle und versanken in eine tränenreiche Umarmung. Ein wenig verlegen kam Gerenot dazu, und mein Herz flog ihm entgegen, als er mir die Hand drückte und seine Frau heranwinkte, um sie mir vorzustellen. Kostbeera hätte mir die Hand geküsst, doch ich verhinderte diese unterwürfige Geste, indem ich sie auf beide Wangen küsste.
»Ich bin so glücklich, dich endlich kennen zu lernen, Schwester«, sagte ich zu ihr. »Nur Gutes hört man über dich, so weit der Rhenus fließt.«
Dankbar legte Gerenot meine Hand auf seine Stirn, und ich küsste auch ihn, wie früher überrascht von der tiefen Liebe, die ich zu ihm empfand. Wir sahen einander entzückt an und lachten froh. Doch plötzlich stieg Unbehagen in mir auf. Mir fiel ein, dass ich mich, indem ich Kostbeera vor dem Königspaar begrüßte, über jegliche höfische Sitte hinweggesetzt hatte. Erschrocken ließ ich die drei stehen und hastete zum Hohen Tisch, wo ich mich vor Brynild verneigte, als sei sie meine Herrin.
»Ich entbiete dir meinen und der Niederlande Gruß, Hohe Frau«, sagte ich feierlich. »Verzeih die Formlosigkeit meines Eintretens! Nicht mangelnder Respekt, sondern übergroße Freude verwirrten mein Herz.«

»Ich grüße dich!« In Brynilds grauen Augen flammte etwas auf – eine Warnung, eine Kampfansage? Ich konnte es nicht deuten. Doch jetzt kam Hagen auf mich zu und küsste mit großer Geste meine Hand.
»Dies ist ein Tag des Glücks für unser ganzes Reich, da du gekommen bist, große Königin«, versicherte er so freundlich und herzlich, wie ich ihn nie zuvor erlebt hatte. »Noch größer aber ist das Glück meines Herzens, dich wohl und wunderschön wie einst vor mir zu sehen, liebe Base.«
»Auch ich freue mich sehr, dich zu sehen, Vetter«, versicherte ich ihm und wunderte mich, dass es stimmte. Ein wenig verwirrt umarmte ich ihn. Gundahar hüstelte diskret.
Als ich mich endlich ihm zuwandte, lachte er gezwungen. »Du hast dich nicht verändert, Schwester. Wie früher trittst du mein Königsrecht mit Füßen, wie es dir gerade in den Sinn kommt. Doch da du immer noch schön wie der Frühling bist, sei dir verziehen.«
Er erhob sich, und wir umarmten uns ein wenig steif. Er ist nicht glücklich, dachte ich erschrocken. Er benimmt sich wie jemand, der bis zur Erschöpfung um jeden Fußbreit Boden kämpfen muss. Rasch warf ich Brynild, deren Gesicht hinter einem Schleier der Unergründlichkeit verborgen schien, einen Blick zu. Ich bemerkte, dass sie die Hörnerhaartracht und den Bernsteinschmuck unserer Urahnin Kudrun von Burgundarholm trug. In Ad Sanctos hatte ich nicht viel Wert auf Schmuck und die Wirkung herrscherlicher Insignien gelegt, doch jetzt, in der Halle von Borbeto-

magus, senkte sich die ganze Last der Erinnerungen wie ein schwerer, nasser Mantel auf meine Freude. Ich schauderte unwillkürlich und meinte, Spott in Brynilds Augen aufblitzen zu sehen.

»Es war eine anstrengende Reise, und ich bin erschöpft«, stammelte ich, obwohl ich mich noch vor wenigen Minuten frisch und stark gefühlt hatte. »Wenn du erlaubst, Bruder, und wenn ihr alle mir vergeben wollt, würde ich mich gern ein wenig ausruhen.«

»Gewiss. Ganz wie du wünschst, Schwester.« Gundahar lächelte kalt. Er stand noch immer dicht vor mir. Unsicher suchte ich nach den spöttisch wirbelnden Funken in seinen Augen, die mich früher immer an die Schirmchen der Pusteblume erinnert hatten. Jetzt schien jedes Licht in seinem Blick erloschen zu sein, und es war, als blicke ich in das stumpfe Grün eines giftigen Gewässers.

»Nochmals Dank für eure Einladung«, sagte ich lahm zu niemanden im Besonderen, während ich mich zum Gehen wandte. Diener, die ich von früher kannte, führten mich in ein behagliches Turmgemach, das für mich hergerichtet worden war. Als ich sie so herzlich begrüßen wollte, wie ich das von Siegfrieds Hof her gewohnt war, wichen sie linkisch und unterwürfig zurück. Beklommen setzte ich mich auf das prunkvolle Bett, dessen bestickter Überwurf einen lächerlichen Kampf zwischen einem Ritter und einem Lindwurm zeigte, und sah aus dem Fenster. Friedlich glitzerte der Rhenus wie früher zwischen den fruchtbaren

Ufern der Ebene von Borbetomagus. Bunte Tribünen mit Bannern und Wimpeln waren auf der Kieselwiese aufgeschlagen, offenbar sollte es Kampfspiele geben. Ich erinnerte mich, wie Siegfried damals nacheinander sämtliche burgundischen Krieger besiegt hatte, und plötzlich wurde mir bewusst, dass es eine große Torheit gewesen war herzukommen. Jetzt aber blieb mir nichts anderes übrig, als meine Fassung so gut wie möglich zu bewahren, bis Siegfried mich abholte. Lang konnte es nicht mehr dauern. Allein konnte ich jedenfalls nicht abreisen, wenn ich die Burgunder nicht tödlich beleidigen wollte.

Gerade als ich ins Nebenzimmer gehen wollte, wo Siegmund schlief und auch Dalraida auf einem Schemel neben der Wiege eingeschlummert war, klopfte es leise an der Tür.

»Herein«, rief ich und erwartete Fredegunde oder eine meiner anderen früheren Freundinnen aus der Stickstube zu sehen. Doch der Besucher war niemand anders als mein Vetter Hagen.

»Ich störe dich, verzeih!«, brachte er beschämt heraus. »Du bist müde … willst ruhen … Ich komme morgen wieder …«

»Nein, nein!« Ich sprang auf und hielt ihn am Ärmel fest, bevor er wieder durch die Tür schlüpfen konnte. Er wandte sich um, sein seltsam bleiches Gesicht zu einem verlegenen Lächeln verzogen, so dicht über mir, dass ich seinen Atem spürte. Ich ließ ihn los, als hätte ich mich verbrannt.

»Komm doch herein!«, bat ich rasch, um meine Unsicherheit zu verbergen. »Ich werde Dalraida bitten, uns einen Becher Wein …«

»Danke, das ist nicht nötig. Ich will dich nicht lange aufhalten, Base.« Hagen kam zögernd ins Zimmer, sein langer Schatten füllte den Raum. Er machte ein paar Schritte auf das Fenster zu, drehte sich wieder um und sah mich entschuldigend an. »Ich sollte dich wirklich nicht stören, an deinem ersten Abend zu Hause …«

»Dies ist nicht mehr mein Zuhause«, hörte ich mich sagen. Vor Verwirrung stiegen mir Tränen in die Augen, die ich ungeduldig fortwischte.

Hagen sah mich mitfühlend und freundlich an. »Nun ja, es hat sich vieles hier verändert, seit du fort bist«, gab er behutsam zu. »Dir wird die sonderbare Stimmung in der Königshalle nicht entgangen sein.«

»In der Tat«, stieß ich hervor, betroffen, dass ausgerechnet Hagen mich darauf ansprach. »Was um Himmels willen ist denn nur geschehen? Ich hätte euch alle fast nicht wieder erkannt.«

»Deshalb bin ich gekommen«, sagte Hagen leise. »Mich drängte es zu sehr, ich wollte nicht warten, bis es vielleicht zu spät ist …«

»Zu spät wofür?«, hauchte ich angstvoll.

»Für Siegfried«, raunte Hagen, und sein Auge funkelte wie rote Glut. »Du hattest doch schon früher manchmal Gesichte, vielleicht hast du die Heimtücke gespürt, die dich umgab?«

»Ja! Ich …« Plötzlich war es um meine Fassung geschehen; ich brach in Tränen aus. Hagen stand neben mir und wartete höflich, während ich schluchzte. Wut stieg in mir auf, dass er mich so sah, dass er mich dazu gebracht hatte, mich schwach und unsicher und bedroht zu fühlen. Zugleich regte sich mein altes schlechtes Gewissen Hagen gegenüber. Er hatte mich so herzlich begrüßt, er war gekommen, um mich zu warnen – es war Unrecht von mir, ihn wie einen Fremden abzulehnen. Ich putzte mir die Nase und sagte so ruhig wie möglich: »Verzeih meine Schwäche, Vetter! Ich wäre dir dankbar, wenn du mir deutlich sagen könntest, was hinter deinen Andeutungen steckt.«

»Natürlich. Es ist ... ach, Kriemhild! Es geht um Siegfried. Wir hören hier vieles aus Ad Sanctos, mehr als du vielleicht ahnst. Ist es wahr, dass Siegfried keine Steuern erhebt?«

»Nun ja, die tief liegenden Lande wurden regelmäßig überflutet, und Siegfried will den Dammbau vorantreiben.«

»Kriemhild! Ein König, der keine Steuern erhebt! Ich weiß, dass du imstande bist, kühl und klar zu denken. Was, glaubst du wohl, sagt man landauf, landab von Siegfried?«

»Woher soll ich es wissen«, stotterte ich erschüttert.

»Dann will ich es dir sagen. Jeder König, jeder Herrscher im Westen fühlt sich durch ihn bedroht, verraten und entehrt. Er besitzt den Nibelungenhort; da hat er leicht verschenken. Doch die normal sterblichen Könige werden ungerechterweise an ihm gemessen. Das Beispiel der Niederlande spricht sich herum, das

Volk murrt, er gibt Unruhe, Aufstände werden geschürt ... Muss ich noch mehr sagen?«

»Nein«, murmelte ich. »Ich verstehe dich vollkommen. Die Größe eines Königs erkennt man nicht daran, wie viel er besitzt, sondern daran, wie viel er verschenkt. Aber kleinen Geistern ist eine solche Freiheit natürlich ein Dorn im Auge. Sie lassen sich von Gier und Neid beherrschen und wollen jeden Glanz besudelt sehen.«

»Es ist nicht so, dass deine Brüder Siegfried nicht Bewunderung zollten für das, was er ist und was er zu tun versucht«, versicherte Hagen sanft. »Doch fürchten sie für seine Sicherheit, wenn er das nächste Mal hierher kommt. Wer weiß, wozu fehlgeleitete Königstreue einen verzweifelten Burgunder treiben könnte? Noch dazu jetzt, wo die Gemüter durch den Hunneneinfall aufgewühlt sind. Siegfried muss beschützt werden. Um seiner selbst und auch um deinetwillen. Doch da er der größte aller Helden und angeblich unverwundbar ist, komme ich zu dir, weil ich deine Hilfe brauche. Jeder Mensch hat irgendeine Schwäche. Wenn du mir sagst, worin die seine besteht, kann ich ihn viel wirksamer verteidigen.«

»Das würdest du tun?«, stammelte ich, während mir eine neue Flut von Tränen aus den Augen stürzte. Die schrecklichen Bilder meiner Albträume rasten durch meinen Sinn. Auch gellten Siegfrieds eigene Worte in meinen Ohren, dass er von Freundes Hand und durch Heimtücke sterben würde. Voll neu erwachter Zuneigung sah ich Hagen an, der mir in diesem Augenblick so sicher und zuverlässig wie ein Eichbaum erschien. »Danke, Vetter«, hauchte ich. »Gott weiß, ich werde versuchen, dir deine Treue eines Tages zu lohnen. Wisse, dass Siegfried unsichtbar unter den Kleidern ein besonderes Kettenhemd aus Nibelungenstahl auf der nackten Haut trägt. Nur äußerst selten legt er es ab: im engsten Familienkreis oder unter Freunden, wenn er sich völlig sicher fühlt.«

»Das ist mir eine unermessliche Beruhigung«, rief Hagen. »Und was könnte ihn dazu veranlassen, es abzulegen?

»Das weiß ich wirklich nicht zu sagen. Manchmal im Wald trägt er es nicht; er liebt die Wildnis, und nichts macht ihm mehr Freude, als im Dickicht den Tieren zu begegnen. Andere gehen auf die Jagd, um Beute zu machen, doch Siegfried geht es darum, mit den wilden Tieren zu spielen ...«

»Dabei ist er wohl kaum gefährdet«, meinte Hagen erleichtert. »Ganz sicher würde er mit niemandem zur Jagd oder besser in den Wald gehen, dem er nicht voll und ganz vertraut.«

»Ganz sicher nicht«, bekräftigte ich und fragte mich, weshalb plötzlich eine Gänsehaut meinen Körper überzog. Vielleicht war ich doch übermüdet von der Reise und dem Wiedersehen mit meiner so beunruhigend veränderten Heimat.

Behutsam legte Hagen mir den Arm um die Schulter. »Ruh dich jetzt aus, Base!«, riet er mir sanft. »Schlaf ganz beruhigt! Du hast deinem Gemahl heute einen großen Dienst erwiesen, auch wenn er es vielleicht niemals erfahren wird. Verlass dich ganz auf mich! Solange ich lebe, soll es niemandem gelingen, Siegfried auch nur ein Haar zu krümmen.«

»Danke, Vetter«, murmelte ich und umarmte ihn. »Ich werde dir nie vergessen, dass du mich gewarnt hast.«

»Stets zu deinen Diensten, Base!« Hagen lächelte und verneigte sich galant. »Dein Vertrauen macht mich glücklich. Ich bin froh, dass wir die Fremdheit unserer Jugend hinter uns gelassen haben.«

»Ich auch«, stammelte ich benommen. Ich begleitete ihn hinaus und schloss die Tür hinter ihm. Als seine Schritte sich längst entfernt hatten, stand ich noch immer an die Tür gelehnt, lauschte dem stolpernden Schlag meines Herzens und wagte nicht, mich zu bewegen, während der Schweiß mir in dünnen Bächen über den Körper lief.

Als Siegmund am nächsten Morgen auf mein Bett kletterte und sich in meinen Arm kuschelte, um mich aufzuwecken, strömte ein breites Sonnenband ins Zimmer. Ich umarmte meinen Sohn und fühlte mich an meine eigene Kindheit erinnert, als auch für mich die Festung Borbetomagus nichts als ein riesiger, spannender Spielplatz gewesen war. Mir kam der Gedanke, dass die Burgunder sich vielleicht gar nicht sehr verändert hatten, sondern dass ich sie nur anders wahrnahm. Ich hatte zehn Jahre in Gegenwart des Lichts verbringen dürfen. Das Leben mit Siegfried hatte mich vielleicht tiefer geprägt und stärker verwandelt, als ich angenommen hatte. Ein wenig von

seiner Fähigkeit, Herzen auf den Grund zu sehen, war auf mich übergegangen, und seine freimütige Art hatte mich angesteckt. Ich genoss ein völlig unverdientes Privileg, und es war ungerecht, die Burgunder oder andere Normalsterbliche, wie Hagen sie genannt hatte, an Siegfried zu messen.
Ich nahm mir vor, so viel Licht weiterzugeben, wie ich nur irgend konnte. Das vertrauliche Gespräch mit meinem Vetter war ein guter Auftakt gewesen: Ich hatte ihm gegenüber endlich meinen Stolz abgelegt. Welche Befreiung! Vielleicht würde es mir gelingen, auch Brynild gegenüber einen neuen Anfang zu machen. Ich beeilte mich beim Ankleiden und achtete darauf, nicht zu prunkvoll zu erscheinen. Die ganze Zeit über quengelte bereits Siegmund, der endlich seine kleinen Vettern kennen lernen wollte.
»Die werden sich genau wie wir das Turnier ansehen«, versicherte ich ihm. »Hörst du die Fanfaren? Es ist gleich so weit! Bist du fertig?«
»Ja, schon längst! Aber, Mama, was ist das da draußen?« Siegmund war auf die Fensterbank geklettert, um den Festplatz auf der Kieselwiese zu sehen. Jetzt hatte jedoch etwas anderes seine Aufmerksamkeit gefesselt. Ich spähte ihm über die Schulter und entdeckte ein paar Jagdknechte, die offenbar die Nacht in der Wildnis verbracht hatten. Sie führten ein Packpferd, auf dessen Rücken ein Käfig festgezurrt war. Ich zwinkerte ungläubig, doch gab es keinen Zweifel: der Käfig war voller Eichhörnchen.
»Vielleicht gehören sie einem Gaukler«, vermutete ich

verwirrt, »obwohl Gaukler sich normalerweise keine Jagdknechte halten.«
Diener umringten uns, sobald wir aus der Tür traten. Sie führten uns direkt zur Königstribüne, wo man dem freudestrahlenden Siegmund erlaubte, mit Dalraida bei seinen Vettern zu sitzen. Für mich war direkt neben der Königin der ehrenvollste Platz vorbereitet. Bynild lächelte mir zurückhaltend entgegen, als ich die Stufen zu ihr emporklomm. Offenbar hatte auch sie sich vorgenommen, unser Verhältnis entspannter zu gestalten. Bis auf uns war der Ehrensitz leer: Mutter war zu dieser frühen Stunde noch nicht erschienen, meine Brüder aber befanden sich mit den anderen Kämpfern, die am Turnier teilnehmen würden, am Rand der Kieselwiese.
Sobald ich oben auf der Tribüne zu sehen war, jubelte mir das Volk zu, und mir blieb nichts anderes übrig, als zurückzuwinken. Die Morgensonne blitzte auf meinem Geschmeide, während ich die Hand hob, und ich sah Brynilds Blick versteinern. Eine eisige Hand griff nach meinem Herzen, als mir bewusst wurde, dass ich vergessen hatte, den Ring Andvar-Naut abzustreifen.
Ich setzte mich, wie betäubt vor Schreck über meine Gedankenlosigkeit. Während die Luren zum Buhurt bliesen, hatte ich das Gefühl, in einen vernichtenden Mahlstrom hinabgezogen zu werden. Jegliche Hoffnung auf eine Versöhnung zwischen meiner Schwägerin und mir schien mir in rasendem Tempo zu entgleiten. Ich wusste, dass jetzt die letzte Gelegenheit war, die Feindschaft zu durchbrechen.

»Brynild, es tut mir Leid«, stammelte ich leise, während auf dem Feld die Kämpfer aufeinander zustürmten. »Ich schwöre bei Gott, ich wollte dich nicht kränken. Bitte, verzeih mir!«
Brynilds schreckliches bleiches Gesicht war dem Kampf zugewandt, doch ihre blicklosen Augen glichen denen einer Statue. Ich musste an die alten Götter in Gundahars Halle denken, und Grauen überkam mich.
»Bitte, sprich mit mir!«, flehte ich verzweifelt. »Ich sehe, dass du unglücklich bist. Vielleicht kann ich dir helfen?«
Endlich sprach Brynild. Ihre Stimme klang gepresst vor Hass. »Du wagst es, mir Hilfe anzubieten? Du jämmerliches Weib, die du dein Leben lang behütet und selbstgefällig in deiner Kammer hocktest, während andere für dich töteten und starben? Feige und heuchlerisch bist du, bitter verspottest du mich mit deinem falschen Mitleid.«
Die Fanfaren beendeten die erste Runde des Buhurts, und die Zuschauer jubelten. Die Sieger winkten stolz, und wer besiegt worden war, rappelte sich hastig wieder hoch. Die Knappen fingen die Pferde ein, die Kämpfer zogen sich zum Ausgangspunkt zurück. Ringsum war die ganze Kieselwiese gesäumt mit fröhlichen Menschen, denen fliegende Händler jetzt Met und süße Kuchen verkauften. Im Westen hatte sich weit jenseits des Flusses eine breite Wolkenbank gebildet, die langsam näher kam. Ein Gewitter kündigte sich an, doch für mich besaßen all diese Din-

ge nicht mehr Wirklichkeit als ein bestickter Wandteppich. Greifbar war allein das Gefühl des Schreckens, das von Brynild ausging.

»Bitte, Schwester!«, begann ich von neuem, entschlossen, mich notfalls bis zum Äußersten zu demütigen. »Können wir nicht Freundinnen sein? Wir haben so viel gemeinsam …«

In Brynilds Gesicht bewegte sich kein Muskel. »Es widert mich an, dieselbe Luft wie du zu atmen«, raunte sie.

Tränen schossen mir in die Augen. »Solche Abscheu habe ich nicht verdient«, stieß ich hervor. »Ich schwöre dir, als Siegfried damals zu uns kam, wusste ich nichts von eurer Verbindung … Und, glaub mir, ich hatte auch keinen Anteil an dem Betrug. Ich wusste gar nichts davon. O bitte, lass dir erzählen, was damals wirklich geschah! Lass uns nicht in Finsternis verharren, lass uns gemeinsam den Hass und die Lügen niederringen, die zwischen uns sind! Wir alle können glücklich werden, wenn es uns gelingt, über unseren Schatten zu springen und die Bitterkeit zu überwinden: du und ich, Siegfried und Gundahar.«

»Das sagst du Höhnische und trägst den Ring am Finger, der mir gestohlen wurde und rechtens mir gehört!« Brynild sah mich zum ersten Mal an, ihr Blick schleuderte dunkle Flammen. »Ihm allein war ich bestimmt. Mein Leben gab ich ihm«, fuhr sie leise und leidenschaftlich fort. »Du aber, die du umschwärmt wurdest wie Aas von Fliegen und dein seichtes Lächeln freigebig an jeden Toren verschenktest, du musstest auch den einen noch arglistig verlocken, der mein war. Ohne Falsch war er; deine Falschheit konnte er nicht erkennen. Verschlagen, heimtückisch nahmst du, was dir nicht gehörte. Zum Kebsweib hast du mich gemacht und alles besudelt, was ich für heilig hielt …«

»Aber das stimmt nicht!«, unterbrach ich sie, unfähig, der schrecklichen Anklage länger standzuhalten. »Ich war unschuldig! Bitte, glaub mir das, ich flehe dich an! Es ist wahr, man hat Siegfried in eine Falle gelockt, damit er mich und sich entehrte, aber ich, Brynild, ich wusste nichts davon. Und als es dann geschehen war – sag selbst, wie hätte ich ihn nicht lieben sollen? Der Herrlichste war er, der größte Krieger, das lebendige Licht, das auf der Erde wandelt … Siegfried selbst war wie vernichtet, als er begriff, was er getan hatte. Sein einziger Wunsch war, seine Schuld an dir wieder gutzumachen. Er führte Gundahar zu dir, weil er ihn als würdigen König kannte und von ganzem Herzen hoffte, dass du mit ihm glücklich werden würdest … Und da er wusste, dass niemand außer ihm dich dreimal im Zweikampf hätte besiegen können, blieb ihm nichts anderes übrig, als sich zum Knecht meines Bruders zu erniedrigen, um ungesehen in den Kampf eingreifen zu können …«

»Was sagst du?«, stieß Brynild erstickt hervor.

Erst in diesem Augenblick wurde mir klar, dass die Burgunder ihr diesen Betrug bis heute verheimlicht hatten. Entsetzen, Ohnmacht und Schuld überwältigten mich fast. Ich hätte mir ohne zu zögern das Leben genommen, wenn ich meine unbedachten Worte dadurch hätte zurücknehmen können. Falls es jetzt noch einen Funken Hoffnung auf Versöhnung gab, bestand er darin, die ganze Wahrheit ans Licht zu bringen. Dann hatten zumindest die Lügen endlich ein Ende.

»Du hattest denselben Lehrer wie er. Du weißt, wie man die Gestalt wechselt. Hast du wirklich nie erraten, wer dich damals besiegt hat?«, wisperte ich heiser. »Aber ich schwöre dir, Siegfried hat dich nicht entehrt, Brynild. Er musste Gundahar helfen, dich zu bezwingen, doch er rührte dich nicht an! Erst recht nicht in jener Nacht, als er den Ring wieder an sich nahm, weil du nun Gundahars Frau warst. Siegfried wollte dich glücklich sehen, er tat das alles letztlich nur für dich …«

»Für mich fürwahr!«, keuchte Brynild kaum hörbar.

»Gundahar betet dich an, Brynild«, fuhr ich verzweifelt fort. »Er liebt dich über alles. Du aber quälst ihn und zerstörst euer beider Leben mit deiner Unzufriedenheit. Du hast zwei Söhne, und die Krone Burgunds ist dein. Siegfried nahm den Ring zurück und gab ihn mir. Kannst du das nicht anerkennen? Kannst du nicht anerkennen, dass es so am besten ist?«

»Du armselige Kreatur, willst du deinen jämmerlichen Bruder wirklich mit Siegfried vergleichen? Den Drachentöter mit dem Herrn über ein unwichtiges, noch dazu ererbtes Königreich?«, zischte Brynild. »Du schweigst? Dazu ist es zu spät, Schwägerin. Du hättest schweigen sollen, als es noch Zeit dazu war. Nun weiß ich, dass ich so oder so verdammt bin. Und

Siegfried auch, denn er ist eidbrüchig. Dennoch ist Siegfried mein. An deiner Seite ist er zahm geworden, doch er ist mein. Auch dieser Ring ist mein. Du wirst erleben, dass ich letztlich die größere Macht über Siegfried besitze.«

Der Himmel über der Kieselwiese färbte sich fahlgelb. Die schwarze Wolkenbank hatte den Fluss beinah erreicht und verhüllte den Horizont. Vom Westufer dröhnte Donnergrollen herüber. Die Ritter kämpften jetzt Mann gegen Mann zu Pferde, und die Zuschauer feuerten sie an und schlossen Wetten ab. Mir war zumute, als glitte ich auf einer schiefen Ebene unaufhaltsam auf einen Abgrund zu.

»Und wenn ich auf Siegfried verzichte?«, hörte ich mich sagen. »Würdest du das als Opfer der Versöhnung annehmen, wenn Siegfried einverstanden wäre?«

Brynild zögerte einen Herzschlag lang, dann lachte sie. Es war ein schreckliches Lachen. »Wahrhaftig, du begreifst nicht das Geringste. Auch wenn ihr Burgunder nicht einmal ahnt, was das bedeutet: Ich halte meine Eide! Was du vorschlägst, bedeutet nur neuen, schlimmeren Verrat. Niemals werde ich Gundahar betrügen, da ich nun einmal seine Frau bin. Der einzige Ausweg ist der Tod.«

»Brynild!«, stieß ich erstickt hervor. »Brynild, verzeih! Bitte, vergiss, was ich gesagt habe! Hör doch, es war gar nicht wahr …«

Meine Stimme ging in krachendem Donnern unter. Als hätten sich in den Wolken Schleusen geöffnet, stürzte der Regen herab und überspülte die festliche Szene mit einem schrecklichen, tödlichen Grau. Es war, als habe sich der Lebensquell in sein Gegenteil verwandelt, als ergössen sich die Wasser des Totenflusses über Borbetomagus. Brynild erhob sich und ging, die Menge rannte kreischend auseinander, um irgendwo Schutz zu suchen, die Pferde wieherten angstvoll. Einige gingen durch, und das Dröhnen ihrer galoppierenden Hufe entfernte sich zwischen den Donnerschlägen. Ich blieb allein auf der leeren Tribüne zurück, unfähig, mich zu bewegen. Der Regen wusch mich leer und spülte alles fort, was mein Leben gewesen war: alle Lügen, alle Freude, alle Hoffnung. Ich löste mich auf in dem grauen Strom, der mich immer weiter forttrug.

Irgendwann spürte ich eine sachte Berührung auf dem Knie. Es schien, als müsste ich eine unendlich lange Strecke zurücklegen, bis meine Augenlider meinem Befehl wieder gehorchten und es mir gelang, sie aufzuschlagen. Das Gewitter hatte sich verzogen, die Kieselwiese dampfte unter den ersten fahlen Sonnenstrahlen. Auf meinem Knie hockte ein Eichhörnchen und sah mich mit schief gelegtem Kopf fragend an.

Ich begriff nicht, warum ein Eichhörnchen hier war. Vor unermesslich langer Zeit, als ich noch lebendig und glücklich gewesen war, hatte ich Eichhörnchen gesehen … Ja, die Jagdknechte hatten heute Morgen einen Käfig mit Eichhörnchen in die Festung gebracht. Verwirrt sah ich mich um und entdeckte den leeren Käfig auf dem verlassenen Turnierplatz. Daneben stand eine einsame Gestalt, die mit vier weiteren Eichhörnchen spielte. Hagen.

Ich versuchte aufzustehen. Da flitzte das Eichhörnchen über die Seitenbretter die Tribüne hinunter und kletterte auf Hagens Schulter. Es schob seine kleine Schnauze unter den schwarzen Regenumhang des Trojaners, als suche es dort etwas. Vorsichtig stieg ich die Stufen hinunter und war überrascht, dass mein Körper mir gehorchte. Hagen hatte mich offensichtlich nicht gesehen und wohl auch nicht erwartet, hier überhaupt jemandem zu begegnen, denn als ich plötzlich neben ihm auftauchte, fuhr er wie unter einem Hieb wild herum, das Gesicht verzerrt vor Schreck. Er fing sich jedoch gleich wieder und schenkte mir sein neues, herzliches Lächeln.

»Was sagst du zu meinen kleinen Freunden, liebe Base?«, fragte er fröhlich. Dann stutzte er und sah mich genauer an. »Bei allen Göttern, Kriemhild, was ist dir geschehen? Bist du etwa in den Fluss gefallen?«

»Ja«, murmelte ich dumpf. »Ich bin in den Fluss gefallen.«

»Um Himmels willen, wie konnte das passieren?« Ich bemerkte, dass Hagen die Eichhörnchen fast mit Gewalt in den Käfig scheuchen musste. Er ergriff meinen Arm. »Komm, ich bringe dich in die Festung! Du brauchst trockene Kleider und etwas Heißes zu trinken. Ich wusste nicht, dass du so gut schwimmen kannst. Aber beim Speer Wodans, ich bin froh darüber! Sonst wärst du ertrunken, und ich müsste jetzt allein in die Halle gehen und Siegfried sagen …«

»Siegfried?«, unterbrach ich ihn heiser. »Siegfried ist hier?«

»In der Tat, er traf sozusagen gleichzeitig mit dem Gewitter ein. Er wollte gerade zu uns auf die Wiese kommen, als uns der Regen in die Festung scheuchte … Ich weiß, dass du ihn überraschen wolltest, aber er weiß bereits, dass du hier bist, Base. Er hat sein Pferd selbst in den Stall gebracht, wie er es meistens tut, und dort deine Kutschpferde erkannt. Als Erstes fragte er nach dir, noch bevor er uns begrüßte …«

»War Brynild auch da?«, fragte ich unbedacht.

»Nein«, antwortete Hagen überrascht. »Ich habe die Königin seit dem Beginn des Gewitters nicht mehr gesehen. Wir dachten alle, ihr hättet zusammen in den Frauengemächern Schutz gesucht.«

»Dann wird sie sicher dort sein. Lassen wir sie ausruhen!« Ich lachte plötzlich, heiser und keuchend, ein schreckliches Geräusch, das mir selbst durch Mark und Bein ging. Dennoch konnte ich nicht aufhören. Sobald wir die Festung betreten hatten, brach der Gewittersturm mit doppelter Wucht wieder los. Hagen wollte mich zu den Kemenaten führen, doch ich zerrte ihn zur Seitentür der Halle. Erst als wir den Königssaal betraten und ich Siegfried tatsächlich von weitem sah, blieb mir die Luft weg, und das Lachen hörte schlagartig auf. Ich musste mich an Hagen klammern, um nicht umzufallen.

»Also blieb Galla Placida nichts anderes übrig, als

ihn zum Magister militum der weströmischen Armee zu ernennen«, berichtete Siegfried gerade. Gundahar, Gerenot, Dankwart und Ortwin von Mediomatricum saßen dicht gedrängt am Kopfende des Königstisches. Sie hatten mir den Rücken zugewandt und hörten sich das Ergebnis von Siegfrieds Nachforschungen an. Hinter ihnen stand unbeweglich der Mundschenk Sindold. Er wurde blass, als er mich sah, rührte sich aber nicht.

»Und sie hielt es nicht für nötig, ihn für den unverhohlenen Mord an seinem Vorgesetzten und der unschuldigen Ehefrau zu bestrafen?«, fragte Gerenot verblüfft.

»Das kann sie sich nicht leisten. Aëtius ist ihr bester Feldherr, viel begabter als der unglückliche Felix. Wahrscheinlich ist sie selber insgeheim froh, Felix los zu sein. So nah am Cäsarenthron fällt ein Mord nicht besonders ins Gewicht.« Siegfried lachte traurig. »Jedenfalls führt Aëtius in dieser Stunde seine restlichen Hunnenreiter nach Gallien. Wie es scheint, wollten die Visigoten nicht auf meine Rückkehr warten und haben den Angriff bereits begonnen.« Siegfried trank einen großen Schluck aus seinem Becher. Dabei wanderte sein Blick in meine Richtung. Er stellte den Becher so rasch ab, dass der rote Wein herausspritzte wie Blut.

»Gnädiger Gott! Liebste! Was ist dir?«

»Es ist alles zu Ende«, brachte ich dumpf hervor, unfähig, unter seinem leuchtenden Blick auch nur einen Herzschlag länger zu schweigen. »Ich habe Brynild die Wahrheit gesagt. Ich … ich wusste nicht, dass sie sie noch nicht kannte.«

In Siegfrieds Augen zerbrach etwas. Traurigkeit verdunkelte seine Züge, machte ihn verwundbar, verletzt. Ich sehnte mich danach, ihn in die Arme zu nehmen und vor aller Welt zu beschützen – ihn, den unbezwingbaren Helden! Gerenot stöhnte und vergrub das Gesicht in den Händen. Ortwin und Sindold, die nicht wussten, wovon ich sprach, sahen irritiert von einem zum anderen. Gundahar aber erstarrte, als sei alles Leben aus ihm gewichen.

Wie ein fernes Echo fiel mir ein, wie er mir damals, als Siegfried zum ersten Mal unsere Königshalle betrat, neckend und händereibend zugeflüstert hatte: »Ich hätte nie gedacht, dass du so lieblich bist, wenn du errötest, Schwester. Noch dass ich jemals einen Helden treffe, der dich dazu zu bringen vermag!« – Niemand hatte begriffen, was in mir vorgegangen war, jeder deutete mein Erröten als mädchenhafte Scheu. In Wahrheit hatte ich mich schon damals unter Siegfrieds Blick ertappt und beschämt gefühlt: wie ein Kind, das von einem Engel dabei erwischt wird, wie es einem gefangenen Vogel die Flügel ausreißt … Mir wurde bewusst, dass ich mich immer noch an Hagens Arm klammerte. Seine Muskeln waren bei meinen Worten hart wie Stahl geworden. Sonderbarerweise zeigte das Gesicht des Trojaners jedoch einen nachdenklichen Ausdruck, als er mich behutsam zu einem Stuhl führte.

»Vielleicht ist es nur recht und billig«, sagte er langsam, bevor irgendjemand anders sich von dem Schreck erholt hatte. »Vielleicht war es ein Segen, dass die Königin Kriemhild die Lügen nicht mehr ertrug. Denn hat nicht eine Königin Burgunds ein Anrecht auf die Wahrheit?

Kapitel 17

Gegen Abend klopfte es leise, und Gislaharius spähte durch den Türspalt in mein Zimmer. Siegfried hatte veranlasst, dass mir ein heißes Bad bereitet wurde, und nun lag ich im Bett; aber ich hatte Siegfried seit dem Zusammentreffen in der Halle nicht mehr gesehen.

»Ich habe gehört, was geschehen ist«, flüsterte Gislaharius, um den kleinen Siegmund nebenan nicht zu stören. Er setzte sich auf den Bettrand und musterte mich mitfühlend. »Du hast es nicht mit Absicht getan, nicht wahr?«

»O nein! Im Gegenteil, ich wollte mit ihr Frieden schließen. Irgendein Dämon muss mir die Sinne verwirrt haben, dass ich vergaß, den Ring abzunehmen …«

»Ja. Der Ring.«

Nachdenklich betrachteten wir beide den Goldreif an meinem Finger. Nichts, weder Runen noch Edelsteine, ließ auf seine geheime Macht schließen.

»Ich glaube nicht, dass Siegfried dir böse ist«, meinte mein jüngster Bruder leise. »Er ist nur sehr … besorgt, und er fühlt sich verantwortlich. Brynild hatte sich ins königliche Schlafgemach eingesperrt und ließ niemanden ein. Außer ihm. Ich denke, er ist immer noch bei ihr und versucht, sie zu beruhigen.«

»Danke, dass du gekommen bist«, schluchzte ich plötzlich hemmungslos. »Ich dachte … ich dachte, ich hätte heute Nachmittag euer aller Liebe verspielt …«

»Unsinn. Wir alle lieben dich nach wie vor«, versicherte Gislaharius ernst. »Für Gundahar ist es natürlich am schwersten. Er hat nicht nur sein Gesicht, sondern auch seine Frau verloren, die er anbetet, Gott weiß, warum«, fügte er seufzend hinzu. »Aber ich denke, auch ihm ist klar, dass es nicht deine Schuld war. Wirklich, Kriemhild, du darfst dir nicht die Schuld geben an dem, was heute geschehen ist! Ich bin sicher, das ist auch Siegfrieds Meinung. Nur … nur befürchten alle, dass Brynild sich vielleicht etwas antun könne. Deshalb ist Siegfried zuerst zu ihr gegangen statt zu dir.«

»O Gott!« Der Abgrund, in den ich blickte, wurde immer finsterer. »Und … und was ist mit Mutter?«

»Mutter hat die letzten zehn Jahre damit verbracht, den täglichen Herausforderungen Brynilds die Spitze abzubrechen. Sie weiß, wie leicht man in Brynilds Gegenwart die Beherrschung verliert.«

»Aber so war es doch gar nicht«, sagte ich verzweifelt. »Sie hat mich überhaupt nicht gereizt. Sie hat nur den Ring erkannt – und ich, ich dachte, sie wisse Bescheid. Gislaharius, wie konntet ihr alle zehn Jahre mit ihr leben, ohne dass irgendjemand es ihr gesagt hat? Vor allem Gundahar. Wie konnte er …«

»Er liebt sie.« Ohne dass wir es bemerkt hatten, war Siegfried eingetreten. Er sah zu Tode erschöpft aus. »Aus Liebe ist der Mensch zu vielem fähig. Vielleicht zu allem. Ich grüße dich, Bruder. Danke, dass du meiner Frau Gesellschaft leistest.«

»Da ist nichts zu danken.« Gislaharius sprang auf und umarmte ihn. »Wenn ich irgendetwas tun kann …«, brummte er leise.

»Nochmals danke, mein Freund. Nein, ich fürchte, niemand kann jetzt noch etwas tun. Die Zeit wird zeigen, ob solche Wunden heilen können.« Siegfried blickte müde zwischen uns hin und her. Ein angespanntes Lächeln lag wie festgefroren auf seinen Zügen, doch seine Augen waren dunkel vor Trauer. »›Einer von uns dreien muss sterben‹, wiederholt sie immer wieder. Sie sagt, sie liebt nur mich, aber sie wird ihren Eid nicht noch einmal brechen. Ich bot ihr an – Kriemhild, Liebste, verzeih mir! –, ich bot ihr an, sie könne zu mir zurückkommen …«

»Dasselbe habe ich auch versucht«, schluchzte ich. »Ich machte ihr den Vorschlag, dich freizugeben.«

»Wirklich? Dazu warst du bereit?« Liebe überflutete plötzlich Siegfrieds Blick und milderte seine Trauer. Ohne sich um Gislaharius zu kümmern, der ein wenig befangen dabeistand, beugte er sich zu mir und nahm mich in die Arme. »Ich danke dir, meine Liebste. Danke, dass der Fluch des Hortes über dich keine Macht hat.«

»Irgendein Fluch muss dennoch am Werk gewesen sein«, stammelte ich, weinend und lachend vor Glück, weil Siegfried mir verziehen hatte. »Dass ich den Ring vergaß …«

»Nur der Fluch der Lüge und des ungesühnten Unrechts«, erklärte Siegfried energisch. »Wirklich, Liebste, vielleicht ist es letztlich doch am besten so – wie Hagen zu glauben scheint. Er ist kaum wieder zu erkennen, so herzlich und umgänglich … und er spielt mit Eichhörnchen! Als ich aus Brynilds Zimmer kam, nahm er mich beiseite, um sie mir zu zeigen.«

»Ich habe sie auch gesehen«, sagte ich verblüfft. »Sie scheinen ganz zahm zu sein. Seit wann hat er sie, Gislaharius?«

Mein jüngster Bruder sah uns an, als hätten wir beide den Verstand verloren. »Eichhörnchen? Seid ihr sicher?«

»Ganz sicher«, bestätigten wir im Chor.

Gislaharius schüttelte ratlos den Kopf. »Also, dies ist das erste Mal, dass ich etwas von Eichhörnchen höre. Und was Hagen angeht – ich finde, er hat sich erst verändert, seit du hier bist, Schwester.« Er grinste verlegen. »Vielleicht bringt deine und Siegfrieds Gegenwart in jedem das wahre Wesen zum Vorschein«, scherzte er. »Ich hoffe nur, dass ich mich nicht als Lindwurm entpuppe. Gute Nacht, euch beiden!«

»Gute Nacht!«, riefen wir ihm leise nach.

Wir verriegelten die Tür hinter ihm und umschlossen einander mit den Armen, als könnten wir einander dadurch vor jeglichem Unheil bewahren. Später brachte uns Dalraida Met und Fleisch und Wachslichter auf Messingschalen. Wir wollten nicht mehr in die Königshalle gehen, dieser Abend gehörte uns allein. Das Gewitter hatte sich endlich verzogen, und Sterne schimmerten durch das dünner werdende Gewölk.

Eng aneinander geschmiegt standen wir am Fenster und betrachteten den glitzernden Strom wie damals vor zehn Jahren, als alles begann.

»Weißt du noch, wie du mir gesagt hast, dein Schicksal sei es, Gebundenes zu lösen?«, fragte ich leise, um die Stille nicht zu brechen, die über allem lag wie mädchenhafte Unschuld. »Mir ist klar, meine Fesseln waren nicht die einzigen, auf die du dabei angespielt hast. Was denkst du nun über Hagen?«

»Er hat mich gebeten, übermorgen mit ihm zur Jagd zu reiten«, antwortete Siegfried ebenso leise. »Er meinte, wenn ich schon nicht mit den Burgundern gegen ein paar unbewaffnete Hunnen ziehen wolle, sollte ich wenigstens Bären, Wisente und wilde Eber herausfordern.«

»Und was hast du gesagt?«

»Was sollte ich sagen? Ich kann ihn ja nicht vor den Kopf stoßen. Außerdem hat er versprochen, mir die Stelle zu zeigen, wo er immer mit den Eichhörnchen spielt. Darauf bin ich wirklich neugierig, das muss ich zugeben.«

»Heißt das, du vertraust ihm? Obwohl Gislaharius sagt, er habe sich erst verändert, seit wir hier sind?«

»Seit du hier bist«, verbesserte mich Siegfried. »Liebste, ich möchte mich auf ihn verlassen, solange er mir keinen Grund zum Misstrauen gibt. Schon weil es das Gesetz der Liebe ist, sich verwundbar zu machen und Risiken einzugehen.« Er blickte nachdenklich in meine Augen, als sehe er dort den Abglanz des Sternenhimmels. »Wenn ein Mensch sich wirklich ändern will, wenn er freundlich und offen sein will und auf andere zugeht – dann wäre es bitteres Unrecht, ihm aufgrund eines alten Grolls oder Misstrauens diese Möglichkeit zu nehmen. Meinst du nicht?«

Ich klammerte mich an Siegfried. »Du hast Recht«, flüsterte ich. »Nur wenn wir dem Gesetz der Liebe folgen, kann das Licht uns beschützen.«

»Außerdem macht es tausendmal mehr Spaß zu vertrauen als zu misstrauen!«, rief Siegfried, und zum ersten Mal seit unserem Wiedersehen blitzte Übermut aus seinen Augen. »Was für ein armer Ort wäre die Welt sonst! Hel würde schon diesseits des Todes triumphieren wie unter Fafnirs Schreckensherrschaft. Sag selbst: Kann ich als Drachentöter so etwas zulassen?«

Ein angespanntes Lauern schien am folgenden Tag über Borbetomagus zu liegen. Mit der ersten von zwölf aufeinander folgenden Festlichkeiten sollte am Abend Gundahars große Siegesfeier beginnen, dennoch gab es tagsüber kein Turnier. Der Gewittersturm hatte die Tribüne auf der Kieselwiese in zunderkleine Hölzchen zerlegt. Mir schauderte bei dem Gedanken, was mit mir geschehen wäre, hätte mich Hagens Eichhörnchen nicht aus meiner Starre gerissen.

Siegfried sah ich den ganzen Tag kaum, er saß im Rat des Königs. Brynild hatte sich noch immer in ihre Räume eingesperrt und ließ niemanden ein, doch ihre Flüche und ihr Wehklagen dröhnten durch die Kemenaten, so dass die Diener mit eingezogenen Köpfen herumhasteten. Trotzdem musste Gundahar sich um das Reich kümmern und die Verbündeten, die er nun einmal eingeladen hatte, angemessen empfangen. Entscheidungen mussten gefällt werden, und Aëtius' Eingreifen beim gallischen Feldzug der Visigoten war zu bedenken. Ich strich durch die Festung wie im Traum und flüchtete zu meiner alten Lieblingsstelle bei den Monolithen. Wenn ich damals, als ich das Gespräch zwischen Siegfried und Gundahar belauschte, eingegriffen hätte …

Doch Reue half mir nicht durch den Tag. Die einzige Kraft und Hoffnung lag darin, in die Zukunft zu blicken. Abends ließ ich mich sorgfältig für die Feier schmücken, und ich beschloss, die Königshalle durch den Seiteneingang zu betreten, damit ich mich nicht zwischen hunderten von Menschen durchdrängen musste, um zum Hohen Tisch zu gelangen. Als die Zeit gekommen war, trat ich, nur von Dalraida begleitet, in den festlich beleuchteten Hof. Überall wimmelte es von Menschen. Bedienstete führten die Pferde von Spätankömmlingen fort, Händler drängten sich um den Eingang zum Küchentrakt, und auf jedem freien Platz standen Gaffer, die aus der ganzen Umgebung zusammengeströmt waren, um die festlich gekleideten Herrschaften zu sehen, die der König geladen hatte. Die ganze Festung summte wie ein Bienenstock. Froh, dem Gedränge bald entrinnen zu können, eilte ich durch das tuschelnde Volk zur Seitentür der Halle. Dort stieß ich beinah mit Brynild zusammen. Vor Schreck blieb mir fast das Herz stehen.

Sie trug ein tiefrotes, mit Gold übersponnenes Gewand und die ausladende Hörnerhaartracht. Plötzlich begriff ich, dass diese mit Burgund gar nichts zu tun hatte, sondern die herkömmliche Haartracht der Völuspa war, der Seherin nordischer Stämme.
Brynild erschrak über unser Zusammentreffen nicht weniger als ich, fasste sich aber als Erste. Mit einer schnellen Bewegung, die mich an Siegfrieds Schwerthiebe erinnerte, ergriff sie meine Hand und riss sie in die Höhe. »Wie ich sehe, hast du ihn abgelegt«, höhnte sie. »Siehst du, er hat es von dir verlangt. Es steht dir nicht an, Anvar-Naut zu tragen. Sie sind beide an mich gebunden: dein erbärmlicher Bruder und der herrliche Siegfried. Du denkst, du hast ihn gewonnen, aber in Wahrheit wird er nie von mir loskommen. Mein ist Burgund und mein ist der Drachentöter. Er hat es mir selbst gesagt ...«
»Er hat dir angeboten, du sollst zu ihm zurückkehren, so wie ich dir angeboten habe, auf ihn zu verzichten«, stieß ich hervor, zitternd vor Wut über ihre Anmaßung. »Das bedeutet nicht, dass er dich liebt, sondern dass wir beide tun wollen, was rechtens ist. Doch mir scheint, dir ist weder Liebe noch Recht ein Begriff.«
Damit ließ ich sie stehen und schritt an ihr vorbei in die Halle. Geflüster und Gemurmel folgten mir, und ich konnte die Blicke der Menge im Rücken spüren wie bohrende, kalte Finger. Als ich mich neben Siegfried an den Hohen Tisch setzte, glühte ich immer noch vor Zorn. Gundahar warf mir einen fragenden,

aufgewühlten Blick zu, und ich bemerkte, dass Brynild mir nicht nachgekommen war.

»Ich bin deiner Frau draußen begegnet«, flüsterte ich Gundahar zu. Als ich das Elend in seinen Augen sah, verrauchte meine Wut, und mir wurde beinah übel vor Mitleid. »Wir … Vielleicht habe ich ihren Königsstolz beleidigt, weil ich vor ihr die Halle betreten habe. Ich verstehe nicht, wo sie bleibt.«

»Wenn sie nicht kommt, ist das nicht zu ändern.« Gundahars Stimme klang heiser. »Ich kann jetzt nicht nach ihr suchen. Der Häuptling der Chatten ist da. Wenn er beleidigt wird und mir aus dem Bündnis fällt, ist meine ganze Nordostgrenze ungeschützt.«

»Welcher ist es denn?«

»Dort. Sein Name ist Idigernus.« Gundahar deutete unauffällig auf einen schnauzbärtigen Krieger in einem mit vergoldeten Stahlplatten verstärkten Lederwams – offenbar sein ganzer Stolz, da er es zu diesem festlichen Anlass trug.

»Ich kümmere mich um ihn«, versprach ich, drückte Gundahar die Hand und winkte Sindold, mir einen gefüllten Prachtpokal zu reichen. Mit meinem bezauberndsten Lächeln schritt ich auf den Chattenhäuptling zu.

»Sei willkommen, edler Idigernus!«, begrüßte ich ihn. »Mein königlicher Bruder hat mir so viel Gutes von dir erzählt, dass ich es mir nicht nehmen lassen wollte, dich persönlich zu begrüßen.« Ich trank ihm zu, und der überraschte Fürst verneigte sich unbeholfen, bevor er den Becher nahm und in einem Zug leerte.

Während ich in höflicher Haltung dabeistand, dachte ich, wie seltsam es doch war, dass Schmeichelei auch den grimmigsten und argwöhnischsten Krieger unfehlbar zähmte.

Den ganzen Abend kümmerte ich mich an Brynilds Statt um Gundahars Ehrengäste, spielte die Hohe Frau von Burgund und konnte nur hin und wieder einen kurzen, oberflächlichen Satz mit Siegfried wechseln. Ich versuchte mir einzureden, dass ich Gundahar nach allem, was geschehen war, unmöglich im Stich lassen konnte. Doch Siegfrieds Blicke machten mir immer wieder bewusst, dass ich in Wirklichkeit nur mein schlechtes Gewissen beschwichtigte. Ich sah, mein Mann hieß mein Verhalten nicht gut. Trotzdem konnte ich die Rolle der Gastgeberin nicht mehr ablegen, nachdem ich einmal damit angefangen hatte. Erbittert wünschte ich, dass wenigstens Mutter auftauchten würde, um mich zu entlasten, aber Uote schien sich von offiziellen Anlässen völlig zurückgezogen zu haben.

Ich war ungeheuer erleichtert, als der Abend endlich zu Ende ging. Schon auf dem Weg zu unserer Kammer erzählte ich Siegfried flüsternd, was sich an der Tür zwischen Brynild und mir abgespielt hatte. Er stöhnte, als habe er eine Wunde empfangen.

»Der einzige Lichtblick bei diesem Aufenthalt in Burgund ist die Aussicht, morgen mit Hagen auf die Jagd zu reiten. Ich freue mich darauf, zur Abwechslung ein paar arglosen Eichhörnchen zu begegnen.« Er seufzte und warf sich aufs Bett. »Ich bin müde an Leib und

Seele. Wenn ich nur traumlos bis zum Morgengrauen schlafen könnte.«

Bestürzt betrachtete ich sein stilles Gesicht. Die Anspannung der letzten Tage hatte feine Linien in seine Züge gegraben, die sich jedoch glätteten, sobald er tief und gleichmäßig zu atmen begann. Ich hatte nicht das Herz, ihn zu wecken, obwohl mein Gemüt beinah barst und ich viel zu aufgewühlt war, um zu schlafen. Ich setzte mich ans Fenster und starrte blicklos in die Nacht. Wie ein dunkler Nebel aus giftigen Sümpfen, der sich unaufhaltsam ausbreitet, wuchs ein seltsames, hilfloses Entsetzen in mir. Mit aller Willenskraft, die meine Mutter mir anerzogen hatte, versuchte ich das Gefühl nahenden Unheils abzuwehren. Ich klammerte mich an den Gedanken, dies sei nur die gegenteilige Folge der aufgesetzten Fröhlichkeit, die ich den ganzen Abend wie ein tonnenschweres Gerüst aufrechterhalten hatte. Dennoch gelang es mir nicht, dem Grauen meiner Seele Herr zu werden.

Irgendwann fielen mir die Augen zu. Obwohl ich hellwach blieb, schien ich durch die geschlossene Tür zu schweben. Ein rätselhafter Geruch zog mich an: der Ursprung meines unerklärlichen Grauens. Witternd folgte ich ihm durch die Korridore der Festung. Überall begegnete ich Menschen: Diener trafen letzte Vorbereitungen für die Nacht, andere stützten betrunkene Ehrengäste, die zu später Stunde aus der Halle in ihre Kammern taumelten. Aber niemand konnte mich sehen, unbehelligt glitt ich zwischen den

Leuten hindurch. Ich wusste, dass dies alles um mich herum in Wirklichkeit geschah.

Am Ende vieler gewundenen Gänge und Hintertreppen fand ich mich in einem mir unbekannten Kellerraum wieder. Nur Brynild und Hagen befanden sich in ihm. Ein offenes Feuer loderte auf dem gestampften Lehmboden, ein großer Kessel hing darüber. Gebieterisch, als würde ein Dämon nach mir greifen, stieg mir in kräuselnden Dampffäden der sonderbare Geruch in die Nase. Ich erkannte geschälten Fliegenpilz und andere starke Gifte darin. Brynild hob den Kopf, als ich durch die Wand hereinglitt. Ein wissendes, böses Lächeln verzog ihr bleiches Gesicht. Ich zweifelte nicht daran, dass sie mich sah.

Hagen konnte mich offenbar nicht wahrnehmen. Er reichte der Königin eine sich windende lebende Natter, die Brynild ungerührt entgegennahm. Sie ließ die Schlange in den kochenden Sud fallen und murmelte grausame alte Runenworte. Es zischte und spritzte, die heißen Tropfen mussten ihr die Hände verbrühen. Dennoch ließ ihr schrecklicher Blick mich nicht los. Ich kämpfte gegen ihn, doch erst als ich meinte, ihn nicht länger ertragen zu können, gelang es mir, mich von ihm loszureißen. Dennoch konnte ich mich nicht von der Stelle rühren. In einer Ecke entdeckte ich einen gefesselten Wolf, dem man die Schnauze geknebelt hatte. Auf ein Zeichen Brynilds schnitt Hagen ihm mit einem Eisenmesser die Brust auf. Es knirschte, als er dem Tier die Rippen durchtrennte, ein Geräusch, bei dem sich mir die Haare sträubten. Hagen

riss das noch zuckende, blutige Herz heraus und reichte es der Königin, die es unter Bannsprüchen ebenfalls in den Kessel warf.
Halb vergessene Erzählungen von der Frühzeit Burgunds tauchten vor mir auf: von Zauber, der heiligen Schutz bricht und Mörder rüstet. Ich wollte schreien, ich wollte zuschlagen, um Hilfe brüllen, den Kessel umstoßen – doch ich konnte kein Glied regen. Brynilds Augen hielten mich gebannt, und ihr wissender Blick bohrte sich in mein Herz wie ein giftiger Dolch. Nach einem Zeitraum, der nicht in Minuten oder Stunden zu messen war, sank das Feuer endlich in sich zusammen. Die Schwaden des stinkenden Dampfes erfüllten den Raum.
Brynild senkte eine eiserne Schöpfkelle in den Kessel, füllte einen Becher und reichte ihn Hagen. »Wolfsherz, Schlangenschutz«, sprach sie mit tiefer, hallender Stimme. »Unfehlbar dein Speer, nicht schwankend dein Sinn. Sei gefeit, sei gerüstet, Erkorener!«
Vielleicht musste sie die Kraft ihres Banns von mir abziehen, damit Hagen das wüste Gebräu trank, jedenfalls konnte ich mich plötzlich wieder bewegen. Ich sah noch den schwankenden Schatten Hagens, der im Licht der verlöschenden Glut den Kopf in den Nacken neigte, um den Becher zu leeren.
Als ich die Augen aufschlug, stand ich am Fenster in Siegfrieds und meinem Schlafgemach. Der Mond war untergegangen, Nebel lag über dem Land. Aus dem stillen Festungshof klang ein sonderbares Geräusch herauf: das gedämpfte Trappeln mit Lappen umwi-

ckelter Hufe. Ich spähte hinunter und meinte am Tor einige Jagdknechte zu erkennen, die zu dieser frühen Stunde ausritten. Sie führten ein Packpferd, auf dem etwas Großes, Würfelförmiges festgebunden war: Hagens Eichhörnchenkäfig. Ich zwinkerte ungläubig, doch die Gruppe war bereits im Nebel verschwunden. Gewiss hatten mir meine Sinne einen Streich gespielt …

In unbegreiflicher Schönheit ging die Sonne auf. Ihre warmen, orangeroten Strahlen färbten die Wasser des Rhenus und berührten Siegfrieds Gesicht, der davon erwachte. Er reckte sich und lächelte mich an.

»O Liebste, ich hatte einen wunderbaren Traum! Wir waren zu Hause in Ad Sanctos und spazierten durch die Straßen. Als wir an der Kirche der Brüder aus Erynn vorbeikamen, öffnete sich plötzlich weit die Tür, und goldenes Licht fiel auf unseren Weg … Bruder Ninian trat heraus und breitete einladend die Arme aus. ›Es ist Zeit‹, sagte er, und wir …« Siegfried stutzte und setzte sich auf. »Liebste, du trägt ja immer noch dein Kleid! Bist du etwa am Fenster eingeschlafen?«

Wir müssen fliehen!, wollte ich schreien. Doch der stinkende Dampf aus dem Kessel drückte wie ein Bleigewicht auf meine Kehle, ich brachte kein Wort heraus. Fassungslos stürzte ich in die Arme des wunderbaren Helden, der alles Glück und alle Freude in mein Leben gebracht hatte. Siegfried streichelte behutsam mein Haar, und mir war, als fließe linderndes Öl aus seiner Hand in mein Gemüt.

»Du bist übermüdet«, sagte er leise. »Auf einer Fensterbank schläft es sich nicht besonders gut. Ruh dich heute aus, mein Herz! Ich werde Dalraida Bescheid sagen, dass sie niemanden zu dir lässt. Komm, Liebste, ich decke dich zu.«

Liebevoll zog er mir das zerknitterte Prunkgewand vom Leib und brachte mich zu Bett. Dann kleidete er sich an.

Sie wollen dich töten, Hagen und Brynild! Auf dieser Jagd bist du das Wild, du reitest mit deinen Mördern!, versuchte ich zu schreien, doch es gelang mir nicht einmal zu flüstern. Es war wie in einem jener schrecklichen Träume, in denen man Raubtieren entkommen will, aber nicht einmal die Füße heben kann. Aus dem kostbaren Bronzespiegel, den mir meine Mutter zur Hochzeit geschenkt hatte, blickte mir ein starres Gesicht mit fast geschlossenen Augen entgegen. Siegfried dachte gewiss, ich sei nur halb wach.

Als aus dem Hof die Fanfare ertönte, sprang ich verzweifelt auf. Entschlossen, Siegfried zu begleiten, wühlte ich in meiner Truhe nach einem Jagdkleid. Doch der Deckel glitt mir aus den Händen, fiel krachend zu und weckte Siegmund, der im Nebenzimmer jämmerlich zu brüllen begann.

»Aber Liebste, was machst du denn da? Selbst wenn du frisch und ausgeruht wärst – was würdest du tun, wenn dich ein Wisent oder ein wilder Eber angreift? Ich kann nicht während der ganzen Jagd auf dich aufpassen, mein Herz.« Siegfried küsste mich. »Schlaf, mach dir einen schönen Tag!«, flüsterte er. »Heute Nacht bin ich wieder bei dir.«

Ich umarmte Siegfried ein letztes Mal und ließ ihn gehen, immer noch fest entschlossen, ihm zu folgen. Ich wollte einen großen Abstand halten und mich erst tief in der Wildnis zeigen. Sicher würde die frische Waldluft die Wirkung der Dämpfe mildern, meine schwere Zunge würde mir wieder gehorchen, so dass ich Siegfried noch warnen konnte. Mit zitternden Händen knüpfte ich die Schnüre meines Jagdkleides zu, da kam Dalraida mit dem schreienden Siegmund herein.

»Ich glaube, er hat Fieber«, sagte sie bekümmert.

Betroffen schloss ich meinen kleinen Sohn in die Arme. Mit Gesten wollte ich ihn ermahnen, brav zu sein, weil ich fortgehen müsse. Doch in seinen großen Augen lag so viel Vertrauen, und er schmiegte sich so sehnsüchtig an mich, dass meine Entschlossenheit schwand. Ich begriff, dass mein Plan undurchführbar war. Niemals hätte ich die Männer eingeholt, niemals hätte ich sie in der undurchdringlichen Weite des Waldes gefunden. Tödliche Erschöpfung überkam mich.

Den ganzen Tag lag ich im Bett, betreut von der besorgten Dalraida, die sich nicht erklären konnte, was mit mir geschehen war. Ich hielt den fiebernden Siegmund in den Armen und versuchte zu beten. Bilder der alten und neuen Götter gingen mir durch den Sinn. Manchmal umfing mich das Licht, dann wieder glaubte ich, Lokis arglistige Schlingen wie eiserne Fesseln an den Gliedern zu spüren. Am frühen Abend

sank ich in einen wirren Schlummer und meinte, Siegfried und Hagen vor mir zu sehen, wie sie die übrige Jagdgesellschaft hinter sich ließen und immer tiefer in die Wildnis drangen.
Hagen, der die Eichhörnchen nur hatte fangen lassen, um Siegfried zu täuschen. Vor Sonnenaufgang hatten seine Knechte die Tiere heimlich zu der Lichtung gebracht, auf die er Siegfried jetzt führte. In seinen Kleidern hatte er Nüsse versteckt, um die Tiere anzulocken, und während der letzten Tage hatte er sie hungern lassen, damit sie auch bestimmt zu ihm kämen. Der Anblick der putzigen Tierchen, die zutraulich auf dem grimmigen Krieger herumkletterten und an seinem Hals schnupperten, gefiel Siegfried so sehr, dass er sich arglos niederließ. Er lachte, er legte Wams und Panzerhemd ab und spielte auf der einsamen Quelllichtung mit den Eichhörnchen. Die Sonne fiel in breiten goldenen Strahlen durch die verflochtenen Äste, und die schäumenden Wirbel der Quelle funkelten lebendig wie Andvaris Wasserfall. Als Siegfried sich über die glitzernde Oberfläche beugte, um zu trinken, stieß Hagen ihm von hinten seinen Speer direkt ins Herz …
Ich schrie. Und tief im Inneren der Festung hörte ich als Antwort Brynilds grausiges Lachen.

Sie schleppten den Toten auf seinem Schild in die Festung, als sei er im Krieg gefallen, und legten ihn vor meine Kammertür. Ich hörte ihr Rascheln und Wispern in der Dunkelheit. Ich taumelte hinaus und warf mich über die blutüberströmte Leiche. Das Fieber umfing mich, und Brynilds Lachen drang durch die Wände.

Ich hörte auch die Stimme Gundahars, der schrie: »Hör auf zu lachen, Ungeheuer! Verflucht sei der Tag, an dem ich dir meine Liebe gab!«

Und Brynild antwortete voll Hohn: »Jetzt ist es um dein Reich geschehen, Gundahar, Eidbrüchiger! Nie wieder wirst du einen treueren Freund finden als den, den du gemordet hast!«

»Aber ich war nicht einmal dabei«, ächzte Gundahar, »und du warst es doch, die seinen Tod wünschte!«

»Ja, ich wünschte seinen Tod, denn nur der Tod konnte ihn und mich befreien und die Schuld und Schande lösen, in die ihr Burgunder uns beide verstrickt habt; mit Lügen und Täuschung und Zaubertrank! Du hast den Mord gebilligt, weil deine kostbare Mannesehre durch ihn beschmutzt schien, doch wisse: Niemals hat Siegfried dich hintergangen. Du wirst noch spüren, wie sein starker Arm dir fehlt! Ein unermessliches Hunnenheer wird Burgund vernichten, und nur Siegfried hätte euch erretten können, den ihr heimtückisch erschlagen habt. Jetzt liegt der Fluch auf euch, und ich bin frei. Ich gehe heim zu meinem wahren Gemahl, dem einzigen Mann, den ich je liebte.«

»Nein! Brynild!«, schrie Gundahar.

Da erklang zum ersten Mal Hagens dumpfe Stimme. »Halte sie nicht zurück, Vetter!«, sagte er. »Dies Weib hat uns nur Unglück gebracht, sie lebt, um sich und andere zu verderben.«

Und ich hörte einen schrecklichen Schrei.
Urplötzlich waren die Kemenaten erfüllt von Fußgetrappel: Brynilds persönliche Diener eilten herbei. Durch unsichtbare Bande an sie gebunden, waren sie vor zehn Jahren mit ihr nach Borbetomagus gekommen und versammelten sich nun um ihre sterbende Königin, die ihr Gold und ihr Geschmeide unter sie verteilte.
»Jetzt richtet ein breites Hügelgrab für mich und Siegfried, meinen wahren Gemahl!«, befahl sie. »Tötet zwei Hunde und zwei Jagdfalken und legt sie uns zu Häupten! Lasst uns zwei Scheiterhaufen errichten, gebt mir fünf Mägde und acht Diener mit und gebt Siegfried die Jagdknechte, die mit ihm erschlagen wurden. Bedeckt die Scheiterhaufen mit Menschenhaut, dann ist alles gerecht verteilt ... Und, Gundahar: Zieh nicht den jungen Wolf auf!«
Die Diener aus Island hasteten hinaus, um ihren Anordnungen nachzukommen. Runen warfen sie, um zu entscheiden, wer von ihnen mit ihr sterben solle, und legten jedem einen goldenen Halsring aus Brynilds Brautschatz an, bevor sie ihn erstachen. Das letzte Aufjaulen der Hunde und das schreckliche Kreischen der Falken mischte sich in die Todesschreie der Opfer. Mich riss man von Siegfrieds Leiche. Doch da ich nicht losließ, wurde ich gewaltsam mit ins Freie gezerrt. Die Scheiterhaufen loderten bereits, man hatte die alten Hügelgräber unter den Monolithen geöffnet, um Brynild schneller zu willfahren.
Und dann erschien Brynild, die sich selbst die tödliche

Wunde beigebracht hatte. Sie trug das Rabengewand der Völuspa und sie ritt auf Grane, der doch niemand anderen als Siegfried auf seinem Rücken geduldet hatte. Quer vor ihr lag die Leiche meines kleinen Siegmund …

Ich schrie, doch nur ein ersticktes Gurgeln kam aus meiner Kehle. All meine Glieder wurden taub, und ich ließ von Siegfrieds Leiche ab. Da hob man den Toten mitsamt seinem Schild und schob ihn ins Feuer. Bleicher als je, einen wachsenden Blutfleck unter dem linken Rabenflügel, nur noch von ihrem bösen Willen aufrecht gehalten, ritt Brynild zwischen den Monolithen hindurch.

»Hinunter, Steinweib! Fahr zurück in deine Erde! Ich habe dein Gesetz erfüllt!«, schrie sie, als sehe sie dort etwas, das den anderen unsichtbar blieb. Kreischend antworteten aus der Luft die begierig wartenden Aaskrähen. Bischof Ello stand händeringend da, unfähig wie auch der König, der todgeweihten Isländerin Einhalt zu gebieten. Die blutüberströmten Leichen der Diener bildeten ein Runenmuster aus Fünf und Acht. Klaffend wie Schlünde blutgieriger Urzeitriesen erwarteten die Gräber die Knochen der Toten. Als Siegfrieds Scheiterhaufen krachend zusammenstürzte, rammte Brynild Grane die Fersen in die Seiten. Mit einem letzten durchdringenden Schrei stürmte die Rasende vorwärts und verschwand in Rauch und Flammen.

Es war, als hätte Christus nie gelebt.

Ich hörte Wolfsgeheul. An König Sigmund dachte ich, den Völsung, Siegfrieds und meinen Urahn. Das Wolfsblut strömte auch in mir, die ich durch Dickicht kroch und unter Laub und Moos schlief. Tau war mein Kleid und Sonnenlicht mein Geschmeide. Die Tage waren heiß, da ruhte ich im Schatten. Ich fand eine Quelle. War sie es, wo die Untat geschah? Ich wusste es nicht. Aus einer Karstwand trat an fünf Stellen das Wasser hervor. Fünf – wie die Blätter der Rose von Burgund: die Rune des Rechts, das zu Arglist und Täuschung geworden war. Doch fern, so fern von allem war ich. Die Quelle strömte …

Kleine Strudel bildeten einen See. Aus der Tiefe quollen tausend Formen, bildeten sich neu, tanzten eine Weile den Reigen der Wasser, dehnten sich immer größer und dünner, umfassten den ganzen See und lösten sich schließlich auf. Einzelne Fäden sprudelten an die schlammigen Ufer, glitzernde Bläschen stiegen auf. Neue Formen bildeten sich, taumelten empor aus der Tiefe und wirbelten herum. Wie meine Ahninnen, die Urd-Disen, hätte ich alle Fragen stellen und viele Antworten finden können. Sonne oder Regen auf dem Scheitel, das geborstene Herz widerhallend vom Murmeln und Plätschern der Quelle, in der schon alles enthalten ist, was kommen mag.

Aber ich tat es nicht, denn das eine wusste ich: dass nichts blieb. Nur ich allein lag auf dem Moos und trank die süßen Wasser.

Fische sah ich in der Tiefe, manchmal glitten sie auch dicht unter der Oberfläche dahin. Sanddornbüsche umstanden den See. Die silbrigen Blätter wisperten im Wind, und ich aß die orangegelben Früchte. Hohe Eichbäume spendeten Schatten, Eichhörnchen keckerten im Gezweig. Falls es Hagens Tiere waren, hatten sie längst vergessen, was geschehen war. Ich aber sah Andvari, hilflos in die Karstwand gebannt. Und tief im Wasser schimmerte Rans unheilvolles Netz.

»In der Schönheit der Natur sehen wir Gottes Lächeln«, hatte Siegfried gesagt. Doch ohne das Erbarmen des Lichts ist die Welt ein schrecklicher Ort. Die Wasser der reinen Quelle münden in den Rhenus: die blutgetränkte Reichsgrenze, die Finsternis. Die Schönheit wird geschändet, und Vernichtung kommt über uns für das, was getan wurde. Das Gift der Gier fließt ein, das die Gewässer tötet. Denn hier ist Blut geflossen, sein Blut. Ich beugte mich so tief hinab, dass mein Gesicht die Oberfläche fast berührte. Tief unten gähnten die halb verfallenen Reste menschlicher Schädel: ein heiliger Ort, wo man Opfer gebracht hatte, als die Welt jung war. Schon am Quell sind die Wasser besudelt.

Und immer noch heulten die Wölfe.

Als die Sonne ihre Kraft verlor, fand ich ein Nest unter den Wurzeln der Eichen. Die Sanddornfrüchte waren abgeerntet, nachts knarzten die Äste der mächtigen Bäume im peitschenden Wind. Leuchtendes Laub bedeckte den See, wirbelte herum und verlor seine feurige Farbe; stumpf und braun sank es zum Grund. Ich aber fing das Laub mit beiden Armen und stopfte mein Nest damit. Der erste Frost kam, und ich fand nichts mehr zu essen. Fische mochte ich nicht fangen. Lieber blieb ich auf meinem Lager, schon halb unter der Erde. Der Hunger half den anderen Schmerz betäuben. Vielleicht fand ich hier endlich Frieden.

»Wartet! Hier ist Wasser«, rief eine Stimme. Es krachte im Unterholz, und ich hörte Pferde schnauben. Der Lebenswille meines Körpers war stärker als die Todessehnsucht meiner Seele. Ich hatte es nicht vorgehabt, aber ich kroch ans Tageslicht. In pelzgefütterte Umhänge gehüllt, beugten sich drei Gestalten über die Quelle und ließen ihre Tiere trinken. Ihre Namen fielen mir wieder ein, als ich die gebeugten Rücken betrachtete: Munin, Kurn und Dalraida. Wie zur Probe murmelte ich die Namen vor mich hin, meine Stimme war kaum ein Flüstern. Ich hatte fast vergessen, wie man sprach. Die Pferde dampften. Es war ein kalter Tag, und die drei waren weit geritten. »Wir müssen aufgeben«, sagte Kurn leise. »Jetzt finden wir sie nicht mehr. Der Himmel sieht so aus, als würde es bald schneien.«

»Du hast Recht.« Dalraida hockte sich seufzend auf ihre Hacken. »Was für ein seltsamer Ort! Ich habe das Gefühl, jemand beobachtet uns.« Sie sah sich beunruhigt um, entdeckte mich und stieß einen erstickten Schrei aus. »O Gott! Eine Quellfrau!«

Es dauerte eine Weile, bis sie mich erkannten. Doch dann hüllte mich Munin in seinen Umhang, und Kurn hob mich vor sich auf sein Pferd. Wir ritten nicht nach Borbetomagus zurück, sondern durch die Wälder nach Nordwesten.

Kapitel 18

In Ad Sanctos war Kronin am Todestag Siegfrieds gestorben, als habe er seinem geliebten Herrn auch im Jenseits die Treue halten wollen. Der vereinsamte Dwalin hatte sein Bestes getan, um den Frieden in den Niederlanden zu bewahren. Als die bestürzenden Nachrichten von Siegfrieds und Siegmunds Ermordung und meinem Verschwinden eintrafen, hatte er Svanild wieder an den Hof geholt, um ein Kind aus königlicher Linie an seiner Seite zu haben, an dessen statt er rechtens regieren konnte. Das Volk und die Markgrafen unterstützten ihn darin. Niemand wollte glauben, dass auch ich tot war.

Dwalin weinte beinah, als er seine Stirn an meine Hände drückte. »Herrin, Königin! Gott sei Lob und Dank! Wir hatten befürchtet, dich nie wieder zu sehen.«

»Verzeih, dass ich dich so lange im Ungewissen ließ, mein Freund.« Ich umarmte ihn. »Die Wahrheit ist, ich wollte unter der Erde Zuflucht suchen. Aber diese drei Getreuen suchten wochenlang in der Wildnis und brachten mich zurück.«

»Wir fanden sie an einer Quelle«, warf Munin ein. »Sie hat den Wassern gelauscht …«

»Ich weiß, wie auch du unter dem Verlust leidest,

mein Freund«, versicherte ich Dwalin und drückte ihm die Hände.

Er schüttelte hastig den Kopf. »Die Hauptsache ist, dass du wieder da bist, liebste Herrin. Wirklich, das Volk wird in den Straßen tanzen, wenn es bekannt wird.«

Er war so gerührt, dass auch mir die Tränen kamen. Energisch fuhr ich mir mit der Hand über die Augen. Hätte ich jetzt geweint, ich hätte nie wieder aufgehört.

»Wenn es dir nichts ausmacht, Dwalin – würdest du mir bitte berichten, was alles inzwischen im Reich vorgegangen ist? Wie Munin sagte: Ich habe wochenlang nichts gehört als das Rauschen der Wasser.«

»Mit Freuden, Herrin! Wenn du nicht zu müde bist …« Dwalin führte mich zu einem Tisch, auf dem eine Landkarte ausgebreitet lag. Er zeigte mir die Ausdehnung des salischen Frankenreiches, das inzwischen von unserer Südgrenze bis tief ins Herz Galliens hineinreichte.

»Wie Herr Siegfried vorausgesehen hat, versucht König Merowech, die ripuarischen und seine salischen Franken zu vereinen. Er hat den jungen König Sigibert tatsächlich so weit gebracht – ja, Herrin, König Sunno ist gestorben. Herr der Ripuarier ist jetzt sein Sohn Sigibert. Er hat den Saliern in Gallien Waffenhilfe geleistet.«

»Und was ist mit Aëtius?«

»Er mag Magister militum sein, aber er bedient sich einer rein hunnischen Strategie. Er führt mit seinen Hunnenreitern blitzschnelle Überfälle durch, unverhofft fällt er über salische und visigotische Außenposten her und ist wie ein Spuk verschwunden, bevor die Opfer sich auch nur sammeln können. Mit dieser unberechenbaren Taktik hat er es bisher fertig gebracht, einen Keil zwischen die Streitkräfte der Franken und Visigoten zu treiben.«

»Heißt das, Gallien gehört noch immer zu Westrom?«

»Zumindest nominell. In Wahrheit regieren natürlich fränkische und visigotische Fürsten. Das war ja bereits so, ehe du zu deiner, äh, Reise aufgebrochen bist, Herrin. Aëtius weiß, dass er ihrer vereinigten Kampfkraft niemals widerstehen könnte, doch indem er sie voneinander getrennt hielt, hat er das Wunder vollbracht, sie noch einmal zurückzudrängen.«

»Dann haben wir es Aëtius zu verdanken, dass unsere Südgrenze für den Augenblick noch intakt ist«, murmelte ich angewidert. »Dieser Mann scheint wirklich für den Krieg geboren. Erst kämpft er als Geisel mit den Visigoten gegen Westrom, dann setzt er mit hunnischer Unterstützung einen Senator zum Cäsar ein – und jetzt bedient er sich der Hunnen, um in Roms Auftrag seine ehemaligen Freunde zu vernichten. Es scheint ihn überhaupt nicht zu kümmern, auf welcher Seite er steht, solange er seine glänzenden Strategien einsetzen kann. Ich muss gestehen, er flößt mir Abscheu ein.«

»Du hast Recht. Seit mein König Siegfried nicht mehr lebt, ist Aëtius der beste Feldherr im Westen«, bestätigte Dwalin. »Doch wie ich höre, gibt es einen Hunnenfürsten, der ihm vielleicht ebenbürtig ist. Sein

Name ist Attila. Er ist der Neffe des Großkönigs Ruga. Fürst Alsvinn, der Freund des Herrn Siegfried, reitet im Heer der Austrogoten. Er hat uns wissen lassen, dass in Wahrheit die Feldherrnkünste dieses Attila hinter den ungeheuren Tributen stecken, die Ostrom jetzt an die Hunnen zahlt. Offenbar hat Ruga keine brauchbaren Söhne. Attila ist der jüngere Sohn seines Vorgängers Mundschuk. Er wird wohl zusammen mit seinem Bruder Bleda nach Rugas Tod das Hunnenreich regieren.«

»Die Hunnen werden Burgund vernichten«, stellte ich unwillkürlich fest. Meine Stimme klang so endgültig, dass Dwalin zusammenfuhr. »Das ist nicht das zweite Gesicht, sondern eine logische Schlussfolgerung«, fuhr ich fort. »Die Austrogoten gehören zu den stärksten Bundesgenossen der Hunnen. Alsvinn ist doch Brynilds Neffe, nicht wahr? Er und Brynilds Bruder Etli haben gar keine andere Wahl, als die Leute zu hassen, die sie in den Selbstmord getrieben haben. Da sie jetzt beide zum Austrogotenheer gehören, werden sie die Angriffspläne der Hunnen noch vorantreiben. Burgund ist verloren.«

»Ich verstehe.« Dwalin, der bleich geworden war, nickte. »Und was sollen wir, äh, was wirst du tun, Herrin? Du hast noch immer dein Nibelungenheer …«

»… das von Siegfried ausgebildet worden ist. Jeder weiß, dass sie die besten Krieger des Westens sind. Sie sollen die Niederlande beschützen, solange es geht. Die Nibelungen haben genug durchgemacht, ich werde sie nicht in die sinnlose Blutfehde zwischen meinen Brüdern und den Hunnen mit hineinziehen … Oder siehst du eine Möglichkeit, dass sie die Hunnen besiegen können?«

Dwalin sah mich fest an. Langsam schüttelte er den Kopf. »Keine, Herrin. Sie können vielleicht eine Schlacht gewinnen, wenn Wind und Sonne auf ihrer Seite sind. Aber niemals einen Krieg. Niemand kann das. Die Hunnen haben so viele Stämme und Völker unter ihrer Herrschaft vereinigt, dass sie jedem anderen Volk allein zahlenmäßig tausendfach überlegen sind.«

»So sehe ich es auch«, murmelte ich und presste die Lippen zusammen.

Das nächste Wiedersehen galt meiner Tochter. Die Begegnung mit ihr hatte ich mehr als alles andere gefürchtet. Svanild war bleich und schmal geworden, und aus ihrem weichen Kindergesicht sahen mich die Augen Siegfrieds an: fragend, zurückhaltend, anklagend. Ich wollte auf sie zustürzen und sie in die Arme nehmen, aber ich fühlte mich zu schuldig. Ich konnte nur hilflos vor ihr stehen wie vor einem Richter. Auch Svanild rührte sich nicht.

»Sie kommen nicht zurück«, sagte ich, nachdem keine von uns Miene gemacht hatte, die andere zu umarmen. »Meine Verwandten haben sie beide getötet.«

»Ich weiß.« Svanilds Unterlippe begann zu zittern. »Wieso?«, fragte sie leise.

»O Gott. Es ist eine lange Geschichte. Die Königin von Burgund war eifersüchtig …« Verzweifelt suchte ich nach den richtigen Worten. »Es war zum Teil meine Schuld. Als es geschehen war, wollte ich sterben, deshalb bin ich so lange fortgeblieben. Bitte verzeih mir …« Ohnmächtig starrten wir einander an. »Wenn du groß bist, wirst du es besser verstehen«, schloss ich hoffnungslos.

»Ich bin sieben.« Svanilds Gesicht glich einer ungerührten Maske. Sehnsüchtig sah ich das Licht Siegfrieds in ihren Augen schimmern, unfähig, zu ihr vorzudringen.

Hätten wir es gewagt, unsere Ohnmacht einander einzugestehen, hätten wir es gewagt zusammenzubrechen und zu weinen, dann hätten wir den schrecklichen Abgrund überbrücken können, der uns trennte. Beide wären wir aus unserer Einsamkeit erlöst worden und hätten uns gegenseitig getröstet. Doch zu vieles war geschehen, und wir waren einander fremd geworden. Svanild misstraute mir. Meine Gefühle aber waren taub, und mein Herz erstarrt vor Bitterkeit. Ich war die mächtige Königin, meine Tochter fürchtete mich aus diesem Grund. Doch obwohl ich spürte, dass wir uns unaufhaltsam immer weiter voneinander entfernten, konnte ich nichts dagegen tun.

Zumindest hatte Svanild noch ihre Nibelungenamme Liano, die sie über alles liebte. Ich aber, die ich sonst niemanden mehr hatte, ertappte mich dabei, wie ich sie stundenlang von fern beobachtete. Ich zerbrach mir den Kopf darüber, was das Beste für sie sei. Siegfried und ich hatten uns vor langer Zeit geeinigt, unsere Kinder nach nordischer Sitte Pflegeeltern zu übergeben, sobald sie alt genug waren: Es erweitert den Horizont der Kinder und schafft ihnen lebenslange, treue Verbündete. Doch jetzt konnte ich mich nicht dazu durchringen, Svanild aus meiner Nähe zu lassen, obwohl ich wusste, dass sie am Hof unglücklich war.

Eine Zeit lang erwog ich, sie zu ihrer Halbschwester Aslaug nach Götaland zu schicken: zu Siegfrieds und Brynilds Tochter, von deren Vorhandensein außer mir niemand mehr wusste. Siegfried hatte nur das Beste über Königin Bekkild und ihren Mann Heimar berichtet, dennoch graute mir bei dem Gedanken, meine Tochter Brynilds Sippe anzuvertrauen. Doch fiel mir auch kein anderer Königshof ein, dem ich sie hätte zur Obhut überlassen wollen. Ich fürchtete Anschläge auf Siegfrieds Erbin – womöglich sogar von Seiten der Burgunder. Schließlich willigte ich ein, Svanild auf den Gutshof von Lianos Bruder zurückkehren zu lassen, obwohl sie dort eher das einfache Leben des Volkes als höfische Sitten erlernen würde. Die Liebe und unverbrüchliche Treue zu Siegfried war mir wichtiger als Adel und politischer Einfluss: Ich wusste, dass Lianos Bruder meine Tochter notfalls wie sein eigenes Kind verteidigen würde. Außerdem sehnte sich Svanild ohnehin nach dem Hof zurück. Außer Liano gab ich ihr einen der guten Brüder aus Erynn mit, der sie Lesen, Schreiben und Latein lehren würde. Als die kleine Kutsche sich entfernte, war es, als ob alles Jungsein aus meinem Leben verschwand.

Während der nächsten Monate erneuerte ich Siegfrieds Bündnisse mit allen benachbarten Königen und Häuptlingen. Ich war entschlossen, die Niederlande neutral zu halten, so lange es irgend ging. Außerdem schenkte ich jedem, der mir bedürftig schien, Gold und Edelsteine. Das Volk liebte mich dafür. Man sagte, ein geheimnisvoller Zauber des Lichts liege auf mir, der mein Herz mitfühlend mache. In Wahrheit aber fürchtete ich mich lediglich vor dem Fluch Andvar-Nauts. Mein eigenes Leben schien mir nicht mehr des Bewahrens wert, doch ich war entschlossen, wenigstens Svanild ein unbelastetes Erbe zu hinterlassen, und hoffte, dass es mir gelingen würde, den Hort aufzubrauchen, damit er ihr keinen Schaden mehr bringen konnte. Also trieb ich den Dammbau weiter voran, baute Spitäler und Freistätten für die Armen und stellte Ninian und seinen frommen Brüdern aus Erynn genügend Mittel zur Verfügung, um die sumpfigen Marschlande mit einem funkelnden Netz kleiner Kirchen zu überziehen.

Meine Niederlande blühten, als sei Siegfried noch am Leben, während in den Ländern ringsum Not und Grausamkeit herrschten. Immer mehr fromme Männer kamen in kleinen Booten übers Meer, und ich hieß sie alle willkommen. Sie segneten mich und baten mich, mein Herz ihrer Lehre vom Heiland zu öffnen, damit wieder Glück in mein Leben einziehen möge. Doch ich fürchtete mich davor, aus meiner Starre zu erwachen, so dass Schmerz, Trauer und Reue erneut über mich herfallen konnten. Auch als mich meine

Mutter besuchte, erlaubte ich ihr nicht, die unsichtbare Mauer zu durchdringen, die mich umgab, und Uote reiste verbittert wieder ab. So lebte ich wahrhaftig wie ein Schatten.
Auch nach der angemessen langen Trauerzeit wollte ich mich durch nichts von meinen Erinnerungen an Siegfried ablenken lassen. Eine Zeit lang versuchte Dwalin, mich für eine neue Ehe zu interessieren, doch bald gab er seine behutsamen Bemühungen auf, obwohl ständig neue Anträge bei uns eintrafen. Als Erbin des Nibelungenhortes war ich der begehrteste Preis Europas und hätte zwischen allen nur denkbaren Königen und Fürsten wählen können. Mir aber war allein der Gedanke, einem anderen Mann als Siegfried zu gehören, widerlich.
Manchmal ertappte ich mich bei der Überlegung, dass Brynild und ich einander viel ähnlicher gewesen waren, als eine von uns zugegeben hätte. Während meiner langen einsamen Nächte hallte das Echo ihres schrecklichen Todesschreis in meinem Herzen wider, und es war, als leihe ihre Verzweiflung der meinen eine Stimme. Dann fragte ich mich zitternd, wessen Liebe nun die größere gewesen sei und wer von uns beiden Siegfried in Wahrheit die Treue gehalten hatte. Ich hatte in Brynild immer das Gegenteil von mir gesehen, getäuscht durch ihre Liebe zum Kampf und ihre männliche Muskelkraft. Doch nun beschlich mich die verstörende Erkenntnis, dass sie und ich eher die zwei Seiten derselben Münze gewesen waren. Durch ihren entsetzlichen Tod war sie für immer

an mich gebunden, und ich bereute bitterlich, was ich getan hatte.
Beinahe vier Jahre vergingen. Die Vandalen behaupteten sich im Norden Africas und gewannen diese reiche römische Kornkammer endgültig für sich. Der hunnische Großkönig Ruga verleibte seinem riesenhaften Reich noch die ehemaligen Provinzen Thrakien und Pannonia Prima ein, bevor er es, wie Alsvinn vorausgesagt hatte, unter seine Neffen Bleda und Attila aufteilte. Unverzüglich erhöhten die beiden Hunnenkönige ihre Tributforderung an Byzanz und verlangten die unerhörte Summe von eintausendvierhundert Pfund Gold im Jahr. Das Absurdeste war, dass Ostrom die Forderung tatsächlich erfüllte. Es gab keinen Zweifel, wer die wahren Herren der Welt waren, und ich erwartete täglich den Todesstoß für Burgund. Doch dann marschierte Gundahar mit seinem Heer in Belgica ein.
Ich hätte nicht überrascht sein dürfen. Auch mein Bruder spürte die wachsende Bedrohung und wusste, dass Burgunds Tage gezählt waren. Ohnmächtig und voller Schuldgefühle saß er in seiner eigenen Burg wie ein Gefangener. Sein Leben lang hatte er gehofft, große Taten zu vollbringen, und fand sich stattdessen zähneknirschend in einem Netz aus Verpflichtungen und Verträgen gefangen, einem Netz, das unser Vater geknüpft hatte und in dem der Föderatenvertrag mit dem sterbenden Westrom die hemmendste Bindung war. Der Möglichkeit zu eigenen Siegen beraubt, hatte Gundahar seine gefesselte Leidenschaft in der Lie-

be zu Brynild auszuleben gehofft. Doch seine Treue war verhöhnt und seine Ehre mit Füßen getreten worden. Umgeben von überlegenen Feinden, hatte er das Stillsitzen und Abwarten, aus dem sein Leben bestand, nicht länger ertragen.

Belgica grenzte an den Westen Burgunds, und erst kürzlich war es den salischen Franken gelungen, die Provinz mit ihren reichen Metallvorkommen für sich zu gewinnen. Vielleicht hoffte Gundahar, dass Westrom seinen Angriff nicht als Verletzung des Föderatenvertrages ansehen würde, vielleicht wollte er sich sogar bei Galla Placida einschmeicheln, indem er die Salier aus Belgica vertrieb. Doch vor allem lockte ihn die Beute: das Rohmetall. Mein Bruder wagte diesen verzweifelten Schritt als letzten, tollkühnen Versuch, sein Volk zu rüsten und seinen Thron vor der Vernichtung durch die Hunnen zu retten.

Doch hatte sich Gundahar, indem er sich über den Föderatenvertrag hinwegsetzte, des letzten Beistands beraubt, auf den er vielleicht noch hätte hoffen können. Im Gegensatz zum Visigotenkönig Tiudric, der vor wenigen Jahren ebenso gehandelt hatte, gebot Gundahar nur über ein Heer von wenigen tausend Mann. In einer einzigen Schlacht trieb Aëtius mit seiner Hunnenreiterei die eidbrüchigen Burgunder in ihr kleines Reich am Rhenus zurück. Besiegt und gedemütigt, hatte sich mein königlicher Bruder mit diesem Feldzug jeden zum Feind gemacht, der den Namen Burgund überhaupt kannte. In Westroms Augen war er ein Verräter, und natürlich würden auch die Franken den Überfall nicht ungesühnt lassen.

»Liebste Hildiko, wir brauchen dich in Burgund«, schrieb meine Mutter. »Du weißt, ich träumte mein Leben lang von einem Königreich des Ausgleichs, gespeist vom Wasser der Ströme. Nach deines Vaters Tod versuchte ich, dies Reich, das er im Sichtbaren gegründet hatte, innerlich weiter zu führen, und was dazu nötig gewesen wäre, verstand ich wohl besser als ihr alle. Von Siegfried schließlich erhoffte ich mehr als von meinen Söhnen, in ihm erkannte ich den richtigen Gemahl für dich, sobald er zum ersten Mal unsere Halle betrat: der wahre Träger meiner Vision. Sein Tod traf mich wohl am härtesten von allen, die um ihn trauern, auch wenn es dir grausam erscheinen mag, das von mir zu hören. Aber jetzt brauchen wir deinen Rat und auch dein Gold, mein Kind, ich will ganz ehrlich sein. Lass mich nicht vergebens flehen wie eine Bettlerin! Du weißt, welche Gefahr uns droht. Lass deine Brüder nicht im Stich in dieser Not! Komm heim!«

Ungläubig las ich den Brief dreimal, dann warf ich ihn ins Feuer. Ich konnte nicht glauben, dass Mutter sich so erniedrigte – oder dass sie annahm, ich könne auch nur erwägen, mit Siegfrieds Mördern unter einem Dach zu leben. Dennoch spürte ich das Unheil ganz nah, wie einen bitteren Geruch in der Luft. Ich konnte nicht einfach so tun, als gingen mich die Burgunder nichts an, auch wenn sie noch so schändlich gehandelt hatten. Nachts wälzte ich mich schlaflos hin und her. Mein Leben lang hatte ich Gundahar die schwesterliche Pflicht verweigert, jetzt wurde sie zu einem bleiernen Gewicht, das mir die Brust beklemmte. Ich fürchtete den Fluch des Hortes, wenn ich der Bitte meiner Mutter nicht nachgab. Noch nie hatte ich Bedürftige abgewiesen. Es stand mir nicht an, zu richten …

Schließlich rüstete ich drei Schiffe aus und sandte Kurn mit dem Ring Andvar-Naut ins Nibelungenreich, wo er von Alberich drei Schiffsladungen Gold abholen sollte. Der Ring diente als eine Art Siegel oder Erkennungszeichen und bewies, dass Kurn in meinem Auftrag handelte.

Ich konnte nur warten. Und das Warten fiel mir mit jedem Tag schwerer. In den Niederlanden war alles ruhig; unsere Bündnisse und der Ruf von Siegfrieds Heer umschlossen uns wie schützende Hände. Unsere unmittelbaren Nachbarn, die Sachsen, Salier und Ripuarier, achteten die Grenzen unseres Reiches, und weder Westrom noch den Hunnen hatten wir jemals Grund zur Feindschaft gegeben. Dwalin hatte sich in sein Regentenamt so glänzend eingearbeitet, dass für mich kaum etwas zu tun blieb. Ruhelos wanderte ich durch die Gänge des Palastes, nahm ein Bad, ließ mich massieren. Die kahle Stelle an meinem Finger, wo Andvar-Naut gesessen hatte, schimmerte weiß und juckte wie ein lepröser Ausschlag. Ich wurde immer unsicherer und überlegte, ob ich vielleicht Kurn hätte begleiten sollen.

Um irgendetwas zu tun, besichtigte ich das neu eingerichtete Spital, dem ich eine Wagenladung Leinen schenkte. Der Arzt, ein christlicher Römer aus Lugdunum, betrachtete meinen Finger durch ein Glas und meinte, er könne nichts Krankhaftes feststellen. Ich ging von Bett zu Bett und schenkte jedem Kranken ein Goldstück – einfach weil meine Angst mich sonst erwürgt hätte. Als ich mich zum Gehen wandte, stand Gislaharius vor mir.

»Bitte, komm heim!«, sagte er leise.

Er sah aus wie immer: mein kleiner Bruder, der blonde Bär mit den freundlichen Augen. Ich verschwand fast in seiner Umarmung. Sanft führte er mich auf die Straße hinaus, wo ein Reisewagen wartete. Die Vorbeikommenden blieben stehen und segneten mich, wie sie es immer taten, wenn sie mich sahen. Gislaharius lächelte ein wenig verwirrt, aber seine Augen blieben ernst.

»Bitte, du musst kommen!«, wiederholte er. »Mutter geht in ein Kloster und möchte dich vorher noch einmal sehen.«

»In ein Kloster?«, stammelte ich. »Wieso? Sie schrieb mir einen Brief, in dem sie mich anbettelte. Gerade habe ich jemanden beauftragt, für euch Nibelungengold zu holen …«

»Gold wäre natürlich hochwillkommen«, seufzte Gislaharius und drückte dankbar meine Hand. »Obwohl nach meiner Meinung das Unvermeidliche dadurch nur hinausgezögert wird. Dennoch, es wäre vielleicht ein kleiner Hoffnungsschimmer. Ach, Kriemhild, du wirst Borbetomagus nicht wieder erkennen. Seit …

seit dem Mord ist es, als liege auf uns allen der Schatten des Todes. Mutter behauptet, wenn du uns nicht vergibst, sind wir alle auf ewig verdammt, und es gibt in Leben und Tod keine Rettung mehr für uns …«

»Entsetzlich«, murmelte ich. Meine Knie gaben nach, und ich musste mich in die Reisekutsche setzen. »Sagt … sagt das auch Bischof Ello?«

»Bischof Ello sieht seine Felle davonschwimmen, wenn du mich fragst«, knurrte Gislaharius. »In Wirklichkeit schämt er sich in Grund und Boden, weil er nicht eingeschritten ist, als Brynild damals zu … zu ihrem Heimgang die ganzen heidnischen Opfer veranstaltet hat. Und jetzt versucht er, irgendwie von seinem Versagen abzulenken. Natürlich war es grauenhaft, was damals geschehen ist – aber sollte ein Mann des Geistes nicht wenigstens ehrlich sein?«

»Bei den Brüdern aus Erynn hat Christus ein ganz anderes Gesicht.« Ich schüttelte den Kopf. »Siegfried hat sein Leben lang dem Licht gedient«, sagte ich leise. »Ich versuche, es ihm gleichzutun. Er aber handelte aus Liebe, und mich treibt die Angst. Mag sein, dass das Ergebnis äußerlich dasselbe ist, aber wenn es stimmt, dass Gott ins Herz sieht …« Mein Blick wanderte über die weiß gekalkte Front des Spitals. Sie war so neu und fleckenlos, dass sie gleißte und ich geblendet die Augen schließen musste. »Ich komme mit, Gislaharius«, flüsterte ich. »Ich hoffe, Bischof Ello hat Unrecht, aber Gott weiß, ich habe schon genug Schuld auf mich geladen. Wenn ich durch mein Kommen irgendetwas wieder gutmachen kann, dann will ich es tun. Aber … aber ich glaube nicht, dass ich Hagen verzeihen kann.«

Mich überlief ein Schauer, als ich die Schönheit von Borbetomagus wieder vor mir ausgebreitet sah: den fischreichen Rhenus, die wildreichen Wälder, die fruchtbare Ebene, dazu die uralte Festung auf dem einzigen Hügel, der hoch genug war, um nicht vom Hochwasser überflutet zu werden, und dessen Hänge dennoch nicht zu steil zum Fluss abfielen. Der Hafen, die Kieselwiese, die blitzend roten römischen Ziegeldächer über dem Forum, den Tempeln und dem ehemaligen Gerichtsgebäude im Mittelpunkt der Stadt. Die hölzernen burgundischen Häuser mit ihren gegabelten Firstdächern und den Kaminen aus genutetem Holz in der Mitte. Nach fast fünfundzwanzig Jahren Frieden waren alle Gebäude in bestem Zustand, und vier Stadttore öffneten sich den Himmelsrichtungen. Südwestlich, wo die Monolithe gestanden hatten, erhob sich jetzt eine kleine, neu erbaute Kapelle …

Dort fand ich meine Mutter Uote vor einem Altar der Heiligen Jungfrau. Sie lag betend auf den Knien. Sonnenlicht flutete durch die Fenster, und Staubteilchen tanzten über einem Sarkophag, der in der Mitte des kleinen Raumes stand.

»Ich habe die alten Gräber öffnen lassen. Die Knochen aus der Vorzeit liegen mit den heidnischen Grabbeigaben an der Außenmauer unseres Friedhofs. Aber Siegfrieds sterbliche Überreste ließ ich hier bestatten, damit dein Gemahl im Tod den Schutz der heiligen Kirche empfängt«, sagte meine Mutter, ohne sich umzuwenden.

»Woher wusstest du, dass ich es bin? Jeder könnte hier hereinkommen«, fragte ich, ein wenig benommen von der seltsamen Atmosphäre.

»Liebes Kind, glaubst du wirklich, ich spüre es nicht, wenn meine geliebte Tochter mich besucht?« Uote drehte sich um und stand mühsam auf. Ein wenig schwankend kam sie auf mich zu. Sie schien nur noch aus Haut und Knochen zu bestehen. »Ich habe seit zwei Wochen gefastet, damit Gott mein Gebet erhört«, flüsterte sie. Als sie mich umarmte, meinte ich, ein großer, knochiger Vogel presste sich an mich. Endlich verstand ich.

»Du gibst dir die Schuld, nicht wahr?«

»Mit mir hat es angefangen.« Uote ließ sich vorsichtig auf eine hölzerne Bank nieder. »Ich trieb deinen Vater dazu, dieses Reich zu gründen. Ich empfing die Vision, die ich mit allen Mitteln weitergeben wollte. Ich knüpfte die Bande, die Siegfried an uns fesselten …« Ihr Gesicht verzog sich zum Weinen, doch sie besaß längst keine Tränen mehr. »Die erste Aussaat der Lüge war meine Schuld. Mein ist auch die Ernte: der Fluch der Hunnen, deren Schmerz wir nicht ehrten. Der Fluch Brynilds, deren Reinheit wir nicht ehrten. Der Fluch des Meineides und des Mordes. Mein war die Hoffnung, mein ist die Sünde …«

»Aber wenn du dich in ein Kloster zurückziehst, klammerst du dich nur noch mehr an die Vergangenheit. Mit deiner so genannten Buße übst du dann eine Art Gegenzauber aus«, erklärte ich sanft. »Das ist wieder nur Gebundenheit und Magie. Siegfried hat mich gelehrt, dass derjenige, der dem Licht dient, alles Gebundene lösen muss. Nur das, was frei fließt, lebt, denn alles Leben ist Veränderung. Dadurch ergießt sich das Licht in die Welt, oder der Duft der Liebe, die sich verströmt. Stehendes Wasser dagegen stinkt wie der Tod, der Erstarrung bedeutet. Aller Stillstand wird zur Fessel. Glaubst du nicht, dass das auch für unsere Seelen gilt?«

»Ich muss meinen eigenen Weg gehen, Hildiko, so wie du den deinen.« Mutter strich mir übers Haar. »Weißt du, während ich in Ad Sanctos war, habe ich begriffen, dass Bischof Ello sich irrt. Jesus Christus ist kein Held aus der Vorzeit, sondern Gott selbst. In ihm ist Gott wirklich Mensch geworden, aus Barmherzigkeit für unsere große Sünde. Das ist das eigentliche Wunder. Jeder, der die Schlechtigkeit seines eigenen Herzens nicht mehr beschönigt, sondern sich an den Schöpfer wendet wie ein Kind an seinen Vater, empfängt Gottes Gnade.«

»Das haben die Brüder von Erynn dir gesagt?«, staunte ich.

»Ja. Der Bischof von Rom lehrt etwas ganz Ähnliches. Ich gehe nicht ins Kloster, um einen Gegenzauber auszuüben, Hildiko, sondern weil der Heilige Geist im Kloster am mächtigsten strömt. Ich bin eine alte Frau, am wirksamsten kann ich euch Kinder durch Gebete unterstützen. Du siehst, ich habe mein Reich der Ströme endlich gefunden.« Sie küsste meine Stirn, und ihre tränenlosen Augen leuchteten. »Danke für dein Erbarmen, Hildiko«, flüsterte sie. »Dass du in unserer Not zu uns gekommen bist, beweist, dass all unsere Kämpfe und Irrtümer vielleicht eines Tages doch zu etwas Gutem führen werden, auch wenn wir das heute noch nicht erkennen.« Mit einem dünnen Lächeln auf den ausgehöhlten Wangen versank die Königin wieder in ihr Gebet. Es war, als schlügen Wellen über ihrem Kopf zusammen und sie tauchte aus der Gegenwart auf den Grund der Quelle, nur eine dürre Hülle zurücklassend.

Ich ging die kurze Strecke zur Halle hinüber. Volkars Harfenspiel klang mir schon von weitem entgegen: Er sang ein lächerliches Lied darüber, wie Loki einst Sifs goldene Locken stahl.

Der König war betrunken. Fast jeder in der Halle war betrunken, obwohl es heller Nachmittag war. Gislaharius hatte mein Eintreffen angekündigt und offenbar versucht, eine Art Ordnung in die allgemeine Auflösung zu bringen. Doch war ihm das nur ungenügend gelungen. Gerenot war nirgends zu sehen, aber Gundahar erhob sich und wankte mir entgegen. Sein ganzer Königsstolz schien dahin, und zum ersten Mal war er einfach nur froh, mich zu sehen. Als ich meinen so veränderten gedemütigten Bruder in die Arme schloss, zerbrach etwas in mir, und ich konnte endlich weinen. Gundahar weinte auch; wir heulten wie unsere wölfischen Vorfahren, und keinen von uns beiden scherte es, wer uns dabei sah und was er dachte. Als wir unsere Umarmung endlich lösten, war es Abend geworden.

»Das ist meine Frau Oddrun.« Gundahar hielt meine Hand noch immer umklammert. Er führte mich zum Hohen Tisch, wo eine hagere, verschüchtert dreinblickende Frau mittleren Alters saß. Der Königsschmuck stand ihr nicht gut zu Gesicht, sie hätte in einem einfachen Bauernkleid besser ausgesehen. Vielleicht flog mein Herz ihr gerade deshalb zu.

»Willkommen, Schwester!«, sagte ich und küsste sie auf die Wangen.

»Willkommen, Schwester!«, echote sie. Ich stutzte bei ihrer Aussprache. »Ich bin Austrogotin«, erklärte sie.

»Ich weiß nicht, ob dies der richtige Augenblick dafür ist, aber ich bringe dir Grüße vom Fürsten Alsvinn und von König Etli von Island. Siegfrieds Tod schmerzt sie, und sie haben ihre Freundschaft zu den Nibelungen und den Niederlanden nicht vergessen …«

»Danke«, stammelte ich. »Das ist wirklich eine Überraschung. Ich hatte nicht erwartet, ausgerechnet hier von ihnen zu hören.«

»Ich habe Oddrun nicht geheiratet, um die Austrogoten auf meine Seite zu ziehen«, versicherte Gundahar hastig. »Sie ist eine Ziehschwester Brynilds, und ich fürchte, eher wird es so sein, dass ihre Sippe sie meinetwegen verstößt …«

»Nicht, wenn die Burgunder am Frieden der Nibelungen teilhaben«, sagte eine verhasste Stimme, bei deren Klang mir ein Schauder über den Rücken lief. Hagen der Trojaner trat aus dem Schatten einer Säule. »Ich will euer rührendes Wiedersehen nicht unterbrechen, aber da es an diesem Hof stets meine Aufgabe war, die schmutzigen Arbeiten zu erledigen und die Dinge auszusprechen, die jeder andere feige verschweigt, bleibt mir nichts anderes übrig.«

Er kam auf mich zu und neigte leicht den Kopf. »Willkommen, Base, Lügnerin«, höhnte er. Gislaharius wollte auffahren, aber Hagen unterbrach ihn. »Ich weiß schon, was ich sage, unbefleckter kleiner Vetter. Hast du vergessen, warum sie gekommen ist? Wir wollen Gold von ihr und wir wollen den Hort von ihr. Wer den Hort besitzt, trägt auch den Namen Nibelung, und mehr ist nicht nötig, um uns zu retten.« Er beugte sich so weit vor, dass sein Gesicht das meine fast berührte. »Mir machst du nichts vor, Hure von Burgund«, säuselte er. »Ich weiß genau, du willst nur Macht. Macht einer anderen Art zwar, als die meisten sich ersehnen: nicht über Land und Schätze, denn die besitzt du schon, sondern über die Herzen der Menschen. Du nennst es Licht und Demut, doch im tiefsten Inneren bist du hochmütig und unnahbar wie eh und je. Euer so genannter Traum vom Königreich des Ausgleichs und des Friedens ist nichts als eine Täuschung, hinter der ihr alle euer wahres, wölfisches Ich verbergt. Du sprichst von Fließen und Verströmen – nun, jetzt gebe ich dir die Gelegenheit! Denn gewiss würde selbst eine so hoffärtige Person wie du ihr eigenes Fleisch und Blut nicht willkürlich vor den Augen aller Welt aus Gier und Geiz zugrunde richten.«

»Was meinst du?«, flüsterte ich entsetzt. Seine Anschuldigungen enthielten zu viel Wahrheit, um sie einfach abzutun. Mir war, als sei ich unerwartet vor meinen Richter gestoßen worden.

»Ich meine, dass die Burgunder kaum noch Feinde hätten, wenn sie sich Nibelungen nennen dürften«, erklärte Hagen. »Zum einen weiß jeder, wer das Nibelungenheer ausgebildet hat: Siegfried, der beste Krieger des Westens. Zum anderen ist da der unerschöpfliche Reichtum des Hortes. Und drittens wären deine Verbündeten dann auch die unseren. Kurzum, Base, da wie gesagt die schmutzige Arbeit nun einmal meine Aufgabe ist: Ich nehme dich hiermit gefangen und gebe dich erst gegen den Nibelungenhort als Lösegeld frei.«

Fassungslos sah ich mich um. Mir war klar, dass Gislaharius in diesen Plan nicht eingeweiht gewesen war, und mein Blick blieb an Gundahar hängen. »Bruder«, stammelte ich, »hast du das gewusst?«

»Ich … nein. Nicht, dass er dich gefangen nehmen will.« Gundahar schrie plötzlich. »Er behauptet, stets nur das auszuführen, wozu es mir an Mut fehlt, aber das ist eine Lüge! Ich wollte niemals so weit gehen. Er ist wie ein höhnischer schwarzer Alb, der den schändlichsten Gedanken blitzartig in die Tat umsetzt, doch das Gute ungetan lässt. Es ist wahr, er durchschaut mich, er durchschaut uns alle. Aber es ist ein Unterschied, ob man etwas Unehrenhaftes nur denkt, sich dessen schämt und es vielleicht verleugnet, oder ob man das Grässlichste tatsächlich ausführt. Nicht wahr?« Er sah mich flehend an. »Ich wollte dich um Hort und Namen bitten, Schwester: Ich habe keine andere Wahl mehr und keine andere Hoffnung. Aber dies – nein! Dies habe ich niemals gewollt.«

Er schob sich, die Augen blutunterlaufen, zwischen Hagen und mich. »Vetter, du behauptest, du tust das alles nur, um mir zu dienen. Doch der dunkle Spiegel, den du mir ständig vorhältst, soll in deiner Hand zerspringen, wenn er endlich das widerspiegelt, was du selber bist: ein Nachtalb, der Fluch, die Finsternis Burgunds.«

»Sag lieber die Schuld und Schande Burgunds«, höhnte Hagen. »Ich habe euch ausgelöst, indem ich für euch ins Hunnenland ging, und deine erste Königstat war es, mich ans Messer zu liefern.«

»Ich war noch ein Kind!« Außer sich vor Zorn zog Gundahar sein Schwert gegen Hagen. Doch der Trojaner hatte dies offenbar vorausgesehen. Er wirbelte herum, so dass er mit dem Rücken zur Wand zum Stehen kam, schlug aber mit der gleichen Bewegung meinem Bruder die Waffe aus der Hand, die krachend zu Boden fiel. Auf Hagens nackter Klinge spiegelte sich der Feuerschein; spielerisch wob er glühende Fäden vor sich in die Luft. An allen Tischen waren die Männer aufgesprungen, überall blitzten jetzt Waffen auf.

»Steht es so?«, brüllte Hagen, und sein Auge flammte wie Lokis Lohe. »Wollen die Burgunder sich endlich doch an mir erproben? Wohlan, ich bin bereit! Wisst ihr nicht, dass seit Siegfrieds Tod keine Klinge der meinen gleicht? Soll sich nähern, wer es wagt!«

Die Krieger warfen ihrem König unsichere Blicke zu. Gundahar, vor Wut ernüchtert, bückte sich nach seinem Schwert. Es sah aus, als wolle er tatsächlich gegen Hagen antreten. Da sprang der Spielmann Volkar dem Trojaner zur Seite.

»Willst du dich wirklich deines besten Kriegers berauben, König?«, rief er mit sich überschlagender Stimme. »Soll man von den Burgundern sagen, dass sie denen in den Rücken fallen, die ihnen am treuesten dienen?«

»Er wird dich töten, Bruder«, sagte unerwartet eine ruhige Stimme. Von uns allen unbemerkt, stand Gerenot unter der Tür. Er hatte offenbar alles mit angehört und sah mich mit gezücktem Schwert unglücklich an. »Hildiko, ich kann dich nur bitten, nicht auf diesen Zweikampf zu bestehen. Es ist deine Entscheidung.«

»Er würde euch einen nach dem anderen besiegen, nicht wahr?«, murmelte ich. »Oder jeder Mann in der Festung müsste sich zwischen ihm und euch entscheiden, und es käme zu einem allgemeinen Schlachten zwischen seinen und euren Anhängern. Ich frage mich, ob das nicht sogar sein eigentlicher Plan ist. Mir scheint, der edle Trojaner liebt nichts auf der Welt so sehr wie Zwietracht und Meuchelmord.« Zum ersten Mal durchbrach die dunkle Flamme des Hasses meinen Schmerz. Sie verzehrte alles andere. Wie das Lebensfeuer selbst loderte sie in mir empor. Ich trat auf Hagen zu. »Wäre ich Brynild, wüsste ich, was zu tun ist«, zischte ich. »Vetter, es gibt in meinem Leben nur noch eins, das mir Freude bereiten könnte: in dein totes Gesicht zu spucken, wenn das Messer deines Mörders triefend aus deinem Rücken ragt.«

Hagen lachte nur höhnisch, während meine Brüder beredte Blicke tauschten. Gundahar steckte seine Waffe zuerst weg, dann taten es ihm Gislaharius und Gerenot gleich.

Langsam schritt der König auf den Trojaner zu. Ich dachte, er sei wahnsinnig geworden und wolle Hagen mit bloßen Händen erwürgen. Doch Gundahar sagte: »Es ist wahr, Vetter, du bist der beste Krieger Burgunds – sowohl mit dem geraden Schwert des ehrlichen Kampfes als auch mit dem gekrümmten Dolch der Intrige. So walte denn, wie du es auch ohne meine Zustimmung getan hättest. Aber der Brüderbund zwischen uns ist beendet.« Er spuckte vor dem Trojaner aus. Dann wandte er sich abrupt ab und entfernte sich an Oddruns Arm aus dem Saal.

So wurde ich denn in der Festung meiner Kindheit zur Gefangenen. Natürlich warf man mich nicht in einen Kerker, sondern gab mir eine schöne Kammer mit aller Bequemlichkeit. Dalraida, die mich auch diesmal begleitet hatte, durfte mich weiterhin bedienen, und der einzige Unterschied zu meinem gewohnten Aufenthalt in Borbetomagus war, dass nun zwei Bewaffnete vor meiner Tür standen, die mir überallhin folgten. Ich schrieb Dwalin einen Brief, indem ich ihm die Lage erklärte und ihn bat, Kurn, sobald er eintraf, mit den drei Schiffsladungen Gold unverzüglich nach Borbetomagus weiterzusenden. Ich ersuchte ihn auch, nichts zu meiner Befreiung zu unternehmen, sondern weiterhin an meiner statt zu regieren und dafür zu sorgen, dass der Frieden der Niederlande gewahrt blieb. Es erschien mir sinnlos, die Nibelungenkrieger zur Unterstützung Burgunds nach Borbetomagus zu befehlen, und ich zählte darauf, dass nicht einmal Hagen ein Land um seiner Krieger willen überfallen würde. Mein einziger Trost war, dass meine Tochter unbehelligt auf dem Gutshof fern von Ad Sanctos lebte.

Die Zeit verwandelte sich in zähflüssigen Sirup, auf dem die Burgunder wie gefangene Fliegen zappelten. Auf allen umliegenden Bergen hatte Gundahar Wachtposten aufgestellt, die ihm jedes heranziehende Heer sofort melden würden. Auch am Rhenus entlang standen Wächter, um Kurns Eintreffen anzukünden. Gundahar befahl jeden Mann zu sich, der eine Waffe halten konnte, und rüstete eine zusätzliche Bauernarmee mit Messern und Knüppeln aus; zumindest war es so spät im Jahr, dass niemand mehr auf den Feldern gebraucht wurde. Doch die Stimmung in der überfüllten Festung erinnerte immer mehr an eine Belagerung. Wochenlang geschah nichts, und niemand konnte mehr das Warten ertragen. Wegen jeder Kleinigkeit brach Streit aus, der häufig zu Blutvergießen führte. Wahrscheinlich hätten die Burgunder sich gegenseitig getötet, hätten sie noch länger warten müssen. Doch dann kam der Tag.

Kapitel 19

Freudig ertönten die Luren. Aus dem Norden trafen meine drei schwer beladenen Schiffe ein. Sie lagen tief im Wasser und wurden von je dreißig kräftigen Ruderern gegen die Strömung gezwungen. Das Banner der Nibelungen flatterte vom vordersten Mast, und Kurn stand am Bug, die Hand zum Gruß erhoben. Ich sah an seinem Finger etwas blitzen, und mein Herz flog ihm entgegen, denn er trug den Ring Andvar-Naut und kehrte im Triumph von seiner langen, gefahrvollen Reise zurück. Hagen selbst begleitete mich zum Steg, um das Gold in Empfang zu nehmen und den Helden zu begrüßen.

Doch plötzlich ertönten von überall her schrille Fanfaren. Boten galoppierten aus allen Himmelsrichtungen herbei, staubig und bleich vor Schrecken.

»He! Annemundus!«, schrie Hagen einen Boten an, der mit verzerrtem Gesicht am Steg vorbei zur Festung hetzte. Der Angerufene verneigte sich zitternd.

»Was bringst du?«, verlangte Hagen zu wissen.

»Der Feind ist über uns! Ein ungeheures Heer wälzt sich von Westen her über Burgund. Der große Feldherr Aëtius führt über zehntausend Mann. Der Horizont ist schwarz von ihnen, viele sind zu Pferde.«

Hagen nickte ungerührt. Annemundus rannte weiter,

und der Trojaner rief einen anderen Boten: »Ingildus! Was bringst du?«
»Feinde nähern sich, Herr! Mehr als zehntausend Mann haben im Osten die Grenze überrannt. Hunnen, grimmiger Herr, alle beritten! Es wimmelt von ihnen, so weit das Auge reicht.«
Hagen entließ den Boten mit einer Geste. »Mit deiner Erlaubnis, Königin, würde ich jetzt gern die Ruderer von Bord gehen lassen«, schlug er höflich vor. »Sie könnten im Kampf nützlich sein.«
»Selbstverständlich.« Gewaltsam riss ich mich aus meiner Schreckensstarre. »Liebe Freunde«, rief ich meinen treuen Männern zu, »eure Mühe hat noch kein Ende, denn die Burgunder brauchen eure Hilfe. Ich bitte euch, eilt in die Festung und meldet euch beim Herrn Gislaharius! Er wird euch zum Kampf rüsten …«
Während die erschöpften Nibelungen an Land gingen, wandte sich Hagen Kurn zu, der wie betäubt vor Schreck am Bug stand. Vertraulich legte er den Arm um ihn. »Wie es scheint, kommst du zur Unzeit, Herr Nibelung«, sagte er lächelnd, als gehe ihn der ganze Krieg nichts an.
Kurn verneigte sich höflich. »So scheint es in der Tat, Herr Hagen.«
Hagen nickte. »He! Gundiscus!«, rief er einen dritten Boten zu. »Was bringst du?«
»Die feigen Chatten haben die Franken ins Land gelassen, Herr! Viele tragen Brandfackeln. Der ganze Norden steht in Flammen!«

Hagens Lächeln wurde intensiver. »Wäre es nicht schade, all diesen Feinden deinen Hort zu überlassen?«, fragte er mich sanft. »Wäre es nicht besser, stattdessen die Nornen durch ein Opfer milde zu stimmen?«

Obwohl ich direkt in sein schreckliches Auge blickte, sah ich nichts von dem kommen, was geschah. Mit einer blitzartigen Bewegung riss Hagen sein Schwert aus der Scheide, trennte Kurn die Hand mit dem Ring Andvar-Naut vom Arm, sprang in das vorderste Schiff und durchschnitt die Haltetaue, die es am Landungssteg festhielten. Er stieß Kurn in hohem Bogen ins Wasser und warf mir das Schwert zu.

»Erkennst du nicht die Völsungenwaffe?«, schrie er. »Gegen euch hat sie sich jetzt gewendet, feindlich kehrt sie zu dir zurück!«

Die Wucht des Aufpralls hatte mich umgeworfen. Als ich mich wieder hochrappelte, zog sich der totenbleiche Kurn gerade auf den Steg. Blut strömte aus seinem Armstumpf und färbte das Wasser rot. Die drei untereinander vertäuten Schiffe tanzten bereits weit draußen auf den Wellen, fast spielerisch zerrte der Rhenus sie nach Norden. Vor meinen Augen sprühte es wie Asche und Glut. Ich dachte an nichts, ich spürte das Schwert in der Hand. Ein Ruderboot lag abseits am Ufer, ich sprang hinein und stieß ab. Ich hätte nicht sagen können, was ich plante. Meine Augen waren voll Tränen, doch meine Sinne waren hellwach, und in mir loderte eine schreckliche Flamme. Rascher und rascher trugen mich die Wasser dicht hinter den drei tief liegenden Schiffen her. Hagen sah mich, kurz bevor er die Flussbiegung erreichte. Er riss die Arme hoch, so dass sein dunkler Umhang im Wind flatterte wie die Schwingen eines riesigen Raben, und winkte mir mit Kurns abgehauener Hand, an der noch immer der Ring blitzte. Dabei stieß er einen triumphierenden, kaum noch menschlichen Schrei aus. Ich ruderte wie besessen, das blutige Schwert im Schoß.

Als die drei Schiffe die Flussbiegung erreicht hatten, wo die Wasser am tiefsten waren und die Strömung zwischen den zerklüfteten Felsen schon so manches Boot zum Scheitern gebracht hatte, hob Hagen eine der Truhen hoch. Sie musste so schwer gewesen sein wie ein ausgewachsenes Pferd, doch der Trojaner stemmte sie bis über seinen Kopf und schleuderte sie mit voller Wucht auf die Schiffsplanken. Über das Rauschen und Mahlen der Wasser hinweg hörte ich es krachen, als die Planken leckschlugen und das Schiff zu sinken begann. Hagen rannte zum Heck, zog das zweite Schiff näher heran und sprang hinüber. Es wurde schon vom ersten hinabgezogen, doch Hagen half nach, indem er auch hier ein Leck in den Rumpf schlug. Als er das dritte Schiff erreichte, war ich schon ganz nah. Ein schreckliches Gurgeln erfüllte die Luft, und die Wasser schäumten, während die drei Nibelungenschiffe versanken und das Gold in die Tiefe mitnahmen. Kurns Hand mit dem Ring noch immer umklammernd, schwamm Hagen auf das Westufer zu.

Zwischen Felsen und Untiefen folgte ich ihm in dem

kleinen Nachen. Ringsum gurgelten die reißenden Strudel, und es war, als jubelten die Wasser vor Freude über das Opfer, das sie erhalten hatten. Ich hörte ein wüstes Kreischen und begriff, dass es meine eigene Stimme war. Heiser, erfüllt von einem schrecklichen Triumph, sang ich vom Fluch Andvaris, von Hass und Rache und Vernichtung. Hagen, fast zu Tode erschöpft, wurde von seinem Umhang hinabgezogen und kämpfte sich mühsam durch die Wellen. Doch er hatte noch genug Kraft, um zu höhnen: »Wie passend, dass du zu meiner Rettung gekommen bist, Kriemhild! Gemeinsam wollen wir jetzt leben oder untergehen!«

Er klammerte sich an die niedrige Reling meines Bootes und begann, sich hochzuziehen. Da stand ich auf. Es kümmerte mich nicht, dass der Nachen schwankte und umzustürzen drohte. Ich hob Siegfrieds Schwert, und mein Herz jauchzte, denn Hagen zuckte zurück vor dem Hass in meinen Augen.

»Willst du das wirklich tun, Weib?«, höhnte er so selbstsicher wie noch vor kurzem in Gundahars Halle. »Willst du den Fluch über dich bringen und mich schändlich erschlagen, während ich hilflos im Wasser treibe?«

»Dich würde ich noch erschlagen, wenn du der letzte Mensch auf Erden wärst, Meuchelmörder!«, brachte ich heraus.

Hagens schreckliches Gelächter klang wie Heulen. »So sollst du den Hort für immer verlieren! Und sein Fluch gehe auf diesen Fluss über, dass an seinen Ufern stets Gier herrsche!« Er schleuderte Kurns Hand mit dem Ring weit von sich. Andvar-Naut blitzte noch einmal auf, bevor er von den Wassern verschlungen wurde.

Da kam Siegfrieds Schwert Balmung herab und trennte das grässliche einäugige Haupt von den breiten Schultern. Blut spritzte wie ein Springbrunnen aus dem Halsstumpf, bevor der Rumpf versank. Hagens Kopf aber trieb ganz leicht davon und hüpfte auf den Wellen, als wolle der Trojaner sich noch im Tod über mich lustig machen. Mir wurde schwindlig, und alle Kraft verließ mich. In halber Ohnmacht sank ich auf die Ruderbank, umtost von den Wassern des Totenflusses.

Mir fiel ein, dass auch Wodan einäugig gewesen war. Gewiss war dies die Götterdämmerung. Und ich lachte, während Feinde von allen Seiten auf uns eindrangen und meine Brüder einer nach dem anderen fallen würden – ich lachte, denn auch der strahlende Gott Baldur kehrte am Ende aller Dinge wieder ins Leben zurück. Ich lag in dem tanzenden Boot, das auf den Strudeln wirbelte, ich sah die sich drehenden Wolken über mir und dachte: Es ist so weit, ich werde Siegfried wieder sehen. Das tosende Rauschen der Wasser verschlang mich.

Ich kam zu mir, weil der Nachen heftig gegen ein Ufer prallte. Im ersten Augenblick wunderte ich mich, warum ich ein blutiges Schwert in den Händen hielt. Es war Abend, die Dämmerung lag auf dem Land wie Rauch. Ich hatte keine Ahnung, wo ich war.

Mühsam krabbelte ich ans Ufer: ein Streifen Brachland voller Schilf, in dem Vögel nisteten. Sie schimpften über mich Eindringling und flatterten wild um meinen Kopf. Einige stießen sogar mit den Schnäbeln nach mir, und ich sah in ihre bösen, kalten Vogelaugen. Mit dem Schwert hieb ich mir den Weg frei und erreichte eine Böschung, auf der ein schmaler Karrenweg dem Lauf des Rhenus folgte. Erst jetzt begriff ich, dass tatsächlich Rauchschwaden in der Luft hingen und dass der rote Schein am Himmel nicht von der untergehenden Sonne herrührte. Die Abenddämmerung war längst vorüber. Burgund brannte.
Zu Fuß machte ich mich auf den Weg nach Süden. Ich weiß nicht, was geschehen wäre, wenn mir jemand begegnet wäre oder gar versucht hätte, mich aufzuhalten. Ich war vom Kopf bis zu den Zehen mit Blut bespritzt, hatte im Schilf meine Schuhe verloren und trug ein nacktes Schwert in der Hand. Ich spürte, dass keiner meiner Brüder mehr am Leben war und dass ich die Festung ausgebrannt und geplündert vorfinden würde. Dennoch trieb es mich, wie von einem bösen Wind beschleunigt, all dies mit eigenen Augen zu sehen. Eine Zeile aus einem alten Lied klang in meinem Kopf: welaga nu, waltant got! Wehe nun, waltender Gott!

Ich erreichte Borbetomagus erst lange nach Mitternacht. Das Schlachtengetümmel hatte sich über die Festung hinweggewälzt und sich weiter nach Westen und Süden verlagert. Aus der Ferne meinte ich das

Krachen der Waffen und die Schreie der Sterbenden zu hören. Im Festungshof lagen überall Leichen. Einer von Gerenots geliebten Jagdhunden hinkte heulend auf mich zu: Ein Hieb hatte ihn getroffen, er verblutete jämmerlich. Ohne darüber nachzudenken, schlug ich ihm den Kopf ab. Erst als die toten Augen mich aus einer Blutlache anstarrten, wurde mir bewusst, was ich getan hatte. Mit einem erstickten Schrei schleuderte ich das Schwert Balmung von mir. Es fiel irgendwo zwischen die Toten, und ich habe es nie wieder gesehen.

Der Rest dieser Nacht und der folgende Tag verschwimmen in meiner Erinnerung. Ich fand ein paar Frauen und Kinder, darunter meine Neffen Gundowech und Chilperich. Sie schrien vor Schreck, als sie mich sahen, doch dann erkannten sie mich und umklammerten mich wild. Gemeinsam machten wir uns auf den Weg zum Schlachtfeld, doch überall lagen so viele Tote herum, dass wir kaum wussten, wohin wir treten sollten. Schließlich mussten wir einsehen, dass es zwecklos war, durch dieses Todesmeer zu waten in der unsinnigen Hoffnung, die Schlacht könne sich dank unserer Anwesenheit doch noch wenden.

Wir mussten uns ein Dach über dem Kopf suchen und froh sein, wenn uns die Feinde nicht fanden. Irgendetwas brachte mich auf die Idee, die kleine Marienkapelle aufzusuchen. Sie war tatsächlich als einziges Gebäude unbeschädigt geblieben. Und meine Mutter kniete bleich und steif vor dem Altar und betete, als

habe sie sich in den Wochen meiner Gefangenschaft nicht von der Stelle gerührt.
Die wenigen Männer, die nach und nach vom Schlachtfeld zurückkehrten, waren fast alle verwundet, die meisten Frauen waren geschändet worden; überraschenderweise nicht von den Hunnenreitern, die nach geschlagener Schlacht wie ein Wirbelsturm aus der Steppe wieder verschwunden waren, sondern von Franken und Römern. Wer noch gehen und seine Hände gebrauchen konnte, den zwang ich dazu, entweder die Verwundeten in die verwaisten Ställe zu bringen, wo unter Oddruns und Dalraidas Aufsicht ein Krankenlager eingerichtet worden war, oder die Gefallenen auf die Kieselwiese zu schaffen.
Wir konnten nicht hoffen, die toten Burgunder von den gefallenen Feinden zu unterscheiden, um jedem ein anständiges Begräbnis zu geben. Wir mussten die Kadaver der Pferde und die Leichen von Freund und Feind schnellstens verbrennen, bevor die Ratten uns überrannten. Im Vorratskeller fanden wir Pech, denn wir konnten nicht einmal Holzstöße errichten, wie man es für Siegfried und Brynild getan hatte. Dennoch half uns die schreckliche Arbeit in gewisser Weise über unser Entsetzen hinweg, denn abends waren wir so müde, dass niemand mehr die Kraft zum Weinen hatte. Wie auf eine geheime Absprache hin galt ich als Befehlshaberin der zerstörten Festung, die das Herz Burgunds gewesen war. Es war, als würde der verstörte Rest des Volkes nur noch durch meinen Willen zusammengehalten.

Sobald in den Ruinen von Borbetomagus wieder so etwas wie Ordnung eingekehrt war, bereitete ich die Krönung des elfjährigen Gundowech vor. Vaters hölzerne Königshalle war zu Asche niedergebrannt, doch der römische Steinbau, der als Dom gedient hatte, war nur seiner Fensterscheiben beraubt. Bischof Ello gehörte zu den wenigen Männern, die die Schlacht unversehrt überstanden hatten – sonderbarerweise schienen alle Feinde die Unantastbarkeit des Kirchenmannes anerkannt zu haben.

»Es ist sehr großzügig von dir, Königin, mich die Zeremonie leiten zu lassen«, versicherte er mir unterwürfig.

»Ich tue es nicht aus Achtung vor dir und deinem Glauben«, versetzte ich kalt. »Beides hat nicht gerade dazu beigetragen, Burgund zu einem glücklicheren Ort zu machen. Aber ein feierlicher Krönungsritus in deinem kaum beschädigten Prunkbau wird dem Volk mehr Mut geben als ein formloser Festakt auf der verwüsteten Kieselwiese. Ich hoffe, du wirst es Gundowech durch unverbrüchliche Treue lohnen.«

»Selbstverständlich, hochedle Frau«, versprach der Bischof. Er küsste sogar meine Hand. Die Stelle des Fingers, an der ich Andvar-Naut getragen hatte, war wieder nachgedunkelt, und es war, als habe es das Wunderbare nie gegeben.

Natürlich hatte man die Schatzkammern geplündert, doch Uote war es gelungen, die alte Burgunderkrone rechtzeitig in der Marienkapelle zu verbergen. So konnte Gundowech die königlichen Insignien seiner

Väter empfangen, bevor das vom Krieg verstörte Volk seine Herkunft vergaß. Auch die beiden uralten Luren waren gerettet worden. Ihr tiefer, harmonischer Zweiklang rief wie in meiner Kindheit die Menge zusammen. Jeder hatte sich so festlich gekleidet, wie es die Umstände erlaubten, und Bischof Ello gab sich redlich Mühe, das Ritual so feierlich wie möglich zu gestalten. Doch gerade als der kleine Gundowech die Hand zum Königsschwur erhob, öffnete sich das Domportal, und der siegreiche Feldherr trat herein.

Ich wusste sofort, wer er war, obwohl ich ihn noch nie gesehen hatte. Es lag etwas Gebieterisches in seinem ganzen Auftreten: Sein Körper im vergoldeten Brustpanzer war wie eine Bogensehne gespannt, sein Blick von durchdringender Schärfe. Er war wohl gekommen, um auch noch den kläglichen Bodensatz zu vernichten, der von dem aufsässigen Vasallenvolk geblieben war. Mit einem Blick erfasste er, was geschah, und er kniff die Augen zusammen, als er den kindlichen König erblickte – ob vor Wut oder aus Belustigung, konnte ich nicht feststellen.

»Willkommen, siegreicher Herr!«, sagte ich feierlich, bevor jemand anders etwas sagen konnte, und schritt ihm mit rauschenden Röcken entgegen. »Du ehrst Burgund mit deiner Anwesenheit. Dies hier ist mein Neffe, König Gundowech. Majestät, hier steht Aëtius, Magister militum Romanum.«

»Ave, mächtiger Herr!«, sagte der tapfere kleine Gundowech.

»Ave!«, knurrte Aëtius. »Und du bist …«

»Kriemhild, Königin der Niederlande.« Ich spürte augenblicklich, was zu tun war. Der Feldherr Aëtius war nichts als ein Mann, der hart gekämpft und schnell gesiegt hatte, ein Mann, der seine hohe Stellung keiner edlen Geburt, sondern seinen Fähigkeiten und seinem Zynismus verdankte. Ich aber trug das prachtvollste Gewand, das sich nach Feuer und Plünderungen hatte finden lassen, dazu einen bestickten Umhang aus einem ehemaligen Wandbehang.

»Darf ich dir eine Erfrischung anbieten?« Ich legte einen vertraulichen Unterton in meine Worte. Ohne die Antwort abzuwarten, berührte ich des Feldherrn spitzen Ellbogen mit meiner leicht zitternden Hand. Ich führte ihn aus dem Dom in den Empfangssaal des nahen Prätoriums, von dem nur ein Teil der Decke eingestürzt war. Zwei Klinen, die den Plünderern zum Mitschleppen zu wuchtig gewesen waren, standen noch immer dort.

Wir ließen uns auf ihnen nieder, und ich klatschte in die Hände, innerlich betend, dass jemand die Geistesgegenwart besessen haben möge, uns zu folgen. Tatsächlich erschien Kurn in der Haltung eines Dieners – die einzige Überlebensmöglichkeit des besiegten Kriegers, der seine Schildhand verloren hatte. Vor Erleichterung hätte ich am liebsten geweint; doch befahl ich Kurn mit unbewegtem Gesicht, Wein zu bringen. Ich bohrte meinen Blick in die grauen Augen des Nibelung und spürte, dass er verstand. In Windeseile brachte er die delikatesten Speisen, die sich finden ließen, dazu Mutters speziellen Met, der mit Datura,

Mandragora und anderen starken Substanzen versetzt war.

In denselben Sinnenrausch, in den Siegfried einst ohne mein Wissen verstrickt worden war, stürzte ich nun willentlich den großen Aëtius, den ich erst kürzlich als abscheulichsten Mann im Reich bezeichnet hatte. Es schien gespenstisch, dass dies erst wenige Wochen zurücklag. Ich gab mir nicht die geringste Mühe, unterwürfig zu erscheinen: Als Siegfrieds Witwe stand ich im Rang turmhoch über den besiegten Burgundern. Als Hagens Mörderin aber war es mir ein Leichtes, Aëtius' stählernen Willen mit dem meinen zu verflechten. Ich empfand sogar eine kalte Befriedigung dabei, mich dem Feldherrn ebenso konzentriert und gefühllos zu widmen, wie Siegfried während einer Schlacht mit seinen Gegnern verfuhr. Ich wusste, dass Aëtius' hunnische Leibgarde draußen vor den verbrannten Toren lagerte. Vor meinen halb geschlossenen Lidern sah ich Hagens Kopf auf den Wellen tanzen, während ich das dunkle Feuer des Hasses schürte, das der Met angefacht hatte.

»Sag der Kaiserin Galla Placida, auch ich bin eine Schülerin des Asklepios«, gurrte ich einschmeichelnd, als die erste Woge über uns hinweggegangen war. Aëtius lag wie ein Besiegter unter mir. Ich richtete mich auf und strich über eine lange bleiche Narbe, die über seine rechte Brusthälfte fast bis zum Herzen lief. »Ich habe damals dafür gesorgt, dass sie ihn zurückkaufen konnte. Sag ihr, ich werde meinen Neffen beraten und für ihn regieren, wie sie für ihren Sohn regiert. Solange ich lebe, wird es keinen Vertragsbruch der Burgunder geben.«

Aëtius zog mich tiefer und vergrub sein Gesicht zwischen meinen Brüsten. »Und deine Niederlande?«, fragte er undeutlich.

»Sind niemandes Feind.« Ich lächelte. »Ein raues, meist überschwemmtes Land, wem nützt es? Nichts als ein Puffer zwischen Sachsen und Franken, der freilich die Schifffahrt schützt.«

»Das ist wahr. Aber hör nicht auf, mich zu reiten, Wölfin!«, knurrte der Feldherr. »Das Gebiet um Borbetomagus ist den Alamannen versprochen. Wenn du deine Bettler von hier wegführst, werde ich sehen, was ich tun kann.«

Wir blieben die ganze Nacht in dem halb zerstörten Saal, und ich ritt den mächtigen Römer, als galoppierte ich auf einem flammenden Ross durch einen Blutozean. Das Feuer meines Hasses verlieh mir jene entsetzliche Kraft, die Brynild während ihrer letzten Stunden erfüllt haben musste. Schließlich gab sich Aëtius damit zufrieden, die waffenfähige burgundische Kriegergeneration vernichtet zu sehen, und er gab den Plan auf, auch den Rest des Volkes zu töten. Er stellte den Überlebenden sogar Land in Sapaudia in Aussicht und wollte einen neuen Föderatenvertrag mit Gundowech abschließen, sobald Galla Placida dies alles gebilligt hatte …

Als wir am späten Vormittag erwachten, gelang es mir, ihm seine Versprechungen auch schriftlich abzuschmeicheln. Ich machte keinen Hehl daraus, dass unsere Liebesnacht für mich nur ein Mittel zu genau diesem Zweck gewesen war, doch schien dies Aëtius' Bewunderung für mich eher zu erhöhen.

»Wir sehen uns wieder, Wölfin!«, rief er triumphierend, als er mittags davonritt. Ich stand im Tor und sah ihm nach, mein Haar offen auf den Schultern und nur in den Umhang gehüllt, der ein Wandteppich gewesen war. Aëtius schrie dies so laut, dass jeder in der Festung ihn hören konnte, und ich begriff: Was wir getan hatten, bedeutete in seinen Augen keinerlei Unehre.

Mich dagegen hatte die Nacht geschändet und entehrt. Wie meine Urahnin Signy hatte ich mein Herz als Opfer geschlachtet, um meine Königinnenpflicht zu erfüllen. Ich wünschte, ich hätte gleich ihr in den Flammen der Selbstverachtung, der Reue und der Verzweiflung sterben können, die die Erinnerungen an alles Schöne in schwarzem Rauch erstickten. Stattdessen musste ich mein Wort halten und die Burgunder aus Borbetomagus führen.

Ich wusste, dass Mutter stolz auf mich war, trotz der Sünde, die meine Tat in christlichen Augen bedeutete. Kurn sandte ich in die Niederlande mit dem Auftrag, das Land, solange es irgend ging, unparteiisch zu halten und sich, wenn nichts mehr half, mit den Franken und Sachsen zu arrangieren. Ich gab ihm einen Brief an Svanild mit, in dem ich sie bat, zu mir zu kommen, sobald es mir gelungen war, den Burgundern wieder so etwas wie eine Heimat zu schaffen.

Ich kann die Erinnerungen an all den Schmerz nicht länger ertragen. Als einzige Fluchtrichtung bleibt mir die Gegenwart, und wie ausgehungert wende ich mich der gewaltigen Schönheit der Landschaft zu. Heute passierten wir Castra Batavis, ein anmutiges Tal, in dem drei Ströme zusammenfließen. Die Luft ist erfüllt von der Musik der Wasser. Der Danuvius fließt jetzt zu unserer Linken, machtvoll und triumphierend wälzt er sich wie der unnachgiebige Lebenswille selbst, der auch die engste Totenstarre der Verzweiflung sprengt, nach Osten. Inzwischen sind die Ufer viel dichter zusammengerückt, und die Straße presst sich an steile Felshänge. Kaum ein Sonnenstrahl dringt in dies tief eingeschnittene Tal, und von den schroffen Gipfeln drohen Raubritterburgen aus grauem Stein wie die Horste blutgieriger Greifvögel.
Ich habe die vergoldeten Seidenvorhänge geöffnet, die jetzt meine Kutsche zieren, und trinke all diese Bilder gierig in mich hinein. Das Bewusstsein des Kommenden ergreift immer mächtiger von mir Besitz: Der Strom trägt mich ins Herz einer ungeheuren Zukunft, die ich nicht mehr fürchte. All die Jahre habe ich versucht, den Schmerz fern zu halten und dabei völlig übersehen, dass ich das Schlimmste längst erlebt habe. Jetzt endlich habe ich meine wahre Stärke gefunden. Ich fühle mich fast so erleichtert wie damals, als der strahlende, übermütige Siegfried meinen schimmernden Jungfrauenpanzer mit seinem lebendigen Feuer aufsprengte und Quellen ungeahnten Glücks hervorbrachen, um mich zu überfluten …

Nur ist der Panzer diesmal schwarz, und ein dunkles Feuer bricht hervor, das mich mit Grimm erfüllt. Ich lebe wieder. Und ich will zum ersten Mal etwas für mich.

All die Jahre habe ich Gundowech unterstützt, als sei ich kein Lebewesen, sondern nur ein wandelnder Schatten. Ich habe mich um Burgunds willen mit Aëtius zur Hure gemacht. Ich habe die Demütigung ertragen, ein Volk von Bettlern durch das Gebiet unserer alten Feinde, der Alamannen, zu führen, bewaffnet nur mit dem halboffiziellen Dokument, das mir der Feldherr als Liebeslohn gegeben hatte. Fast zwanzig endlose Jahre habe ich ein Kind zu einem König erzogen und dafür gesorgt, dass in Genava allmählich wieder ein Reich namens Burgund entstand. Keinen Augenblick gestattete ich mir die geringste Schwäche. Jetzt ist es genug. Warum soll ausgerechnet ich besser und weiser sein als andere? Warum muss gerade mir das Unmögliche gelingen? In einem hatte der einfältige Unterkönig Wittich Recht: Auch ich habe das Recht, ein Mensch und eine Frau zu sein.

Die Erinnerungen an Hagens Tod und die Nacht mit Aëtius haben meinen Hass zu reinem Feuer angefacht. Ich darf mir nicht länger vormachen, ich könne heute den Hort bergen und dann so großzügig wie Siegfried mit ihm umgehen, um den Fluch abzuwenden. Es ist Zeit, der Wahrheit ins Gesicht zu sehen: Als ich Hagen tötete, habe ich mich an die Finsternis gebunden. Ich hatte meine Unschuld längst verloren, mit Hagens Tod traf mich der Fluch. Die Zeit fließt

niemals zurück. Das Wunderbare ist unrettbar im Rhenus versunken, und mit Siegfried starb alle Hoffnung. Ich werde die Wölfin nicht länger verbergen, die in meinen Adern kreist und nach Blut verlangt, nach Blut für ihre Wunden. Nur die Kraft der Wölfin ist es, die mich all die grausamen Jahre aufrecht hielt – und jetzt verlangt sie ihren Preis. Zur größten Herrscherin der Welt werde ich aufsteigen und mich auf diesem Scheitelpunkt der Macht rächen für alles, was ich hätte sein können und was ich stattdessen geworden bin. Attila, der mächtigste König der Welt, wird meiner Rache ebenbürtig sein …
Fast wünsche ich mir, einer der Raubritter möge uns angreifen, um meine neu erwachte Kraft an ihm zu messen. Es würde mir Spaß machen, Uzendurs anerkennendes Grinsen zu sehen. Was ist ein kleiner Fürst in diesem engen Tal verglichen mit dem großen Aëtius – und doch habe ich auch ihn dazu gebracht, mir zu willfahren. Eine solch gleißende Kraft ist in mir, dass es Dalraida ganz unheimlich vorkommt. In den Wirbeln, Strudeln und Klippen des Stromes glaubt sie, eine Wasserdämonin zu sehen: Helke, die Vielarmige, die mit ihren durchsichtigen Tentakeln nach mir greift. Ich fürchte, die Reise übersteigt ihre Kräfte, aber jetzt ist es zu spät umzukehren. Jetzt muss sie bei mir bleiben bis zum Ende.

Heute Nacht erwachte ich aus schweren Träumen und fühlte mich am ganzen Körper wund. Ich habe tote Gesichter vor mir gesehen, überall Tod … Dalraida ist von einem heftigen Fieber ergriffen worden. Sie kann keine Helligkeit ertragen und fürchtet sich, mich anzusehen.

Die steilen Felsufer haben sich zu einer fruchtbaren Ebene geöffnet. Wieder mündet ein Fluss von Süden her in den Danuvius. Alle Wasser ergießen sich in ihn, so wie alle Völker in Attilas Hunnenreich einfließen. Der Strom durchbricht sogar die Berge. Unsere Uferstraße gehört zu den ältesten Reisewegen der Welt. Wie der Rhenus bildete auch der Danuvius mehrere hundert Jahre lang die Reichsgrenze und schützte Westrom vor den Barbaren – doch nun hat sich mein Bräutigam, der grimmigste Barbar unter der Sonne, all diese Völker einfach einverleibt.

Mittags passierten wir das Kastell Lentia, und ein Ferge brachte uns über den Fluss Truna. Ich dachte, das kleine Fährboot müsse wohl dreißigmal hin und her wechseln, um all meine Krieger überzusetzen, doch die Hunnen trieben ihre Pferde einfach ins Wasser. Nur meine Kutsche rollte dröhnend auf die Planken der Fähre, während sich Dalraida ächzend die Ohren zuhielt. Ich genoss das Rauschen der Wasser, auf denen die Mittagssonne gleißte. Im Heck fand ich den Fergen, der sein langes Steuerruder mit beiden Händen gegen die Strömung stemmte.

»Gibt es hier einen Ort, wo jemand in den Heilkünsten bewandert ist?«, fragte ich ihn.

Der Mann bekreuzigte sich, als er mich sah. Ich warf ungeduldig den Kopf in den Nacken, und er zuckte zusammen, als hätte ich ihn geschlagen.

»Wir fahren direkt darauf zu, hochedle Dame«, beschied er mir hastig. »Dort am Ostufer, das Kloster Lauriacum.«
Er wies auf eine Ansammlung von Gebäuden hinter einer Einfriedung, deren älteste mit runden Flechtwerkmauern und strohgedeckten Dächern gewiss aus der Zeit der Kelten stammten. Doch die meisten Häuser waren römische Quader unter roten Ziegeldächern. Auch sah ich einen kleinen, wuchtigen Dom mit Säulen vor dem Portal.
»Ich danke dir.« Ich gab dem Mann eine Münze und winkte Uzendur. Der Sohn des Großkönigs lenkte sein Pferd so dicht wie möglich neben das Fährboot. Er war nass bis zu den Hüften. »Lass dort am Kloster anhalten!«, befahl ich ihm.
Bald darauf stand ich vor dem Abt, der sich mir als Vinitharius, Sohn des Ermanarich, vorstellte.
»Würdest du meine Dienerin aufnehmen und gesund pflegen?«, bat ich. »Ich reise zu meiner Hochzeit mit dem hunnischen Großkönig Attila und kann mich unterwegs nicht genügend um sie kümmern.«
»Gewiss, große Königin.« Der Abt, ein noch junger Mann, sah trotz seiner Kutte eher wie ein Raubritter als wie ein Kirchenmann aus. Schmunzelnd beäugte er Uzendur und die Anführer der drei Hundertschaften, die hinter mir eingetreten waren. Der kleine, weiß gekalkte Empfangsraum war so sauber wie eine Schüssel Milch, und die Hunnenkrieger, von deren ledernen Beinkleidern das Flusswasser tropfte, räusperten sich ein wenig unbehaglich.

»Ihr seid willkommen«, versicherte uns der Abt und sah dabei Uzendur an. »Unsere Vorräte sind nicht groß, doch der edle Markgraf Rudigar beschenkt uns regelmäßig mit dem Zehnten seiner Felder und Herden. Sicher hat er von eurer Durchreise erfahren und wird die Dame ohnehin begrüßen wollen. Ihr würdet uns Ehre erweisen, wenn ihr über Nacht unsere Gäste wärt, mächtiger Uzendur, Sohn des großen Vaters, Führer der linken Sturmfaust und Jam des westlichen Drachen.«
Uzendur lächelte breit. »Wenn deine Gastfreundschaft nur annähernd deinen Worten gleicht, wird sie uns in guter Erinnerung bleiben« versicherte er. »Mit deiner Erlaubnis, Herrin.«
»Wir nehmen dankend an«, sagte ich, ein wenig überrascht über die Selbstverständlichkeit, mit der Vinitharius die hunnischen Eroberer ehrte. »Trägst du deinen Namen zu Ehren des austrogotischen König Vinitharius, genannt der Hunnenvernichter?«, erkundigte ich mich.
»In der Tat, große Königin. Mein Vater war König Ermanarich, Sohn des Vinitharius. Wie du siehst, führte er die hunnenfeindliche Politik meines Großvaters nicht fort; sonst wäre von meiner Familie kaum noch jemand am Leben.«
»Und du bist Abt eines Klosters?«, staunte ich. »Ein Königssohn?«
»Der dritte Sohn des Königs«, korrigierte mich Vinitharius lächelnd. »Wenn du dich bei uns umsiehst, Herrin, wirst du mir zustimmen, dass die Möglichkei-

ten eines Klosters denen eines kleinen Königshofes durchaus überlegen sein können.«

Während Uzendur die Hunnen in den großen Innenhof des Klosters führte, sorgte Vinitharius dafür, dass ein Heilkundiger Dalraida untersuchte. Nach einer Weile kam er kopfschüttelnd ins Empfangszimmer zurück.

»Deine Dienerin hat ein wildes Fieber, aber sonst keine Anzeichen einer Krankheit«, sagte er. »Wir können sie natürlich pflegen, aber mir scheint, ihre Krankheit rührt eher von Angst oder Schrecken her. Du weißt nicht, ob sie kürzlich vielleicht etwas Furchtbares erlebt hat, Königin?«

»Natürlich nicht«, versetzte ich ungeduldig. »Wir waren seit unserer Abreise vor vier Wochen ununterbrochen zusammen. Ich habe dasselbe erlebt wie sie.«

»Vielleicht hat sie andere Schlüsse aus euren Erlebnissen gezogen als du. Darf ich fragen, womit ihr euch die Zeit vertrieben habt?«

»Ich habe geschrieben«, antwortete ich widerstrebend. »Ich ... ich habe ein bewegtes Leben hinter mir und hoffte, dass die Vergangenheit mir die Zukunft erhellen würde.«

»Wirklich? Wie interessant!«, rief Vinitharius eifrig. »Du musst wissen, Herrin, die römischen Archive und Bücher verschwinden schneller aus dem Land als die Frühjahrshochwasser von den Marschen. Die Kriege wühlen das Unterste zuoberst, aber Sieger und Besiegte interessieren sich nur für Land oder Schätze. Niemand lernt mehr zu lesen und zu schreiben. Wenn es so weitergeht, wird das alte Wissen verloren gehen. Deshalb kopieren wir hier und in den anderen Klöstern alles, was wir an Aufzeichnungen oder gar Büchern finden können. Du … du hast nicht zufällig ein Buch bei dir, Königin?« Er sah mich so ausgehungert an, dass ich lachen musste.

»Deine Leidenschaft ziert dich, Abt Vinitharius, aber leider muss ich dich enttäuschen. Keines der Bücher, die meine Familie in Borbetomagus besaß, hat die burgundische Niederlage überstanden. Mein Neffe König Gundowech baut in Genava wieder eine kleine Bibliothek auf, doch ich wollte ihn seiner wenigen kostbaren Bände nicht berauben.«

»Sehr schade. Verzeih mir! Ich musste einfach fragen.«

»Selbstverständlich.« Ich nickte. »Und was geschieht nun mit Dalraida?«

»Wer weiß?« Der Abt hob die Handflächen zum Himmel. »Wenn Gott will, werden Ruhe und Zuwendung allein sie heilen. Vielleicht sprichst du noch einmal mit ihr, Herrin. Möglich, dass sie dir anvertraut, was sie uns verschwiegen hat.«

»Ich bin es ihr schuldig, es zu versuchen«, stimmte ich zu, obwohl mir plötzlich davor graute.

Wir gingen durch schmale, saubere Gänge. Die Ruhe des Ortes legte sich über mein Gemüt wie eine erstickende Decke: Ich wollte nicht, dass der klösterliche Frieden das gleißende Feuer in meinen Adern dämpfte. Als ich mich über Dalraida beugte, wünschte ich mich meilenweit entfernt.

»Der Abt vermutet, dir habe sich etwas auf die Seele geschlagen«, sagte ich strenger, als ich vorgehabt hatte. »Er hofft, du würdest es mir vielleicht anvertrauen, damit er deine Krankheit besser versteht.«
Dalraida starrte mich an, ohne zu blinzeln, nackte Panik in den Augen. »Du lässt mich hier zurück, nicht wahr?«
»Mir bleibt ja nichts anderes übrig, Mädchen! Dies ist ein sehr schöner Ort. Man wird dich pflegen, und ich lasse dir meine burgundischen Begleiter hier. Ich … ich brauche sie jetzt nicht mehr, und wenn du dich wieder bei Kräften fühlst, kannst du selbst entscheiden, ob du mir folgen oder mit ihnen in die Heimat zurückkehren willst.«
»Meine Heimat war immer bei dir, Herrin, das weißt du«, flüsterte Dalraida. »Ich habe geschwiegen, weil ich Angst hatte, dein Wohlwollen zu verlieren. Aber wenn du mich ohnehin hier lässt …« Sie bedeckte ihr Gesicht mit den Händen.
»Worüber hast du geschwiegen?«, verlangte ich zu wissen.
Zu meiner Verblüffung bekreuzigte sich Dalraida, wie es der Ferge getan hatte. »Am Anfang der Reise warst du unglücklich, und ich hatte Angst um dich«, flüsterte sie. »Du hast gesagt, du müsstest alles aufschreiben, und es würde vorübergehen. Ich habe dir geglaubt, aber es wurde immer schlimmer. Gott verzeih mir, Herrin, aber du bist nicht mehr du selbst. Du bist zu einer Fremden geworden, die ich fürchte. Ich habe die Hel aus den Wassern kommen sehen, sie

griff nach dir und sprach Tod. Und du hast sie eingelassen ... Immer muss ich daran denken, wie unglücklich der Herr Siegfried wäre, wenn er dich jetzt sehen würde.«

»Was wagst du mir da zu sagen?«, keuchte ich.

»Es ist der böse Blick«, schluchzte Dalraida. »Alle Heiligen mögen mich beschützen, aber ich habe diesen Blick schon gesehen, mit dem du jetzt die Leute anschaust: bei der Königin Brynild und auch bei dem schrecklichen Trojaner. Ich kann es nicht ertragen, dich so zu sehen ...«

»Das musst du nicht.« Ich stand abrupt auf. »Es war nicht zu erwarten, dass du mich verstehst, obwohl ich es gehofft hatte. Leb wohl! Ohne mich wirst du schnell gesund werden.«

Ich wandte mich ab und verließ das kleine Krankenzimmer. Mein Herz flatterte unruhig. Es tat weh, die Gefährtin so vieler Jahre zu verlieren, aber ich konnte es mir nicht leisten, der Schwäche nachzugeben. Ich ging in den Klosterhof, ließ Wolfhart rufen und erklärte ihm, dass er mit seinen Männern bei Dalraida bleiben würde. Pflichtgemäß versuchte er zu widersprechen, doch in Wirklichkeit war er froh, nicht zur Etzelburg ziehen zu müssen, wo er und seine dreißig Reiter vom unermesslichen Hunnenheer ebenso spurlos aufgesogen worden wären wie ein Wassertropfen vom Meer.

Abends gab der Abt ein Festmahl für uns. Mit Ausnahme der Anführer wurden die Krieger natürlich im Hof bewirtet, wo mehrere Lagerfeuer brannten.

Vinitharius ließ Brot und Flussfische verteilen, die die Männer sich selber braten oder garen konnten; dazu einige Fässer Bier. Für Uzendur, die drei hunnischen Hauptmänner, Wolfhart und mich gab es edlere Kost, doch auch bei uns bildete Fisch den Hauptgang.

»Wir haben hier in der Nähe einen Teich, in dem nur am Karfreitag gefischt werden darf«, erzählte der Abt vergnügt. »Ihr seid genau im rechten Augenblick gekommen.«

»War denn schon Ostern?«, erkundigte ich mich verwirrt. Offenbar habe ich mich auf der Reise wahrhaftig außerhalb der Zeit bewegt.

Doch ehe der Abt antworten konnte, öffnete sich die Tür, und ein Ritter im bestickten Wams eilte herein, gefolgt von einer vornehm gekleideten Dame.

»Verzeiht unser unzeitiges Eindringen«, sprudelte er heraus, indem er sich verneigte. »Ich bitte, entschuldigt unser Säumen – ihr müsst wissen, dass soeben unsere erste Enkeltochter zur Welt kam. Hochedle, gnädige Dame …«, er warf sich mir fast zu Füßen, und seine Frau knickste tief vor mir.

»Mit wem habe ich die Ehre?«, erkundigte ich mich belustigt.

Die Frau wurde purpurrot, was ihr ausgezeichnet zu Gesicht stand. »Mein Name ist Gotelind, große Königin, und dies ist mein Mann, der Markgraf Rudigar.« Sie knickste erneut. »Der mächtige König Attila hat uns Unwürdige damit betraut, den Frieden dieser Grenzmark zu sichern …«

»Ich bin hocherfreut, edle Frau Gotelind«, erwiderte ich.
Vinitharius umarmte Rudigar so schwungvoll, dass die Becher auf dem Tisch bebten. »Setz dich, Mann! Ich sagte der Königin bereits, dass ihr sie willkommen heißen wollt.«
Ich nickte. »Gern wüsste ich mehr über dieses für mich fremde Reich. Ich bitte euch, erzählt mir alles, was ihr für wissenswert erachtet!«
»Dies ist die Grenzmark Arelape. Nur wenige Meilen östlich von hier liegen die Reste der ehemaligen römischen Danuvius-Flotte«, begann Rudigar, nachdem er sich mit einem großen Schluck gestärkt hatte. »Doch die Römer zogen sich immer weiter aus diesem Gebiet zurück. Die prachtvollen Städte am Danuvius wurden zu leeren, gewaltigen Steinbrüchen, und als ich aufwuchs, war dies ein raues, wildes Land. Aber seit es dem Herrn Attila gelang, so viele Völker zu vereinen, ist hier alles wieder aufgeblüht. Wir sind dem Herzen des Reiches jetzt viel näher als früher, sozusagen, und der Herr Attila hat die Schifffahrt neu ins Leben gerufen. Er öffnete auch zwei große Märkte wieder, die seit dem Abzug der Römer geschlossen waren: Wieselburg und Vindobona …«
»Er ist ein großer, gerechter Herr, dein Bräutigam«, fiel Gotelind ein. »Bei ihm zählen hohe Geburt und Herkunft nicht viel, aber Tüchtigkeit und Treue umso mehr. Jeder kann es bei ihm zu etwas bringen. Wir waren einmal mittellose Flüchtlinge, doch der Herr Attila nahm uns an seinen Hof auf, und als Rudigar

sich bewährt hatte, vertraute er uns diese Grenzmark an. Wer an seinen Feldzügen teilnimmt, erhält immer seinen gerechten Anteil an der Beute, ganz gleich, welchen Rang er hat, vom Zimmermann, der beim Brückenbau mitwirkt, bis zum Hauptmann einer Sturmfaust. Attila würden seine Männer niemals betrügen. Er erhebt keine Steuern und …«

»Er erhebt keine Steuern?«, fragte ich erstickt.

»Nein, Herrin, alles, was er braucht, stammt aus Beutezügen. Dennoch muss ich dich warnen, Königin …«

»Wovor?«, fragte ich scharf.

»Vor all dem Fremden, das auf dich zukommt. Morgen, wenn du dich einschiffst, verlässt du den Westen. Zwar sind auch Germanen an Attilas Hof, dazu aber Skythen, Sarmaten, Sassaniden, Chazaren und ungezählte andere Völker. Allen lässt Attila ihre Eigenheiten, jeder darf seine Sitten beibehalten und seine Götter anbeten. Du wirst nur wenige Christen finden …«

»Das macht nichts.« Ich lächelte höflich. »Mir ist die christliche Lehre zwar in vielerlei Gestalt begegnet, aber mein Herz hat nie wirklich geantwortet. Womit ich deine Gastfreundschaft keineswegs kränken will, Herr Vinitharius!«

»Oh, bei mir sind Heiden ebenso willkommen wie meine Glaubensgeschwister«, versicherte der Abt. »Wie es in der Schrift heißt: Die Kranken brauchen den Arzt, nicht die Gesunden.« Er sah mich schmunzelnd an, und sein friedfertiger Blick brach der Beleidigung die Spitze ab.

Heute Morgen begleitete mich der Abt zur Anlegestelle. Drei lange, doppelwandige Schiffe erwarteten uns, über jedem flattern wohl tausend bunte Wimpel wie ein Sternenhimmel aus Blumen. Die Schiffe sind eng zusammengebunden. Für mich ist ein prunkvolles Zelt auf den flachen Deck des mittleren aufgeschlagen, und ich begreife, was Gotelind meinte, wenn ich die Stickereien betrachte, mit denen die dicken Filzbahnen der Zeltwände verziert sind. Goldene Drachen fliegen durch gekräuselte Wolken; ihre Schuppen schimmern, ihre Augen blicken leuchtend, und ganz offensichtlich werden sie nicht als feindseliges Gewürm betrachtet, vielmehr als erhabene, vielleicht sogar göttliche Kreaturen. Wenn für die Hunnen der Drache nicht das Dämonische, sondern das Göttliche darstellt – wie unterschiedlich müssen unsere Gedanken sein!

Mein Zelt hat eine hölzerne Schwelle und einen schweren Türvorhang, der hochgerollt werden kann und dann von prunkvollen Kordeln an vergoldeten Pfosten getragen wird. Innen ist alles voller kostbarer Pelze, bestickter Decken und Kissen. An den Filzwänden hängen Teppiche und seidene Fahnen. Alle Stützpfeiler sind vergoldet. Es gibt keine richtigen Möbel – weder Tisch noch Stuhl, noch Schreibpult –, nur einen kragenförmigen Kamin zwischen den mittleren Pfeilern, der von bunten Stickereien umrankt wird, flache Tabletts aus duftendem Sandelholz, die nur eine Handbreit über dem Boden angeordnet sind, und Lagerstätten in allen Ausführungen. Überall ste-

hen kostbare, mit Almandinen besetzte Zier- und Räuchergefäße.
Einer plötzlichen Eingebung folgend, habe ich Vinitharius zum Abschied meine Aufzeichnungen geschenkt. »Es ist zwar kein Buch«, sagte ich leise, »aber mich tröstet der Gedanke, dass du dich an mein Leben erinnern wirst. Ich muss dich nur bitten, dein Wissen für dich zu behalten, bis ich tot bin.«
»Königin, welch unglaubliche Großzügigkeit! Das ist doch nicht nötig, ich meine, ich hatte wirklich nicht erwartet …«, stammelte der überwältigte Abt.
»Nun hör auf, bevor ich es mir anders überlege! Ich bin mit meinen Aufzeichnungen beinah fertig, was noch fehlt, schicke ich dir von unterwegs.« Ich schüttelte ihm die Hand. »Danke, dass du dich um meine Dienerin kümmerst!«
»Ich habe auch etwas für dich«, flüsterte Vinitharius verschwörerisch. Er dehnte unseren Händedruck länger aus als nötig. Als er mich endlich losließ, fühlte ich etwas Hartes, Spitzes in der Hand. »Ein kleiner, sehr scharfer Dolch«, flüsterte der Abt. »Sieh nicht hin, ich möchte nicht, dass irgendjemand davon weiß. Nur eine kleine Aufmerksamkeit für eine mutige Dame, die ganz allein in eine fremde Welt reist.«
Die Schiffe legten ab. Zum letzten Mal hörte ich die burgundischen Fanfaren. Wolfhart hob grüßend die Hand, und seine Krieger stimmten zum Abschied den Baritus an. Fast wäre ich wieder umgekehrt – auch um Dalraidas willen. Jetzt bin ich wirklich allein.

Kapitel 20

Die Dörfer am Danuvius werden vom Strom bestimmt: Flussfischer leben hier, Fergen und Flößer. Attilas Friede ringt dem wilden Land gleichsam ein Lächeln ab. Blumen blühen vor den Häusern, Leute sitzen in kleinen Schenken am Ufer. Seit ein paar Tagen gleiten wir durch ein pfadloses Gebirge. Ein neu gegründetes Kloster liegt auf einem der Felsen, dann folgen wieder Burgen und kleine, in die Täler geschmiegte Dörfer. Der Dolch, den Vinitharius mir geschenkt hat, wiegt leicht in meiner Hand, und die Schönheit der Welt geht mitten durch mich hindurch. Vielleicht bin ich wirklich die Ewige, die durch endlose Formen und Zeiten schreitet … Niemand ist mehr um mich, der mich von früher her kennt, niemand hält mir mehr den Spiegel der Vergangenheit vor. Ich bin nicht sicher, ob ich wirklich noch immer dieselbe Kriemhild bin, die all das Glück und Grauen erlebte. Niemand weiß, was von mir zu erwarten ist – nicht einmal ich selbst.

Oft muss ich an Svanild denken, und ich frage mich, ob ihr wohl die Einheit des eigenen Wesens ebenso entglitt wie mir, als sie vor neun Jahren Burgund verließ, um den Gepidenkönig Ermanric zu heiraten. Natürlich hatte ich ihr halb Burgund zum Geleit mitgegeben: Dreihundert Ehrenjungfrauen und zweihundert Ritter begleiteten meine Tochter ins ferne Gepidenreich, dazu ihre geliebte Amme Liano. Auch zog sie nicht aus, um Altes zu lösen, sondern um Neues zu beginnen. Gewiss haben die Jahre auch in ihrem Gesicht Spuren hinterlassen, doch ich sehe sie immer noch so vor mir, wie sie damals fortritt: meine ernste, kluge Tochter in der Fülle ihrer Kraft und Jugend, in deren gefeierter Schönheit ich Siegfrieds Züge erkannte.

Svanild heiratete aus reiner Vernunft: Ihr viel besungener Bräutigam hatte schon berühmte Schlachten geschlagen, als Siegfried noch unter Mimes Obhut in der Dänen-Mark mit Pfeil und Bogen Vögel jagte. Ermanric war um die sechzig, als er um Svanild warb. Sein Sohn Randver war doppelt so alt wie die junge Braut. Niemand hatte Svanild zu dieser Ehe genötigt, dennoch stimmte sie, nachdem Prinz Randver und Ermanrics Ratgeber als Brautwerber ihr Anliegen vorgetragen hatten, sofort zu. Neben dem offensichtlichen Vorteil, den die Verbindung mit dem mächtigen Hunnenfreund für Burgund bedeutete, hatte sie vor allem das Abenteuer gelockt. Vielleicht wollte sie auch so viele Länder wie möglich zwischen mich und sich legen ... Ich weiß, dass Svanild mir heute noch die Schuld am Tod ihres Vaters und Bruders gibt. All die Jahre stand diese unausgesprochene Anklage zwischen uns und beraubte mich der Liebe meiner Tochter.

Und heute bin ich unterwegs, um einen Mord zu

begehen. In Gedanken bitte ich meine Tochter um Verzeihung. Ich bin sicher, man wird sie nicht für einen Tod verantwortlich machen, den ihre Mutter verschuldet hat. Zu lange haben Gepiden und Hunnen Seite an Seite gekämpft, Ermanric gehört zu den mächtigsten Verbündeten Attilas. Aus dem Chaos, das dem Tod des Großkönigs unweigerlich folgen wird, können die Gepiden nur Vorteil ziehen. Indem ich den Dolch in Attilas Herz stoße, treffe ich auch ins Herz seines grotesk aufgeblähten Reiches – als stäche ich mit einer Nadel in eine pralle Schweinsblase. Diese eine Tat wird das Großreich vernichten. Die Gepiden sind stark genug, auf hunnischem Gebiet ein eigenes, unabhängiges Königreich zu errichten.

Und Burgund?

Ich denke mir, Unterkönig Wittichs Voraussage wird eintreffen: Keiner von Attilas Söhnen wird die Kraft haben, so viele Völker und Stämme unter eine gemeinsame Vision zu zwingen. Kein hunnischer Feldherr wird einen Rachefeldzug ins ferne Burgund führen, wenn die eigenen Grenzen zerfallen. Burgund wird Frieden haben …

Das Wissen, dass ich Attila umbringen werde, gaukelt mir fast vor, ihn zu lieben. Nichts gleicht der Intimität des Tötens; indem ich ihm den Tod gebe, werde ich ihm näher kommen als jede andere Frau. Nichts gleicht der Innigkeit, den Tod zu teilen. Keine seiner vielen Gemahlinnen und unzähligen Kebsen kann ihm dieses Geschenk machen.

Da ich es Vinitharius nun einmal versprochen habe,

werde ich mich bemühen, meine Aufzeichnungen rasch zu Ende zu bringen. Viel ist ohnehin nicht mehr zu berichten. Es kam mir nie in den Sinn, Gundowech im Stich zu lassen und in die Niederlande zurückzukehren. Es dauerte drei lange Jahre, während deren wir wie Bettler wanderten und bald von diesem, bald von jenem Fürsten widerwillig eine Zeit lang aufgenommen wurden. Im Jahr 439 erhielt Gundowech offiziell den Föderatenstatus zurück, und es wurde ihm erlaubt, den Prätorianerpalast von Genava als neue Residenz zu beziehen. Mein Neffe folgte in allem meinem Rat, und es gelang ihm, den Burgundern friedliche Grenzen zu sichern und das kleine Reich allmählich sogar bis zum Rhodanus auszudehnen.

Mutter zog sich in ein Kloster im Wasgenwald zurück. In Briefen schrieb sie, dass sie zu Siegfrieds Andenken eine Kapelle gestiftet habe. Sie starb, ohne dass wir einander wieder gesehen hätten. Dafür kam meine geliebte Tochter Svanild schließlich zu mir nach Genava, und wir lebten ein paar Jahre in wachsender Zuneigung miteinander, bevor sie den Gepidenkönig Ermanric heiratete.

Die Niederlande arrangierten sich mit den Sachsen und den Franken. Siegfrieds Reich verschwand allmählich von der Landkarte. Dwalin überließ den Saliern den ganzen Oberlauf des Rhenus und zog sich mit Munin, Kurn und den meisten anderen Nibelungen in die marschigen Küstenlande zurück. Sie vermischten sich mit den Friesen, was so viel wie »die Freien« bedeutet: ein Stamm, der schon im Hünen-

land lebte, als der erste Völsung sein Haus um die Wodanseiche baute.
Gundahars zweite Frau Oddrun starb auf der Wanderung, und mit ihr verlor ich den letzten Kontakt zu Alsvinn und Etli im austrogotischen Heer. Auch von Siegfrieds Tochter Aslaug, von Bekkild und ihrem Mann, König Heimar, hörte ich nie wieder. In Sapaudia schien uns der Norden fern gerückt: Das Nibelungenland wurde zu einer bloßen Erinnerung. Wenn Dwalin, Munin, Kurn und ihre Seeleute einmal gestorben sind, kennt niemand mehr den Weg dorthin. Es ist, als habe es sich wieder in den Nebeln des Nordmeeres aufgelöst, und manchmal frage ich mich, ob der treue Alberich es noch immer für Siegfrieds Erben verwaltet, bereit, jeden willkommen zu heißen, der ihm als Erkennungszeichen den Ring zeigt.
Nach den vielen Stürmen meiner Jugend beschränkte sich mein Los in Genava darauf, das ereignislose Leben einer königlichen Witwe zu führen. Die Schicksale der Völker aber wurden mehr und mehr von Attila bestimmt, worüber Vinitharius gewiss mehr weiß als ich. Nach zahllosen Eroberungszügen auf dem Balkan und am Danuvius tötete Attila seinen älteren Bruder Bleda und wurde hunnischer Großkönig. Nach dem Vorbild des römischen Heeres teilte er sämtliche Bewaffneten in seinem Einflussbereich in Einheiten von fünfzig, hundert, fünfhundert, tausend und fünftausend Mann ein. Diese Einheiten, Sturmfäuste genannt, sollten in der Lage sein, im Notfall auch unabhängig voneinander zu operieren.

Attilas Vasallenvölker waren so zahlreich, dass in Burgund Listen über sie geführt wurden. Wie wir hörten, beherrschte er inzwischen alle östlichen Länder bis zum Rhenus. Als nach dem Tod des Theodosius Pulcherias Josephsgatte Markianos zum Ostcäsar gekrönt wurde und die horrenden Tributzahlungen an Attila einstellte, rüstete der Hunnenkönig ungerührt ein Heer gegen Byzanz und siegte. Einzelne Völker leisteten zwar den Oströmern Waffenhilfe, doch schließlich musste deren Feldherr Anatolios sich Attilas Frieden mit zweitausendeinhundert Pfund Gold erkaufen. Dank ihrer starken Allianz mit den Austrogoten und zahllosen anderen Völkern hatten die Hunnen eine solche Übermacht erreicht, dass Aëtius Attila die Provinz Savia schenkte und Galla Placida ihn zum weströmischen Magister militum ernannte.
Sie wollte ihn wohl auf diese Weise davon abhalten, ihrem Sohn den Cäsarenthron zu entreißen, doch Attila hatte andere Pläne: Er warb um die Hand von Galla Placidas Tochter Honoria und forderte nichts Geringeres als Gallien zur Mitgift. Galla Placida hielt ihn so lange wie möglich hin, und sei es nur, weil ihr außer Gallien, der italischen Halbinsel und den als Föderaten verbündeten Visigoten kaum noch ein Weströmisches Reich geblieben war. Doch als die kluge Herrscherin im Alter von sechzig Jahren starb, wies Honoria den Hunnenkönig unverzüglich ab. Attila paktierte mit dem Vandalenkönig Geiseric und zog gegen Westrom – und somit gegen Aëtius, seinen früheren Verbündeten.

Dwalin gelang das Kunststück, die Niederlande aus dem Gemetzel auf den Feldern von Catalaunum herauszuhalten, wo Aëtius die Hunnen schließlich aufhielt. Als Föderat musste der inzwischen fünfundzwanzigjährige Gundowech mit seinem kleinen Heer notgedrungen die Römer unterstützen. Doch ein gütiges Geschick ließ ihn unversehrt heimkehren, obwohl er viele seiner jungen Burgunder verlor. Nach seiner Rückkehr ermunterte ich Gundowech zur Ehe mit der Tochter Ricimers, des großartigen suebischen Feldherrn, der an seiner Seite gekämpft hatte.
Über einhundertfünfzigtausend Krieger ließen auf den Feldern von Catalaunum ihr Leben. Keiner Seite gelang es, einen deutlichen Sieg zu erringen, aber Aëtius – diesmal mit Visigoten, Sueben und Franken gegen die Hunnen verbündet – sicherte Attila schließlich freien Abzug zu. In meinen Augen war dies nur ein weiterer Beweis für den eiskalten Zynismus dieses Mannes: Der römische Feldherr wusste genau, dass er es sich nicht leisten konnte, in Zukunft auf hunnische Waffenhilfe zu verzichten.
Attila zog sich mit seinem Heer zurück, überwinterte in Pannonien und überfiel im nächsten Frühjahr Ravenna. Er stand kurz davor, Rom zu erobern, doch Papst Leo, der inzwischen mit voller Regierungsgewalt über die römische Kirche ausgestattet war und letztlich mehr Macht besaß als der weströmische Cäsar, erflehte die Schonung der Stadt. Dafür überließ er Attila die reichen oberitalischen Städte zur Plünderung.

Im gleichen Jahr wurde Gundowechs erster Sohn Gundobad geboren ... Plötzlich bin ich traurig, dass Svanild keine Kinder hat. Lächerlich, hätte ich sie doch nie gesehen. Doch es wäre ein großer Trost zu wissen, dass irgendwo Siegfrieds Enkelkinder heranwachsen. Offenbar hatte König Ermanric, als er seine junge Braut freite, das zeugungsfähige Alter längst hinter sich gelassen.
In Gedanken werfe ich Svanild vor, dass sie nicht des Königs Sohn Randver bevorzugt hat, und mir ist, als hörte ich sie antworten in dem ruhigen, weichen Tonfall Siegfrieds, in dem immer ein neckender Unterton mitschwang: »Ich habe nun einmal kein Vertrauen zu jungen Männern. Ermanrics Liebe ist mir sicher; er wird mich niemals verlassen.«
»Er wird dich im Tod verlassen«, erwidere ich. »Der Tod ist der endgültige Abschied.«
»Nicht für mich«, widerspricht Svanild – oder ist es jetzt die Stimme Siegfrieds? »Ich habe dir einmal erklärt, was Sünde ist.« Es *ist* Siegfried. »Sündigen heißt: das Ziel zu verfehlen. Nichts anderes. Das Ziel ist es, eins mit dem Licht zu sein, in jedem Augenblick. Und wenn du das Licht verfehlst, sündigst du. Das ist alles.«
Damals, als er das zum ersten Mal sagte, nahm ich mir die Worte so zu Herzen, dass ich mich wochenlang im Bogenschießen übte.
Wie weit der Himmel ist ... Eine Kette mächtiger, düsterer Kastelle am Ufer markiert die ehemalige Sperrzone des Limes am Danuvius, wo früher die thraki-

sche Legion ihren Stützpunkt hatte. Uzendur erzählt, dass sich nach den Römern Räuberbanden hier festgesetzt haben, die den Danuvius mit Eisenketten sperrten, um Schiffe auszurauben. Attila hat sie wieder vertrieben. Kurz vor dem großen Vindobona öffnet sich eine Ebene vor uns, als wolle sie sich bis zum Ende der Welt erstrecken. So weit und leer ist dies Land, nur unsere Gedanken füllen es mit Hoffnung und Pracht, mit Mord und Tod. Dies Reich ist so groß, dass mir schwindelt. Ein Reich von Riesen. Plötzlich ein ungeheures schwarzes Tor: Carnuntum, eine Stadt wie ein Gebirge.

Der Danuvius meißelt sich durch ein breites Bergmassiv. Einen hölzernen Treidelpfad, der wie eine Brücke am Ostufer klebt, haben die Frühjahrshochwasser zu Kleinholz zerfetzt. Wir treiben gemächlich an gewaltigen Burgen und den ehemals blühenden römischen Städten vorbei: Wieselburg, Aquincum. Jetzt sind wir tief in der ehemaligen Provinz Pannonien. Der Himmel ist hoch und weit, so ungeheuer weit, dass ich mich ameisenklein fühle. Dieser unendliche Raum allein ist Schönheit, etwas, das das menschliche Maß sprengt und das Gemüt dem Größerem öffnet. Gottes Maß. Gewaltig wie das Meer. Ich verstehe, was Uzendur gemeint hat, als er vom Wunder der Steppe sprach.

Meine Hunnenkrieger langweilen sich und singen schwermütige, rollende Lieder, während sich die Schiffe in die tiefblauen Wellen des Stromes schmiegen. Ihre Musikinstrumente sind anders als die unseren: Rasseln, geschwungene Hörner, ein Saiteninstrument mit langem Griffbrett. Auch die Klänge sind anders: Die Weite, der Regen und der Wind wohnen in ihnen. Die Sprache scheint aus Kehllauten und Gesang zusammengesetzt. Ich wünschte, mir bliebe die Zeit, sie zu lernen. Jeden Morgen rasieren die Krieger sich den Kopf und schaben sorgfältig um die drei dicken Haarbüschel herum, die aus dem Scheitel und dem Hinterkopf ragen. Als ich diese Haartracht das erste Mal sah, erschien sie mir barbarisch und abscheulich. Jetzt kommt sie mir ganz natürlich vor. An der Schädelform kann ich die einzelnen Männer unterscheiden wie früher an ihrer Haarfarbe.

Im Traum sah ich die ganze Ebene schneebedeckt. Eine ungeheure Weite bis zum fernsten Horizont, wo die Welt endet und ein ungerührter, uralter Gott die täppischen Verrenkungen seiner winzigen Geschöpfe betrachtet, die auf seiner Welt wie auf einem Spielbrett leben und sterben.

»Du bist zu grausam, Gott«, sagte ich zu ihm. »Jahrelang hast du nicht eingegriffen und zugelassen, dass das Grässlichste eintrat. Jetzt sieh, wie Kriemhild sich wehrt!«

Etwas geschah. Fast schien es, als wolle Er den ungeheuren, eisklaren Blick auf mich richten, als würde Er mich wahrnehmen und mir vielleicht sogar antworten …

In diesem Augenblick drang das helle Sirren einer Knochenrassel in den Traum, und ich erwachte. Mein Herz klopfte in dem wilden, grellen Rhythmus, mit dem der Schamane die Geister rief. Inzwischen verstehe ich genug von hunnischen Ritualen, um zu begreifen, was vorging. Wir näherten uns dem Hafen, in der Morgendämmerung würden wir von Bord gehen. Der Schamane befragte die Geister nach Vorzeichen. Beim grellen Klang der Knochenrassel kleidete ich mich an und kämmte mich. Ich verwandelte mich auch ohne Dalraidas Hilfe in die tödliche Frucht, zu der die Blüte Burgunds herangereift ist. Ich lachte; heiser und trotzig klang es durch die Stoffbahnen und Filzwände meines Prunkzelts und mischte sich mit den schrillen Tönen der Rassel. Noch heute werden wir sterben, Attila und ich. Jetzt bin ich der mächtigste Mensch unter der Sonne: im Zenit, auf dem höchsten Punkt der Flugbahn. Abends wird der Abgrund mich verschlingen, doch vorher sind Sonne, Mond und Sterne mein.

»Die Geister haben gesprochen, aber die Bedeutung ist nicht ganz klar«, meldete Uzendur. Er war voll Ehrerbietung in mein Zelt getreten, neben sich den Schamanen, der noch immer in ein flirrendes Gewand aus winzigen, flaumweichen Vogelfedern gehüllt war. Auf sein Gesicht war ein Muster aus Kreisen geschminkt, und ich überlegte, wie dies wohl zu sticken wäre, während ich ihn ungerührt ansah. Die Pupillen des sehnigen Mannes waren noch immer fast ebenso groß wie die dunkle Iris. Ohne mit den Wimpern zu zucken, starrte er mich an. Ich konnte nicht glauben, dass ihm in seiner Trance so kurz vor dem Ziel mein Plan offenbart worden war, auch wenn noch so viel

Mandragora, Eibenwurzeln und Fliegenpilzmehl das magische Feuer angefacht hatten.

»Was heißt das?«, fragte ich kalt.

»Üblicherweise werden Hammelknochen verbrannt, die dem Schamanen günstige oder ungünstige Vorzeichen offenbaren.« Uzendur unterdrückte seine Erregung ebenso meisterhaft wie ich. »Doch vor einer Königshochzeit, vor der großen Königshochzeit unseres Volkes, nahm Jurchedin den Schulterknochen einer geweihten weißen Stute. Das ist das heiligste Tier, das wir kennen«, fügte er mit einem Schauder der Ehrfurcht hinzu. »Vereinfacht gesagt, bedeuten längs gespaltene Knochen günstige Aussichten, quer gespaltene ungünstige Aussichten. Auch wenn die Knochen bröckeln, ist das ein abträgliches Zeichen ...«

»Und was hat Jurchedin nun gesehen?«, fragte ich, außer Stande, mich noch länger zu beherrschen.

Der Schamane bohrte seinen viel zu intensiven Blick in den meinen, und mir war, als wühlten spitze Vogelklauen in meiner Seele. Er schrie etwas Schrilles, Ängstliches, und Uzendur übersetzte: »Die Knochen zeigen ein vollkommenes Gittermuster, ebenmäßig, als habe man sie zu Schmuckzwecken so geschnitzt. Jurchedin hat so etwas noch nie gesehen. Er sagt, es bedeutet großes Unglück und zugleich eine Befreiung. Vielleicht wendet ein schreckliches Übel ein noch schlimmeres ab. Auf jeden Fall betrifft es dich, Herrin, denn du bist mit der weißen Stute verbunden.«

Der Schamane nickte. Er sah in meinen Augen, dass

ich die Tragweite von Uzendurs Worten begriff, und fragte nun etwas Sanftes, Freundliches.
»Er sagt, da du im Zentrum der Gefahr stehst, ist es deine Entscheidung, die Hochzeit heute zu begehen oder auf ein günstigeres Zeichen zu warten«, erklärte Uzendur.
»Sag ihm, ich danke ihm für seine Warnung«, krächzte ich. »Aber ich vertraue auf den Schutz, der mich bis hierher geführt hat. Ich möchte die Hochzeit nicht verschieben.«
Jurchedin wiegte den Kopf, und es sah fast so aus, als wolle er widersprechen. Rückwärts verließ er mein Zelt, doch der betäubende Geruch des Feuers, der an seinem Federkleid haftete, blieb zurück wie ein Schatten.
»Es ist gut«, murmelte Uzendur. »Er achtet dich für deine mutige Entscheidung.«
Dann verließen wir die Schiffe. Eine weiße Stute mit vergoldetem, mit Almandinen besetztem Geschirr wartete auf mich am Ufer. Tausende von Menschen säumten den Weg und jubelten mir zu, vier Hundertschaften standen am Anlegesteg, um mich zu Attilas hölzerner Burg zu eskortieren. Doch ich sah nur die Stute, deren Augen violett schimmerten. Es war, als sei sie wirklich auf geheimnisvolle Weise mit mir verbunden, als würde ich mich im Leben und im Tod, im Diesseits wie im Jenseits nie mehr von dem Tier trennen.
Ich saß auf und befand mich auf einem vergoldeten hölzernen Prunksattel unter einem Baldachin voll Ju-

welen. Vier Männer auf kraftvollen Hengsten kamen näher, einer von ihnen war Uzendur wie aus dem Gesicht geschnitten. Sie stellten sich als Attilas Söhne Ellac, Deng Tsik, Ernak und Uzendurs Zwillingsbruder Emendzar vor und waren gekommen, mir das Geleit zu geben. Auch Uzendur bestieg einen Hengst und ritt mir zur Rechten: im Westen, da er Anführer der westlichen Sturmfaust war. Sonderbarerweise ritt jedoch der zweitälteste Bruder Deng Tsik voraus, als stehe er im Rang höher als der älteste Sohn.

Wie im Traum lenkte ich meine Stute zwischen den jubelnden Menschen hindurch. Mir war, als reite ich auf der weißen Schaumkrone einer Woge, die sich höher und höher auftürmte und schneller als der Wind dahinraste. Der Weg war mit feinem Flusssand bestreut und führte in gerader Nord-Süd-Ausrichtung einen sanft ansteigenden Hügel empor. Er war breit genug für dreißig Reiter und so dicht von Menschen gesäumt, dass ich mir erst nach einer Weile des riesigen Jurtendorfes bewusst wurde, das sich ringsum bis zum Horizont erstreckte.

Ich weiß nicht, wie lange es dauerte, den Wald aus schwarzen und weißen Filzzelten, aus Fahnen, Wimpeln und bunten Stützpfeilern zu durchqueren. Die Sonne stieg so hoch, dass wir auf dem hellen Sand keine Schatten warfen. Auf einmal wichen die Jurten, und auch das jubelnde, gaffende Volk trat zurück. Es wurde totenstill. Wir befanden uns auf einem kreisrunden Platz auf einem Hügelplateau. In der Mitte erhob sich eine hölzerne Einfriedung, die von Türmen flankiert war. Wir mussten einen großen Halbkreis reiten, um uns der Festung von Süden her zu nähern. Der Platz war so groß, dass kein Bogenschütze von seiner Mitte aus bis zum Rand hätte schießen können, und so still, als hätten wir endgültig die lärmende Sphäre der Lebenden verlassen. Wir kamen an einer Reihe von Kreuzen vorbei. Die Leichen an ihnen waren so ausgedörrt, dass sie wie geschnitzte Zerrbilder menschlicher Gestalten wirkten.

Östlich des weit geöffneten Festungstores standen sieben Frauen und Mädchen in reichen Prunkgewändern. Jede trug ein viereckiges Gebilde auf dem Kopf, eine Art Krone aus Seide, die über ein leichtes Gestell gespannt und mit Edelsteinen bestickt war. Zum Gruß hoben sie zeremoniell beide Hände, doch in ihren Gesichtern regte sich kein Muskel. Mir dämmerte, dass es sich um die sieben jüngsten Töchter Attilas handeln musste. Ich hob ebenfalls die Hände und lächelte. Es war immer noch totenstill. Ich wusste nicht, ob es an mir war, diese Stille zu durchbrechen.

»Urraaa!«, ertönte ein ungeheurer Schrei. Hätte ich mich nicht mein Leben lang in Selbstbeherrschung geübt, wäre ich vor Schreck vom Pferd gestürzt. Eine Sturmfaust junger Krieger, im Durchschnitt vielleicht zehn Jahre alt, stürmte zu Pferde aus dem Tor. Zugleich wurden in der Festung hunderte von Vögeln freigelassen. Der Himmel färbte sich schwarz von ihren Schwingen, und mit dem Gebrüll der Knaben mischten sich die Vogelstimmen zu einem ohrenbetäubenden Lärm. Im vollen Galopp schossen die jungen Krieger ihre sirrenden Pfeile ab und holten die Vögel vom Himmel, einen nach dem anderen. Das gesamte Rund um die hölzerne Festung füllte sich mit dem Blut und den Leichen der Vögel. Die Anmut und Hingabe der Knaben griff mir ans Herz; kaum ein Pfeil ging fehl. Es war das zugleich schönste und schrecklichste Schauspiel, das ich je gesehen hatte – und es geschah zu meiner Ehre.

Als sich kein Vogel mehr am weiten, ungerührten Himmel blicken ließ, stellten sich die jugendlichen Bogenschützen in mustergültiger Ordnung westlich des Eingangs auf. Pauken, Hörner und Kesselgongs ertönten hinter der Einfriedung. Eine blaue und eine weiße Rauchsäule stiegen auf: zwei Reinigungsfeuer. Sie brannten links und rechts des Tores im Inneren der Festung. Sie brannten für mich: Ich musste zwischen ihnen hindurchgehen.

Der verborgene Dolch glühte förmlich in meiner Hand, als ich auf meiner Stute langsam die beiden Schamanenfeuer passierte. Mir schwindelte ein wenig von dem Rauch. Ich rechnete jeden Augenblick damit, das Geräusch eines Pfeils zu hören, der mein Leben auslöschte. Doch nichts dergleichen geschah, auch die Flammen berührten mich nicht. Ich überschritt die Schwelle. *Nur ich allein weiß, dass ich bereits im Reich der Toten bin.*

Nun ritt ich zwischen weiteren Scharen von Menschen hindurch: Würdenträger, deren Rang immer höher wurde, je näher ich dem eigentlichen Palast kam, Attilas Holzpalast, der wie der Traum eines

Waldriesen inmitten prächtiger Holzhäuser lag. Jedes dieser Häuser hätte Vaters alte Königshalle in den Schatten gestellt, Attilas Palast aber war so groß wie das Forum von Lugdunum. Ich begriff, warum Attila Holz dem bei Römern üblichen Stein als Baumaterial vorgezogen hatte. Für einen Steppenbewohner musste die Macht über so viele Wälder der Inbegriff des Reichtums sein.

Dennoch erinnerte der Palast in vielem an eine Jurte. Er war rund, und die einzelnen Räumlichkeiten waren nur durch Stellwände voneinander getrennt. Auf dem Schiff hatte ich erfahren, dass ich die hölzerne Jurtenschwelle nicht berühren durfte, da ich sonst den Bereich der Geister gestört hätte. Innen war alles dämmrig und verwirrend wie ein unüberschaubares Dickicht. Feuer brannten in goldenen Becken, und aus Räucherschalen stieg vielfarbiger duftender Rauch auf. Im Osten signalisierte ein Kuheuter den Bereich der Frauen, im Westen das Euter einer Stute den der Männer.

Auch als Königin musste ich mich nach Osten wenden. Geführt von Attilas Töchtern, schritt ich zwischen bestickten Seidenvorhängen und juwelenbesetzten Hängeteppichen zu einem großen Raum, der ganz in Rot und Gold gehalten war – vielleicht der Mittelpunkt des Königspalastes, dieser zu Holz erstarrten Jurte. Umringt von Stellwänden, in deren Stickereien funkelnde Edelsteine so verschwenderisch wie Morgentau eingearbeitet waren, stand ein ausladendes Lager. Es erinnerte mich ein wenig an eine römische Kline, war aber gut siebenmal so groß und bedeckt mit Kissen aus Seide und Gold. Ein roter Baldachin spannte sich darüber, goldene Öllampen und Räuchergefäße brannten ringsum. Ich war geblendet von all dem Glitzern und Funkeln und gewöhnte mich erst allmählich an das sonderbare, gleißende Zwielicht. Es dauerte geraume Zeit, bis ich den Mann entdeckte, das Zentrum aller Pracht: Attila.

Fast hätte ich aufgeschrien. Ich hatte genügend Gerüchte vernommen, um zu wissen, dass der mächtigste Mann der Welt klein, hager und unscheinbar war. Doch niemand hatte mich auf sein Gesicht vorbereitet: auf die durchdringenden goldenen Augen, in denen sich die Flammen der Lampen widerspiegelten, und auf die unnatürlich hohe, spitz zulaufende Stirn, die dem Schädel die Form einer Pfeilspitze verlieh.

Ich wusste, dass ich mich verneigen musste; doch meine Knie gaben ohnehin nach, und ich sank vor dem Hunnenkönig tiefer, als ich das freiwillig vor einem Menschen getan hätte, zu Boden. Augenblicklich wechselte die Atmosphäre. Es waren wohl hunderte von Menschen im Raum, die alle nur darauf gewartet hatten, dass ich einen Fehler beging. Auch Attila hatte sich von einem Götzen in einen Mann verwandelt, als ich den Blick hob.

»Willkommen, Hildiko!«, sagte er auf Lateinisch.

Das Hochzeitsfestmahl glich einem religiösen Ritus. Nicht einmal ich, die Tochter meiner strengen Mutter, hatte je einen Menschen gesehen, der sich so vollendet beherrschte wie Attila. Inmitten all des Goldes und der Edelsteine aß er von einem Essgeschirr aus Holz, inmitten all der auserlesenen Delikatessen nahm er eine einfache Mahlzeit zu sich. Weder trank er übermäßig noch lachte er, noch ließ er seinen Blick ziellos umherschweifen. Man hatte mir gesagt, Attila lasse in seinem Kronrat jeden Abgesandten nur einen einzigen Atemzug lang sprechen, und ich hatte das für übertrieben gehalten. Doch als ich jetzt auf einem niedrigen Kissen neben ihm saß und die eiserne Disziplin spürte, die aus jeder seiner Poren drang, war ich davon überzeugt, dass dieses Gerücht der Wahrheit entsprach.

Auch ich trank und aß wenig. Uote wäre stolz auf meine tadellose Haltung gewesen. Als das strenge Zeremoniell zu Ende war, führten mich fünf wunderschöne Nebenfrauen meines Bräutigams in einen durch Hängeteppiche abgetrennten Raum. Ein riesiges Lager füllte ihn fast ganz aus, doch alles bestand ohne Ausnahme aus Gold. Mir schien, ich sei in das Herz der Sonne getreten. Doch da war auch noch die Tatsache, dass der Raum im Norden des Palastes lag. Es war, als wisse Attila Bescheid. Warum sonst stand das Lager unserer Todesnacht in der Himmelsrichtung des Todes?

Die Frauen bedeuteten mir, hier auf Attila zu warten, der einen Sendboten aus dem Gepidenreich empfange und bald zu mir kommen werde. Es überraschte mich nicht, dass er am Tag seiner Hochzeit einen Botschafter seiner ältesten Verbündeten empfing – schließlich hatte er bestimmt schon an die hundert

Male geheiratet. Meine Begleiterinnen reichten mir thrakischen Wein in Schalen aus Kuschan und eine Auswahl betörend duftender Salben aus dem Sassanidenreich. Sie fragten, ob ich sonst noch etwas brauchte. Ich bat um Pergament, denn ich wollte schreiben, um während dieser unvorhergesehenen Wartezeit nicht unruhig zu werden.

Es ist schon lange her, seit sie mich allein ließen. Mein Herz flattert ungeduldig, und der kleine Dolch in meinem Ärmel scheint zu pulsieren. *Nur ich weiß, dass dieser goldene Raum im Norden der hölzernen Königsjurte der Vorraum zum Totenreich ist …*

Schritte nähern sich. Es ist so weit.

Kapitel 21

Es war nicht Attila. Es war eine Frau, die mir einen Brief reichte. In bruchstückhaftem Latein erklärte sie, der gepidische Bote habe diese Botschaft für mich mitgebracht. Natürlich wusste man im Gepidenreich besser über den Tag meiner Ankunft Bescheid als zum Beispiel in Burgund. Ich vermutete einen Glückwunsch von Svanild.

»Sarnic, Schreiber des Ermanric, des Königs aller Gepiden, an die Königin Kriemhild«, las ich nichts ahnend. »Wehe, ich bringe dir die böse Kunde vom Hinscheiden deiner Tochter. Ihr eigener Gemahl ließ sie ermorden, doch es war Bikki, der Ratgeber des Königs, der ihren Tod verschuldete. Wahrlich, ich müsste selber den Galgen fürchten, wenn ihm bekannt wird, dass ich dir dies mitteile. Doch die Tat liegt schwer auf meinem Gewissen. Du als Mutter sollst zumindest wissen, dass deine Tochter des Verbrechens unschuldig war, dessen Bikki sie anklagte. Höre, was sich zutrug: Ermanric begleitete Attila auf die italischen Feldzüge, und als er vom letzten zurückkehrte, wurde Svanild schwanger. Er freute sich von Herzen, hatte er doch fast zehn Jahre auf dieses Glück gewartet. Doch Bikki, ein Mann aus der Bedelungensippe, vergiftete des Königs Freude mit bösen

Einflüsterungen. Wie es denn sein könne, dass Svanild nach all den Jahren empfangen habe, und wie oft sie während Ermanrics Abwesenheit mit dem Königssohn Randver gesehen worden war. Erst wies der König die Beschuldigung entrüstet zurück, doch allmählich wurde sein Gemüt vergiftet, und seine Freude schwand dahin. Bikki richtete es so ein, dass Svanild und Randver vom König allein im Garten überrascht wurden. Die Zusammenkunft war unschuldig genug, doch Ermanric glaubte seinen Verdacht bestätigt zu sehen. Das schmerzte ihn tief, und er ließ seinen geliebten Sohn unverzüglich am Galgen aufknüpfen. Über deine makellose Tochter verhängte es das Urteil, dass sie von Rossen zertrampelt werden solle. Doch diese waren weiser als die Menschen und spürten Svanilds Unschuld, als sie die Augen aufschlug und die Tiere ansah. Man konnte die Pferde auf keine Weise dazu bringen, die Königin zu töten, ehe man ihr nicht einen Sack über den Kopf zog …«

Vor meinen Augen verschwammen die Schriftzüge. Ich hatte nicht gewusst, dass Bikki, der sogar als Brautwerber nach Genava gekommen war, aus der Bedelungensippe stammte. Sonst hätte ich versucht, Svanilds Heirat zu verhindern, und lieber den Gepidenkönig vor den Kopf gestoßen, als meine Tochter der Rache der Bedelungen auszusetzen. Ich zweifelte keinen Augenblick, dass Bikki das ganze Lügengespinst gewirkt hatte, um Vergeltung zu üben. All die Jahre hatte er wie eine Spinne im Netz gesessen und

nur auf eine Gelegenheit gelauert, meine unschuldige Tochter um Brynilds willen zu vernichten …
Als der Hunnenkönig endlich kam, fand er mich wie in einem Mahlstrom gefangen. Ich wollte dies Leid nicht auch noch überleben; ich sah die herrlichen Augen meiner Tochter und hörte Brynilds Lachen und ihren entsetzlichen Todesschrei. Irgendwann war Vitharius' kleiner Dolch in meine Hand geglitten, und ich brachte mir, unfähig, einen klaren Gedanken zu fassen, unzählige Schnitte in die Unterarme bei. Ich hatte keine Ahnung, dass ich damit unbewusst das hunnische Trauerritual der Hinterbliebenen vollzog – aber gerade diese verzweifelte Geste schlug eine Brücke zwischen mir und dem Steppenkönig. Attila hatte kürzlich seine erste Gemahlin Greka verloren, seine große Liebe und die Gefährtin seiner frühen Jahre. Er verstand. Und als man meine Arme verbunden und mir einen leicht mit Mohn versetzten Beruhigungstrank gebracht hatte, verwandelte sich Attila in den ersten wirklichen Freund, dem ich seit Siegfrieds Tod begegnet war. Er tröstete mich. Und ich gab meiner Hilflosigkeit nach und teilte all meine Hoffnungen, alle Pläne und allen Schmerz mit ihm. Auch vom Nibelungenhort sprach ich. Und zuletzt gestand ich ihm, dass ich ihn hatte töten wollen.
Nie werde ich vergessen, wie Attilas Augen glänzten und wie ihm der Schweiß der Erregung auf seine künstlich ausgeprägte pfeilförmige Fürstenstirn trat. Meinen geplanten Anschlag auf sein Leben verzieh er mit einem Achselzucken. Ihm genügte es, dass das

Schicksal ihn verschont hatte, indem es mir solches Unglück bescherte. Doch der Hort und alles, was mit ihm zusammenhing, entzückte ihn. Dank seiner großen Weitsicht begriff er die überwältigenden Möglichkeiten. Es kam wie ein Rausch über ihn. Noch immer höre ich Bruchstücke seiner knappen, begeisterten Sätze.

»Dies muss ich besitzen! Die ganze Macht im Norden. Viele Völker dort sind heutzutage mit Byzanz im Bunde, doch mit Andvar-Naut in meinem Besitz ... Holt mehr Wein! Ah, welch eine Königin bist du! Gemeinsam werden wir den Hort aus dem Rhenus bergen. Weißt du, ich habe mich immer bemüht, gerecht zu sein. Auch ich habe bei einem grauen Wanderer gelernt, wie man denkt und kämpft ... Trink mit mir, meine Königin! Du sollst die Stelle meiner Greka einnehmen, meiner ersten, einzig geliebten Frau. Einst fand ein Hirte ein Schwert, das mich zum Herrn der Völker machte. Ich vertraute dem Geschick, und sieh, wie weit es mich gebracht hat! Doch erst durch deine Mitgift werde ich wirklich zum König der Welt.«

Er lachte, er trank mir zu. Seine Hände fuhren in großartigen, weiträumigen Bewegungen durch die Luft. Er riss die Welt an sich, er presste sie an sein Herz. Auf einmal verfärbte sich sein pfeilförmiger Kopf. Seine Augen traten aus den Höhlen, und er stürzte vornüber.

Dann starb er.

Da fiel endlich alles von mir ab. Der Hass, der Schmerz, die Reue. Auch die Hoffnung. Der Tod war bei mir im Raum, nur durch einen dünnen Schleier von mir getrennt. Blicklos saß ich im Zentrum des Wirbelsturmes, der Attilas Seele im Augenblick seiner größten Begeisterung davongefegt hatte. Der Sturm raste rings um mich, er brüllte in meinem Blut. Doch mein Innerstes konnte er nicht berühren.

Habe ich alles nur geträumt?
Es ist kaum vorstellbar, dass inzwischen beinahe dreißig Jahre verstrichen sind. Fast jeder Mensch, den ich kannte, ist tot. Ich habe lange nicht mehr an die Ereignisse in der Ecilburgu gedacht. Anfangs wäre es zu schmerzlich gewesen, und später versank die Vergangenheit wie eine alte Sage im Staub der Wüste. Heute aber fand ich das Pergament, auf das ich in jener verhängnisvollen Hochzeitsnacht zu schreiben begann, und ich denke, dass ich die Aufzeichnungen vervollständigen sollte.
Nicht, weil ich damit rechne, dass sie jemals gefunden werden. Die Reisewege sind unsicher heutzutage, meine Welt ist zu einem Umkreis von wenigen Tagesritten geschrumpft. Ich lebe so isoliert, dass mir viele Zusammenhänge fehlen. Ich vermisse den großen politischen Überblick auch nicht mehr, obwohl er früher mein ganzer Stolz war. Vieles, worauf ich einst stolz war, ist verweht in der Weite der Steppe, verweht wie das Reich Attilas. Auch dies geschah ohne mein Zutun.
Vielleicht habe ich die Einfachheit endlich erlernt, die Siegfried mich immer zu lehren versuchte. Denn eins

weiß ich: dass das Wunderbare wieder lebendig wurde in jener Nacht, als ich Attila alles erzählte. Auf seltsame Weise nahm dies meinem Schmerz um Svanild den Stachel, und ich wandte mich endgültig ab von der Macht und von dem Stolz. Der Nibelungenhort mag im Rhenus verloren sein, doch wenn es stimmt, was die Alten glaubten, dass Gold dem Blut entspricht und Blut dem Leben, dann kann in Wahrheit jeder den Hort im eigenen Herzen finden. Denn ist nicht auch Liebe erst dann Liebe, wenn wir sie verschenken?

Nach der verhängnisvollen Hochzeitsnacht blieb ich nur wenige Tage in Attilas verstörter, in fassungslose Trauer versunkener Burg. Viele klagten mich des Mordes oder der Hexerei an, doch niemand konnte etwas beweisen. Der Schamane Jurchedin verteidigte mich überraschenderweise, indem er auf das sonderbare Vorzeichen hinwies, das er am Morgen unserer Ankunft in den Stutenknochen gesehen hatte. Schließlich sprach man mich frei, und Uzendur bot mir an, mich zurück nach Burgund zu geleiten. Ich aber bat nur um die weiße Stute, ein wenig Verpflegung und die Kleider einer einfachen Hunnenfrau.

Es war, als habe der Tod in jener Nacht den Teil von mir verschlungen, der Pläne machte und sich selbst wichtig nahm. Einst war ich in die Wildnis gegangen, weil die Wölfe des Schmerzes mich riefen – jetzt rief mich die Weite selbst – mit der Stimme der Stille. Ich nahm meine Zuflucht im schutzlosen Leben der Armen und schickte Gundowech all meine Schätze. Ich hatte mein größtes Glück an der Mündung des Rhenus erlebt, jetzt wollte ich die Mündung des Danuvius erreichen. Ich fühlte mich leicht und leer wie eine Muschelschale. Noch herrschte Frieden in Attilas Reich, noch wurde eine einsame ältere Frau auf der Straße nicht behelligt. Ich hatte eine kleine Jurte mitgenommen und lernte aus vielen mühseligen Fehlern, wie man sie aufstellte und abbaute.

Nach einer Reise von Tagen oder Wochen begegnete ich irgendwo in Dakien einem in Grau gekleideten Wanderer. Mein Herz tat einen Sprung. Fast meinte ich, den geheimnisvollen Lehrer gefunden zu haben, der offensichtlich Siegfried, Brynild und auch Attila unterwiesen hatte. Doch als ich von der Stute stieg und mich dem Fremden beklommen näherte, warf er seine Kapuze zurück, lachte und wies sich als Dyfrig, Mönch aus Erynn, aus. Er berichtete mir von den jüngsten Ereignissen im Westen. Er hatte sogar eine Weile in Ad Sanctos gelebt, wo unterdessen die Franken regierten.

»Bruder Ninians kleine Kirchen haben ihre Früchte gebracht, doch jetzt verdorren sie«, sagte er. »Ich sehe kommen, dass die Frankenkönige mit dem Bischof von Rom paktieren und aus dem gemeinsamen Glauben eine politische Allianz schmieden wollen, um vielleicht eines Tages das Römische Reich unter fränkischer Herrschaft wieder zu errichten. All dies mag weitsichtig sein, hat aber mit dem Jesus, den ich kenne, nichts zu tun. Deshalb habe ich beschlossen, dem

Wind zu erlauben, mich immer weiter nach Osten zu wehen.«

Dyfrig sprach wenig und lachte viel, und wer immer ihm begegnete, den beschenkte er aus der Fülle seiner Armut. Für mich war er wie der Sohn, den Siegfried und ich vielleicht gehabt hätten, wäre das Schicksal gnädiger gewesen. Er wusste nichts von mir, doch er hieß mich als Weggefährtin willkommen und lehrte mich sein Vertrauen auf das Wunderbare. Und so wanderten wir, als wir das Delta des Danuvius erreicht hatten, nach Norden in die endlose Weite: die Steppe, aus der die Hunnen einst nach Westen aufgebrochen waren und in die sie sich unter Attilas Söhnen wieder zerstreuten.

Als sei erst mit Svanilds und Attilas Tod der Fluch wirklich gebrochen, blühte das Burgunderreich seitdem auf. Als König herrscht nun Gundobad, der Sohn meines Neffen. Die spärlichen Nachrichten, die aus dem Westen noch zu uns dringen, berichten nur Erfreuliches aus seinem Land, dessen Grenzen er durch Geschick und Weitsicht immer weiter ausgedehnt hat. Der größte Teil des Rhodanus ist nun doch burgundisch geworden, und das Reich erstreckt sich von den Alpen bis zum Mare Internum: Fast ist der Traum meiner Mutter doch noch in Erfüllung gegangen; auch ohne meine Hilfe.

Im Jahr nach Attilas Tod ermordete der Cäsar Valentinian eigenhändig meinen ehemaligen Geliebten, den Feldherrn Aëtius. Gundobads Onkel, der suebische Feldherr Ricimer, wurde sein Nachfolger als Magister militum. Mit Bedacht und Weitsicht setzte er fünf Cäsaren auf den weströmischen Thron, und als er im Jahr 473 starb, übernahm Gundobad sein Amt als Magister militum. Ein knappes Jahr lang hatte die weströmische Armee einen burgundischen Heerführer, doch Gundobad war so klug, sich zurückzuziehen, bevor der Skirenfürst Odoaker sich zum Heerkönig und schließlich zum König von ganz Italien ausrufen ließ. Ostcäsar Zeno erkannte seine Herrschaft an, das Weströmische Reich hatte faktisch aufgehört zu existieren.

Gundobad hat Lugdunum zu seiner Hauptstadt gemacht, und man sagt, er sei der erste germanische König, der seinen Namen auf seine Münzen prägen lässt. Wie ich höre, ist er sehr gelehrt und disputiert gern mit gebildeten Römern und Germanen. Er studiert die Bibel und liebt den Krieg nicht, weiß sich aber im Kampf durchaus zu behaupten. Er spricht fließend Latein und gilt als Freund der Römer, bemüht sich jedoch um die Weiterentwicklung burgundischer Lebensart. Sogar zwei Gesetzbücher hat er verfasst: ein Stammesrecht der Burgunder und ein Gesetz für die römische Minderheit, um in Streitfällen beiden Kulturen gerecht zu werden. Zweiunddreißig Reichsgrafen sind ihm unterstellt und unterstützen ihn im Rat. Wenn auch nur die Hälfte der Berichte zutrifft, ist er genau der Urenkel, den sich mein Vater Gibich gewünscht hätte …

Heute ist Dyfrig gestorben. Ich habe ihm ein Grab in den harten Steppenboden gekratzt und es nach hunnischer Art mit Steinen bedeckt, um die Wölfe abzuhalten. Ich weiß nicht, wohin ich nun gehen werde. Meine Stute habe ich schon vor langer Zeit gegen die Ziegenherde eingetauscht, die uns während der vergangenen Jahre ernährt hat. Dies Land ist so groß … Vielleicht begegne ich einer weißen Hirschkuh, der ich folgen kann.

Und der ungerührte Gott am Rande der Welt hebt endlich den Blick, und siehe: Er lächelt mich an.

Nachwort

Das »Nibelungenlied« gleicht einem uralten Spiegel, aus dem uns die Gesichter unzähliger Generationen entgegenblicken. Es entstand im Lauf von Jahrhunderten aus mündlichen Überlieferungen, stammesgeschichtlichen Erinnerungen und Bruchstücken fast vergessener Träume. Seine Anfänge, Siegfrieds und Brynilds Vorgeschichte, verlieren sich in archaischen Epochen, als die Schmiedekunst noch als Zauberei galt und in den Nebeln des Nordens prägermanische Krieger und Seherinnen sich zum ersten Mal ihres immer währenden Kampfes zwischen Licht und Dunkelheit bewusst wurden. Die Zeit der Völkerwanderung, als das mächtige hunnische Imperium Attilas vom Orient zum Okzident reichte, hat ebenso Spuren darin hinterlassen wie der Zusammenbruch Roms, die Merowingerzeit und das frühe und hohe Mittelalter, aus dem die ersten schriftlichen Fassungen stammen und das dem Spiegel gleichsam einen höfischen, ritterlichen Rahmen gab. Von den nördlichsten Wikingerreichen bis ins langobardische Süditalien, von der Donautiefebene Ungarns bis in die Normandie trugen jahrhundertelang fahrende Sänger an Höfen von Fürsten und Königen ihre eigenen Versionen des »Nibelungenliedes« vor – und jeder einzelne färbte, ob bewusst oder unbewusst, den Stoff gemäß seiner eigenen Sehnsucht und der Betrachtungsweise seiner eigenen Epoche. Gerade diese ungeheure Vielschichtigkeit gibt dem sagenhaften Geschehen eine Tiefe, die auch uns Heutige noch in ihren Bann schlägt.

Soweit wir wissen, entstanden die ersten schriftlichen Fassungen des »Nibelungenliedes« im Schutz der karolingischen Klöster im 8. Jahrhundert. Während der Stauferzeit, um 1200, erhielt der Stoff dann seine vorerst endgültige Form auf deutschsprachigem Boden. Einzelne Elemente flossen in andere mittelalterliche Sagen mit ein, von denen das »Waltharilied« und die nordische »Thidreksaga« (der Heldenzyklus um Dietrich von Bern) zu den bekanntesten zählen. Doch auch in den ungarischen Chroniken des 11. und 12. Jahrhunderts finden sich Spuren des »Nibelungenliedes«, die sich besonders auf die Person Etzels und seiner ruchlosen germanischen Königin beziehen, sah sich die damals in Ungarn herrschende Dynastie der Arpaden doch als direkte Nachfolgerin der Hunnen an. Eine gänzlich anders geprägte Version entstand im Jahr 1087 auf Island, wohin sich der Skalde Sämundur Frodi vor dem Wüten übereifriger christlicher Missionare geflüchtet hatte, um die Überlieferungen seiner Vorfahren (zu denen die Geschichte Sigurds und Brynilds gehört) in der Mythensammlung »Edda« vor der Vergessenheit zu bewahren.

Ein solch komplexer Stoff lässt sich kaum in die linear-zeitliche Begrenzung eines einzigen Menschenlebens pressen, selbst wenn die Königin Kriemhild 100

Jahre alt geworden wäre. Doch scheint mir, dass zumindest aus deutscher Sicht die Geschichte der Burgunder, die im Jahr 413 zu Worms ihr kurzlebiges Königreich am Rhein gründeten (von dessen Ufern sie schon 436 wieder vertrieben wurden), gleichsam das Kernstück der Sage bildet. In diesem einzigartigen Abschnitt der Geschichte berührten die heidnische Vergangenheit und die mittelalterliche Zukunft einander. Während das Imperium Romanum kurz vor dem Zusammenbruch stand, schien in Europa alles möglich. Elemente aus fernster Vergangenheit befruchteten eine roh aus Trümmern entstehende Neuordnung; unterschiedlichste Weltanschauungen existierten parallel, und die Zukunft, an der wir letztlich immer noch teilhaben, glich einem kindlichen Traum voller Verheißung.

Statt also Kriemhilds Geschichte im Kontext des karolingischen oder des staufischen, ritterlich-katholisch geprägten »Nibelungenliedes« nachzuerzählen, das sich gleichsam außerhalb der realzeitlichen Abläufe abspielt (und das den meisten Deutschsprachigen ohnehin von Kindheit an vertraut ist), habe ich mich entschlossen, der Königin Kriemhild als wirklichem Menschen zu begegnen und sie im historischen Hintergrund des wirklichen Burgunderreiches von Worms und später von Savoyen zu suchen. Während ich den realen Hintergrund für die »magischen Geschehnisse« im »Nibelungenlied« aufspürte und während ich sagenhafte Personen in der historischen Wirklichkeit entdeckte, habe ich mir immer wieder

eine einfache Frage gestellt: Was wäre, wenn? Welcher reale Mensch der damaligen Zeit könnte hinter dieser Sagengestalt stecken, welcher tatsächliche Gegenstand hinter jenem Symbol? Was bedeuten Dinge wie eine Tarnkappe, ein Zaubergürtel, ein Drache, ein Hort? Wofür stehen eine »hürnene Haut« und ein »Bad im Drachenblut« im Zusammenhang mit einer Figur wie Siegfried? Was steckt dahinter, wenn ein Krieger des 5. Jahrhunderts einen Feuerkreis durchbricht, mit dem ein Weisheitsgott eine nordische Königin beschützt? Was ist das verlorene Geheimnis des Nibelungenhortes und des Rheingolds? Ist die Wirklichkeit vielleicht auch etwas Zeitloses? Sind die Bilder des »Nibelungenliedes« nicht auch Beschreibungen von Ereignissen, die sich auf geistiger und seelischer Ebene tatsächlich in der Wirklichkeit mitteleuropäischer Geschichte ereignet haben?
Man kann die Figuren eines jeden Sagenzyklus als archaische Prototypen auffassen, die verschiedene Aspekte der menschlichen Seele verkörpern. Spannender, fruchtbarer und auch realistischer erscheint es mir jedoch zu versuchen, in ihrem Schicksal eine bestimmte Entwicklungsphase in der Geistesgeschichte unseres eigenen Volkes aufzuspüren. Es ist gewiss kein Zufall, dass von Künstlern wie Johann Wolfgang von Goethe, Heinrich Heine, Richard Wagner, Friedrich Hebbel, Henrik Ibsen, Agnes Miegel, Franz Fühmann und Heiner Müller, um nur einige zu nennen, gerade im »Nibelungenlied« nach der viel zitierten, verloren geglaubten und im Dritten Reich

schaurig missbrauchten »Wurzel allen Deutschtums« gesucht wurde. Und sind nicht wir Heutigen noch immer dazu verdammt, mit den Folgen der Ereignisse zu leben, die damals stattgefunden haben?
Meine Leser mögen mir verzeihen, dass diesem Entschluss unweigerlich einige Elemente zum Opfer fallen mussten, die sich aus der Sicht späterer Erzähler ergaben: etwa das Auftauchen Dietrich von Berns, hinter dem sich Theoderich der Große verbirgt und der erst 456 geboren wurde, als Attila, der Hunnenkönig Etzel, bereits drei Jahre tot war, oder der Streit der Königinnen auf den Stufen des Münsters zu Worms, das erst im 11. Jahrhundert gebaut wurde.
Auch das schreckliche Blutbad in der Etzelburg, wo Kriemhilds Hass fast sämtliche Helden der Epoche in sinnlosem Bruderkampf gegeneinander hetzt und zur Vernichtung treibt, hat sich so nicht abgespielt. Sicher stecken Erinnerungen an die berühmt-berüchtigte Schlacht auf den Katalaunischen Feldern hinter diesen Szenen, wo tatsächlich germanische Völker auf beiden Seiten kämpften, Bruder gegen Bruder wütete und 500 000 Männer fielen, damit das Gesicht Europas für immer verändert werden konnte.
Andere, weiter im Osten beheimatete Dichter mögen den Zusammenbruch des Hunnenreiches als ähnlich entsetzlich empfunden haben – ein Zusammenbruch, an dem rebellierende Germanenvölker maßgeblich beteiligt waren. Dass einige Dichter des »Nibelungenliedes« Attila als einen friedlichen, gütigen Herrscher im Kreis edler Paladine zeigen und seiner Frau

Kriemhild die Schuld am Tod so vieler Helden geben, liegt daran, dass der Hunnenkönig den Bewohnern seiner Stammgebiete an Theiß und Donau völlig anders in Erinnerung blieb als den nord- und westeuropäischen Völkern. Trat er in weströmischen Gegenden als entsetzlicher Feind auf, genossen südöstlichere Völker wie Sueben, Markomannen, Ostgoten, Gepiden, Langobarden und sogar Perser während seiner Regentschaft eine seltene Epoche der Stabilität, des gegenseitigen Respekts und des Wohlstands.
Gewiss hatte Kriemhild allen Grund, Attila zu hassen, hatte er doch im Jahr 436 vermutlich im Bund mit den Römern die ohnehin geschwächten Burgunder überfallen und eine ganze Generation vernichtet. Im Verlauf dieses Überfalls fanden sämtliche burgundischen Helden den Tod, einschließlich des Königs Gundahar. Im nordischen »Atlilied« wird berichtet, dass Atli (Attila) die Brüder seiner burgundischen Frau heimtückisch ermorden ließ, um den Hort an sich zu bringen, worauf Gudrun, wie Kriemhild im Norden heißt, mit bemerkenswerter Kaltblütigkeit an dem Hunnenherrscher grausige Rache übte ... In Wirklichkeit mag sich »Kriemhilds Rache« tatsächlich gegen Attila selbst gerichtet haben, der nach all seinen Siegen und Niederlagen ausgerechnet seine Hochzeitsnacht mit der »germanischen Prinzessin Hildiko« nicht überlebte.
Ich habe also den Versuch unternommen, die Sage in einen historischen Kontext zu stellen. Alles, was im Roman den Burgundern wiederfährt, ist historisch korrekt. Ebenso stimmen sämtliche politischen und

soziologischen Einzelheiten, von der Politik Ost- und Westroms bis hin zu den modischen Details an Kriemhilds Gewändern. Siegfried dagegen ist eine reine Phantasiegestalt, in die im Lauf der Jahrhunderte zahlreiche Überlieferungen besonders edler Helden einflossen. Unter anderem gehört vielleicht der römische Zenturion Victor zu Siegfrieds Vorbildern, der im 4. Jahrhundert in Xanten stationiert war und mit seinen Soldaten den Märtyrertod starb, weil er sich weigerte, heidnischen Göttern zu opfern. Ihm ist es zu verdanken, dass die damalige Colonia Ulpia Traiana den Beinamen Ad Sanctos, »zu den Heiligen«, erhielt, woraus sich später das Wort Xanten entwickelte. Dazu erhält man, wenn man den Namen Victor aus dem Lateinischen ins Deutsche übersetzt, Siegfried. Doch der Mann lebte über 100 Jahre früher, zu einer Zeit, als die Burgunder noch an der Weichsel saßen. Siegfried ist also eine Idealfigur, entsprungen aus der Sehnsucht aller Dichter und Barden, die sich jemals mit dem Stoff beschäftigten. Um in meiner Kriemhildgeschichte nicht auf den Herz-König verzichten zu müssen, habe ich aus den zahlreichen Anhaltspunkten in den verschiedenen Legenden auf einen möglichen historischen Siegfried rückgeschlossen.

Die meisten Legenden stimmen darin überein, dass die sagenhaften Völsungen im Hünenland Westfalen ansässig waren – also machte ich die feindlichen Hundinge zu Langobarden. Dass die Friesen der Nordseeküste als einziges Volk nicht an der Völkerwanderung teilnahmen, mag ein Hinweis auf Siegfrieds friedliche, neutrale Niederlande sein. Naturgemäß gab ich meinem Siegfried die Züge, die meiner eigenen Sehnsucht entspringen. Als Richtwert diente mir einzig und allein die Wahrscheinlichkeit. Es mag Siegfriedforscher geben, die bei ihrer Spurensuche zu vollkommen anderen Schlüssen gekommen sind. Sie – und jeden, der die katholisch-hochmittelalterlichen Untertöne vermisst – bitte ich um Verständnis und Aufgeschlossenheit.

Auch was die Figur der Brynild angeht, bieten sich unzählige Möglichkeiten der Interpretation. In den nordischen Versionen wird sie einerseits als unsterbliche Walküre beschrieben, die aufgrund ihrer Eigenmächtigkeit von Wodan/Odin zur Sterblichkeit verurteilt und dem furchtlosesten Helden versprochen wurde. Andererseits ist sie die »Schwester Atlis, des größten Kriegers«, und die Schwester Oddruns, die Gundahar nach Brynilds Selbstmord heiratet. Wer eine Landkarte betrachtet, wird mir zustimmen, dass eine direkte Verwandtschaft Brynilds mit dem Hunnenkönig höchst unwahrscheinlich scheint, nicht aber eine Schwurbrüderschaft, wie sie unter verbündeten Völkern üblich war. An jedem Königshof wuchsen Freundschaftsgeiseln aus anderen edlen Familien auf. Königskinder weit voneinander entfernt lebender Völker entwickelten auf diese Weise oft geschwisterliche Beziehungen zueinander. Ich habe deshalb Brynild und ihre leiblichen Geschwister einen Teil ihrer Kindheit als Geisel an einem ostgotischen Hof verbringen lassen, bei einem König jenes Völkerbundes also, der ursprünglich aus Skandinavien stammte und dessen Herrscher den Hunnen jahrelang besonders treu und brüderlich zur Seite standen.

Wie bei allen großen Stoffen gibt es auch bei der Nibelungensage ebenso viele Auffassungen, wie es Menschen gibt. Dies ist eine davon.

Key Largo, im Herbst 2000

Ich danke meinem Mann Vincenzo Benestante für seine unschätzbare Hilfe, besonders bei der Entschlüsselung der legendären Symbole und bei der psychologischen Entwicklung der Figuren. Auch dieses Buch, mein fünftes, wäre ohne seine Unterstützung niemals zustande gekommen.

Anhang

Germanische Götter und mythologische Gestalten

Die älteste Macht besaßen im germanischen Glauben die Riesen: die Gestalt gewordenen, grausamen Elemente und Naturkräfte. Auf sie folgte das chthonische Göttergeschlecht der Wanen, die in den Tiefen von Erde und Wasser lebten. Erst die Asen brachten Recht und Gesetz in die Welt, und Allvater Wodan wurde ihr Oberhaupt. Im Goldenen Zeitalter wussten die Götter noch nichts von Schuld und Tod, doch eines Tages kamen die Schwestern Urd, Werdandi und Skuld aus Riesenheim: die Nornen, die von den Riesen die Schicksale aller Götter und Menschen erfahren hatten. Sie sandten die wanische Zauberin Gullweig, die Gier nach Gold, unter die Asen. Mit ihr kam Heid, die Habe, in die Welt. Die Asen verjagten Gullweig und überfielen die Wanen, um sich ihrer unermesslichen Schätze zu bemächtigen. Die Wanen siegten in diesem ersten Krieg, und Allvater Wodan befahl, dass von nun an ewiger Friede zwischen den beiden Göttergeschlechtern herrschen solle. Wanen und Asen tauschten Friedensgeiseln aus. Die Asen erhielten den Meeresgott Niörd und seine beiden leuchtenden Kinder Freyr und Freya, die mit Frigga verschmolz und

Wodans Gemahlin wurde. Die Wanen erhielten den allwissenden Riesen Hrimnir und Wodans Bruder Hönir.

Alben . . . . Elben, Elfen, überirdische, fast unsterbliche Wesen aus der Frühzeit der Schöpfung; Nachtalben sind den Menschen feindlich gesinnt.

Alberich . . . . Zwergen- bzw. Nibelungenfürst, Fafnirs »Verwalter«.

Alsvinn . . . . Allgeschwind, eins der beiden Rosse, die den Sonnenwagen zogen.

Andvari . . . . Gestaltwandler, ursprünglicher Besitzer des Nibelungenhorts und des Ringes Andvar-Naut; von Loki erschlagen.

Angurboda . . . . . . Wehbotin, Geliebte Lokis, Mutter der drei Ungeheuer Fenriswolf, Hel und Midgardschlange.

Arvak . . . . Frühwach, eines der beiden Rosse, die den Sonnenwagen zogen.

Baldur . . . . Sohn Wodans und Friggas. Lichtgott, Harfenspieler, Gott der Sonne und des Frühlings; seine Gerechtigkeit war unfehlbar.

Fafnir . . . . Gestaltwandler, Bruder Ottirs und Regins. Erschlug seinen Vater Hreidmar, um den Nibelungenhort zu gewinnen, und nahm Drachengestalt an.

Fenriswolf . . . . . . Sohn Lokis. Sein Rachen berührte Himmel und Erde. Die Asen fesselten ihn »mit dem, was es nicht gibt«. Zur Götterdämmerung wird er sich befreien und die Asen bekämpfen.

Forseti . . . . Sohn Baldurs, der gerechte Richter.

Freya . . . . Wanin, Tochter des Meeresgottes, verschmilzt mit:

Frigga . . . . weise Gemahlin Wodans, Königin der Götter und Menschen. Schützt die Ehe und die Liebe sowie den heimischen Herd; schenkt Fruchtbarkeit.

Hel . . . . Lokis Tochter, Herrin des Totenreiches.

Hönir . . . . Seelengeleiter, begleitet Tote über den Fluss ins Jenseits; Wodans Bruder.

Hreidmar . . . . mächtiger Gestaltwandler, beherrschte das Gebiet um Andvarfors, den Wasserfall der Fülle; Vater Fafnirs.

Iduna . . . . Göttin unsterblicher Jugend und Schönheit.

Jörd . . . . chthonische Göttin der mütterlichen Erde.

Laurin . . . . Zwergenkönig, besaß einen Rosengarten inmitten der Alpengletscher.

Loki . . . . die Lohe, Blutsbruder Wodans, Gott des Feuers, oft diebisch, arglistig und eidbrüchig. Nachdem er Baldur vernichtet hatte, fesselten ihn die Asen an drei Felsen in der Unterwelt.

Nanna . . . . die Blüte, Gemahlin Baldurs, starb vor Kummer über seinen Tod.

Niörd . . . . wanischer Meeresgott, Vater Freyrs und Freyas; kam als Friedensgeisel zu den Asen.

Nornen . . . . Riesinnen, drei mächtige Schicksalsfrauen. Ausdruck der Zeit, der auch die Götter unterworfen sind. Sie leben am Urd-Brunnen, dem Schicksalsquell.

Ottir . . . . Gestaltwandler, Bruder Regins und Fafnirs; wird in Ottergestalt von Loki erschlagen.

Ran . . . . Meeresriesin, zieht die Ertrunkenen mit ihrem Netz in die Tiefe.

Riesen . . . . die uralten, grausamen gewaltigen Naturkräfte.

Regin . . . . Bruder Ottirs und Fafnirs, wird von Fafnir um seinen Anteil am Nibelungenhort betrogen.

Sif . . . . Gemahlin Thors, Hüterin der Sippe. Göttin des Sommers und der Ernte; ihr Haar ist golden wie reifes Getreide.

Sigyn . . . . Lokis Frau, die seine Verbannung teilt.

Skuld . . . . Norne der Zukunft, die immer der Tod ist.

Thor . . . . Beschützer der Siedlungen. Sein Hammer erzeugte den Donner, lockerte die Erde und machte sie zur Aussaat bereit.

Urd . . . . der Ursprung, Norne der Vergangenheit.

Werdandi . . . . die Norne, die um das Werdende weiß.

Wodan . . . . Odin, Allvater, »der Gott, der war, ehe die Schöpfung war«, der Geist, der das Stoffliche beherrscht und die Menschen begeistert und zu Außerordentlichem befähigt.

Zwerge . . . . frühgeborene, kunstreiche Gestaltwandler.

Personenverzeichnis

(Historisch belegte Namen sind *kursiv* gedruckt)

Aelia	fränkische Prinzessin, Mutter von Theodosius II.
Aëtius	(um 390 bis 454) römischer Feldherr
Alarich	von 390 bis 410 König der Visigoten
Alberich	Verwalter des Nibelungenschatzes
Alf	Sohn König Hjalpreks, zweiter Mann von Hjördis
Alsvinn	Sohn Heimars, Freund Siegfrieds
Arkhai	hunnischer Gesandter bei Gibich
Asklepios	gebildeter Sklave, Lehrer der burgundischen Königskinder
Aslaug	Tochter Siegfrieds und Brynilds
Asmund	Schamane bei Gibich
Athawulf	von 410 bis 415 König der Visigoten, erster Mann von Galla Placida

Attila	von 434 bis 453 König der Hunnen, Neffe des Königs Ruga
Bahadur	hunnischer Gesandter bei Gibich
Bekkild	Schwester Brynilds, Königin von Götaland
Bertram	Gefolgsmann Gundahars
Bleda	ältester Bruder Attilas
Bruno	Kellermeister am Hof Gundahars
Brynild	aus dem Geschlecht der Bedelungen, Königin in Island, Braut Siegfrieds, Frau Gundahars
Burglinde	Edelfrau in Burgund, Hagens Schwester
Chilperich	(gest. 480) zweiter Sohn Gundahars
Constantius	bis 421 Konsul und Magister militum, zweiter Mann von Galla Placida
Dalraida	Zofe Kriemhilds
Dankwart	jüngerer Bruder Hagens, Ritter bei Gundahar
Dwalin	Nibelung, Gefolgsmann Siegfrieds
Dyfrig	Missionar aus Irland
Eckefried	Gefolgsmann Gundahars
Eckewart	langobardischer Hauptmann Gundahars

Ello . . . . arianischer Bischof in Borbetomagus

Ermanric . . . . . . König der Gepiden, Mann Svanilds

Etli . . . . Bruder Brynilds

Fredegunde . . . . Tochter Sigewitas, im Gefolge Uotes

Galla Placida . . . . (um 390 bis 450) Schwester von Cäsar Honorius Flavius, Mutter von Cäsar Valentinian III., ab 425 Regentin Westroms

Geiseric . . . . (390 bis 477) König der Vandalen

Geislinde . . . . . . Edelfräulein im Hofstaat Uotes

Gerenot . . . . Bruder Kriemhilds

Gero . . . . langobardischer Hauptmann Gundahars

Geromund . . . . . Stadthauptmann in Mogontiacum

Gerwig . . . . Gefolgsmann Gundahars

Gibich . . . . König der Burgunder während der Wanderung, Vater Kriemhilds

Gislaharius . . . . . jüngster Bruder Kriemhilds

Gotelind . . . . . . Frau Rudigars in Arelape

Grimwerda . . . . . Schwester Gibichs, Mutter Hagens

Gundahar . . . . . . bis 436 König der Burgunder, ältester Bruder Kriemhilds

Gundowech	erster Sohn Gundahars, bis 470 König von Burgund
Hadwart	Gefolgsmann Gundahars
Hagen	»der Trojaner«, Vetter Kriemhilds
Heimar	Schwager Brynilds, König von Götaland
Helmfried	Holzschnitzer bei Gibich
Helmnot	Gefolgsmann Gundahars
Hildebert	Gefolgsmann Gundahars
Hildegund	Braut Walthers, ehemalige Geisel am Hof Rugas
Hjalprek	König der Dänen
Hjördis	Mutter Siegfrieds
Honoria Justa Grata	Tochter von Athawulf und Galla Placida
Honorius Flavius . .	bis 423 Cäsar Westroms
Hunold	Kämmerer Gundahars
Idigernus	Häuptling der Chatten
Irminberga	Amme Kriemhilds
Jurchedin	hunnischer Schamane am Hof Attilas
Kharaton	bis 415 Großkönig der Hunnen
Konstantin III. . . .	Usurpator aus Britannien
Kostbeera	Frau Gerenots
Kriemhild	Tochter von Gibich, burgundische Prinzessin, Frau Siegfrieds
Kronin	Nibelung, Gefolgsmann Siegfrieds

Kurn	Nibelung, Gefolgsmann Siegfrieds
Leo der Große	(399 bis 461) der erste so genannte Papst mit Regierungsgewalt über die römische Kirche
Liano	Amme Svanilds
Liudegast	Bruder Liudegers, König der Dänen
Liudeger	Bruder Liudegasts, König der Sachsen
Lyngi	langobardischer König der Hundinge
Merowech	König der salischen Franken
Mimir	Berater und Waffenmeister Hjalpreks
Mundschuk	von 415 bis 420 Großkönig der Hunnen
Munin	Nibelung, Gefolgsmann Siegfrieds
Ninian	Missionar aus Irland
Oddrun	zweite Frau Gundahars
Oktar	bis 430 Ostkönig der Hunnen
Ortwin	von Mediomatricum, Freundschaftsgeisel, Marschall Gundahars
Oswalt	Fährmann in Borbetomagus
Patafried	Sohn Burglindes, Hagens Neffe
Pulcheria	(398 bis 453) Schwester von Theodosius II., ab 414 Regentin von Ostrom

Randolf	Gefolgsmann Gundahars
Rindika	Zofe Uotes
Rudigar	Markgraf in Attilas Grenzmark Arelape
Ruga	bis 434 Westkönig der Hunnen
Rumold	Küchenmeister Gundahars
Siegfried	aus dem Geschlecht der Nibelungen, König der Niederlande, Mann Kriemhilds
Siegmund	Sohn Kriemhilds und Siegfrieds
Sigebert	Sohn von König Sunno
Sigewita	Edelfrau im Hofstaat Uotes
Sigmund	König von Hünenland, Vater Siegfrieds
Sindold	Mundschenk Gundahars
Skaramund	Gefolgsmann Gundahars
Stilicho	(365 bis 408) Vandale, römischer Feldherr
Sunno	König der ripuarischen Franken
Svanild	Tochter Kriemhilds und Siegfrieds
Tannast	Gefolgsmann Gundahars
Theodosius II.	(408 bis 450) Cäsar Ostroms
Tiudric	Theoderich I. (418 bis 451) König der Visigoten
Theuderich	Reiter in Kriemhilds Begleitschutz
Trogus	Gefolgsmann Gundahars

Undilo	Hauptmann der salischen Franken
Uote	burgundische Königin, Frau Gibichs, Mutter Kriemhilds
Uzendur	Sohn Attilas, hunnischer Gesandter
Valamir	zusammen mit seinen beiden Brüdern von 445 bis 466 König der Austrogoten
Valentinian III.	Sohn Galla Placidas, von 424 bis 455 Cäsar Westroms
Vinitharius	austrogotischer Abt des Klosters Lauriacum
Volkar	von Alazay, Gefährte Hagens bei den Hunnen, Spielmann Gundahars
Wallia	Bruder Athawulfs, von 415 bis 418 König der Visigoten
Walther	von Aquitanien, ehemalige Geisel am Hof Rugas
Werinhard	Gefolgsmann Gundahars
Willibald	Zeltmacher in Mogontiacum
Wittich	von Cambodunum, Unterkönig Gundowechs
Wolfhart	Hauptmann in Kriemhilds Begleitschutz
Wyperich	Waffenträger von Gislaharius

Geographische Namen damals und heute

Ad Sanctos	Xanten
Albis	Elbe
Acuincum	Teil von Budapest
Arelape	Pöchlarn an der Donau
Arelate	Arles
Augusta Vindelicum . .	Augsburg
Augusta Treverorum . .	Trier
Aventicum	Avenches (Schweiz)
Barciano	Barcelona
Bernsteinküste	friesische Küste
Bjarmaland	Russland
Bonna	Bonn
Borbetomagus	Worms
Brigantium	Bregenz
Burgundarholm	Bornholm
Cambodunum	Kempten
Carnuntum	Petronell (Österreich)
Castra Batavis	Passau
Castra Regina	Regensburg
Catalaunum	Châlon-sur-Marne
Colonia Agrippina	Köln
Colonia Ulpia Traiana . .	Xanten
Dakien	Rumänien (Siebenbürgen)
Danuvius	Donau

Divitiacum . . . . Deutz bei Köln
Ecilburgu . . . . Etzelburg (wohl bei Esztergom)
Erynn . . . . Irland
Genava . . . . Genf
Götaland . . . . Gebiet in Südschweden
Hedinsey . . . . Hiddensee
Hermundurenland . . . Thüringen
Hünenland . . . . Westfalen
Kathai . . . . China
Kuschan . . . . Pakistan/Nordindien
Lacus Lemanus . . . . . Genfer See
Lacus Venetus . . . . . . Bodensee
Lauriacum . . . . Lorch (heute Teil von Enns)
Lentia . . . . Linz
Lousonna . . . . Lausanne
Lugdunum . . . . Lyon
Mediomatricum . . . . . Metz
Mogontiacum . . . . . . Mainz
Mare Internum . . . . . Mittelmeer
Myrkwald . . . . Schwarzwald
Noricum . . . . römische Provinz in den Ostalpen
Novaesium . . . . Neuß
Oceanus Britannicus . . Ärmelkanal
Odar . . . . Oder
Pannonien . . . . römische Provinz an der mittleren Donau
Pontus Euxinus . . . . . Schwarzes Meer
Rhenus . . . . Rhein

Rhodanus	Rhone
Sapaudia	Savoyen
Singidunum	Belgrad
Suebisches Meer	Ostsee
Summuntorium	Römerkastell an der Zusam
Tiphisas	Theiß
Tolosa	Toulouse
Truna	Traun (Österreich)
Tulln	Traismauer
Vallatum	alte Keltenhauptstadt bei Manching
Valeria Ripensis	Gebiet südlich der Donau in Österreich
Vindobona	Wien
Vindonissa	Windisch (Schweiz)
Virdo	Wertach
Wasgenwald	Vogesen
Wieselburg	Mosonmagyarovar
Wisera	Weser
Wistar	Weichsel

Worterklärungen

Alamannen	Alemannen, westgermanischer Stamm
Almandin	roter indischer Schmuckstein
Andvar-Naut	der Nibelungenring
Austrogoten	Ostgoten, Verband ursprünglich skandinavischer Germanenstämme
Auxiliaren	römische Söldnertruppen aus Nichtrömern
Balmung	Siegfrieds Schwert nach der Tötung Fafnirs
Baritus	burgunisches Kampfgebrüll mit Schilden als Klangreflektoren
Bauge	kostbarer am Oberarm getragener Reif
Bedelungen	sagenhaftes Geschlecht
Buhurt	Geschicklichkeitskampfspiel zu Pferde
Chatten	germanischer Stamm der Hessen
Dalmatika	Obergewand, ursprünglich aus Ägypten, kam über Dalmatien in den Westen

Dis	Beiname der nordischen Seherinnen
Dvalin	Wodans Stahlschild
Ferge	Fährmann an Flüssen
Gugnir	Wodans Speer
Holmgang	nordischer, stark ritualisierter Zweikampf
Hroti	Fafnirs Schwert
Jam	hunnischer Sprachkundiger zum Empfang der Gesandten
Josephsgatte	der keusche Gemahl in einer Ehe, die nicht vollzogen wird
Kebse	rechtlose Nebenfrau
Klafter	Längenmaß, etwa 1,70 Meter
Kline	römisches Liegesofa mit halbhoher Lehne
Knabenweihe	in nordischer Tradition das Mündigwerden eines Jungen am 13. Geburtstag
Lauchtrunk	Name für stark wirksame oder magische Getränke
Lure	Blasinstrument, ursprünglich aus der Bronzezeit, in harmonischem Zweiklang gestimmt, bis zu 2 Meter 50 lang, stets paarweise geblasen
Magister militum	Heermeister, Titel des höchsten römischen Feldherrn
Majordomus	Vorsteher eines fürstlichen Haushalts

Panasch	Federbusch am Helm
Prätorium	Palast, fürstliches Gebäude
Schwertleite	Zeremonie, bei der ein Junge unter die Krieger aufgenommen wird und sein erstes Schwert bekommt
Tjostieren	Zweikampf zu Pferd mit stumpfer Lanze
Visigoten	Westgoten, Stamm arianischer Germanen, ursprünglich vom Schwarzen Meer
Völsungen	sagenhaftes Geschlecht
Völuspa	Bezeichnung für nordische Priesterin
Völva	Bezeichnung für Zauberin

Monatsnamen

Wintermonat	Januar
Hornung	Februar
Lenzmonat	März
Ostermonat	April
Weidemonat, Wonnemonat	Mai
Brachmonat	Juni
Heumonat	Juli
Erntemonat	August
Holzmonat	September
Weinlesemonat	Oktober
Herbstmonat	November
Heiligmonat, Julmond	Dezember

Quellen

Software

Ancient Lands, Microsoft 1994
Encarta 98, Microsoft 1993–97
Encyclopedia of History, Dorling Kindersley 1997
Eyewitness History of the World, Dorling Kindersley 1995

Bücher

Berndt, Helmut: Die Nibelungen, Hamburg 1978
Das Bild der Menschheit, Bd. 3 und 4, Baden-Baden 1976
Durant, Will: The Age of Faith, New York 1950
Genzmer, Felix: Die Edda – Götterdichtung, Düsseldorf 1975
Grabois, Aryeh: Illustrierte Enzyklopädie des Mittelalters, Jerusalem 1979
Hecht, Gretel und Wolfgang: Deutsche Heldensagen, Leipzig 1980
Jens, Hermann: Mythologisches Lexikon, München 1958
Jung, Kurt M.: Weltgeschichte, Berlin 1979
Mielke, R. F.: Attila – König der Hunnen, München 1998

Peterich, Eckart: Kleine Mythologie der Germanen, Freiburg 1937
Priestley, A. E.: Heraldry, London 1974
Putzger, F. W.: Historischer Weltatlas, Berlin 1974
Reichstein, Herbert: Kabbala, Berlin 1961
Rubruk, Wilhelm von: Reisen zum Großkhan der Mongolen, Stuttgart 1984
Sargent, Pamela: Dschingis Khan – Herrscher des Himmels, München 1997
Saxtorph, Niels M.: Kriegstrachten, Kopenhagen 1971
Seewald, Franz: Skaldensagas, Frankfurt 1981
Simrock, Karl: Die Edda, Ammerland 1983
Storch, Wolfgang: Das Buch der Nibelungen, München 1988
Welters, H./Lobeck, H.: Kleine Geschichte der Stadt Köln, Köln 1986
Weltgeschichte A–Z, Stuttgart 1969
Yonah, Michael Avi/Shatzman, Israel: Illustrierte Enzyklopädie des Altertums, Jerusalem 1979

Sylvie von Frankenberg / Katrin von Glasow

Henry und Alienor

Eine Königsliebe

Alienor von Aquitanien, Königin Frankreichs und eine mutige Frau, ist ihrem Mann Luis VII. sogar auf einen Kreuzzug gefolgt, um der Langeweile zu entgehen. Zurück in Paris, bestimmt höfisches Leben ihren Alltag – bis Henry Plantagenet in ihr Leben tritt. Eine der größten Liebesgeschichten des Mittelalters beginnt …

»Ein Schmöker im besten Sinne, gut recherchiert, atmosphärisch dicht und stimmig.«

Berliner Morgenpost